모방범

MOHO HAN
by MIYABE Miyuki

Copyright © 2001 MIYABE Miyuki
All rights reserved.
Originally published in Japan by SHOGAKUKAN, INC., Tokyo.
Korean translation rights arranged with MIYABE Miyuki, Japan
through THE SAKAI AGENCY and SHINWON AGENCY.

Korean translation copyright © 2006, 2012 MUNHAKDONGNE Publishing Corp.

이 책의 한국어판 저작권은 신원 에이전시와 THE SAKAI AGENCY를 통해
저자와 독점 계약한 (주)문학동네에 있습니다.
저작권법에 의해 한국 내에서 보호를 받는 저작물이므로
무단 전재와 무단 복제를 금합니다.

이 도서의 국립중앙도서관 출판예정도서목록(CIP)은
서지정보유통지원시스템 홈페이지(http://seoji.nl.go.kr)와
국가자료종합목록 구축시스템(http://kolis-net.nl.go.kr)에서 이용하실 수 있습니다.
(CIP제어번호: CIP2012000791)

모방범 1

제1부

"이건 공평하지 않아."
"서둘러, 서두르라고, 다들."
셜리 잭슨, 「제비뽑기」

1

1996년 9월 12일.

많은 시간이 흘렀지만 쓰카다 신이치는 그날 아침에 일어난 일과 주변 풍경을 또렷이 기억할 수 있었다. 그때 자신이 무슨 생각을 했고, 잠자리에서 일어났을 때 기분이 어땠는지, 매일 다니는 산책로에서 무엇을 보았고, 누가 곁을 스쳐 지나갔는지, 공원의 화단에는 무슨 꽃이 피어 있었는지를.

요 일 년 사이, 눈에 들어오는 것은 뭐든 기억해두는 것이 습관이 되고 말았다. 매 순간들을 사진을 찍듯 머릿속에 새겨둔다. 사람들과 나눈 대화에서 눈에 들어오는 풍경 하나까지 놓치지 않고 머릿속에 보관해두는 것이다. 왜냐하면, 그 모든 일상사들은 매 순간마다 단단히 붙잡아두지 않으면 언제 소리도 없이 부서져버릴지 모를 정도로 연약하기 때문이다.

그날 아침, 이층 방을 나와 계단을 내려가다가 우편함에 신문이 꽂히는 소리를 들었다. 어제보다 좀 늦다는 생각을 하면서 계단 창으로 밖을 내다보니 스쿠터에 올라탄 통통한 몸매의 신문배달부가 막 집 앞을 지나고 있었다. 티셔츠 등에는 축구팀 로고와 마스코트가 그려져 있었다.

현관문 고리를 벗기는데 앞마당에서 로키가 짖어댔다. 신이치가 문을 열자 로키는 목에 달린 방울을 마구 울리면서 목이 조이는 것도 아랑곳하지 않고 두 발로 서서 반가움을 표현했다. 그때 신이치는 로키의 복부 털 일부가 빠진 것을 보고, 어디서 상처라도 입은 모양이라고 생각했다. 로키를 붙들고 배를 자세히 살펴보려다가, 로키가 너무 발버둥치는 바람에 그만두었다. 산책을 다녀와서 아저씨에게 동물병원에 한번 데려가보라고 해야겠다고 생각하면서, 로키를 묶은 줄을 풀었다. 그때, 어제 내린 비 때문에 줄이 젖어 있었다는 것도 기억하고 있다.

로키는 이 이시이 부부의 집에 신이치보다 반년 먼저 살기 시작했다. 곰인형보다 더 털이 가지런한 콜리 종인데, 이시이 부부의 말로는 순종은 아니라고 한다. 그러나 코가 조금 짧고 몸집도 작아 보이는 게 오히려 애교가 있어 보여 좋았다.

신이치가 이시이 부부의 집에 들어온 지도 어언 열 달이 되었다. 아침저녁으로 로키와 함께 산책을 나가는 것이 신이치의 일과가 되어버렸다. 이시이 부부는 원래 개를 그리 좋아하지 않아서 로키를 데리고 산책하는 일이 늘 부담이었던 모양이었다. 실제로 신이치는 아주머니가 덩치 큰 로키에게 겁을 먹는 모습을 자주 보았다. 그 때문인지 로키는 신이치를 가장 잘 따랐고, 신이치도 로키를 돌보는 일에 보람을 느끼고 있었다. 이시이 부부는 신이치가 개를 잘 데리고 노는 것을 보고 퍽 다행스럽게 생각했다.

그런데 왜 이시이 부부는 로키를 기르게 되었을까? 신이치는 몇 번이나 물어보려다 그만두었다. 물어보면 대답이야 해주겠지만, 분명 분위기가 어색해지고 말 것이라는 생각이 들었기 때문이다.

아, 그건, 저 개가 불쌍해서 할 수 없이 기르게 된 거야. 이시이 부부는 그렇게 대답한다. 그렇다. 이시이 부부는 불쌍한 것을 보고는 절대로 그냥 지나칠 수 없는 성격이다. 신이치는 속으로 중얼거린다. 나도 로키와 똑같은 처지야. 이시이 부부는 그런 생각을 하는 신이치를 바라보면서, 그래, 로키와 네가 똑같은 처지라고 생각하겠지, 우리는 네가 그런 생각을 한다는 걸 알아, 하는 듯한 표정을 짓는다. 부부가 그것을 알고 있다는 것을 신이치도 알고 있다. 그러면서도 서로 모르는 척하고 있는 것이다.

목사리에서 쇠줄을 벗겨내고 산책용 가죽줄을 건 다음, 신이치는 로키를 데리고 밖으로 나섰다. 로키는 힘차게 신이치를 끌기 시작했다. 산책 코스가 정해져 있어서 로키는 매일 아침 그 방향으로 무조건 나아간다. 그리고 아스팔트가 깔리지 않은 맨땅을 무척 좋아한다. 발바닥으로 흙의 감촉을 느끼는 것이 즐거운 모양이다. 신이치도 때로 로키가 가자는 대로 몸을 맡겨버린다. 그러나 오늘 아침은 그럴 수 없었다. 어젯밤에 내린 비로 여기저기 물이 고여 있었다. 포장도로를 따라 걷는 것이 무난하리라는 생각이 들었다. 신이치는 방향을 조절하면서 로키를 끌고 갔다.

좁은 골목길을 빠져나가 큰길로 나섰다. 이른 아침이라서 교통량은 적지만, 그런 만큼 차들이 빠르게 달리고 있다. 큰길을 따라 서쪽으로 향해 시라히게바시 동쪽 사거리를 건너 오가와 공원으로 간다. 가을이 깊어가는 이 계절에는 꼭 이 정도 걸어오면 등 뒤에서 아침 해가 떠올라, 오른쪽으로 보이는 고층아파트 단지의 유리창이 햇빛을 반사하기 시작한다.

무작정 앞으로만 나아가려는 로키를 끌어당기면서 신이치는 떠오르는 태양 쪽으로 몸을 돌렸다.

옛날의 신이치를 잘 아는 친구들이 그가 지금 매일 아침 떠오르는 해를 바라보며 개를 데리고 산책을 한다는 말을 듣는다면, 모두 눈을 동그랗게 뜨고 놀랄 것이다. 이전에는 대부분의 고등학생과 마찬가지로 신이치도 올빼미형 인간이었다. 아침에 정해진 시각에 일어나는 건 참으로 고통스러운 일이었다. 학교 수업이 열시나 되어 시작하면 얼마나 좋을까 하는 것이 입버릇이었다.

그러나 지금 신이치는 완전히 바뀌었다. 이시이 부부 댁에 신세를 지게 된 후부터, 자신도 모르는 사이에 새벽에 일어나 떠오르는 아침 햇살을 받으며 산책을 즐기는 사람으로 변해 있었던 것이다.

왜 이렇게 변했을까, 하고 스스로 물어본 적이 있다. 아직 명확한 대답은 나오지 않았다. 논리적으로 설명할 수는 없지만, 자신의 바뀐 생활양식이 무엇을 의미하는지를 어렴풋이 이해하고는 있었다.

확인하고 싶었다. 하루의 시작을. 매일 아침, 내가 살아 있다는 것을. 아니, 어제 하루를 무사히 보내고 오늘을 맞이했다는 것을. 아직 내 인생이 끝나지 않았다는 사실을.

다가올 하루가 어떤 날인지는 알 수 없지만 어쨌든 어제는 지나갔고, 어제라는 하루를 무사히 살았음을 확인하고 싶었다. 그렇게라도 하지 않으면 살아 있음을 실감할 수 없었다. 마치 끝도 없이 펼쳐진 광활한 사막을 걸어가는 탐험가가 때로 뒤를 돌아보며 자신의 발자국을 확인하지 않으면 자신이 앞으로 나아가고 있는지 멈춰 있는지 모르는 것처럼.

그래도 때로는 이렇게 아침을 맞이하고 있는 내가 사실은 죽은 시체가 아닐까, 저 태양은 시체 위를 오가고 있는 것이 아닐까 하는 허무에 젖어들기도 했다.

멈춰 선 채 아침 햇살을 받고 있자니 로키가 짖어댔다. 뒤를 돌아보니 오가와 공원 쪽에서 운동복 차림의 여자가 달려오고 있었다.

"안녕!"

그녀는 신이치에게 아침인사를 건넸다. 신이치는 고개를 까닥하며 인사를 받았다. 보기에 따라서는 인사를 받은 건지 아닌지 모를 동작이었다.

"안녕, 로키."

로키가 꼬리를 흔들었다. 여자는 밝게 웃었다.

"비가 그쳐서 다행이야."

여자는 뒤로 묶은 머리칼을 찰랑찰랑 흔들면서 신이치 곁을 스쳐갔다.

그녀와는 매일 아침 이 정도 위치에서 만난다. 이름도 모르고, 어디 사는 누군지도 모른다. 나이는 삼십대 정도일 것이다. 이 주변에 사는 것 같은데, 달리는 폼을 봐서는 운동을 꽤 많이 한 사람인 것 같다. 혹시 옆 동네에서 여기까지 달려왔을지도 모른다. 여자도 신이치의 이름을 모른다. 로키의 이름을 아는 것은 아마도 신이치가 로키를 부르는 소리를 들었기 때문일 것이다.

그녀가 몇 번이나 인사를 해도 신이치는 가볍게 고개를 끄덕이는 것 말고는 인사다운 인사를 하지 않았다. 그래도 그녀는 신이치만 보면 인사를 했다.

"로키, 가자!"

말이 떨어지기가 무섭게 로키는 거침없이 달리기 시작했다. 귀를 쫑긋 세우고 지면을 힘차게 박차면서 앞으로 나아갔다. 팽팽해진 줄을 잡고 신이치도 달리기 시작했다.

오가와 공원 입구 언저리에서 일단 속도를 줄인 다음 서서히 공원 안으로 들어갔다. 강가의 녹지에 나무를 심고 화단을 조성하고 산책로를 만들어놓은 단순한 공원이지만, 산책하기에는 더없이 좋다. 여기저기 개를 데리고 온 사람들의 모습이 눈에 띈다. 그 가운데에는 매일 아침 만나는 사람들도 있지만, 애당초 신이치가 먼저 인사를 하는 법이 없는 데다 아까 그 여자처럼 먼저 인사하는 사람도 없어서 서로 모른 척하고 지낸다. 신이치에게는 오히려 그게 편했다.

산책로는 크게 S자를 그리며 조성되어 있고, 공원의 서쪽은 스미다 강에 접해 있다. 계단을 걸어서 제방 위에 올라서면, 검푸른 강의 수면과 건너편 아사쿠사 쪽 거리가 한눈에 들어온다. 머리 위로 6호 고속도로가 있어 조금 압박감이 느껴지기는 하지만, 신이치는 매일 아침 제방 위에 서서 경치를 즐겼다. 이시이 부부 댁에 오기 전까지는 강변에 살아본 적이 없었기 때문에 강변 공원에서 바라보는 풍경은 신이치에게 늘 신선한 느낌을 주었다.

스미다 강을 오른쪽에 두고 로키와 함께 제방 위를 달렸다. 가을 기운을 가득 담은 아침 바람이 신이치의 볼을 차갑게 식히고, 로키의 매끈한 털을 마구 흔들어놓았다. 엔진 소리와 함께 준설선이 강에 모습을 드러내자 로키는 그 자리에 멈춰 서서 열심히 꼬리를 흔들며 짖어댔다. 때로 강 위를 달리는 수상버스의 손님들이 손을 흔들면, 로키는 기분 좋게 꼬리를 흔들었다.

신이치는 웃으면서 로키의 머리를 쓰다듬어주고, 로키는 그 손을 혀로 핥았다. 로키의 혀는 까칠까칠하고 따스하다.

제방 위를 잠시 달리다가 다시 계단을 내려와 산책로로 돌아왔다. 코스모스가 피어 있는 화단 곁을 지나 출구 쪽으로 나아가는데, 앞에서 개가 심하게 짖어대는 소리가 들려왔다. 로키도 귀를 쫑긋 세우고 관심을 보였다. 신이치는 로키의 목사리를 잡고 천천히 앞으로 나아갔다.

몸집이 큰 시베리안 허스키가 산책로 입구 쪽에서 짖고 있었다. 주인으로 보이는 사람이 곁에서 땀을 흘리며 개를 달래고 있지만, 개는 좀처럼 흥분을 가라앉히려 하지 않았다.

개의 주인은 젊은 여자였다. 전에 본 적이 있는 얼굴이었다. 신이치와 같은 또래거나 한두 살 위로 보였다. 훤칠한 키에 쭉 뻗은 다리로 보아 근력도 상당할 것 같았지만, 흥분한 시베리안 허스키를 감당하기에는 역부족이었다.

"킹, 왜 그래? 그만두지 못해, 킹!"

강한 어조로 개를 나무라면서 발뒤꿈치에 체중을 실어 굵은 가죽끈을 힘차게 당기고 있었다. 그러나 킹은 미친 듯이 짖어대면서 앞으로만 나아가려 했다.

킹은 공원의 쓰레기통을 보고 짖고 있었다. 뚜껑이 달린 커다란 쓰레기통이었다. 표면에는 '타는 쓰레기'라고 적혀 있고, 뚜껑 아래로 반투명 쓰레기봉투가 비어져나와 있었다.

"킹, 왜 그래!"

여자는 무척 당혹스러운 듯했다. 이마에 땀방울이 맺혀 있었다. 도움을 청하려는 듯 주위를 두리번거리다가, 신이치와 눈길이 마주쳤다.

"우리 개가 좀 이상해."

신이치는 몸을 움츠렸다. 여자와, 특히 모르는 여자와는 말을 나누고 싶지 않았다. 지금 같은 상황은 신이치가 가장 바라지 않는 일이었다. 인간관계를 넓히는 것은, 설령 그것이 아무리 사소한 일이라 해도 싫었다.

"킹, 제발 좀 짖지 마."

여자가 겁먹은 목소리를 낼수록 개는 더욱 흥분하면서 앞발로 쓰레기통을 마구 긁어댔다. 뚜껑이 마구 흔들렸다.

킹의 행동을 지켜보던 로키도 짖어대기 시작했다. 신이치는 로키의 머리를 손바닥으로 쳐 그 자리에 앉게 했다. 로키는 저항했지만, 신이치가 다시 한번 머리를 때리자 귀를 늘어뜨리면서 그 자리에 앉았다. 신이치는 로키를 끌어안듯 산책로 가로 데려가서 나뭇등걸에 줄을 감아버렸다.

킹은 완전히 쓰레기통에 몸을 싣고 뚜껑 틈으로 코를 들이밀고 있었다. 뭔가를 찾고 있는 것 같았다.

"킹, 안 돼!"

여자는 갈라진 목소리로 외쳤다. 그런 모습을 바라보면서도 신이치는 여자를 도우러 갈지 어쩔지 망설였다. 남의 일에는 절대로 관여하고 싶지 않다. 그러지 않는 것이 좋다.

흥분한 킹에게 자극받았는지 조용하던 로키도 짖어대기 시작했다. 신이치는 뒤를 돌아보며 로키에게 야단을 쳤다. 바로 그때, 킹이 마침내 쓰레기통을 뒤집는 데 성공했다.

킹은 쓰레기통과 함께 땅에 떨어졌다. 그 순간, 여자가 줄을 놓치고 말았다. 자유로워진 킹은 옆으로 쓰러진 쓰레기통 안에 머리를 쑤셔넣었다. 반투명 쓰레기봉투를 발톱과 이빨로 찢었다. 찌그러진 종이컵이 나오고, 썩은 음식 냄새가 코를 찔렀다.

가죽끈을 놓아버리고 땅에 쭈그리고 앉은 여자가 손으로 코를 막았다.

"이게 무슨 냄새야?"

그녀는 신이치를 향해 말했다.

"이 냄새 때문에 우리 킹이 이상해진 것 같아."

신이치는 여자의 물음에는 대답도 하지 않고 킹 쪽을 뚫어져라 바라보았다. 방금 킹이 쓰레기봉투 안에서 끄집어낸 것에서 눈을 뗄 수 없었기 때문이었다.

갈색 종이가방이었다. 킹은 그 끝자락을 물어뜯고 있었다. 턱을 열심히 움직이며 다시 물었다. 종이가방이 뜯어졌다. 내용물이 드러났다.

악취가 더 강해졌다. 저도 모르게 얼굴을 찌푸리며 신이치는 킹이 입에 물고 있는 그 내용물의 정체를 두 눈으로 똑바로 보고 말았다.

사람의 손이었다. 팔꿈치 아래쪽. 손가락이 신이치 쪽을 가리키고 있었다. 마치 뭔가를 호소하는 것 같았다.

여자의 비명 소리가 아침 공기를 날카롭게 갈랐다. 그 자리에 뻣뻣하게 굳은 신이치는 반사적으로 손을 들어 귀를 막았다. 똑같은 일이 일 년 전에도 있었다. 같은 일이 다시 반복된다. 비명과 피, 그리고 멍하니 바라보는 나.

저도 모르게 신이치는 뒷걸음질을 치기 시작했다. 그러나 자신을 부르고 있는 듯한 손, 잘린 팔에서 시선을 뗄 수 없었다. 그 손톱은 화단 속에서 활짝 피어난 코스모스의 꽃잎처럼 엷은 자주색으로 물들어 있었다.

2

전화벨이 울렸을 때, 벽시계를 올려다보니 오전 아홉시를 막 지나 있었다. 오늘 공정이 아직 끝나지 않은 상태였다. 아리마 요시오는 가성 소다 수조 앞에 서서 두 팔을 깊숙이 담근 채 두부판을 씻고 있었다.

"'도라지 정'에서 온 걸 거예요."

다른 작업을 하고 있던 기다 다카오가 돌아보며 말했다.

요시오는 고무장갑을 벗고 사무실로 향했다. 사무실과 작업장 사이의 문에 이르렀을 때 열한번째의 벨이 울렸다.

"아닐 거야. 그 사람들에게 이런 참을성이 있을 리 없지."

좁은 사무실의 반을 차지하고 있는 두 개의 통을 돌아서 책상 위의 수화기를 들었다. 아니나 다를까, 딸 마치코였다.

"아빠, 텔레비전 봤어?"

인사도 하지 않고 다짜고짜 그렇게 물었다. 요시오는 반사적으로 십이 인치짜리 텔레비전 쪽을 보았다.

"못 봤는데, 무슨 일이 있어?"

"빨리 텔레비전 켜봐. 아, 벌써 다음 뉴스로 넘어갔을지도 몰라."

마치코의 목소리는 허공을 맴돌고 있었다. 아마도 울고 있는 것 같았다.

"무슨 뉴스인데 그러니?"

더이상 참지 못하고 마치코는 소리내어 흐느끼기 시작했다.

"무슨 일인지 말을 해야 알지!"

"시……시체가 발견됐대."

요시오는 수화기를 든 채 뻣뻣하게 굳어버렸다.

"시체라니, 무슨……?"

마치코는 울고 있었다. 요시오는 수화기를 고쳐잡았다. 가성소다 때문에 손가락이 미끈거렸다.

"경찰이 뭐라고 하든?"

"아무 말도 안 했어."

마치코의 목소리는 떨리고 있었다.

"그냥 텔레비전 뉴스에서 봤어. 그렇지만 여자의 시체라고……"

"아침 뉴스에서?"

"응."

"어디서?"

"스미다 구에 있는 오가와 공원."

요시오는 눈을 깜빡거렸다. 오가와 공원이라면 잘 안다. 옆 동네가 아닌가. 차로 이십 분 정도 거리다. 벚꽃으로 유명한 곳이라, 작년에 조합원들과 꽃놀이를 간 적도 있다.

"아침부터 난리야."

아까보다 목소리는 약간 진정된 것 같았다. 요즘 들어 점점 심해지고 있다. 갑자기 감정이 격해지면 그냥 울음을 터뜨리고 만다.

"그게…… 젊은 여자니?"

마리코 정도의 나이냐는 말은 차마 할 수 없었다.

"그런 모양이야. 그런데, 그게, 토막……"

"토막?"

요시오는 저도 모르게 큰 소리로 물었다.

"팔만 발견된 거래."

기다가 사무실 입구까지 와서 무슨 일인가 하고 고개를 들이밀었다. 이야기를 들은 듯, 걱정하는 표정으로 미간을 찌푸리며 소리는 내지 않고 입술로만 '마리코?' 하고 물었다.

요시오는 고개를 저으며 소리내어 대답했다.

"몰라. 마치코가 제정신이 아니라서 알 수가 없어."

"나, 정신 똑바로 차리고 있어."

"마리코라는 확증도 없잖니. 마음을 좀 가라앉혀."

"그래도 아빠……"

"무슨 일이 있으면 경찰에서 연락이 올 테니, 그때까지는 성급하게 생각하지 마."

마침내 마치코는 울음을 터뜨리고 말았다.

"누가 성급하다고 그래!"

요시오는 눈을 감았다. 아버지와 딸 사이지만 요시오는 일흔둘, 마치코는 마흔넷, 이미 살 만큼 산 나이다. 그러나 아버지는 딸을 어떻게 달래야 할지 몰랐다. 딸은 찢어지는 가슴을 부여안고 괴로워하고 있다.

"따, 딸이 없어진 지 벌써 석 달이나 됐어. 어떻게 불길한 생각을 안 할 수 있냐구."

"알았어, 그래, 알았다니까."

"아빠는 몰라. 아빠는 딸이 없어진 적이 없잖아."

보지 않아도 마치코의 얼굴은 눈물로 범벅이 되어 있음이 분명했다. 답답한 심정을 털어놓을 상대라고는 아버지밖에 없다는 것이 마치코의 억장을 더욱 무너뜨리고 있다는 것도 요시오는 잘 알고 있었다.

"지금 경찰서로 가볼까?"

요시오는 딸의 마음을 달랠 심산으로 먼저 그렇게 제안했다.

"……응."

마치코는 들릴 듯 말 듯한 목소리로 대답했다.

"사카기 씨한테 전화를 해보마. 그 사람이라면 사정을 잘 알 거야."

"응, 그렇게 해줘. 지금 아빠한테 갈게. 가게는?"

"기다가 있으니까 괜찮아."

"아, 아, 내 정신 좀 봐. 그 사람이 있었지."

"마음을 좀 가라앉혀. 시게루한테는 연락했니?"

마치코는 한참이나 침묵을 지키다가 말했다.

"그 사람은 필요 없어."

"연락해보렴. 그애 아버지잖니."

"지금 어디 있는지도 몰라."

"회사에 전화해보면 되잖니."

"얘기해봐야 오지도 않아. 아빠만 와주면, 나 혼자라도 돼."

요시오는 수화기 옆에 꽂힌 낡은 수첩을 바라보았다. 거기에 마치코의 남편인 후루카와 시게루의 전화번호가 적혀 있을 것이었다. 내가 한

번 전화해볼까……

그 생각을 읽기라도 한 듯, 마치코가 날카로운 목소리로 외쳤다.

"그 사람한테는 전화하지 마!"

요시오는 한숨을 내쉬며 알았다고 하고 전화를 끊으려 했다. 그러나 다시 마치코의 떨리는 목소리가 들려왔다.

"아빠."

"응."

"마리코일 거야, 분명히."

솟구치는 감정의 응어리를 억지로 누르며 요시오는 냉정한 목소리로 말했다.

"그런 말은 함부로 하는 게 아냐."

"아냐, 마리코가 맞아. 어머니의 직감이란 게 있잖아. 분명 마리코야. 어떡해."

"어쨌든 사카기 씨에게 부탁해서 경찰서로 가서 이야기를 들어보자. 어서 준비해."

마치코는 마치 어린아이처럼 얌전한 목소리로 예, 하고는 전화를 끊었다.

기다가 걱정스러운 눈길로 요시오를 바라보고 있었다.

"기다, 스미다 구의 오가와 공원 알지?"

"알죠. 꽃놀이 간 적이 있잖아요."

"오늘 아침에 거기서 여자의 시체 일부분이 발견되었다는데, 그게 마리코가 아닐까 하고 걱정하는 거야."

"아……"

기다는 의미도 없는 소리를 내며 손수건으로 얼굴을 닦더니 다시 한번, 아, 하고 중얼거렸다.

"아직 확실한 건 아무것도 없어. 그런데도 마치코는 저렇게 호들갑을 떨고 있으니……"

"무리도 아니죠. 딸이 실종되었으니……"

요시오는 텔레비전 화면을 보았다. 뉴스를 보고 싶었다. 그러나 금방 생각을 바꾸었다. 어차피 경찰서에 갈 게 아닌가. 그전에 쓸데없이 뉴스를 보고 마치코처럼 동요해서는 안 된다는 생각이 들었다.

"벌써 석 달이 지났나요, 마리코가 실종된 지."

사무실 벽에 걸린 두부조합 달력을 바라보며 기다가 물었다.

"오늘로 구십칠 일째야."

"날짜를 세고 계셨군요."

"응."

작업장 계단 위의 방에도 똑같은 달력이 하나 걸려 있었다. 요시오는 손녀가 실종된 후로 하루하루 달력의 날짜에 선을 그었다.

"반드시 돌아올 겁니다."

기다는 그런 말로 위로할 수밖에 없었다.

구십칠 일 전, 6월 7일 밤이었다. 후루카와 마리코라는 스무 살 난 아가씨가 JR 야마노테 선 유라쿠초 역 공중전화부스에서 집으로 전화를 걸었다. 시각은 밤 열한시 삼십분. 긴자는 신주쿠나 롯폰기에 비해 빨리 문을 닫는 번화가이지만, 그 정도 시간대면 사람들의 왕래가 많고 역 주변의 불빛도 밝다. 게다가 그날은 금요일이라 평소보다 더 붐볐다. 전화를 받은 마치코는 마리코의 목소리가 소음에 묻혀 몇 번이나 되물어야 했다. 마리코는 이렇게 말했다.

"이렇게 늦을 줄 몰랐는데, 미안. 지금 유라쿠초니까 전철 타고 갈게."

"회사 사람들이랑 같이 있어?"

"오늘은 그래."

마리코의 목소리는 밝았다. 그러나 약간 취한 것 같기도 했다.

"조심해서 와."

"응, 바로 갈게."

그렇게 말하고 마리코는 전화를 끊었다. 카드가 아니라 동전으로 건 듯, 마리코가 전화를 끊기 직전에 통화가 끝남을 알리는 뚜— 하는 소리가 들렸다.

마리코의 집은 JR 주오소부 선 히가시나카노 역에서 걸어서 오 분 정도 거리에 있다. 역에서 집까지 오는 길에는 밤이면 인적이 별로 없다. 마치코는 밤늦게 돌아오는 딸을 기다리는 여느 주부와 다름없이 거실에 앉아 텔레비전을 보고 있었다. 올 4월에 취직한 마리코는 이제 직장생활에 익숙해지고 친구도 생겨서인지 주말이면 항상 늦게 귀가했다. 마치코도 딸의 생활 패턴에 겨우 익숙해져가고 있던 참이었다.

유라쿠초에서 히가시나카노까지는 지하철 환승시간까지 감안해서 보통 사십 분 정도 걸린다. 밤이 늦었으니 걷는 시간이 약간 늘어난다고 봐도 한 시간이면 충분히 집에 올 수 있다.

그러나 열두시 반이 지나도 벨은 울리지 않았다. 마치코는 딸이 환승 전철을 하나 놓쳤을 것이라 생각했다.

시계를 보았다. 열두시 오십이분. 하루에 담배를 열 개비 정도 피우는 애연가인 마치코는 초조하게 담배만 피우고 있었다.

다시 시계를 보았다. 열두시 오십오분. 초침이 한 바퀴 돌 동안 시계에서 눈을 떼지 않았다. 그제야 비로소 마치코는 딸의 귀가가 늦다는 생각을 하기 시작했다.

다시 텔레비전으로 눈길을 돌렸지만 화면에 집중할 수 없었다. 아침에 신문을 읽으며 밥을 먹던 마리코는 심야에 재미있는 영화를 한다고 했었다. 꼭 볼 거라고도 했다. 마치코도 그 영화를 보고 싶었지만 새벽 세시까지 깨어 있을 자신이 없어서 비디오로 녹화해달라고 부탁했다.

마리코는 새로운 테이프가 필요하다면서 돌아오는 길에 사오겠다고 했다. 아마 도중에 편의점에 들렀을 거라고 마치코는 생각했다.

그러는 사이에 시간은 한시를 지나고 있었다. 이윽고 한시 이십분. 편의점이 붐비는 걸까? 이런 시간에?

마치코는 슬리퍼를 끌고 문 밖으로 나갔다. 푸르스름하게 빛나는 가로등 불빛 아래 길에는 사람 그림자 하나 없었다. 집 쪽을 돌아보니 창문 커튼 너머로 거실의 텔레비전 화면이 깜빡거리는 것이 보였다.

밝은 집, 어두운 거리.

내 딸이 돌아오지 않는다.

마리코, 하고 소리내어 불러보았다. 그때부터 길고긴 기다림의 나날이 시작되었다.

마치코의 전화를 받은 지 두 시간 정도가 지났을 때, 작업장 곁에 설치된 대형 냉장고 안에 있던 요시오는 주차장으로 들어오는 자동차 엔진 소리를 들었다. 고개를 내밀어보니 하얀색 차가 막 멈춰 서는 참이었다.

마치코와 사카기 다쓰오였다. 운전대는 사카기가 잡고 있었다.

"안녕하세요."

사카기가 주름진 얼굴에 웃음을 머금으며 요시오를 향해 인사를 했다.

그 인사를 받으면서 요시오는 가슴속에 매달려 있던 무거운 납덩어리 하나가 아래로 툭 떨어지는 것 같은 느낌이 들었다. 그러나 그것은 낚싯줄에 매다는 자그만 납덩어리였다. 가장 큰 납덩어리는 마리코가 실종된 그날 이후로 가슴속 깊이 잠겨 수면 위로 떠오를 줄 몰랐다. 그걸 끌어올리면 무시무시한 현실도 함께 딸려올라올 것 같아 그냥 수면 아래 잠긴 그것을 망연히 바라보고 있을 따름이었다.

사카기의 출현과 함께 아래로 떨어진 납덩어리가 수면에 약간의 파문을 일으켰다. 두 시간 전, 마치코의 떨리는 목소리를 듣고서도 흔들림 없던 요시오의 가슴에 파문이 인 것이다.

'사카기 씨도 오가와 공원에서 발견된 시체 일부분이 마리코라고 생각하는 게 분명해.'

그렇지 않다면 굳이 마치코를 데리고 여기까지 오지는 않았을 것이다.

사카기 다쓰오는 경시청 히가시나카노 경찰서의 생활안전과 형사이다. 머리가 벗어진 탓에 늙어 보이지만, 아직 마흔다섯이다.

구십칠 일 전, 6월 7일이 지나고 8일 아침이 밝아와도 마리코가 돌아오지 않자 마치코는 요시오에게 전화를 걸었다. 이미 마리코의 친구들 집에는 모두 전화를 건 다음이었다.

요시오는 바로 경찰에 알리라고 했다. 마리코는 외동딸이어서 어릴 적부터 귀여움을 독차지하며 자랐다. 주위에 온통 어른들뿐이라 애완동물처럼 귀여움을 받아서인지 종종 버릇없이 굴 때도 있었다.

그런 한편으로 마리코는 어머니와 외할아버지에게 자신이 얼마나 소중한 존재인지 충분히 인식하고 있었다. 그래서 어떤 때에도 자신의 행동이 스케줄대로 움직이지 않으면 반드시 다음 일정을 어머니에게 알리는 습관이 있었다. 그렇지 않다면 한창 놀 때인 스무 살 아가씨가 지금 전철을 타고 돌아간다고 전화로 알릴 턱이 없다.

그런 마리코가 아무 연락도 없이 집에 돌아오지 않는다는 것은 누가 봐도 이상한 일이다. 가령 안녕, 하고 손을 흔들었던 남자친구가 마음이 바뀌어 마리코의 손을 잡고 오늘밤을 같이 보내고 싶다고 투정을 부리고 마리코에게도 그럴 마음이 생겼다 해도, 오늘밤 애인과 호텔에 머물 생각이라는 말은 할 수 없더라도 다른 일이 있어 늦어질 것이라는 연락은 했을 것이다. 사춘기 때 어머니와 심하게 다툰 후에 친구 집에서 잘 때도 어머니에게 전화를 해서 자신이 지금 어디 있는지를 알려줬을 정도였다.

게다가 작년 말부터 마치코의 남편 시게루가 집을 나가는 바람에 집은 마치코와 마리코 둘만의 공간이 되고 말았다. 마리코는 그런 어머니를 홀로 두고 제멋대로 놀겠다는 생각을 할 만큼 냉정하지 않았다.

그렇기 때문에 요시오는 바로 경찰에 알리라고 한 것이다. 설령 경찰이 시큰둥하게 대응한다 해도 절대로 물러나서는 안 된다, 마리코가 이런 면에서 얼마나 철저한 성격인지, 연락도 하지 않고 외박을 할 리 없다는 것을 확실히 인식시켜주라고 일렀다. 그리고 요시오는 기다에게 가게를 맡기고 자신도 히가시나카노 경찰서로 달려갔던 것이다.

그때 만난 형사가 바로 사카기 다쓰오였다. 그에게 명함을 받는 순간부터 요시오는 그가 도무지 마음에 들지 않았다. 빈상에다 생활안전과라는 구청의 민원 처리 담당 같은 부서 이름까지. 스무 살 난 딸이 도쿄 한복판에서 갑자기 사라져버렸다. 그런 심각한 사태를 호소하는 가족에게 생활안전과라니? 집에서 기르던 고양이를 찾으려는 게 아니다.

사카기가 느릿느릿한 목소리로 가출자 수색은 모두 우리 과에서 맡고 있다고 설명하는 순간, 요시오의 분노는 극에 달했다.

"손녀는 가출한 게 아니오. 지금 돌아간다고 집에 전화까지 하고 가출하는 멍청이가 세상에 어디 있겠소. 그애는 돌아오고 싶어도 돌아올 수 없는 상황인 거요."

사카기는 어눌하게 대답했다.

"그 심정은 잘 알겠지만, 젊은 사람은 젊은 사람 나름대로 생각이 있기 마련입니다. 너무 소란을 피우면 오히려 손녀분에게 좋지 않을 수도 있습니다."

"내가 말했지 않소, 마리코는 다른 젊은 애들과는 다르다고."

"다들 그렇게 말씀하시죠, 부모라면……"

원래가 과묵한 요시오는 더이상 할 말이 없어지고 말았다.

사카기 형사는 울고 있는 마치코와 험악한 표정을 짓고 있는 요시오를 번갈아 바라보고는 의자를 앞으로 끌어당기며 침착하게 말했다.

"젊은 여자가 갑자기 사라진 것은 분명 큰일이지요. 사건일 가능성이 있다는 건 우리도 잘 알고 있습니다. 조금이라도 사건일 가능성이 보이면 대대적인 수사를 벌일 겁니다. 그러나 지금은 아직 이릅니다. 걱정은 되시겠지만, 나쁜 쪽으로는 생각하지 마시기 바랍니다."

형사는 요시오 쪽을 바라보며 물었다.

"어머님은 지금 후루카와 시게루 씨와 별거중이라고 하시더군요."

"그렇소. 사위는 스기나미 구 쪽에 살고 있소이다."

"따님이 그쪽에 갔을 가능성은?"

마치코가 얼굴을 치켜들고 외치듯 말했다.

"없어요, 절대로."

그러나 사카기는 어렴풋이 미소를 머금으며 말했다.

"절대로 없다고는 할 수 없죠. 어머니에게 전화를 건 후에 우연히 유라쿠초에서 아버지를 만났을 가능성도 있습니다. 이야기를 나누다보니 밤이 깊어져 아버지 집에서 잤을 수도 있지 않겠습니까? 결국 어머니에게 알릴 타이밍을 놓치고 말았을 수도……"

마치코는 눈을 감은 채 고개를 가로저었다.

"있을 수 없어요."

"시게루 씨의 회사는?"

"마루노우치 쪽이에요."

"그럼 유라쿠초에서 만날 가능성도 있군요."

"물론 그럴 수도 있겠죠. 지난번에도 아버지와 식사를 같이 했으니까요. 하지만 그애가 아버지와 술을 마시고 아버지 집에서 잔다는 건 있을 수 없는 일이에요. 그 아버지라는 사람도 딸을 자기 집에서 재우지 않아요. 우리집까지 데려다줄 거예요."

"그렇지만……"

"그 사람은 다른 여자와 같이 살고 있소."

요시오가 끼어들었다.

사카기의 눈에서 초점이 풀어졌다. 요시오는 이 형사가 마리코의 복잡한 가정 사정을 알고 가출이라고 생각할 수도 있을 것 같아 강한 어조로 설명했다.

"물론 부부 사이에 심각한 문제가 있긴 하지만, 그건 마리코가 돌아오지 않는 것과 아무 관계가 없어요. 부모가 이혼할 것 같다는 이유로 가출할 애가 아니란 말이오."

사카기는 여전히 초점 없는 눈길이었다. 무슨 다른 생각이라도 하고 있는 것 같았다.

"일단 오늘 하루만 기다려보기로 합시다. 연락할 만한 데는 샅샅이 연락해보세요. 따님이 겸연쩍은 표정으로 돌아올 가능성도 충분히 있다는 걸 잊지 마시고."

그는 눈을 번쩍 뜨고 그렇게 말하고는 그날의 일을 정리해버렸다.

그 이후로 사카기 형사는 그런 태도를 버리지 않았다. 일주일, 열흘, 한 달, 마리코가 돌아오지 않자 히가시나카노 경찰서도 사건일 가능성이 많은 실종으로 보고 수사를 시작해 각 파출소에 마리코의 사진과 실종 당시의 복장을 설명한 전단지를 붙이기에 이르렀지만, 사카기의 태도에는 변함이 없었다.

"사건인지 아닌지 알 수 없지 않습니까. 경찰도 최선을 다하고 있습니다. 예단해서는 안 됩니다. 절대 나쁜 쪽으로만 생각하지 말아주십시오."

결과적으로 사카기는 구십칠 일 동안, 요시오와 마치코의 가슴에 펼쳐진 어두운 수면에 떨어지는 납덩어리를 수면 아슬아슬한 부근에서 낚아채서 멀리 던져버리려고 노력해온 셈이다. 그러나 오늘 아침만은 달랐다.

두 사람을 가게 안쪽으로 이끌면서 요시오는 슬쩍 떠보았다.

"일부러 여기까지 와주어서 고맙소."

"아, 오늘 마침 비번이라서요."

평소의 느릿한 어투에는 변함이 없었다. 피로와 불안 때문에 어깨를 늘어뜨리고 있는 마치코와는 너무도 대조적인 태도였다.

"후루카와 씨가 너무 동요하시는 것 같아 같이 왔습니다. 그리고 보쿠도 경찰서로 간다고 하니까, 제가 따라가는 편이 일을 처리하기에 편할 것 같아서 말입니다."

애써 태연을 가장하는 목소리였다.

요시오는 마치코의 어깨를 가볍게 두드리며 위로했다. 너무 울어서 퉁퉁 부은 눈에서 다시 눈물이 흘러내렸다.

요시오는 일부러 차를 끓여오라고 해 마치코를 자리에서 물리고 사카기에게 물었다.

"어떻게 생각하시오?"

사카기는 요시오의 얼굴을 똑바로 바라보았다. 그러나 불편한 시선은 아니었다. 이것이 이 사람의 특징이다. 형사라는 직업에는 어울리지 않는 분위기를 가진 사람이라는 생각이 들었다.

"단언할 수 없습니다."

그러면서 사카기는 담배를 빼물었다.

"후루카와 씨는 마리코 씨가 분명하다고 생각하시는 것 같습니다."

"저애는 좀 신경이 예민하지요. 그렇지만 저애의 감은 잘 맞아떨어져요. 마리코가 실종되었을 때도 그랬고."

"오늘이 구십칠 일째지요."

요시오는 깜짝 놀랐다.

"사카기 씨도 날짜를 세고 있었소?"

사카기는 고개를 끄덕이며 담배연기를 길게 내뿜었다.

"보쿠도 경찰서에 연락을 해봤더니, 아직까지는 오른팔 외에는 발견된 게 없답니다. 지금 공원을 샅샅이 뒤지는 대대적인 수색작업을 벌이고 있습니다."

"난 잘 모르지만, 몸을 잘랐다면 여러 곳에 버리기 위해서가 아니겠소? 과연 한 군데에 다 버릴까요?"

"그건 그렇습니다. 하지만, 만일이란 것도 있으니까요. 오가와 공원은 넓고, 쓰레기통도 많습니다."

"쓰레기통?"

"아, 아직 모르셨군요. 문제의 오른팔은 공원 입구 근처 쓰레기통에, 종이가방에 담겨 버려져 있었습니다. 갈색 종이가방, 슈퍼마켓 같은 데서 사용하는 것 말입니다."

마치코가 커피잔을 올린 쟁반을 들고 들어왔다. 겨우 눈물이 그친 것 같았다.

요시오는 커피잔을 들면서 생각해보았다.

그 오른팔이 만일 마리코의 것이라면 어떻게 하나. 마치코가 걱정스러웠다. 부모라면 팔 하나만 봐도 딸의 것인지 아닌지 금방 알 수 있다. 보면 그냥 안다. 그걸 확인하러 갈 용기가 과연 있을까.

"아빠, 불길한 예감이 들어."

요시오는 말없이 커피잔을 들었다.

사카기가 마치코 쪽으로 눈길을 돌리며 말했다.

"아까도 말했듯이, 오른팔 하나뿐이라 과연 확인이 가능할지 모르겠습니다. 너무 나쁜 쪽으로만 생각하지 마세요."

고개를 끄덕이며 마치코는 핸드백을 끌어당기더니 안에서 뭔가를 꺼냈다.

"마리코의 지문이 묻어 있는 물건이 필요하다고 해서……"

그것은 반투명 비닐봉지에 넣은 자그만 빗이었다.

"이건 어디까지나 만일을 위해서입니다. 아직 그쪽 상황을 잘 몰라서 말입니다. 지문을 채취할 수 있는 상태인지 아닌지도 아직 몰라요."

마치코가 그 빗을 소중하게 간수하는 것을 보면서 요시오가 말했다.

"마치코, 담배가 떨어졌어. 나는 가게에 있어야 하니까……"

"내가 갈게. 담뱃가게는 어딘데?"

"나가서 오른쪽. 우체통 바로 옆에."

마치코가 나가자마자 요시오는 사카기의 얼굴을 똑바로 바라보며 말했다.

"마치코가 없는 쪽이 편할 테지요. 같이 온 것을 보고 짐작은 했습니다."

사카기는 반쯤 남은 커피를 한꺼번에 입안에 부어넣었다.

"담뱃가게는 멉니까?"

"바로 옆이오. 그러나 오늘은 휴일이니 아마 담뱃가게를 찾으려면 십분 정도는 걸릴 거요."

이미 그걸 계산하고 마치코에게 담배 심부름을 시킨 것이다.

"사카기 씨는 방송국보다 정보를 더 빨리 얻겠지요. 솔직히, 어떻소? 오가와 공원에서 발견된 팔에 무슨 특징이라도 있나요?"

사카기는 시선을 아래로 떨어뜨린 채 손으로 얼굴을 문질렀다.

"아직 모릅니다. 다만, 젊은 여자의 오른팔인 것만은 분명합니다. 그러니까 마리코 씨의 팔일 가능성도 있습니다."

"그 정도? 그렇지만 사카기 씨는 어떤 예감을 가지고 있겠지요."

"만에 하나, 그럴지도 모른다는 생각은 하고 있습니다."

대화는 끊어졌다. 사카기는 어깨를 축 늘어뜨리고 있었다. 어떤 결정적인 정보를 숨기고 있는 듯한 느낌이 들었지만, 그것을 어떻게 파고들어야 할지 요시오는 알 수 없었다.

보쿠도 경찰서까지 가는 길은 멀었다. 세 사람은 약속이나 한 듯이 입을 꾹 다물고 있었다. 마치코는 창밖으로 눈길을 던진 채 숨소리도 죽이고 혼자만의 세계에 푹 파묻혀 있었다. 무릎 위에 올려놓은 손가락 끝이 때로 가늘게 떨렸다.

보쿠도 경찰서는 지은 지 일 년도 채 안 된 오층 건물이었다. 지하에 경찰차 주차공간이 있는 듯, 사카기가 경찰서 앞 방문객용 주차장에 차를 세우는 동안 지하에서 두 대의 경찰차가 빠져나갔다.

차에서 내리자 요시오는 마치코의 팔을 잡았다. 혼자서는 걸을 수도 없을 것 같아 보였다. 입구 계단 가까운 곳에 제복 차림으로 오른손에 목도를 든 경비경찰 하나가 서 있었다. 그때, 요시오는 보았다. 계단 입구의 반대쪽에 고등학생으로 보이는 소년 하나가 등을 둥글게 말고 앉아 있는 것을. 소년은 무언가로부터 제 몸을 지키려는 듯이 두 손으로 머리를 감싸고 있었다.

오가와 공원에서 보쿠도 경찰서까지 쓰카다 신이치는 킹의 주인인 여자아이와 함께 경찰차를 타고 동행했다. 경찰서로 오는 내내 여자는 뒷좌석에 앉아 흐느껴 울었고, 신이치는 죄지은 사람처럼 고개를 숙이고 있었다.

쓰레기통의 종이가방에서 나온 사람의 팔을 보고 신이치는 그 자리에서 뻣뻣하게 굳어버렸고, 여자는 그 자리에 주저앉아 비명을 지르며 울어댔다. 결국 전화로 경찰서에 신고한 것은 산책중에 여자의 비명 소리를 듣고 달려온 중년 부부였다. 중년 부부는 침착한 태도로 경찰차의 사이렌을 듣고 구름처럼 몰려든 구경꾼들로부터 두 사람을 지켜주면서, 경찰이 도착할 때까지 호기심 왕성한 장난꾸러기들이 쓰레기통에 접근하지 못하도록 감시하기까지 했다. 그리고 현장 증언만으로는 부족해 신이치와 소녀가 경찰서까지 가게 되었을 때도 킹과 로키를 맡아서 집까지 데려다주었다.

경찰차에 동승한 형사는 나프탈렌 냄새가 풍기는 양복 차림에, 방금 수염을 깎았는지 코 아래와 턱 주변이 파르스름했다. 형사는 쓸데없는 질문은 하지 않았다. 자신의 이름을 댔지만, 신이치는 기억하지 못했다. 귀에 들리는 거라곤 쓰레기통 속의 내용물을 보았을 때 여자가 지른 비명과, 그것에 겹쳐져 떠오르는 기억 속의 자신의 비명 소리뿐이었다. 그리고 아무리 눈을 깜빡여도 종이가방 바깥으로 비어져나온 손가락, 똑바로 신이치를 가리키던 손가락이 시야에서 사라지지 않았다. 너야, 하고 지목하는 듯한 그 손가락. 바로 너야, 신이치. 너에게 돌아왔어. 놓치고 말았지만, 결국 나는 이렇게 돌아왔어. 이번에야말로 너를 잡고 말 테야.

그 손은 바로 죽음의 신이라고 신이치는 생각했다.

보쿠도 경찰서에서 신이치는 여자와 함께 회의실 같은 곳으로 안내

받았다. 잠시 후, 사복형사 몇 명이 들어와 신이치와 여자를 곁눈으로 살피기도 하고 말을 걸기도 했다. 그러다 제복 차림의 여경 하나가 커피를 들고 들어왔다.

젊은 여경의 부드러운 분위기에 약간 마음이 놓였는지, 여자가 얼굴을 들었다. 눈이 빨갛게 충혈되어 있었다.

"저, 미안하지만 티슈 좀 주세요."

코를 풀고 싶어도 손수건이 없었다. 여경은 고개를 끄덕이며 나가더니 휴대용 티슈를 하나 들고 왔다.

"필요한 건 없니? 화장실은?"

"괜찮아요. 고마워요."

여자는 여경에게 웃어 보였다. 여경은 웃음을 띠며 신이치 쪽으로 시선을 돌렸다.

"괜찮니? 기분이 안 좋아 보이는데?"

신이치는 입을 다문 채 고개만 끄덕였다. 여경은 다시 무슨 말을 하려다가 그냥 방을 나갔다.

신이치와 여자 둘만 회의실에 남게 되었다. 그때를 기다렸다는 듯이 여자가 신이치에게 말을 걸었다.

"우리 둘 다 정말 이상한 일에 말려들고 말았네."

신이치는 고개를 숙인 채 여자 쪽을 보지 않았다. 그녀는 의자에서 일어나 신이치 바로 옆으로 다가와 말을 걸었다.

"오늘 아침에 산책할 때만 해도 이런 데 올 줄은 꿈에도 생각 못 했는데."

"응."

신이치는 고개를 끄덕였다. 여자의 밝은 목소리가 더 가슴을 아프게 했다. 어떻게 이런 밝은 목소리를 낼 수 있을까, 하고 신이치는 생각했다.

신이치는 손으로 얼굴을 문지르고 크게 숨을 내쉬었다.

그건 남의 일이기 때문일 것이다. 그녀에게는 아무런 상관 없는 사건이기 때문이다. 그러므로 잠깐의 충격에서 벗어나기만 하면 일상으로 돌아갈 수 있다. 나와는 다르다.

"아직 내 소개도 하지 않았네. 미안해. 난 미즈노 히사미라고 해."

그녀는 다시 신이치의 얼굴을 들여다보며 물었다.

"너도 고등학생이야?"

신이치는 고개만 끄덕였다. 히사미는 걱정스러운 표정으로 물었다.

"괜찮니? 안색이 너무 안 좋아."

"괜찮아."

"깜짝 놀랐지?"

히사미의 목소리는 어딘지 모르게 연극적인 분위기였다.

"꿈에 볼까 무서워."

그리고 혀를 내밀어 보이며 말했다.

"그치만, 그래도 스릴 있는걸."

그 순간 신이치는 더이상 참을 수 없었다. 의자를 밀치고 일어나서 바깥으로 나갔다.

히사미는 깜짝 놀라며 엉거주춤하게 허리를 굽힌 채 멍하니 서 있었다.

"왜 그러니? 어디 가? 마음대로 나가면 안 될 텐데."

그 목소리를 떨쳐버리려는 듯 신이치는 복도로 나섰다. 거기서 막 회의실 안으로 들어오려는 거구의 중년 형사와 부딪혔다. 상대는 깜짝 놀라며 과장된 동작으로 피하는 시늉을 했다.

"어디 가?"

"죄송합니다. 토할 것 같아서요."

형사는 계단 쪽으로 걸어가는 신이치의 팔을 황급히 붙들었다.

"잠깐만."

"금방 돌아올 겁니다. 부탁입니다."

그때 복도 반대편에서 다른 형사가 다가왔다. 노타이에 슬리퍼를 끌고, 배가 불룩 나온 사람이었다.

"어이, 어딜 가?"

그 형사가 물었다. 신이치는 금방 돌아올 거라고만 하고 계단 쪽으로 달려갔다. 노타이 형사가 거구의 형사를 제지했다.

자동문을 빠져나왔다. 햇살이 눈부셨다. 건물 앞 콘크리트 계단을 내려가 맨 아랫단에 주저앉아 신이치는 손으로 눈을 가렸다. 신이치는 머릿속에서 재생되는 모든 영상과 음향 속에 파묻혀, 그것들이 자신에게 고문을 가하는 대로 내버려두었다. 일단 기억의 표면에 떠오른 이상 아무리 애를 쓴들 도중에 끝나진 않을 것이다. 신이치는 그런 기억의 집요한 공격을 너무도 잘 알고 있었다.

십 분이나 되었을까, 그 동안 신이치는 자신의 몸을 감싼 채 돌처럼 굳어 있었다. 기억의 폭풍이 지나고 이윽고 몸을 움직일 수 있게 되었을 때, 신이치는 자신이 울고 있지 않다는 사실을 깨달았다. 떨고는 있지만 눈물은 흘리지 않았다. 이미 메말라버린 것일까.

황금색 햇살, 공기가 맑아 너무나 평화로운 가을날이었다. 세상은 하나도 변한 게 없었다. 신이치는 머리를 흔들며 두 손으로 얼굴을 문질렀다.

그때, 경찰서 안으로 차 한 대가 미끄러지듯 들어섰다. 그 차는 건물 앞에서 오른쪽으로 굽어들더니 방문객용 주차장에 멈춰 섰다. 문이 열리고 안에서 사람들이 나왔다.

세 사람. 양복을 입은 중년 남자와 회색 셔츠에 회색 양복을 입은 노인, 부자간인지 퉁퉁한 체격에 걸음걸이도 비슷했다.

그리고 여자 한 사람. 역시 중년. 이시이 아주머니와 비슷한 연배로 보였다. 아니, 신이치의 어머니와 비슷한 연배인 것 같았다.

여자는 좀 이상해 보였다. 술에 취한 것 같기도 했다. 좌우로 비틀거리며 발걸음도 제대로 옮기지 못하는 여자의 팔을 회색 셔츠의 노인이 꼭 잡고 있었다. 여자는 노인에게 미소를 지어 보였다. 그러나 그 미소는 어딘지 모르게 허공을 짚는 손길 같아 보였다.

저 사람들은 왜 경찰서에 왔을까? 신이치는 생각해보았다. 피해자 가족일까. 아니면 가해자 가족일까.

계단 쪽으로 다가오는 세 사람 가운데 노인의 시선과 신이치의 시선이 잠깐 스쳤다. 회색 셔츠처럼 표정이 어두운 노인이었다. 벗어진 이마에 밝은 가을 햇살이 비쳤지만, 그것은 불행한 사건이 일어난 방 안 가득 햇살이 스며드는 것 같은 풍경이었다.

노인도 신이치를 보았다. 허공을 짚는 그 눈길 속에 어렴풋이 연민과 걱정이 섞여 있는 듯한 느낌이 들었지만, 그건 신이치의 착각이었는지도 모른다. 앞서 걸어가던 양복 차림의 남자가 경비경찰과 무슨 이야기를 주고받았다. 그 내용이 띄엄띄엄 신이치의 귀에 들려왔다.

"딸일지도 몰라서……"

신이치는 벌떡 몸을 일으켰다. 고개를 돌려 자동문을 지나가는 세 사람과 경비경찰의 옆얼굴을 바라보았다.

이 사람들은 그 잘린 팔이 딸의 것이 아닐까 해서 찾아온 것이다. 신이치는 눈을 번쩍 떴다. 이 사람들은 그 팔의 신원을 알기 위해 온 것이다.

앞으로도 몇 사람이 더 가족을 찾기 위해 이 보쿠도 경찰서를 찾아올 것이다. 하나같이 어두운 표정으로, 제발 그것이 기다리던 가족의 팔이 아니기를 바라면서. 신이치의 뇌리에 다시 그 손가락이 떠올랐다. 잘린 팔의 주인은 집에 돌아가고 싶어했던 누군가의 팔이고, 그 팔을 찾으러 온 사람들에게는 신이치야말로 사신과도 같은 존재이다. 모르면 그냥 넘어갔을 딸의 죽음을 확인하게 될 터이므로.

양복 차림의 남자가 경비경찰에게 인사를 하고 경찰서 안으로 들어간다. 노인과 여자가 그 뒤를 따른다. 세 사람의 모습이 사라지기 직전, 무슨 생각을 했는지 노인만이 갑자기 고개를 돌려 신이치를 바라보았다. 뭔가를 묻는 듯한 그 눈길이 신이치의 뇌리에 조각처럼 새겨졌다.

그때 뒤를 돌아보았던 회색 셔츠 차림의 노인은 신이치를 보고, 방금 자전거에서 떨어져서 엄마가 달래주러 오기를 기다리는 아이 같은 표정이라고 생각했다. 신이치가 노인의 입을 통해 그 말을 듣게 되는 것은 그로부터 훨씬 후의 일이다.

경찰서 입구에는 신이치와 경비경찰만 남았다. 약간 추위를 느끼며 안으로 들어가려고 일어서는데 뒤에서 목소리가 들렸다.

"쓰카다 신이치?"

뒤를 돌아보니 아까의 그 노타이 형사였다.

"그런데요……?"

형사는 콘크리트 계단을 내려와 신이치 곁에 걸터앉았다. 신이치도 다시 앉아야 했다.

노타이 형사에게서 머릿기름 냄새가 풍겼다. 형사는 담배 한 개비를 꺼내 불을 붙이고는, 깊이 한 모금 빨아들인 다음 이렇게 말했다.

"사와 시 교사 일가족 살해사건 때의 그 쓰카다 맞지?"

갑작스러운 형사의 말에 신이치는 할 말을 잃었다. 형사는 곁눈으로 그런 신이치의 표정을 살폈다.

"나는 경시청에 근무하는 다케가미라고 해. 사와 시 사건 때 범인 하나가 도쿄의 친구 집에 숨어든 관계로 수사에 잠깐 관여했지. 그래서 네 이름을 기억하는 거야."

"네……"

그러고 보니 범인 하나가 도쿄에서 체포된 기억이 났다.

"아버지와 어머니, 여동생 일은 정말 안됐어."

신이치는 어떻게 대답하면 좋을지 몰랐다. 정말 그렇다고 맞장구를 쳐야 할지, 고맙다고 해야 할지. 그러나 그 사건은 안됐다는 말로 정리될 만한 일이 아니었다. 적어도 피해자인 신이치에게는 그랬다.

신이치가 말을 찾고 있는 사이에 다케가미 형사는 담배를 바닥에 버리고 꽁초를 구둣발로 짓이기더니, 화난 듯한 목소리로 말했다.

"괜한 소리 해서 미안해."

"아닙니다."

"나는 평소에 피해자 가족과 대화를 할 기회가 없어서, 어떻게 대해야 하는지 잘 몰라."

다케가미 형사는 적절하지 못한 말을 하고 만 자신에게 정말로 화를 내고 있는 것 같았다.

"이 근처에 사는 모양이지?"

"예."

신이치는 고개를 끄덕였다.

"친척집인가?"

"아버지 친구분 집입니다. 중학교 선생님이세요."

"그랬군. 그럼, 양자로?"

"아직은 아닙니다. 성도 쓰카다 그대로니까요."

다케가미는 고개를 끄덕였다. 정말로 말솜씨가 없는 사람인 듯, 대화를 이어가지 못했다. 그렇다고 쉽게 자리에서 일어설 것 같지도 않았다.

"다케가미 씨는 오늘 아침 오가와 공원 사건 때문에 온 건가요?"

"응."

"큰 사건이라서요?"

"아직은 몰라. 팔 하나 발견한 걸로는 살인인지 아닌지 몰라. 사체 유기일지도 모르니까."

그러다 그는 실소했다.

"그럴 리는 없지. 살인이야. 그런 냄새가 나."

신이치는 고개를 저으며 말했다.

"정말 진절머리가 나요."

"그걸 발견한 사람이 쓰카다 신이치라는 고등학생이란 말을 듣고 나도 깜짝 놀랐어. 일 년 사이에 또 이런 일을 당하다니……"

"저한테 귀신이 붙었는지도 몰라요."

다케가미는 신이치의 어깨를 툭 쳤다.

"그런 생각 하지 마."

그러나 사신의 손가락 영상이 쉽게 뇌리에서 떠나지를 않았다.

"지금 사는 집은 어때?"

"좋은 분들이세요."

"다른 자식은 없어?"

신이치는 고개를 가로저었다.

"저하고 개 한 마리뿐이에요."

"개, 그것 참 좋지."

다케가미는 두 손으로 무릎을 짚으며 일어섰다.

"이제 기분은 좀 어때?"

"괜찮아요."

"좀 힘들겠지만, 조서 작성에 협조해줘. 금방 끝날 테니까, 오후 수업에는 지장이 없을 거야."

요즘 들어 이시이 부부에게는 아무 말도 하지 않고 자주 수업을 빼먹었다. 오늘도 갈 마음이 없다. 다케가미가 앞장서고, 그 뒤를 신이치가 따랐다. 다시 자동차 한 대가 경찰서 안으로 들어왔다. 신이치는 뒤를 돌아보았다.

이번에는 택시였다. 뒷좌석에서 모녀로 보이는 여자 둘이 내렸다. 두 사람 다 새파랗게 질린 긴장된 표정이었다.

"팔의 신원을 확인하러 온 사람인 모양이죠?"

"글쎄……"

"아까도 그래 보이는 가족이 왔었어요."

흘끗 눈길을 주고받은 그 노인의 모습이 떠올랐다.

"얼마 전까지만 하더라도 신원불명의 유해가 발견되었다고 해도 가출한 자식을 둔 가족들의 반응은 그리 민감하지 않았지. 그러나 요즘은 달라. 최근 오사카 쪽에서 여자만 납치해 죽이는 토막살인사건이 있었으니까."

계단을 올라 회의실로 가는 도중에 다케가미가 갑자기 생각났다는 듯 발걸음을 멈추고 물었다.

"그 사건 공판에 나갈 건가? 벌써 시작했지?"

제1회 공판은 사건 육 개월 후인 올 3월에 있었다. 신이치는 보러 가지 않았다. 앞으로도 가야 할지 말아야 할지 아직 결정하지 못한 상태였다.

"담당 검사는 가능하면 제가 안 나오는 게 좋겠다고 했어요."

"너도 안 나가고 싶겠지."

"증인석에 앉으면 당시의 일이 떠올라서 괴로울 테니까요?"

"말하자면 그런 뜻이야."

"그렇지 않습니다."

"정말?"

"누가 말하지 않아도 늘 떠오르니까 어차피 마찬가지예요."

다케가미 형사는 시선을 아래로 떨어뜨리고 쓸데없는 말을 한 자신을 책망하는 듯한 표정을 지었다.

"내가 또 괜한 소리를 하고 말았군."

형사의 일그러진 표정을 보고 있자니 신이치는 갑자기 울음이 터져나올 것 같아 이를 꽉 깨물며 턱을 당겼다.

"어차피 그 사건의 공판은 쉽게 진행되지 않을 겁니다."

"왜?"

"세 사람을 분리해서 재판할지 어쩔지 말이 많은데다, 그쪽에서 정신감정을 의뢰했으니까요."

다케가미가 눈을 동그랗게 떴다.

"세 사람 다?"

"예."

"허참! 히구치라고 했던가, 주범이?"

신이치는 주범의 얼굴을 떠올렸다. 눈물도 벌써 말라버린 가슴 깊은 곳에서 동통 같은 것이 솟구쳐올랐다.

"맞아요, 히구치."

"누가 봐도 그놈은 정상이야."

"정신감정도 의견이 엇갈리는 모양이에요."

다케가미는 두 손으로 자신의 볼을 찰싹 치면서 화난 듯 콧김을 세차게 불어냈다.

"놈들이 정신병을 주장한단 말이지?"

"심신 허약이라고……"

"계획범죄가 분명한데, 정신병이라니."

신이치는 말없이 웃었다. 아니, 정확히 말하면 입을 비틀며 웃는 것 같은 표정을 지었다.

"자네 가족 사건은 정말 어처구니가 없어. 자네에겐 아무 잘못이 없어. 그걸 꼭 명심하도록 해."

담당 가사이 형사를 비롯해 다른 사람들도 모두 그런 말을 했다. 신이치는 고개를 숙이고 죄지은 사람처럼 다케가미 형사를 따라 회의실 안으로 들어갔다.

사카기 형사 덕분에 요시오와 마치코는 별 어려움 없이 보쿠도 경찰서 삼층에 있는 작은 방으로 들어설 수 있었다. 테이블과 소파, 텔레비전이 비치된 응접실 같은 곳이었다. 텔레비전 곁에는 내선전화가 놓여 있었다. 사카기는 요시오와 마치코를 자리에 앉게 한 다음 방을 나갔다. 마치코는 핸드백 안에서 마리코의 빗과 사진을 꺼냈다.

마치코는 몸을 약간 앞으로 숙이고 울적한 눈길로 바닥을 멍하니 내려다보고 있었다. 차에서의 자세와 똑같았다. 여기가 보쿠도 경찰서란 사실을 알고나 있는 걸까. 요시오는 딸의 상태가 걱정스러웠다.

"마치코, 괜찮니?"

대답이 없었다. 마치코는 메마른 입술을 반쯤 벌리고 바닥의 한 점을 그저 멍하니 내려다보고 있을 뿐이었다.

데리고 오는 게 아니었다고 요시오는 후회했다. 오가와 공원에서 발견된 팔이 마리코의 것임이 틀림없다고 생각한 순간부터, 마치코의 마음은 하염없이 어두운 망상의 세계 속을 떠돌고 있다. 설령 그 팔이 마리코의 것이 아님이 판명된다 해도 이런 상태에서 벗어나지 못하는 것은 아닐까.

사람들이 바쁘게 오가는 일이층과는 달리 삼층은 조용했다. 아마도 사카기가 이쪽 사람들에게 부탁해서 일부러 조용한 방을 마련했을 것이다. 곁에 앉은 마치코에게서 빠르고 불규칙한 숨소리가 들려왔다. 마치 열에 들뜬 어린애 같았다. 눈을 감고 발갛게 달아오른 얼굴로 누워 있는 어린아이.

갑자기 마치코가 떨리는 한숨을 내뱉으며 울먹이는 목소리로 말했다.

"아빠, 시간이 너무 오래 걸리는 것 같아."

요시오는 말없이 몇십 년 만에 딸의 손을 꼭 잡았다. 마치코도 힘을 주어 손을 꼭 잡았다.

한 시간이나 지났을까, 사카기가 빠른 발걸음으로 돌아왔다. 마치코는 요시오의 손을 놓고 자리에서 벌떡 일어섰다.

"어떻게 됐어요?"

"공원에서는 아직 수색이 계속되고 있지만, 오른팔 이외에는 아직 아무것도 발견하지 못했답니다."

"새로운 사실은 없습니까?"

사카기는 요시오와 마치코의 얼굴을 번갈아 바라보다가 마치코에게 시선을 고정시켰다.

"오늘 아침에 발견된 팔은 사후 하루 정도밖에 지나지 않았다고 합니다."

"그래서요?"

몸을 앞으로 내미는 마치코를 바라보며 사카기는 느릿하게 말했다.

"후루카와 씨, 마리코는 손톱에 매니큐어를 칠합니까?"

마치코는 순간 멍한 표정을 지었다.

"매니큐어…… 회사에는 하고 간 적이 없는데요. 은행이니까. 그렇지만 외출할 때는 엷은 색으로 칠하기도 했어요."

"실종된 날은? 기억이 나세요?"

마치코는 두 손으로 머리를 감쌌다.

"입은 옷은 기억나지만…… 분홍색 슈트. 산 지 얼마 안 된 슈트였어요. 어차피 유니폼으로 갈아입어야 한다면서 청바지 차림으로 출근하곤 했는데, 그때는 정장을 했어요. 매니큐어는, 글쎄요……"

"발견된 팔의 손톱에 매니큐어가 칠해져 있습니까?"

"네, 그걸 무슨 색이라 해야 하나…… 진한 핑크색 아니면 엷은 자주색일 겁니다."

"여자의 팔이라는 건 확실한가요?"

"그건 확실합니다. 피부 상태로 보아 젊은 여자입니다. 나이는 이십대에서 삼십대 사이고요."

"매니큐어……"

마치코는 다시 머리를 감싸고 그렇게 중얼거렸다.

"그런 습관이 있었는지 없었는지, 혹시나 해서 물어본 것뿐입니다. 마리코 씨는 사라진 지 구십칠 일이 되었습니다. 그 팔은 사망한 지 하루밖에 지나지 않았어요. 만일 그것이 마리코 씨라도, 매니큐어는 언제라도 칠할 수 있으니까요."

마치코가 두 손을 내렸다.

"그리고 또 한 가지,"

사카기는 손가락을 하나 세웠다.

"마리코 씨의 오른팔 안쪽에 반점 같은 게 있습니까?"

"반점?"

"예, 우표 크기 정도의 엷은 반점. 원래 있었는지, 아니면 어떤 원인으로 생긴 건지는 확실하지 않지만……"

사카기는 '죽음'이나 '살인'과 같은 말을 사용하지 않으려고 애를 썼다.

"아직은 확실히 모르지만, 제가 듣기로는 마리코 씨에게는 반점 같은 건 없었던 것으로 아는데요?"

마치코는 힘차게 고개를 끄덕였다.

"그래요, 없어요. 반점 같은 건 없어요."

"그 팔에 반점이 있다는 거로군요."

"그렇습니다. 그렇게 된 지 하루밖에 되지 않았으니까, 반점이라는 건 눈으로 확인할 수 있습니다."

"그럼 마리코가 아니야!"

마치코가 외쳤다.

"아빠, 마리코가 아니야!"

요시오는 안도의 한숨을 내쉬면서도 아직은 무작정 기뻐할 수 없었다.

"그래, 마리코가 아닌 게 분명해. 긴장을 풀고 마음을 좀 가라앉혀."

그때 방 입구에 사람 그림자가 어른거렸다. 제복을 입은 여경 한 사람이 얼굴을 내밀더니 사카키를 불렀다.

"사카키 씨, 잠깐만……"

신이치와 미즈노 히사미는 꽤 오랫동안 담당 형사의 질문에 대답해야 했다. 발견자들을 의심해서가 아니었다. 오른팔을 발견하기 직전에 이상한 소리가 나지는 않았는지, 매일 오가와 공원에서 산책을 하는데 며칠 사이에 뭔가 이상한 점은 없었는지, 예를 들면 구석에 세워진 자동차나 낯선 사람, 수상쩍은 행동을 보이는 사람을 본 적은 없었는지, 하나하나 캐물었다.

형사라는 사람들은 같은 일이라도 몇 번이나 반복해서 묻고 또 묻는다는 것을 신이치는 잘 알고 있었다. 그래서 별로 지겹지도 않았고 화도 나지 않았다. 신이치를 담당한 형사는 다케가미 형사에게 무슨 언질을 받았는지, 처음부터 부드러운 태도로 조심스럽게 접근해왔다. 그런 한편으로 일 년에 두 번이나 잔혹한 살인사건과 살인사건으로 추정되는 일에 휘말려든 그의 처지에 대해 약간의 호기심을 보이는 것도 같았다. 그것이 신이치를 피곤하게 했다.

점심때가 되자 도시락이 나왔다. 신이치는 도시락을 들고 바깥으로 나왔다. 비로소 아침부터 아무것도 먹지 않았다는 사실을 깨달았다. 차가운 도시락을 반쯤 먹었다.

오후에도 한 시간 정도 형사와 마주 앉아야 했다. 주소와 전화번호를 적고서야 겨우 신이치는 경찰서를 나설 수 있었다.

"오랜 시간 고생이 많았어. 아래층에 어머니가 와 계셔."

담당 형사가 말했다.

"어머니?"

'어머니는 죽었어.'

"집에서 전화가 왔었어. 끝날 때쯤에 마중을 오겠다고 말이야. 오신 지 삼십 분은 됐을 거야."

일층 대합실로 들어서자 이시이 요시에가 기다리고 있었다.

평상복 위에 얇은 재킷을 걸치고, 화장도 하지 않은 모습으로 요시에는 손을 흔들며 신이치에게 다가왔다.

"고생했지? 점심은?"

"도시락 먹었어요."

"따뜻한 거 먹고 싶지 않니? 메밀국수 어때?"

"아주머니 학교는요?"

"괜찮아. 올해는 담임을 맡지 않았으니까, 하루 정도는 쉬어도 돼."

이시이 요시유키와 요시에 부부는 각기 다른 중학교에 근무하고 있다. 요시유키는 올봄에 교감이 되었고, 요시에는 국어교사였다. 살해당한 신이치의 아버지와 요시유키가 어릴 적부터 친구 사이였고, 이시이 부부에게 자식이 없기도 해서 사건 후에 신이치를 맡은 것이었다.

신이치의 아버지나 어머니 쪽에도 친척들이 있었지만, 정작 문제가 발생하자 아무도 신이치를 맡으려 하지 않았다. 그것이 신이치의 가슴에 깊은 상처를 남겼다. 사건이 일어난 전후 사정이 사정이니만큼, 모두가 자신을 용서하지 않는 것만 같았다.

　이시이 부부와 같이 살면서도 신이치는 그게 늘 마음에 걸렸다. 피를 나눈 가족은 아니지만, 부모와 형제보다 더 친하게 지내던 이 두 사람의 마음속에도 자신에 대한 비난 같은 것이 감추어져 있는 건 아닐까 하는 생각이 들었다. 그것을 입 밖에 내는 것이 두려웠다. 모른 척하고는 있지만, 신이치는 늘 이시이 부부의 속내에 신경을 쓰고 있었다.

　"로키는요?"

　"경찰이 데리고 와줬어. 이야기를 전해듣고 깜짝 놀랐어."

　"미안해요."

　"신짱이 사과할 일이 아냐."

　신짱. 죽은 어머니는 신이치를 신짱이라 부른 적이 한 번도 없었다. 그냥 '신이치'라고 불렀다. 부모가 죽은 지 일 년이나 지났지만, 아직도 '신짱'이라는 호칭이 귀에 익지 않았다. 신이치는 눈을 감았다.

　'역시 경찰서에 오는 건 안 좋아.'

　생각하고 싶지 않은 일들이 제멋대로 떠올라 가슴을 헤집었다. 빨리 나가고 싶었다.

　요시에의 빨간색 승용차가 방문객 주차장에 세워져 있었다.

　"신짱에게는 너무 작지?"

　문을 열면서 요시에가 말했다.

　"차를 바꿀까봐. 사륜구동으로 할까? 일 년만 지나면 신짱도 운전면허를 딸 수 있을 테니까."

　요시에는 의도적으로 신이치의 기분을 오늘 아침의 사건에서 떼어놓으려 하고 있었다. 대체 어떤 상황이었느냐고, 보통의 부모라면 반드시 물었을 그런 질문은 하나도 하지 않았다. 그것이 오히려 부자연스러웠다.

요시에도 그런 걸 모를 리 없다. 운전석에 앉는 요시에의 표정이 어두웠다.

혹시 다케가미가 서 있나 하고 신이치는 경찰서 문 앞을 바라보았다. 다시 한번 만나 몇 마디라도 나누고 싶었다. 그에게서 느꼈던 어떤 거리감이 지금 가장 절실했다.

다케가미는 없었다. 자동차 문을 여는데 두 시간쯤 전에 보았던 모녀가 경찰서 문을 나오고 있었다. 어머니는 딸에게 몸을 기댄 채 흐느끼고 있었다. 딸도 울며 어머니를 부축한 채 도로 쪽으로 걸어가고 있었다.

문손잡이를 잡은 채 신이치는 멈춰 섰다. 아, 그 팔. 그 팔의 주인은 저 두 사람의 가족이었을까? 그래서 우는 걸까?

"신짱?"

요시에의 목소리를 무시하고 신이치는 달렸다. 주차장을 가로질러 버스정류장 쪽으로 걸어가는 모녀를 따라잡았다.

"저, 잠깐만요."

딸이 돌아보았다. 갸름하고 예쁜 얼굴이었다. 빨갛게 충혈된 눈에서 눈물이 볼을 타고 흐르고 있었다.

"저…… 저……"

머뭇거리는 신이치를 보고 어머니를 부축하고 있던 딸이 입을 열었다.

"무슨 일이세요?"

콧소리가 섞인 울먹이는 목소리였다.

"저…… 저는, 아니, 저, 혹시, 신원이 확인됐나 해서요."

"예?"

고개를 갸웃하면서 딸은 어머니의 얼굴을 바라보았다. 그러고는 신이치 쪽으로 눈길을 고정시켰다.

"신원이라니요?"

"오늘 아침, 오가와 공원에서……"

여자는 놀란 눈으로 신이치의 얼굴을 요리조리 살펴보기 시작했다.

"죄송합니다. 저는, 아니, 제가 팔을 발견했습니다. 그래서 궁금하기도 하고……"

눈물 고인 여자의 눈이 밝아졌다.

"그 팔의 신원은 아직 밝혀지지 않았어요."

"아……"

어머니와 딸은 손으로 눈물을 훔치면서 살며시 웃었다.

"그렇지만 우리 오빠가 아니란 건 알았어요."

"오빠라고요?"

"예, 뉴스에서는 남자의 팔인지 여자의 팔인지 알 수 없다고 했거든요. 그리고 우리집도 이 근처여서 혹시나 하고…… 오빠는 오래전부터 행방불명이에요."

"마음이 놓여서 운 거야. 그렇지만 그애가 돌아온 건 아니야."

"그것만 해도 다행이잖아."

딸의 말은 마치 자신을 향한 것 같았다. 두 사람은 손을 꼭 잡고 걸어갔다.

그렇다면 저 모녀보다 앞서 온 가족일까?

아냐, 반드시 그렇지만은 않을 거야. 일본에서 행방불명이 된 사람의 수만 해도 천 명은 될 거야. 아니, 이천은 될지도 몰라. 혹시 더 많을지도. 그 가운데서 범죄에 휘말려 실종된 사람의 수는 얼마나 될까? 나는 그 가운데 누구의 팔을 발견한 것일까?

"신짱!"

요시에가 다가왔다. 뒤에서 신이치의 어깨를 두 팔로 감쌌다. 여자치고는 꽤 키가 큰 편인 요시에는 한창 자라고 있는 신이치와 거의 비슷한 키였다.

"집으로 가자, 응?"

신이치는 말없이 고개를 끄덕였다. 빨리 집으로 가고 싶었다.

육천삼백 명.

요시오는 그 숫자를 중얼거려보았다.

사카기가 나간 다음 마치코는 묘한 표정을 지으며 쓸데없는 걱정을 한 자신이 우습다는 듯이 즐겁게 떠들었다. 마치코를 안정시켜야 한다는 생각으로 요시오는 열심히 말을 받아주면서도, 내심으로는 아직 안심할 단계가 아니라고 긴장을 늦추지 않았다.

그러나 희망이 생긴 건 확실하다. 그래서 생각해보았다. 육천삼백 명. 마리코가 실종된 지 보름 정도 후에 전국에서 일 년간 대체 얼마나 많은 사람이 가출하거나 행방불명되는지 요시오는 사카기에게 물었다.

"작년의 경우는 약 팔만이천 명이었습니다."

"네? 천이나 백이 아니라 팔만?"

"물론 여러 가지 경우가 다 포함되어 있습니다."

마침 마치코가 옆에 없어 사카기는 거침없이 말해주었다.

"어떤 식으로든 범죄에 휘말려들었을 가능성이 있는 경우만 따진다면, 약 만오천 명 정도. 그 가운데 여자는 육천삼백 명입니다."

"그렇게 많소?"

육천삼백분의 일. 요시오는 마음속으로 되뇌어보았다. 육천삼백분의 일. 그 팔이 마리코의 팔일 가능성은 그 정도이다. 거의 가능성이 없다고 해도 좋지 않은가. 괜찮아. 마리코는 죽은 게 아니야. 죽어서 팔이 잘려나간 게 아니야.

사카기는 삼십 분 후에 돌아왔다. 그러나 방으로 들어오지 않고 문 옆에 서서 마치코 몰래 요시오에게 눈짓을 했다.

요시오는 심장이 터질 것 같았다. 오 년 전에 부정맥이라는 진단을 받은 적이 있었다. 그때의 증상이 되살아나는 것 같았다.

마치코는 사카기가 문 뒤에 숨어 있는 것도 모르고 열심히 담배를 피워대고 있었지만, 올 때와는 비교도 안 될 만큼 안정된 표정이었다.

요시오는 슬그머니 자리에서 일어섰다.

"마치코, 화장실에 갔다 오마."

"어딘지 알아?"

"복도 끝쯤에 있겠지."

사카기는 복도로 나서는 요시오의 팔을 끌어당겼다.

"무슨 일입니까?"

속삭이듯이 말하는 요시오에게, 사카기는 집중하지 않으면 잘 들리지 않을 정도로 작은 목소리로 말했다.

"일단 집으로, 후루카와 씨의 집으로 돌아가세요."

사카기는 분명 동요하고 있었다. 요시오의 심장이 다시 뛰기 시작했다.

"가능하면 같이 있어주세요. 곧 형사들이 찾아갈 겁니다. 아마 도착하자마자 찾아갈 것 같습니다."

요시오는 침을 삼키면서 있는 힘을 다해 목소리를 짜냈다.

"무슨 일로? 뭐가 있었소?"

"오가와 공원에서 그 팔 외에 어떤 물건이 발견되었습니다. 쓰레기통 속에서 루이비통 핸드백이 나왔어요."

요시오는 어떻게 생긴 백인지 알 수 없었다. 그러나 사카기가 무슨 말을 하려는지는 알 수 있었다. 눈을 가리고 귀를 막아도 알게 될 불길한 사실.

"그게, 그게 마리코의 핸드백이란 거요?"

사카기는 손으로 얼굴을 문지르며 말했다.

"핸드백 안에서 여자 손수건과 화장품이 나왔는데, 후루카와 마리코의 전철 정기권이 함께 들어 있었습니다."

3

눈을 비비면서 일어나보니 침실 창에 오후의 햇살이 스며들고 있었다. 오늘은 날씨가 좋아서 이웃집들은 창과 베란다에 알록달록한 이불을 널어놓고 있었다.

'또 늦잠 자버렸네.'

마에하타 시게코는 손으로 이마를 쳤다. 시어머니의 잔소리가 들려오는 것 같았다.

"늦잠이란 건 아침 아홉시나 열시, 적어도 오전중에 일어나는 걸 말하는 거야. 오후에 일어나는 걸 누가 늦잠이라고 해?"

며칠 전에 시어머니가 한 말이다. 결혼하고부터 하루도 빠짐없이 새벽 다섯시에 일어나 아침식사를 차려온 시어머니로서는 참다못해 뱉은 말일 것이다. 시게코도 그 마음은 충분히 이해가 갔다. 아무리 직업을 가졌다고 해도 주부인 시게코가 매일같이 오후에나 잠자리에서 일어난다는 것은 누가 보아도 이해할 수 없는 일이다. 시게코도 어떻게든 오전중에 일어나보려고 애는 써보지만, 전날 밤의 작업상황에 따라 새벽에나 잠자리에 들 때가 많아서 생각대로 되지 않는다.

가스불에 주전자를 올리고 시계를 보니 벌써 두시 가까이 되었다. 물이 끓기를 기다리는 동안 담배에 불을 붙이고 서둘러 옷을 입었다.

인스턴트커피를 한 잔 들이켜자 정신이 번쩍 들면서 텅 빈 위 속에서 꾸르륵 소리가 났다. 밥을 먹기 전에 먼저 이불을 널기로 했다. 남편 쇼지의 이불을 끌어안고 베란다로 나가자, 기다리고 있었던 것처럼 이웃집 베란다에 시게타 아주머니가 나와 이불을 두드리고 있었다.

"잘 잤니, 시게코?"

시게코는 활짝 웃으며 인사를 받았다.

"안녕하세요."

시게타 아주머니는 빙긋빙긋 웃으면서 미운 놈 패는 듯한 기세로 이불을 사정없이 두들겼다.

"오늘은 정말 날씨가 좋네."

"그렇네요. 어제 내린 비가 거짓말 같아요."

"시게코도 아침 일찍 이불을 널지 그랬니?"

"아, 오전에 잠깐 볼일이 있어서요. 베란다도 마르지 않았고요."

"어머, 그렇게 새집 지은 머리로 외출을 해?"

그렇게 톡 쏘고는 시게타 아주머니는 안으로 들어가버렸다. 머리를 만져보니 엉망이었다.

'개똥 할망구!'

이웃에 사는 시게타 아주머니는 시게코의 시어머니와 서로 죽고 못 사는 친구 사이다. 게다가 요즘은 시게코의 행동거지를 하나하나 시어머니에게 고자질하는 것을 삶의 보람으로 삼고 있다. 시게코가 밤중에 쓰레기를 버리더라, 택배가 왔는데도 자고 있어서 내가 받아줬다, 꼬치꼬치 일러바치는 것이다.

작년 여름에 시게코는 마에하타 쇼지에게 프러포즈를 받았다. 그때 시게코는 일을 계속하는 것을 절대적인 조건으로 내세웠다.

"쇼지 씨, 나 집안 일은 도울 수 없어. 그리고 부모님과 같이 살고 싶지 않아. 그래도 좋아?"

"난 괜찮아, 마음대로 해" 하고 쇼지는 말했다.

"비록 가업을 물려받았지만, 나는 나, 시게코는 시게코. 형님 부부도 같이 안 살 거야. 그러니까 시게코가 좋을 대로 하면 돼."

그러나 아기가 생기면 일을 그만두면 좋겠다고 쇼지는 말했다. 시게코는 이렇게 대답했다.

"그건 그때 가서 생각해볼게."

그렇게 해서 시게코는 편한 결혼생활을 보장받았다. 그러나 그건 어디까지나 하나의 희망사항일 뿐이었다. 시어머니는 그 모든 조건을 받아들이는 대신에 집 가까이 살아야 한다고 주장했다.

"쇼지가 없으면 공장이 돌아가지 않아. 바쁠 때는 야간작업도 하니까 걸어서 돌아갈 수 있는 곳에 살아야 해. 시게코가 다니는 출판사까지는 사십 분이면 갈 수 있으니까 별 문제가 없을 거야."

그 정도는 어쩔 수 없다고 고개를 끄덕이는 시게코에게 시어머니는 또하나의 주문을 덧붙였다.

"근처에 사는데 다른 사람에게 집세를 줄 이유가 없잖니. 집세 싸게 해줄 테니, 삼층에 살도록 해."

시댁은 자택과 공장 외에도 세를 놓는 삼층 연립주택을 하나 가지고 있다. 시댁에 재산이 많아서 나쁠 건 없다. 그러나 그 연립주택에 살아야 한다면 문제가 다르다.

그래서 시게코는 무슨 이유를 들이대더라도 거절할 생각이었다. 그러나 사이타마 현에 사는 시게코의 친정어머니가 반대하고 나섰다.

"가업으로 공장을 하는 사람에게 시집을 가면서 집안 일을 돕지 않겠다는 걸 허락받았으면, 다른 건 하나 정도는 양보할 줄 알아야지. 시어머니가 너에게 어려운 요구를 하는 것도 아니잖니. 시키는 대로 해."

"싫어. 난 마에하타 철공소에 취직한 게 아냐. 마에하타 쇼지와 결혼하는 거란 말이야."

"결혼이란 그런 게 아니다."

"엄마는 대체 누구 편을 드는 거야?"

"물론 네 편이지. 엄마 말대로 해. 고집부려서 손해보는 건 결국 너야. 그게 걱정스러워서 그런다."

어머니도 시어머니도 옛날 교육을 받고 자란 사람이다. 아무리 여자의 자립이라든지, 결혼이란 두 사람 사이의 약속이라는 말을 해도 들을 귀가 없는 사람들이다. 게다가 유일한 아군이었던 쇼지마저도 은근히 압박을 가해왔다.

"나도 공장 근처에 살면 좋아. 집세도 싸게 해준다니까 이보다 더 좋은 게 어딨어?"

그렇게 해서 결국 시댁 연립주택으로 이사를 오게 되었는데, 바로 옆집에 고자질쟁이 시게타 아주머니가 떡 버티고 있는 게 아닌가.

"저 사람 무슨 할망구 CIA 같아."

쇼지는 그 말에 배를 잡고 웃었다.

시어머니는 시게코가 언제 임신을 하나 목을 빼고 기다리고 있다. 결혼할 때부터 서른한 살이나 되는 여자를 데리고 왔다고 아들 쇼지에게 노골적으로 잔소리를 늘어놓던 사람이다. 쇼지는 자식에 대해 덤덤한 태도를 보였지만, 요즘 들어서는 자주 자식을 갖고 싶다고 안달을 한다. 시게코도 더이상 모른 척할 수 없어서 피임을 그만두었다. 체력이 있을 때 아기를 낳고 싶기도 했다. 그러나 아직 소식이 없다. 한편으로는 걱정이 되기도 하고, 한편으로는 마음이 놓이기도 하는 묘한 기분이었다.

시게코도 나름대로 시어머니의 동태를 살피는 CIA를 하나 마련해두었다. 철공소에서 경리를 맡고 있는 여직원이었다. 그녀가 시어머니의 말투를 너무 멋지게 흉내내는 바람에 시게코는 비밀스러운 보고를 받을 때마다 웃지 않을 수 없었다.

"시게코가 무슨 대단한 기사라도 쓰는 줄 알았더니, '레터스로 맛있는 요리 만드는 법' 같은 걸 쓰더라. 쌀도 씻을 줄 모르는 멍청한 여자들이나 그런 걸 읽을 거야."

시어머니의 신랄한 비판이었다. 분명 시게코의 약점을 정확히 짚고 있다. 그러나 시게코는 '레터스로 맛있는 요리 만드는 법'에 아무 의미가 없다고는 생각하지 않는다. 그런 잡지를 재미있게 읽으며 일상생활에 활력을 찾는 여자들이 한결같이 '멍청'하다고도 생각하지 않는다. 시게코는 프리랜서로 십 년이나 여성지와 가정잡지에서 일해왔다. 자신이 쓴 기사를 읽어주는 독자를 바보 취급하면 도저히 할 수 없는 일이다.

그러나 지금은 약간의 회의를 느끼고 있다. 과연 이대로 살아도 되는 걸까? 취재 대상을 늘 염두에 두어야 하고, 상대의 형편에 맞추다보니 아무래도 시게코의 작업시간은 불규칙해질 수밖에 없다. 그것이 불규칙한 생활로 이어진다. 게다가 시게코는 올빼미 체질이라 밤이 되어야 글을 쓸 수 있다. 그러니 늦잠을 잘 수밖에.

쇼지는 그런 생활을 이해해준다. 그러나 시게코는 미안할 때가 한두 번이 아니다. 남편에게 아침도 챙겨주지 못하고, 청소도 하지 않고, 계절에 맞추어 옷도 챙겨주지 못한다. 작년 겨울의 일이다. 12월인데도 쇼지는 가을옷을 입고 벌벌 떨었다. 통근 때 특별히 차려입을 필요가 없지 않으냐고 그냥 웃어넘기는 쇼지를 보며 시게코는 미안한 생각이 들었다. 자기 가정도 제대로 꾸리지 못하는 주제에 어떻게 가정 관련 기사를 쓸 수 있느냐는 회의가 들었던 것이다.

'결혼이란 편리를 행복으로 바꾸는 장치'라는 말도 있지만, 시게코에게 결혼이란 독신 시절에는 생각지도 않았던 죄책감을 생산하는 장치에 지나지 않았다.

'남편을 저렇게 방치하면서 열정을 쏟을 만큼 내 일에 가치가 있는 걸까?'

언제부턴가 그런 생각을 하게 되었다. 시게코는 식탁에 놓인 신문을 덮고 텔레비전을 켰다. 와이드쇼 시간대였다. 잔뜩 긴장한 표정의 리포터가 나와 있었다. 녹음이 짙은 공원 같은 곳을 배경으로 몇 대의 경찰차와 파란색 작업복을 입은 남자들이 보였다.

"발견된 오른쪽 팔은 현재 행방불명으로 수사중인 여자의 것으로 추정됩니다."

리포터의 말에 시게코는 눈을 화들짝 떴다. 볼륨을 높였다. 중계화면이었다. 리포터는 스튜디오의 여성 캐스터와 말을 주고받고 있었다.

"사이토 씨, 현장인 오가와 공원에서 다른 것은 발견되지 않았습니까?"

"현재로서는 없는 것 같습니다."

"그 오른팔이, 발견된 핸드백의 주인과 동일인이라는 확증은 있습니까?"

"아직 정확한 결과는 나오지 않은 것 같습니다."

"알았습니다. 그럼 다른 소식이 있으면 연락해주십시오."

화면이 스튜디오로 돌아오면서 화면 오른쪽 아래에 자막이 나왔다.

'엽기살인? 공원에 토막난 시체 발견.'

"정말 끔찍한 사건입니다. 빨리 해결되기를 바랍니다. 그럼 잠시 후에 찾아뵙겠습니다."

시게코는 채널을 바꾸어보았다. 그러나 온통 와이드쇼 아니면 드라마 재방송뿐이었다. 시게코는 욕실로 가서 쇼지가 목욕하면서 즐겨 듣는 방수 라디오를 켰다. 채널을 NHK로 맞추자, 아나운서의 목소리가 들렸다.

"그렇다면 현장 상황은 매우 긴박하게 돌아가고 있을 텐데요?"

그 사건이다! 시게코는 볼륨을 높였다.

"그렇습니다. 방금 발견된 핸드백은 올 6월에 행방불명되어 현재 실종신고가 된 후루카와 마리코라는 20세 여성의 소지품임이 확인되었습니다. 그러나 발견된 오른팔이 후루카와 마리코 씨의 것인지는 아직 확인되지 않았습니다."

세 번, 시게코는 놀란 나머지 손바닥으로 자신의 이마를 쳤다. 욕실 거울에 입을 멍하니 벌린 시게코의 얼굴이 비치고 있었다.

후루카와 마리코.

'리스트에 있는 여자다!'

서랍 속에 쑤셔넣었던 쓰다 만 원고가 떠올랐다.

'사라지는 여자들. 그녀들은 왜, 무슨 사연이 있기에 모습을 감춘 것일까? 또는 무엇이 그녀들을 세상에서 지워버렸는가?'

그 의문이 하나의 사건이 되어 지금 눈앞에 나타난 것 같았다. 시게코는 등허리에 한기를 느꼈다.

그것은 이 년 반 전의 일이었다. 1994년 봄. 『사브리나』가 폐간되었을 때라 시게코는 정확히 기억할 수 있었다.

『사브리나』는 1985년에 창간된 월간지였다. 당초 이십대 전반의 독신 여성을 대상으로 영화, 연극, 책, 이벤트 등의 정보를 제공하는 잡지였다. 패션이나 먹거리 정보도 실었지만, 국제문제나 환경문제에 대해 알기 쉬운 기사를 제공하고 여성 저널리스트의 대담 코너도 마련하는 등, 내용상으로 그리 얄팍한 잡지는 아니었다.

그러나 그 어중간한 성격 때문에 『사브리나』는 창간 이후로 적자를 면치 못했다. 특히 80년대 후반은 일본이 거품경제 시대로 돌입하여 사치가 한창일 때라, 카탈로그 잡지의 성격을 배제했던 『사브리나』에게는 불리한 상황이었다.

시게코가 담당한 분야는 '전통과 수작업'이란 코너였는데, 장인들의 작업에 흥미를 가졌던 시게코에게는 즐거운 일이었다. 『사브리나』의 그 코너는 시게코의 주요 수입원 중 하나이기도 했다.

그 일을 하면서 시게코는 심리적인 안정을 얻을 수 있었다. 수작업을 하는 많은 장인들을 만나보았다. 전통적인 기술과 예술을 후대에 전하기 위해 노력하는 그들의 삶에 대한 태도는 진지하면서도 열정적이었다. 그래서 더욱 보람을 느꼈다. 그런 취재를 하는 사이에 마에하타 쇼지를 만나 사귀게 되었다. 시게코가 자신이 믿을 수 없을 정도로 쇼지에게 강하게 이끌린 것도 『사브리나』의 경험 때문이었는지 모른다. 땀을 흘리며 자신의 손으로 뭔가를 만들어내며 살아가는 사람에 대한 존경과 동경을, 시게코는 '전통과 수작업' 코너를 통해 품게 되었던 것이다.

그 때문에 시게코와 『사브리나』 편집부의 관계는 긴밀했다. '전통과 수작업' 시리즈가 십사 회 연재로 끝나자 시게코는 편집 기획에 따라 어디든 달려가 기사를 작성하는 기자가 되었는데, 그 일도 즐거웠다. 그래서 거품경제가 무너지고 온 세상이 불경기의 나락에 빠져든 시대에 이르러 『사브리나』의 경영이 위태롭다는 소식을 듣고 큰 충격을 받았다.

폐간이 결정된 얼마 후, 시게코는 편집장과 함께 새벽까지 여기저기

술집을 옮겨다니면서 코가 비뚤어지도록 마셨다. 폐간과 함께 직장을 잃게 된 편집장은 꼬부라진 혀로 이렇게 말했다.

"시게코 씨는 앞으로 세상에 휘둘리지 않는 그런 일을 하길 바라."

"휘둘리지 않는 일이라뇨?"

똑같이 취한 시게코는 대들듯이 되물었다.

"그러니까 자신의 글을 쓰란 말이지. 당신은 할 수 있어."

"뭘요?"

"책을 쓰는 거야. 시게코 씨가 흥미를 가진 테마를 가지고 르포를 쓰는 거야."

"르포?"

시게코는 크게 웃었다.

"나한테는 무리예요. 못 해요."

"아냐, 할 수 있어. 해보면 알 거 아냐."

할 수 없다, 할 수 있다, 취한 사람끼리 주고받던 그날의 대화는 알코올의 안개에 가려 기억 속에서 지워지고 말았다. 아침에 일어나 숙취로 쓰린 속을 달래려고 물을 마시는 순간, 마음속에서 뭔가가 솟구쳐오르는 것을 느꼈다.

'책을 쓰는 거야, 시게코 씨.'

그런데 내가 뭘 쓸 수 있을까?

그렇게 해서 『사브리나』 없는 생활이 시작되었다. 주요 수입원이었던 『사브리나』를 잃은 타격 때문에, 책을 쓰겠다는 쓸데없는 욕심을 낼 만한 여유도 없어지고 말았다.

그로부터 보름 후, 5월의 황금연휴에 들어 시게코는 처음으로 쇼지와 여행을 떠났다. 그가 운전하는 차를 타고 이즈를 거쳐 시모다로 갔다. 여행은 즐거웠다. 두 사람의 첫 만남이 '전통과 수작업'의 연재 제3회가

게재된 그달이었으니 벌써 꽤 시간이 흘렀지만, 둘만의 여행은 처음이었다.

두 사람은 당연히 육체관계도 가졌지만, 쇼지의 태도는 신중했다. 시모다의 호텔에서 사흘을 머무는 동안에도 쇼지는 그리 적극적인 자세를 보이지 않았다. 그 대신 쇼지는 재미있는 이야기로 시게코를 즐겁게 해주었다. 나름대로 멋진 시간이었다.

그 여행의 마지막 날, 시게코는 유람선을 타고 싶다고 쇼지에게 졸랐다. 두 사람은 항구의 유람선 선착장으로 가서 표를 샀다. 다음 배까지 이십 분 정도의 여유가 있었다. 시게코는 담배를 피우고 오겠다고 대합실을 나섰다. 쇼지는 담배도 피우지 않는 성실한 사람이었다.

해는 높이 떠오르고 바다는 파랗게 빛났다. 시게코는 담배를 피우면서 해변을 천천히 거닐었다. 낮은 방파제 저편에 파란 바다가 펼쳐지고 작은 어선들이 가지런히 묶여 있었다. 낮은 파도를 타고 천천히 아래위로 흔들리는 작은 배들이 있는 방파제의 풍경은 너무도 평화로웠다. 길가 여기저기에는 그물이 쌓여 있고, 바다 냄새가 코를 찔렀다. 눈을 들면 돌고래처럼 생긴 유람선이 승객들을 가득 태우고 한가로이 바다를 가로지른다. 마치 무대에서 연출하는 듯한 휴일의 바다 풍경이었다.

시게코는 담뱃불을 끄고 발길을 돌려 대합실로 돌아가려 했다. 그때, 강한 바람이 볼을 스치면서 스커트를 말아올리려 했다. 시게코는 두 손으로 스커트를 감싸며 아래쪽을 보았다. 광고 전단지 한 장이 구두에 찰싹 달라붙어 있었다. 사람 얼굴 사진이 언뜻 보였다.

시게코는 그 전단지를 주웠다.

'사람을 찾습니다.'

손으로 쓴 글씨였다. 오랫동안 게시판에 붙어 있었던 듯, 누렇게 변색되어 있었다.

사진 아래에는 손으로 쓴 작은 글씨가 있었다.

'이 사람은 1992년 1월 8일에 집을 나가서 아직 돌아오지 않았습니다. 가족이 걱정하고 있습니다. 아시는 분은 연락주시면 고맙겠습니다.'

여자의 이름은 다나카 요리코, 서른여섯 살. 시모다 시내의 온천여관에 살고 있었다. 키는 백육십 센티미터 정도, 약간 통통한 몸매에 맹장수술 자국이 있고, 근시안경을 끼고 있다. 연락처는 시내의 주소로, 다나카 아키요시라는 이름이었다. 아마도 남편일 것이다.

'주부 가출인가……'

요리코는 기모노 차림이었다. 온천여관의 유니폼일지도 모른다. 흐릿한 흑백사진, 웃음 띤 얼굴에 앞니가 튀어나온 것이 특징적이다. 미인은 아니지만 꽤 육감적으로 보인다.

남자가 얽힌 가출일 것이라는 생각이 들었다. 가출은 이 년도 더 전이다. 이 전단지도 꽤 오래된 것이지만, 그래도 이 년은 되지 않았다. 남은 가족은 이런 전단지를 만들어 계속 뿌리고 다니고 있음이 분명하다.

즐거운 여행길에 좋지 못한 걸 보고 말았다는 생각이 들었다. 시게코는 전단지를 구겨버리려 했다. 그러나 왠지 그래서는 안 될 것 같은 생각이 들었다. 잘 쓴 글씨는 아니지만, 정성을 들여 쓴 그 글씨 때문인지 동정심이 일었다. 그래서 전단지를 곱게 접어 대합실까지 들고 왔다. 그리고 쓰레기통에 버렸다.

"시게코, 배가 떠나려고 해. 빨리!"

쇼지가 부르는 소리에 시게코는 달렸다. 두 사람은 돌고래처럼 생긴 핑크색 유람선에 올라탔다.

연휴가 끝나자마자 시게코는 여행잡지 일로 가와고에 갔다. '작은 에도'로 불리는 이 거리는 수로가 발달한 에도시대에는 에도의 중심지와 직결되어 꽤 번창했는데, 수도의 베드타운으로 변신한 지금도 당시의 풍경을 많이 간직하고 있다. 현대적인 거리 풍경에 섞여 있는 오래된 담이나 종루에서 옛 에도의 풍광을 찾아보기 위해 많은 관광객들이 찾아오는 거리이기도 하다. 시게코에게 주어진 일은 가와고에를 취재해 무박여행 기사를 쓰는 것이었다.

JR 역 주변은 도심과 거의 비슷할 만큼 빌딩이 많았다. 여행잡지 편집자와 카메라맨이 동행해준 덕에 취재는 순조롭게 진행되었다. 해가 떨어지기 전에 모든 일정을 마치고 역으로 돌아왔다. 차라도 한 잔 마시려고 일행과 함께 찻집을 찾아 걸어가는데, 버스터미널 게시판에 붙은 한 장의 전단지가 눈에 들어왔다.

사람을 찾는 전단지였다. 경찰서에서 붙인 인쇄 전단지였다. 동행한 편집자가 다가왔다.

"뭘 그렇게 봐…… 아, 가출자를 찾는 거로군."

젊은 여자였다. 나이는 스무 살. 이름은 기시다 아케미.

시게코는 시모다에서 본 전단지를 떠올렸다.

"지난번에 시모다에 갔다가 이런 종류의 전단지를 본 적이 있어요. 손으로 쓴 건데, 가족이 손수 제작한 거였죠."

"이런 게 참 많더라."

"대체 무슨 일일까요?"

"무슨 일이라니?"

"실종 말이에요. 갑자기 사라져버리다니, 좀 이상하잖아요."

"글쎄, 아마 요즘은 사건에 휘말린 경우가 더 많지 않을까? 이 전단지의 여자도 젊잖아. 그렇지만 모를 노릇이지. 거품경제가 무너지면서 무슨 일이 일어나도 이상하지 않은 세상이 되고 말았으니까."

시게코는 전단지의 사진을 뚫어져라 들여다보았다. 기시다 아케미는 긴 머리가 아름다운 미인이었다. 약간 화장이 짙은 것처럼 보이기도 하지만, 사진 탓인지도 모를 일이다. 전체적으로 밝은 인상을 주는 여자였다.

"그러고 보면 최근에는 '증발'이란 말이 없어지고 말았어" 하고 편집자는 말했다.

"얼마 전만 하더라도 유행어가 되기도 했는데 말이야. 요즘은 이렇게 갑자기 사람이 사라져버려도 '증발'이란 말을 안 써. 사회현상으로 주목하는 경우도 없고. 하기야 실종이 일상사처럼 되어버렸으니……"

"왜 사라지는 걸까요?"

시게코는 중얼거리듯이 물었다.

"여러 가지 이유가 있겠지 뭐."

"만일 내가 증발한다면, 누가 나를 찾아줄까?"

쇼지가 찾을 것이라는 생각을 하면서 시게코가 물었다. 편집자는 웃었다.

"내가 찾아줄게. 마감 때만 아니라면."

두 사람은 웃으면서 게시판 앞을 떠났다. 시게코의 뇌리에 전단지 속의 여자 얼굴이 선명히 각인되었다. 시모다의 다나카 요리코와 가와고에의 기시다 아케미.

사라져버린 사람. 시게코의 흥미가 그쪽으로 쏠리기 시작했다.

일단 텔레비전과 라디오로 정보를 수집한 다음, 시게코는 전화를 걸려고 했다. 책상 위에 놓인 명함첩을 뒤졌지만 찾는 명함이 나타나지 않았다. 짜증을 내면서 다시 찾다가, 사카기 형사에게 명함을 받지 않았다는 사실을 떠올렸다. 그의 연락처는 취재노트에 메모해두었다.

서둘러 취재노트를 꺼냈다. 동종업자들 가운데는 컴퓨터로 자료를 관리하는 사람도 있지만, 시게코는 아직도 옛날식으로 취재 내용을 노트에 적어서 순서대로 보관하고 있다.

노트를 꺼내 페이지를 들추자 금방 사카기의 전화번호가 나왔다. '사카기 다쓰오, 히가시나카노 경찰서'라고 적혀 있었다. 시게코는 가슴을 두근거리며 수화기를 들었다.

그러나 사카기는 자리에 없었다. 급한 일로 집에서 바로 현장으로 달려갔다는 것이었다. 시게코는 가슴이 덜컹했다. 급한 일? 분명 오가와 공원 사건일 것이다. 마에하타 시게코에게 전화가 왔다고 전해달라는 말을 남기고 수화기를 내려놓았다.

사카기와 통화하지 못한 탓에 시게코의 가슴은 더욱 고동치기 시작했다. 취재노트를 넘기면서 두세 사람의 프로필을 기억해두고 다시 전화를 걸었다. 이번에는 시외전화였다. 전화번호란의 맨 위에 적힌 번호, 이즈의 시모다. 시모다 경찰서의 히무로 사키코.

시게코가 사키코와 마지막으로 연락한 지도 벌써 일 년 반이나 지났다. 혹시 다른 경찰서로 전근을 간 건 아닐까 싶었지만, 그녀는 시모다에 그대로 있었다. 다만 부서가 바뀌었다. 생활안전과라는 부서였다.

전화를 받는 상대의 목소리를 듣는 순간 시게코는 그 사람이 바로 사키코라는 것을 알 수 있었다.

"히무로 씨? 마에하타 시게코라고 합니다."

"마에하타 시게코 씨? 누구시죠?"

목소리에 가시가 돋쳐 있었다. 맞아, 그녀의 말투는 늘 이랬어. 시게코는 기억을 떠올렸다. 그러나 술만 들어가면 완전히 달라진다.

"갑자기 전화해서 죄송합니다. 오래전이지만 실종된 여자의 르포를 쓰려고 취재를 갔을 때 만난 사람인데요, 저……"

그제야 퍼뜩 생각이 떠올랐다. 당시의 시게코는 아직 미혼이라 기무라 시게코였다. 이름을 다시 말하려는데 저편에서 밝은 목소리가 돌아 왔다.

"아, 시게코 씨. 기무라 시게코?"

"그래요, 맞아요. 정말 오랜만입니다."

"결혼해서 마에하타 씨가 된 거로군요. 엽서를 받아놓고도 그만 깜빡 하고 말았네요. 잘 지내세요?"

"예, 오랫동안 연락도 드리지 못하고, 죄송합니다."

"그 이후로 어떻게 되었는지 궁금했어요. 글은 잘 되고 있나요?"

마치 취재를 한 게 한 달 전의 일이라도 되는 듯한 어투였다. 일 년 반 전의 일도 잊지 않는 걸로 봐서 치밀한 성격인 것 같다. 대답할 말이 없 어 망설이고 있다가 마음을 다잡고 본론으로 들어갔다.

"바쁘신데 죄송하지만, 히무로 씨, 혹시 텔레비전 뉴스 보셨나요?"

"텔레비전이요?"

"예, 도쿄 스미다 구의 오가와 공원에서 토막난 여자의 시체 일부가 발견된 사건 말입니다. 오른팔만 발견되었죠."

사키코는 놀라는 것 같았다.

"아직 모르셨어요?"

"네, 오늘 아침은 바빴거든요…… 그래서요?"

"그 오른팔의 정확한 신원은 모르지만, 같이 발견된 핸드백의 소유주 는 밝혀졌습니다. 후루카와 마리코라는 여자예요."

사키코는 기억력이 좋은 사람이었다. 약간 뜸을 들였다가 사키코는 정확한 반응을 보였다.

"후루카와 마리코라면, 시게코 씨가 취재 대상으로 삼았던 여자 아녜 요?"

"그래요, 그래요."

"사카기가 담당하는 거죠? 그에게 들은 적이 있어요."

"예, 그렇습니다. 전화해보니 현장으로 달려갔다고 해요."

사키코는 입을 다물었다. 시게코도 입을 다물었다. 사키코 쪽에서 먼저 말을 해주기를 바랐다.

"속단은 금물이지만……"

"그렇습니다."

"무서운 일이 벌어질 것 같네요. 시게코 씨는 취재를 계속할 건가요?"

"예, 물론입니다."

"그렇겠죠…… 알겠습니다. 사카기에게 전화해둘게요. 시게코 씨 연락처는 바뀌지 않았나요?"

시게코는 전화번호를 가르쳐주었다. 그때 누군가가 사키코를 부르는 소리가 들렸다.

"전화 고마워요. 그럼 또 봐요."

사키코는 서둘러 전화를 끊었다.

시게코는 수화기를 든 채 취재노트를 내려다보았다. 잠시 생각한 후에 수화기를 놓았다.

다른 누구보다 지금은 사카기를 잡아야 한다. 사카기와 연락이 닿지 않는 한 움직일 수가 없다. 시게코는 책상에서 벗어나 거실로 돌아갔다. 텔레비전을 켜보았지만 새로운 뉴스는 없었다.

가만있을 수 없었다. 취재노트를 들고 와서 거실 테이블에 놓고 실종 여성의 리스트가 실린 페이지를 펼쳐보았다. 세어보니 일곱 명이었다. 소녀도 있고 중년 주부도 있다. 그 가운데 특히 큰 글자로 적어놓은 이름 둘.

· 가와고에 시, 기시다 아케미, 20세, 학생

　1994년 4월 20일경 실종

· 시모다 시, 이노 시즈에, 25세, 주부

　1994년 8월 5일 실종

그리고 리스트 맨 아래쪽에,

· 도쿄, 후루카와 마리코, 20세, 회사원

　1996년 6월 7일 실종

　시게코는 약 삼 개월 전에 자신의 손으로 적어넣은 '후루카와 마리코'라는 이름을 바라보면서 께름칙한 기분에 사로잡혔다. 이 건에 대해 사카기가 연락을 해왔을 때, 시게코는 모호한 태도를 취했던 것이다.

　1994년 5월 가와고에에서 기시다 아케미의 전단지를 본 다음, 시게코의 마음속에서는 호기심과 흥미와 충동 같은 것이 한꺼번에 솟구쳐 올랐다. 그와 동시에 자신의 글을 한번 써보라는 『사브리나』 편집장의 말이 떠올랐다.

　'내가 만일 독자적으로 르포를 쓴다면……'

　자신의 기획으로 글을 쓴다면 소재는 바로 이거라는 생각이 들었다. 실종된 여자들. 왜 사라진 것일까. 안락한 생활을 버리고 가정과 친구와 연인을 버리고 사라져버린 여자들. 어떤 사정이 그녀들을 그리로 내몰았을까.

　시게코의 마음에 걸리는 것은 기시다 아케미뿐만이 아니었다. 시모다에서 보았던 여자의 웃는 얼굴도 자주 시게코의 눈앞에 어른거렸다. 아마도 자신의 행복한 처지와 너무도 대조적인 경우라서 그럴 것이다.

　'써보는 거야, 시게코 씨.'

　편집장의 말을 믿어도 되지 않을까.

그해 6월, 신칸센을 타고 혼자서 시모다로 향할 때만 해도 확신이 서지 않았다. 아무 배경도 없이 무작정 찾아온 프리라이터인 시게코에게 시모다 경찰서의 경찰관들이 성의 있게 대해줄 리 없었지만, 안 되면 그만이라는 가벼운 기분으로 시도해보았다.

그러나 시게코는 운이 좋았다. 히무로 사키코라는 여자 형사를 만난 덕분이었다. 그녀는 성실한 자세로 시게코의 말에 귀를 기울여주었다. 그런 분위기에 젖어서 그만 시게코는 실종자 르포를 쓰려고 마음먹은 경위와 앞으로 결혼할 상대에 대한 개인적인 이야기까지 모두 털어놓고 말았다.

"그랬군요. 그래서 실종 여성에 대한 르포를 쓸 생각을 했군요."

"그렇지만, 정말 내가 쓸 수 있을까요?"

사키코는 그 말을 듣고 크게 웃었다. 시게코는 얼굴이 빨개지고 말았다. 지금까지 꽤 오랜 세월 글을 써왔지만, 생각해보면 모두 출판사나 의뢰 회사의 기획에 따라 별생각 없이 썼을 따름이다. 냉정하게 돌아보면, 시게코는 자신의 힘으로 취재 소재를 결정해서 기사를 만들어낸 적은 한 번도 없었다. 그래서 진짜 '취재'를 어떻게 해야 하는지도 몰랐다.

"그건 당신 하기 나름이 아니겠어요?"

그러고 나서 사키코는 새로운 정보를 알려주었다. 다나카 요리코라는 여자는 여관의 매니저와 눈이 맞아 도망쳤다는 것이었다.

"사정이 그러니 우리 경찰은 딱히 실종자로 분류해서 수사할 필요가 없었던 거죠. 그래서 시게코 씨가 본 전단지도 공적인 게 아니었어요."

"아…… 그럼 다나카 씨는 지금?"

"장소는 밝혀졌습니다. 남편이 집요하게 찾았으니까요."

시게코는 맥이 빠져버렸다. 그 표정을 보고 사키코는 또 웃었다.

"물론 문제는 있어요. 매니저와 둘이서 도망칠 때 여관 돈을 가지고 갔거든요. 그걸 알고 주간지 기자가 찾아와서 재미로 취재를 한 모양입니다. 기사로 나가진 않았지만요."

시게코는 눈을 깜빡거렸다. 전단지 속의 다나카 요리코의 육감적인 표정이 즐겁게 웃고 있는 것 같았다.

"그렇지만 시게코 씨가 쓰려고 하는 르포는 개인적으로 관심이 생기네요. 요즘은 사람이 실종되어도 아무도 관심을 기울이지 않아요. '증발'되었다고 소란을 피우는 법도 없고 말이죠."

"네, 내가 아는 사람도 그런 말을 하더라구요……"

"그럴 겁니다. 그렇지만 사람이 하나 없어진다는 건 정말로 심각한 일이에요. 그런 르포는 반드시 필요해요. 실종자 가족도 그런 르포가 나오면 찾는 데 도움이 될 거라고 생각하겠죠. 아마 취재에 적극 협력해주지 않을까요?"

사키코가 너무 진지하게 말하는 바람에 르포를 발표할 지면도 아직 확보하지 못한 상태라는 말은 할 수 없었다.

"다나카 씨 건은 그렇게 되었지만, 가와고에 여자 건은 조사해보는 게 좋을 것 같아요. 공보과를 통해 정중하게 취재를 요청하면 만나줄 겁니다."

무슨 일이 있으면 연락을 하겠다고 하면서 사키코는 시게코의 주소와 전화번호를 물어 수첩에 적었다.

그 다음주에 가와고에에 간 것도, 거지반은 만일 히무로 사키코가 전화를 해서 취재는 어떻게 되었느냐고 물으면 대답할 말이 있어야 한다는 생각에서였다. 그렇게 성의 있게 대해준 여형사에게 귀찮아서 그만두었다고 할 수는 없는 노릇이었다.

그런 기분으로 찾아간 가와고에 경찰서에서는 완전히 무시당하고 말았지만, 시게코는 오히려 안도의 한숨을 내쉬었다. 기분은 나빴지만 이것으로 면죄부를 얻었다는 기분이 들었던 것이다.

돌아오는 길에 시게코는 쇼지를 만나 요즘 자신의 일에 대해 잡담하듯이 이야기했다.

"시게코, 정말 대단해. 그건 꼭 써봐."

"응?"

"시게코가 흥미를 가진 일이니까, 반드시 써봐. 지금은 단편적인 기사만 쓰고 있지만, 언젠가는 괜찮은 책을 낼 수 있을 거라고 믿어. 힘내, 한번 해보는 거지 뭐."

애인마저 진지한 반응을 보이자 시게코는 묘한 기분에 사로잡혔다.

"내가 쓸 수 있을까……"

"있고말고. 써보지도 않고 왜 그런 말을 하는 거야?"

"어떻게 쓰면 돼? 시모다 건은 애인하고 도망친 거고, 가와고에 쪽은 손도 댈 수 없는 형편이잖아. 난 주간지나 신문사 기자가 아냐."

"처음부터 쓰면 되지. 시모다에서 전단지를 발견한 데서부터. 그래서 조사를 해보니 애인하고 도망친 거라고. 그렇지만 시게코는 사건 하나하나를 추적하는 글을 쓰려는 건 아닐 거야. '사람들은 왜 실종될까'에 대해 쓰고 싶은 거 아냐? 그렇다면 일어난 일을 시게코가 생각하는 대로 솔직하게 쓰면 될 거야. 처음에는 잘 모르는 일도 조사를 하다보면 알게 될지도 모르고. 이런 경우도 있고 또 저런 경우도 있다는 식으로 말이야. 인간이란 이렇게나 불가사의한 존재라고. 그렇지만 반드시 어떤 이유가 있기 마련이라고."

시게코는 쇼지의 얼굴을 멀뚱멀뚱 쳐다보았다. 가업인 철공소를 물려받아 열심히 일하면서 자동차를 손보는 취미 외에는 술도 마시지 않고 노름도 하지 않는 사람이다. 책을 읽고 있는 모습을 본 적도 없다. 그런 쇼지가 어떻게 이런 멋진 말을 할 수 있을까?

"쇼지, 직업을 잘못 고른 것 같아. 편집자가 됐으면 좋았을 텐데."

쇼지는 겸연쩍은 표정을 지었다. 그러나 쇼지의 격려가 시게코에게 용기를 주었다. 다시 마음을 가다듬고 취재를 해서 자신의 문장으로 표현해보겠다는 의지를 갖게 해주었던 것이다.

그렇다면 최초의 취재 대상은 가와고에의 기시다 아케미밖에 없다. 경찰에 의존하려는 자세를 버렸다. 끈질기게 전화번호부를 뒤져 기시다 아케미의 가족이 사는 곳을 알아내고, 직접 그 집을 찾아갔다. 경찰이 무슨 조사를 어떻게 하고 있는지 모르지만 딸의 사건에 대해 조사해보고 싶고, 조사를 하다보면 딸을 찾는 데 도움이 될지도 모른다는 시게코의 열성적인 설득에 그녀의 부모는 당혹스러워했다. 생판 모르는 사람이기 때문에 그럴 것이라고 시게코는 생각했다. 그렇다면 이쪽에서 뭔가를 보여주는 수밖에 없다.

시게코는 기시다 아케미의 생활, 대인관계, 그녀가 실종될 당시의 행동을 치밀하게 조사해들어갔다. 아케미는 부유한 가정의 외동딸이었다. 아버지는 땅부자로 유명한 사람인데, 젊은 시절부터 화려한 여성편력으로 소문이 끊일 날이 없었다. 자연히 아내와 자주 다투었고, 아케미는 물질적으로는 풍족한 생활을 하면서도 정서적으로는 불안해질 수밖에 없는 환경에서 자랐다. 그 때문인지 그녀 자신도 낭비벽이 심했고 이성관계도 난잡해 동창생들의 평가도 한결같이 좋지 못했다. 특별한 애인이 있는 것도 아니었다. 사귀는 남자가 너무 많아서 그중 하나를 꼽기가 불가능했다.

"기시다는 중학교 때부터 빨리 집을 나가고 싶다는 말을 자주 했어요" 하고 같은 반이었다는 한 여자가 말했다.

"멋진 남자를 만나서 같이 어디로 간 게 아닐까요? 가만 내버려두면 그 남자를 차든지 차이든지 해서 제 발로 돌아올걸요."

그녀의 부모가 아케미의 가출을 걱정하고 있을 리가 없다고 말하는 남자 동창생도 있었다.

"딸이 무슨 짓을 하든 조금도 신경쓰지 않는 차가운 사람들이에요. 정말로 딸을 찾고 있는 걸까요? 수사를 요청한 것도 다른 사람들 눈을 의식해서일 거예요."

시게코도 기시다 부부, 특히 그녀의 아버지와 이야기를 나누었을 때 그들이 뭔가를 숨기면서 솔직하게 말하지 않는다는 느낌을 받았다. 어떤 벽이 있었던 것이다. 아마도 세상에 대한 자신들의 체면 때문인지도 모른다는 생각이 들었다. 그런데 아케미의 집에 취재를 하러 오간 지 보름쯤 된 어느 날, 그녀의 아버지가 묘한 표정을 지으며 이렇게 말하는 것이었다.

"사실 아케미가 실종된 지 열흘 정도 지났을 때 이런 게 날아왔습니다."

편지였다. 여자의 글씨체였다. 봉투 뒤에는 '아케미'라고만 적혀 있었다.

"따님의 편지인가요?"

"그럴 겁니다. 딸의 글씨니까요."

내용은 짤막했다. 멋대로 굴어서 미안하다, 잠시 집을 떠나 있고 싶다, 아버지와 같이 살면, 내게 다가오는 사람들이 정말로 나를 소중하게 여겨서인지, 아니면 돈이 목적인 것인지 분간이 안 된다, 그게 너무 괴롭다, 아무도 나를 모르는 곳으로 가서 살아보고 싶다, 홀로 설 수 있는 사람이 되었을 때 집으로 돌아가겠다, 라는 내용이었다.

예쁘장한 여자의 필체, 꽃무늬 봉투, 감상적인 어투지만 또박또박 자신의 생각을 정확히 표현한 글이었다. 시게코가 막연하게 상상하고 있던 '기시다 아케미'라는 젊은 여자는 이런 글을 쓸 수 없는 사람이었다.

그녀의 아버지는 벌레 씹은 표정으로 아케미는 어릴 적부터 글을 잘 썼다고 했다.

또 아버지는 아케미의 은행 계좌에 지금도 송금을 하고 있다고도 했다. 즉, 실종 후에도 통장에서 정기적으로 돈이 빠져나가고 있다는 것이었다.

시게코는 어이가 없었다. 이런 편지를 남기고 집을 나가놓고 부모가 부쳐주는 돈으로 생활하는 애도 애지만, 돈을 부쳐주는 부모도 비정상이다.

"돈이 바닥나면 아케미가 돌아오리라는 생각은 하지 않으세요?"

시게코가 그렇게 묻자 아버지는 불쾌하다는 투로 대답했다.

"돌아와서 왜 송금을 하지 않았느냐고 따지면 어떻게 합니까. 그게 싫어서지요."

할 말이 없었다. 다만, 이 집안의 부녀관계가 몹시 흥미로웠다. 이건 소재가 될 수 있겠다는 생각이 들었다.

"그렇다면 경찰에 낸 실종신고를 취소하는 게 좋지 않을까요?"

"경찰에 어떻게 이런 편지를 보여줄 수 있습니까? 집안 망신이지요. 이제 와서는 어쩔 수 없어요. 어차피 경찰은 찾지도 않아요. 신고해봐야 아무 소용이 없으니 그냥 내버려두면 돼요."

그럴지도 모른다.

"그렇지만 기시다 씨, 이렇게 밝혀졌는데 제가 따님의 실종에 대해 쓰는 건 좀 이상하지 않을까요?"

아케미의 행방을 찾는 데 도움을 준다는 조건으로 시게코의 르포에 협력한다는 것이 아버지의 의도였다.

기시다 아케미의 아버지는 마치 레스토랑 예약을 취소하듯이 가벼운 어투로 말했다.

"당신이 처음에 우리집을 찾아왔을 때는 이렇게 열성적으로 아케미의 신변을 조사하리라고는 생각하지 못했어요. 이웃집 눈이 있어서 무조건 만나지 않는 것도 이상하고 말이죠. 그래서 어쩔 수 없이 상대를 해주었는데, 일이 이렇게 되었으니 이쯤에서 접어주면 좋겠어요."

시게코는 입이 딱 벌어졌다. 그 집을 나와 전철을 타고 집으로 돌아와서도 머리가 텅 비어버린 것 같았다. 컴퓨터 앞에 앉아 있자니 울화통이 치밀어 참을 수 없었지만, 이윽고 안정을 찾았다. 지금까지의 과정을 있는 그대로 쓰면 된다. 이것 또한 실종자의 배후에 깔린 하나의 풍경이 아닌가. 정말 웃기는 일이긴 하지만, 글의 소재로서는 충분한 가치가 있다고 생각했다. 시게코는 쓰기 시작했다. 그렇게 해서 기시다 아케미에 관련된 글은 꽤 길어졌다.

그러는 사이에 시모다의 히무로 사키코에게서 전화가 왔다. 사키코와는 종종 연락하고 있었지만, 이번에는 완전히 다른 용건이었다. 시모다 경찰서 관할구역에서 젊은 여성의 실종사건이 일어났다는 것이었다.

"가출인지 사건인지 확실하지는 않지만, 한번 조사해볼래요? 눈에 띄지 않게 움직이면 경찰 쪽은 아무 문제 없어요. 가족에게 이야기했더니, 조사에 도움이 된다면 무조건 취재에 협력하겠다고 했어요."

사키코는 시게코를 유능한 여성 저널리스트로 소개한 것 같았다. 시게코는 사키코의 호의가 너무 고마웠다. 그런 한편으로 그 신뢰에 보답해야 한다는 무거운 책임감도 느꼈다.

이렇게 해서 시게코는 시모다의 이노 시즈에의 실종을 취재하게 되었다. 이쪽은 기시다 아케미의 경우와는 달리 가족 사이에 특별한 문제가 있었던 건 아니었다. 그러나 탐문취재를 해보니, 그런 평화로운 생활에 대해 본인이 권태를 느낀 것 같다는 생각이 들었다. 시게코는 한 꼭지를 썼다. 이제 취재에 대한 노하우가 생기자, 다른 경찰서에도 얼굴을 내밀고 다른 작가들에게도 도움을 받아 사건 담당 기자도 소개받고 해서 시게코는 취재 대상을 점점 넓혀나갔다. 취재노트는 하루가 다르게 두꺼워졌다. 취재를 시작한 지 얼마 안 되어 실종자가 돌아오기도 하고 편지가 오는 경우도 있어서, 그럴 때는 본인을 만나 직접 인터뷰를 했다.

시게코는 그런 취재 결과를 정리해 조금씩 자신의 원고를 만들어갔다.

그런 시게코의 성실한 태도가 마음에 들었던지, 어느 날 사키코가 이런 말을 했다.

"사실 나는 도쿄 출신이에요. 고등학교 때 아버지가 전근을 가는 바람에 시모다로 이사를 왔지요. 그래서 도쿄에 어릴 적 친구가 좀 있는데, 그중 한 친구가 히가시나카노 경찰서에서 형사로 근무하고 있어요."

그 사람이 바로 사카기 다쓰오였다.

"나는 교통과에 오래 근무했기 때문에 가출자 수색에는 아직 익숙하지 않지만, 사카기는 그 방면의 전문가예요. 도움이 될지도 모르니까 한번 만나볼래요?"

이렇게 해서 시게코는 히가시나카노 경찰서의 사카기 형사를 만났다. 어릴 적 친구의 소개로 찾아온 시게코를, 사카기는 친절하게 대해주었다. 처음에는 방관자 같은 태도를 취했지만, 시게코가 무슨 일을 하는지 알게 된 다음에는 그 자신도 흥미를 가지고 자진해서 조사도 해주고 의견을 내기도 했다.

시게코는 마감도 없는 원고를 혼자서 열심히 쓰고 있었다. 수입 때문에 잡지사의 원고 일을 내팽개칠 수가 없어 무리하는 날이 많았다.

그게 좋지 않았던 듯, 작년 1995년 장마철에 시게코는 원고를 쓰던 중에 피를 토하고 말았다. 위가 너무 아파 바닥에 데굴데굴 굴렀다. 구급차가 올 때까지 십 분 동안은 이대로 죽는 모양이라고 생각했다.

십이지장궤양이었다. 시게코는 한 달간 병원 신세를 졌다.

입원생활은 시게코에게서 체력과 의욕을 빼앗아가버렸다. 갑자기 시게코는 소심해졌다. 그녀의 나이 서른하나였다. 열심히 일을 하다가도 미래에 대한 불안에 휩싸일 나이였다. 어머니가 병원에 와서 눈물까지 보인 것도 마음에 걸렸다.

그때 문병을 온 쇼지가 이런 말을 했다.

"나 같은 사람이 이런 말을 하면 시게코가 무슨 대답을 할지 너무 불안해서 입을 다물고 있었는데……"

"뭔데?"

"결혼해줘."

시게코는 너무 우스워서 눈물을 흘렸다.

"언제 그 말을 해주나 하고 목이 빠지게 기다렸어."

그렇게 해서 결혼 계획은 일사천리로 진행되었다. 쇼지가 '나 같은 사람'이라고 자기를 비하하는 말을 한 것은, 그가 가업을 이을 수밖에 없고 고졸에다 육체노동을 하는 데 비해 시게코는 일류대학을 나와 글 쓰는 일을 한다는 것에 열등감을 가졌기 때문이었다. 물론, 그에게 잔소리 심한 어머니가 있다는 것이 시게코에게는 문제라면 문제였다. 그 외에는 아무런 문제가 없었다. 그의 어머니가 시게코에게도 공장에서 일하라고 닦달을 하지 않는 이상.

그 때문에라도 시게코는 일을 그만두고 싶지 않았다. 작가로서 애착은 있었다. 입원하고 있는 동안 문병 온 잡지사의 편집자나 스태프들에게 "역시 시게코가 없으면 안 돼"라는 말을 들으면 더욱더 그런 생각이 강해졌다.

그래서 쇼지에게 조건을 내걸었다. 그는 흔쾌히 수락했다.

"우리 형수는 시게코가 쓴 『하우스 키핑』의 요리 코너 애독자야."

이렇게 해서 시게코의 새로운 인생이 시작되었다. 행복하고 따뜻한 생활이.

그러나 한 가지 해결해야 할 일이 남아 있었다. 실종 여성에 관한 르포였다.

퇴원 후 집에서 요양을 하면서 지금까지 쓴 원고를 다시 읽어보았다. 그때만 해도 당장 다시 글을 쓸 기력이 없었다. 결혼 준비로 너무 바빠서 시간도 없었다. 그러나 그 시점에서 이백 장을 넘어선 원고를 아는 편집자에게 한번 보여볼까 하는 생각도 했다. 과연 물건이 될 수 있을까?

역시 『사브리나』의 이타가키 하지메 편집장에게 보이는 게 가장 좋을 것 같았다. 그에게 연락을 하고 회사를 찾아가 직접 원고지를 건네주었다. 그는 지금은 노후생활을 다루는 잡지사의 편집부 데스크로 근무하고 있었다. 일주일 후에 전화가 걸려왔다.

"어때요?"

수화기를 든 손에서 땀이 났다.

"흠, 좋은 거 같아."

시게코는 볼이 화끈 달아올랐다. 그렇지만, 좋으면 그냥 좋으면 되는 거지 왜 흠, 하고 뜸을 들이는 걸까. 감탄의 뜻이 담긴 '흠'이 아닌 것만은 분명했다.

"그런데 너무 소박해. 소재도 낡았고. 주역은 기시다 아케미와 이노시즈에라는 여자 둘인데, 어느 쪽도 독자의 눈길을 끌 만한 소재는 아닌 것 같아."

"……"

"시게코 씨가 논픽션 작가가 될 자질이 있다는 내 생각에는 변함이 없어. 이 원고를 읽고 역시 내 눈이 정확했다는 확신이 설 정도니까."

시게코는 무슨 말을 하려다가 입을 다물고 다음 말을 기다렸다.

"이걸 신인의 습작이라고 생각하면 어떨까? 좀 화끈한 뭔가가 있어야 할 것 같아. 그런 소재를 한번 찾아봐. 그냥 실종사건은 너무 흔하니까 말이야. 가령 연속살인사건의 르포라든지, 리스트업한 여성이 모두 동일범에게 당했다든지 말이야. 그런 소재라면 나도 발을 벗고 나서지. 실종 여성 개개의 사정을 그냥 나열만 해서는 독자들의 눈을 끌 수 없을 것 같은데."

그리고 마지막으로, 이 원고는 접어두고 다른 소재를 찾아보라고 이타가키는 충고해주었다.

"시게코 씨라면 할 수 있어."

"고마워요."

전화를 끊는 순간, 시게코의 눈앞에 너덜너덜해진 원고지가 춤을 추며 바닥으로 떨어져내리는 모습이 떠올랐다.

이렇게 해서 실종 여성에 대한 르포는 전 『사브리나』 편집장의 말대로 서랍 속에 들어가고 말았다. 그의 말에 반발해 마지막까지 쓰고 말겠다는 오기 같은 건 아예 생기지도 않았다. 병을 앓은 후 체력도 떨어진데다, 결혼을 앞둔 그녀에게는 그런 열정이 한 방울도 남아 있지 않았다.

쇼지도 르포에 대해 아무 말도 하지 않았다. 그 르포 때문에 시게코는 잠도 제대로 자지 못하고 식사도 제때 하지 못했다. 그래서 쓰러진 것이다. 이제 쇼지는 남편의 입장에서 시게코가 다시 무리하는 모습을 보고 싶지 않았던 것이다.

딱 한번, 쇼지가 그 일에 대해 물은 적이 있었다.

"시게코, 그 르포는 어떻게 됐어?"

"요즘은 별 생각이 없어."

편집장과의 대화에 대해서는 입을 다물었다.

"마감이 있는 것도 아니니까, 천천히 하면 돼."

그렇게 해서 지금까지 온 것이다. 원고는 서랍 속에 잠들어 있고, 취재노트는 책장 구석에 박혀 있다. 올 6월에 사카기가 일부러 전화를 해서 후루카와 마리코의 실종사건에 대해 말해주었을 때도 시게코는 시큰둥하게 대답했다.

"마리코 씨의 경우는 부모의 이혼문제로 고민한 흔적이 있긴 해요. 아버지에게 젊은 애인이 생겼죠. 그게 가출의 원인일지도 몰라요. 그런 가정 사정 때문에 우리 서에서는 수사할 필요가 없다고 판단하고 있습니다. 그렇지만 실종의 정황이 석연치 않아서 사건일 가능성도 배제하지 않고 있습니다. 어머니는 너무 걱정한 나머지 제정신이 아니지만, 그 외할아버지가 기골이 대단한 분이라서 조사에 도움이 된다면 얼마든지 취재에 응해주겠다고 합니다. 한번 취재해보는 게 어떨까요?"

사카기가 열심히 권했지만, 이미 열정이 식어버린 시게코의 귀에 그 말이 제대로 들려올 리 없었다. 상부의 허가가 나지 않으니까 그가 조사해야 할 일을 일부러 자신에게 맡기는 것은 아닐까 하는 생각도 들었다. 또 한편으로는 그런 의심이, 더이상 취재할 의욕이 없는 자신이 만들어낸 변명거리가 아닌가 싶기도 했다.

일단 후루카와 마리코라는 이름을 취재노트의 리스트 아래쪽에 적어넣긴 했지만, 별다른 생각은 없었다.

그런데 지금, 상황은 급변하고 있다.

후루카와 마리코. 하필이면 그녀라니. 리스트의 마지막을 장식하고 있는 여자.

'연속살인 르포.'

시게코의 귀에 이타가키 편집장의 말이 되살아났다. 원고 위에 손을 올려놓고, 시게코는 자신의 심장 고동 소리를 듣고 있었다.

4

오가와 공원 토막시체 유기사건의 특별수사본부는 9월 12일 오후 두 시에 보쿠도 경찰서에 설치되었다. 그후 오가와 공원에서 새로 발견된 것은 없었고, 현재는 인근 지역의 수사와 더불어 오른팔의 신원과 다른 쓰레기통에서 발견된 핸드백의 소유자 확인에 전력을 기울이고 있었다.

보쿠도 경찰서 이층 강당에 설치된 수사본부에 책상과 전화가 들어오고, 입구에는 간판이 붙었다. 간판의 글씨를 쓴 것은 이 사건의 수사를 담당하는 본청 수사1과 제4계에 소속된 순사부장 다케가미 에쓰로였다.

그가 간판의 글씨를 쓰면 사건 해결이 빨라진다는 말이 있다. 오 년 전 다케가미가 제4계에 배속되어 첫 사건을 맡았을 때 글씨를 잘 쓴다는 이유로 특별수사본부의 간판 글씨를 쓰게 되었는데, 고작 일주일 만에 사건이 해결되자 천운을 타고났다고 해서 그 이후로 간판 글씨는 모두 그가 도맡게 되었다. 또 어떤 사건 때는 다른 형사 하나도 글씨를 잘 쓴다고 해서 둘이 아래위로 나누어 썼는데, 사건은 미궁에 빠지고 말았다. 책임자인 간자키 경부는 쓴웃음을 지으며 앞으로는 절대 두 사람이 간판 글씨를 쓰지 않도록 하라고 못을 박았다.

평소에는 철저한 합리주의자로서 미신을 극도로 싫어하는 간자키 경부가 왜 간판에만은 그렇게 집착을 하는지, 때로 다케가미는 의아하게 생각하면서도 한 번도 본인에게 묻지 않았다. 자신이 간판 글씨를 써서 사건이 하루라도 빨리 해결된다면 그것으로 대만족이었다.

특별수사본부에 배속되자마자 다케가미는 자기 일에 매달렸다. 그는 수사본부의 데스크였다. 특별수사본부에는 절대적으로 필요한, 그 분야의 전문가가 아니면 앉을 수 없는 자리다. 제4계에서는 다케가미가 늘 그 자리에 앉는다.

데스크의 업무는 수사진행에 따라 늘어나는 방대한 수사 자료, 조서, 보고서 등을 정리하고 사법기관에 제출할 서류를 작성하는 것이다. 이 방면에서 오랜 노하우를 쌓은 전문가만이 할 수 있는 일이다. 그를 키운 선배 형사는 그에게 '꼼꼼한 성격'을 가져야 한다고 늘 주의를 주었다. 그러나 일단 일에서 벗어나면 그는 몹시 덜렁댔다. 수사를 전문으로 하는 형사로서는 참으로 드문 성격의 소유자였다. 그것은 이십 년 넘게 같이 살아온 그의 아내도 수긍하는 부분이었다.

선배의 가르침에 반발하고 싶지는 않았지만, 다케가미는 데스크 업무는 오히려 꼼꼼한 사람에게는 어울리지 않는 일이라고 생각했다. 사법 관련 서류를 작성하는 일이라면 꼼꼼한 성격인 사람이 어울릴 테지만, 수사서류를 정리하는 일은 완전히 다르다. 수사본부에는 최소 팔십에서 백 명에 달하는 멤버가 있는데, 그들은 보고서를 제출하고, 때로 수정하기도 하고, 잊은 게 있으면 빌려가기도 한다. 그들은 제각기 서류를 작성하는 관점이나 태도가 다르다. 그걸 일일이 꼼꼼하게 정리하려면 다른 일에는 정신을 팔 수 없다. 하루 종일 매달려도 반도 못 하고 손을 들고 말 것이다. 따라서 데스크는 대범하게 서류를 처리할 필요가 있다.

다행히 다케가미는 겉보기에 잘 정돈된 것보다는 능률을 우선시하는 타입이었다. 그래서 늘 부하들에게도 능률을 최우선으로 생각하라고 강조한다. 가장 훌륭한 데스크는 일을 하는지 안 하는지도 모르게 하는 것이 가장 바람직하다는 것이 그의 지론이었다.

보쿠도 경찰서는 데스크 업무를 보좌할 네 명의 요원을 배치해주었다. 토막살인사건은 수사에 오랜 시간이 걸리는 경우가 많아서 자연히 수사 범위도 넓어지므로 다케가미는 다섯 명은 필요하다고 보았지만,

상부의 방침이라 어쩔 수 없었다. 강당 북동쪽 구석 창가에 자리를 잡은 다케가미는 요원들을 불러서 간단히 자기소개를 하게 한 다음, 본론으로 들어갔다.

"이전에 데스크 경험이 있는 사람?"

네 명 중 두 명이 손을 들었다. 한 사람은 이 경찰서에서 강도살인사건을, 다른 한 사람은 이전에 소속되어 있던 경찰서에서 유괴미수사건을 담당한 적이 있었다. 다케가미는 그때 그들을 지휘했던 본청 수사원의 이름을 물었다. 한 사람은 다케가미가 들어오자마자 퇴직한 경부보이고, 또 한 사람은 지금도 본청에 근무하는 다케가미의 술친구인 순사부장 기무라였다. 그도 데스크 전문가이다. 지금은 제2과에 소속되어 있다.

"기본적으로 나의 방식은 기무라 순사부장과 별다를 바 없다. 그러니까 자네는 거기서 배운 노하우를 그대로 살리면 돼. 단, 나는 기무라 씨보다 복사물을 많이 사용할 거야. 잘못된 복사물도 정리해둬. 그게 기무라 씨와 다르다면 다른 부분이야."

다케가미는 기본적인 작업 순서를 설명했다. 조서의 정리, 사진첩에 사진을 붙이는 요령, 파일을 철하는 요령, 전화번호부를 작성하는 요령, 신문 스크랩 요령. 다음으로 그런 서류들을 인물순과 날짜순, 사실관계순으로 세 부를 만들어 책상 위에 배치하는 것.

"자세한 것은 이걸 보도록 해."

늘 들고 다니는 너덜너덜한 가죽가방 안에서 복사지 철을 내보였다. 세 부였다.

"나의 개인적인 매뉴얼이지. 손으로 쓴 거라 읽기 힘든 곳도 있을 거야. 모르면 묻도록 해. 공적인 서류에 관해서는 자네들도 평소에 처리하는 것들이니 설명은 생략하겠지만, 살인사건의 경우에는 자잘한 서류들이 많아. 의문이 있으면 언제든 묻도록 해. 특별수사본부가 여기 있는 이상, 나는 책상에서 거의 움직이지 않을 테니까."

사실이 그랬다. 다케가미는 비상소집이 걸리지 않는 이상 현장에는 가지 않는다. 그의 일은 후방지원이다.

"이건 자네들도 마찬가지."

다케가미는 일사천리로 하나하나 설명해나갔다. 원래가 성격이 급하기도 하지만, 데스크 업무가 수사본부 설치와 동시에 시작되어야 하는 사정도 있었다. 아마도 오늘밤 자정이 지나 시작될 수사회의에 맞춰 작성해야 할 서류도 많다. 말이 빨라질 수밖에 없었다.

거칠고 투박한 풍모에다 갈라터진 그의 목소리에 겁을 먹을 부하는 없겠지만, 쉽게 다가가기는 힘든 분위기가 있었다. 그걸 잘 아는 다케가미는 일부러 그 점을 강조해두었다. 아무리 사소한 일이라도 의문사항이 있을 때는 거리낌 없이 질문을 하라고 했다. 데스크 업무는 뭐니 뭐니 해도 팀워크라는 말도 했다.

"자네들은 용의자를 검거해서 재판장으로 보낼 때까지는 엉덩이 살이 문드러지도록 이 경찰서 안에 틀어박혀 있어야 해."

네 명 중 가장 젊은 형사가 웃었다. 자조 섞인 웃음이었다.

"큰 사건을 수사하는데 뒤에서 지원만 하는 것을 무슨 잡일을 하는 듯이 불만스럽게 생각하는 경향이 있어. 도저히 참을 수 없을 때는 솔직히 말하도록 해. 체질이 아닌 사람은 어쩔 수 없는 노릇이니까. 일에 보람을 느끼지 못하는 사람이 있어서는 안 돼. 다른 곳도 아니고 데스크는 특히 자부심을 가지지 않으면 할 수 없어. 자, 그럼 시작하지. 일단 책상을 여섯 개 가지고 와. 자리를 정해줄 테니까."

다케가미는 네 명의 얼굴을 확인하면서 이름을 불러 자리를 정해주었다. 이름이 불리자 형사들은 놀란 표정을 지었다. 이름표를 단 것도 아닌데 얼굴과 이름을 정확히 기억하는 것이 아닌가.

다케가미가 데스크 책임자로 이름을 날리게 된 것은 다름아닌 그의 비상한 기억력 덕분이었다. 그는 특히 글자를 기억하는 데 뛰어난 능력을 발휘했다. 그의 머릿속에는 많은 글자들이 정확한 위치에 꽂혀 있어서, 필요할 때마다 그 글자를 바로 끄집어낼 수 있었다. 그래서 제4계의 요원들 가운데는 그의 두뇌 도서관에서 뭔가를 찾아내기 위해 질문하는 사람이 많았다. 누구누구의 진술서에 이러저러한 말은 없었는지, 초동수사 때 현장의 부엌 창이 어느 방향에 달려 있었는지.

다케가미는 그런 사소한 문제에 대해서 금방 대답을 해준다. 잔뜩 쌓여 있는 파일 더미에서, 또는 서류선반 속에서, 책상 서랍 안에서, 거기에 해당하는 조서를 꺼내 질문하는 사람이 필요로 하는 부분을 정확히 제시해준다. 상대가 놀라면서 그 파일을 넘기고 있을 때면, 다케가미는 이미 다른 일에 몰두하고 있다.

그러나 그의 뛰어난 기억력은 때로 그의 어깨를 무겁게 하기도 했다. 특히 오늘 같은 날이 그렇다. 부하들과 함께 작업을 하면서 머릿속에서 문득 쓰카다 신이치의 얼굴이 떠오르는 것이다. 길을 잃고 헤매는 어린아이처럼 망연자실한 표정.

세상에 그런 운 나쁜 아이가 있을까. 부모가 살해당하고, 그 상처가 아물기도 전에 다른 살인사건에 휘말리다니.

아버지의 친구 집에 얹혀산다고 했다. 집은 편할까? 학교생활은 어떻게 하고 있을까? 신경이 쓰여 다시 한번 회의실에 얼굴을 내밀었지만, 그는 이미 돌아가고 없었다. 누군가가 데리러 왔다는 말을 듣고 조금 마음이 놓이긴 했지만……

신이치에게 말했듯이 다케가미는 쓰카다 일가 살인사건의 용의자 체포에 관계하긴 했지만, 그건 어디까지나 간접적인 것이었다. 신이치의

이름을 알게 된 것도 치바 현경에 소속된 수사원들의 이야기를 듣고서
였다. 그 이름은 다케가미의 머리 한구석에 피해자 이름별로 정리한 파
일 속에 들어 있었다.

그의 연락처를 조사하는 건 간단한 일이다. 이번 수사에 지장만 없다
면 한번 시간을 내어 찾아가볼까 하는 생각을 하면서, 다케가미는 새로
운 파일에 번호를 매기고 있었다.

새로운 정보가 날아든 것은 바로 그때였다.

오후 늦은 시간에 아리마 요시오는 마치코를 데리고 히가시나카노의
집으로 돌아갔다. 돌아가는 길에 딸은 밝은 표정으로, 바보같이 쓸데없
는 걱정을 했다며 웃었다. 요시오는 딸의 기분을 맞추느라 진땀을 흘려
야 했다.

오가와 공원에서 마리코의 핸드백이 발견되었다는 뉴스가 요시오의
목을 조르고 있었다. 때로 심호흡을 하지 않으면 견딜 수 없을 정도로
숨이 가빴다. 그 사실을 어떻게 받아들여야 할지, 또 마치코에게 어떻
게 전해야 할지, 이중의 고통에 시달리고 있었다.

마치코의 감정이 극과 극을 마구 오간다는 것도 마음에 걸리는 일이
었다. 공원에서 발견된 오른팔이 마리코의 것이 아니라고 해도, 또한
핸드백 건을 무시해버린다 해도, 마리코가 행방불명상태라는 데에는
변함이 없다. 마치코가 아침부터 계속되던 히스테리에서 벗어난 것은
다행이지만, 사태가 호전된 것은 아니다. 그런데도 마치코는 아직 기쁨
을 감추지 못하고 있다.

히가시나카노의 집으로 들어가보니 욕실의 수도꼭지가 틀어져 있었
다. 거실 창은 열려 있고, 재떨이는 뒤집어져서 사방에 담배꽁초가 흩
어져 있었다. 집을 나설 때의 마치코의 마음이 어떠했는지를 알 만했

다. 지금 마치코는 괜한 소동을 부려 미안하다고 요시오에게 사과하면서, 배는 고프지 않은지, 가게는 안 가봐도 괜찮은지, 쾌활하게 재잘대고 있다.

"좀 앉지 그러냐. 차는 내가 타오마."

"괜찮아. 아빠가 앉아, 내가 할게."

마치코가 부엌에 서는 바로 그 순간, 벨이 울렸다. 요시오는 움찔했다. 벌써 형사가 온 것일까.

"아빠가 좀 나가볼래?"

요시오는 서둘러 현관으로 달려갔다. 문을 열자 마치코와 동년배 정도로 보이는 여자가 멀뚱하니 요시오의 얼굴을 살피는 것이었다.

"누, 누구신지?"

여자가 먼저 요시오에게 물었다.

"마치코의 애비 되는 사람인데……"

"아, 마리코의 외할아버지시군요."

여자는 크게 고개를 끄덕이더니 안쪽을 엿보며 속삭이듯 말했다.

"부인은 괜찮으세요?"

요시오는 대답할 말이 없었다. 대체 뭘 알고 싶은 것일까.

"뉴스에 나왔어요…… 마리코의 핸드백이 발견되었다고."

요시오는 양말만 신은 발로 저도 모르게 문 앞으로 뛰쳐나갔다. 여자는 깜짝 놀라 문에서 몇 발짝 물러섰다.

"뉴스에 나왔다고요?"

"예, 방금 봤어요."

요시오는 뒤를 돌아보았다. 마치코는 아직 눈치채지 못한 것 같았다. 목소리를 낮추었다.

"나도 알고 있어요. 방금 경찰서에서 듣고 왔지요. 그 핸드백 건으로 형사가 찾아오게 되어 있습니다."

"그렇군요. 도움이 될 일이 있으면 언제든 불러주세요. 저는 건너편 집에 사는 고바야시라고 합니다."

여자는 빠르게 눈알을 굴리며 그렇게 말했다. 요시오는 고맙다고 하고 그녀를 밀쳐내듯 문을 닫아버렸다. 이웃집 주부일 테지만, 마치코와 얼마나 친하게 지내는지 요시오로서는 알 수 없는 노릇인데다, 지금 상황에서 다른 사람을 상대하고 싶지 않았다.

마치코는 부엌에서 콧노래를 부르고 있었다.

요시오의 등허리에 오한이 일었다. 뉴스로 나왔다고 하니 텔레비전을 켜서는 안 된다. 빨리 거실로 돌아가고 싶었지만 무릎이 말을 듣지 않아 현관에서 마루 위로 올라설 수도 없었다. 마치코가 묘한 흥분상태에 빠져 현실에서 도피하고 있듯이, 요시오도 가능하다면 지금의 사태에서 멀리 도망치고 싶었다.

이윽고 마치코가 거실로 들어섰다. 그리고 텔레비전을 켰다. 갑자기 웃음소리가 들려왔다. 코미디 프로그램인 것 같았다. 요시오는 눈을 감았다. 뉴스를 시작하기 전에 텔레비전을 꺼야 한다는 생각뿐이었다. 그러나 요시오가 거실로 들어서기도 전에 사카기를 비롯한 형사들이 문을 두드렸다.

요시오는 뻣뻣하게 굳은 채 사카기를 맞이했다. 그러나 여전히 마치코는 명랑했다.

"어머, 사카기 씨" 하고 현관으로 달려갔다.

"오늘은 정말 고마웠어요."

사람을 불안하게 하기에 충분할 만큼 밝은 어투였다. 사소한 일에도 감정이 극단적으로 요동치는 마치코는 왜 사카기 형사가 일부러 집까지 찾아왔는지 의문을 가질 만큼 정상적이지 않은 것이다. 요시오는 위장이 쓰려왔다.

이래서는 안 된다. 이건 심각한 사태다.

사카기와 동행한 사람은 둘이었다. 하나는 양복 차림의 경시청 형사이고, 또 한 사람은 보쿠도 경찰서의 여자 경찰관이었다. 언뜻 보기에도 사카기가 가장 나이가 많았다. 도리이라고 자기소개를 한 경시청 형사는 아직 삼십대 중반 정도였고, 제복 차림의 여경은 마리코와 거의 비슷한 연배로, 꽤 긴장된 표정이었다.

형사들이 사양하는데도 마치코는 차와 과자를 내오고, 재떨이를 가져오는 등 발랄하기 짝이 없다. 오로지 그 팔이 마리코의 팔이 아니었다는 생각뿐인 것 같았다.

"혼자서 호들갑을 떨다니 정말 내가 생각해도 제정신이 아닌 것 같아" 하고 겸연쩍게 웃는다. 그러나 요시오가 텔레비전을 끄려고 하자 벌컥 화를 낸다.

"안 돼! 언제 뉴스가 나올지 모르잖아."

"그럼 소리를 좀 줄여도 될까?"

"그건 괜찮아."

마치코가 앞으로 사카기가 알려줄 말에 대해 어떤 반응을 보일지 요시오는 가슴을 졸이고 있었다. 도리이가 한 손에 들고 있는 쇼핑백이 마음에 걸렸다. 여자의 핸드백이 들어가기에 꼭 알맞은 크기의 쇼핑백이었다.

"아주머니, 저희들한테 신경쓰실 필요 없어요."

사카기가 부엌에 있는 마치코를 부르면서 요시오의 표정을 살폈다.

"항상 저렇습니까?"

요시오는 고개를 끄덕였다.

"좀 이상하지요?"

사카기의 표정이 어두워졌다. 도리이는 눈꺼풀을 꿈틀대면서 마치코를 흘끗 쳐다보고는 요시오 쪽으로 시선을 돌렸다. 이목구비가 반듯한 미남형이지만, 꼭 다물어진 입술은 그가 까다로운 성격의 소유자임을 말해주고 있었다.

"아리마 씨, 후루카와 마리코의 핸드백이 발견되었다는 것은……"

"사카기 씨한테 들어서 알고 있습니다."

뉴스까지 하고 있는데 모를 리가 있냐고 쏘아주려다가 요시오는 입을 다물어버렸다.

"혹시 손녀의 핸드백인지 아닌지 확인하실 수 있을까요?"

마치코는 부엌에서 커피를 내리고 있다. 짙은 커피 향기가 감돌았다.

요시오는 고개를 가로저었다.

"난 봐도 모릅니다."

"그럼 어쩔 수 없군요."

요시오의 단정적인 대답에 도리이는 자리에서 벌떡 일어나더니 부엌에 있는 마치코를 향해 사무적인 어조로 말했다.

"아주머니, 커피는 괜찮습니다. 잠깐 여쭤볼 게 있는데, 이쪽으로 좀 와주시겠습니까?"

갑작스러운 말에 마치코는 깜짝 놀란 듯 눈을 깜빡거렸다. 요시오는 더 이상 견딜 수가 없어 부엌으로 가 마치코의 팔을 잡고 거실로 이끌었다.

"나, 여기 앉아야 돼?" 하고 마치코는 잔뜩 겁을 먹은 목소리로 물었다.

"아빠, 무슨 일이야? 그건 마리코가 아니었잖아? 무슨 일이라도 있어요, 사카기 씨?"

요시오는 어깨를 감싸며 마치코를 자리에 앉혔다. 사카기는 괴로운 표정으로 적당한 말을 찾느라 애쓰고 있었다.

"아주머니, 사실은 말입니다……"

그 순간 사카기의 말을 가로막으며 도리이가 끼어들었다.

"후루카와 씨가 집으로 돌아간 후에 오가와 공원에서 새롭게 발견된 물건이 하나 있습니다."

도리이는 거침없이 설명했다. 마치코는 몸을 움츠리며 요시오에게 기댔다.

"바로 이겁니다. 핸드백."

도리이는 몸을 숙여 쇼핑백 안에서 핸드백을 꺼내 마치코가 올려놓은 재떨이를 옆으로 치우고 내용물을 하나하나 늘어놓았다. 베이지색 무늬가 그려져 있는 갈색 핸드백. 긴 가죽끈이 달렸으니 정확히 말하자면 숄더백이라 해야 할 것이다. 그 안에 들어 있던 지갑, 테두리에 레이스가 달린 손수건, 엷은 핑크색 파우치, 둥근 콤팩트, 빗, 거울, 사각형 콤팩트, 그리고 두통약. 그것들은 따로따로 비닐봉지에 들어 있고, 번호가 적혀 있었다.

마치코는 눈을 동그랗게 뜨고 그 물건들을 뚫어져라 바라보았다. 요시오는 그녀의 몸이 뻣뻣하게 굳어 있음을 한눈에 알 수 있었다.

"따님의 소지품인가요? 기억나세요?"

도리이가 물었다. 의도적인지 아니면 평소의 성격 탓인지, 그의 어조는 지극히 사무적이었다.

마치코는 눈을 크게 뜬 채 두 손을 무릎에 올리고 주먹을 꼭 쥐고 있었다. 말없이 숨만 거칠게 내쉬고 있었다.

"알아보겠어? 마리코 게 맞아?" 하고 요시오가 물었다.

손가락 하나 까딱하지 않고 마치코의 얼굴을 뚫어져라 응시하고 있는 도리이의 얼굴을 흘끗 살핀 젊은 여경이 천천히 앞으로 몸을 기울였다.

"잘 생각나지 않으시면, 따님 방의 옷장이나 화장대를 살펴보면 어떨까요? 제가 도와드릴게요."

요시오의 손바닥에 땀이 고였다. 심장이 또 불규칙하게 뛰기 시작했다. 곁눈으로 사카키와 도리이를 살펴보았다. 정기권은? 정기권은 어떻게 된 거지? 사카키는 분명히 정기권 이야기를 했었다.

"그럼 이걸 좀……" 하고 도리이가 다시 뭔가를 꺼내려 했다. 요시오는 숨을 멈추었다. 이제 결정적인 물건이 나오려 하고 있다.

그 순간, 마치코의 입이 열렸다.

"그애 거예요."

"예?" 하고 도리이가 마치코를 보았다.

"뭐라고 하셨죠?"

마치코는 뻣뻣하게 굳은 채, 눈알이 튀어나오지 않을까 싶을 정도로 크게 뜬 눈으로 핸드백을 응시한 채 입만 벙긋거리며 말했다.

"그애 거예요."

"틀림없습니까?"

마치코는 성능 나쁜 로봇처럼 천천히 고개를 끄덕였다.

"취직 기념으로 내가 사준 거니까, 틀림없어요."

마치코는 두 손을 입으로 가져갔다. 손이 심하게 떨리고 있었다. 마치코는 그대로 눈만 움직여서 사카키를 바라보았다.

"나, 사카키 씨한테, 말했었죠? 그애가, 루이비통 핸드백을 가지고 있었다고."

사카키는 고개를 끄덕였다.

"그랬지요. 실종 당시의 복장과 소지품을 물었을 때 들었습니다. 이게 그 루이비통 핸드백입니까?"

마치코는 고개를 끄덕였다. 몇 번이나. 불안하게 구르고 있는 눈동자가 그녀의 혼란스러움을 나타내주고 있었다. 이것이 마리코의 소지품이라고 대답하면서도, 너무 두려워서 그 말이 무엇을 의미하는지를 생각하지 못하는 것이다.

"이게 왜 오가와 공원에……?"

마치코가 그런 말을 하고 있는데, 도리이가 쇼핑백에서 최후의 증거물을 꺼내 테이블 위에 올려놓았다.

정기권이었다. 비닐봉지 속에 든 정기권.

요시오는 거기에 씌어진 글자를 보았다.

'후루카와 마리코'

'유라쿠초 ― 히가시나카노'

구겨진 자국 하나 없다. 이제 막 사회에 나간 마리코를 상징하는 듯한 빳빳한 정기권.

"그애 거예요."

마치코의 목소리는 조용히 귀를 기울이지 않으면 들리지 않을 정도로 작았다.

"왜 이게 오가와 공원에 있죠? 마리코는 대체 어떻게 된 거예요?"

마치코는 혼잣말하듯 그렇게 물었다. 경찰관들은 묵묵부답이었다. 사카기가 도움을 구하는 듯이 요시오를 바라보았다.

"아직 잘 모른대."

요시오는 마치코의 손을 잡고 천천히 말했다.

"공원 사건과 관계가 있는지 없는지, 아직 확실하지 않다고 하는구나. 이게 공원 쓰레기통에서 발견되었기 때문에 마리코 건지 아닌지 확인하러 오신 거야."

"쓰레기통……"

마치코는 멍한 눈길로 요시오를 바라보았다.

"아빠, 마리코는 자기 핸드백을 쓰레기통에 버릴 애가 아냐."

"암, 그렇고말고."

마치코의 얼굴에서 핏기가 사라졌다. 피부가 창백해지자 눈가의 주름이 잔인할 정도로 선명하게 드러났다. 뼈밖에 없는 손, 거뭇거뭇한 기미, 거칠한 피부. 요시오의 기억 속에 남아 있는 처녀 시절의 마치코는 너무나 아름다웠다. 그런 마치코가 자신의 피를 말리면서 소중히 키워온 아이가 바로 마리코였다.

"아리마 씨 말씀대로 이게 사건과 어떤 관계가 있는지, 아직 확실히 밝혀진 건 없습니다" 하고 도리이가 말을 꺼냈다.

"다만, 따님의 실종이 사건일 가능성이 농후하다는 것만은 확실합니다. 힘드시겠지만, 따님이 실종될 당시의 상황을 다시 한번 말씀해주실 수 없을까요?"

"마리코의…… 실종?"

"예, 그렇습니다."

"아빠."

마치코는 요시오를 불렀다. 눈길은 여전히 테이블 위의 핸드백에 고정되어 있었다.

"나, 정말 잘 모르겠어. 어떡하면 좋아? 무슨 말을 해야 돼?"

도리이는 초조함을 감추지 못하고 있었다. 요시오는 그에게 화가 치밀었지만, 지금은 마치코를 달래는 것이 최우선이라 생각하고 참았다. 이대로 가다가는 마치코는 미치고 말 것이다.

"괜찮아. 말 안 해도 돼. 세수라도 좀 하고 와."

"그렇지만……"

"괜찮대도."

마치코가 욕실 쪽으로 걸어가자 여경이 자리에서 일어나 따라가며 팔을 잡아주었다.

"괜찮으세요? 욕실은 저쪽이죠?"

두 사람이 부엌 안쪽에 있는 욕실로 걸어가는 것을 보고, 요시오는 소파에 몸을 묻었다.

"보시는 대로, 딸의 상태가 좋지 않습니다" 하고 요시오는 도리이에게 말했다.

"오늘 아침부터 좀 이상한 행동을 보여서 가슴이 조마조마합니다. 죄송하지만 상세한 것은 내일로 미루는 게 어떨까요? 급하신 줄은 알지만, 부탁드립니다."

요시오는 깊이 머리를 숙였다. 도리이에 대한 분노를 감추기 위해. 그리고 솟구치는 울음을 참기 위해.

"그렇지만……"

도리이는 물러날 기색을 보이지 않았다.

"우리 입장으로는 가능한 한 빨리……"

"자세한 상황은 내가 잘 알고 있습니다."

사카기가 끼어들었다.

"아리마 씨 말씀대로 지금 후루카와 씨는 정신적으로 불안한 상태입니다. 보셨잖습니까? 오늘은 이 정도로 물러나는 게 좋을 것 같습니다."

도리이가 다시 입을 여는 찰나, 텔레비전에서 긴급 뉴스를 알리는 신호음이 들려왔다. 반사적으로 일제히 텔레비전 화면으로 눈길을 돌렸다. 임시 뉴스의 자막이 나오고 있었다.

"뭐야?" 하고 도리이가 중얼거렸다. 그 자리에서 작은 자막 글자를 한눈에 읽을 정도의 시력을 가진 사람은 도리이 하나뿐이었다.

사카기가 자리에서 일어나 텔레비전 앞으로 바짝 다가갔다. 그러더니 아! 하고 소리쳤다.

"아리마 씨, 리모컨, 아, 저기 있군요."

사카기는 서둘러 채널을 바꾸었다. 요시오도 자막을 읽지 못해서 무슨 일인지 몰랐다.

화면에는 정보센터가 비치고 있었다. 다른 프로그램 중에 급히 화면을 바꾼 것 같았다. 남자 아나운서가 긴장된 표정으로 뉴스를 내보내기 시작했다.

"방금 들어온 뉴스입니다. 오후 세시 십분경 방송국 보도국에 익명의 남자로부터 전화가 걸려왔습니다. 정오 뉴스에서 전한 보쿠도 구 오가와 공원 토막시체 유기사건에 관한 것으로 내용은 다음과 같습니다."

아나운서는 천천히 그 내용을 읽어나갔다.

"그 공원에서는 더이상 아무것도 발견하지 못할 것이다. 거기에는 팔밖에 버리지 않았다. 후루카와 마리코의 핸드백은 버렸지만, 그 오른팔은 그녀의 팔이 아니다. 그녀들은 다른 장소에 묻혀 있다. 이것을 경찰에 알려주기 바란다."

요시오의 입이 딱 벌어졌다. 사카기도 마찬가지였다. 도리이는 자리에서 벌떡 일어나더니 바깥으로 나갔다.

"우리 보도국에서는 그 전화 목소리를 녹음해두었습니다. 현재 이 전화가 장난전화인지, 아니면 사건과 실제로 관련된 것인지 조사하고 있습니다. 말투로 보아 남자인 것으로 추정되고, 목소리는 음성변조기를 사용한 듯 기계적으로 합성된 목소리였습니다. 자세한 것은 새로운 소식이 들어오는 대로 알려드리겠습니다."

"아빠."

요시오는 마치코의 목소리를 듣고 고개를 돌렸다. 마치코가 부엌 통로 곁에 뻣뻣하게 서 있었다. 턱에는 물방울이 매달려 있었다.

"지금 뭐야?"

"마치코……"

"지금 뭐라고 했어?"

여경은 뒤에서 마치코를 끌어안는 듯한 자세로 서 있었다.

"후루카와 씨, 좀 앉으세요. 얼굴을 닦으셔야죠."

마치코는 그 말을 듣고 있지 않았다. 건드리면 그냥 바스러져버릴 정도로 팽팽하게 긴장한 채 눈만 커다랗게 뜨고 있었다.

"마리코는 다른 곳에 묻었다고, 그렇게 말했잖아? 말했잖아?"

"마치코, 장난전화인지도 모른다고 했어."

"장난전화?"

마치코의 얼굴이 일그러졌다.

"장난전화라면, 마리코는 돌아오는 거야?"

도리이가 돌아왔다. 화가 난 표정이었다.

"사카기 씨, 나는 보쿠도 경찰서로 돌아가야겠습니다."

바로 그때였다. 마치코가 갑자기 내달렸다. 여경이 잡을 틈도 없이 마치코는 맨발로 현관으로 내려서더니 바깥으로 달려나갔다.

"마리코! 마리코를 찾으러 가야 해!"

"마치코!"

요시오도 달려나갔다. 사카기가 그 뒤를 따랐다. 두 사람 다 구두도 신지 않은 채 문을 밀치고 바깥으로 뛰쳐나갔다. 대문 옆에 자동차 한 대가 세워져 있었다. 사카기 일행이 타고 온 것이었다. 너무 급하게 달려나가다가 요시오는 그 자동차 문에 부딪히고 말았다. 마치코는 벌써 골목길 저쪽으로 달려가고 있었다.

"마리코! 마리코!" 하고 외치고 있었다. 이웃집의 창문들이 일제히 열렸다.

악몽을 꾸면서 달리는 것 같았다. 큰길로 달려나가는 마치코의 뒷모습이 무서울 정도로 멀어 보였다. 요시오는 달렸지만 마치코를 따라잡을 수 없었다.

"아빠, 저기, 마리코가 오고 있어!"

큰길 바로 앞에서 멈춰 서더니 마치코는 뒤를 돌아보았다. 큰길을 달리는 자동차, 버스, 그리고 길을 가는 사람들을 손가락으로 가리키며 마치코는 활짝 웃고 있었다. 그러나 눈은 일그러져 있었다.

"마리코가 돌아왔어!"

"아주머니, 위험해요!"

사카기가 마치코의 등을 감싸려 했지만, 마치코는 간발의 차이로 큰길로 뛰어들었다. 요시오는 눈을 감았다. 클랙슨이 울렸다. 급브레이크를 밟는 소리가 들렸다. 충돌음이 들렸다. 누군가가 비명을 질렀다. 사카기의 갈라진 목소리가 터져나왔다.

"아주머니!"

요시오는 천천히 얼굴을 들고 눈을 떴다. 커다란 트럭의 타이어와 하얗고 매끄러운 마치코의 허벅지가 보였다. 몇 바퀴를 굴렀는지, 엎드린 채 꼼짝도 하지 않았다.

"저기, 보도국 스태프와 잠깐 이야기를 하고 싶은데, 안 되나요?"

"네, 가능합니다. 제게 말씀하셔도 되고, 아니면 누구 찾는 사람이라도 있습니까?"

"아닙니다. 누구든 좋습니다. 지금 전화 받는 분이라도 괜찮습니다."

"실례지만 전화하시는 분은 누구시죠?"

"이름은 밝히고 싶지 않습니다."

"그렇다면, 방송국에 요망사항이라도?"

가벼운 웃음소리.

"그런 대단한 일로 전화한 게 아닙니다. 약간의 정보를 주려고요."

"정보……"

"그래요. 오늘, 큰 소동이 벌어졌죠. 오가와 공원의 토막시체 건. 아직 오른팔밖에 안 나왔죠?"

"예, 그렇습니다만……"

"그리고 핸드백이 나온 것으로 아는데. 여자 핸드백. 그게 후루카와 마리코라는 사람의 소지품이란 건 밝혀졌나요?"

"무슨 말씀이신지?"

"그리 어려운 말이 아니에요."

다시 웃음소리.

"가르쳐드리죠. 오가와 공원에서는 더이상 아무것도 발견되지 않을 겁니다. 물론 후루카와 마리코 씨의 시체도. 핸드백은 거기 버렸지만, 그 여자는 다른 곳에 묻혀 있습니다. 그러니까 그 오른팔은 그녀의 팔이 아닙니다."

"여보세요? 그 사건에 대해 잘 알고 있습니까?"

"글쎄요. 그냥 경찰의 수고를 좀 덜어주고 싶어서 말이죠."

"그 팔은 누구 것입니까?"

"그건 말할 수 없습니다. 어차피 경찰이 조사를 하겠죠."

"자, 잠깐만 기다려주세요. 처음부터 차근차근 말씀해주세요. 당신은 오가와 공원 사건에 대해서 우리에게 이야기를 하고 싶은 거죠?"

"그렇긴 하지만 할 말은 이게 답니다. 현재로서는. 그럼."

"여보세요? 잠깐만……"

통화는 거기서 끝났다.

다케가미 에쓰로는 정지 버튼을 누르고 처음부터 다시 듣기 위해서 테이프를 되감았다. 카세트에 달린 작은 이어폰이 귀에 맞지 않아 조금만 움직여도 빠져버리는 통에 손가락으로 누르고 있어야 했다. 그러나 녹음상태가 매우 좋아서 대화 내용 가운데 알아듣기 힘든 곳은 없었다.

이 전화가 방송국에 걸려온 것은 오늘 오후 세시가 막 지나서였다고 한다. 통화는 오 분도 되지 않아 끊어지고 말았다. 그후 아마도 한 시간 정도는 통화 내용의 신빙성에 대한 논의가 활발히 이루어졌을 것이다. 그런 과정을 거쳐 최종적으로 보도하자는 쪽으로 결론이 내려졌다. 그래서 오후 네시 십오분이 되어서야 긴급 뉴스로 보도되기에 이른 것이다.

수사를 나갔던 형사가 우연히 그 보도를 보고 곧장 특별수사본부에 연락을 했다. 놀란 수사본부는 즉시 텔레비전 방송국에 연락해 문제의 통화를 녹음한 테이프의 제출과, 통화한 방송국 직원에 대한 조사를 요청하였으나 보기 좋게 거절당했다.

과거에도 보도기관과 경찰이 이런 문제로 몇 번이나 대립한 적이 있었기 때문에, 특별수사본부는 이번에도 어느 정도의 알력과 충돌은 피할 수 없을 것이라 각오했다. 그러나 사정이 사정이니만큼 수사본부는 초조했다. 오늘 사건이 발생했고, 그게 지금 뉴스로 흘러나오고 있는데도 아무런 정보도 없다. 그리고 새로 방송된 정보에 대해 떠들썩한 상황에서 한두 시간 후에 최초의 공식기자회견을 해야 하는 형편이라, 특별수사본부장인 다케모토 수사1과장은 발을 동동 구르고 있었다. 그는 기자회견장에 그 텔레비전 방송국 기자의 출입을 금하겠다고 극언할 만큼 화를 냈다. 만일 그런 조치를 취하면 언론의 자유를 침해하는 행위라고 비난을 받을 테니 실제로 그렇게까지는 하지 않겠지만, 역대 수사1과장 가운데서도 말 잘하기로 유명한 다케모토 과장이니 방송국에 대한 통렬한 비난의 말은 반드시 나올 것이다.

다케가미는 특종 뉴스를 공권력 쪽에 간단히 넘길 수 없다는 방송국

측의 입장도 이해가 갔다. 방송국으로서는 마땅히 취해야 할 태도를 취했을 따름이다. 만일 전화를 건 그 인물이 그냥 나서기를 좋아하는 엉터리 사기꾼에다 내용도 거짓말투성이라는 사실이 판명되면 망신을 당하는 건 방송국 쪽이니 조심하는 것도 무리가 아니다. 그보다 다케가미로서는, 아니 특별수사본부의 입장에서 가장 중요한 것은 그 전화 내용에 관련된 보도의 진위 자체였다.

다케가미가 아까부터 몇 번이나 반복해서 듣고 있는 테이프는 문제의 통화를 보도한 텔레비전 프로그램에서 더빙한 것이었다. 테이프를 여러 개 복사해 그것을 들으면서 부하와 함께 문장으로 옮기고, 그것을 정서해 복사한 것을 본부 책상 위에 산더미처럼 쌓아두었다. 수사회의 때 요원들에게 배부하기 위해서였다.

그 전화는 방송국 대표전화가 아니라 보도국 전용 회선이었다. 따라서 전화를 받은 사람도 분명 보도국 기자일 것이다. 텔레비전에서 그 기자가 한 말에 따르면, 전화를 건 사람은 처음에 이게 보도국 전화가 맞는지 물었다고 한다. 그렇다고 대답하자, 중요한 정보가 있어서 그런데 스태프와 이야기할 수 있느냐고 했다. 무슨 용건이냐고 물으니, 그곳이 정말로 보도부인지, 사건의 보도를 다루는 곳인지를 재삼 확인하려 했다. 그런 태도가 마음에 걸리기도 하고, 음성변조기를 사용하고 있는 것 같아 기자는 녹음 버튼을 눌렀다. 그래서 거기부터 통화가 녹음되었다.

다케가미가 귀에 이어폰을 꽂고 있는데, 부하 하나가 둥글게 만 커다란 서류를 들고 들어왔다. 보쿠도 경찰서에서 특별수사본부에 발탁되어 데스크에 배속된, 멤버 중 가장 젊은 시노자키 류이치라는 형사였다. 마른 몸매에 안경을 쓰고 있어 신경질적으로 보이기는 하지만, 일 처리가 신속하고 정확했다.

그는 지금 다케가미와 둘이서 수사의 진행상황을 기록할 기초작업을 하고 있었다. 오가와 공원 주변 지역의 항공사진과 주거지도를 겹쳐서 세부까지 꼼꼼히 기록해나가는 작업이다. 이 지도는 수사의 기본이 되는 것이므로 정확해야 한다. 모든 샛길, 공터, 집과 집 사이의 좁은 공간까지 기록해 가능한 한 현실과 똑같은 것을 만들어내야 한다. 이렇게 해두지 않으면 앞으로 나올 대량의 수사 정보—수상한 자동차의 존재, 목격증언, 탐문수사에서 얻은 정보—를 지도 위에 적어나갈 때 현실과 틈이 생기고 만다.

다케가미는 늘 기본이 될 상세한 지도를 한 장 만들어둔다. 그리고 최초의 수사회의 때까지 판명된 사실을 거기에 적어넣고, 그것을 복사한다. 다음 수사회의 때까지 새로이 판명된 사실이 있으면 그 복사물에 다시 기입해 다시 복사물을 만드는 식으로 작업을 진행한다. 그렇게 하면 언제든 모든 수사 정보가 든 완전한 지도와 거기에 이르는 과정을 기록한 지도를 동시에 가질 수 있다. 그런 지도가 있으면 수사가 암초에 부딪혔을 때도 어디서 방향착오를 일으켰는지를 검증하는 데 도움이 된다. 물론 약간의 도움을 주는 정도에 지나지 않지만, 안 하는 것보다는 해두는 편이 좋다는 것이 다케가미의 생각이었다.

따라서 기초가 되는 지도 작성은 넌더리가 날 정도로 치밀해야 한다. 수사가 진행되면 전체 지도뿐만 아니라 부분적인 확대 지도도 필요한 법이다. 그 확대 지도에는 도시가스 미터기나 맨홀 뚜껑의 위치도 표기된다. 혼자서는 도저히 감당할 수 없는 작업이라 매번 누군가의 도움을 받아야 하는데, 이번에는 직접 지명한 시노자키가 그 조수 역을 맡고 있다. 일을 시작한 지 얼마 되지 않았지만, 일솜씨로 보건대 안심하고 맡길 수 있을 것 같았다.

시노자키는 서류를 책상 위에 내려놓고 테이프를 듣고 있는 다케가미를 흘끗 쳐다보았다. 다케가미는 얼굴을 들었다.

머뭇거리면서 시노자키가 입을 열었다.

"그거, 진짜일까요?"

더빙할 때 시노자키도 통화기록을 들었었다. 다케가미는 카세트를 끄고 이어폰을 뺀 다음, 책상 위에 놓인 담배를 집어들었다.

"지금으로서는 뭐라 말할 수 없어. 이번과 같은 엽기적인 사건이 일어나면 장난으로 쓸데없는 정보를 흘리는 놈들이 반드시 나오기 마련이니까."

"이것도 그럴 가능성이 있다는 거로군요."

다케가미는 담배연기를 길게 내뿜었다.

"자네는 어떻게 생각하나?"

시노자키는 의자에 앉으면서 안경을 슬쩍 들어올렸다.

"장난일 가능성은 있는 것 같습니다."

"응, 그리고?"

"다만 이 인물의 어투로 봐서, 지적이라는 느낌이 듭니다. 나이도 젊은 것 같고 말입니다."

"나도 그렇게 생각해. 자네와 비슷한 연배가 아닐까 싶어. 자네, 올해 몇이지?"

"스물여덟입니다."

다케가미는 고개를 끄덕였다. 전화를 건 인물도 아직 서른을 넘기지 않았을 것 같았다. 어쩌면 시노자키보다 훨씬 더 어릴지도 모른다. 음성변조기 때문에 목소리가 묘하게 뒤틀려 있지만, 이 인물은 틀림없는 남자이고, 어투로 봐서 나이도 대충 짐작이 간다.

"이런 지적인 느낌을 주는 인간이 오히려 장난을 칠 가능성이 많지 않을까요?"

다케가미도 같은 생각이었다.

"그러나 상대가 텔레비전 방송국을 선택한 데서 자기과시적인 성격이 느껴집니다" 하고 시노자키는 진솔한 태도로 말을 이어갔다.

"왜 우리 수사본부에 연락을 하지 않았을까요?"

"그랬다가는 화제에 오르지 않을 테니까."

"역시 그렇군요" 하고 시노자키는 고개를 끄덕였다.

"복도에서 들었는데, 곧 기자회견이 시작된답니다."

"텔레비전 보도 건도 있고 하니 빨리 회견이라도 하지 않으면 경찰 체면이 말이 아니라는 게지."

"그런 모양입니다. 서장님이 잔뜩 긴장하고 있는 것 같습니다."

다케가미는 담뱃불을 끄고 후후, 하고 웃었다.

"서장은 옆에서 그냥 입 다물고 가만 앉아 있으면 돼. 질문에 대한 대답은 관리관이나 과장이 다 할 테니까."

"우리 쪽에서는 이런 큰 사건이 처음인 것 같아 이걸 빌려왔습니다."

시노자키는 둘둘 말린 서류뭉치를 펼쳤다. 청사진으로 찍은 대형 지도였다. 오가와 공원은 현재 일부가 개축공사중인데, 그런 사정은 시판되는 지도로는 알 수 없다. 시노자키는 보쿠도 구청까지 가서 이 청사진을 가지고 온 것이다.

시노자키는 깊이 생각해본 듯한 어투로 말했다.

"장난질이건 진짜건 이런 전화가 걸려오고, 방송국이 민감하게 반응하는 것도, 다 유아 연속 유괴살인사건이 기억 속에 남아 있기 때문일 겁니다."

몇 년 전에 수도권에서 발생한, 네 명의 어린 여자아이가 유괴되어 시체로 발견된 사건이다. 현재 재판이 진행중인 이 사건의 용의자는 피해자를 죽인 후 매스컴에 편지를 보내기도 하고 시체를 태워 뼈를 유족에게 보내기도 했다.

그가 왜 그런 행동을 했는지는 아직도 수수께끼이다. 몇 가지 해석 가운데에 정답이 들어 있겠지만, 공식적으로는 아직 결론이 내려지지 않았다. 그러나 시노자키의 말대로 일본에서는 찾아보기 힘든 그 사건이 발생한 이후, 범죄에 대한 사회적 인식이나 대응방식도 크게 변했다.

유아 연속 유괴살인사건이 일어났을 때 전 사회는 경악했다. 이유야 어쨌든, 자신이 저지른 일을 널리 알리는 범죄자가 뒤를 잇지 말라는 법은 없다. 다들 의식적이든 무의식적이든 그런 생각을 하고 있다. 머지않은 미래에 유사한 사건이 일어나리라는 막연한 기대감 같은 것을 가지고 있다. 그래서 이번과 같은 소동이 벌어진 것이다.

아니, 뒤집어서 말하면, 그런 막연한 사회적인 분위기에 호응해 이런 유의 범죄가 일어나는 게 아닌가 하고 다케가미는 생각했다. 오해를 각오하고 말하자면, 범죄란 '사회가 갈구하는' 형태로 일어나기 마련이기 때문이다.

다케가미는 중얼거렸다.

"그렇겠지. 그러나 어차피 이 테이프의 주인공이 사건의 관계자라면, 가만 내버려둬도 제 손으로 연락을 하게 되어 있어."

시노자키는 말없이 고개를 끄덕였다. 그러고는 흠칫 눈을 들어올렸다. 다케가미도 따라서 얼굴을 들었다. 거구의 형사 한 사람이 본부의 문을 기세 좋게 열어젖히며 안으로 들어서고 있었다.

팔자걸음으로 다가온 그 형사가 다케가미에게 인사를 했다.

"부탁드릴 게 있어서요."

다케가미와 같은 제4계에 소속된 아키쓰 신고 형사였다. 삼십대 전반. 한창 물이 오를 대로 오른 나이의 형사다.

"탐문수사중에 귀중한 정보를 입수했습니다."

회전의자를 끌어당겨 앉자마자 아키쓰는 서둘러 용건을 말했다.

"사건 전날, 오가와 공원에서 사진을 찍던 아마추어 사진가가 있습니다. 공원 북쪽 주택단지에 사는 회사원입니다."

"사진이라니, 어떤?"

"정말 행운입니다. '오가와 공원의 사계절'이란 시리즈물인데, 어제 오늘 찍은 게 아니라 1월 초부터 공원 여기저기를 필름에 담은 겁니다. 사건 전날도 가을밤의 공원이라는 콘셉트로 사진을 찍고 있었습니다. 그것도 공원 안쪽만이 아니라, 바깥 도로나 뒤편 주차장까지 찍었습니다. 오가와 공원의 풍경과 주변 빌딩이나 도로의 풍경을 대비시키려는 의도에서였다고 합니다."

아키쓰가 흥분하는 것도 무리가 아니었다. 수상한 인물이나 차량을 가려내는 데 사진만큼 좋은 자료는 없기 때문이다. 게다가 사건 발생 하루 전이라면 더 말할 것도 없다.

"그런데 그 아저씨가 좀 묘한 구석이 있어서 말입니다" 하고 아키쓰는 얼굴을 찌푸렸다.

"보도사진전에서 입선한 경력도 있는 사람인데, 자기 작품을 경찰에 넘겨줬다가 이용만 당하고 돌려받지 못하는 건 아닌가 하고 의심이 이만저만이 아닙니다. 필름을 좀 빌려달라고 했더니, 믿을 수 없다고 뒷짐을 져버리는 겁니다. 사정이 이러니 선배가 좀 나서주셔야 할 것 같아서요. 정식으로 수사 자료로 이용하고 절대로 다른 곳에 쓰지 않는다는 보장을 해주시면 좋겠습니다. 제가 아무리 사정을 해도 책임자를 데리고 오라는 말만 하고, 상대도 안 해주는 거예요……"

시노자키가 옆에서 웃고 있었다. 그러나 아키쓰가 험악한 표정을 짓자 재빨리 웃음을 거두었다. 그러고는 갑자기 용건이 생각난 듯 자리를 떴다.

아키쓰는 빙긋 웃으면서 시노자키의 뒷모습을 바라보았다.

"선배, 하나 건지셨네요."

"응?"

"저 친구 말입니다. 제법 솜씨가 좋은 것 같네요."

"어떻게 알았어?"

아키쓰는 시노자키의 자리를 턱으로 가리켰다.

"지도를 그리게 하지 않습니까?"

다케가미는 쓴웃음을 지었다.

"그 회사원 연락처를 가르쳐줘. 전화하고 직접 만나러 가지 뭐."

"고맙습니다."

아키쓰는 한 손으로 절을 하는 시늉을 하고, 필요한 사항을 메모해 다케가미에게 건네주었다. 다케가미는 그 메모를 받아들자마자 서둘러 자리에서 일어섰다.

"기자회견 안 보러 가세요?"

"그런 건 안 봐도 돼."

"하기야. 그렇지만 좀 아쉽긴 하네요. 과장이 무슨 말을 하는지 들어 보고 싶었는데…… 전 이 길로 나카노 병원에 가야 하거든요."

"병원?"

아키쓰는 주위를 흘끗 살펴보았다. 대부분의 수사원이 바깥으로 나가버린 본부는 한산하기 짝이 없었지만, 아키쓰는 거구를 굽혀서 다케가미의 귀에 얼굴을 바짝 들이대고 속삭였다.

"도리이 말이에요, 사고를 쳤어요."

"무슨 소리야?"

"후루카와 마리코, 핸드백의 소유주. 실종자 말입니다."

"그게 왜?"

"마리코의 어머니에게 핸드백을 확인하러 갔는데, 그 아주머니의 정신상태가 아주 불안정했던 모양입니다. 그런데도 도리이가 평소처럼 직설적으로 말을 해버리는 바람에, 그 아주머니가 순간적으로 정신이상을 일으켜서 바깥으로 뛰쳐나가다가 그만 트럭에 치이고 만 겁니다."

다케가미는 미간을 찌푸렸다. 도리이는 융통성이 없는 성격이라 조사과정에서 상대가 겁을 먹게 하기도 하고 화를 내게도 만들어서 지금까지 몇 번이나 문제를 일으킨 경력이 있다. 그러나 피해자의 유족과 그런 트러블을 일으킨 적은 여태 없었다.

"언젠가는 한 건 할 줄 알았죠" 하고 아키쓰는 고소하다는 표정을 지었다.

아키쓰와 도리이는 나이가 비슷하고 라이벌 관계라 평소 사이가 좋지 않았다. 다케가미가 씁쓸한 표정을 보이자 아키쓰는 서둘러 표정관리를 했다.

"그래서 후루카와 씨는?"

"좋지 않은 모양입니다. 그래서 제가 가게 되었습니다. 도리이와 교대를 해야 하거든요. 아주머니의 아버지, 그러니까 후루카와 마리코의 외할아버지가 도리이의 멱살을 잡고 야단을 쳤다고 합니다."

아키쓰는 서둘러 자리를 떴다. 그가 사라진 후에도 다케가미는 한동안 미간을 찌푸린 채 깊은 생각에 잠겨 있었다.

나카노 중앙병원의 응급실에서 요시오는 몇 번이나 후루카와 시게루의 회사로 전화를 걸었다. 몇 번이나 걸어도 본인은 받지 않았다.

구급차에 실려온 마치코는 아직도 수술실에 있다. 수술 도중에 한 번 땀에 흠뻑 젖은 간호사 하나가 빈 수혈 팩을 들고 복도로 나왔을 때, 요시오는 달려가 상태가 어떤지 물었다. 중상이지만 목숨은 건질 수 있을 것 같다고 간호사는 말했다. 그러고는 안됐다는 표정으로 요시오를 바라보며 괜찮을 거라고 했다. 마치코보다 몇 살 정도 아래로 보였다. 만만치 않은 경력을 가진 듯, 침착하고 당당한 태도였다.

그 순간, 오랜 시간 쌓여왔던 긴장의 둑이 한꺼번에 무너지면서 요시오는 울음을 터뜨릴 뻔했다. 상냥해 보이는 그 간호사에게, 당신은 행복하냐고 물어보고 싶었다. 당신의 인생은 보람이 있는지, 가족은 모두 건강한지 물어보고 싶었다. 우리 딸은 이런 불쌍한 꼴이 되고 말았다고, 왜 이렇게 되었는지, 뭐가 잘못되었는지, 어떻게 하면 좋을지 모르겠다고 푸념이라도 해보고 싶었다.

간호사는 걱정스러운 눈길로 요시오를 바라보았다. 어깨에 손을 올리고 용기를 내라고 격려라도 하려는 듯, 손을 가볍게 흔들었다.

"정말 괜찮으세요? 마음을 굳게 먹으세요. 앞으로 한 시간이면 끝날 거예요."

간호사가 잰걸음으로 사라진 후, 요시오는 두 손을 축 늘어뜨린 채 복도에 서서 절망의 파도가 물러나기를 기다렸다. 그러다 이윽고 후루카와에게 연락을 해야겠다는 생각이 들었다.

십 분 간격으로 전화를 걸었지만, 통화중이다, 손님이 와 있다, 자리에 없다고 비서는 가능한 모든 핑계를 늘어놓았다.

"전화 왔다고 전해두었습니다. 이쪽에서 전화를 걸어도 될까요?"

그러나 요시오는 병원 어디서 전화를 받으면 되는지도 몰랐다. 응급실의 공중전화에는 번호가 붙어 있지 않았다. 누군가 떼버린 것 같았다. 그래서 다시 걸겠다고 하고는, 그 말대로 몇 번이나 다시 전화를 걸었다.

후루카와는 아마 텔레비전 뉴스에서 보도된 내용을 전혀 모르고 있을 것이다. 전기제품 회사의 홍보과장이라는 요직에 앉아 있는 입장이니 그리 이상한 일도 아니다. 근무시간에는 텔레비전 따위 볼 틈도 없을 것이다.

그러나 주위의 부하직원들도 그럴까? 점심시간에 식당에서 뉴스를 보고, 혹시 후루카와 과장의 딸이 아닐까 하고 생각한 사람이 하나도 없었을까?

그러나 후루카와가 마리코의 실종사건과 마치코와의 별거를 회사에 어떤 식으로 이야기했는지 요시오로서는 알 길이 없었다. 후루카와의 부하직원들은 그의 개인적인 사정에 대해서는 전혀 모를 가능성도 있다. 회사원 신분으로 별거니 이혼이니 하는 트러블은 출세에 지장을 줄 뿐이다. 그래서 후루카와는 가정 사정을 철저히 숨기고 있는지도 모른다.

요시오는 무조건 급한 일이라고만 했다. 전후 사정은 생략하고 무조건 후루카와의 부인이 교통사고를 당했다고 하면 그 비서도 깜짝 놀라 전화를 연결해주겠지만, 당사자인 후루카와는 그 때문에 오히려 전화를 피할지도 모른다. 비서에게 용건만 물어두라고 하고 얼마간 상황만 살펴볼지도 모를 일이다. 그리고 이삼 일 지난 후에 요시오에게 연락을 해올 것이다.

설령 마치코가 입원을 했다 해도, 마리코만 있다면 사정은 완전히 다를 것이다. 후루카와는 마리코에게 연락할 것이다. 그것으로 그만이다. 그러나 지금은 그 마리코가 없다. 그 대신에 마리코를 납치하고 살해해 땅에 묻었다고 말하는 괴한의 목소리가 텔레비전 전파를 타고 전국으로 퍼져나가고 있다. 그것 때문에 마치코가 이런 지경에 처하고 말았다. 그럼에도 불구하고 후루카와는 전화 한 통 하지 않고 있다.

피로가 극에 달한 상황에서도 요시오의 분노는 식을 줄 몰랐다. 그러나 너무 피곤해서 그 분노를 바깥으로 표출할 수 없었다. 요시오는 수화기를 내려놓고 비틀거리며 대합실을 가로질렀다. 열에 들떠서 축 늘어진 아이를 품에 안은 여자와, 진찰실에서 불러주기를 기다리는 안색이 창백한 중년 남자가 동정 어린 시선으로 요시오를 바라보고 있었다. 어디 편찮으세요? 가족 중에 누가 쓰러졌나요? 다쳤어요? 몸이 무거워요? 의사 선생은 뭐라고 하던가요?

모든 게 안 좋아, 여기 있는 누구보다도 나의 상황은 최악이야. 그런 생각을 하면서 약냄새가 진동하는 좁은 복도를 지나 수술실 앞 벤치에 앉았다.

같은 벤치에 사카기와 히가시나카노의 집에서부터 동행해온 여경이 앉아 있었다. 상황이 상황인 만큼 여경은 불편하기 짝이 없는 기색으로 입을 꼭 다물고 있다. 사카기가 요시오에게 다가와 말을 걸었다.

"후루카와 씨와 통화를 못 하신 모양이죠?"

요시오는 맥없이 고개만 끄덕였다.

"나와 통화하는 게 불편하니까 전화를 받지 않아요."

사카기는 분개하는 표정이었다. 눈이 빨갛게 충혈되어 있었다.

"그럴 때가 아니잖습니까?"

"무슨 일이 있었는지, 아직 모르고 있겠지요."

"다른 여자와 살고 있다고요? 그 여자에게는 연락이 안 되나요?"

"전화번호를 몰라요. 가르쳐주지를 않으니까. 마치코도 모르고 있었을 거요."

사카기는 화가 나는지 가쁜 숨을 몰아쉬었다.

"별거를 하더라도 책임은 져야죠."

"마치코와 후루카와가 어떻게 합의를 보고 별거에 들어갔는지, 나도 잘 몰라요. 마치코는 저러다 언젠가는 돌아올 거라고는 했지만, 그 이상은 아무리 물어도 대답을 않아요. 나도 더 묻기가 괴롭고…… 마리코가 실종되었을 때도 후루카와는 돌아오지 않았으니 말이오."

"아리마 씨……"

말을 꺼내다 사카기는 뭐가 걸리는지 입을 다물었다가 잠시 뜸을 두었다.

"피가 나는데요."

"예?"

"오른손에요. 손등에 상처를 입은 모양입니다."

요시오는 무릎에 올려놓은 손을 들어올렸다. 사카기의 말대로였다. 피가 말라붙어 그 부분이 뻣뻣하게 굳어 있었다.

"아까 그 형사를 때린 벌을 받은 모양이군."

요시오의 말에 사카기가 맞장구를 쳤다.

"더 심하게 때려줘도 괜찮았습니다."

옆에 앉은 여경이 고개를 움츠렸다.

"본청 형사 가운데는 가끔 그런 작자들이 있습니다. 사건에 휘말려든 피해자의 심정은 조금도 생각하지 않는, 기계 같은 놈들이지요."

마치코가 트럭에 치여 길바닥에 널브러져 있는 것을 본 순간, 요시오는 눈앞이 새하얘지는 것 같았다. 마치코에게 달려가려 했지만 사카기에게 제지당했다.

"함부로 움직이면 안 됩니다."

사카기가 마치코의 몸을 살짝 건드리자 귀에서 피가 흘러나왔다. 코가 문드러진 것이 보였다. 몸 아래 끼인 오른팔은 골절된 듯 뒤틀려 있었다.

그때 문제의 형사 도리이가 달려왔다. 그러고는 무슨 일이냐고 큰 소리로 물었다. 짜증스러운 어투였다. 요시오는 자신이 무슨 행동을 하는지도 몰랐다. 문득 정신을 차리고 보니 도리이의 멱살을 잡고 마구 때리고 있었다.

구급차가 오고 이웃 사람들이 달려와 소동이 벌어지는 틈을 타 도리이는 슬그머니 모습을 감추어버렸다. 아직까지 병원에도 나타나지 않고 있다. 여경은 무슨 목적으로 남아 있는지는 모르겠지만, 요시오를 경계하는 듯도 했고, 미안해하는 듯도 했다.

요시오는 두 손으로 얼굴을 쓰다듬었다. 손등이 아렸다. 수술실 문은 여전히 열릴 기색이 없었다. 조용하면서도 밝고 차가운 기운이 전해져 올 따름이었다.

그때 사카기가 얼굴을 들었다. 대합실에서 수술실 통로 쪽으로 걸어오는 발소리가 들렸다. 요시오도 눈길을 들어올렸다. 거구의 젊은 남자 하나가 심각한 표정으로 다가오고 있었다. 정장을 하고 있지만, 넥타이가 비뚤게 풀어져 있었다.

요시오와 눈길이 마주치자 가볍게 머리를 숙여 인사를 했다.

"후루카와 마리코 씨의 가족분이시죠? 아리마 요시오 씨?"

요시오는 앉은 채로 고개를 끄덕였다.

"경시청의 아키쓰라고 합니다" 하고 거구의 남자는 고개를 숙였다.

"조금 전에 동료 도리이가 큰 실례를 범한 걸로 알고 있습니다. 정말 죄송합니다."

'아, 그 형사의 동료로군' 하고 요시오는 속으로 중얼거렸다. 맥이 빠졌다.

사카기가 일어서서 인사를 건넸다. 아키쓰라는 젊은 형사는 사카기의 존재와 그의 입장을 이해한다는 듯이 고개를 끄덕였다.

"후루카와 씨의 상태는 어떻습니까?"

아키쓰의 물음에 요시오는 고개를 돌려버렸다. 사카기가 대신 대답했다. 생명에는 지장이 없고, 수술도 곧 끝날 것 같다고 말했다.

"수사에는 진전이 있습니까?"

사카기가 물었다. 아키쓰는 고개를 가로저었다.

"오가와 공원에서는 아무것도 발견되지 않았습니다. 그 전화에 대해서도 아직 밝혀진 건 없습니다."

두 형사는 선 채로 낮은 목소리로 이야기를 나누었다. 요시오는 멍하니 앉아 있었다. 여경도 마찬가지였다.

"안 가봐도 되나요?"

요시오가 여경에게 물었다. 여경은 깜짝 놀라며 "예" 하고 대답했다.

"후루카와 씨의 상태를 확인한 다음 아리마 씨를 집까지 모셔다드리겠습니다."

"그 때문이라면 신경쓰지 마시오. 어차피 난 오늘밤 여기 있을 테니까."

"그렇지만 요즘 이런 병원에서는 보호자를 재워주지 않습니다."

"어떻게든 되겠지요."

그렇게 말하고 요시오는 아키쓰와 이야기를 나누고 있는 사카기를 턱으로 가리켰다.

"사카기 씨가 있으니까 난 괜찮아요. 그냥 돌아가세요. 수고했습니다."

"그렇지만……"

여경은 망설였다.

"후루카와 씨의 사고에 대해서도 더 여쭤볼 게 있습니다. 연락을 드리려면 어떻게……"

'아, 그것도 있군' 하고 요시오는 생각했다. 하루 사이에 경찰에 진술해야 할 일이 또 생기고 말았다.

요시오는 여경에게 마치코의 집과 아리마 두부가게의 전화번호를 가르쳐주었다. 어느 쪽이든 연락을 받을 수 있게 해두겠다고 했다. 여경은 그제야 자리에서 일어섰다. 아직도 망설이는 듯한 눈치였지만, 아키쓰와 이야기중인 사카기에게 다가가 무슨 말을 하고는 이윽고 대합실 쪽으로 사라졌다.

요시오는 아키쓰와 사카기가 있는 것도 잊고 멍하니 수술실 문만 바라보고 있었다.

"아리마 씨."

사카기가 부르는 소리에 요시오는 퍼뜩 정신을 차렸다. 사카기는 요시오 옆에 쭈그리고 앉으며 말했다.

"특별수사본부 쪽에서도 마리코 씨 사건 때문에 조사할 게 있어서 후루카와 시게루 씨에게 연락을 해야 합니다. 누가 뭐래도 아버지가 아닙니까. 아키쓰 씨가 회사에 연락해보는 건 어떨까요?"

요시오는 얼굴을 들어 벽 쪽에 서 있는 아키쓰를 바라보았다. 도리이라는 형사보다는 훨씬 인간적인 냄새가 풍겼지만, 입술 언저리의 선이 위로 올라간 게 고집스러워 보였다. 그가 요시오의 얼굴을 똑바로 쳐다보며 말했다.

"사정은 들었습니다. 소란이 일어나지 않도록 조심스럽게 연락하겠습니다. 우리 입장에서도 마리코의 어머니가 이런 상태가 된 이상, 아버지에게 여러 가지 물어보지 않을 수 없습니다. 아리마 씨께도 협력을 부탁드립니다."

"난 아무 도움이 안 될 텐데……"

요시오는 천천히 말했다. 너무 피곤했다.

"그럼, 그쪽에서 알아서 하십시오."

요시오의 허락이 떨어지자 아키쓰는 대합실 쪽으로 걸어가면서 양복 안주머니에서 휴대폰을 꺼냈다.

"경찰이 전화하면 시게루 놈도 깜짝 놀랄 텐데" 하고 요시오는 힘없이 웃었다.

"그 정도는 괜찮습니다" 하고 사카기가 말을 받았다.

"아까 그 여경 말이오."

"예."

"나를 감시하는 것 같던데, 경찰을 때렸으니 상해죄에 걸리는 건 아닙니까?"

사카기는 쓴웃음을 흘렸다.

"그게 아니고 아리마 씨가 걱정이 돼서 지켜본 겁니다."

그리고 두 사람은 침묵을 지켰다. 머리를 나란히 하고 바닥을 바라보는 것 외에는 할 일이 없었다.

수술은 꽤 오래 걸렸다. 결과적으로 그 친절한 간호사의 말은 거짓말이 되고 말았다. 창백한 얼굴에 산소마스크를 쓰고 머리를 붕대로 칭칭 감은 마치코가 수술실에서 나온 것은 일곱시가 훨씬 지나서였다.

요시오는 마치코에게 접근할 수도, 중환자실에 동행할 수도 없었다. 담당 의사는 수술실 앞 복도에서 마치코의 상태에 대해 설명했다. 오른팔 복합골절에 내장에 손상을 입었고, 머리 상처는 생각보다 심각하지 않지만 뇌진탕을 일으켰으니 신중하게 경과를 지켜보아야 한다고 했다.

"현재로서는 뇌파에 아무런 이상이 없으니까, 괜찮을 것 같습니다."

"잠깐이라도 얼굴을 보면 안 될까요?"

"중환자실 창 너머로 잠깐 보는 건 괜찮습니다. 마음을 굳게 가지셔야 할 겁니다. 튜브 때문에 기계에 연결된 것처럼 보일 테니까요."

의사의 말대로였다. 마치코는 하얀 침대 중앙에 누워 있고, 몇 종류의 기계에 둘러싸여 있었다. 중년비만이라고 본인이 걱정하던 몸이 가슴이 아릴 정도로 작아 보였다.

마치코가 아닌 것 같았다. 아니, 진짜로 마치코가 아닌 다른 사람이 되어버렸는지도 모른다.

'아빠, 마리코가 돌아왔어!'

현실에서 벗어난 듯한 밝은 목소리. 혼이 빠져나가버린 듯한 목소리.

"생명에는 지장이 없다니 마음이 놓입니다" 하고 사카기가 중얼거렸다. 요시오는 중환자실 창에 손을 대고, 조용히 마치코의 얼굴을 바라보았다.

앞으로 모든 일은 내가 짊어져야 해. 마리코의 실종과 마치코의 간호, 그 모든 것을 내가 짊어지고 가야 해, 하고 요시오는 생각했다.

혼자였다. 아리마 요시오는 바닥 없는 고독의 심연으로 가라앉았다. 그리고 그것은 이제 막 시작되었을 따름이었다.

5

세상을 놀라게 한 충격적인 사건이라도 오랫동안 해결의 단서가 보이지 않으면 미디어의 관심은 갑자기 시들해져버린다. 최초의 충격이 크면 그 기세 때문에 미디어의 관심도 오래가지만, 그것도 고작 며칠이다. 오가와 공원의 토막시체 유기사건은 그 전형이었다.

9월 12일에 발생해 13, 14, 15일이 지나도 수사에는 아무런 진전도 없었다. 그러자 미디어의 관심도 점점 멀어져갔다. 와이드쇼 같은 데서는 전화를 건 인물에 대해 추리해보고 테이프를 음향분석기에 걸어 그 결과를 보도하기도 했지만, 일주일이 지나자 그런 움직임도 사라지고 세상의 관심은 다른 곳으로 옮겨갔다.

마에하타 시게코가 히가시나카노 경찰서의 사카기 다쓰오를 만난 것은 사건이 일어난 지 닷새 후인 9월 17일 오후였다. 생활안전과에 전화를 했더니 사카기가 받았다. 그리고 바로 만나기로 했다.

두 사람은 여태 몇 번 만난 적이 있는 신주쿠의 한 커피숍에서 만났다. 시게코는 의식적으로 용기를 내려 애썼다. 그 바람에 약속시간보다 이십 분이나 먼저 커피숍에 도착했다. 시게코는 커피를 마시면서 미리 준비한 리스트와 르포 원고를 읽어보았다.

"몇 번이나 연락했는지 몰라요."

불평할 생각은 없었지만, 사카기가 자리에 앉자마자 시게코는 그렇게 서두를 꺼냈다. 시게코는 그 말을 하고는 곧 후회했다. 사카기의 얼굴이 피로에 절어 있었기 때문이었다.

"죄송합니다. 후루카와 마리코 씨 사건 때문에 바쁘셨죠?"

사카기는 말없이 양복 안주머니에서 담배를 꺼내고, 주문을 받으러 온 종업원에게 기계적인 태도로 "커피" 하고 말했다. 그러나 종업원이 카운터 쪽으로 간 다음에 생각이 바뀐 듯, "아니, 핫밀크로 주시오" 하고 주문을 정정했다.

"전화가 온 건 알고 있었습니다. 몇 번 찾아오기도 했다더군요. 죄송합니다. 나도 시게코 씨를 만나 두세 가지 확인하고 싶은 일이 있었지만, 요 며칠간 너무 바빠서 말이죠."

"아, 저는 괜찮아요. 하지만 좀 놀랐어요. 사카기 씨가 제가 쓴 르포를 기억해주셔서요."

사카기는 무겁게 고개를 끄덕였다.

"당연히 기억하지요."

"후루카와 마리코 씨에 대한 정보는 사카기 씨가 가르쳐준 거였어요."

"그랬던가요?"

"사실은 저, 몸이 안 좋아서 르포 일을 오래 쉬었거든요."

"그랬군요."

사카기는 고개를 들고 눈을 깜빡거리며 말했다.

"결혼했다는 소식은 들었지만, 그후에 일은 어떻게 되었는지 궁금했습니다."

"이제 후속편을 써볼 생각이에요. 사건에 맞춰서요. 처음 생각했던 것과는 좀 방향이 다른 르포가 될 것 같아요."

종업원이 핫밀크를 들고 왔다. 그녀가 물러나기를 기다렸다가 시게코는 미리 생각해둔 말을 꺼냈다.

"마리코 씨 사건을 중심으로 쓸 생각이에요. 이번 사건을요. 사카기 씨도 아실 테지만, 저는 이 르포를 쓰면서……" 하고 시게코는 테이블 위의 원고에 손을 올렸다.

"실종한 여자들의 마음이라든지, 그녀들에게 무슨 일이 일어났는지에 대해서 많이 생각해봤어요. 비록 답을 모르는 상태지만, 그녀들이 사라져버린 상황을 쓰는 것만으로도 의미 있는 일이라고 생각해요. 이번에는 특히 그런 것 같아요. 마리코 씨 사건은 남의 일 같지가 않거든요."

사카기는 말없이 담배연기를 뿜어냈다.

"방관자 입장에서 흥미 위주로 생각하는 게 아니에요" 하고 시게코는 말을 이어나갔다.

"그녀에게 무슨 일이 일어났는지, 내 일처럼 걱정이 돼요. 그래서 알고 싶습니다."

열변을 토하는 한편으로 시게코의 머릿속에서는 여러 가지 생각이 스쳤다.

'그냥 실종만 다루면 너무 재미없어.'

'만약 이게 연속살인사건이라면……'

'지금보다 더 의미 있는 일, 아니, 더 의미 있어 보이는 일을……'

그게 본심인지도 모른다. 그러나 시게코는 그 소리들을 무시해버렸다. 오로지 사카기의 얼굴만을 똑바로 쳐다보고 있었다.

사카기는 컵을 들어 핫밀크를 한 모금 마셨다.

"이번 사건에서 난 특별수사본부에 소속되지 않았습니다."

"네……"

"오가와 공원에서 후루카와 마리코의 소지품이 발견된 건 아시죠? 내가 그녀의 실종신고에 대해 전후 사정을 잘 안다는 것 때문에 협력하는 정도에 지나지 않습니다. 본부 업무와는 상관이 없지요. 오가와 공원의 토막시체 유기사건은 나와는 무관합니다."

"그렇지만 저에게는 마리코 씨가 문제니까요."

솔직히 말해 그 말을 듣는 순간 맥이 풀렸지만, 시게코는 내색하지 않았다. 어쨌든 시게코에게 취재 창구가 되어줄 사람은 사카기 한 사람뿐이었다.

사카기는 새 담배에 불을 붙였다. 시게코가 처음 연락했을 때는 이런 식으로 담배를 피우지 않았었다.

"그 마리코 씨 말인데……" 하고 사카기는 얼굴을 들었다.

"시게코 씨, 무슨 일이 있어도 마리코 씨에 대해서 취재를 해야겠다면 나로서는 말릴 방법이 없습니다. 그러나 조금이나마 관계가 있는 사람의 입장에서 말하자면, 그만뒀으면 합니다."

시게코는 눈을 동그랗게 떴다.

"왜요?"

"마리코 씨의 가족이 지금 상황에서 취재에 응해줄지 의문스럽기 때문입니다."

그건 충분히 예상한 일이다. 오히려 당연한 일이 아닌가.

"내가 시게코 씨를 만나 이야기하고 싶었던 부분도 바로 그겁니다" 하고 사카기는 말을 이었다.

"르포를 시작할 당시에는 나도 협력할 수 있었어요. 실종만으로는 우리 입장에서 본격적인 수사를 하기는 어려우니까요. 시게코 씨가 르포를 발표해주면, 어느 정도 세간의 관심을 끌 수 있을 것이라는 생각이었지요. 사실은 마리코 씨 사건에 대해 시게코 씨와 이야기를 할 때는 사전에 마리코 씨 가족에게 양해를 구해두었었습니다. 당연히 그렇게 해야 할 일이기도 하고 말이죠."

시게코는 고개를 끄덕였다. 시모다 경찰서의 히무로 사키코도 똑같은 말을 했었다. 그녀도 실종자 가족에게 허락을 받고 시게코를 소개한 것이다.

"그러나 사정이 바뀌었습니다. 적어도 후루카와 마리코 씨 사건은 급전되었다고 해야 할 겁니다. 가만 내버려둬도 매스컴은 물론이고 특별수사본부도 그녀의 사건을 조사하게 되어 있으니까요."

시게코는 침묵을 지켰다. 이어질 이야기가 더 있을 것 같아서였다.

"처음에는 협력했다가 갑자기 사건이 커지니까 손을 빼려고 한다는 생각도 들 겁니다. 그래서 아까도 말했지만, 무슨 일이 있어도 시게코 씨가 취재를 하겠다면 나로서는 말릴 수 없습니다. 시게코 씨도 저널리스트니까요. 그러나 아까 시게코 씨가 말했듯이, 흥미 위주로 쓸 생각은 아닐 테지요? 화려하고 충격적인 사건을 추적해서 세간의 이목을 끌려는 게 취재의 목적이 아니었을 테니까요."

사카기는 테이블 위의 원고를 내려다보았다.

"마리코 씨의 일이 남의 일 같지 않다고 했지요? 그렇다면 후루카와 가족들에 대한 취재는 그만두세요. 그 사람들은 지금 그럴 처지가 아닙니다."

시게코는 고개를 숙이고 커피잔을 물끄러미 내려다보았다.

사카기의 말은 충분히 이해할 수 있었다. 르포를 처음 시작했을 즈음의 시게코라면 금방 받아들이고도 남을 이야기였다. 세상의 주목을 받는 화려한 사건을 추적하는 것이 아니다. 그렇다면 지금 단계에서는 다른 실종 여성에 대해 쓰고, 마리코에 대해서는 사건이 일단락된 다음 천천히 써도 될 일이다.

하지만 지금은 시게코의 입장이 달라졌다. 목적이 바뀌어버린 것이다. 머릿속에서 이타가키 편집장의 말이 맴돌았다. 애써 만든 원고를 쓸모없는 물건이라고 단언하던 그 목소리가.

'연속살인사건이라면……'

그리고 무엇보다도 시게코 자신의 생각이 달라졌다. 아니, 본심이 드러났다고 하는 게 옳을 것이다. 이런 찬스를 놓치고 싶지 않았다.

그리고 시게코가 눈을 아래로 깔고 있는 것은, 말은 하지 않고 있지만 사카기도 이미 그런 사정을 알고 있는 것은 아닐까, 이미 모든 것을 꿰뚫어보고 있는 것은 아닐까 하고 생각했기 때문이었다. 꿰뚫어보고 있기 때문에 시게코가 한 말을 내세워 포기하도록 유도하고 있는 것임이 틀림없다.

어느 쪽이든 결론은 하나뿐이다. 사카기는 더이상 창구 역할을 해줄 수 없다는 것이다.

"시모다의 히무로 사키코라고 해도 내 입장이라면 똑같은 말을 했을 겁니다" 하고 사카기는 다시 입을 열었다.

"시게코 씨가 쓰려고 하는 것을 우리는 너무 잘 알고 있기 때문입니다."

그 말은 후루카와 마리코 가족의 꽁무니를 쫓아다니지 말라는 경고와도 같았다.

시게코도 지난주 텔레비전 뉴스를 통해 알고 있었다. 마리코의 어머니 후루카와 마치코가 딸의 비보를 듣고 절망해 찻길로 뛰어들었다가 트럭에 치여 지금 입원중이라는 것을. 마리코의 아버지는 현재 별거중으로, 매스컴의 추적을 피해다니고 있다는 것도. 마리코의 외할아버지는 두부가게를 하고 있지만, 사건이 발생한 후 매스컴의 성화에 못 이겨 가게 문을 잠시 닫아버렸다는 것도.

지금 시게코가 극적인 전개를 보이기 시작한 마리코 사건에 대해 취재한다는 것은 똑같은 행동으로 피해를 입히는 것과 같다. 그러니 그만두라고 사카기는 말하고 있는 것이다. 그 말에 대해, 시게코가 자신의 본심을 드러내 충격적이고 세간의 관심을 끄는 큰 사건이라 절대로 놓치고 싶지 않다고 말하지 않는 이상, 거부의 뜻을 드러낼 수 없는 것이었다.

본심을 드러낼 것인가, 시게코는 자문해보았다. 지금 본심을 드러내건 드러내지 않건 사카기의 입장에는 변화가 없다. 말해버려도 괜찮을 것 같았다. 사카기 씨, 나도 그리 좋은 사람은 아니에요, 라고.

시게코는 고개를 들고 말했다.

"잘 알았습니다. 사카기 씨의 말씀대로 제 르포의 목적은 큰 사건을 화려하게 다루는 것이 아니니까요."

사카기의 얼굴에 안도의 빛이 스쳤다.

"그렇지요. 다행입니다."

시게코는 생각해보았다. 이런 식으로 가만히 기다리는 것도 하나의 방법일 수 있다. 마리코 사건이 해결될 때까지, 조용히 기다리고 있으면 된다. 그렇게 하면 사태가 수습되었을 때 다시 사카기는 정보원이 되어줄 것이다. 후루카와의 가족들에게도 소개해줄 것이다. 르포는 그때 쓰면 된다. 마리코 사건과 줄이 닿지 않는 다른 리포터나 작가들보다는 비록 시간적으로 늦다 해도 더 나은 원고를 쓸 수 있을 것이다.

그렇지만 거기에는 결정적으로 빠진 부분이 있다. 리얼타임의 충격이다. 다른 무엇보다도 자신이 쓰거나 쓰려고 하는 르포 속에 예상외의 사건이 잠복되어 있음을 알았을 때 시게코 자신이 느끼는 충격. 다른 저널리스트나 르포 작가들이 아니라, 시게코 자신만이 느끼게 될 충격.

그것을 살려내기 위해서는 가만히 기다리기만 해서는 안 된다. 그런 의미에서 이것은 시게코 자신의 사건이다. 그러므로 지금이 절호의 찬스라고 할 수 있다.

사카기는 시게코의 얼굴을 바라보았다. 시선이 마주쳤다. 시게코가 무슨 생각을 하는지 다 알고 있다는 듯한 눈길이었다.

더이상 이야기를 해봐야 아무 소용이 없었다.

사카기와 헤어진 다음, 시게코는 일단 발길을 돌렸다. 집으로 가려다 도중에 생각을 바꾸어 쇼지의 공장으로 갔다. 지금 가면 휴식시간인 세 시에 맞출 수 있다. 남편과 뭐든 이야기를 나누고 싶어진 것이었다.

오가와 공원 사건이 일어난 후 오늘 사카기와 연락이 닿아 만날 때까지 시게코와 충격과 흥분을 공유한 유일한 상대였다. 사건 당일에도 같이 뉴스를 보고 흥분한 시게코가 태워버린 밥을 먹으면서 쇼지는 열심히 시게코를 격려해주었다.

"시게코의 르포가 이렇게 다시 살아날 줄은 몰랐어" 하고 쇼지도 흥분했다.

"그렇지만 이런 취재는 무척 힘들지 않을까? 너무 무리하지 마."

"괜찮아."

"위험하지 않을까?"

"무슨 위험?"

쇼지는 미간을 찌푸렸다.

"무서운 사건이잖아. 여자가 살해당했으니까."

시게코는 크게 웃었다.

"말도 안 되는 걱정이야."

"정말 그럴까?"

쇼지는 웃었다.

마에하타 철공소의 간판은 가까운 버스정류장에서 금방 눈에 들어올 만큼 컸다. 동네 공장이기는 하지만 비슷한 일을 하는 다른 공장과는 비교도 할 수 없을 만큼 넓었다. 자동차 회사의 하청의 하청을 받아 정밀부품을 제작하는데, 판로가 안정되어 있어서 경영에는 아무런 문제가 없었다.

쇼지는 공장 바깥의 길가에 앉아 젊은 공원과 캔커피를 마시면서 이야기를 나누고 있었다. 젊은 공원이 먼저 시게코를 보았다.

"안녕하세요."

시게코가 손을 흔들자 쇼지는 웃음 띤 표정으로 일어섰다.

"웬일이야?"

"집에 가는 길이야. 오늘 저녁에 뭐 먹고 싶어?"

젊은 공원은 슬쩍 자리를 비켜주었다. 다른 공원 몇 명이 시게코의 모습을 발견하고 가볍게 인사를 했다. 잔소리 심한 시어머니가 있는 사무실에서 보이지 않게 각도를 가늠하면서, 쇼지는 도로 쪽으로 걸어갔다.

"뭐가 좋을까? 음…… 탕수육."

"알았어. 쇼지는 중화요리를 너무 좋아하는 것 같아."

"그리고 샐러드."

"바빠?"

"이번주는 좀 그래. 어디 갔었어?"

"형사를 만나러."

"그 사건 때문에?"

"응."

어두컴컴한 공장 쪽에서 쇠냄새와 윤활유 냄새가 풍겨왔다. 라디오 소리도 들려온다.

"쇼지, 나, 해내고 말 거야."

시게코는 힘주어 말했다.

"좋은 글을 쓰고 말 거야."

"그럼, 해야지. 꼭 해봐" 하고 쇼지는 웃었다.

"그렇다고 또 쓰러지면 안 돼."

"응, 조심할게. 그래서 말인데, 나 다른 일은 거절해도 될까?"

쇼지는 놀란 듯 눈을 동그랗게 떴다.

"요리 연재하고 여행잡지 칼럼?"

"응, 이번 르포에 전념하고 싶어. 그렇지만 그 원고가 팔릴지 안 팔릴지 모르니까, 다시 말해 내가 실업자가 되는 거야. 그래도 좋아?"

오래전부터 생각해온 일이었다. 금방 결단을 내릴 수 없을 것 같았지만, 사카기와 이야기를 나누고 남편 쇼지의 얼굴을 보는 순간 결심이 섰다. 맹렬한 투지가 솟구쳤다.

"그야 문제없어" 하고 쇼지는 크게 고개를 끄덕였다.

"시게코, 힘내!"

6

쓰카다 신이치는 망설였다.

로키를 데리고 동물병원에 갔다가 집으로 돌아가는 도중에 오가와 공원에 들러볼까 싶었던 것이었다. 사건 이후로는 한 번도 가지 않았다. 매일 로키를 데리고 산책을 할 때도 다른 길로만 다녔다.

12일의 사건 이후, 문제의 오른팔을 발견한 사람이 신이치라는 소문이 동급생들 사이에 퍼져나갔다. 뉴스에 신이치의 얼굴과 이름이 나가지도 않았고 신이치 자신의 입으로 말한 것도 아니었지만, 발견한 사람이 공원 근처에 사는 고등학생이고 개를 데리고 다닌다는 것이 와이드 쇼와 주간지에 보도되었다. 그런 정보와 그날 신이치가 학교를 쉬었다는 사실이 하나로 연결되어 자연히 드러나게 된 것이다.

　"너지?"

　"혹시 네가 발견한 거 아냐?"

　그렇게 물으면 쓰카다는 거짓말을 할 수 없었다. 거짓말을 할 수도 있었지만, 그랬다가는 오히려 더 귀찮아질 것 같았다. 그래서 고개를 끄덕였다. 학생들 사이에서는 소동이 일어났다.

　어땠어? 안 놀랐어? 경찰이 뭐라고 했어? 취조도 받았어?

　무슨 질문을 하든 신이치는 최대한 말을 아껴서 간단히 대답했다. 상대의 호기심을 자극하는 말은 할 수도 없었고 하고 싶지도 않았다. 그러는 사이에 학생들의 흥미도 식어갔다. 일주일이 지나자 이제 아무도 그 사건에 대해 묻지 않았다.

　신이치가 무엇보다 안도의 한숨을 내쉰 것은, 이번 사건과 신이치가 당했던 과거의 불행한 사건을 연결시키는 사람이 없다는 것이었다. 물론 이시이 부부와 담임선생은 신이치의 사정을 잘 알고 있다. 전학을 올 때 이야기하지 않을 수 없었기 때문이다. 그러나 이시이 부부는 아무 말도 하지 않았고, 담임선생도 한동안 신이치의 상태를 살펴보다가 별 이상 징후가 보이지 않자 마음을 놓았는지 일부러 말을 걸거나 하지 않고 가만 내버려두었다. 정말 고마운 일이었다.

　그러나 신이치의 내면에서는 아무것도 정리된 것이 없었다.

　오가와 공원 사건에 대해 형사가 다시 집으로 찾아와서 뭘 묻거나 하는 일도 없었다. 그렇게 시간을 들여 조서를 작성했으니 더이상 물을 것도 없을 것이다. 그러나 그 사건의 발견자가 됨으로써, 조용히 묻어두었던 기억이 한꺼번에 되살아났다. 신이치 자신의 기억, 온 가족이 당한 불행한 사건의 기억이.

12일 이후, 꿈을 꾸게 되었다. 길기도 하고 짧기도 하고, 단편적이기도 하고 때로 줄거리를 갖추기도 하지만, 모두 가족의 사건과 관련된 꿈이었다. 꿈속에서 신이치는 현장으로 돌아가 문을 열어보기도 하고, 모습이 보이지 않는 어머니를 찾아 집 안을 구석구석 뒤지기도 했다.

꿈속에 등장하면서 동시에 꿈 바깥에도 존재하는 그 자신이, 꿈속의 자신을 향해 열심히 경고를 보낸다. 그 문을 열면 안 돼. 거기 떨어진 슬리퍼를 줍지 마. 슬리퍼를 뒤집어서 거기 묻어 있는 빨갛고 끈적끈적한 것을 만지면 안 돼. 그게 뭔지 넌 이미 알고 있잖아.

또 어떤 때는 무슨 일이 일어났는지를 알고 열심히 집으로 달려가려는 꿈도 꾸었다. 그러나 아무리 달리고 달려도 앞으로 나아가지 않는다. 버스는 그냥 스쳐가고, 택시는 한 대도 오지 않고, 거리에는 사람 그림자 하나 없고, 공중전화는 불통이다. 사람들에게 알려야 하는데, 소리내어 외쳐야 하는데…… 아버지에게, 어머니에게, 여동생에게, 도망쳐, 집을 나와, 거기 있으면 안 돼, 하고.

그러다 땀에 흠뻑 젖어 꿈에서 깨어난다.

일요일 밤, 너무도 생생한 꿈 때문에 도저히 견딜 수 없어 아래층으로 내려왔다. 바깥바람을 쐬고 싶어 거실 문을 열고 바닥에 앉았다. 정원에 있던 로키가 신이치의 기척을 느끼고 다가왔다. 개의 따스한 목덜미를 끌어안는 순간 자신의 몸이 심하게 떨리고 있음을 깨달았다.

그때, 뒤에서 목소리가 들려왔다. 뒤를 돌아보니 잠옷 차림의 이시이 요시유키가 맨발로 마룻바닥에 서 있었다.

"춥지 않니?" 하고 이시이는 신이치 곁에 앉았다. 로키는 목줄을 차랑차랑 울리면서 요시유키를 향해 꼬리를 흔들고 그의 무릎에 코를 갖다댔다.

"이놈은 신이치만 보면 사족을 못 써. 왜, 잠이 안 오니?"

"죄송해요. 소리내지 않으려고 했는데……"

"아냐, 그냥 화장실에 가려고 나온 거야."

낮은 목소리로 이시이는 그렇게 말했다.

"요즘 잠을 잘 못 자는 것 같다고, 요시에가 걱정을 많이 하더구나."

"아주머니도 잠을 깼군요."

"응."

"죄송합니다."

그 말 외에는 할 말이 없었다.

신이치 가족의 사건이나 신이치의 심리상태에 관련된 이야기가 나올 때마다 대화는 늘 이런 식이 되어버린다. 신이치는 죄송하다고 하고, 이시이 부부는 사과할 필요 없다고 말한다. 그러다 서로가 미안해하면서 우울한 기분에 젖어버리고 마는 것이다.

그러나 이번에는 달랐다. 사과하지 않아도 된다는 말 대신에 이시이는 이렇게 말했다.

"오가와 공원 사건으로 또 기억이 떠오르고 말았을 거다. 겨우 마음을 안정시켰을 텐데 말이야."

"네……"

"전부터 말하려고 했는데, 신이치, 카운슬링 같은 걸 한번 받아보는 건 어때?"

신이치는 고개를 들었다.

"카운슬링이요?"

"응, 심리치료사나 정신과 의사를 만나서, 치료가 아니라 대화를 나누는 거지. 아, 네가 무슨 병이 있다는 말은 아냐."

이시이의 말이 빨라졌다.

"마음이 아픈 것만은 부정할 수 없는 사실이니까. 그런 걸 PTSD라고 한다더구나."

신이치는 로키의 목을 쓰다듬었다.

"들어본 적이 있어요."

"응, 외상 후 스트레스 장애라는 뜻이라더군."

이시이는 책을 읽듯이 느릿하게 말했다.

"충격적인 범죄나 천재지변으로 불행을 당한 사람은 나중에 그 기억 때문에 고통스러워하게 된다는 거야."

"텔레비전에서 본 적이 있어요. 한신 대지진 때."

"그랬을 거야. 어떻게 생각해? 억지로 권할 생각은 없지만, 한번 생각해보지 않을래? 내가 아는 데가 있어. 낯선 병원에 가는 것보다는 나을 거야."

아마도 요시유키는 여러 사람에게 수소문해서 병원을 찾았을 것이다. 그러나 금방 마음이 정해지지 않았다. 과연 의사에게 상담하는 게 좋을지…… 그렇다고 과연 자신의 잘못을 용서받을 수 있을 것인지……

"생각해보겠습니다."

"마음이 정해지면 언제든 얘기해."

"그런데 아저씨."

"응?"

"로키의 배, 이쪽 좀 보세요. 털이 빠지고 있는 것 같아요. 얼마 전에 발견했는데 이상한 일도 당하고 해서 그만 잊어버렸어요. 피부병인 것 같은데, 병원에 한번 데리고 가는 게 어떨까요?"

갑자기 화제가 바뀌자 요시유키는 멍한 표정을 지었다.

"어디? 아, 여기로군."

그래서 월요일 저녁 신이치는 로키를 데리고 동물병원에 가게 되었다. 다행히 걱정할 정도는 아니어서 간단히 약만 바르고 나올 수 있었다. 그렇게 해서 오가와 공원 곁을 지나치게 된 것이다. 길만 건너면 오가와 공원이다.

사거리에서 발길을 멈추고 신이치는 공원 쪽을 바라보았다. 하늘은 아직 밝지만, 녹음은 검게 잠겨 있었다. 공원을 내려다보며 우뚝 솟은 고층아파트가 마치 거대한 새의 둥지처럼 보였다. 차량 진입 금지 표지판이 서 있는 출입구에서 중학생 정도로 보이는 남자아이들이 자전거를 타고 바깥으로 나오고 있었다. 즐겁게 떠들고 있다. 바쁘게 오가는 차량을 보며 로키는 귀를 쫑긋거리고 있다.

PTSD라……

치료가 필요하다. 도움의 손길이 필요하다. 신이치는 그런 상태이다. 혼자서 극복하기는 어렵다.

그래도 혼자 힘으로 넘어야 할 산이 아닌가. 그럴 책임이 있는 게 아닌가. 혼자만 살아남은 이상.

그런 말을 하면 이시이 부부는 절대 그렇지 않다고 할 것이다. 신이치에게 무슨 책임이 있느냐고, 책임이 있다고 생각하는 것 자체가 마음에 깊은 상처가 남아 있는 증거라고. 보쿠도 경찰서에서 만난 다케가미라는 형사도 그렇게 말했었다. 너에게는 책임이 없다고.

아냐, 그건 아냐.

신이치는 책임이 있다고 생각했다. 그것은 다른 사건과 경우가 다르다. 자신의 가족을 덮친 그 사건의 씨앗을 뿌린 사람은 다름아닌 신이치 자신이다. 자신이 경솔한 말을 했기 때문에 그런 사건이 일어난 것이다.

'우리 아버지, 갑자기 돈벼락을 맞았어.'

신이치는 세차게 머리를 흔들어 기억을 떨쳐냈다. 그 기세에 가죽줄이 당겨졌는지 로키가 신이치의 발 위에 자신의 발을 올려놓았다.

"미안, 미안."

개의 목을 툭툭 치고 신이치는 얼굴을 들었다. 오가와 공원으로 건너가는 신호등이 바뀌려는 참이었다. 신이치는 깜빡거리는 파란불을 바라보며 로키를 끌고 뛰었다.

오가와 공원 사건은 나와는 아무런 관계도 없어. 아무런 연관도 책임도 없어. 그냥 발견자일 뿐이야. 그러니 겁낼 필요도 없는 거야. 진정 두려워해야 할 유령은 다른 데 있어. 오가와 공원에는 없어. 그것도 확신하지 못하면서 어떻게 책임을 질 수 있다는 거야.

쓰레기통에서 나온 팔. 그 손가락이 너를 가리키는 것처럼 보인 것도, 그것이 사신의 팔처럼 보인 것도, 모두 네가 겁쟁이이기 때문인 거야.

이제 그만둬. 절대로 그런 생각을 하면 안 돼. 신이치는 속으로 중얼거리면서 나약한 자신을 질타했다. 아무것도 아닌 일에 소심해지는 것은 네가 주위 사람들의 동정을 바라기 때문이야. 그러니까 아저씨는 네가 마음의 병에 걸렸다고 병원에 가자고 한 거야. 오히려 네게는 잘된 일인지도 몰라. 네 목적은 책임을 회피하는 것이니까. 오가와 공원 사건으로 좋은 구실이 생겼고, 다른 사람들의 동정을 살 수 있잖아. 그게 진짜로 네가 원하는 바가 아냐?

너무도 비겁하다.

오가와 공원에서 도망쳐서는 안 된다. 그날 쓰레기통에서 나온 오른팔을 현실에서 도피할 구실로 삼아서는 안 된다. 그렇다면 똑같은 길을 걸어가보자. 그래서 아무것도 없다는 것을, 오가와 공원 사건은 아무

관계도 없는 일이고, 그래서 내가 그 안에 숨어 있을 수 없다는 것을 확인하자.

로키를 끌고 공원을 달렸다. 로키는 즐겁게 달렸다. 공원 안에는 사람 그림자도 거의 없고, 때로 자전거 몇 대가 스쳐가는 정도였다.

경찰의 공원 봉쇄는 사건 이틀 후부터 풀렸다는 말을 친구들에게 들었다. 아무리 조사해도 아무것도 나오지 않았기 때문이다. 텔레비전의 중계차도 지난 주말부터 보이지 않았다. 공원은 예전의 평화를 회복하고 있었다. 토막살인사건이 있었던가 싶을 정도로 평화로웠다. 너무도 자연스러운 고요와 녹음의 냄새, 산책로에 흩어진 쓰레기.

신이치는 숨을 헐떡이며 공원 남쪽 출입구 근처 그 쓰레기통이 놓여 있던 곳에 이르렀다.

쓰레기통은 이미 사라지고 없었다.

숨을 고르면서 잠시 멍하니 서서 그 자리를 바라보았다. 커다란 쓰레기통이 있던 장소에는 쓰레기통 바닥 모양의 흔적만이 남아 있었다. 쓰레기통이 없어졌는데도 거기에 쓰레기를 버린 사람이 있는 듯, 빈 깡통 하나와 찢어진 종이봉지 몇 개가 굴러다니고 있었다.

경찰이 치워버렸는지 모른다. 아니면 기분 나쁜 쓰레기통이라고 폐기해버렸는지도 모를 일이다. 신이치는 휴— 하고 숨을 내쉬었다.

장소는 분명히 여기다. 화단에는 코스모스가 고개를 살랑거리고 있다. 그날 여기서 킹과 그 주인을 보았다. 그 여자, 미즈노라고 했던가? 어떻게 지내고 있을까? 그애는 나처럼 스트레스 때문에 고통받고 있지는 않을 것이다. 스릴이 있다느니 하는 말을 했었으니까.

여기에는 이제 아무것도 없다. 여기서 벌어진 사건은 비극적이긴 하지만, 신이치와는 아무런 관계도 없다. 사라진 쓰레기통이 그런 현실을 뚜렷이 부각시켜주는 것 같았다.

"가자, 로키."

목줄을 끌며 신이치는 다시 걷기 시작했다. 발걸음이 아까보다 느려졌다. 출구를 나서서 공원 북쪽 횡단보도까지 걸어갔다.

그러는 동안 줄곧 고개를 숙이고 있었다. 누군가의 시선을 느끼지도 못했다. 그래서 등 뒤에서 가벼운 발소리와 함께 누군가가 신이치를 앞질러간 것도 몰랐다. 횡단보도 앞에 이르러서야 누군가 앞에서 신이치를 바라보고 있는 것을 깨달았다.

고개를 숙이고 있었기 때문에 처음에는 무릎 아래밖에 보이지 않았다. 운동화를 신고 있고, 그 위에 하얀 양말이 보였다. 늘씬한 다리였다. 미니스커트였다.

신이치가 바로 곁으로 다가갈 때까지 그 멋진 다리의 주인공은 몸을 돌리지 않았다. 여전히 신이치 쪽을 바라보고 있었다. 신이치는 고개를 들었다.

같은 또래의 여자애였다. 빨간 풀오버를 입고, 같은 색의 헤어밴드로 긴 머리를 묶었다. 단정하고 얌전한 얼굴이었다.

어디선가 본 기억이 났다.

"쓰카다?" 하고 그녀가 말을 걸어왔다.

"쓰카다 신이치 맞지?"

그 목소리도 들은 적이 있었다.

진지한 표정이었다. 말라서 그런지 턱 선이 날카로워 보였다. 굳게 다문 입가에서 엷은 입술만이 저 혼자 살아 있는 생물처럼 움직였다. 코와 볼에는 전혀 표정이 드러나지 않았다.

"나, 히구치 메구미야."

그녀가 자기 이름을 말했다. 그와 동시에, 신이치도 그녀가 누구인지 기억해냈다.

7

쓰카다 신이치가 로키를 데리고 오가와 공원을 걷고 있던 바로 그 즈음, 아리마 요시오는 JR 히가시나카노 역 계단을 오르고 있었다. 딸네 집에서 후루카와 시게루를 만나 마치코의 입원비 등 현실적인 문제들을 의논하기로 되어 있었다. 오후 네시가 넘으면 두부가게가 제일 바쁜 시간이다. 기다에게 가게 일을 모두 맡기고 싶지는 않았지만, 후루카와가 그 시간대가 아니면 만날 여유가 없다고 하니 어쩔 수 없는 노릇이었다.

후루카와는 요시오보다 먼저 도착해 집 앞 골목길에서 기다리고 있었다. 그가 은행에서 융자를 얻어 마련한 집이었지만, 문을 열고 들어가지도 못하고 현관 계단 앞에서 등을 돌린 채 서 있었다.

"열쇠가 없는가?"

후루카와에게 다가가면서 요시오가 말을 건넸다.

"별거할 때 마치코에게 줬습니다. 정말 오랜만입니다, 장인어르신. 죄송합니다."

머리를 숙이는 후루카와의 어깨 너머로 현관 옆에 걸린 문패가 보였다. '후루카와 시게루, 마치코, 마리코'. 거기에는 아직도 세 명의 이름이 사이좋게 나란히 적혀 있었다.

요시오는 할 말을 찾지 못한 채 묵묵히 현관문을 열었다. 벽을 더듬어 스위치를 찾아 불을 밝혔다. 후루카와는 말없이 뒤를 따라왔다. 요시오는 후루카와가 구두를 벗고 들어서면서 '실례합니다'라고 할 것 같은 느낌이 들었다.

집 안은 눅눅했다. 며칠 전 마치코의 옷을 가지러 들렀을 때 쓰레기도 버리고 간단한 청소를 했음에도 불구하고 부엌 쪽에서는 아직도 음식 찌꺼기 냄새가 풍겼다. 요시오는 코를 킁킁거렸다.

후루카와는 거실 한쪽에 서서 방 안을 둘러보고 있었다. 테이블 위의 유리 재떨이, 벽에 걸린 달력, 장식장 위의 그림이 그려진 접시, 창의 커튼, 하나하나 세심하게 관찰하고 있었다. 요시오는 그런 후루카와의 옆얼굴을 지켜보고 있었다. 정말 오랜만에 보는 사위의 얼굴이었다.

후루카와는 마치코와 같은 마흔네 살이다. 마치코와는 고등학교 동급생으로, 삼 년간 책상을 나란히 하고 공부를 한 사이다. 고등학교를 졸업한 후 진로는 달랐지만, 스물세 살 때 동창회에서 만나 사귀게 되어 결혼했다.

식을 올릴 때 마치코는 마리코를 가진 상태였다. 임신 오 개월째였다. 피로연 때 그 사실을 알았다. 신랑 신부의 친구들이 그것을 알고 놀리기도 하면서 축배를 들었는데, 물론 나쁜 일이 아니었지만 신부의 아버지로서 개운치 않은 일이었다. 당시의 사진을 보면 요시오는 어딘지 모르게 어색한 미소를 머금고 있다. 미인이면서 장래가 창창한 외동딸을 둔 아버지의 겸연쩍은 웃음이었다.

그런 사정이 있었기에 당시 요시오나 그의 아내 도시코는 딸의 결혼을 허락하고 말고 할 형편이 아니었다. 오히려 후루카와 시게루가 반드시 마치코와 가정을 꾸릴 의무가 있다는 생각을 하고 있었다. 그는 대기업에 취직해 가정을 꾸려나가기에 충분한 월급을 받는 처지였기 때문에 그런 점에서는 아무런 문제가 없었다. 혼담이 진행되자 젊은 부부는 후루카와가 다니는 회사의 사택에 살림을 차리고 이제 곧 태어날 아기를 맞이할 준비를 하면서 신혼생활에 들어갔다. 그때까지만 해도 아무런 문제가 없었다고 생각했다.

"남의 집에 온 것 같은 표정이로구먼."

후루카와는 퍼뜩 정신을 차리고 요시오 쪽을 돌아보았다.

"아…… 네, 사실 조금 그런 느낌이 들어서요."

후루카와는 손을 뻗어 거실 테이블의 유리를 쓰다듬었다.

"먼지가 앉았군" 하며 요시오는 부엌으로 갔다.

"차를 타올 테니 좀 앉지 그래."

후루카와는 소파 끝에 걸터앉았다. 테이블 위에 놓인 신문을 펼치면서 후루카와가 말했다.

"신문을 끊는 게 좋을 것 같은데요."

"벌써 처리했어. 오늘은 오지 않았을 거야."

"장인어른은 매일 여기로 오십니까?"

"하루 걸러서."

요시오는 찻주전자를 들고 거실로 왔다.

"마치코의 잠옷은 병원에서 빌려주더군. 그렇지만 속옷과 타월은 이쪽에서 가져오라는데, 내가 여자 속옷을 어떻게 알겠어. 그래서 기다 부인이 정리도 해주고 세탁도 해주고 있네."

"죄송합니다."

후루카와는 다시 머리를 숙였다. 요시오는 꽤나 벗어진 그의 정수리를 유심히 바라보았다.

후루카와 시게루는 깡마른 몸매이지만 그리 나쁜 인상은 아니다. 마치코와 결혼할 당시는 선남선녀 커플이라고 부러움 섞인 놀림도 많이 받곤 했다. 마치코는 그런 놀림을 은근히 기뻐하며 남편이 미남이란 사실에 자부심을 느꼈다.

현재의 마치코의 모습에서는 젊은 시절의 그 청순한 모습을 떠올리기 어렵지만, 후루카와는 중년의 고개에 접어든 지금도 누구에게도 뒤지지 않는 매력을 풍기고 있다. 젊은 시절을 상상할 필요도 없을 정도였다. 앞으로 십 년이 지나면 어떻게 될지는 알 수 없는 노릇이지만, 지금으로서는 그렇다.

그것은 마치코도 인정하는 사실이었다.

"그 사람 회사에서 인기가 좋대."

후루카와와 사이가 좋을 때, 마치코는 웃으면서 그런 말을 했었다.

"여직원이 데이트 신청을 하기도 한대. 요즘 젊은 애들은 정말 겁이 없어."

지금 후루카와와 같이 살고 있는 여자는 그보다 열다섯 살 아래다. 후루카와가 자주 가는 클럽에서 일하던 여자라고 한다.

클럽에서 일하기는 했지만, 술집 여자는 아니고 아르바이트를 하는 정도였다고 한다. 요시오는 그 여자를 만난 적도 없고 마치코도 그녀에 대해서는 입을 다물고 있었지만, 마리코가 딱 한번 그 여자에 대해 분개하면서 말한 적이 있다.

"너무 평범한 여자야. 나보다 더 못생겼어. 눈이 튀어나올 정도로 개성적인 것도 아니고, 머리가 좋아 보이지도 않는 그런 여자에게 왜 아빠가 반한 거야?"

그때 요시오는 평범해 보이는 그런 여자가 오히려 요부일 수 있다고 말하려다 그만 입을 다물었다.

미남 후루카와도 이제는 머리가 빠지고 있다. 그 여자와는 잘되고 있을까. 이번 사건은 그들의 관계에 어떤 영향을 끼치고 있을까.

"장인어른, 입원비 말씀인데요."

후루카와의 목소리에 요시오는 퍼뜩 정신을 차렸다.

"아, 그 이야기를 하러 왔었지."

후루카와는 고개를 끄덕였다.

"생각해봤는데, 마치코가 생활비를 받는 계좌를 쓰는 것이 편하실 것 같습니다. 통장하고 카드가 있을 겁니다. 어디 서랍에라도 넣어두었을 텐데요?"

"그 통장을 내가 맡아도 된다는 말인가?"

"예, 그렇게 해주시면 고맙겠습니다."

"자네는 관계하고 싶지 않다는 말인가?"

따지고 싶지 않았기 때문에 그리 강한 어조로 말하지도 않았다. 그러나 후루카와는 눈길을 돌렸다.

"이제 와서 제게 무슨 권한이 있겠습니까. 그렇지만 비용은 그 계좌로 넣어두겠습니다. 지금까지도 매달 월급의 반을 넣었고, 이 집의 융자금도 제가 갚고 있으니 걱정하지 않으셔도 됩니다."

"자네, 병원에는 가보았는가?"

"가봤습니다. 경찰에서 연락을 받고 바로요."

"그럼 마치코는 만났겠구먼."

"예, 만났다기보다는, 유리 너머로 보았을 뿐입니다."

"불쌍하다는 생각은 들지 않던가?"

요시오는 잠시 입을 굳게 다물었다.

"물론 그런 생각이 들었죠. 그런 모습으로 병실에 누워 있었으니까요. 그때는 의식도 찾지 못한 상태였습니다."

"아직도 마찬가지라네."

후루카와는 놀란 표정을 지었다.

"지금도요?"

그랬다. 담당 의사도 걱정스러워했다. 뇌파에는 이상이 없는데 왜 그런지 모르겠다고 고개를 갸우뚱거렸다.

마치코는 눈을 뜨고 싶지 않은 거라고 요시오는 생각했다. 눈을 떠봐야 고통스러운 현실이 눈앞에 있을 뿐이다. 차라리 잠든 채로 있는 것이 편하다.

"마치코가 의지할 사람은 이제 자네뿐이야."

요시오의 말에도 불구하고 후루카와는 고개를 가로저었다. 정중하지만 차가운 말이 흘러나왔다.

"마치코에게는 장인어른이 계십니다. 저보다 더 힘이 되는 장인어른이 아닙니까."

"시게루."

"죄송합니다. 하지만 이해해주시기 바랍니다. 우리는 벌써 이혼하고도 남았을 사이였습니다. 그런데도 아직 별거상태로만 있는 것은……"

"마치코가 허락하지 않아서 그렇다는 말인가?"

표정이 굳어가는 요시오의 얼굴을 똑바로 쳐다보며 후루카와는 단호한 어조로 말했다.

"아닙니다. 마치코는 승낙했습니다. 적어도 제게는 그렇게 말했습니다. 그러나 마리코가 실종된 상황에서 아버지나 되는 사람이 제멋대로 이혼을 해버리면 안 될 것 같아 기다리기로 한 것입니다. 유리에도 양해해주었습니다."

"유리에?"

되물은 다음에 요시오는 깨달았다. 후루카와와 같이 사는 여자의 이름이었다.

"이번 일로 저나 유리에나 잠도 못 잘 만큼 걱정하고 있습니다."

당연한 일이다. 자신의 딸이 행방불명된 지가 백 일이 가까워오고, 겨우 단서가 발견되었나 싶었더니 토막살인사건의 가능성을 풍기는 것이 아닌가. 이런 지경에 두 발 쭉 뻗고 잘 수 있다면 그건 사람도 아니다.

"그러나 우리로서는 어떻게 해볼 도리가 없습니다. 마치코는 장인어른께 맡길 수밖에 없고, 마리코 일은 경찰에 맡길 도리밖에 없습니다. 기다리는 것 외에는 방법이 없습니다."

그렇지만 돈은 어떻게든 마련하겠다고 후루카와는 힘주어 말했다.

"그것만은 저의 의무이니까요. 통장을 찾아보겠습니다. 보험증서도 같이 들어 있을 겁니다."

"됐네."

요시오는 잘라 말했다.

"예?"

"됐다고 했어. 돈은 필요 없네. 자네가 나설 이유도 없고."

"장인어른, 그렇지만……"

"자네가 걱정할 일이 아냐. 마치코의 입원비는 내가 내겠네. 그만 됐으니 돌아가."

요시오는 자리에서 벌떡 일어나서 찻주전자를 들고 부엌으로 갔다. 수도꼭지를 틀었다. 그러나 수돗물 소리도 요시오의 귓속에서 울리는 피 끓는 소리를 지울 수 없었다. 너무 화가 나서 현기증이 날 정도였다.

어제 후루카와가 이 집에서 만나자는 연락을 해왔을 때, 요시오는 떨듯이 기뻤다. 경찰을 통해 연락을 취해서 입장이 난처해진 후루카와가 그것을 빌미로 마치코를 버리지는 않을까 은근히 걱정하고 있었는데, 마치코 일로 의논을 하고 싶다는 그의 말을 듣고 안도의 한숨을 내쉬었던 것이다. 후루카와도 마치코를 걱정하고 있다, 역시 마치코를 버릴 수 없는 것이다, 이번 기회에 부부관계를 회복할지도 모른다, 그런 기대를 품었었다.

그러나 뚜껑을 열어보니 그렇지 않았다. 후루카와의 걱정거리는 돈이었다. 마치, 한푼 줄 테니 빨리 사라져달라며 거지를 쫓아내는 듯한 태도가 아닌가. 마치코와 요시오를 귀찮은 존재로 여기고 있는 게 아닌가.

"장인어른……"

후루카와는 어깨를 늘어뜨리고 일어선 채 요시오를 바라보고 있었다.

"저로서는 이렇게라도 성의를 표하고 싶습니다. 마치코의 입원비만은 제게 맡겨주십시오."

"필요 없다고 하지 않았는가."

"중환자실에 입원했으니 비용이 많이 들 겁니다. 실례의 말씀이지만, 장인어른의 가게 수입만으로는 부담하기가 힘드실 겁니다."

"나도 저축해둔 돈이 있어. 그런 건 자네가 걱정하지 않아도 돼."

내뱉듯이 말하고 요시오는 수도꼭지를 잠갔다. 물이 멈추고 침묵이 찾아왔다.

분노와 함께 비참한 기분이 치밀어 도저히 가만있을 수 없었다. 다리가 후들후들 떨렸다. 그 멍청한 형사 놈을 두들겨패주었듯이 후루카와의 턱을 이가 부러지게 후려치고 싶었다.

"어이, 후루카와."

요시오는 얼굴을 마주하는 자리에서 이런 식으로 사위를 부른 적이 없었다. 늘 '시게루'라고 불렀었다. 그가 마치코와 별거한 후에도 그렇게 불렀다. 그러나 지금은 다르다. 후루카와는 타인보다 더 보기 싫은 존재가 되어버렸다.

"알았으니 마치코 일은 잊어. 그렇지만 마리코는 어떻게 할 건가? 걱정도 안 돼? 자네 딸이야. 그런데도 상관없다는 말인가?"

"왜 마음에 걸리지 않겠습니까."

후루카와의 목소리도 거칠어졌다.

"그러나 경찰에 맡길 수밖에 없지 않습니까. 제가 뭘 어떻게 할 수 있겠습니까. 전들 무슨 수가 있겠습니까."

요시오는 부엌 싱크대를 꼭 붙잡았다. 몸이 떨려서 서 있기도 힘들었다.

"저에게 연락할 일이 있으면 회사로 전화 주십시오."

현관 쪽으로 걸어가면서 후루카와는 그렇게 말했다.

"비서에게도 전화를 잘 받으라고 일러두겠습니다. 유리에가 걱정하니 이 일을 집에까지 가지고 가고 싶지 않습니다. 부탁합니다."

요시오가 갑자기 소리를 벌컥 질렀다.

"집이라니! 자네 집은 여기가 아닌가?"

그러자 후루카와는 발길을 멈추고 뒤를 돌아보면서 말했다.

"여기가 아닙니다."

그러고는 나가버렸다. 정중하면서도 조용하게 문이 닫혔다. 요시오는 부엌에 석상처럼 서 있었다. 싱크대를 두 손으로 잡은 채, 눈을 꼭 감았다. 감긴 눈 뒤쪽에서 분노가 빨갛게 불꽃을 튀겼다. 피 끓는 소리가 귀를 가득 채웠다.

그러나 거기에는 다른 소리가 섞여 있었다. 분노에 휩싸여 경직되어버린 요시오의 뇌가 그 소리를 무시하고 있었던 것이다. 그러나 그 소리는 집요하게 울리면서 그 존재를 증명하려 했다.

요시오는 눈을 떴다.

그 소리는 거실을 가득 채우고 있었다. 어디서 나는 소리인지 몰라 거실 구석구석을 살펴보았다. 빨간 램프가 반짝이고 있었다. 조금 전까지 요시오의 뇌를 가득 메웠던 그 불꽃과 같은 색깔로 점멸하는 램프.

전화였다. 요시오는 급히 부엌을 나섰다.

수화기를 들자, 벨소리는 뚝 그쳤다. 그러나 수화기 저편에서는 아무런 소리도 들려오지 않았다. "여보세요" 하고 요시오는 수화기에 귀를 꼭 붙여보았다. 멀리서 음악 소리 같은 것이 들려왔다. 요시오에게는 귀에 익지 않은, 템포가 빠른 멜로디였다. 가사는 아무래도 영어인 것 같았다. 뭐야, 이건?

"여보세요, 누구십니까?"

그제야 음악이 멈추었다. 그리고 저편에서 미지의 상대가 수화기를 고쳐드는 소리가 들렸다.

"후루카와 마리코 씨 댁입니까?" 하고 상대가 물었다.

요시오는 수화기를 귀에서 떼고 잠시 그것을 바라보았다.

'마리코의 친구인가?'

이상한 목소리였다. 현금지급기에서 기계를 조작할 때 들리는 합성음 같은.

"여보세요?" 하고 요시오는 반복했다.

"죄송하지만 누구시오?"

"후루카와 마리코 씨 댁 맞죠?"

기계가 중얼거리는 듯한 목소리로 상대는 말했다.

"마리코는 지금 없어요. 행방불명이 된 지 석 달이 지났소."

요시오는 다시 수화기를 보았다. 이번에는 미간을 찌푸리고. 장난전화라고 생각했다. 오가와 공원 사건이 보도된 후로 관계자들 집으로 그런 장난전화가 걸려올 수도 있으니 주의하라고 사카기가 말했었다.

"누군지는 모르겠지만, 당신, 쓸데없는 장난 치지 마."

요시오는 단호한 목소리로 말했다.

그러고는 전화를 끊으려 했다. 그러나 수화기 건너편에서 큰 웃음소리가 들려 저도 모르게 수화기를 꼭 붙들었다.

"너무 박정한 거 아냐? 아저씨."

웃음 띤 목소리였다.

"후루카와 마리코 씨 가족들에게 좀 가르쳐주고 싶어서 일부러 전화했는데 말이야. 기분 나쁜데 그냥 끊어버릴까?"

마치 어린아이가 투정을 부리는 듯한 억양으로 이상한 기계음은 말을 이어갔다.

"마리코 씨가 있는 곳을 가르쳐주려고 했는데."

요시오는 몸이 뻣뻣하게 굳는 것 같았다. 황급히 수화기를 귀에다 찍 듯이 눌렀다.

"뭐라고? 당신 뭐라고 했어?"

"그런데 아저씨는 누구지? 내가 지금 누구랑 이야기하고 있는 거야?"

"그러는 당신은 누구요?"

"그건 비밀. 비, 이, 밀."

기계음은 끼끼끼, 하고 웃었다.

"아저씨, 이런 실례가 어딨어. 사람 이름을 물으려면 먼저 자신을 밝 혀야지."

"아, 나, 나……"

너무 흥분한 나머지 요시오는 말이 나오지 않았다.

"난 마리코의 할아버지요."

"그래? 아, 할아버지로군. 그렇지, 할아버지가 두부가게를 한다고 했 었지. 텔레비전에서 봤어. 와이드쇼에서 떠들어대더군. 손님 늘지 않았 어? 사람들은 남의 불행을 구경하기 좋아하니까 말이야."

"당신, 마리코가 어디 있는지 안다고 했지? 마리코는 어디 있나?"

"어이, 어이, 그렇게 서둘지 않아도 돼. 거기에 관해서는 좀 친해진 다음에 말하도록 하지."

다시 수화기를 고쳐잡는지, 잡음이 들려왔다. 그러고는 찰칵하는 소 리가 들렸다.

라이터다. 요시오는 속으로 중얼거렸다. 이놈은 담뱃불을 붙이고 있 다. 건방진 놈.

그러나 여기서 전화를 끊게 해서는 안 된다. 장난전화인지도 모르지만, 그렇지 않을 수도 있다. 확실한 걸 알 때까지는 계속 이야기를 해야한다.

"여보세요, 할아버지? 아직 전화 받고 있어?"

"그래."

요시오는 열심히 생각해보았다. 어떤 식으로 말하는 게 좋을까. 강경하게 나가는 것이 좋을까. 아니면 정중하게 나가는 것이 좋을까. 어떤 말을 해야 이놈의 정체를 밝혀낼 수 있을까.

"할아버지도 늘그막에 정말 고생이 많아."

기계음은 천천히, 여유를 부리며 그렇게 말했다.

"마리코 씨가 없어지지를 않나, 딸은 다쳐서 입원을 하지 않나. 할아버지는 계속 빈집을 지키고 있는 거야?"

"가끔 둘러보러 오지."

"그렇겠지, 장사를 해야 하니까."

끼끼, 하는 이상한 기계음이지만 현금지급기 같은 데서 흘러나오는 기계음과는 달랐다. 합성음에는 이런 억양이나 음조의 변화가 없다. 이 목소리는 보도 프로그램에서 제보자의 신원을 감추기 위해 음성을 변조하는 것 같은 종류의 소리임이 분명하다.

그리고 오가와 사건 때 방송국에 걸려온 전화 목소리가 음성변조기를 쓴 것이었다는 사실이 떠올랐다. 그 목소리의 주인공이 진짜 범인인지, 그냥 장난전화였는지, 보도에서는 단정하지 않았었다. 사카기도 그 점에 대해서는 아무 말도 하지 않았다.

요시오도 방송국에 걸려온 전화의 녹음 음성을 몇 번 텔레비전에서 들었지만, 그 목소리와 지금의 전화 목소리가 같은지 어떤지 판단할 수 없었다. 동일인물일까? 하나 분명한 것은 지금 전화의 주인공도 음성변조기를 사용한다는 것이었다.

"당신, 혹시 방송국에 전화 걸었던 사람인가?"

그러자 상대방은 감탄했다는 듯이 큰 소리로 말했다.

"어, 어떻게 알았어? 할아버지, 머리 좋은데."

상대는 거침없이 인정했다. 그래서 오히려 거짓말처럼 들렸다.

"맞아, 그게 나야. 지금 이 전화로 걸었지."

"목소리를 바꿨군. 기계로 바꾸는 건가?"

"음성변조기를 사용했지. 텔레비전에서도 그렇게 말했을 텐데. 할아버지 정말 대단해, 음성변조기도 다 알고. 나이치고는 신식이네."

놀리고 있다는 걸 알면서도 요시오는 있는 힘을 다해 끓어오르는 분노를 참았다. 화를 내서는 안 된다. 적어도 지금은.

"당신, 정말로 마리코를 알아?"

"왜 그런 걸 물어? 흠, 그렇겠지. 내가 범인을 가장하고 사람들 눈길을 끌려는 게 아닐까 의심하는 거지?"

상대는 웃었다.

"의심은 하지 않지만, 나로서는 알 수 없는 일이지."

"그런가. 그럼 내가 무슨 말을 해도 믿지 않겠는걸. 할 수 없지 뭐."

요시오는 황급히 말을 받았다.

"안 믿는 건 아니야. 이야기를 듣고 싶네, 마리코에 대해서. 당신은 알고 있잖아?"

"물론. 그런데 할아버지, 너무 차가워."

"차갑다고?"

"아까부터 마리코, 마리코, 손녀만 걱정하고 있잖아. 오가와 공원에서 발견된 오른팔의 주인은 마음에 걸리지 않아? 그게 마리코 씨의 팔이 아니라는 것을 알았으니, 적어도 다른 여자 하나가 죽었다는 건 알수 있겠지? 그쪽은 걱정이 안 돼? 너무 사회성이 부족한 것 같은데."

요시오는 눈을 꼭 감고 상대의 도발에 흔들리지 않겠다고, 떨리는 목소리를 내지 않겠다고 있는 힘을 다해 감정을 다스렸다. 그러나 심장만은 어쩔 수 없었다. 가슴은 터져버릴 것처럼 격하게 고동치고 있었다. 다른 한 손은 주먹을 꽉 쥐고 허망하게 허공을 부여잡은 채 떨고 있었다.

이 말 많은 악당 놈을 두들겨패주고 싶었다. 전화선 속으로 들어갈 수만 있다면, 저편으로 갈 수만 있다면, 일 초 만에 목을 비틀어 칼로 잘라버리고 싶었다.

"여보세요, 할아버지? 왜 말이 없어. 반성하는 거야?"

"오가와 공원의 여자, 물론 걱정이 되지."

요시오는 낮게 깔린 목소리로 말했다.

"그 사람에게도 밤에 잠을 못 이루는 가족이 있을 테니까. 마리코를 생각하면 그 가족들 심정을 알지."

"거짓말쟁이로군."

끼끼, 기계음은 내뱉듯이 말했다.

"남의 딸을 자기 손녀하고 똑같이 걱정한다니, 새빨간 거짓말이야."

이놈은 남의 말꼬리를 잡고 늘어지는 재주를 가진 모양이다.

"난 거짓말쟁이를 좋아하지 않아" 하고 기계음은 말했다. 말과는 달리 웃고 있는 듯한 어투였다. 즐기고 있는 것이다.

억지로 감정을 억누르며 요시오는 천천히 말했다.

"당신도 가족이 행방불명되면 나 같은 기분일 거야. 남은 가족들이 얼마나 고통을 당하는지, 뼈에 사무치게 알 수 있지. 이런 기분은 절대로 말로 설명할 수 없어. 나는 말은 잘 못 해. 그렇지만 마리코와 그 공원에서 발견된 여자의 팔이 한순간도 머릿속에서 떠나질 않아. 내가 대신할 수 있으면 대신하고 싶은 심정이야. 이건 거짓말이 아니야."

잠시 침묵을 지켰다가 상대는 웃음을 거두고 말했다.

"할아버지는 마리코를 구하고 싶단 말이지."

여기서 처음으로 전화의 주인공은 '씨'를 생략하고 '마리코'라고 불렀다.

"물론 구하고 싶지. 빨리 집으로 돌아오길 바라. 만일, 만일 죽었다면 시체라도 찾아서 어머니에게 돌려보내고 싶어."

"마리코가 벌써 죽었다고 생각하는 거야?"

"당신, 텔레비전 방송국에 전화해서 그렇게 말했었지? 마리코는 다른 곳에 묻었다고."

"그랬지."

그러고는 꾸꾸꾸, 하고 웃었다.

"그렇지만 내가 사실을 말하는지 어떻게 알아? 그건 거짓말일지도 모르지."

"그건 그래. 당신이 사실을 말하는지 아닌지 몰라. 애당초, 아까 당신이 말했듯이 당신이 그 사건과 마리코의 사건에 정말로 관계가 있는지 없는지 난 알 수 없으니까."

"그걸 알고 싶어?"

"가르쳐줄 건가?"

"힌트 정도는 줄 수 있지. 그렇지만 공짜로는 곤란해."

돈인가? 이놈의 목적은 돈인가?

"얼마를 원하나?"

그러자 끼끼끼, 하고 큰 웃음소리가 들려왔다.

"그건 안 되지, 할아버지가 얼마나 구식인지 알겠군. 금방 돈으로 연결시키니까 말이야. 나라가 가난했던 시절에 청년 시절을 보낸 사람들의 안 좋은 버릇이지."

"그럼 어떻게 하란 말인가."

상대는 잠깐 생각하는 것 같았다. 그러나 그것은 제스처였다. 이미 대답을 생각해두었을 것이다. 요시오에게 무엇을 요구할 것인지를 미리 생각해두었으면서도 일부러 뜸을 들이고 있음이 분명한 듯, 이야기를 꺼낼 때는 마치 거래를 하는 것 같은 말투로 변했다.

"나는 곧 텔레비전 방송국에 전화를 걸 거야. 이번에는 다른 방송국이 좋을 것 같아. 한 군데만 너무 애용하면 불공평하니까."

인기 탤런트나 된 듯한 어투였다.

"이런 말을 하겠어. 오늘밤 뉴스 프로그램에, 물론 생방송으로, 후루카와 마리코의 할아버지를 출연시키라고. 거기서 할아버지가 마리코를 납치한 범인에게 무릎을 꿇고 애원할 거라고."

요시오는 말없이 수화기를 잡은 손에 힘을 넣었다.

"어? 무릎 꿇기 싫어?"

"아니, 꿇고말고. 그 정도는 아무것도 아니야. 정말로 당신이 약속을 지키고 마리코를 돌려주기만 한다면."

"나를 믿어."

"믿고 싶네. 그러나 그것만으로는 신빙성이 없어. 당신이 정말로 마리코가 있는 곳을 안다는 증거를 대봐."

요시오로서는 최대한 머리를 짠 거래였다. 그러나 상대는 꾸꾸꾸, 하고 웃을 뿐이었다.

"할아버지도 제법이군. 멍청이는 아닌 것 같아. 나, 할아버지가 마음에 들었어. 좋아, 거래를 받아들이지."

마치 소풍 계획을 짜는 어린아이처럼 즐거운 목소리였다.

"신주쿠인가……"

"신주쿠?"

"방정맞게 끼어들지 마. 지금 생각중이니까."

요시오는 입을 다물었다. 거실 벽시계를 곁눈으로 살폈다. 오후 다섯 시. 창밖은 아직 밝다. 차소리도 사람 소리도 들려온다.

거기에 비해 요시오가 있는 거실은 너무도 어둡고 조용하다.

문득, 전화기 건너편의 남자인 듯한 이 인물이 전화를 거는 장소에는 불이 켜져 있을 것이라는 생각이 들었다. 어떤 방일까. 처음에 음악 소리가 들린 것으로 보아 스테레오 카세트가 있을 것이다. 그리고 전화, 그리고 담배를 피우고 있으니 재떨이도 있을 것이다. 아니면 맥주나 콜라병을 재떨이 대용으로 쓰고 있는 것일까.

아담한 아파트 방일까, 낡아빠진 연립주택의 단칸방일까. 어쩌면 단독주택의 이층 방이고, 이놈이 계단을 내려가면 일층에서는 그 어머니가 저녁을 짓고 있을지도 모른다. 말투로 보아서는 젊은 것 같으니 충분히 그럴 수도 있을 것이다. 무슨 전화를 그리 오래 하느냐고 어머니가 말한다. 이놈은 친구하고 이야기가 길어져버렸다고 대답한다. 자신이 저지르고 있는 일에 대해서 전혀 내색하지 않고, 겉으로는 평범하고 평화로운 생활을 하고 있다. 회사원? 아니면 학생? 지금 이 단계에서는 설령 이놈과 같은 전철을 타고 같은 역에 내린다 해도 요시오로서는 그것을 알 재간이 없다. 얼굴도 체격도 모르고, 육성조차 들은 적이 없다. 아, 전화선 속에 들어갈 수만 있다면 얼마나 좋을까. 요시오는 탄식했다.

"좋아, 이렇게 하지."

상대의 말에 요시오는 눈을 번쩍 떴다.

"신주쿠에 플라자 호텔이란 데가 있어. 역 서쪽 출구에 있는 빌딩가에. 알아?"

"큰 호텔이면 가보면 알겠지."

"괜찮을까? 할아버지, 슬리퍼 끌고 가면 안 돼. 쫓겨날 테니까."

"알고 있어."

"그 프런트에 내가 메시지를 맡겨두지. 지금부터 준비를 좀 해야겠어. 일곱시, 일곱시에 그 호텔로 와. 너무 빨리 오면 안 돼. 할아버지가 거기서 어슬렁거리면 내가 어떻게 메시지를 남길 수가 있겠어. 그러니까 시간 엄수! 그걸 보면 다음에 할 일을 알 수 있을 거야."

"그것뿐인가?"

"한꺼번에 말 많이 하면 할아버지가 모를 텐데. 친절하게 말할 때 잘 들어. 아, 그리고 충고해두겠는데, 반드시 할아버지 혼자 올 것. 경찰을 데리고 오면 이 거래는 끝."

웃음을 머금은 목소리로 상대는 즐거운 듯이 말했다.

"할아버지가 신주쿠 거리에서 길을 잃지 않도록 기도할게. 소매치기 조심해. 그럼, 수고."

그런 말을 남기고 상대는 전화를 끊어버렸다. 불러도 소용이 없었다. 요시오는 손 위에서 무기질의 신호음만 내뿜는 수화기를 내려다보았다. 갑자기 수화기가 차갑고 혐오스러운 짐승처럼 느껴졌다.

신주쿠 플라자 호텔은 역 서쪽 출구에서 택시로 오 분 거리에 있었다. 전화의 주인공이 충고한 대로, 요시오는 폴로셔츠 위에 재킷을 걸치고 구두를 신었다. 그래도 금색과 백금색으로 화려하게 장식된 넓은 로비를 가로질러 걸어가는 요시오의 모습은 다른 사람들의 시선을 끌기에 충분했다. 프런트를 향해 나아가는 사이에 몇 명의 손님들이 호기심 어린 눈길을 던졌다.

시각은 정확히 일곱시. 요시오는 혼자였다. 약속을 지켰다.

물론 많이 망설였다. 뱃속에서 타들어가는 듯한 초조감에 휩싸여 망설이고 또 망설였다. 사카키에게 연락해볼까, 특별수사본부에 알려야 할까. 몇 번이나 수화기를 들었다 놓았다. 그러나 결국은 그만두고 말았다. 만일 악질적인 장난전화였다면 경찰의 귀중한 시간을 허비하게 만들 뿐이다. 만일 진짜 범인이 건 전화였다면, 범인의 요구였다고 한다면, 요시오는 약속을 어김으로써 실낱같은 단서를 잃고 말 것이다. 그보다 더 무서운 것은 요시오가 약속을 지키지 않아 화가 난 범인이 아직 살아 있을지도 모를 마리코의 목숨을 거두어버리는 것이었다.

일찍 호텔 로비로 가서 프런트를 지켜볼까 하는 유혹에 사로잡히기도 했다. 그러나 상대는 요시오를 알고 있을 것이었다. 할아버지가 로비에서 어슬렁거리면 메시지를 남길 수 없다는 말이 단순히 겁을 주기 위한 것이 아니라면? 그렇다면 요시오가 마리코를 죽이는 꼴이 되고 만다.

그렇게 생각하니, 아무리 다급해도 일단은 상대의 말을 들어주어야 할 것 같았다. 요시오로서는 선택의 여지가 없었다.

카운터에 이르러 숨을 헐떡이며 요시오는 가장 가까이 있는 유니폼 차림의 프런트 담당에게 말을 걸었다.

"저, 죄송하지만, 누가 여기 편지를 맡겨두겠다고 했는데, 혹시 없습니까?"

프런트 담당은 눈꼬리에 친절한 웃음을 머금은 젊은 남자로, 흐트러진 요시오의 모습에도 동요하지 않고 침착하게 대했다.

"실례지만 손님 성함은?"

"아리마, 아리마 요시오라고 합니다."

"아리마 씨……"

프런트 담당은 카운터 아래에서 카드 같은 것을 뒤적이더니 손을 멈추었다.

"아리마 요시오 씨."

프런트 담당이 요시오의 얼굴을 다시 흘끗 보고는 봉투 하나를 내밀었다.

"여기 있습니다."

요시오는 카운터 안으로 얼굴을 밀어넣고 빼앗듯이 그 봉투를 받아들었다. 손이 떨렸다.

평범한 하얀 봉투였다. 겉에는 워드프로세서로 출력한 '아리마 요시오 앞'이라는 글자가 찍혀 있었다. 발신인란은 공백이고, 풀로 붙여 봉한 다음 그 위에 빨갛고 커다란 하트 마크를 그려넣었다.

요시오는 바로 뜯어보려 했지만, 봉투가 질겨서 땀에 젖은 떨리는 손으로는 뜯을 수 없었다. 봉투의 주둥이는 심하다 싶을 정도로 풀로 범벅이 되어 있었다. 보다 못한 프런트 담당이 나섰다.

"가위를 드릴까요?"

"아, 고맙소. 잠깐 빌려주시오."

은색 가위로 조심스럽게 봉투 끝을 잘랐다. 안에는 편지지 한 장이 네 겹으로 접혀 있을 뿐이었다. 요시오는 그것을 꺼냈다.

편지지 한복판에 똑같은 워드프로세서 글자로 이렇게 적혀 있었다.

"이 호텔 바에서 기다릴 것. 여덟시에 연락함."

요시오는 그것을 두 번 읽었다. 세번째 읽은 다음 얼굴을 들었다. 프런트 담당이 아직도 요시오를 바라보고 있었다.

"바는 몇층에 있습니까?"

"메인 바 '오라시온'은 꼭대기 이십사층에 있습니다."

"엘리베이터는?"

"오른쪽 구석에 직통 엘리베이터가 있습니다."

요시오는 바로 그쪽으로 가려 했다. 그러나 그때 중요한 것이 떠올라 발걸음을 멈추고 프런트 쪽을 돌아보았다.

"저, 이 편지 말입니다. 어떤 사람이 전해주었습니까?"

"예?" 하고 상대는 고개를 갸웃했다.

"이 메시지를 전한 사람이 누구냐는 말씀이신가요?"

"예, 예."

요시오는 몇 번이나 고개를 끄덕였다.

"몇신지, 어떤 사람인지, 아마도 젊은 남자였을 것 같은데……"

프런트 담당의 얼굴에 언뜻 그늘이 스쳤다.

"잠깐 기다려주십시오. 제가 받은 게 아니라서. 물어보겠습니다."

"고맙습니다. 정말 고맙습니다."

요시오는 너무 머리를 숙이다가 벗어진 머리 꼭대기를 카운터에 부딪히고 말았다. 한쪽 끝에서 컴퓨터를 조작하고 있던 프런트의 여자가 웃음을 참느라 손으로 입을 가렸다. 마리코 또래 정도로 보이는 여자였다. 요시오가 눈길을 던지자 여자는 웃음을 거두고 눈길을 돌렸다.

프런트 끝으로 가서 카운터에 매달리듯 하면서 기다리고 있자니, 몇 명의 손님이 카운터로 와서 열쇠를 받기도 하고, 서류를 작성하기도 하고, 종업원에게 짐을 맡기고 객실로 향하기도 했다. 고급 양복을 입은 회사원, 화사한 원피스 차림의 젊은 여자. 시선을 로비 쪽으로 돌려보니, 즐겁게 이야기를 나누고 있는 사람들, 서류가방을 발아래 놓은 채 소파에 깊이 몸을 묻고 담배를 피우는 신사. 로비 구석의 라운지는 조명을 줄이고 테이블마다 촛불을 켜두었고, 곧 피아노 연주가 시작되었다. 자리 여기저기에 앉은 손님들의 모습은 느긋해 보였다.

깨끗하고 사치스러운, 세상 걱정이라고는 찾아볼 수 없는 풍경이었다. 요시오는 멍하니 그 비현실적인 풍경을 바라보며, 자신이 지금 무얼 하고 있는 건가 하고 생각했다. 갑자기 피로가 밀려왔다. 평소 이런 고급 호텔에 와본 적이 없었다. 아리마 두부의 거래처 중에는 자그만 일본식 여관은 있지만 호텔은 없다. 두부조합 모임 때 이용하는 호텔도 아사쿠사나 아키하바라 부근의 소박한 호텔이다.

그 전화의 주인공은 요시오가 이런 고급스러운 호텔과는 어울리지 않는다는 것을 잘 알고 있다. 슬리퍼를 신고 가지 말라고 하지 않았던가.

조금 전의 프런트 담당이 돌아왔다. 스무 살 정도 되어 보이는 다른 남자 종업원이 그 뒤를 따라오고 있었다. 같은 호텔 유니폼을 입고 있지만, 가슴에 단 배지 색깔이 달랐다.

"많이 기다리셨습니다."

프런트 담당은 요시오에게 고개를 숙이더니 옆에 선 젊은 종업원을 손으로 가리켰다.

"이 직원이 받은 것입니다."

그 봉투를 전해받은 종업원이 말했다.

"여고생이었습니다."

요시오는 자신의 귀를 의심했다.

"예?"

"아리마 씨 맞으시죠? 편지를 가지고 온 사람은 여고생이었습니다. 교복을 입고 있었으니까 틀림없습니다."

"여고생……"

"예, 한 오 분 전에 왔을 겁니다."

요시오는 얼이 빠져버렸다. 오 분 전이라면 거의 동시에 들어선 것이 아닌가. 혹시 호텔 입구에서 그 여고생과 스쳤을지도 모른다.

"그 여고생, 어느 학교인지 압니까?"

"글쎄요……"

젊은 종업원은 고개를 갸웃하고는, 무슨 생각을 하는지 빙긋 웃었다.

"교복은 어느 학교건 똑같아 보이니까요."

"학교 배지라든지, 그런 건 못 봤습니까?"

"그런 걸 알아서 뭘 하시려고요?"

젊은 종업원은 웃음 띤 얼굴로 요시오를 바라보며 되물었다. 컴퓨터 앞의 여자 직원도 입을 가리며 웃었다.

"그럴 사정이 좀 있습니다. 꼭 알 필요가 있습니다."

"알 수 없습니다."

젊은 종업원은 단정적으로 말했다.

"여기 머무는 고객이라면 알 수 있겠지만, 그렇지 않으면 알 길이 없습니다."

처음의 카운터 담당이 그 젊은 종업원에게 나무라는 듯한 시선을 던졌다.

"도움이 못 되어드려 죄송합니다."

"아니오, 괜찮습니다."

요시오는 고개를 저었다. 포기하는 수밖에 없을 것 같았다. 프런트 쪽을 향해 인사를 하고 로비 중앙으로 걸어갔다.

"아, 바로 가시려면 반대편 엘리베이터를 타세요."

프런트 담당은 마지막까지 친절하게 말했다. 요시오는 서둘러 방향을 틀었다. 프런트에서 참았던 웃음을 터뜨리는 소리가 들려왔다. "변태인가봐"라고 중얼거리는 낮은 목소리가 들려왔다. 일부러 요시오가 들으라고 하는 말임이 분명했다.

꼭대기 바에서도 개밥에 도토리가 된 기분이었다. 사람들의 눈길이 자신에게만 향하는 것 같아 견디기 힘들었다. 뭘 주문하면 좋을지 몰라 망설이다가 '위스키'라고 했더니 듣도 보도 못한 위스키 이름을 죽 늘어놓았다. 할 수 없이 맨 처음 들은 것으로 했다.

못 올 곳을 온 것 같은 어색한 기분이야 어쩔 수 없지만, 그보다는 정신이 혼란스러워 사람들의 호기심 어린 시선이나 웨이터의 거만한 태도 따위는 눈에 들어오지도 않았다. 그럴 여유가 없었던 것이다.

'여고생이라고?'

품속에 넣어둔 편지를 꺼내 다시 읽어보았다. 단정한 워드프로세서 글자, 명령조의 문장. 아리마 요시오 '앞'이라는 무례한 용어. 전화로 들었던 끼끼, 하는 기계음의 주인공답다는 생각이 들었다. 그러나 이 편지를 전한 것은 여고생이라고 한다.

'한패거리일까?'

그 전화의 주인공은 아무리 생각해도 남자. 아무리 목소리를 갈고 다듬어도 말투를 들어보면 알 수 있다. 요시오는 오랜 세월 장사를 해왔다. 많은 사람들을 보았다. 개중에는 희한한 행동을 하는 인간도 있었다. 특히 최근 오륙 년 동안, 언뜻 봐서는 나이도 성별도 알 수 없는 인간이 늘어났다.

그래도 오랜 세월의 감으로 알 수 있다. 요시오는 직감적으로 알 수 있었다. 그 목소리는 남자. 그렇다면 그는 혼자가 아니라, 다른 협력자를 두고 있을지도 모른다. 그것도 여고생. 그들이 정말로 마리코의 실종이나 오가와 공원 사건에 얽혀 있다면, 요새 여고생 가운데 유괴나 살인, 시체유기 등에 관련된 사람도 있다는 말이다.

문득 마리코의 고등학교 시절을 떠올렸다. 마리코가 입학한 사립여고도 세일러복을 입었는데, 요시오가 보기에는 옷깃이 속으로 너무 파였고 스커트 길이도 너무 짧았다. 마리코에게 직접 말하기가 뭣해서 마치코에게 물어보니 자기도 그런 생각이 든다고 했다.

"그렇지만 최근에는 어느 학교든 교복에 신경을 쓴대. 마리코 학교의 교복도 유명 디자이너가 만든 거라던데."

그래서 쓸데없이 비싸기만 했다고 마치코는 웃으면서 말했다.

그 세일러복은 마리코에게 잘 어울렸다. 마치코가 보내준 입학식 사진을 사무실 책상 서랍 안에 넣어두었다. 기다가 그 사진을 보고는, 너무 예쁘다며 크게 뽑아서 벽에 걸어두는 게 어떻겠냐고 했다.

테이블 위에 놓인 온더록스의 얼음이 녹으면서 찰랑하는 소리를 냈다. 요시오는 시계를 보았다. 바에 들어온 지도 삼십 분이 더 지났다.

여덟시에 연락한다고 했다.

아마도 전화를 걸어올 것이다. 그런데 왜 한 시간이나 뜸을 들이는 것일까. 사람을 초조하게 만들면서 즐기는 것일까. 가까운 곳에서 은밀히 관찰하면서 말이다.

요시오는 고개를 번쩍 들고 주위를 둘러보았다. 바 안은 어두컴컴하고, 관엽식물과 칸막이 때문에 시야가 막혀 있었다. 요시오는 카운터맨 끝 종업원들이 오가는 곳에서 가장 가까운 자리에 앉았다. 여기서는 사방을 잘 둘러볼 수 없다. 그러나 박스석 쪽에서 요시오를 관찰하기는 어렵지 않다. 바란 곳은 모두 이런 식으로 되어 있는 것일까.

이렇게 앉아 있는 건 시간 낭비에 지나지 않는다. 젊은 커플, 비즈니스맨, 외국인, 설령 그런 사람들 가운데 전화의 주인공이 앉아 있다 한들 요시오는 알 수가 없다. 그냥 녹아가는 얼음을 바라보며 시간이 지나가기를 기다릴 수밖에 없다.

어디 사는 누구든, 그 전화의 주인공은 적어도 철저한 시간감각을 가진 인물인 것 같았다. 요시오의 손목시계가 여덟시 이분을 가리켰을 때, 바의 구석 어딘가에서 전화벨이 울렸다. 요시오는 긴장했다. 이윽고 웨이터가 조용한 목소리로 이름을 불렀다.

"아리마 씨, 아리마 씨, 전화 받으세요."

요시오가 손을 들고 자리에서 일어서자 그 웨이터는 눈을 동그랗게 떴다. 정말 당신이냐는 듯한 표정.

웨이터가 무선 수화기를 들고 왔다.

'통화'를 나타내는 빨간 램프가 깜빡이고 있다. 이런 전화기는 사용해본 적이 없어 요시오는 몹시 긴장했다. 잘못 만지다가 전화가 끊어지면 어떡하나 하는 생각이 들었다.

"통화 버튼을 누르세요. 그리고 말씀하시면 됩니다."

요시오는 웨이터가 가르쳐주는 대로 버튼을 누르고 수화기를 귀에 댔다.

"여보세요?"

낮은 목소리로 불렀다.

그 기계음이 들려왔다. 아까 전화와는 목소리가 조금 달랐다.

"어이, 할아버지. 재미 좋아? 용케도 호텔을 찾은 모양이네."

목이 말라붙어 금방 목소리가 나오지 않았다. 요시오는 헛기침을 했다.

"그래, 바에 있어. 편지에 적힌 대로 했어. 다음은 어떻게 하면 되나?"

"뭘 마시고 있어?"

"위스키."

"멋이 없군."

기계음은 웃었다.

"아, 내가 잊었군. 뭘 주문하면 되는지 미리 말해둘걸. 할아버지가 핑크레이디 같은 걸 주문하면 웨이터도 깜짝 놀랄 텐데 말이야."

"그건 그렇고……"

"그렇게 서둘지 마. 할아버지, 거기 분위기는 편해?"

"이런 데는 와본 적이 없어서 가시방석이야."

"그렇겠지. 흠, 알았어?"

"뭘?"

"요즘 시대는 폼나고 그럴듯한 멋이 있어야 살아갈 수 있는 거야. 할아버지처럼 나이 든 늙탱이는 살아갈 가치도 없어."

요시오는 입을 다물었다. 전화의 주인공이 흉포한 사고방식을 가지고 있음을 분명히 느낄 수 있었다.

"그런 일류 호텔에서는 할아버지를 상대도 안 해주지. 좋은 경험이 됐지?"

"당신, 내게 뭘 원하는 거야?"

"아무것도. 그냥 사회 공부를 좀 시켜주고 싶었을 뿐이야."

"여고생이 편지를 전해줬다고 호텔 사람이 말하던데, 당신 동료인가?"

그러자 상대는 폭소를 터뜨렸다.

"그건 할아버지를 즐겁게 해주기 위한 장치였지. 마음에 들었어?"

"그보다는 다음에 뭘 하면 되는지 말해. 여기서 그냥 전화만 받고 있을 수는 없으니까."

"생각이 바뀌었어."

전화의 주인공은 냉랭하게 말했다.

"할아버지와 노는 건 여기서 끝. 지금 바로 마리코의 집으로 돌아가. 거기서 우물쭈물하다가는 웨이터에게 쫓겨나고 말 테니까."

그러고는 전화를 끊어버렸다.

요시오는 극심한 피로와 실망감으로 맥이 빠져버렸다. 그저 장난질에 놀아나고 있는 것뿐일까. 아니면 사건과 관계되는 인물과 접촉하고 있는 것일까. 그것조차 파악하지 못했으니 시간만 낭비하고 말았다. 그런 생각을 하니 자신의 어리석은 행동에 화가 치밀었다. 호텔로 가라는 지시를 받았을 때 사카기에게 연락을 해서 같이 왔어야 했는지도 모른다. 혼자서 행동하는 게 아니었다. 사카기라면 보다 현명하게 대응해서 상대를 유도할 수 있었을지도 모르지 않는가.

집으로 돌아가야겠다고 생각했다. 호텔에서 택시를 타고 운전사에게 행선지를 말할 때까지는 그렇게 생각했다. 푹 쉬고 싶었다. 그러나 머릿속에서 지우려야 지울 수 없는 전화 목소리의 한마디가 마음에 걸렸다.

'바로 마리코의 집으로 돌아가.'

'집으로'가 아니라 '마리코의 집으로'라고 했다. 놈은 마리코의 집이 요시오의 집과 다르다는 것을 알고 있다. 알면서 그런 말을 하는 데는 어떤 의미가 있음이 분명하다.

"기사 양반, 미안하지만 히가시나카노로 가주시오."

마리코의 집 앞에서 택시를 내려 요시오는 서둘러 현관문 쪽으로 달려갔다. 불은 여전히 켜져 있었다. 문 열쇠에는 이상이 없고, 창도 닫혀 있었다. 다시 이쪽으로 전화를 걸어올까? 요시오는 서둘러 문을 열려고 했다.

그때, 문 옆의 우편함에 봉투가 꽂혀 있는 것이 보였다. 집을 나설 때는 없던 것이었다.

요시오는 봉투를 꺼냈다. 호텔에서 받은 것과 똑같은 것이지만 종이 말고도 뭔가가 들어 있는 것 같았다. 봉인하지도 않았다. 요시오는 봉투를 열었다.

네 번 접은 편지지 한 장과 여자의 손목시계 하나. 검은 가죽끈이 달린 화사한 세이코 시계.

생각해볼 것도 없었다. 요시오는 그 시계를 기억하고 있었다. 올봄, 취직 선물로 그가 마리코에게 사주었던 것이기 때문이다. 뒷면에 마리코의 이름이 새겨져 있었다.

시계를 뒤집어 불빛에 비추어보았다.

'M. Furukawa'

편지지에는 워드프로세서 글자가 찍혀 있었다.

'이제는 내가 진짜라는 걸 알겠지?'

8

다케가미 에쓰로는 사진을 노려보고 있었다.

확대경을 오른손에 들고, 코끝을 사진에 갖다댄 채 눈을 부라리고 있었다. 부하인 시노자키도 옆에서 같은 포즈를 취하고 있고, 두 사람은 때로 다른 사람은 알아들을 수 없는 말을 주고받고 있었다.

"천川자가 아닐까요?"

"내 천자?"

"예."

"글쎄, 획수가 더 많은 것 같기도 해. 가로선이 더 많아 보이지 않아?"

"그건 그래요. 그건 이 옷감의 올이 아닐까요? 가느다란 줄무늬 같은 거요."

"옷감 자체가 골지면 같은 것인지도 몰라."

"그럴 수도 있겠네요."

"그렇지만 그런 걸 유니폼에 쓸까? 유니폼 옷감은 대체로 얇지 않나?"

"흠……"

특별수사본부로 바뀐 강당 바로 옆의 좁은 회의실이었다. 테이블 위에는 사진이 무수히 흩어져 있고, 파일도 겹겹이 쌓여 있었다. 정리가 끝난 사진은 번호를 붙여 책상 끝에 정리되어 있었다.

이 사진들은 아마추어 사진가가 오른팔이 발견된 전날 오가와 공원을 찍은 것들이다. 다케가미가 고집 센 그 사진가를 찾아가 한참이나 설득한 끝에 필름을 빌린 것은 사건 다음날이었다. 그 필름을 현상해 우선 화면에 찍힌 차량번호를 모두 정리하여 조회하고, 사진 분석에 들어갔다.

두 사람이 지금 목을 빼고 살피고 있는 사진은 오가와 공원에 있던 문제의 쓰레기통 바로 곁에 서 있는 젊은 여자를 찍은 것이었다. 바로 앞은 코스모스 화단이고, 여자는 그 건너편에 있어서 상반신밖에 보이지 않는다. 다만, 그녀가 입고 있는 옷이 언뜻 보아도 회사 유니폼으로 보이는 베스트슈트이고, 가슴에 회사 이름이 새겨져 있는 것 같아 보였다. 그래서 다케가미와 시노자키는 그 회사 이름을 읽어내려고 애를 쓰고 있는 것이다.

왜 이 여자의 정체를 밝히는 것이 그렇게 중요할까? 그것은 사진 속의 그녀가 문제의 쓰레기통 쪽으로 접근하려는 듯이 보이는 검은 그림자와 같이 찍혀 있기 때문이다. 애석하게도 그 사람은 나무 그늘에 가려져 있는데다 초점도 맞지 않아 사진으로는 복장이나 나이, 머리 모양, 성별 등을 판별할 수 없다. 대충 키가 백육십에서 백칠십 사이라는 정도만 추정할 수 있을 뿐이다.

하지만 막연하기 짝이 없는 모든 정보들에도 불구하고 확실히 흥미를 끌 만한 어떤 요소들을 그 그림자는 가지고 있었다. 핀트가 맞지 않는 그 인물은 왼손에 분명히 갈색 종이가방으로 보이는 어떤 물건을 들고 있었다. 그리고 그 인물은 그 쓰레기통을 향해 걸어가고 있는 것처럼 보였다.

이 사진이, 오른팔이 그 쓰레기통에 투기되기 직전의 장면을 찍은 사진이라고 판단하기에는 아직 이르다는 것이 다케가미의 생각이었다. 그런 절묘한 우연의 일치가 있을 리 없다는 상식이 그런 판단을 가로막

있다. 다만, 가끔은 생각지도 않은 형태로 전개되는 것이 바로 수사라는 것을 오랜 세월 체험해온 다케가미로서는, 이 사진이 담고 있는 장면을 그냥 지나칠 수는 없었다.

사진을 찍은 아마추어 사진가는 촬영 당시 프레임 속에 들어온 젊은 여성과 정체불명의 인물을 기억하고 있느냐는 질문에 화를 냈다고 한다. 나는 인물을 찍은 게 아니라 코스모스를 찍은 것이라고.

"사람을 왜 봐요. 나는 인물을 찍지 않아요. 싫어하니까."

그래서 공원 주변의 탐문수사 결과와 그 사진 자체에 기록된 정보만을 근거로 삼을 수밖에 없었다. 한 장은 컴퓨터로 분석을 의뢰했지만 아직 결과가 나오지 않은 상태이다. 그래서 다케가미는 확대경을 한 손에 들고 원시적인 방법으로 조사하고 있는 것이다.

여자의 가슴에 새겨진 글자를 읽을 수 있다면, 신원을 밝히는 건 그리 어렵지 않을 것이다. 일련의 사진은 사건 전날, 즉, 9월 11일 오후 세시에서 여섯시 사이에 걸쳐 촬영된 것이라고 한다. 평일 그 시간대라면 회사 근무시간이다. 유니폼을 입은 이 여자도 그리 멀지 않은 곳에서 오가와 공원에 왔을 것이다. 아마도 회사 일로 외출해서 공원을 지나고 있었거나, 잠시 땡땡이를 쳤을지도 모를 일이다. 그 부근의 회사에 근무하는 여자일 가능성이 매우 높다.

"가와시게川繁, 라고 읽을 수도 있을 것 같은데요?"

"'시게루'의 번繁자란 말이지."

"그렇습니다. 가와시게. 중장비 회사일까요? 아주 복잡한 한자군요."

그때 회의실 문을 노크하는 소리가 들렸다. 다케가미가 대답하자 문이 열리면서 아키쓰가 얼굴을 들이밀었다.

"조사가 끝났습니다. 테이프를 가지고 왔습니다."

"아, 고마워."

아키쓰는 문고리를 잡은 채 몸을 반쯤 회의실 안으로 들이밀고 목소리를 낮추었다.

"선배님, 만나보실래요?"

"누구?"

"누구긴요, 할아버지죠. 역시 직접 이야기를 들어보는 게 대화를 재현하는 데 좋지 않을까요?"

다케가미는 벽시계를 올려보았다. 화요일 오후 두시가 지나고 있었다.

"할아버지는 아직 계시나?"

"예, 취조실에 있습니다."

"경부는 뭐라고 해?"

"선배가 만나고 싶다면 그렇게 하라고 했습니다" 하고 아키쓰는 미간을 찌푸렸다.

"할아버지, 아주 얼이 빠지셨어요. 무리도 아니죠. 보기에도 너무 안됐습니다."

다케가미는 망설였다. 둔감한 아키쓰가 불쌍하게 생각할 정도로 지친 사람을 만나기는 싫었다. 유족이나 사건 관계자의 얼굴을 직접 보지 않아도 된다는 것이 다케가미가 데스크 일을 선호하는 이유 중의 하나였다.

"호텔과 후루카와 씨 댁 수사는 진행되고 있겠지?"

"예, 저도 이제 현장으로 가야 합니다. 플라자 호텔 말입니다. 편지를 전하러 온 여고생을 밝혀내야 하니까요."

"범인은 아주 주도면밀한 놈이야" 하고 다케가미는 말했다.

"그 여고생은 아마도 역에서 범인의 부탁을 받았겠지. 돈을 조금 받고 말야."

"저도 그렇게 생각합니다. 한패는 아닐 겁니다. 그래도 범인과 직접 접촉했으니까, 소중한 증인이지요."

아키쓰는 험악한 표정으로 손에 든 카세트테이프를 바라보았다.

"이걸 들으면 울화통이 치밀어서…… 놈은 칠십이 넘은 노인을 완전히 가지고 놀고 있어요."

어제의 일이다. 오가와 공원 사건과 관련이 있을 것으로 보이는 실종자 후루카와 마리코의 집에 사건의 범인으로 보이는 인물에게서 전화가 걸려왔다. 마침 거기에 있던 마리코의 할아버지가 전화를 받고 범인의 요구에 따라 행동을 했지만, 결국 범인의 정체를 밝히지는 못했다.

하지만 큰 수확이었다. 후루카와 마리코의 할아버지가 집에 돌아와 보니, 그녀의 손목시계가 우편함에 들어 있었던 것이다.

이건 범행 선언이나 다름없다. 오가와 공원의 오른팔과 후루카와 마리코의 실종이 관련이 있으며, 동일범 또는 동일 범행 그룹의 소행인 것으로 단정할 수 있게 되었다.

다케가미는 후회스러웠다. 후루카와 마리코의 집 전화에 녹음기를 달아두었어야 했다. 방송국에 전화가 온 다음 언뜻 그런 생각이 들었을 때, 즉시 간자키 경부에게 말해두었어야 했다. 그러나 후루카와 마리코의 집은 어머니도 입원해서 비어 있다고 했고, 텔레비전에도 보도되었기 때문에 범인이 그쪽으로 접촉해올 가능성은 희박하다고 생각하고만 것이다.

다케가미가 플라자 호텔의 해프닝을 알게 된 것은 어젯밤이었다. 즉시 잠깐 눈을 붙이고 있던 시노자키를 깨워 둘이서 오가와 공원 사건 발생 이후의 모든 보도 프로그램, 뉴스쇼, 와이드쇼를 녹화한 비디오를 하나하나 살펴보았다. 그 결과 어느 곳에서도 후루카와 마리코의 아버지 이름을 보도하지 않았다는 것, 집이 히가시나카노라고 알리지 않았다는 것, 마리코의 할아버지가 아무도 없는 딸의 집에 간 사실도 보도되지 않았음을 확인했다.

그렇다면……

범인은 어떻게 그 집의 전화번호를 알았을까? 가장 가능성이 높은 것은 마리코가 그런 정보가 적힌 뭔가를 소지하고 있었고, 그것이 범인의 손으로 넘어간 경우이다. 여기에 대해서는 입원중인 마리코의 어머니가 아직 조사에 응할 수 없는 상태라 불확실한 부분도 있다. 하지만, 마리코의 방 책상 서랍에서 그녀의 건강보험증이 나왔다. 그녀는 아직 운전면허를 가지고 있지 않다. 근무처인 은행 사원증에는 사원 개인의 주소나 전화번호는 기재되어 있지 않다. 마리코의 방 책상 서랍에는 작은 전자수첩도 있었다. 친구들의 개인 정보가 꼼꼼히 입력되어 있고, 그녀의 방에 있는 전용전화의 전화번호와 암호도 들어 있었다. 아마도 평소에는 늘 소지하고 다녔을 것이다. 실종 당일은 우연히 잊어버리고 갔을 것이다. 또한 범인은 그녀의 정기권 케이스를 오가와 공원에 버렸다. 즉, 버리기 전에는 그것을 가지고 있었던 셈인데, 정기권에는 이름, 나이, 성별은 기재되어 있지만 주소는 적혀 있지 않다. 그 외에 집 주소가 기록된 것 가운데 젊은 여자가 소지할 만한 것은 없다.

다음으로 생각할 수 있는 것은, 히가시나카노의 후루카와 시게루라는 이름을 대고 114에 문의하는 것이다. 후루카와 시게루는 세대주이므로 당연히 그의 이름으로 전화번호가 등록되어 있을 것이다. 그러나 후루카와 마리코의 아버지 이름이 보도되지 않았으므로, 범인은 이 방법으로는 전화번호를 찾아낼 수 없다. '후루카와'라는 성만으로 주소를 정확히 말하고 전화번호를 조회하는 방법도 마찬가지이다. 범인이 사전에 마리코의 집 주소를 모르고 있었다면 이런 방법은 불가능하다.

다만, 이 경우에는 두 가지 예외가 있다. 하나는 범인이 마리코와 아주 친한 관계일 때. 또하나는 범인이 마리코를 살해하기 이전에, 또는 감금중에 그녀로부터 개인 정보를 알아냈을 때.

다음으로는 나카노 구의 '후루카와'를 전화번호부에서 찾고 하나하나 전화를 걸어 해당되는 집을 찾는 경우이다. 그러나 특별수사본부가 똑같은 방법으로 시험해본 결과, 나카노 구내의 다른 '후루카와'의 집에 그런 전화는 한 통도 걸려온 적이 없었음이 판명되었다.

특별수사본부에서는 오늘 아침 일찍부터 후루카와 마리코의 집 부근에 많은 인원을 풀어 집중적으로 탐문수사를 벌이고 있다. 어젯밤 플라자 호텔 건은 시계를 가져다놓을 동안 마리코의 할아버지를 집에서 멀리 떼어놓기 위한 트릭이라고 판단했기 때문이다. 범인 또는 범인 그룹은 어제 오후 여섯시 이십분에서 여덟시 사이에 후루카와 마리코의 집에 들렀다. 목격자의 증언을 얻을 수만 있다면 수사는 크게 진전될 것이다. 다케가미는 그런 보고서나 조사가 올라오기만을 기다리고 있었다.

다케가미는 바로 옆에 있는 파란색 파일을 집어들었다. 다른 많은 파일들과는 달리 이것만은 제목을 달지 않았다. 예의 텔레비전 방송국에 걸려온 전화를 비롯해 이번 사건과 관련해 보도기관이나 특별수사본부에 전달된 다양한 일반 정보들, 자기가 사건을 저질렀다는 어떤 취객의 고백에서 이웃집 재수생이 수상해 보인다는 주부의 통보까지 모든 것을 워드프로세서로 문서화하여 정리해둔 것들이다. 이제는 이 파일을 둘로 나눌 때가 왔다. 하나는 장난에 가까운 정보, 또하나는 방송국에 걸려온 전화를 비롯해 지금 아키쓰가 가져온 테이프에서 기록한 문서를 정리해 제목을 붙인 파일.

'사건 관계자의 간접적인 접촉'.

"만나볼까······"

파일을 보면서 다케가미가 말했다.

"할아버지 말입니까?"

"응, 자꾸 할아버지, 할아버지 하면 실례니까 이름을 부르도록 하지, 뭐라고 했더라?"

"아리마 씨입니다. 아리마 요시오. 불러오겠습니다."

아키쓰가 사라지자 시노자키가 말했다.

"저도 들어볼까요?"

"흠, 기록을 해줘. 우리도 테이프를 돌리도록 하지."

"예, 알겠습니다. 준비하겠습니다. 그리고 이건 어떡할까요?"

사진 건이다.

"자네에게 맡기지. 일단 '가와시게'로 보고, 중장비 회사를 조사해보라고 본부에 보고하도록 해."

"중장비 쪽은 자신이 없지만, '가와시게'인 것만은 확실한 것 같습니다."

"그럼 한번 해봐."

시노자키가 안경을 걸치고 나가자, 다케가미는 크게 하품을 한 번 하고는 자리에서 일어나 회의실 구석에 설치된 텔레비전을 켰다. 여기서 휴식을 취할 때도 있고, 보도 프로그램을 볼 일도 있어서 텔레비전을 놓아둔 것이다.

마침 오후의 와이드쇼 시간대였다. 플라자 호텔 앞에 선 리포터가 무어라 떠들어대고 있었다. 다케가미는 재떨이를 끌어당기고 텔레비전 쪽으로 몸을 기울였다.

화면이 바뀌고 호텔 유니폼을 입은 여자가 나왔다. 리포터가 마이크를 내밀었다.

"그럼 그때 프런트에 계셨군요."

"예, 그렇습니다."

"어떤 여고생이었습니까?"

"글쎄요…… 몸집이 작고 평범한 인상이었습니다."

"특별히 눈에 띄는 점은?"

"없었습니다."

다음으로 곁에 있는 같은 유니폼을 입은 젊은 종업원에게 마이크가 넘어갔다.

"그때 여고생에게서 편지를 건네받고……"

리포터의 말을 가로막으며 젊은 종업원이 급하게 말을 꺼냈다.

"그렇습니다. 정말 깜짝 놀랐습니다. 이런 일이 있을 줄 알았으면 얼굴을 잘 봐두는 건데 말입니다."

"그 다음에 아리마 씨가 편지를 건네받을 때도 자리에 있었습니까?"

"예, 정말 가슴 아픈 일입니다. 정말 도움이 됐으면 좋겠습니다만."

동료 여성도 침통한 표정으로 고개를 끄덕이고 있었다. 눈이 약간 젖어 있는 것 같기도 했다.

그때 출입구 쪽에서 무슨 소리가 들려왔다. 웃음소리 같았다. 다케가미는 얼굴을 들었다. 몸이 통통하고 머리가 벗어진 노인이 서 있었다. 폴로셔츠에 회색 재킷을 걸치고, 가슴 호주머니에 담배를 꽂고 있었다.

웃고 있었다. 그러나 밝은 웃음은 아니었다. 피로에 전 듯, 눈가에는 짙은 그늘이 져 있었다.

"이 사람, 어제는 나를 '변태'라고 해놓고선" 하고 텔레비전 화면을 향해 말했다.

다케가미는 자리에서 일어섰다.

"아리마 씨?"

노인은 고개를 끄덕였다.

"그렇습니다. 폐를 끼쳐 죄송합니다."

'우리 아버지와 조금 닮았군' 하고 다케가미는 생각했다. 키도 비슷하고, 특히 등을 굽힌 자세가 닮았다. 지난해 세상을 떠난 다케가미의 아버지는 결혼이 늦었던 탓에 아리마 요시오보다 나이가 많았다. 그러나 지금 눈앞의 아리마는 그 나이보다도 훨씬 더 늙어 보였다.

9

옷을 갈아입고 외출하기 직전까지 마에하타 시게코는 텔레비전을 보고 있었다. 막대기처럼 뻣뻣하게 선 채로.

오가와 공원 사건은 극적인 전개를 보이고 있었다. 어젯밤, 유류품으로 핸드백이 발견되었던 후루카와 마리코의 가족에게 범인으로 보이는 인물이 접촉해온 것이다. 범인은 후루카와 마리코의 할아버지 아리마 요시오를 한참 농락하다가 자신이 진짜 범인임을 증명하기 위해 후루카와 마리코의 손목시계를 제시했다.

덕분에 오늘은 아침 뉴스와 와이드쇼에서 미친 듯이 그 문제를 다루고 있었다. 특별 프로그램을 편성한 방송국도 있었다. 그래서 시게코도 텔레비전 화면 앞을 떠나지 못하고 있는 것이다.

'대체 범인은 어떤 인물일까?'

텔레비전 프로그램에서도 끊임없이 던져지고 있는 그 의문을 시게코도 머릿속에서 되뇌고 있었다. 그리고 그 프로그램과 똑같은 결론을 내릴 수밖에 없었다.

'잔혹하고 심술궂고 냉혈한 살인마.'

여기서 가장 중요한 것은 심술궂다는 것이다. 잔혹한 범죄는 과거에도 많았다. 냉혈한 범인도 수없이 많았다. 그러나 자신이 피해를 입힌 그 가족에게 이런 악질적인 장난을 치는 범죄자는 이 나라에는 없었다.

'이놈의 목적은 무엇일까? 최종적인 목적은?'

후루카와 마리코의 할아버지는 범인과 전화로 접촉했을 때, 처음에는 마리코를 돌려줄 테니 돈을 달라고 할 줄 알았다고 했다. 당연한 추론이다. 금전을 목적으로 한 범행이라면.

그러나 범인은 돈을 요구하지 않았다. 오히려 손녀의 안전을 걱정하는 노인을 놀리면서 이리저리 휘두르기만 했다. 그렇다면 처음부터 그것이 목적이었을까? 후루카와 마리코의 가족을 놀리는 것이?

'무엇 때문에?'

그런 의문은 집을 나서서 역까지 걸어가는 동안에도, 흔들리는 전철을 탔을 때도, 전철에서 내려 출판사까지 걸어갈 때도 시게코의 뇌리에서 미친 듯 춤을 추고 있었다. 그 불쾌한 춤은 시게코의 볼을 긴장시키고, 눈에는 흉흉한 빛을 띠게 하고, 입술 선을 비뚤어지게 만들었다. 출판사 안내 데스크를 지나 약속한 일층 구석의 찻집 테이블에 앉아 커피를 시키고 나서도 시게코는 그런 상태였다.

"어이, 왜 그래? 귀신 같은 얼굴을 하고."

그 말을 듣고서야 시게코는 퍼뜩 정신을 차렸다.

"편집장님…… 죄송해요, 뭘 좀 생각하느라고요."

"무슨 생각이 그렇게 많아. 오랜만에 보는 사람을 잡아먹을 듯한 기세로군."

편안한 웃음과 함께 이타가키가 시게코 앞에 앉았다.

지금 이타가키는 이 출판사가 10월에 창간하는 문예지 준비 팀에 소속되어 있다. 어제 그와 전화를 하면서 알게 되었다.

"문예지요?"

되묻는 시게코에게 이타가키는 크게 웃어 보였다.

"내가 소설에는 전혀 문외한인 줄 알지? 물론 난 이 분야는 젬병이야. 그래서 걱정이 많아."

그리고 잠시 만나서 할 얘기가 있다는 시게코의 말에 흔쾌히 응해주었다.

시게코는 이타가키를 유심히 관찰했다. 『사브리나』 폐간 후 마지막으로 그를 만난 것은 시게코의 결혼 피로연 때였다. 그 당시와 비교하면 약간 여윈 것 같지만, 사십대 중반이라는 이타가키의 나이를 생각해보면 살찐 것보다는 여윈 편이 좋았다.

"정말 오랜만이야, 시게코" 하고 담뱃불을 붙이면서 이타가키는 말했다.

"『하우스 키핑』의 요리 칼럼, 죽 읽어봤지. 여전히 기분 좋게 읽히는 문장이더군."

시게코는 가볍게 머리를 숙였다.

"고마워요. 역시 편집장님에게 칭찬을 들으면 기분이 좋네요."

"편집장님 소리는 그만둬."

이타가키는 웃으면서 손사래를 쳤다.

"지금 난 직함도 없어. 잡지사에서 일하던 경력으로는 편집장이 될 수도 없고 말이야."

"정말? 그런 법이 어딨어요? 그리고 『사브리나』는 좋은 잡지였잖아요."

"나도 그렇게 생각해. 그렇지만 나는 원체 윗사람에게 잘 보이지 못하는 타입이니까."

이타가키는 손가락으로 빌딩 위층을 가리켰다.

"시게코와 다시 일을 해보고 싶지만, 문예물이라 원고청탁을 하기도 어렵고, 무엇보다 내게는 권한이 없어."

이타가키의 말에는 예전에는 찾아볼 수 없었던 자학이 섞여 있었다. 전화로는 알 수 없었지만, 이렇게 얼굴을 마주하고 보니 이타가키의 기력이 눈에 띄게 떨어진 것을 알 수 있었다.

시게코가 쇼지와 결혼해서 가정을 꾸리는 데 정신을 팔고 있는 사이에 이타가키의 신변에 무슨 일이 있었던 게 분명했다. 그러고 보니, 짧고 독한 호프 담배만 피워대던 그의 손가락에 마일드 세븐 라이트가 끼워져 있었다. 그것이 이타가키의 기력 저하를 상징하는 것 같았다.

그리고 갑자기 여태 생각지도 못했던 것이 떠올랐다. 그 생각은 바로 입 밖으로 튀어나왔다.

"그래, 오늘 내가 의논할 건은 혹시 편집장에게도 큰 일거리가 될지도 몰라······"

혼잣말처럼 그렇게 중얼거리자 이타가키는 묘한 표정을 지었다.

"뭔데?"

시게코는 테이블 위에 두 손을 올리고 몸을 앞으로 기울이며 말했다.

"일 년도 더 지난 일이지만, 내가 들고 왔던 르포 원고 기억해요?"

그렇게 이야기를 시작했다. 설명을 해나가는 사이에 이타가키는 서서히 몸을 일으키고 고쳐앉더니, 담배를 끄고 시게코와 똑같은 자세를 취했다.

'구미가 당기는 걸까?'

히가시나카노 경찰서의 사카기 형사가 갑자기 태도를 바꾸어 냉랭하게 대하면서 정보를 얻기 힘들어지고 말았다는 것, 이런 종류의 형사사건 르포를 다뤄본 적이 없기 때문에 어디서부터 어떻게 손을 대야 할지 몰라 우왕좌왕하고 있다는 것까지 말하고 숨을 길게 내쉬고는, 시게코는 이미 식은 지 오래된 커피를 들이켰다.

이타가키는 코로 숨을 내쉬고 말했다.

"흠, 깜짝 놀랐어. 우연이란 참으로 묘해."

"정말 그래요. 나도 깜짝 놀랐거든요. 설마 내가 쓰고 있던 르포의 여성이 이번 사건에 관련되었을 줄이야……"

이타가키는 시게코를 보았다.

"아, 물론 그것도 대단한 우연이겠지. 하지만 내가 우연이라고 한 건 다른 뜻이야."

"다른 뜻이라고요?"

"응."

이타가키는 담뱃갑에 손가락을 넣어 헤집었다. 담배는 없었다. 그는 빈 갑을 재떨이 곁에 내려놓고 얼굴을 들었다.

"시게코도 기억할 거야. 전에 그 르포를 보았을 때 내가 『실버 라이프』에 있었잖아."

이타가키가 다니는 호유샤가 출간하고 있는, 노인을 대상으로 한 월간지이다.

"예, 기억나요."

"거기서 계속 데스크를 맡고 있었는데, 지금의 잡지 준비 팀으로 옮긴 게 지난달이야. 그것만 봐도 지금의 내 입장을 충분히 이해할 수 있겠지만, 어쨌든 그건 관계없는 일이고……"

이타가키는 쓴웃음을 지었다.

"『실버 라이프』는 아무리 좋게 봐준다고 해도 결코 성공한 잡지는 아니었어. 『사브리나』의 반만큼도 팔리지 않았거든. 왜 폐간하지 않는지 이상할 정도야."

시게코는 말없이 이타가키의 얼굴을 바라보았다. 이타가키는 눈을 깜빡거리며 말했다.

"미안, 이것도 상관없는 이야기야. 내가 무슨 말을 하려는 거냐면, 그

『실버 라이프』에서 방범에 대한 특집을 꾸밀 때였어. 경비회사의 서비스 내용을 검증하고 지역적으로 독자적인 방범활동을 하고 있는 자치단체를 소개하는 기사였지."

"노인 세대를 위해서요?"

"응, 그 계기가 된 것이 한신 대지진이었어. 혼자 사는 노인이 재난을 당한 경우가 많았으니까. 그래서 봄 특집호에서 주로 지진이나 화재, 수해에 대한 노인 세대의 주의사항을 다루었지. 그게 좋은 평가를 받아서 제2탄을 생각하고 있는데 시끄러운 사건이 일어난 거야. 작년 가을이었지 아마."

하나는 사이타마 현에서 자산가인 부부가 강도에게 살해당한 사건이었다. 총기를 사용한 흉악한 범죄라서 크게 보도되었는데, 그 사건의 여파가 가라앉기도 전에 이번에는 도쿄에서 혼자 사는 노파가 강도에게 금품을 갈취당한 다음 방화로 불에 타 죽는 처참한 사건이 일어났다.

"편집부에서도 마침 기획을 하고 있던 참이었는데, 이런 사건이 벌어졌으니 천재지변에 대한 기획이 끝나면 범죄에 대해서 다루자는 의견이 나왔어. 그래서 취재를 진행하는 사이에 세번째 사건이 터졌던 거야."

치바 현 사와 시의 교사 일가족 살해사건이었다.

"말도 안 되는 사건이었지. 시게코는 기억 안 나?"

시게코는 고개를 갸웃했다. 작년 가을……

"10월 중순이었을 거야. 범인은 금방 잡혔어. 그런 의미에서는 희생자 수가 많았던 것에 비해 조잡한 사건이라고 해야 할 거야."

"혹시…… 아버지와 어머니, 그리고 여중생이 살해당한 사건?"

"맞아, 바로 그거야. 속이 메슥거릴 정도로 기분 나쁜 범죄였지."

시게코는 그 사건을 떠올리며 천천히 고개를 끄덕였다. 신혼생활을 시작한 지 얼마 되지 않았을 때라, 쇼지도 "이런 끔찍한 사건도 있고 하니까 문단속 잘해야 해” 하고 단단히 주의를 주었었다.

“살해당한 교사 일가는 시내 아파트에 살고 있던 4인 가족이었어. 부모는 둘 다 도심의 사립중학교에서 근무했고, 아이가 둘 있었지. 아들은 고등학생이고 딸은 중학생. 그 딸은 부모가 근무하는 학교가 아니라 가까운 공립중학교에 다니고 있었어. 그게 바로 사건의 발단이 된 거야.”

사건이 일어난 것은 작년 10월 중순의 금요일 저녁이었다. 부모는 아직 돌아오지 않았고 중학생인 딸이 혼자서 집을 지키고 있는데, 양복을 단정하게 차려입은 중년 남자 하나가 손에 과자 상자를 들고 찾아왔다. 문을 여는 딸에게 남자는 이렇게 말했다.

“네 어머니가 우리 애 담임인데, 아들 문제로 의논할 게 있어서 왔어. 불쑥 찾아와서 미안하지만, 다급한 일이라 꼭 좀 이야기를 했으면 좋겠는데.”

사정을 들은 딸은 기꺼이 그 남자를 집 안으로 들였다. 어머니는 곧 돌아올 것이었고, 남자의 태도가 예의 바르고 정중해 정말로 아들 문제로 골머리를 썩이고 있는 아버지처럼 보였기 때문에 조금도 의심하지 않았던 것이다. 오히려 딸은 그 남자를 동정했다.

그런데 거실로 들어서자마자 남자의 태도가 돌변했다. 갑자기 딸을 덮쳐 호주머니에 숨겼던 끈으로 묶고, 부엌에서 칼을 들고 와서는 소리 지르면 죽이겠다고 위협했다.

남자는 딸을 바닥에 팽개치고는 어디론가 전화를 걸었다. 그러자 이내 젊은 남자 둘이 들어왔다. 그들은 남자와 한패거리로 지금까지 아파트 근처에서 동태를 살피고 있었던 것 같았다. 젊은 남자들은 제각기 칼을 소지하고 있었는데, 그것을 딸의 목에 들이대고 안방으로 끌고 가 몸을 숨겼다. 도움을 청하거나 곧 돌아올 부모와 오빠에게 경고를 할 기회는 없어지고 말았다.

얼마 후 어머니가 돌아왔다. 딸을 인질로 잡힌 어머니는 저항 한 번 못 하고 묶이고 말았다. 삼십 분 후에 돌아온 아버지도 같은 신세가 되었다. 세 사람은 묶인 채 겁에 질려 벌벌 떨면서 강도의 뜻에 모든 것을 맡길 수밖에 없었다.

세 사람은 금방 행동에 들어가지 않았다. 아들이 돌아올 때까지 기다리는 것 같았다. 그런데 밤 여덟시가 다 되어도 아들은 돌아오지 않았다. 참다못한 세 남자는 어머니를 다그쳐 사정을 알게 되었다. 아들은 다른 동네에 사는 친구 집에 놀러 가서 오늘밤은 돌아오지 않는다는 것이었다.

사실은 그렇지 않았다. 그 친구네는 레스토랑을 하고 있었는데, 아들은 거기서 아르바이트를 하고 열시 정도에 돌아오게 되어 있었다. 그렇지만 자고 온다고 하면 아들을 포기할지 모른다고 어머니는 생각했던 것이다. 이놈들이 앞으로 무슨 짓을 할지 모르니 아들만은 화를 피하게 하고 싶었다.

어머니의 생각은 맞아떨어졌다.

"강도 셋은 통장과 도장을 빼앗고 돈이 되는 것을 다 뒤져서 챙긴 다음 세 사람을 죽였어. 계획으로는 가족 넷을 모두 죽이고 밤중에 사람 눈을 피해 아무렇지도 않게 뜰 생각이었지. 그리고 월요일에 은행 문이 열리면 돈을 찾을 생각이었던 거야. 주변 사람들이 교사 일가족에게 이변이 생겼다는 것을 눈치채는 건 월요일이 거의 다 지난 다음일 것이라고 계산한 거야. 그래서 주말을 노리고 범행을 감행한 거지."

그런 계획이라면 아들이 금요일 밤에 돌아오건 토요일 아침에 돌아오건 별 상관이 없는 일이었다. 그들은 시체 옆에서 숨을 죽이고 아들이 돌아오기를 기다리기로 했다. 교사 일가족이 단독주택이 아닌 대규모 아파트 단지에 사는 주민이라는 점이 범인들에게는 유리했다. 이웃과의 교류도 별로 없고, 사생활 존중을 위해 방음시설이 철저하게 된 아파트라는 것이.

"아무도 몰랐지. 이윽고 아들이 돌아올 때까지 말이야."

그렇다 하더라도 너무 허술한 계획이라고 시게코는 생각했다.

일가족을 살해해도 주말 동안 아무도 그 사실을 알아차릴 수 없다고? 반드시 그렇지만은 않을 것이다. 친구나 친척이 찾아올지도 모를 일이다. 전화도 올 것이다. 누군가 전화를 받지 않는다고 이상하게 생각할지도 모른다. 그렇게 사건이 발각되어 수사가 벌어지면 통장도 카드도 사용할 수 없게 된다. 몇 명을 죽이고서도 목적을 달성할 수 없게 될 것이다.

시게코가 그렇게 지적하자, 이타가키는 고개를 끄덕였다.

"이 사건에는 계획적인 행동과 될 대로 되라는 식의 행동이 묘하게 뒤섞여 있어. 치졸하다면 치졸하기 짝이 없지. 실제로 세 사람을 죽인 다음의 사건 전개를 봐도 그래."

교사 부부의 아들이 주말에만 그 레스토랑에서 아르바이트를 하게 된 것은 그 레스토랑이 주말이면 눈코 뜰 새 없이 바쁘기 때문이다. 그래서 일단 열시까지로 되어 있긴 하지만 열한시까지 연장될 수도 있다. 그럴 때면 아들은 반드시 집에 전화를 하고, 레스토랑의 주인이나 종업원이 집까지 데려다주었다.

"아까도 말했듯이 그 레스토랑은 아들의 친구 집이야. 가족끼리 서로 잘 아는 사이지. 그래서 교사 부부도 마음 놓고 아르바이트를 허락했고, 귀가가 늦어질 때도 아무 걱정을 하지 않은 거야."

그리고 사건 당일 밤도 아들은 잔업을 하게 되었다.

"열시 조금 전에 그는 집에 전화를 걸었어. 그 집 전화에는 자동응답기가 있어서 범인들은 전화를 부재중으로 해둔 거야. 아들은 녹음이 나오는 걸 듣고 외식이라도 간 줄 알았다고 나중에 경찰에 진술했대. 그래서 귀가가 늦어질 것 같으니 친구 아버지가 차로 데려다줄 거라고 말했던 거야."

범인들은 그 말을 듣고 있었다.

"놈들은 혼란에 빠지고 말았어. 일을 망쳐버렸다고 말이야."

미간을 찌푸리며 시게코가 말했다.

"아들과 친구 아버지를 한꺼번에 죽이면 된다는 생각은 안 했을까요?"

"당연히 했겠지. 하지만 그 결과가 어떻게 되겠어?"

이타가키는 어깨를 으쓱했다.

"레스토랑을 하는 친구 집에서는 애를 데려다주러 간 사람이 돌아오지 않는다고 이상하게 생각하겠지. 기다리다 지쳐서 찾아올 거야. 찾으러 온 사람을 또 죽여? 끝이 없지. 게다가 발각될 위험이 많아."

"그건 그렇겠네요……"

"그래서 그들은 결단을 내렸어. 이 계획은 실패라고, 도망치자고. 그런데 이것 또한 허술하기 짝이 없어. 현장을 그대로 두고 도망친 거야."

시게코는 눈을 동그랗게 떴다.

"그대로? 시체를 그냥 두고?"

"그래. 숨기지도 않고, 시체를 옮겨서 발견을 늦추려고도 하지 않았어. 일단 도망치기로 결정하자 무조건 튄 거지. 그러니까 이웃 사람들이 아파트 통로를 마구 뛰어가는 범인들의 발소리를 들은 거야."

"그렇다면 돈은 하나도 훔치지 못한 거네요?"

"범행 당시 집에 있던 현금 이십만 엔 정도를 훔친 것뿐이야. 통장이나 카드는 내버려두고 갔어. 사용할 수 없으니 훔쳐봐야 아무 소용이 없을 테니까."

"그렇지만 세 사람이나 죽이고서……"

"너무 허술하다는 생각이 안 들어? 이건 정상이 아냐. 잔혹한 수법에 비해 그 목적에 대한 집착이 너무 약해. 이런 사건은 좀처럼 찾아볼 수 없을 거야."

범인들이 도망친 다음 아들이 돌아왔다. 아무것도 모른 채, 아무런 마음의 준비도 없이.

시게코는 가슴속이 서늘해지는 것 같은 느낌이 들었다. 문을 연 그 고등학생은 맨 처음에 무엇을 보았을까? 피? 아니면 더 비참하고 구체적인 어떤 것?

이타가키의 어조가 무거워졌다.

"너무 불쌍하다는 말 외에는 할 말이 없어."

"혼자 살아남은 거네요."

"그건 행운이라고 해야겠지."

그러나 이타가키의 얼굴에는 만일 자신이 그런 입장에 처했다면 결코 행운이라고 생각하지 않을 거라고 씌어 있었다. 시게코는 살아남은 고등학생도 분명 그런 심정일 것이라고 생각했다.

"범인은 이 주일 후에 잡혔다고 했죠? 나도 신문에서 본 기억이 나는데…… 어떻게 체포되었나요? 목격자라도 있었어요?"

"이게 또 범행 그룹의 허술한 점이지."

이타가키는 쓴웃음을 지었다.

"웃을 일은 아니지만, 그들은 범행을 저지르기 전에 몇 번이나 그 아파트를 조사했다는 거야. 그때 놈들은 승용차를 이용했어. 범행 당일은 렌터카를 사용했고."

사전 답사를 할 때 그들은 아파트 내의 주차금지 구역에 차를 댔다.

"당연히 아파트 경비원이 어디서 온 차일까 하고 눈여겨봤던 거야.

주차금지 구역에 차가 세워져 있다는 신고도 들어왔고. 그렇지만 방문객의 차일 가능성이 높으니 금방 항의할 수도 없고 해서, 다시는 여기에 주차하면 안 된다고 주의를 주는 정도에서 그쳤던 거야. 다만……"

이타가키는 집게손가락을 세우고 눈을 가늘게 떴다.

"그 조심성 많은 경비원이 그 차의 번호를 적어두었지."

그리고 사건 후에 그 기억을 떠올렸다. 경찰은 그 기록을 바탕으로 차적을 조회해 금방 범인 셋을 체포할 수 있었다.

시게코는 저도 모르게 한숨을 내쉬었다. 너무도 어처구니가 없는 사건이었다.

"당시에는 말도 안 되는 사건이라고 화제에 올랐지만, 지금은 아무도 기억하지 않을 거야. 아마 재판이 시작되었을 텐데……"

"살아남은 아들은 지금 어떻게 살고 있을까요?"

시게코의 말에 이타가키는 몸을 앞으로 내밀었다.

"그게 문제야. 어떻게 되어 있을 것 같아?"

시게코는 눈을 동그랗게 떴다. 이타가키의 눈이 반짝였다.

"잘 생각해봐. 왜 우리가 지금 이 사건에 대해 이야기하고 있지?"

그렇다. 이 사건 이야기는 다음으로 넘어가기 위한 서론이었다.

"믿을 수 없는 우연 같은 것……"

"그렇지. 놀라지 마."

이타가키는 연극적인 태도로 목소리를 낮추었다.

"이 고등학생 장남이 오가와 공원 사건에서 오른팔을 발견한 거야. 바로 사건의 최초 발견자!"

시게코는 할 말을 잊고 말았다. 이야기의 맥락도 잊어버리고 만 것 같았다.

"뭐…… 뭐라고 했어요?"

"그러니까 놀라지 말라고 했잖아. 그가 바로 시게코가 관심을 가지고 있는 이번 토막살인사건의 발견자야. 아직 미성년인데다 그냥 발견자일 뿐이니까 아직 매스컴도 숨을 죽이고 있어. 그러나 언젠가는 매스컴이 벌떼처럼 달려들겠지."

이타가키는 잠시 뜸을 들인 다음 웃으며 말했다.

"그러나 우연은 이것만이 아냐. 또 있지. 이거야말로 시게코와 직접 관련된 우연이야. 나를 깜짝 놀라게 한 우연. 실은 이 이야기는 내가 어제, 바로 어제, 바로 이 찻집에서『실버 라이프』때 방범 특집을 같이 꾸몄던 작가에게 들은 거야."

시게코는 눈을 동그랗게 떴다.

"정말이에요?"

"정말이지. 거짓말은 안 해."

이타가키는 시게코를 뚫어져라 바라보고 있었다. 시게코는 그 눈길을 맞받았다. 그리고 말했다.

"그 작가, 내가 아는 사람이에요?"

"아마 모를 거야. 나리타라는 베테랑 작가인데, 나도『실버 라이프』때 처음 만났어."

"그 나리타 씨가 교사 일가족 살인사건을 지금도 취재하고 있다는 거예요?"

"아냐,『실버 라이프』방범 특집 때 관계하고는 그만이었어."

"그럼, 이번 오가와 공원 사건은?"

"관심이 없는 것 같았어. 작가로서는 말이야. 그런 타입이 아니니까. 그 우연에 깜짝 놀라기만 했지."

시게코는 가슴을 쓸어내리며 의자 등받이에 몸을 기댔다.

"사실은 그 사람, 사와 시 사건 당시에 문제의 그 아들을 만났어. 물론 『실버 라이프』의 취재 때문에. 거의 아무 말도 못 들은 거나 마찬가지였지만, 어쨌든 만났대. 그것도 몇 번이나."

시게코는 고개를 끄덕였다. 핸드백에서 담배를 꺼내 불을 붙이려 하자 이타가키가 손을 내밀었다.

"나도 한 대 줘."

둘은 말없이 연기만 공중으로 뿜어냈다. 잠시 후 시게코가 입을 열었다.

"이것도 묘한 우연이네요. 어제하고 오늘, 이틀 연속으로 오가와 사건 이야기를 듣다니."

"그래."

"그렇다고 해서 내가 뭘 어쩌겠다는 건······"

"어때?"

이타가키는 짐짓 모른 체하며 말했다. 시게코는 그의 얼굴을 빤히 쳐다보았다.

"시게코, 정말로 할 마음 있어?"

"할 마음이요?"

"그래, 앞으로 오가와 사건에 대한 취재 경쟁이 치열해질 테지. 요 며칠 돌아가는 걸로 봐서는 전대미문의 대사건이 될 것 같아. 분명히 말하자면, 아무 배경도 없는 시게코가 그들과 어깨를 나란히 하고 붙을 수는 없을 것 같은데?"

시게코는 얼굴을 들었다. 그렇지만 나는 지금까지 써온 글이 있다.

"쓰다 만 르포 같은 건 아무 소용이 없어."

이타가키는 단호하게 말했다.

"문제는 앞으로 어떻게 하느냐지. 어떻게 자신만의 르포를 쓸 것인가. 나는 원고를 보지 않는 한 아무 말도 할 수 없어. 어떤 약속도 할 수 없다는 거야."

"알고 있어요."

"라이벌은 사방에 널렸어. 우선 신문이나 잡지 기자들이 가장 현장에 접근하기 쉬워. 그들과 같은 방법으로 취재하고 글을 쓸 생각을 했다가는 백년이 지나도 따라잡을 수 없을걸."

그렇다. 그건 엄연한 사실이다.

"시게코만의 루트를 찾아야 해. 그리고 그전처럼 어중간한 르포 같은 걸로는 안 돼. 글을 쓰는 건 훨씬 나중의 일이고, 지금은 오로지 시게코만이 갈 수 있는 숨겨진 뒷길을 찾는 게 관건이야."

시게코는 다시 눈을 깔았다. 그러나 눈꺼풀 아래서 시게코의 눈은 강렬하게 빛나고 있었다. 눈을 번쩍 떴을 때, 시게코의 눈길은 테이블 위에 꽂혀 있었다. 마치 거기에 경쟁 상대들이 서 있기라도 한 듯이. 그러나 피만 뜨겁게 끓어올랐을 뿐, 머릿속에서는 구체적인 길이 떠오르지 않았다. 마음만 저 앞을 달리고 있는 꼴이었다.

"아까부터 힌트를 줬는데……"

시게코는 눈을 번쩍 떴다. 『사브리나』 시절에도 이타가키는 자주 이런 말을 했었다. 시게코가 막다른 골목에 이르렀을 때, 이타가키는 늘 적절한 길잡이 역할을 해주었다.

"키포인트는 그 아들이야."

"그 고등학생……?"

"그렇지. 바로 그야. 가족이 모두 죽고 홀로 살아남은 고독한 고등학생. 그런 그가, 대도시의 마수에 걸려 살해당한 여자의 사체를 발견했어. 세상에 이렇게 딱 맞아떨어지는 일이 또 어디 있겠어. 일부러 짠 것 같잖아. 여기에 현대사회의 잔혹한 청춘의 일면이 있다, 이런 건 어때?"

싸구려 주간지의 기사 제목 같지만 이타가키의 표정은 심각했고, 시게코도 웃지 않았다.

"시게코, 그를 쫓아. 그를 알아야 시게코가 지금 쓰려는 르포가 성공할 수 있어. 살아남은 소년에서 시작하면 분명 시게코가 쓰고 싶었던 실종 여성들에 관한 르포와 겹치는 부분이 나올 거야. 고독과, 공포가 말이야. 후루카와 마리코의 이름을 취재노트에서 발견한 순간에 느꼈던 시게코의 공포와도 공명하는 부분이 있어. 그거야말로 신문이나 잡지에서는 찾아볼 수 없는 사건의 기록이야. 키워드는 '갑자기 파괴된 인생'."

시게코는 몇 번이나 고개를 끄덕였다. 이제야 해답을 찾은 기분이었다.

"그렇지만 그애와 어떻게 접촉하면 될까요?"

이타가키는 웃었다.

"다가가서 인사하고 악수하면 되잖아."

"그게 아니라, 그애가 사는 곳이요."

"그 정도는 이쪽에서 조사할 수 있어."

이타가키는 별일 아니라는 듯이 말했다.

"여기도 주간지를 내고 있다는 거 몰라? 그 소년에 대해서뿐만 아니라 이번 사건과 사와 시 사건에 대한 상세한 정보도 있는 대로 시게코에게 알려줄게. 연줄은 얼마든지 있어. 그러니까 머뭇거릴 필요 없어. 요컨대 사건기자들이 찾아내는 데이터 정도는 내가 여기서 모두 제공하겠다는 거야. 나는 그런 식으로 협력하지. 그 대신에,"

"그 대신에?"

"좋은 글을 가져와."

이타가키는 무거운 어조로 말했다.

"좋은 글을 만들어서 내게 달라구. 게재할 매체를 찾는 것도 문제긴 하지만, 최종적으로는 책으로 내야 하니까. 그래서 한 건 올리자는 거지."

시게코는 빙긋 웃었다.

"그러니까 아까 내가 말했듯이 편집장님에게도 멋진 일이 될 수 있다는 거로군요."

"바로 그거야. 제발 나를 편집장으로 좀 만들어줘. 부탁해."

두 사람은 웃었다. 시게코는 갑자기 속이 후련해지는 것 같았다.

"아, 그렇지, 우선 살아남은 그 소년의 이름을 가르쳐줘야지. 신이치야. 쓰카다 신이치. 시게코, 그에게 착 달라붙어. 절대로 떨어지지 마."

10

데스크의 시노자키가 해독한 '가와시게 중기'는 정말로 존재했다.

정확히는 '주식회사 가와시게 중기 도쿄 본사'였다. 오가와 공원에서 남쪽으로 네 블록 떨어진 곳에 있는 사층 빌딩.

"공장은 사쿠라와 가와사키에 있는데, 이 도쿄 본사도 곧 사쿠라 공장 부지 내에 신축되고 있는 건물로 옮긴다고 합니다. 그전에 발견한 건 정말 운이 좋았습니다."

가와시게 중기를 방문한 아키쓰는 금방 사진에 찍힌 여사원을 찾아냈다. 경리부에서 일하는 사토 아키에, 22세. 오가와 공원 사건 전날, 공원을 가로질러 은행에 갔다고 했다.

다케가미는 그녀를 만나고 온 아키쓰의 보고서를 복사해 파일로 철한 것을 읽고 있었다. 바로 옆에는 시노자키가 있다. 시노자키는 문제의 사진을 분석한 결과를 기록한 보고서를 정리하고 있었다. 어쩐지 시무룩한 표정이었다.

다케가미 역시 마찬가지였다.

사토 아키에는 아주 믿음직한 증인이었다. 말도 분명하고 기억력도 좋았다. 조사를 나간 아키쓰도 싱글벙글했다.

"아주 야무지고 귀여운 아가씨였어요."

그 야무지고 귀여운 아가씨는 오가와 공원의 북쪽에 있는 도부 신용금고 스미다가와 지점으로 가기 위해 이삼 일에 한 번은 공원을 지나간다고 말했다.

"공원에는 신호등이 없으니까 종종 그 길로 다녀요."

그럴 때마다 홈리스를 자주 본다고 했다.

"오가와 공원에 많아요."

공원 근처에서 탐문수사를 할 때도 홈리스가 많다는 정보가 있었다. 공중화장실 뒤편이나 지붕이 있는 벤치에 골판지를 벽처럼 세워놓고 살고 있는 것이다. 스미다 구청도 그런 사실을 잘 알고 있었다.

사토 아키에는 말했다.

"저는 낮에만 지나가기 때문에 아침이나 저녁나절의 분위기는 잘 몰라요."

다케가미는 곁에 펼쳐져 있는 공원 지도를 들여다보고는 다시 보고서를 읽었다. 쓰레기통에서 오른팔을 발견한 쓰카다 신이치와 미즈노 히사미는 홈리스의 존재에 대해 언급하지 않았다. 시간대에 따라 다른 걸까.

"도부 신용금고에는 거의 폐점시간에 맞춰 갑니다. 그때까지 경리부에서 은행에서 처리할 일거리를 정리해요. 그렇지 않으면 일이 있을 때마다 은행에 가야 하니까 시간 낭비거든요. 그러니까 이 사진도 두시 반 정도일 거예요. 거의 세시 가까이 되었던 것 같아요."

특별수사본부에서도 사진에 찍혀 있는 그림자의 길이를 근거로 촬영 시간을 비슷하게 추정하고 있었다. 사진가는 한꺼번에 몇 장씩이나 찍는데 어느 사진을 몇시쯤에 찍었는지 어떻게 일일이 기억하냐고 화를 냈다.

또, 사토 아키에는 사진을 보고 그녀 뒤에서 희미한 윤곽을 드러내고 있는 인물에 대해 이렇게 말했다.

"그때 제 곁에는 홈리스 한 사람이 어슬렁거리고 있었어요. 쓰레기통 가까운 곳이었죠. 단언할 수는 없지만, 아마도 그 홈리스가 아닐까 싶어요."

일반적으로 '홈리스'라 불리는 사람들이 모두 위험하다고는 다케가미는 생각하지 않았다. 그러나 젊은 여자라면 누구라도 빨리 지나치려 할 것이다. 그래서 사토 아키에는 그 홈리스의 모습도, 행동도 관찰하지 않던 것이다.

"그 사람이 쓰레기통에 뭔가를 버렸는지, 아니면 뭔가를 꺼냈는지, 난 보지 못했어요."

그의 특징에 대해서도 마찬가지였다.

"모르겠어요. 그냥 홈리스라는 것 정도뿐이에요."

옆에서 시노자키가 한숨을 내쉬었다. 다케가미는 쓴웃음을 지었다.

"어이, 그렇게 실망하지 마."

사진 정밀분석 결과로도 사토 아키에 뒤에 희미하게 찍힌 인물은 아마도 홈리스일 것으로 판단되었다. 복장이나 머리칼의 길이로 추정한 것이다. 사진을 컴퓨터로 분석하고, 화상을 하나하나 입자 단위로 분해해 쓸데없는 것은 버리고 필요한 입자는 짙게 만든다. 그러면 원래 사진보다 더 선명한 모습이 드러나는 것이다.

해당 인물의 추정 연령은 서른에서 쉰, 키는 백육십에서 백칠십. 애석하게도 얼굴은 확인할 수 없다.

아마도 이 홈리스는 범인과 접촉했을 것이라고 특별수사본부는 추정했다. 범인의 부탁을 받고 문제의 그 봉투를 쓰레기통에 버린 것이다. 그러므로 이 홈리스를 찾아낼 수만 있다면 범인의 인상착의를 밝혀낼 수 있을지도 모른다.

문제는 현재 오가와 공원에는 홈리스가 한 사람도 없다는 것이다. 시노자키의 낙담도 그 때문이었다.

"사건 이후로 우리가 매일같이 왔다갔다했으니 말입니다."

시노자키는 맥 빠진 목소리로 말했다.

"말려들면 귀찮아질 게 뻔하니까 그냥 도망쳐버린 거겠죠."

그들은 적당한 잠자리를 찾으면 좀처럼 움직이지 않는다. 그러나 어떤 사정으로 일단 그 자리를 떠나면 다시 돌아오지 않는다. 행방을 찾는 건 거의 불가능하다.

한 구역에 살던 한 명의 홈리스가 없어졌다면 그래도 찾을 가능성이 있다. 같은 구역 내에 그를 아는 다른 홈리스가 남아 있기 때문이다. 그러나 이번처럼 전원이 사라져버리면 손쓸 방법이 없다. 잠잠해지고 나서 그들 중 누군가가 돌아오기를 기대하는 수밖에 없다. 그러나 특별수사본부로서는 그렇게 느긋하게 기다릴 수만은 없는 노릇이다.

다케가미의 뇌리에 아리마 요시오의 심각한 얼굴이 떠올랐다.

조사를 받은 후 그 노인은 정말로 범인이 텔레비전 방송국에 연락해서 아리마 요시오가 전국의 시청자 앞에서 무릎을 꿇으면 후루카와 마리코를 보내주겠다고 한다면 시키는 대로 하겠다고 말했다. 범인은 아직까지 침묵을 지키고 있지만 여태까지의 경과를 보아서는 그런 짓을 하고도 남을 놈이다. 아니, 반드시 그렇게 할 것이다.

아리마 요시오의 결심도 굳건했다. 그렇게 한다고 해서 범인이 약속을 지키리라는 보장은 없다고 말해보았지만, 해보지 않고서는 모른다고 고집을 부렸다. 특별수사본부는 고토 구 후카가와 4가에 있는 그의 가게와 히가시나카노에 있는 후루카와 마리코의 집 전화에 녹음기와 역탐지장치를 설치하고, 그의 신변에 경찰을 붙였다.

다케가미는 화가 치밀어 참을 수가 없었다. 할 수만 있다면 범인이 또 그 노인을 농락하기 전에 잡고 싶었다. 그러나 기적이라도 일어나지 않는 한, 현 단계에서는 불가능한 일이었다.

"이렇게 되면 신주쿠의 여고생에게 희망을 걸 수밖에 없습니다" 하고 시노자키가 말했다.

플라자 호텔에 메시지를 전달했던 그 여고생. 그녀도 범인을 직접 보았을 가능성이 높다.

"잘하면 찾을 수 있을 거야. 그 여고생이 사토 아키에 못지않게 야무진 아이이기를 바라야지."

다케가미는 다시 사토 아키에에 관한 보고서를 읽어보았다. 그리고 오가와 공원의 지도와 비교해보면서, 그녀의 증언에 따른 보행 루트를 눈으로 확인했다. 성격이 까다로운 아마추어 사진가가 찍은 사진도 들여다보았다.

그러는 사이에 문득 무언가를 깨달았다.

착각이 아닌가 생각했다. 다케가미는 황급히 사건 당일의 현장 사진 파일을 꺼냈다. 페이지를 넘겨, 삼백육십 도 돌려가며 문제의 쓰레기통을 찍은 일련의 사진들을 보았다.

착각이 아니었다. 혹시나 해서 다시 지도를 확인하고, 이번에는 오가와 공원 관리사무소 직원의 진술서 파일을 꺼냈다. 오가와 공원 내의 청소와 쓰레기 처리 사이클은 정해져 있다. 개방형 공원이라 정확한 개원, 폐원시간이 없기 때문에 직원의 근무시간을 기준으로 정해놓은 것이다. 거기에 따르면 일상적인 비질이나 쓰레기 청소는 하루에 두 번, 오전 아홉시, 오후 두시. 쓰레기통의 쓰레기 회수도 그때 한다. 직원이 리어카를 끌고 공원 내를 돌면서 반투명 쓰레기봉투를 교환하는 것이다.

이런 과정은 이미 밝혀져 있었다. 그래서 전날 오후 두시에 쓰레기통을 비운 후에는 다음날 오전 아홉시까지 내용물이 그대로일 것이기 때문에, 뭔가를 버리려 하고 있는 홈리스의 사진에 가슴이 덜컹했던 것이다.

그러나 한 가지 사실을 놓치고 있었다.

"어이, 시노자키."

다케가미는 큰 소리로 부하를 불렀다. 시노자키가 무슨 일인가 하고 고개를 들었다.

"오가와 공원 지도에 쓰레기통 위치 그려넣은 거 있지?"

시노자키는 고개를 끄덕였다.

"예. 위치도 개수도 모두 기록해두었습니다."

"분명 오른팔이 발견된 당일의 위치와 개수가 맞겠지?"

"예."

시노자키는 호기심 어린 눈을 깜빡였다.

"이걸 봐."

다케가미는 사진 파일을 시노자키 앞으로 밀었다.

"사건 당일과 쓰레기통 위치가 다르지 않나?"

'가와시게'라는 이름을 읽어내기 위해 둘이서 머리를 맞대고 몇 시간이나 살펴보았던 사진이었다. 코스모스 화단과 사토 아키에의 옆얼굴과 문제의 홈리스, 그리고 쓰레기통.

"잘 봐. 당일 현장에서는 쓰레기통 위치가 코스모스 화단에서 떨어진 곳에 있었어. 그 전날 사진에는 화단 뒤에 쓰레기통이 있는데, 당일의 위치에 있었더라면 코스모스 화단을 찍은 사진에 쓰레기통이 나올 리가 없지. 미묘한 차이지만, 적어도 쓰레기통이라고 알아볼 정도로 찍히지는 않았을 거야."

시노자키는 눈을 부릅뜨고 사진을 노려보았다. 그러고는 얼굴을 이리저리 돌리면서 두 사진을 비교해보더니 이윽고 얼굴을 들었다.

"맞습니다."

그는 고개를 끄덕이며 자리에서 벌떡 일어섰다.

"다시 한번 쓰레기통 위치를 확인해보라고 하겠습니다. 그런 다음에 쓰레기통이 이동된 적이 있는지 없는지, 사건 전날 청소할 때는 어땠는지도요."

"물론 조사해야지. 그 얘긴 내가 하지."

그날 저녁까지 상세한 조사가 끝났다.

다케가미의 눈은 정확했다. 쓰레기통의 위치가 바뀌어 있었던 것이다. 전날 찍은 사진 속의 쓰레기통은 사건 당일에 비해 약 이 미터 정도 화단 쪽으로 가 있었다.

전날 오후 두시에 그 부근을 청소하고 쓰레기봉투를 교체한 직원은 쓰레기통을 움직인 적이 없다고 했다.

"움직이려면 정말 힘들어요. 무거우니까요. 하려고 하면 못 할 것도 없지만, 우리는 옮기지 않습니다."

코스모스 화단 곁에 있는 쓰레기통의 정위치는 사건 당일의 위치라고 했다.

"그렇다면 사건 전날 오후 한시에서 두시경에 쓰레기를 회수한 다음 누군가가 그 쓰레기통을 움직였고, 다음날 아침 오른팔이 발견되기 전까지 누군가의 손에 의해 원래의 자리로 돌아왔다는 거야."

일단 특별수사본부에 있는 멤버들이 모여 임시회의를 열었다. 그 자리에서 간자키 경부는 이렇게 말했다.

"그런데 쓰레기통의 이동에 무슨 의미가 있지?"

아무도 대답하지 못했다. 다들 묘한 표정을 짓고 있을 따름이었다. 쓰레기통의 위치가 조금 다르다고 해서 뭐가 문제란 말인가.

"의미가 있습니다" 하고 다케가미가 말했다.

"아마도 범인이 그랬을 겁니다."

누군가가 실소를 터뜨렸다.

"범인이 왜 그런 짓을?"

"사진에 나오게 하려고 말입니다."

"사진? 이 아마추어 사진가?"

"그렇습니다. 이 사진가는 오가와 공원에서 줄곧 사진을 찍어온 사람입니다. 범인은 그걸 알고 있었을 겁니다. 그래서 그걸 이용한 겁니다."

간자키 경부는 눈썹을 뒤틀면서 말했다.

"무슨 뜻인지 좀 자세히 말해봐."

"경부, 간단히 말해 우리가 걸려든 겁니다. 함정에 빠진 겁니다."

"누구에게?"

"범인에게 말입니다."

다케가미는 책상 위에 놓인 사진을 손바닥으로 탕탕 쳤다.

"이놈은 쓰레기통을 옮겨서 일부러 사진가의 촬영 범위에 들어가도록 꾸며놓은 겁니다. 그리고 홈리스에게 돈을 주고 부탁해서, 쭉 지켜보고 있다가 사진가가 촬영을 시작했을 때 쓰레기통에 버리도록 한 겁니다. 그 장면이 찍혀 사진에 남도록. 물론 이때 버리도록 한 것은 평범한 쓰레기입니다. 실제로 오른팔을 버린 것은 밤에 쓰레기통을 제자리로 돌린 다음일 것입니다."

다들 다케가미의 얼굴을 멀뚱히 바라보고 있었다. 실소를 금치 못하는 사람도 있었다. 그러나 다케가미는 물러서지 않았다.

"주도면밀한 놈입니다. 아마도 몇 번이나 오가와 공원을 살펴보았을 겁니다. 사진가를 이용하는 것도 그 과정에서 생각해냈을 겁니다. 수상한 장면을 찍어두면 분명히 경찰이 그것을 보고 걸려들 것이라고 생각했을 겁니다. 서둘러 사진을 해석한 다음, 쓰레기를 버린 사람을 찾을 것이라고. 그 오른팔이 사진을 찍을 때 버려진 것이라고 생각하게 만들려는 수작이지요."

간자키 경부는 잠시 침묵을 지켰다. 그러고는 잠시 후 고개를 들며 말했다.

"그렇게 해서 범인에게 무슨 이익이 있지? 토막난 시체를 버리는 시각을 착각하게 만드는 게 그다지 큰 의미가 있을 것 같지는 않은데."

"즐거우니까요. 범인은 이런 유의 사건이 발생했을 때 우리가 어떤 식으로 수사를 벌이는지 아주 잘 알고 있습니다. 지식이 있다는 거죠. 경찰이라면 반드시 그 아마추어 사진가를 발견할 거라는 확신이 있었던 겁니다. 그리고 경찰이 어떻게 움직일지를 상상하면서 즐거워하는 겁니다. 지금 이 순간에도."

그 자리에 모인 형사들은 반신반의하는 표정이었다.

간자키 경부가 말했다.

"어쨌든 그 아마추어 사진가를 다시 만나봐. 본 게 있을지도 모르니까. 만일 자네 말이 맞다면, 범인은 꽤 오래전부터 사진가의 존재를 알고 있었을 테고, 행동 패턴도 잘 알 거야. 직접 만난 적이 있을지도 몰라."

그렇게 해서 형사들은 흩어졌다. 다케가미만 남았다. 간자키 경부는 다케가미를 눈으로 불러 빈 의자에 앉았다.

"하고 싶은 말이 또 있는 것 같은데?"

다케가미는 자리에 앉으면서 손으로 얼굴을 문질렀다.

"죄송합니다. 데스크가 수사방침까지 간섭을 하는 건 룰에 위반된다는 것 정도는 잘 알고 있습니다."

"그렇지 않아."

경부는 쓴웃음을 지으며 말했다.

"그냥 자네가 화를 내는 게 이상해서 말이야. 아리마 요시오 씨를 만났다면서?"

"예, 만났습니다."

"정말 불쌍한 노인이야. 그 일 때문에 냉정한 자네가 그렇게 흥분하고 말았군."

경부의 말이 옳았다. 아리마 요시오가 겪고 있는 비참한 상황이 다케가미의 가슴속에 무거운 납처럼 걸려 있었다. 그러나 그것만이 아니었다.

"이번에 그 사진 건에 걸려든 것이 나였기 때문에, 사진을 분석한 것이 우리 데스크였기 때문에 화가 치민 겁니다. 사진을 찾아내서 좋다고 분석에 들어간 것은 우리 데스크입니다. 토막시체의 투기 순간이 우연히 사진에 찍혔을 가능성이 있다고 좋아하면서……"

"하지만 과거에도 그런 우연은 있었어."

간자키 경부는 천천히 말했다.

"우연한 목격, 우연한 유류품, 우연한 일을 계기로 수사가 진전되고 범인의 정체를 파악하는 것, 그것이 바로 수사의 실체가 아닌가. 탐문 수사는 바로 그런 우연을 찾아내는 일이고 말이야."

"맞는 말씀입니다."

"자네 같은 베테랑에게 할 말은 아니지만서도."

경부는 밝게 웃어 보였다.

우연은 범죄자에게는 항상 적이다. 아무리 치밀하게 계획을 세워도 터무니없는 사소한 우연 때문에 흐름이 바뀌어버린다. 사소한 것 하나

196 모방범

를 잊었다든지, 공교롭게도 그날 비가 내렸다든지, 택시가 바로 잡히지 않았다든지, 그런 작은 일이 범인을 당황하게 하여 증거를 남기는 것이다. 수사란 그것을 끈기 있게 찾아내는 일이다.

그래서 이번에도 그런 자세로 임해왔다. 사건 전날 찍힌 사진이 우연히 발견되었다. 범인은 설마 이런 곳에서 그런 사진이 찍힐 줄은 꿈에도 생각지 못했을 것이다. 완전범죄를 그리는 소설이나 영화와는 달리, 현실 속의 사건에는 이런 일이 빈번하게 일어난다.

이번 사건의 범인은 현실 속의 사건의 그런 측면과 우연을 조사하는 습성을 가진 경찰의 행동양식을 아주 잘 알고 있다고 다케가미는 생각했다.

"나는 추리소설은 절대로 읽지 않는 사람이지만, 그런 소설 속에서 만일 범죄와 관계가 있는 현장이 우연히 사진에 찍혔다는 대목이 나오면 엉터리라고 화를 낼 겁니다. 그러나 실제로 수사를 해보면 그런 일이 있습니다. 사실은 소설보다 더 기이하다고 하지 않습니까. 현실은 소설보다 더 단순하면서도 사리에 맞지 않는 일이 많습니다."

"때로는 어이가 없을 정도로 많지."

"그렇습니다. 그래서 이번에도 그 사진이 트릭일 가능성을 의심하지 않은 겁니다. 조사부터 하는 게 우선이니까요. 어차피 조사해보지 않고서는 진실을 알 수 없으니까 말입니다."

범인은 우리가 그렇게 움직이리라는 것을 예상하고 있었다고 다케가미는 말했다.

"쓰레기통은 범인의 손으로 옮겨진 겁니다. 놈은 잠깐의 스릴을 즐긴 거지요. 우선, 쓰레기통과 홈리스가 사진에 찍히는지 안 찍히는지. 찍힌 사진을 경찰이 찾아내는지 찾아내지 못하는지. 발견된다면 그것을 어떻게 해석할 것인지. 범인은 떠벌리기를 좋아하는 놈이니, 우리가 가만히 있으면 분명히 또 어느 방송국에 전화를 걸어 사진에 대해 이러쿵저러쿵 말을 할지도 모릅니다."

간자키 경부는 팔짱을 끼고 미간을 찌푸렸다.

"그러곤 비웃는단 말이지, 우리 경찰을. 트릭인지도 모르고 수사를 벌이고 있다고. 또는 사진이 있다는 것도 모르고 있는 게 아니냐고 놀리거나."

다케가미는 고개를 끄덕였다.

"그런 놈입니다."

"그놈, 간덩이가 부었어. 장난으로 그랬든, 오른팔을 버리기 위해서 그랬든, 그놈은 분명 홈리스를 만났을 거야."

"신주쿠에서는 여고생이지요."

"그랬지. 그 사람들을 찾아내면 틀림없이 증언을 들을 수 있을 거야. 약은 고양이일수록 밤눈이 어두운 법이니까."

"그런데 그게 좀 불안합니다."

"왜?"

"그 사진이 우연히 찍힌 걸로 봤을 때만 해도 그렇게 생각했습니다. 그런데 그게 범인의 책략이라는 걸 느낀 순간, 소름이 끼치는 겁니다. 앞뒤를 치밀하게 계산해서 장난질을 치고 있지 않습니까? 그렇다면 보다 완벽을 기하기 위해, 또는 자신의 안전을 확보하기 위해 놀이 도구를 깨끗이 정리해버렸을지도 모릅니다. 그런 짓마저 거침없이 해버릴 놈이 아닌가 하는 생각이 듭니다."

간자키 경부가 다케가미의 얼굴을 바라보았다. 다케가미도 경부의 얼굴을 바라보았다.

"홈리스와……"

"여고생입니다. 과연 살아 있을까요?"

한 어머니가 불안에 떨고 있었다.

고등학교 이학년인 딸이 꼬박 이틀이나 집에 돌아오지 않고 있다. 갈만한 데는 다 전화를 해보았지만 행방이 묘연했다.

예전에도 딸이 가출한 적이 있었다. 최근에도 사오 일이나 돌아오지 않았다. 문득 문을 열고 나타났을 때는 교복은 쇼핑백에 들어 있었고, 어머니가 한 번도 본 적이 없는 새 옷을 입고 있었다. 화장도 했다.

어머니는 야단도 치지 못하고 그냥 울음을 터뜨리고 말았다. 제발 부탁이니 이런 바보 같은 짓은 다시는 하지 말아달라고 애원했다. 딸은 그런 어머니를 차가운 눈길로 내려다볼 뿐이었다.

어머니가 몰래 방을 뒤졌다는 것이 가출의 이유였다. 매달 주는 용돈으로는 도저히 살 수 없는 고급 옷과 액세서리, 화장품이 방에 가득했다. 어디서 어떻게 이런 것들을 샀는지 궁금해 떨리는 손으로 책상 서랍을 뒤져보니 주소록이 나왔다. 친구들과 가게 이름, 전화번호가 빼곡히 적혀 있었다. 남자 이름도 있었다. 그런데 그 가운데 이름도 없는 전화번호가 열 개 정도 적혀 있는 페이지가 있었다.

불길한 예감이 들어 어머니는 그 번호로 전화를 걸어보았다. 리스트 맨 위의 번호였다.

전화는 바로 통했다. 상대는 점잖은 말투를 쓰는 중년 남자였다. 그러나 어떤 가게인지, 옷가게인지 미장원인지 짐작이 가지 않았다. 상대는 전화해줘서 고맙다고 했다. 지금 이야기할 수 있느냐고 했다. 몇 살이냐고 물었다.

어머니는 마음을 굳게 먹고, 사실은 고등학교에 다니는 딸을 둔 어머니인데, 딸의 수첩에 이 번호가 있어서 전화를 걸었다. 대체 그쪽은 누구시냐고 물었다.

상대는 침묵을 지켰다. 한참 후에야 남자는 머뭇머뭇 대답했다.

"여기는 텔레폰 클럽입니다, 어머니."

그러고는 전화를 끊었다.

그날 학교에서 돌아온 딸을 어머니는 심하게 나무랐다. 대체 무슨 짓을 하고 다니는 거냐고, 텔레폰 클럽에서 남자를 만나 놀러 다니는 여고생은 텔레비전에나 나오는 줄 알았다고, 무슨 생각으로 그러는 거냐고, 때로는 눈물을 흘리고 때로는 비명을 지르며.

딸은 되레 화를 냈다. 화를 내며 말했다. 내게도 사생활이 있다면서.

"그리고 나, 학교는 꼬박꼬박 잘 나가고 있잖아. 내가 잘못한 게 뭐 있어?"

물론 학교에는 잘 다니고 있다. 통학할 때의 복장도 소박하다. 그러나 그런 가면의 틈새로 딸의 난잡한 '사생활'이 마치 미니스커트 자락 사이로 엿보이는 팬티처럼 음란하게 비쳤다. 그래서 어머니는 딸의 방을 뒤져본 것이다.

격한 말다툼 후 냉랭한 표정으로, 그러나 표면적으로는 마치 아무 일도 없었다는 듯이 매일 학교를 가는 딸의 모습을 바라보면서 어머니는 필사적으로 대책을 생각했다. 머리에 든 모든 지식을 떠올려보고 텔레폰 클럽의 실체와 일부 여고생들의 믿을 수 없는 행동에 대해 넌더리를 내며 조사했다.

그러나 어떻게 해야 할지 알 수 없었다.

고민하는 어머니에게 딸은 점점 더 적의를 드러냈다. 자신의 비밀스러운 생활을 노골적으로 드러내기 시작했다. 결코 자신의 행동을 반성하지 않았다. 자신의 행동을 있는 그대로 말하는 것이 어머니에게 충격을 주는 가장 효과적인 방법이라는 것을 알고 그대로 실천했다.

"교복 입고 청순한 척하고 있으면 아저씨들이 줄줄 따라."

딸은 그렇게 말했다.

"그래서 데이트하고 돈을 받는 거야. 아니면 옷을 얻어입든지. 처음부터 화려하게 차려입으면 좋은 아저씨가 안 붙어. 오히려 위험한 놈이 달라붙지."

딸은 우쭐대며 그렇게 말했다.

"텔레폰 클럽에서 만나는 사람은 한번 만났다고 달라붙는 법이 없어. 난 돈만 받으면 그만이야."

어머니는 멈칫거리며 설마 매춘을 하는 건 아니겠지, 하고 물었다. 그러자 딸은 깔깔거리며 웃었다.

"멋진 사람이면 같이 호텔에 가. 뭐 어때? 서로 좋고, 즐거우면 되잖아."

어머니는 눈물을 흘리며 딸을 타일렀다. 그러자 딸은 더 화를 냈다.

"흥, 고상한 척 울기만 하면 다 되는 줄 알아? 엄마라고 내게 해준 게 뭐 있어!"

과연 그런가 하고 어머니는 자문해보았다. 어머니로서 딸에게 해줘야 할 게 뭘까? 내가 못 해준 게 뭘까?

생각다 못해 지방으로 전출되어 혼자 생활하고 있는 남편에게 전화를 걸었다. 딸의 교육문제로 남편에게 전화를 거는 건 처음이었다. 하나뿐인 딸은 여태까지 그녀 혼자서 맡아왔다.

남편이 너무 바쁘고 피곤한 것 같아 어머니는 자세한 이야기를 할 수 없었다. 딸이 매춘을 하고 있는 것 같다는 말은 차마 할 수 없었다. 다만, 딸이 집을 나가서 며칠째 돌아오지 않고 있다고 말했다. 반항기라서 그럴지도 모르지만 걱정이 된다고 말했다.

남편은 벌컥 화를 내며, 네가 애 교육을 제대로 하지 않아서 그렇다고 말했다. 어머니는 유일한 대화 상대가 아무 소용이 없다는 것을 깨달았다.

그후로 어머니는 홀로 고민하며 견뎠다. 이리저리 해결책을 생각해보고, 상냥하게 말을 걸어보기도 했지만 보기 좋게 퇴짜만 맞았다. 화를 내면 말싸움이 되고, 애원하면 경멸당하는 식이었다.

그리고 지금, 딸은 두번째로 집을 나가 이틀째 돌아오지 않고 있다. 이번에는 어디에 있을까? 이번에도 나흘 정도 지나면 돌아오지 않을까?

그날 저녁, 전화가 걸려왔다. 처음 듣는 목소리였다.

이상한 목소리였다. 기계음 같았다. 현금지급기에서 나오는 소리 같기도 했다.

"어머니? 그애 집에 있어?" 하고 물었다.

"그애라면, 우리 딸 말이세요?"

그렇다고 하면서 상대는 끼끼끼, 웃었다.

"없을 거야. 있을 리 없지. 나랑 있으니까."

"네? 그쪽에 신세를 지고 있단 말이세요?"

어머니는 매달리는 듯한 어투로 말했다.

"그럼, 신세를 지고 있지. 그래도 조금은 나를 도와주는 애니까 괜찮아. 아주 소중하게 다뤘지."

"아, 정말 고맙습니다……"

남자는 어머니의 말을 가로막았다.

"딸을 데리러 와."

"데리러 오라고요?"

"응, 오늘밤 집에 가고 싶다고 하는군."

어머니는 눈물을 글썽였다. 딸이 돌아온다. 그리고 데리러 오라고 한다.

"어디로 가면 되나요?"

"집 근처에 어린이공원이 있지? 코끼리처럼 생긴 미끄럼틀이 있는 곳."

어머니는 그곳을 알고 있었다. 가족이 이곳으로 이사 올 때부터 그 미끄럼틀은 거기에 있었다. 코끼리의 배를 타고 올라, 긴 코 쪽에서 미끄러져내리는 미끄럼틀이다. 어머니는 거기서 어린 딸과 자주 놀았었다. 딸은 그 '코끼리 미끄럼틀'을 아주 좋아했었다.

"알았습니다. 거기로 가면 된다는 말씀이죠?"

"응."

끼끼거리는 목소리가 말했다.

"오늘밤 새벽 두시. 좀 늦은 시간이긴 하지만."

어머니는 몇 번이나 인사를 했고, 그러는 사이에 상대는 전화를 끊었다. 어머니는 눈물을 닦고 코를 풀었다. 혼자서 고민하느라 마음의 평정을 잃고 딸이 돌아오기만을 바라는 그녀의 마음에는 상대가 누구고, 이런 상황이 얼마나 불길한지에 대해 생각해볼 여유도 없었다.

그리고 새벽 두시, 어머니는 어린이공원으로 갔다.

공원은 어두웠다. 달도 없는 밤이었다. 하늘에는 구름이 잔뜩 끼어 별도 거의 보이지 않았다. 공원을 둘러싼 낮은 관목 사이에서 들려오는 작은 벌레 소리만이 가을밤을 알려주고 있었다.

공원으로 들어서자마자 어머니는 미끄럼틀 위에 누군가 앉아 있는 것을 보았다. 코끼리의 머리 위에 밤보다 검은 그림자가 있었다.

어머니는 달려갔다. 미끄럼틀 위를 올려다보니, 분명 그 그림자는 교복을 입은 딸의 모습이었다. 무릎을 끌어안고 앉아 있었다.

"엄마야, 데리러 왔어" 하고 말을 걸었다.

"내려와. 엄마, 화 안 낼게."

그러나 딸은 내려오지 않았다. 애가 타는 마음을 억누르고 있던 어머니는 손을 뻗어 딸의 스커트 자락을 끌어당겼다.

딸의 몸이 옆으로 기울어졌다. 그리고 둥그런 코끼리 몸에서 머리부터 거꾸로 떨어져내렸다.

어머니는 비명을 지르며 딸을 끌어안았다. 그러나 어머니의 팔 속에 든 딸의 몸은 딱딱하게 굳은 채 싸늘하게 식어 있었다. 두 눈을 부릅뜨고, 비명을 지르는 듯이 입을 반쯤 벌리고서. 목에 남은 로프 자국이 무슨 일이 일어났는지를, 왜 어머니가 비명을 지르지 않을 수 없는지를 침묵으로 웅변하고 있었다.

11

마에하타 시게코가 사는 가쓰시카 구 남쪽에서 스미다 구의 오가와 공원은 그리 멀지 않다. 때문에 오히려 시게코는 아직까지 한 번도 가 본 적이 없었다. 도쿄에서도 벚꽃의 명소로 이름나 있는 곳이라 취재로라도 한두 번 갔어야 마땅했지만, 어쩐 일인지 그 공원과는 인연이 없었다.

호유샤의 이타가키는 이틀 만에 쓰카다 신이치의 주소와 학교를 알아냈다. 신이치는 지금 돌아가신 아버지의 친구인 이시이라는 교사 부부의 집에 머물고 있다고 했다. 사는 집은 오가와 공원에서 걸어서 얼마 안 되는 곳이고, 고등학교도 가까운 공립고등학교였다. 시게코는 우선 사건 현장인 오가와 공원을 살펴본 다음, 걸어서 쓰카다 신이치가 사는 집을 찾아가리라 생각했다.

어디서부터 어떻게 손을 대면 좋을지 알 수 없었지만, 이타가키는 어디서 구했는지 쓰카다 신이치의 사진까지 확보한 상태였다.

"교사 일가 살인사건 당시 우리 주간지 기자가 찍은 거야. 물론 잡지에는 실리지 않았어."

그 사진은 장례식 때 찍은 것이었다. 두 대의 영구차 사이에 교복을 입은 소년이 두 손으로 영정을 들고 서 있었다. 얼굴을 약간 옆으로 돌리고 마이크 앞에 서서 장례식 사회를 보는 남자를 바라보는 사진이었다. 이 남자는 아마도 소년의 친척쯤 될 것이다. 상주는 쓰카다 신이치이지만 그에게 인사를 시키는 건 너무 잔혹하다는 배려 때문일 것이라고 시게코는 생각했다.

망원렌즈로 찍은 듯, 쓰카다 신이치의 표정이 선명히 드러나 있었다. 얼굴만 본다면 그냥 졸음을 못 이겨하는 남자애의 사진으로 생각할 것이다. 눈꺼풀이 아래로 처져 있고, 입도 벌어지고 턱도 늘어져 있었다.

그러나 그는 부모와 여동생의 영정을 가슴에 품고 있었다. 영정사진과 함께 찍힌 쓰카다 신이치의 멍한 표정은 특별한 의미를 띠고 있는 것 같았다.

그것은 폐허 위에 선 인간의 얼굴이었다. 하룻밤 사이에 모든 것이 부서져버렸다. 그리고 그 자신은 파편 위에 서 있다. 파편을 처리해야 하는데 어디서부터 어떻게 손을 대면 좋을지 모르겠다. 어느 것이 여동생의 뼈이고, 어느 것이 어머니의 머리카락이고, 어느 것이 아버지의 살인지……

시게코는 눈을 부릅뜨고 소년이 안고 있는 영정사진을 응시했다. 선명하게 찍히지는 않았지만 아버지와 어머니가 딸을 사이에 두고 서 있는 모습을 확인할 수 있었다. 한 사람 한 사람의 사진을 마련할 수 없어 누군가가 이 사진을 찾아내 영정사진으로 삼았을 것이다. 이렇게 장례식에 쓰기 좋은 사진이 있었다니 참으로 공교로운 일이다. 혹시 쓰카다 신이치가 찍은 사진인지도 모른다. 가족여행 때, 자기가 찍겠다고 나서서 카메라를 들고 활짝 웃는 가족을 향해 셔터를 눌렀을 것이다. 그래서 혼자만 사진에 나오지 않았다. 그때, 세 명이 찍으면 재수가 없대, 가운데 사람이 먼저 죽는대, 라고 여동생을 놀렸을지도 모를 일이다. 영정을 안으면서 신이치는 그때의 일을 떠올렸을지도 모른다.

코가 오뚝한 게 꽤 귀여운 얼굴이었다. 사건이 쓰카다 신이치에게 끼쳤을 영향을 생각하면 시게코는 그를 만나러 가기를 주저하지 않을 수 없었다. 사진 속에 이렇게 멍하니 선 이 소년은 일 년 후인 현재, 어떻게 살고 있을까.

"시게코, 쓸데없는 생각으로 주눅이 들면 안 돼."

사진을 건네주면서 이타가키는 그렇게 선수를 쳤다. 시게코는 쓴웃음을 지으면서 사진을 호주머니에 넣고 집을 나섰다.

히가시무코지마 역에서 내려 지도로 길을 확인하면서 오가와 공원으로 향했다. 역 앞의 분위기는 시게코가 사는 동네와 비슷했다. 작은 빌딩과 가게, 주택과 공장이 마구 섞여 있었다. 쇼지와 결혼하기 전에는 학생들이 많고 세련된 분위기의 고엔지에 살았었다. 가쓰시카로 옮겼을 때는 어쩐지 영락해버린 것 같은 기분이었다. 그렇지만 지금은 처음 걸어보는 동네에서 낯익은 느낌을 받고 안도감을 느낀다. 사람의 감각이란 이렇게 간사한 것이다.

오가와 공원은 스미다 강과 넓은 간선도로 사이에 길게 뻗어 있다. 집들이 빼곡한 거리의 분위기와는 너무 어울리지 않는 녹색 공간이었다. 막연하게 상상하던 것보다는 훨씬 더 규모가 커서 시게코는 조금 놀랐다.

공원 안으로 들어가서 오른팔이 발견된 쓰레기통을 찾아 걸어갔다. 현장 부근의 간단한 약도가 실린 주간지 기사를 찢어내어 주머니에 넣고 있었다. 그것을 보면서 앞으로 나아가자 코스모스 화단이 나왔다.

쓰레기통은 바로 그 근처에 있었다.

커다란 뚜껑이 달린 새 쓰레기통이었다. 아마 사건 후에 바꾸었을 것이다. 번호나 글씨가 적혀 있지도 않았다. 어디서나 볼 수 있는 공원의 평범한 쓰레기통이었다. 슬쩍 뚜껑을 밀어 안을 들여다보니 쓰레기가 제법 차 있었다.

여기서 쓰레기통을 뒤져봐야 아무 소용이 없다. 괜히 멋쩍어진 시게코는 주위를 둘러보았다. 드문드문 사람 그림자가 보였다. 어쩌다 보이는 사람들은 한결같이 느긋한 발걸음이었다. 햇살은 부드럽고 상쾌하지만, 화단의 녹음이나 산책로를 따라 점점이 박힌 벤치에는 사람의 모습을 거의 찾아볼 수 없었다. 조용하고 한적하다. 여기저기 목격자를 찾는 경찰의 팻말이 눈에 띌 뿐, 그런 끔찍한 일이 있었음을 알려줄 만한 것은 없었다.

그래도 시게코는 공원 안을 한 바퀴 돌아보기로 했다. 이 공원의 풍경을 전체적으로 느껴보고 싶었다. 어차피 시간도 많았다.

쓰카다 신이치를 맡은 이시이 부부는 둘 다 교직에 있다고 한다. 그렇다면 낮에는 집에 아무도 없을 것이다. 시게코는 한 번 이시이 부부의 집에 전화를 걸었었다. 어젯밤 여덟시경이었다.

여자 목소리였다. 아마도 이시이 부인일 것이었다.

시게코는 일부러 이름을 대지 않았다.

"신이치 있나요?" 하고 말했다.

상대는 밝은 목소리로 대답했다.

"지금 목욕하고 있어요."

"늦은 시간에 전화드려 죄송합니다."

이름을 대지 않는 시게코를 이시이 부인은 신이치의 친구로 착각하는 것 같았다. 시게코도 일부러 여학생 같은 어투로 말하고 있었다.

"전화하라고 할까요?"

"아니에요. 늦었으니까 내일 전화할게요."

"아, 그래요. 미안해요. 통화도 못 하고."

"신이치는 몇시에 학교에서 돌아오나요?"

"네시 반에서 다섯시 사이에 돌아와요. 요즘은 클럽 활동도 하지 않는 모양이에요."

그러고 나서 이시이 부인은 물었다.

"혹시 미즈노?"

시게코는 움찔했다. 미즈노?

"아, 아닌데요."

"아, 그래요? 같은 학교가 아닌 것 같아서 물어본 거예요."

인사를 하고 시게코는 전화를 끊었다. 혹시 의심을 하는 건 아닐까 하고 생각했다. 다른 매스컴 관계자들도 신이치에게 접근을 시도하고 있을지 모른다. 그러나 이시이 부인의 어투에는 전혀 그런 기색이 없었다. 상대가 여자라서 방심한 것일까.

오가와 공원을 걸으면서 시게코는 손목시계를 보았다. 네시가 되면 공원을 빠져나가 이시이 부부의 집 쪽으로 갈 생각이었다. 현관 벨을 눌러보고 아무도 나오지 않으면 길가에서 신이치가 돌아오기를 기다리려고 마음먹었다. 누군가 나와준다면 그보다 더 좋은 일은 없지만, 용건을 말하자마자 문을 닫아버릴지도 모른다. 그렇다면 길에서 신이치를 만나는 게 가장 효과적일 것이다.

시게코는 매우 긴장하고 있었다. 공원 안을 걸어가고 있었지만 아무것도 눈에 들어오지 않았다. 머릿속에서는 자기소개를 어떻게 할지, 신이치를 만났을 때 어떤 말을 어떻게 꺼내야 할지, 시뮬레이션을 거듭하고 있었다. 소리내어 혼자서 중얼거리고 있자 지나가는 사람이 이상하다는 표정으로 시게코를 보았다.

한 바퀴를 돌고 코스모스 화단이 있는 곳에 도착하니 네시 십 분 전이었다. 시게코는 코스모스 화단을 지나 출구 쪽으로 향했다. 그때, 바로 옆 벤치에 아까는 보이지 않던 사람이 혼자 앉아 있는 것이 눈에 들어왔다.

여학생이었다. 살이 좀 붙으면 더 귀여워 보일 것 같은 갸름한 얼굴의 여자아이였다. 청바지에 하얀 스니커, 빨간 풀오버를 입고 긴 머리칼을 포니테일로 묶었다. 삼색이 멋지게 조화를 이룬 차림새와는 달리 그녀의 표정은 너무 어두웠다. 화가 난 듯도 하고, 심각한 사색에 잠긴 것 같기도 한 눈으로 앞쪽을 뚫어져라 바라보고 있었다. 그 표정이 너무 심각해서 시게코는 눈길을 뗄 수 없었다.

남자친구와 싸운 것일까. 아니면 부모와 다투었을까. 십대 여자애에게 저렇게 한스럽고 분노에 찬 표정이 나오는 사연은 무엇일까.

그러다 문득 오늘 아침 뉴스가 떠올랐다. 미타카 시내의 어린이공원에서 교살된 여고생의 시체가 발견되었다는 내용이었다. 그녀가 바로 얼마 전 신주쿠 플라자 호텔에 후루카와 마리코의 할아버지에게 보내는 범인의 메시지를 전해주었던 여고생이라는 것이 밝혀져 큰 소동이 벌어지고 있다. 게다가 시체가 발견되기 직전에 여고생의 집에 그 음성변조기를 사용한 끼끼끼— 하는 목소리의 전화가 걸려왔다는 것이다.

매스컴은 플라자 호텔에 찾아왔던 여고생은 평범하고 얌전해 보이는 소녀였다고 보도했었다. 이번에 시체로 발견된 여학생은, 학교에서는 얌전하게 지냈지만 한편으로는 매춘으로 돈을 버는 이중생활을 했다고 한다. 삼십대 주부인 시게코로서는 도저히 이해할 수 없는 행태였다.

그 소녀, 신원불명의 오른팔의 주인공과 후루카와 마리코에 이은 동일범의 세번째 희생자로 단정해도 좋을 것이다. 그리고 그녀는 이 사회가 확실히 '사망'을 확인할 수 있었던 첫번째 희생자였다. 오른팔의 주인공도 후루카와 마리코도, 아직 정식으로는 생사가 판명되지 않았다. 시게코가 그렇게 말하자 쇼지는 미간을 찌푸렸다.

"팔을 잘렸으니까 죽었을 거야. 분명 토막살인이라구."

그럴 것 같았다. 오른팔의 주인공이 살아서 돌아올 가능성은 없다고 보아야 할 것이다. 그러나 현재로서는 범인에게 감금된 채 아직 살아 있을 가능성도 있다. 이번 사건에서 범인의 행동을 보건대, 놈이라면 살아 있는 사람의 팔을 자르고, 그것을 버려 사회의 반응을 살피는 일도 아무렇지도 않게 해치울 수 있을 것 같았다. 후루카와 마리코 건을 봐도 그녀의 소지품을 일부러 흘려 경찰이나 가족을 쥐고 흔드는 이면에 또다른 계획이 있을 것 같은 느낌이 들었다. 범인은 마리코를 수중에 두고, 그녀의 소지품을 이용해 범인의 장난에 소동을 일으키는 가족들의 모습을 다른 누구도 아닌 마리코 본인에게 보여주고 싶은 것인지도 모른다. 그걸 보여주면서 고통받게 하고 싶은 게 아닐까. 음험하고 잔혹하기 짝이 없는 일이지만, 만일 그것이 사실이라면 마리코는 아직 살아 있을 가능성이 충분하다고 시게코는 생각했다.

설령 그것이 심한 비약에 지나지 않는다 하더라도, 다른 두 여성에 대해서는 생사를 밝히지 않고 경찰을 가지고 놀면서 그 여고생만은 시체를 쓰레기처럼 돌려준 데에는 어떤 의미가 감추어져 있을 것이라고 시게코는 생각했다. 여고생은 단순한 도구였던 것일까. 아니면, 그녀에 대해 어떤 죄책감을 느꼈기 때문에 유해만은 빨리 발견될 수 있게 해준 것일까.

바로 거기에 범인의 여성관이 감추어져 있는 건 아닐까. 범인의 마수에 걸려든 사람은 젊은 여자들뿐이다. 여성에 대한 그의 태도가 이런 행위들 속에 감추어져 있는 것은 아닐까. 그런 생각을 하면서 시게코는 벤치에 앉아 있는 여자애의 얼굴을 바라보고 있었다.

그러다 그 여자애와 눈길이 딱 마주쳤다. 시게코는 황망히 눈길을 돌렸다. 서둘러 출구 쪽으로 걸어갔다. 여자애의 시선이 따라오고 있는 것을 느꼈지만, 뒤도 돌아보지 않고 발걸음을 빨리했다.

이시이 부부의 집은 금방 찾을 수 있었다. 공원에서 빠른 걸음으로 십분 거리였다. 지은 지 아직 몇 년 안 되었을 것 같은 이층집. 주차장을 겸한 자그만 마당이 있고, 콜리 견 한 마리가 줄에 묶여 있었다. 시게코가 다가가 담 너머로 남쪽 창을 엿보려고 목을 내밀자 누워 있던 개가 일어서서 꼬리를 흔들었다. 귀엽긴 하지만 집 지키는 데는 빵점이었다.

문패에는 이시이 부부의 이름만 적혀 있었다. 창에도 베란다에도 세탁물이 보이지 않았다. 여느 집에서 흔히 찾아볼 수 있는, 젊은이들이 즐겨 타는 산악용 자전거도 보이지 않았다. 겉으로는 쓰카다 신이치의 흔적을 느낄 수 없었다.

개가 갑자기 짖어대기 시작했다. 시게코는 깜짝 놀라 담에서 떨어졌다. 짖으면서도 콜리 견은 여전히 꼬리를 흔들어대고 있었다. 시게코는 길을 건너 건너편 연립주택으로 갔다. 공동현관의 문이 열려 있었다. 시게코는 그 문 안쪽에 몸을 숨겼다.

개는 아직도 왕왕 짖어대고 있다. 그러나 이시이 부부의 집 창문은 열리지 않았고, 문을 여는 기척도 없었다. 시게코는 손목시계를 보았다. 네시 십오분이 지나고 있었다.

등 뒤 방에서 드라마를 재방송하는 소리가 들려왔다. 잠시 후 개가 조용해졌다. 문 뒤의 벽에 몸을 기대고 바깥을 살피면서 시게코는 쓰카다 신이치와의 첫 대면 리허설을 거듭하고 있었다. 안녕, 마에하타 시게코라고 해. 쓰카다 신이치 맞지? 잠깐 이야기 좀 할 수 없을까?

옷에도 신경을 썼다. 하얀 블라우스에 얇은 가을용 재킷, 카키색 바지에 가죽벨트. 깔끔하면서도 경쾌하게 보이기 위해서였다. 구두만은 평소 취재할 때 즐겨 신는 커다란 것으로 골랐다. 취재와 관련된 직업을 가진 사람임을 드러내기 위해 일부러 가방을 들었다.

개가 다시 짖기 시작했다. 이번에는 심하게 짖어댔다. 문에서 고개를 내밀어보니, 개는 목줄을 힘껏 잡아당기면서 좁은 정원 안을 왔다갔다 하고 있었다. 기뻐하고 있다. 가족 중 누군가가 돌아온 것이다. 시게코는 침을 꿀꺽 삼켰다.

그와 동시에 도로 오른쪽에서 누군가가 달려왔다. 청바지에 운동복, 어깨에 가방을 메고 있다. 쓰카다 신이치였다. 시게코는 금방 알 수 있었다. 시게코는 문 뒤에서 나와 모습을 드러냈다. 그때, 여자 목소리가 들려왔다.

"기다려! 도망가다니 비겁해!"

거의 비명에 가까운 목소리였다. 목소리 끝이 화살처럼 날카로웠다. 쓰카다 신이치는 그 목소리에서 벗어나기 위해 달리고 있었다. 현관 앞에 이르자 쓰카다 신이치는 열쇠를 찾으려는 듯 다급하게 청바지 주머니에 손을 넣어 뒤졌다. 겁을 먹은 듯 어깨를 움츠리고, 얼굴은 딱딱하게 굳어 있었다.

"잠깐만, 거기 서!"

목소리의 주인공은 신이치를 향해 외치며 다가왔다. 젊은 여자의 목소리였다. 그리고 목소리의 주인공이 시야에 들어왔을 때, 시게코는 놀라서 저도 모르게 숨을 멈추었다. 조금 전에 오가와 공원에서 보았던 그 여자애였다. 화가 난 듯 허공을 노려보고 있던, 그 험악한 표정의 여자애였다.

신이치가 열쇠를 꺼내 문을 열려는 순간, 여자애도 현관 앞에 섰다.

등 뒤에서 신이치의 가방을 잡아당겼다.

"제발 도망치지 마!"

신이치는 아무 말도 않고 문을 열었다. 집 안으로 들어가자마자 탕! 하고 문을 닫아버렸다. 소녀는 문에 달라붙어 외쳤다.

"왜 내 말을 들어주지 않는 거야? 열어, 문 좀 열어!"

손잡이를 당기기도 하고 문을 두드리기도 하면서 큰 소리로 소녀는 신이치의 이름을 불러댔다.

"신이치, 내 말 들리지?"

그러나 집 안에서는 아무런 반응도 없었다. 개는 여전히 짖어대고 있었다. 정원 쪽으로 난 창 커튼이 조금 움직이는 것 같았지만, 그것도 잠깐뿐이었다.

광란하는 소녀의 모습에 시게코는 놀라기보다는 어이가 없었다. 무슨 일일까, 왜 저렇게 소동을 부리는 걸까? 이웃 사람들도 이상하다는 듯이 현관이나 창으로 얼굴을 내밀고 있었다.

그러나 소녀는 주위의 눈길에는 신경도 쓰지 않았다. 문에서 몇 걸음 뒷걸음질치더니, 도로 쪽 이층 창을 올려다보며 다시 외치기 시작했다.

"신이치, 숨는다고 되는 줄 알아! 나, 오늘 집에 안 가. 만나줄 때까지 안 갈 거야!"

시게코의 머리 위에서 누군가가 소리죽여 웃었다. 고개를 들어 올려다보니, 이 연립주택의 주민인 듯한 앞치마를 두른 중년 여자가 입가에 손을 대고 웃고 있었다. 그 집 바로 옆의 자그만 공장 쪽에서 회색 작업복을 입은 남자 둘이 셔터 사이로 목을 내밀고 웃으면서 소녀와 이층 창을 번갈아 쳐다보고 있었다.

"절대로 안 갈 거라고!"

그렇게 선언하고 소녀는 문에 등을 기댄 채 현관에 퍼질러앉았다. 시게코는 그녀의 얼굴을 정면에서 볼 수 있었다. 흥분한 탓인지 공원에서 보았을 때보다는 안색이 좋아 보였다. 그러나 분노에 찬 듯한 그 눈길은 변함이 없었고, 뒤틀린 표정이 귀여운 소녀의 모습을 악마로 만들어 놓고 있었다.

"학생, 애인하고 싸웠어?"

공장의 남자가 놀리듯이 말했다. 그러자 소녀는 얼굴을 치켜들고 상대를 노려보았다.

"그런 게 아니에요!"

"어이쿠, 무서워라."

남자는 웃으면서 셔터 안으로 사라졌다. 소녀는 두 팔로 무릎을 감싸고 얼굴을 묻었다. 시게코의 눈에는 그녀가 격정을 이기지 못하고 울고 있는 것 같아 보였다.

분명 그것은 애들다운 사랑싸움처럼 보였다. 그러나 시게코는 겁에 질린 듯 어깨를 떨던 쓰카다 신이치의 모습에서 뭔가 다른 것을 느꼈다. 시게코도 쇼지와 싸운 적이 있었다. 쇼지를 만나기 전에 사귀었던 남자와는 싸움이란 말로는 부족할 정도로 심각하게 다투기도 했다. 그러나 어떤 식이든, 애인에게 야단을 맞았다고 남자가 그렇게 벌벌 떤다는 것은 아주 드문 일이다. 여자가 화를 낸다고 겁을 먹는 남자는 없을 것이다. 창피해하거나 화를 내기는 하지만, 두려워하지는 않는다. 오히려 여자가 묘하게 웃거나 울면 겁을 낸다. 그것은 십대 소년소녀의 사랑에도 별 차이가 없을 것이다. 이것이 그냥 사랑싸움이라면 쓰카다 신이치는 목을 움츠리고 도망치면서 공장의 남자들처럼 웃거나 화를 냈을 것이다.

시게코는 길을 건너 소녀에게 다가갔다. 시게코의 그림자가 얼굴을 가리자 소녀는 눈을 치켜들었다.

"안녕."

시게코는 말을 걸었다.

"미안해. 쓸데없이 끼어들 생각은 없지만, 너 괜찮니?"

소녀는 잠깐 시게코의 눈을 보았다가 시선을 비키더니 다시 아까처럼 무릎을 끌어안았다. 눈동자가 작은 돌처럼 까맣게 빛나고 있었다.

"이렇게 하면 오히려 역효과만 날 거야."

시게코는 소녀의 얼굴을 들여다보았다.

"신이치하고 이야기하고 싶으면 다른 방법을 찾는 게 좋을 것 같은데. 그리고 오늘은 그만두는 게 어떨까? 이대로는 네가 아무리 해도 나오지 않을 거야."

소녀는 눈길을 딴 곳에 던진 채 내뱉듯이 말했다.

"간섭하지 마세요."

"신이치 친구니?"

"내버려두라니까요."

"그렇지만……"

"내버려두란 말이에요! 간섭하지 말아요!"

소녀는 시게코를 향해 악을 썼다. 시게코의 볼에 소녀의 침이 튀었다. 고압선 같았다. 소녀의 가녀린 몸속에 거대한 에너지의 덩어리가 꿈틀대고 있었다. 그러나 그 에너지는 결코 밝지 않았다. 무엇이 이 소녀를 이렇게 고통스럽게 하는 것일까? 이런 분노와 비탄은 어디서 오는 것일까?

시게코는 소녀에게 들릴 정도로 소리내어 한숨을 쉬었다. 그러고는 몸을 일으켜 이층 창문을 올려다보았다. 커튼이 흔들리면서 쓰카다 신이치가 얼굴을 내밀었다. 그와 시게코의 시선이 마주쳤다.

소녀는 쭈그리고 앉은 채 팔로 자신을 지키려는 듯 무릎을 꼭 끌어안고 있었다.

울고 있었다.

시게코는 다시 길을 건너 건너편 연립주택 쪽으로 걸어갔다. 걸으면서 가방에서 휴대폰을 꺼냈다. 손바닥 안에 전화기를 감추듯 넣고, 목만 틀어서 이층 창문을 바라보며 손을 들었다. 신이치는 아직도 창가에서 있었다. 시게코의 손에 있는 휴대폰을 보았을 것이다. 시게코는 재빨리 전화기를 좌우로 흔들고, 입만 움직여 전화를 하겠다고 말했다.

신이치의 모습이 창가에서 사라졌다. 시게코의 의도를 알아챈 것이다.

연립주택 문 뒤에 숨어서 전화번호를 눌렀다. 벨이 울리자 금방 전화를 받았다.

"현관에 있는 여자애, 돌아갈 생각이 없는 것 같은데, 어떻게 할 거야?"

한 호흡을 두고 대답이 돌아왔다. 당혹스러워하는 기색이 역력했다. 시게코는 쓰카다 신이치가 불쌍하다는 생각이 들었다.

"……미안해요."

쓰카다는 조그만 목소리로 말했다.

"그냥 내버려둘 수는 없을 것 같은데, 어떻게 하면 좋겠니?"

신이치는 그 물음에는 대답하지 않고 시게코에게 물었다.

"이웃집 분이세요?"

"응."

시게코는 작은 전화기를 향해 웃음을 지었다

"사실은 나, 신이치를 만나러 왔어."

신이치는 입을 꼭 다물었다. 그러고 나서 잠시 후, 작은 목소리로 말했다.

"저를요?"

"응, 쓰카다 신이치 맞지?"

"……그런데요?"

마치 쓰카다 신이치라는 존재를 벗어던질 수 있다면 벌레가 되어도 좋겠다는 듯한 어투였다. 아니라고 대답할 수 있다면 얼마나 좋을까 하는 감정이 밴 목소리였다.

"난 마에하타 시게코라고 해. 만나서 이야기를 좀 하려고 왔어. 사실 난 르포를 쓰고 있거든. 오가와 공원 사건에 관해서. 네가 처음 발견했지?"

"예, 그래요."

신이치의 목소리가 커졌다.

"사실은 나 혼자가 아니지만요."

처음 듣는 소리였다.

"그래? 처음 듣는 말인데? 좀 만나서 이야기할 수 없을까?"

시게코는 웃으면서 말했다.

"거절한다고 현관에 쭈그리고 앉아 있지는 않을 테니까 걱정 마. 그렇지만 꼭 만나서 이야기를 하고 싶어."

신이치는 말이 없었다.

"현관에 있는 여자애, 여자친구니?"

즉시 대답이 돌아왔다.

"아뇨, 그런 관계가 아니에요."

"그래…… 그런 것 같았어. 저애를 그냥 돌려보내는 게 너한텐 좋겠지?"

신이치는 대답하지 않았다. 그 대신에 이렇게 말했다.

"이대로는 절대로 돌아가지 않을 거예요. 차라리 내가 몰래 집을 나가는 게 빠를 거예요."

"네가?"

"예."

"저애를 내버려두고?"

"예."

"이제 곧 부모님…… 이시이 씨 부부가 돌아오겠지?"

"그래요. 마에하타 씨라고 하셨죠?"

"응."

"나에 대해 알고 있죠?"

부모라는 말을 하다가 그만두었기 때문일 것이다. 시게코는 손에 든 전화기를 향해 고개를 끄덕였다.

"응, 알고 있어. 이시이 씨는 돌아가신 아버지 친구분이시라고……"

"그래요. 그래서 걱정을 끼치고 싶지 않아요."

속삭이는 듯한 어투였다.

"그런데 어떻게 빠져나올 생각이야?"

"뒤편 베란다에서 담을 넘어서 나가면 돼요."

"뒤에도 도로가 있어?"

"네, 일방통행이에요."

"그럼 이렇게 해. 내가 택시를 잡아서 그쪽으로 갈게. 준비되면 전화해줘."

"좋아요. 고맙습니다."

"괜찮아."

전화를 끊고 시게코는 잠시 생각해보았다. 일이 너무 매끄럽게 풀리는 것 같았다. 쓰카다 신이치 쪽에서 나와준다니 이보다 더 좋을 수는 없다. 그 소녀에게 감사하고 싶은 기분이었다.

소녀는 아직도 현관 앞에서 버티고 있었다. 추울 텐데도 얼굴에는 아무런 변화가 없었다. 시게코는 그녀 앞에서 발걸음을 멈추었지만, 소녀가 얼굴을 돌리는 바람에 말을 꺼내려던 것을 그만두었다.

큰길로 돌아나와 택시를 잡았다. 신이치의 말대로 집 뒤편에 차 한 대가 겨우 지날 수 있는 길이 있었다. 택시 문을 열어두고 베란다를 바라보며 전화를 걸자 신이치는 금방 내려가겠다고 말했다.

창이 열리고 소년이 모습을 드러냈다. 가볍게 베란다를 넘어 일층으로 내려섰다.

"조심해."

이웃 사람이 보지는 않나 눈치를 살피며 시게코는 작은 목소리로 말했다. 그 소녀에게 들켜서는 안 된다.

쓰카다 신이치는 아까와 똑같은 복장에 똑같은 가방을 메고 있었다. 가볍게 담을 넘어 길로 뛰어내렸다. 생각보다는 키가 작았다.

"마에하타 씨세요?"

"응, 어서 타."

신이치를 태우고 달렸다. 차가 집 근처를 벗어나자 소년은 작게 한숨을 내쉬었다.

"좀 멀리 떨어지는 게 좋겠지? 어디 커피숍에라도 들어가자."

시게코의 말에 신이치는 대답도 하지 않고 고개를 끄덕이지도 않았다. 그저 창밖만 바라보고 있었다.

오차노미즈까지 가기로 했다. 호텔 커피숍이 좋을 것 같았다. 신이치에게는 취재할 때마다 자주 가는 곳이라고 했다. 신이치는 여전히 말이 없었다.

호텔 앞에서 택시를 내리자, 신이치는 시게코 앞에 서서 말했다.

"요금은요?"

"괜찮아."

소년은 고개를 저었다.

"아녜요. 얼마 나왔어요?"

신이치는 가방을 열려고 했다. 시게코는 저도 모르게 웃었다. 순진한 소년이라는 생각이 들었다.

"괜찮아, 내가 취재하는 입장이잖니."

"그러니까 안 돼요."

신이치는 처음으로 시게코의 얼굴을 똑바로 쳐다보며 단호하게 말했다.

"전 취재에 협력해줄 수 없으니까요."

시게코는 갑자기 급소를 찔린 사람처럼 움찔했다.

"응?"

"취재는 싫습니다. 난 이야기할 게 하나도 없어요."

"여기까지 같이 와줘놓고?"

"이용한 것 같아서 죄송해요. 집을 나가고 싶어서 그랬어요. 그러니까 택시비는 내가 낼게요."

"잠깐만 기다려줘."

"취재는 안 됩니다."

"신이치."

시게코는 더이상 할 말이 없었다. 소년의 얼굴은 굳어 있었다. 그 여자애에게서 도망치고 있었을 때처럼 겁을 먹은 듯도 했다. 가늘게 떨리는 눈꺼풀 안쪽에서, 그 눈은 끊임없이 도망칠 길을 찾고 있었다.

말이 다르지 않냐고 화를 낼 수도 없었다. 일이 이렇게 잘 풀리는 것 자체가 오히려 이상하다는 생각이 들었다. 겁을 먹고 벌벌 떠는 신이치의 눈을 바라보고 있으니 불쌍하다는 생각이 들 정도였다.

"그럼 이렇게 하는 게 어떨까?"

미소를 띤 채 시게코는 신이치의 팔을 가볍게 잡았다.

"차라도 한잔 하는 게 어때? 금방 집으로 돌아갈 수도 없을 테니까.

그 여자애, 아직도 버티고 있지 않을까? 여기까지 데리고 온 건 나니까, 내게는 집까지 바래다줄 책임이 있어. 그런 다음 취재는 나중에 부탁할게. 이시이 씨 부부도 만나보고."

소년은 팔을 빼내며 시게코에게서 몇 걸음 물러났다. 그러고는 재빨리 고개를 저었다.

"그건 안 될 겁니다."

"시간을 좀 뒤도 좋아. 몇 번이라도 찾아갈 수 있어. 승낙해줄 때까지. 무슨 특종을 만들려고 이러는 건 아냐. 기자가 아니니까. 이야기하면 충분히 이해할 수 있을 거야."

"안 돼요."

신이치는 사정하는 듯한 어투로 말했다.

"아무리 기다려도, 몇 번을 찾아와도 안 돼요. 난 이제 그 집에는 돌아가지 않을 거니까요."

"돌아가지 않는다니?"

시게코는 눈을 크게 떴다.

"안 돼, 신이치. 정말 집을 나갈 생각이야? 정말로?"

"그래요."

소년은 길을 찾는 사람처럼 시게코의 어깨 너머로 눈길을 던졌다. 일초라도 빨리 이 자리를 떠나고 싶은 눈치였다.

"그래서는 안 돼. 내가 그냥 보고만 있을 수 없어. 넌 미성년자야. 대체 어디로 갈 생각이야? 갈 데가 있니?"

"친척집에 갈 거예요."

시게코는 턱을 잡아당기고 신이치의 얼굴을 빤히 쳐다보았다. 그 말의 진위를 확인하고 싶었던 것이다. 소년은 시게코의 시선을 피해버렸다. 이건 거짓말이다. 몸을 의탁할 만한 친척도 없을 거라고 시게코는 생각했다. 갈 데가 없는 것이다.

"말도 안 하고 집을 나가다니, 아저씨 아주머니께 미안하지도 않니?"

"미안하니까 나가는 겁니다."

"그건 무슨 뜻이지?"

신이치는 얼굴을 치켜들고 목소리에 힘을 넣었다.

"말할 필요가 있어요? 상관없는 일이잖아요."

그러나 시게코는 물러서지 않았다.

"물론 난 아무 관계도 없는 남이야. 그렇지만 그냥 보고만 있을 수는 없어. 그리고 한 가지 잊지 말아줬음 좋겠어, 신이치는 나를 이용했다는 사실을."

"택시비 제가 내겠습니다."

"돈 문제가 아냐!"

시게코가 화를 내자 신이치는 몸을 움츠렸다. 어머니에게 야단맞은 어린아이 같은 반응이었다.

"그럼 날더러 어떡하란 말이에요?" 하고 맥 빠진 목소리로 중얼거리듯이 말했다.

"오가와 공원 사건에 대해 말하면 돼요? 그럼 되냐구요? 난 별로 아는 게 없어요. 그러니까 매스컴에서도 나를 취재하지 않은 거예요."

그 순간 시게코는 문득 새로운 사실을 느꼈다. 신이치가 몹시 피로해 보인다는 것이었다. 마치 패주하는 병사들의 신경처럼 피로에 절어 있었다. 마음 놓고 쉴 곳을 찾을 때까지 필사적으로 자신을 몰아붙여야만 하는 패잔병.

"신이치, 피곤해 보여. 잠을 잘 못 자는 거 아니니?"

신이치는 말없이 고개를 떨구었다.

"사정은 잘 모르겠지만, 집을 나가려는 것도 그것 때문 아니야?"

신이치는 고개를 끄덕하더니 중얼거리듯이 말했다.

"그렇긴 하지만, 거기에 대해서는 말하기 싫어요."

그 순간 시게코는 마음을 정했다.

"알았어" 하고 힘차게 말했다.

"그럼 내가 도와줄게. 일단, 우리집으로 가자."

"예?"

"하룻밤 재워줄게. 그러면서 다음 일을 생각해보도록 해. 가출한 다음에 어떻게 할지 아직 아무런 계획도 없지?"

"예……"

"고등학생 티가 풀풀 나는데 어디서 일자리를 주겠어. 숙식까지 제공하는 데는 거의 없어. 세상은 텔레비전 드라마하고 달라. 가출한 주인공이 화면 하나만 바뀌면 벌써 방을 빌려서 살고 있는 그런 일은 절대 없어, 현실에서는."

신이치는 눈을 깜빡거리며 시게코의 얼굴을 뚫어져라 바라보았다. 시게코는 웃었다.

"아, 이상하게 생각하지 않아도 돼. 난 결혼해서 남편이 있는 사람이야. 자초지종을 설명하면 충분히 이해해줄 수 있는 사람이니까 걱정 마."

"그리고 또 한 가지," 하고 시게코는 손가락을 세워 보였다.

"아저씨 아주머니께 전화해. 사정을 자세히 말할 수는 없지만 어쨌든 무사하고, 스스로 판단해서 집을 나갔고, 오늘 머물 곳이 있다고 말이야."

"그건…… 집을 나올 때 편지에 썼어요."

"뭐라고 썼는데?"

"잠시 집을 비우겠지만 걱정은 마시라고요."

그러고 나서 신이치는 아득한 눈길로 먼 곳을 바라보았다.

"어차피 아주머니가 돌아와서 그애를 만나면 사정을 알게 될 테니까요."

그애라면 현관 앞에서 진을 치고 있는 소녀를 말하는 것일까? 그애가 가출과 관계가 있음이 분명하다. 무슨 사정이냐고 당장 물어보고 싶었지만 참았다.

"그럼 됐어."

믿을 수 없다는 듯 신이치는 머리를 흔들었다.

"좀 이상한 분이시네요."

"나?"

"예, 왜 남의 일에 이렇게까지……"

"그건 그래. 그렇지만 신이치도 내 입장이 되면 이렇게 했을 거야. 그냥 내버려두지 못할걸."

"시게코, 문제라도 생기면 어떡해?"

쇼지가 목소리를 낮추어 물었다.

"문제?"

"유괴라고 해도 할 말이 없잖아. 저애 보호자는 아무것도 모르고 있으니까."

쓰카다 신이치는 거실 소파에 앉아 멍하니 텔레비전 화면을 바라보고 있다. 시게코와 쇼지는 부엌에서 저녁 준비를 하며 이야기를 나누고 있었다.

시게코는 마침 공장에서 일을 마치고 돌아오는 쇼지와 현관에서 만났다. 시게코는 안으로 들어가자마자 쇼지에게 사정을 설명했다.

사실 집으로 돌아오는 길에도 시게코는 내심 남편 쇼지의 반응을 걱정하고 있었다. 신이치에게 아무 걱정 말라고는 했지만, 갑자기 얼굴도 모르는 남자 고등학생을 데리고 와서 재워준다는 건 아무래도 자연스럽지 않은 일이었다. 혹시 쇼지가 불평을 할지도 몰라 가슴을 졸이고 있었던 것이다.

그러나 쇼지는 불평하지 않았고 화도 내지 않았다. 그저 당혹스러운 표정으로 쓰카다 신이치를 아래위로 찬찬히 살펴볼 따름이었다. 신이치는 기가 죽어 금방이라도 돌아가겠다고 말할 분위기였지만, 시게코는 팔을 잡고 억지로 안으로 끌어들였다.

"하기야 갈 곳도 없는 애를 그냥 내버려둘 수야 없지."

쇼지가 그렇게 말해주어서 시게코는 마음을 놓았다. 나중에 이 일로 싸울지도 모르지만 일단은 별 탈이 없을 것 같았다. 쇼지는 낯선 고등학생과 얼굴을 마주하고 앉는 게 어색한지 부엌으로 와서 저녁 준비를 하는 시게코를 도와주었다.

잠깐 저녁거리를 사러 나갈까도 했지만 신이치를 혼자 내버려두면 그냥 가버릴지도 모른다는 생각이 들어 있는 반찬으로 간단히 저녁식사를 하기로 했다.

"유괴는 아냐. 과민반응이야."

양파를 까면서 시게코가 말했다.

"글쎄…… 그래도 좀 불안해."

"쇼지는 너무 소심해. 아, 달걀 그만 저어도 돼."

"시게코는 자기 일이니까 그렇지만, 난 아무것도 모른 채 그냥 휘말려드는 기분이야. 몸도 피곤한데……"

"거기에 대해서는 정말 미안하게 생각해. 그렇지만 조금만 참아줘. 나중에 내가 꼭 갚아줄게. 꼭."

쇼지는 부루퉁한 표정으로 후후후, 하고 웃었다.

"이 달걀로 뭘 만들 건데?"

"거기 두고 냉장고에서 치즈 좀 꺼내줘."

치즈를 들고 온 쇼지가 심각한 표정으로 말했다.

"르포라이터나 저널리스트는 보통 이렇게 하는 거야? 취재 상대와 너무 친하게 지내는 것도 좋지 않을 텐데."

시게코에게는 뼈아픈 지적이었다. 보통의 저널리스트는 이런 경우에 어떤 행동을 할까?

"그건 나도 잘 모르겠어."

솔직한 심정이었다.

"그렇지만 저애가 너무 안됐어."

"안됐다는 건 알겠어. 그렇다고 집을 나가는 건 좀 심하지 않아?"

"만나기 싫대. 좀 복잡한 사정이 있는 모양이야."

"과연 그럴까? 난 시게코가 너무 과하게 생각하는 것 같은데. 부모와 다투는 건 별 문제가 안 돼. 금방 풀어지니까."

그건 그렇지 않다. 시게코는 쇼지의 말에 동의할 수 없었다.

"저 나이에는 아무것도 아닌 일에도 심각해지기 마련이야. 게다가 저애는 부모를 잃고 다른 사람 집에서 산다고 했지? 자그만 일에도 심각하게 고민하는 게 당연해. 사실은 아무 일도 아닐 거야."

"쇼지도 옛날에 그랬어? 어머니하고?"

쇼지는 잠깐 주춤했다.

"어머니가 알면 좀 시끄러워질 거야."

"알 리가 없잖아. 입만 다물면."

"그렇지만 이웃집에 CIA 할머니도 있잖아?"

"내 조카라고 하면 돼. 자, 이제 다 됐다."

한창 식욕이 왕성한 나이지만 상황이 상황인지라 입맛이 없는지 신이치는 밥도 먹으려 하지 않았다. 시게코가 아무리 권해도 기죽은 표정으로 가만히 앉아만 있었다. 쇼지는 시게코와 신이치의 얼굴을 번갈아 살피면서 일부러 밝은 목소리로 분위기를 띄워보았다.

"배고프겠다. 많이 먹어. 시게코는 보기보다 요리 솜씨가 좋아."

그러나 신이치는 고개를 숙인 채 아무 반응이 없었다.

어색한 식사가 끝날 즈음에 이르러 시게코는 신이치를 데리고 온 것이 잘못이 아닐까 하는 생각을 하기 시작했다. 적당한 호텔을 잡아서 묵게 하는 편이 나았을지도 모른다고. 그러나 눈을 떼면 어디론가 사라져버렸을 것이다.

"피곤하니? 이불 펴줄게 빨리 자. 내일 일은 내일 일어나서 생각해보자."

"목욕은? 목욕을 하면 기분이 나아질 거야."

"아, 깜빡했네. 갈아입을 옷을 가져와야지."

"내 스웨터하고 파자마 입으면 될 거야. 새로 산 게 있으니까. 우리 마누라는 세일만 하면 그냥 지나치지를 못하고 새걸 사오거든."

두 사람이 번갈아 말을 걸어도 신이치는 여전히 입을 다물고 있을 따름이었다. 시게코는 반응도 없는 관객을 앞에 두고 열심히 만담 쇼를 하는 코미디언이 된 듯한 느낌이었다.

마침내 쇼지가 화를 내기 시작했다. 그로서는 당연한 권리행사이기도 했다.

"이봐, 넌 초등학생도 아니잖아. 남의 집에 신세를 지고 있으면 예의를 갖춰야. 표정이 왜 그래" 하고 엄한 어투로 나무랐다.

"쇼지!"

"시게코는 가만있어."

쇼지의 말이 더 거칠어졌다.

"난 지금 예의를 가르치고 있는 거야."

신이치는 얼굴을 들더니 의자에서 일어섰다.

"이만 실례하겠습니다."

"아, 그렇게 해. 나도 그게 편하니까."

"그렇지만 갈 데도 없잖니."

"그냥 내버려둬. 하루 이틀 정도는 공원에서 자도 돼."

신이치는 가방을 들고 현관 쪽으로 걸어갔다. 시게코가 팔을 붙잡았다.

"너무 감정적으로 굴면 안 돼. 쇼지는 가만 좀 있어. 부탁이야. 신이치를 데리고 온 건 나라구. 신이치는 처음부터 다른 곳으로 가려고 했어."

"그러니까 가게 내버려두면 되잖아."

"무슨 사람이 그렇게 차가워!"

"차가워?"

쇼지가 의자에서 벌떡 일어섰다.

"내가 차갑다고?"

"그럼 아냐?"

"난 하루 종일 일을 하고 온 몸이야. 그랬더니 얼굴도 모르는 놈을 데리고 와서 뭐 어째! 나도 노력했어. 나보고 차갑다니, 그걸 말이라고 해!"

"일하는 게 그렇게 대단한 거야? 나도 일하고 있어."

서로를 노려보는 시게코와 쇼지를 신이치는 멍하니 바라보고 있었다. 그 얼굴에는 고통스러운 절망의 기색이 떠돌고 있었다.

"싸우지 마세요" 하고 맥 빠진 목소리로 신이치는 입을 열었다.

시게코는 신이치 쪽을 돌아보았다. 그리고 팔을 잡고 있던 손을 놓았다. 함부로 건드려서는 안 될 예민한 생명체가 거기에 서 있었다.

"신이치……"

험악한 표정을 짓고 있는 쇼지도 약간 낭패한 기색이었다. 신이치는 그쪽을 돌아보았다.

"죄송합니다. 제 잘못입니다. 너무 친절한 대접을 받다보니 그만 제 주제를 모르고……"

"오자고 한 건 나야."

신이치는 고개를 저었다.

"그런 게 아니에요. 그렇지만 정말 고마웠습니다."

"어디로 갈 생각이니?"

"적당한 데 가서 잘 거예요. 그 정도 돈은 가지고 있습니다."

"집으로 돌아가" 하고 쇼지가 말했다.

"그냥 폼으로 가출한 거잖아."

"쇼지!"

시게코가 눈을 부라렸다. 신이치는 쇼지의 얼굴을 똑바로 보고 있었다.

"나도 경험이 있어. 부모가 싸우는 게 싫어서 말이야."

"……그런 경우하고는 달라요."

"그럼 뭐야!"

쇼지가 버럭 화를 냈다.

"집으로 돌아가지 않을 만한 정당한 이유는 없어!"

"쇼지, 제발 큰 소리 좀 치지 마!"

시게코는 쇼지 쪽으로 다가섰다.

"조용히 얘기 좀 해. 신이치, 사실은 나도 그런 생각이 들었어. 왜 가출을 해야 하는 거야? 그 이유를 설명해주지 않을래? 그럼 우리가 힘이 되어줄 수도 있잖니."

신이치는 어깨를 늘어뜨리고 입을 다물어버렸다.

쇼지는 사람을 바보 취급한다고 더 화를 냈다.

"봐, 할 말이 없잖아. 별다른 이유가 없으니까 당연하지."

"쇼지는 가만 좀 있어!"

시게코는 신이치에게서 눈길을 떼지 않았다. 눈길을 떼면 신이치를 놓치고 말 것 같았다. 지금이 승부처라고 생각했다.

신이치의 얼굴이 약간 오른쪽으로 기울어졌다. 눈꺼풀이 꿈틀하더니 무거운 입이 떨어졌다.

"쓸 거죠?"

"응?"

"가출은 오가와 공원 사건하고는 아무 관계도 없어요. 그래도 쓸 거죠? 내가 말하면, 뭐든 마구 쓸 거죠? 그게 마에하타 씨의 일이니까. 목적이니까."

시게코는 가슴을 내밀고 단언했다.

"오가와 공원 사건과 관계없는 일이면 절대로 쓰지 않아."

"거짓말이에요."

"거짓말이 아냐."

"취재하러 온 사람들은 모두 그렇게 말했어요."

쇼지는 한 걸음 앞으로 나가 시게코를 감싸듯 하면서 우뚝 섰다.

"시게코는 절대로 거짓말을 안 해. 쓰지 않는다고 하면 쓰지 않아. 다른 놈들하고 똑같이 취급하지 마."

"말은 그렇게 하지만, 정말 그럴까요? 듣고도 쓰지 않고 배길 수 있을까요? 자신이 쓰지 않아도 다른 사람에게 정보를 팔지 않나요?"

"너 지금 무슨 말을 하는 거야! 시게코를 어떻게 보고."

주먹을 드는 쇼지를 시게코가 말렸다.

"그만둬."

"그럼 이야기를 해줄까요?"

신이치는 신경질적인 어투로 말했다.

"오늘 봤죠? 나를 쫓아온 그 여자애. 그애, 누굴 거 같아요? 왜 나를 쫓아온다고 생각해요?"

오늘이 처음이 아니라고 신이치는 말했다.

"몇 번이나 학교에서 돌아오는 길에 나를 기다렸다구요. 제발 부탁이 니 집까지는 찾아오지 말아달라니까 딱 한번은 그렇게 하더니, 내가 피 하자 이제는 집까지 찾아왔어요. 아저씨하고 아주머니가 모르게 하려 고 애를 썼는데, 그애가 그러니 이제는 다 들켜버리고 말았어요."

쇼지는 후후후, 하고 웃었다.

"네 여자친구지? 임신했으니 책임지라고 하는 거야?"

그 말을 듣는 순간 시게코는 쇼지의 뺨을 한 대 후려치고 싶었다. 그 러나 그전에 얼어붙고 말았다.

쇼지도 뻣뻣하게 굳어버렸다.

쓰카다 신이치의 몸이 사시나무처럼 떨리고 있었다. 두 주먹을 불끈 쥐고 부르르 떨고 있었다.

"뭐, 뭐야, 왜 그렇게 노려봐."

쇼지는 짐짓 목소리에 힘을 넣어 위협하듯이 말했다.

"그 여자애는,"

쓰카다 신이치는 이야기를 시작했다. 모르고 삼켜버린 썩은 물을 토 해내려는 듯, 마치 위가 뒤집히기라도 한 듯, 한마디 한마디 쥐어짜면 서 말을 이어갔다.

"히구치 메구미라는 아이예요. 고등학교 이학년이지만, 지금은 학교 를 그만뒀어요. 그만두지 않을 수가 없었어요."

"히구치 메구미……"

물론 모르는 이름이었다. 그러나 어디서 들어본 것 같기도 했다. 급히 훑어보았던 사와 시 교사 일가족 살인사건에 관한 기사 속에 히구치 메구미라는 이름이 있었던가?

갑자기 기억을 떠올린 시게코가 외쳤다.

"히구치? 그 히구치?"

"히구치가 누군데?"

쇼지가 투덜거리듯이 말했다.

시게코는 누구인지 알았다. 신이치도 시게코가 그 이름을 알고 있다는 것을 알았다. 쓰카다 신이치, 일가족 살인사건의 유일한 생존자는 입을 비틀며 시게코를 향해 웃어 보였다.

"히구치 히데유키는 우리 아버지와 어머니, 그리고 여동생을 죽인 범인입니다. 메구미는 그의 딸이구요. 하나뿐인 딸."

쇼지의 입이 벌어졌다.

"범인의 딸이 왜 너를 만나려고 해? 왜 네 뒤를 쫓아오는 거야?"

숨을 한번 몰아쉬고 신이치는 낮은 목소리로 말했다.

"아버지를 만나달라고요."

"너에게?"

"예. 나에게, 면회를 가서 아버지 말을 좀 들어달라고."

신이치의 목소리가 흐트러지기 시작했다. 친구와 싸우고 나서 울먹이며 어머니의 품에 안긴 어린아이처럼 단속적으로 말을 토해냈다.

"만나보면, 아버지도 희생자에 지나지 않는다는 걸 알게 될 거라고. 그러면 반드시 감형탄원서에 서명을 하게 될 거라고. 메구미는 그래서 나를 쫓아다니고 있는 겁니다."

신이치가 안정을 되찾을 때까지 시게코와 쇼지는 가만히 지켜볼 수밖에 없었다. 신이치를 거실 소파에 앉히고 시게코도 그 옆에 걸터앉았다.

신이치의 눈물은 금방 멈추었다. 그러나 오래오래, 질식할 듯이, 거칠고 고통스럽게 숨을 몰아쉬고 있었다. 어찌 보면 그는 물에 빠진 사람과 같은 처지였다. 고통이라는 어두운 늪에 빠져 허우적대고 있었다. 그리고 이제 겨우 두 손으로 물살을 가르며 살려달라고 외치고 있는 것이다.

"괜찮니?"

잠시 후 신이치가 떨면서 크게 숨을 몰아쉬자 시게코가 얼굴을 들여다보며 물었다.

"물 줘?"

"예."

컵에 물을 따라주자 고맙다고 인사를 했다. 손은 여전히 떨리고 있었다.

"미안해."

쇼지가 어깨를 움츠리며 말했다.

"내가 너무 심한 말을 한 것 같아."

신이치는 고개를 숙인 채 고개를 저었다. 시게코와 쇼지는 마주 보고 웃음을 주고받았다. 지금 그에게는 약간의 위안이 필요한 것이다. 그렇게 서로 웃음을 주고받고, 두 사람은 신이치를 위로해줄 수 있었다.

"히구치 메구미는……"

시게코는 천천히 말을 꺼냈다.

"아버지의 감형탄원운동을 하고 있는 거니?"

신이치는 고개를 끄덕였다.

"그애뿐 아니라 이웃 사람들과 회사 사람들도 돕고 있다고 해요."

사건에 대해 쇼지는 자세한 것까지는 모른다. 시게코는 그에게 설명을 해주고 신이치에게 확인도 받을 겸해서 이야기를 시작했다.

"히구치 히데유키는 신이치가 살고 있는 아파트 근처에서 세탁회사를 경영하는 사장이었어. 전용 클리닝 공장을 가지고 있고, 종업원도 열 명이 넘었다고 해."

회사의 이름은 '하쿠슈샤'.

"아버지에게 물려받은 회사인데, 히구치 대에 이르러 크게 성장한 거야. 경영을 아주 잘했대."

"종업원이 열 명 정도라면 우리하고 거의 비슷한 규모인데…… 아, 우리집은 철공소를 하고 있어" 하고 쇼지가 신이치에게 설명했다.

"그런데 히구치는 사업에 욕심이 많은 사람이라 회사가 조금 번창하자 부동산에도 손을 댔어."

쇼지는 얼굴을 찌푸렸다.

"언제?"

"말할 것도 없지. 거품경제 시절에."

"그래서 거품이 가라앉자……"

"바로 고꾸라진 거지. 그 시절에 부동산 전매로 돈을 벌려고 했던 회사나 개인이 모두 그랬으니까."

부채는 부채를 부른다. 히구치 히데유키는 1995년 가을에 총 십억 엔 이상의 빚을 지고 있었다. 하쿠슈샤는 도산하고, 히구치의 개인 자산은 모두 날아가버렸다. 사원들도 뿔뿔이 흩어졌다.

"일본 전역에서 그런 일이 벌어졌지. 안됐다는 생각은 들어."

쇼지는 말없이 고개를 숙이고 있는 신이치를 향해 말했다.

"그렇다고 해서 히구치라는 놈을 옹호하는 건 아냐."

"그건 그래" 하고 시게코는 말을 이어갔다.

"동정의 여지가 없어."

비록 파산은 했지만, 다시 일어서고야 말겠다는 건전한 생각만 있었더라면 히구치에게도 길은 있었다. 세탁소에서 일을 하며 돈을 모아 조그만 가게라도 열면 되는 것이다. 그 가게를 또 키워간다. 정신이 아득해질 정도의 인내와 노력과 끈기가 필요하지만, 그에게는 남다른 기술이 있었다. 충분히 재기할 수 있었다.

그러나 시대의 물결이 눈 깜짝할 사이에 자신의 전 재산을 삼켜버리는 것을 지켜본 히구치에게는 그런 참을성이 없었다. 잃어버린 것을 단번에 손에 넣어 회사를 일으키고 싶었던 것이다. 자금만 있으면 충분히 가능한 일이었다. 자금만 있으면……

그러나 은행도 공공금융기관도 히구치를 상대해주지 않았다. 경기도 계속해서 나빠지고 있었다. 거품경제 시절에 전 일본에 넘쳐나던 돈은 한여름 밤의 꿈과 같은 것이었다. 환멸과 초조의 나날을 보내던 히구치는 마침내 그런 결론을 내렸다.

도둑질을 하기로.

"그렇다면 은행이라도 털어야지. 왜 네 집을 노렸을까? 아버지 직업은 뭐였지?"

쇼지의 물음에 신이치는 고개를 숙인 채 컵을 멍하니 바라보며 대답했다.

"교사입니다."

"학교 선생? 선생이 돈이 있을 리가 없잖아?"

시게코는 신이치의 옆얼굴을 살폈다. 이야기를 계속해도 좋은지 알고 싶었다.

"아버지는 그때 막 유산을 상속받았어요."

"유산?"

"예, 꽤 큰 액수였어요."

"아, 그럼 소문을 듣고?"

"이웃 사람들을 통해 히구치의 귀에 그런 말이 들어간 모양이야. 정말 운이 나빴어."

말을 하다가 시게코는 입을 다물었다. 신이치가 눈을 꼭 감고 있었다. 아픔을 참는 표정이었다.

"신이치, 괜찮아?"

신이치는 대답을 하지 않았다. 그러다 잠시 후 눈을 떴다. 호흡이 약간 거칠어지기 시작했다.

"어쨌든 나쁜 놈은 히구치야."

쇼지는 팔짱을 끼고 시게코의 얼굴을 바라보았다.

"하기야 가족 입장에서도 어떻게든 구하고 싶으니까 감형탄원서를 쓰는 것도 이해는 가지만, 하필이면 피해자에게 그걸 요구하다니 너무 뻔뻔스럽군. 말만 들어도 화가 치밀어."

히구치 히데유키는 사원들에게 신뢰받는 사장이었다. 자신을 믿고 따르는 사원들이 회사가 도산해 방황하는 것을 보고 책임을 통감했다. 그것 또한 재기를 노리는 그를 악마의 구렁텅이로 몰아넣은 하나의 원인이었다.

"범행은 히구치 한 사람이 저지른 게 아니야."

시게코가 말을 이어갔다.

"사원 두 명이 협력했어. 세 사람 모두 구치소에 있는데, 감형탄원운동에는 그들 가족도 관련되어 있겠지?"

"그럴 거예요."

신이치는 고개를 끄덕였다.

"감형을 받을 수 있으리라는 희망의 근거는 어디 있을까? 무슨 변명의 여지가 있을까?"

시게코도 그것이 궁금했다.

"히구치 메구미는 뭐라고 해?"

신이치는 무슨 말을 하려다가 잠시 생각하더니 결국은 입을 다물고 말았다. 그저 고개만 저을 뿐이었다.

"자기들은 그저 거품경제의 희생자일 뿐이라고 주장하는 건가?"

쇼지는 화가 났는지 말이 거칠어지고 있었다.

"웃기는 놈들이로군. 애당초 부동산으로 돈을 벌겠다고 생각한 게 잘못이지. 성실하게 일하는 사람들에게는 안 통하는 이야기야."

마에하타 철공소도 경영은 안정적이지 못했다. 늘 외줄타기를 하고 있다. 다만 시기에 따라 그 외줄의 굵기가 다를 따름이다. 그런 만큼 쇼지의 분노는 보다 격렬하고 구체적이었다.

"히구치 메구미를 아는 사람은 신이치 너뿐이야?"

"지금까지는 그래요."

"이시이 부부는 그렇다 치고, 히구치 쪽 변호사는? 메구미가 신이치를 만나러 온 걸 알고 있을까?"

"모를 거예요. 알아도 막을 수 없을 겁니다. 그애는 주거불명이니까요."

"히구치 메구미가? 하지만 유족의 감정을 건드리고 있잖아. 담당 검사에게는 말하지 않았어?"

"네."

"의논해보는 게 어떨까? 난 재판에 대해서는 잘 모르지만…… 재판은 진행되고 있어?"

"그쪽에서 정신감정을 신청해서 지금 중단상태예요."

"정신감정?"

쇼지가 다시 화를 냈다.

"웃기는 놈들이로군. 그때는 술에 취해서, 아니면 약에 취해서 내가 무슨 짓을 했는지 전혀 기억나지 않는다는 거겠지. 책임 회피야, 그건."

"화 좀 내지 마. 피고인의 권리라는 것도 있으니까."

"피해를 당한 쪽은 어떡하고?"

"그것하고 마구 섞어서 생각하지 마."

"시게코는 누구 편이야?"

시게코는 저도 모르게 피식 웃고 말았다. 정말 단순한 사람이다.

"웃을 일이 아냐. 말도 안 돼. 신이치는 가족을 모두 잃고 이런 고통을 당하고 있는데……"

쇼지는 신이치의 어깨를 잡고 흔들었다.

"아까는 미안했어. 네가 집으로 돌아갈 수 없는 사정은 충분히 이해해. 히구치 메구미를 만날 수야 없지. 그렇게 제 생각밖에 안 하는 애는 아무리 화를 내고 쫓아내도 포기하지 않을 거야."

쇼지는 하얀 이를 드러내고 웃었다.

"마음 푹 놓고 오늘부터 우리집에서 지내. 시게코와 나는 네 편이야."

12

9월 말, 12일 사건 발생부터 약 보름이 지나 다케가미 에쓰로는 보쿠도 경찰서 내 강당 바깥에 걸린 간판을 다시 썼다. 오가와 공원 토막시체 유기사건과 얼마 전 미타카 시에서 발생한 여고생 살해사건이 동일범 또는 동일 범행 그룹에 의한 것으로 추정되어, 두 사건의 특별합동수사본부가 설치되었기 때문이다.

이즈음 오가와 공원 사건의 특별수사본부에서는 유력한 용의자 하나를 지목하고 있었다. 공원에서 남쪽으로 이 킬로미터 정도 떨어진 강변의 공영주택에 사는 25세의 실업자 다가와 가즈요시라는 청년이었다.

사실 이 이름은 수사 초기단계부터 특별수사본부의 파일 속에 들어 있었다. 보쿠도 경찰서 및 인근 조토, 아라카와, 에도가와, 히사마쓰 경찰서 관내에 현재 거주중인, 성범죄나 살인, 상해 등 폭력범죄(무장강도 및 중절도, 방화는 제외) 전과를 가진 인물을 정리한 파일이었다. 오가와 공원 사건 발생 직후에 만들어진 이 파일에는 총 스물세 명의 이름이 실려 있었다.

전과자에 대한 편견을 조장하고 그들의 정상적인 사회복귀를 저해한다는 비판도 있지만, 이번과 같은 중대사건이 발생했을 때는 우선 이전에 발생한 유사한 사건의 범인을 수사 대상에 올리는 것이 하나의 상식이다. 특별수사본부 내에서는 이 인 일 조로 여섯 명의 전담반이 꾸려지고, 이 파일을 근거로 한 수사가 개시되었다. 조사를 시작해보니, 스물세 명 가운데 일곱 명은 현재 다른 사건의 용의자로 구속되어 있거나 판결을 받고 수감중인 상태여서 처음부터 제외되었다.

나머지 열여섯 명 중 열네 명까지는 현주소와 연락처가 확인되었다. 두 명은 소재불명이라 담당 보호관찰관도 그들의 현황을 파악하지 못하고 있었다. 그러나 이 두 사람은 각각 술집에서 소란을 피우거나 이웃과의 다툼으로 인한 상해치사죄로 처벌을 받은 것이기 때문에 이번 사건과 관련되었을 가능성은 거의 없었다.

리스트에 오른 열네 명 중 특별수사본부가 특히 주목한 것은 리스트 6번의 49세 남성과 11번의 26세 남성이었다. 두 사람 모두 부녀자 폭행과 강제추행, 약탈유괴죄 전과가 있고, 기록에는 남아 있지 않지만 미성년 때 여러 건의 범죄를 저지른 것도 사건 담당자는 알고 있었다. 두 사람의 범행 현장은 모두 수도권에 한정되어 있었다.

6번은 히사마쓰 경찰서 관내에, 11번은 조토 경찰서 관내에 살고 있었다. 전담반은 둘로 나뉘어 각각 해당 경찰서에 협조를 요청하는 한편, 그 두 사람의 생활상태와 거주환경을 철저하게 조사하기 시작했다.

리스트에 오른 열네 명 가운데 가장 중요한 두 사람을 제외한 나머지 열두 명 중에서 성범죄 전과를 가진 사람은 둘, 2번과 13번이었다. 두 사람은 죄질이 가벼운 편이었지만 만일을 위해 현황을 확인했고, 둘 다 이번 수사 대상에서 제외하는 것이 좋다는 보고 결과를 철한 다음 다케가미는 일단 그 파일을 잊어버렸다. 이 시점에서는 6번과 11번에만 신경을 쓰고 있었다. 그러나 나중에 급부상한 다가와 가즈요시는 정작 대상에서 제외되었던 13번이었다.

특별수사본부가 범인이 오가와 공원의 주변에 사는 인물일 것이라고 추정한 것은, 범인이 오가와 공원 부근에 대해 상세한 지식을 가지고 있음이 밝혀졌기 때문이다. 오가와 공원은 삼 년 전 봄부터 가을에 걸쳐 전면 보수공사를 했다. 현재 진행중인 일부 보수공사도 그때 예산문제로 손을 대지 못한 부분이다. 삼 년 전의 보수공사는 공원 내 시설을 비롯해 공원의 입구와 위치를 변경하는 대규모 공사로, 구청 공원관리과 직원의 말에 따르면 공원의 모습이 완전히 바뀔 정도였다고 한다.

그렇다면 현재의 오가와 공원에 대해 잘 알고 있는 것으로 보이는 범인은 십 년 전에 오가와 공원 근처에 살거나 일했던 것이 아니라 최근의 공원 모습을 잘 아는 인물일 것이다. 다케가미가 발견한 그 쓰레기통 트릭을 써먹으려면 평소에 오가와 공원을 오가면서 쓰레기 회수 사이클을 파악하고 있어야 할 뿐만 아니라, 사는 곳과도 그리 멀지 않아야 한다.

그런데 이 쓰레기통 트릭에 관한 건은 수사회의 결과 찬반양론으로 갈라져, 다케가미의 의견에 찬성하는 사람과 신경과민이라고 부정하는 사람이 반반으로 나누어졌다. 재미있는 것은, 평소에 다케가미를 잘 따르는 아키쓰 형사가 반대 쪽이고 그와 잘 맞지 않는 도리이 형사가 찬성 쪽이라는 것이었다. 아키쓰가 반대하니까 도리이가 찬성한 것인지도 모르지만.

"선배님은 범인을 너무 높이 평가하는 것 같습니다."

회의가 끝난 다음 아키쓰가 말했다.

"그렇게 대담하고 머리가 좋은 놈은 아닌 것 같아요."

"여고생을 속이는 건 대담함이나 머리하고는 아무 상관 없어."

아키쓰는 얼굴을 찡그렸다.

"미타카의 그 여학생은 문제학생이었다지 않습니까. 불쌍하긴 하지만, 너무 간단히 걸려들어버렸어요."

유해로 발견된 여고생은 히다카 치아키, 17세. 이케부쿠로에 있는 사립여고 이학년이었다. 그녀의 교복 사진을 보여주자, 플라자 호텔의 종업원은 한눈에 편지를 전달한 소녀라고 알아보았다. 교복도 똑같다고 했다. 그것을 근거로 합동수사본부가 설치되었지만, 이 사실이 공식발표되고 보도된 다음에도 범인은 여전히 침묵을 지키고 있다.

다케가미는 딱히 범인을 과대평가하는 건 아니지만, 분명 상당히 똑똑하고 교활한 놈일 것이라고는 생각하고 있었다. 말이 많은 놈이니, 경찰이 정식으로 두 사건의 관련성을 인정한 이상, 거기에 관해 한마디 거들고 나서리라 기대하고 있었다.

그러나 범인은 여전히 침묵을 지키고 있다. 아리마 요시오를 텔레비전에서 무릎을 꿇게 만들겠다는 것에 대해서도 아무런 후속 조치가 없었다. 말 많은 범인이라면 가능한 한 말을 많이 하게 하는 것이 좋다. 혹시 범인 쪽에 무슨 사정이 생겼을지도 모른다고 다케가미는 생각했다.

그 '사정'이란 딱히 거창한 일이 아닐 수도 있다. 감기에 걸려 앓아누

왔거나, 일이 바쁘거나, 출장중이거나, 혹은 가족끼리 해외여행을 갔는지도 모른다. 이 사건의 범인은 그런 일상적인 사소한 일도 제대로 해내고 있는 인물이다.

범인은 여럿일 수도 있다. 이런 종류의 계획적인 범죄가 복수의 범인에 의해 이루어진 예는 일본 내에서는 거의 없지만, 가능성을 무시할 수는 없다. 어쨌든 이번 사건을 조종한 '그' 또는 '그들'은 젊은 여성을 납치해 살해하는 끔찍한 범행과는 어울리지 않게 꽤 매력적인, 바꾸어 말하자면 '설마 이런 사람이?' 하는 생각이 드는 의외의 인물일 것이라고 다케가미는 추측했다. 어느 정도의 사회적인 지위를 가지고 있을지도 모르고, 경제력도 있을 것이다. 유능하고 사람을 잘 사귀는 성격이다. 결혼을 했다면 자식이 있을지도 모른다. 어쨌든 어디를 보나 '범죄자'의 이미지와는 거리가 먼, 건전하고 정상적인 사회인일 것이라고 다케가미는 생각했다.

범인과 아리마 요시오의 대화, 히다카 치아키의 어머니와의 대화, 텔레비전 방송국에 걸려온 전화. 몇 번이나 그 기록을 읽으면서, 대체 어떤 유의 인간일까를 생각해보았다. 이야기 내용은 말할 것도 없고, 단어 선택도 적절하고 어휘력도 빈약하지 않다. 충분한 교육을 받은 인물일 것으로 다케가미는 추정했다. 목소리가 변조되어 있어 나이는 확실치 않지만, 이십대에서 사십대 사이일 것이다. 그런 나이에 어느 정도 교양도 갖추고 있다면 직업을 가지지 않았을 가능성은 낮다. 실직한 사람이라면, 구조조정당했거나 불황으로 도산한 경우일 것이다.

마음에 걸리는 점도 몇 가지 있었다. 예를 들면, 아리마 요시오를 플라자 호텔로 불러내놓고, 할아버지는 그런 호텔에서는 제대로 대접을 받지 못할 것이라고 야유한 점이다. 이것은 단순히 아리마 요시오를 모욕하기 위한 말일까, 아니면 범인의 내면에 있는 콤플렉스의 발로일까.

즉, 범인 자신이 고급 호텔에서 제대로 된 대접을 받지 못하는 유의 인물일 수도 있다.

여기서 다케가미는 생각해보았다. 분명 그런 고급 호텔은 사람을 가려서 대하는 경향이 있다. 그러나 그것도 최근 십 년 사이에 많이 바뀐 듯했다. 그만큼 사회 전체가 풍족해지고 다양화되었다는 증거이기도 하다. 학생이 청바지와 허름한 셔츠 차림에 가방을 메고 호텔 로비에서 사람을 기다리는 모습도 자주 볼 수 있을 정도이다.

칠십이 넘은 두부가게 주인 아리마 요시오가 고급 호텔에 주눅이 들어 종업원에게 바보 취급당하는 경우도 있을 수 있고, 실제로 그날 그런 일이 있었다고도 한다. 그러나 아리마 요시오보다 한참이나 젊을 범인이, 아리마 요시오가 그런 곳은 불편하니까 싫다는 말도 하기 전에, 제대로 대접받지 못할 것이라는 말을 한 것이다. 참으로 기이한 점이라고 다케가미는 생각했다.

그렇다면 이것은 범인의 '아버지' 세대의 체험이나 생각에서 나온 말이 아닐까. 그렇다면 범인의 현재가 아니라 그가 자라난 환경을 추측하는 하나의 단서가 될 수 있을지도 모른다.

또 한 가지 마음에 걸리는 것이 있었다. 이 범인은 말이 많을 뿐 아니라 피해자들에게도 말을 많이 하게 한다는 점이다.

후루카와 마리코 건으로 아리마 요시오와 접촉하기 위해 범인은 그에게 직접 전화를 걸었다. 후루카와 마리코의 집에도 찾아갔다. 어떻게 그 집의 주소와 전화번호를 알아냈을까? 당시에도 여러 가지 의견이 나왔지만, 미타카의 히다카 치아키가 살해된 이후로, 다케가미는 범인이 피해자들에게서 그 정보들을 빼냈음이 분명하다고 판단했다.

히다카 치아키의 유해는 그녀의 집 가까운 어린이공원에서 발견되었다. 코끼리 미끄럼틀 위에 앉아 있었던 것이다. 어머니의 증언에 따르면 그 미끄럼틀은 어릴 적에 그녀가 가장 좋아했던 것이라고 한다. 어머니는 그 사실을 잊고 있었지만, 범인은 집 근처의 어린이공원과 그 안에 있는 코끼리 미끄럼틀에 대해 어머니에게 언급했다.

범인은 어떻게 코끼리 미끄럼틀에 대해 알았을까?

가령, 범인이 치아키의 어릴 적 친구여서 예전부터 미끄럼틀에 대해 잘 알고 있었던 것으로 가정해보자. 그 경우 이 친구가 오가와 공원 사건과도 관련된 셈이 된다. 조사 결과 치아키와 마리코가 서로 아는 사이일 가능성은 희박하므로, 그녀들을 이어주는 끈은 범인 쪽에 있다. 그렇다면 이 범인은 치아키의 친한 친구(어린 시절의 추억까지 알 수 있는)임과 동시에 마리코의 주소와 전화번호까지 아는 입장에 있는 인물일 것이다.

이 가설에는 다소 무리가 있다. 마리코도 여고생이라면 또 문제가 다르지만, 치아키는 여고 이학년, 마리코는 갓 취직한 은행 직원이다. 학교가 같은 것도 아니다. 사는 집은 히가시나카노와 미타카. 같은 주오선 연변에 있지만, 그 이외에는 이렇다 할 공통점이 없다.

수사회의에서 한 가지 기발한 의견이 나왔다. 범인은 마리코의 동료 또는 상사가 아닐까라는 것이었다. 과연 회사 사람이라면 후루카와 마리코의 개인적인 데이터를 알아낼 수 있을 것이다. 그럼, 히다카 치아키는?

치아키는 매춘행위를 하고 있었다. 어머니도 어느 정도는 눈치를 챘고, 동급생 중에는 치아키의 입에서 노골적으로 그런 말을 들은 학생도 있었다. 거기에 따르면, 치아키는 어떤 그룹에도 속하지 않고 늘 단독으로 행동했고, 주로 텔레폰 클럽을 이용해서 상대를 불러내 마음에 들면 호텔로 가는 식이었다고 한다. 치아키가 이런 행동을 보이기 시작한 것은 그녀와 매우 가까운 동급생의 유혹 때문인 듯한데, 이 동급생은 올

6월, 교내에서 절도를 하다가 발각되어 퇴학처분을 당하고 말았다. 그 후에도 치아키와는 계속 만났던 모양이라 특별수사본부에서도 그녀를 조사해보았지만, 그 소녀도 마찬가지로 단독으로 행동하는 타입이라 연관은 없었다.

그런데 그 기발한 의견을 낸 형사의 말은, 후루카와 마리코의 직장 사람이 히다카 치아키의 고객이 되지 않았을까 하는 것이었다. 그러면 잘 맞아떨어지기는 한다. 그러나 그럴 경우 살해의 동기가 드러나지 않고, 무엇보다 그렇게 되면 아직 신원이 밝혀지지 않은 제삼의 피해자, 오른팔밖에 발견되지 않은 여성을 어떻게 생각해야 할지가 문제가 된다. 그녀의 직장 동료나 전 동료, 또는 매춘행위를 하고 있던 젊은 여성이 아닐까 하고 추측하는 것은 지나친 억측이었다. 그보다는 이것은 불특정 다수의 젊은 여성을 노린 범행이며, 피해자간의 상호관련성은 없고, 다만 범인이 피해자를 살해하기 이전에 피해자 개인에게 이야기를 들었다고 보는 것이 타당할 것이다.

다만 히다카 치아키와 범인 사이에 면식이 있었는가 하는 문제는 간단히 단정할 수 없다. 플라자 호텔에 편지를 전해준 그날 처음으로(또는 텔레폰 클럽에서) 접촉했는지, 아니면 범인이 이전부터 치아키의 매춘행위의 상대였는지 알 수 없는 일이다. 만일 범인이 치아키와 이전부터 관계를 가진 '고객'이라면, 그녀가 남긴 일기, 수첩, 주소록, 호출기의 통신기록 등을 조사하면 어떤 단서를 찾아낼 수 있을지도 모른다.

그러나 현 단계에서 한 가지 확실한 것은 있다. 히다카 치아키가 범인으로 보이는 상대 남자를 마음에 들어했다는 것이다. 어린 시절의 추억까지 말할 정도로.

히다카 치아키는 플라자 호텔에 편지를 전해준 이틀 후에 변사체로 발견되었다. 그러나 유해를 조사한 결과 사망한 지 이십사 시간이 지나지 않았음이 밝혀졌다. 이것은 특별수사본부로서는 의외였다. 그렇다면 편지를 전하고 나서 살해되기까지 이틀간 그녀는 어디서 무엇을 하고 있었던 것인가?

범인의 곁에 있었을 것이다. 그녀의 자유의지로 머물고 있었든지, 구속되어 있었든지, 둘 중 하나일 것이다. 첫째날은 자유의지로 곁에 있었고, 둘째날은 플라자 호텔 건이 보도되어 치아키가 그 편지가 무엇을 의미하는지를 알게 되었기 때문에 강제로 구속당했을지도 모른다. 그게 아마도 가장 타당할 것이라고 다케가미는 생각했다. 물론 그 '자유의지'는 아마도 범인의 꾐에 빠진 결과일 것이다. 어쨌든 하루가 지나면 치아키는 자신이 플라자 호텔에 전한 편지가 무엇을 의미하는지 알게 될 것이다. 치아키는 그의 얼굴을 알고 있다. 이름과 경력은 속일 수도 있지만, 인상착의는 감출 수가 없다. 따라서 치아키를 죽일 수밖에 없었을 것이다.

치아키가 처음부터 공범이었을 가능성은 거의 없다. 오가와 공원 사건이 일어났을 때, 어머니는 치아키에게 그런 위험한 사건도 일어나고 있으니 밤거리를 나다니지 말라고 주의를 주었다고 한다. 거기에 대해 치아키는, 자신은 남자에게 죽을 정도로 멍청하지 않다고 말대꾸를 했다고 한다. 일상적인 생활태도에도 별다른 변화가 없었고, 사건 보도에 특별한 관심을 보인 적도 없었다고 한다. 만일 치아키가 공범이라면 그렇게 평정한 태도를 보일 수 없었을 것이다. 아무리 타락했다고 하지만 열일곱 살 난 소녀가 아닌가.

히다카 치아키는 도중에 사건에 말려든 것이 분명하다. 그러나 그녀를 끌어들인 그 상대에게, 그가 살의를 내보이기 전까지는 상당한 호의와 신뢰감을 느끼고 있었을 것이다. 어머니조차 잊고 있었던 코끼리 미끄럼틀의 에피소드를 이야기했다는 것이, 상대에 대한 그녀의 태도를 말해주는 직접적인 증거이다.

검시 결과 보고서에 따르면 마지막 식사를 한 것은 살해되기 직전으로 추정되었다. 햄버거 같은 것이었다고 한다. 정크푸드이지만, 여고생은 좋아하는 음식이다. 즉, 치아키는 식사를 제대로 했다. 몸에서 잔류 정액도 검출되지 않았고, 심한 폭력을 당한 흔적도 없었다. 목에 남은 로프 자국을 제외하면, 치아키의 몸은 깨끗했다. 머리카락에는 샴푸 성분이, 발톱 사이에는 욕실의 때가 남아 있었다. 이틀 동안 목욕도 하고 머리도 감았다고 보아야 한다.

치아키의 사인은 로프에 의한 질식사이다. 그러나 목에 감은 로프를 손으로 조인 것이 아니다. 이른바 '교수형'이다. 즉, '의살縊殺'이다. 보도에서는 흔히 '교살絞殺'이라고 하는데, 이건 사실과 다르다. '교살'과 '의살'은 목에 남은 독특한 흔적, 즉 삭상흔索狀痕이 완전히 다르다.

피해자를 강제적으로 의살하는 살인사건은 다케가미도 여태 다루어 본 적이 없었다. 십 년 정도 전에, 난치병으로 고생하던 아내가 자살하려고 대들보에 줄을 걸고 목을 매기 위해 의자 위에 올라갔지만 겁이 나서 의자를 차지 못하고 있다가, 마침 회사에서 돌아온 남편에게 울면서 부탁해 의자를 차게 한 사건이 있었다. 그 경우는 아내가 남긴 유서도 있고, 평소 그녀가 자살하고 싶다는 말을 자주 했다는 주위의 증언도 있고, 남편이 아내의 병 때문에 경제적으로도 정신적으로도 막다른 골목에 몰려 있었다는 의료 관계자의 증언도 있어서 자살방조로 처리되었다. 법에 따라 처벌은 받지만 살인은 아니다.

그러고 보면, 이 사건 때 수사를 담당한 동료 형사가 이런 말을 했었다.

"만일 내가 이 남편과 같은 입장이었다면, 나도 의자를 찼을 거야. 그렇지만 의자를 차고 나서 아내의 몸을 잡았겠지. 그렇게 하지 않은 것을 보면 역시 그 남편에게 살의가 있었던 거야."

그 당시 다케가미는 여러 가지 일로 아내와 사이가 좋지 않았기 때문에 동료의 말에 크게 동요했었다. 자신이라면 의자를 걷어차고 집도 직장도 버리고 도망쳤을지도 모른다고, 꽤 심각하게 생각한 적도 있었다.

히다카 치아키의 목에 남은 삭상흔은 명백히 의살로 인해 생긴 것이었다. 그러나 그녀는 매달린 상태에서 꽤 발버둥을 친 듯, 로프 때문에 목덜미의 피부가 긁힌 흔적이 있었다. 아직 의식이 남은 상태에서 로프를 풀려고 발버둥을 친 듯, 손톱 사이에 로프의 섬유가 끼어 있었고, 오른손 가운뎃손가락의 손톱이 깨져 있었다.

이것은 죽음을 각오한 경우에는 절대로 생길 수 없는 것이다. 틀림없이 치아키는 범인의 강요로 목을 매단 것이다.

범인은 그녀를 어떻게 유도했을까. 장난이라며 교묘한 말로 꼬드겼을까? 치아키가 남자였다면, 목을 매고 의식이 가물가물할 때 자위행위를 하면 기분이 끝내준다고 꼬드겼을 수도 있다. 실제로 그런 이상한 취미를 즐기다가 그만 목이 졸려 죽어버리는 경우도 있다. 그러나 이것은 남성에게 해당되는 일이다.

그리고 치아키의 유해는 발견되었을 때 교복을 입고 있었다. 양말까지 교복에 맞춘 것이었다. 그러나 속옷과 구두는 어머니가 모르는 새것으로, 아마도 범인이 사준 것으로 보였다.

범인과 같이 있는 동안 치아키가 계속 교복을 입고 있었다고는 생각하기 어렵다. 좀더 편한 복장으로 갈아입고 있었을 것이다. 가방이나 다른 소지품은 발견되지 않아 확인할 수 없지만, 지금까지의 행동 패턴으로 보건대 치아키 자신이 갈아입을 옷을 가지고 있었을 가능성도 있다. 목욕을 했을 테니 충분히 가능성이 있다.

그렇다면 범인은 치아키를 강제로, 또는 속여서 의살하기 전에 우선 그녀를 교복으로 갈아입게 했다는 결론이 나온다. 분명 치아키의 유해를 어머니에게 돌려보낼 때는 교복을 입고 있는 것이 충격적일 것이다. 범인 쪽에서 말하자면, 연출효과가 커진다.

자신이 플라자 호텔에 보낸 편지가 무엇인지, 어떤 사건과 관련된 것인지를 알고 두려움에 떨고 있는 치아키를 유도하는 것은 그리 쉬운 일이 아니었을 것이다. 강제적으로 뭔가를 하게 만드는 것은 머리로 생각하는 것만큼 쉽지 않다. 그녀가 울면서 목숨을 구걸하는 상황이었다면 말이 먹혀들지 않았을 것이다.

그럼에도 불구하고 범인은 치아키에게 옷을 갈아입힌 다음 목을 매게 했다. 대체 어떤 방법으로? 어떤 수를 써서 히다카 치아키를 움직였을까?

범인과 히다카 치아키 사이에, 아니 그보다는 치아키에게, 목에 로프를 거는 순간에도, 의자를 눈앞에 가지고 왔을 때도, 말만 잘하면 어떻게든 될 거라고, 또는 이건 좀 심한 장난이고 이 사람이 나에게 이런 짓을 할 리가 없다고, 이 사람이 후루카와 마리코와 그 오른팔의 주인공을 납치한 범인임을 알면서도 자신만은 괜찮을 것이라고 믿을 수밖에 없는 어떤 심리상태가 형성되어 있었던 게 아닐까?

다케가미가 이 범인이 꽤 매력적인 남자일 것으로 추측하는 근거도 바로 거기에 있었다.

다케가미는 이리저리 머리를 굴려보았다. 대학생 정도의 나이가 가장 어울릴 것 같다. 아주 핸섬한 녀석이 아닐까. 하지만 그래서는 경제적으로 어려울지도 모른다. 또는 아키쓰 정도의 삼십대일지도 모른다. 그러다 문득 히다카 치아키의 아버지가 현재도 단신부임중이라는 것, 치아키와 아버지 사이에서도, 어머니와 아버지 사이에서도, 회사를 중심으로 돌아가는 아버지의 삶이 그 관계를 짓누르고 있었다는 사실이 떠올랐다. 그렇다면 치아키 아버지 연배로 볼 수도 있다. 간자키 경부와 점심을 먹으면서 그런 생각을 이야기하고 혹시 범인은 히다카 치아키의 아버지와 비슷한 타입의 사람일지도 모른다고 말했다. 경부는 심각한 표정으로 그 말을 듣고, 나중에 어머니에게서 아버지의 사진을 빌려오기로 했다.

그런 시행착오를 거쳐 전과자 리스트 가운데 6번과 11번이 부상했을 때, 다케가미는 그들의 외모, 풍채, 경제력 등이 마음에 걸렸다. 그들을 담당하는 형사들이 사진을 찍어왔을 때, 그 사진을 늘어놓고 다케가미는 신중한 눈길로 관찰해보았다. 자신이 여고생이라면, 이런 남자와 사귀고 싶어할까. 같이 자도 좋다고 생각할 것인가. 서로 친해져서 어릴 적 추억을 말하고 싶을까.

전과자 조사 전담반 한쪽에는 아키쓰가, 다른 한쪽에는 도리이가 있다. 자주 대립하는 두 사람의 의견을 들어보았다. 아키쓰는 6번 담당인데, 그 자신은 이 인물이 범인일 가능성은 거의 없다고 생각했다.

"너무 늙어 보입니다. 우리가 보기에도 배가 늘어진 아저씨 같은데, 과연 여고생이 다가갈까요? 전과 때문에 제대로 된 직장도 없어서 경제적으로도 어렵습니다. 지난번 수감중에 아내와 이혼한 후로는 감방을 나와서도 줄곧 혼자입니다. 그런 점에서 행동의 자유는 있지만, 그에게는 차도 없습니다."

플라자 호텔 건에서 보여준 기동력이나 치아키의 유해를 운반하는 솜씨를 보아도 범인은 분명 자가용을 가지고 있다는 것이 특별수사본부의 견해였다.

그럼 11번은 어떤가. 많은 점에서 다케가미가 그리고 있는 범인상에 공감하고 있는 도리이는 가능성이 꽤 있다고 대답했다.

11번 청년이 일으킨 직접적인 사건은, 사귀는 여자친구가 헤어지자고 하자 그 여자를 납치하려 했지만 그녀가 경계하는 바람에 표적을 바꾸어. 여자친구의 동생에게 접근하여 당시 고등학교 일학년이었던 그녀를 하교중에 납치해 호텔에 연금하고 폭행을 가한 것이다.

오 년 전의 사건으로, 11번은 당시 대학 삼학년이었다. 한순간 범인이 방심하는 틈을 노려 도망친 피해자가 가까운 파출소에 신고했고, 경찰이 호텔을 덮쳤을 때 그는 침대에서 자고 있었다.

체포된 청년을 취조하고 그의 진술을 분석한 결과, 피해자인 여동생과 그 언니를 자주 혼동할 뿐만 아니라, 시각과 요일의 관념에서도 혼란을 일으킨다는 사실이 드러나 정신장애가 의심되었다. 또한 당시 그가 사는 집 근처에서 야간에 골목길에서 젊은 여자를 덮쳐 때리거나 머리카락을 잡아뜯는 사건이 여러 건 발생했는데, 그것도 그의 소행임이 밝혀졌다. 당시 피해를 당한 여성 가운데 하나가 괴한이 누군가의 이름을 부르며 자신에게 욕을 퍼부었다고 증언했는데, 그 이름이 그가 사귀는 여자라는 것도 판명되었다. 아무래도 그의 눈에는 젊은 여자는 모두 자신을 차버린 여자로 보였던 것 같았다.

결국 검찰측의 신청으로 정신감정이 이루어져 감정서가 공판에 제출되었지만 심신상실로는 인정되지 않았고, 책임능력이 충분히 있는 것으로 판단되어 징역 오 년의 판결이 내려졌다. 피고인은 항소하지 않았고, 형은 확정되었다.

"그가 미성년일 때도 몇 건의 사건을 저질렀다는 사실은 재판 때 제출되지 않았습니다. 그럼에도 불구하고 변호사가 항소를 포기한 것은 깨끗하게 죄를 인정하고 그에게 치료를 받게 하는 것이 좋겠다고 판단했기 때문입니다. 오 년이 무거우냐 가벼우냐 의견이 분분했지만, 담당 검사가 여자라서 말입니다."

도리이는 사람을 다루는 데는 서투르지만 일은 능숙하다. 너무 열심이라 마찰을 일으키기도 하지만, 다케가미는 그의 꼼꼼한 성격을 높이 평가하고 있었다. 11번에 대해서도 도리이는 상세한 파일을 만들어두고 있었다.

"미성년 때 일으킨 사건도 내용적으로 보면 비슷합니다. 자신에게 차갑게 대한 여자나 사귀기 싫어하는 여자를 따라가기도 하고, 하루에 백 번이나 전화를 걸기도 하고, 집으로 찾아가서 소란을 떠는 것 등입니다. 패거리를 지어 다니는 스타일은 아닙니다. 찝쩍대기 좋아하고 외로운 인간이라고나 할까요?"

"게다가 폭력적이고."

"그렇습니다. 감옥에서는 모범수라서 오 년에서 이 년으로 감형되어 가석방되었습니다. 보호관찰관과는 정기적으로 만나고 있고, 보호관찰관의 소개로 의사의 카운슬링도 받고 있습니다. 부모와 같이 살면서 걸어서 갈 수 있는 곳에 있는 패밀리레스토랑에서 아르바이트를 하고 있고, 언젠가는 대학에 복학할 생각이라고 합니다."

"전공은?"

"법학부입니다."

"그럼 가석방 후로는 조용하단 말이지. 그런데 자네가 이놈이 오가와 공원 사건에 관련되었을 가능성이 있다고 하는 건 왜지?"

"하나는 외모입니다. 저는 선배님의 범인상에 찬성하니까요."

"사진으로 보기에도 꽤 잘생긴 남자군."

"안색이 좀 좋지 않지만, 키도 훤칠하고 몸도 탄탄해 보이고, 꽤 핸섬합니다. 왜 차였을까요?"

자문하듯이 도리이가 말했다. 그런 그도 독신이다.

"교양도 있고, 학생 때는 성적도 좋았습니다. 고등학교 동창생 이야기로는 학년에서도 톱 클래스였다는군요. 선거에서 학생회장으로도 뽑혔습니다."

다케가미는 천천히 고개를 끄덕였다.

"히다카 치아키의 유해를 미끄럼틀 위까지 옮기려면 꽤 힘이 있어야 합니다. 그런 점에서도 그는 조건에 맞아떨어집니다. 차도 가지고 있습니다."

장난감같이 생긴 빨간색 경차라고 했다. 사건 발생 전후의 오가와 공원 부근, 후루카와 마리코의 손목시계가 배달된 시각 전후의 후루카와 마리코의 집 부근, 플라자 호텔 부근, 히다카 치아키의 유해가 발견된 전후의 어린이공원 부근, 이 네 군데에서 수상한 차량이 목격되지 않았는지 현재도 조사가 진행되는 중이다. 지금까지의 보고서에는 빨간색 차량은 나오지 않았다. 빨간색 차는 드물어서 사람들 눈에 띄기 쉽다.

"그런 점에서 일단 보류입니다. 그렇지만 저는 아무래도 이놈이 수상합니다."

최근에 11번 청년의 결혼 이야기가 있었다고 한다.

"탐문수사를 하다 들은 이야기인데, 아르바이트하는 가게에서 만난 연상의 여자라고 합니다. 상대는 결혼을 생각하고 그에 대해 약간 조사를 했다고 합니다."

흥신소에 부탁한 것이다.

"조사원이 이웃 사람들에게 물어본 모양입니다. 이웃 사람들은 그의 전과에 대해서는 전혀 아는 게 없습니다. 얌전한 청년이라고 했답니다. 그런데 흥신소 쪽에서 독자적인 루트로 그의 전과를 밝혀낸 것입니다. 그래서 사귀던 여자도 떠나버렸고, 운 나쁘게도 과거의 사건에 대해서까지 사방에 알려지고 말았답니다."

"언제 일인가?"

"올 4월 중순입니다."

도리이는 눈을 굴리며 말을 이었다.

"후루카와 마리코가 실종된 것은 6월 초순경 아닙니까?"

"그래, 6월 7일이야."

"지금까지 그가 일으킨 사건은 모두 이전에 있었던 여자관계의 후유증 같은 것이었습니다. 사귀는 여자가 그를 싫어하거나 차버리면 늘 그랬습니다. 이번 경우도 바로 그렇습니다. 그것 때문에 다시 여자를 미워하는 발작이 일어나지 않았을까요?"

"그 연상의 여인은?"

"근무처를 바꾸고 그를 떠나버렸습니다. 주소는 조사해두었습니다. 만나러 가볼 생각입니다. 그리고 또 한 가지, 그가 근무하는 패밀리레스토랑은 체인점이고, 본사는 신주쿠에 있습니다. 채용면접이나 연수는 모두 거기서 합니다."

"신주쿠 어디지?"

"니시신주쿠 센트럴 빌딩. 플라자 호텔 바로 옆입니다."

다케가미는 팔짱을 꼈다.

"잠복근무는 하고 있겠지?"

"이십사 시간 태세로 하고 있습니다."

"수사회의에는 언제 보고할 건가?"

"아직 모르겠습니다. 경부가 조금 더 뒷조사를 해보라고 했습니다. 알리바이 확인이 어려워서 말입니다."

"알았네. 나도 자료를 준비하지. 그리고 또 한 가지."

"네?"

"11번은 지금 어떤 생활을 하고 있지? 아르바이트는 계속 하나?"

"계속하고 있습니다. 전과가 판명되었지만 해고되지는 않았고, 본인도 그만두지 않고 있습니다. 그 속을 잘 모르겠습니다. 동료의 말로는 자신은 무고하다고 한다는 것 같습니다."

"멀리 출장을 가거나 병으로 쉬거나, 그런 일은 없어?"

"그렇지는 않습니다."

도리이와 헤어진 다음 다케가미는 턱을 괴고 생각해보았다. 11번이 진범일 가능성은 반반 정도라고 생각했다. 범인상의 조건에 꽤 접근하고는 있지만, 그가 범인이라면 최근의 침묵에 대해 설명이 불가능하다.

전과자 리스트를 근거로 한 수사는 간자키 경부의 방침으로 가능한 한 신중하게 진행되고 있었다. 특히 대상이 6번과 11번으로 좁혀진 후로는 수사회의에서도 진척상황을 일부만 보고하도록 했다. 기자들을 통해 정보가 외부로 유출되는 사태를 꺼려했기 때문이다.

간자키 경부는 신참 시절에 은행강도사건을 둘러싸고 무고한 사람을 체포한 쓰디쓴 경험을 한 적이 있었다. 젊은 간자키 형사의 여린 가슴에 그 사건은 짙은 그림자를 드리웠다. 그런 잘못으로 인한 피해가 얼마나 컸고, 얼마나 큰 대가를 치러야 했던가를 뼛속 깊이 새기고 있었다. 또한 부화뇌동하기 쉬운 매스컴에 대한 불신도 컸다. 그만큼 취재에 비협조적인 형사도 없다는 것이 기자들의 평판이었다. 특별수사본부장 다케모토 수사1과장도 매스컴에 대한 불신이 큰 사람이라, 그런 점에서는 위아래가 손발이 척척 맞아서 사회적인 영향력이 큰 사건이라도 수사 정보 공개는 거의 하지 않았다.

당연히 매스컴 쪽에서는 강하게 반발하고 있었다. 보름이나 지났는데도 단서 하나 밝혀내지 못한 특별수사본부에 대해 격렬한 비난이 쏟아지고 있었다. 다케가미는 그런 보도를 일일이 스크랩하고 있었고, 이 사건을 보도하는 텔레비전 프로그램도 녹화하고 있었다. 비디오 녹화는 본부 내부에서는 손이 부족해서 불가능한데다 본래 업무도 아니어서 주로 그의 아내가 돕고 있었다. 뉴스 프로그램은 물론이고, 낮 시간의 와이드쇼에 대해서는 그의 아내가 더 잘 알기 때문이었다.

사건이 한창 화제에 오를 때는 테이프를 볼 시간도 없고, 나중에 천천히 살펴본들 그런 데서 사건 해결에 도움이 되는 새로운 단서를 얻을 가능성은 거의 없다. 그러나 뭐든 기록으로 남기는 다케가미의 성격을 잘 아는 부인인지라 부지런히 녹화작업을 계속했다.

오늘도 정오가 지나서 부인은 다케가미가 갈아입을 옷을 들고 경찰서를 찾아왔다. 회의중이라 다케가미는 부인을 만날 수 없었지만, 나중에 쇼핑백을 열어보니 와이셔츠와 속옷 사이에 비디오테이프가 하나 들어 있었다. 부인의 메모도 있었다. 어떤 뉴스에서 음성변조기를 사용한 장난전화의 피해에 대해 특집을 꾸몄는데, 참고가 될지 모르겠다는 내용이었다.

특별수사본부가 침묵을 지키자 매스컴도 나름대로 사건을 파고들고 있었다. 다케가미는 그날 자기 전에 회의실에서 비디오를 틀었다. 시노자키도 함께였다. 광고까지 포함해서 이십 분 정도의 특집이라고 해서 가벼운 기분으로 튼 것이었는데, 시노자키는 노트를 펼쳐 중요한 내용을 메모하면서 보고 있었다. 다케가미는 부하의 그런 자세가 마음에 들었다.

특집은 먼저 음성변조기라는 기계의 구성, 유통 루트, 가격, 이용방법 등을 간단히 설명했다. 그런 다음, 작년 일 년 동안 수도권에서 발생한 장난전화 피해의 총 건수(물론 판명된 것만)와 그 가운데 음성변조기가 사용된 건수를 소개했다. 예상외로 적은 숫자였다.

"역시 장난전화는 원래 목소리로 하고 싶은 심리가 있는 모양입니다" 하고 특집 내레이터가 말했다. 시노자키는 그 말을 메모했다.

광고가 나간 다음의 화면에서는 음성변조기를 사용해도 성문聲紋은 속일 수 없다는 설명이 나왔다. 맞는 말이다. 음성변조기는 듣는 사람에게 목소리를 감추는 역할만 할 뿐, 성문 그 자체를 바꿀 수는 없는 것이다. 수사하는 쪽에서는 다행스러운 일이었다. 아직 그 누구도 성문을 바꾸는 기술은 개발하지 못했다.

다케가미가 추적하는 범인은 자신의 목소리를 증거로 남기지 않기 위해 음성변조기를 사용하고 있다. 그가 처음으로 전화를 건 것은 방송국이었으므로 바보가 아닌 다음에는 당연히 그런 장치를 쓸 생각을 했을 것이다. 그러나 그는 그렇게 해서도 자신의 목소리를 감출 수 없다는 것을 알고 있을까? 모르고 있다가 이 프로그램을 보고 당황했는지도 모를 일이다.

특집의 마지막 코너는 음성변조기를 사용한 장난전화의 피해자에 대한 인터뷰였다. 두 사람이 나왔는데, 둘 다 여자였다. 얼굴에는 모자이크가 깔리고, 음성도 변조되어 있었다. 한 사람은 사이타마 현에 사는 주부이고 다른 한 사람은 도쿄에서 혼자 사는 회사원이라고 했다. 주부는 하루에 백오십 통이나 장난전화를 받고 건강을 해치고 말았다고 했다. 회사원은 전화 내용이 그녀의 사생활에 관한 것이어서, 직장 동료가 아닐까 하는 생각에 회사를 그만두었다고 했다. 두 경우 모두 경찰이 수사에 착수했지만 범인은 아직 체포되지 않았다.

인터뷰 후반에 사이타마 현의 주부는 울먹이는 목소리로, 장난전화에 따른 직접적인 피해 외에도 더 무서운 것이 있다고 했다. 그녀가 사는 신흥주택지구의 이웃들에게 장난전화 사실이 알려지자 피해를 입은 여자 쪽에도 뭔가 문제가 있다는 근거 없는 소문이 퍼져나갔다는 것이었다.

"불륜을 저질렀다가 상대가 물고 늘어지고 있다, 남편의 애인이 그랬을 것이다. 더 심하게는 제가 매춘이나 텔레폰 클럽에 나갔기 때문에 전화번호가 알려진 것이라고까지…… 악질적인 거짓말이지만, 증거를 대고 반박을 할 수도 없는 일이니까 너무 속이 상하고 억울해서……"

특집 프로그램이 끝난 후 다케가미는 시노자키에게 물었다.

"오가와 공원 부근에서 음성변조기를 사용한 장난전화 피해에 대한 신고가 있는지는 조사해보지 않았지?"

시노자키는 대답했다.

"그런 보고는 없었습니다."

"한번 해봐야겠어."

"그런 예가 있었다면 탐문조사에서 이미 드러났을 텐데요."

"피해자 쪽에서는 말하기 어려울지도 몰라. 그런 말을 잘못 내뱉었다가 나쁜 소문이라도 나면 곤란하니까. 아까 그 주부 이야기 들었겠지. 그런 일이 일어날 수도 있어."

시노자키는 눈을 깜빡이면서 자리에서 일어섰다.

"우선 관내에 장난전화에 관한 수사의뢰 기록이 있는지 살펴보겠습니다."

이때는 이미 전과자 리스트 6번과 11번의 존재에 초점에 맞추어져 있었기 때문에 다케가미도 음성변조기에 대해서는 별로 신경을 쓰지 않았다. 혹시나 하는 차원이었다.

그런데 이틀 후인 27일에 극적인 변화가 몇 가지 일어났다.

하나는 11번의 올해 6월 7일의 알리바이가 입증되었다는 것이었다. 6월 7일, 후루카와 마리코의 실종 당일이다.

제멋대로 시간을 바꾸며 일하는 11번의 알리바이 확인은 도리이가 말한 것처럼 힘든 일이었다. 히다카 치아키가 실종된 날에 그는 아침부터 집에 있다가 아르바이트를 나서 오후 여섯시에 끝내고 다시 외출했다. 행선지는 불명. 이것도 그의 혐의를 의심하게 하는 요소였다. 그러나 핵심인 6월 7일 전후의 행적이 확실하지 않았다. 아는 것이라고는 그가 6월 6, 7, 8, 9일 나흘간 아르바이트를 쉬었다는 것이었다. 어디서 무엇을 하고 있었을까?

그 해답이 수사진의 끈기 있는 탐문조사 결과 그의 고등학교 동창생의 입을 통해 밝혀졌다. 그 나흘간 11번과 그 친구는 어느 자기계발 세미나에 참가했다는 것이었다.

11번의 친구도 부모에게 기대 사는 실업자인데, 취직 경험도 없는 주제에 자기 손으로 회사를 경영하는 꿈을 가지고 있었다. 그는 무수한 경영자 양성 세미나와 자기계발 세미나에 참가하고 있었다. 11번과는 고등학교 시절부터 종종 만나는 사이인데, 그의 전과에 대해서 알고 있으면서도 동정적인 태도를 보였다. 그래서 그의 사회복귀를 도와주기도 하고, 몇 번이나 같이 세미나에 가자고 권하기도 했는데, 그것이 마침내 실현된 것이 6월의 나흘간이었다.

그 증언은 곧 사실임이 밝혀졌다. 문제의 자기계발 세미나를 주최한 회사에 조회해보니 11번과 친구의 참가 기록이 있었고, 세미나의 성격상 나흘 동안 참가자는 한 사람도 바깥출입을 할 수 없었으며 외부에서 오는 통신도 긴급사항이 아니면 차단되었다는 것도 판명되었다. 세미나 회장은 치바 현 다테야마에 있는 그 회사의 전용 시설로, 참가자는 역에서 버스를 타야 한다. 자가용은 이용할 수 없다는 것이다. 그 지역의 택시 회사에 당시의 운행기록을 조회해본 결과, 회장에서 다테야마 역이나 도쿄로, 또는 다테야마 역이나 도쿄에서 회장으로 이동한 사람은 그 나흘간 한 명도 없었다. 친구 이외의 참가자 멤버에게서도 11번과 나흘간 같이 지냈다는 것, 함께 연수를 받았다는 것, 함부로 바깥으로 나갈 수도 없고 도쿄로 돌아갈 수도 없었다는 사실을 확인했다.

이 사건에 대한 11번의 비중은 갑자기 가벼워졌다. 도이리는 눈을 찌푸리면서 애석해했다. 그러자 그는 다른 주장을 펼쳤다. 11번에게는 은밀한 공범자가 있어서 그에게 후루카와 마리코의 납치를 사주했다는 것인데, 사건의 성격으로 보아 불가능한 일이었다. 또 한 사람의 용의자 6번에 대해서는 원래가 가능성이 희박하기도 해서, 전과자 리스트를 기초로 한 수사는 백지로 돌아간 것으로 보였다.

그러나 이때 새로 등장한 것이 13번 다가와 가즈요시였다.

첫 계기는 차량을 조사하던 형사들이 올린 보고서였다. 오가와 공원 사건 발생 일주일 이내에 공원 부근에 있던 수상한 차량을 하나하나 조사하는 과정에서, 같은 렌터카 회사에서 동일인물이 세 번이나 차를 빌린 것이 판명되었다. 시나가와 구 오자키에 사는 25세의 회사원이었다. 차를 빌린 것은 9월 4일, 11일, 12일. 11일이라면 사건이 드러나기 하루 전이다. 차종은 늘 바뀌었고, 그가 빌린 차량이 모두 공원 부근에 정차되어 있는 것이 목격되었으며, 아마추어 사진가의 사진에 촬영되기도 했다. 본인을 찾아가 사정을 물어보니, 그 세 대는 모두 친구의 부탁으로 빌린 것이라고 했다. 그 친구가 바로 다가와 가즈요시였다.

"그가 전과자란 걸 아시오?" 하고 오자키의 회사원에게 물어보았다. 다가와 가즈요시는 이 년 전, 스물세 살 때 근무하고 있던 사무기기 리스 회사의 여자 탈의실 벽에 구멍을 뚫고 카메라를 설치해 사진을 찍고, 그것을 익명으로 여자에게 보내기도 했다. 오자키의 회사원은 다가와의 동료였다.

"물론 잘못을 저질렀지요. 그래서 회사도 그만두었고, 반성도 많이 했습니다. 대가를 충분히 치렀다고 생각합니다. 오히려 불쌍합니다. 그렇게 친한 편은 아니지만, 가끔 만나서 술을 마시는 정도는 됩니다."

그 사건 후로 다가와는 일종의 대인공포증에 걸렸다고 했다.

"세상 모든 사람들이 자신이 저지른 일을 알고 경멸적인 시선을 보내고 있는 것 같다고 했습니다. 일종의 노이로제지요. 그 생각이 머리에서 떠나지를 않는다더군요. 그래서 한때는 혼자서 물건도 사러 가지 못

할 지경이었습니다. 어떻게든 도와주고 싶었습니다."

그가 일으킨 사건도 사진과 관련되어 있었지만, 그는 어릴 적부터 사진을 좋아해서 때로 혼자서 촬영여행도 떠난다고 했다.

"사람 앞에 나서기가 두렵다보니 취직도 할 수 없습니다. 심각한 사건을 저지르긴 했지만, 유일한 취미인 사진까지 못 찍게 하는 건 심하다고 해서 그의 부모도 용인하고 있습니다. 사진 찍는 것 자체는 아무 문제 없으니까요. 산이나 바다, 그런 것을 찍으면 되는 거고, 그러다보면 정신적인 치료도 될 테고……"

촬영여행을 가려면 차가 있어야 한다. 짐도 실을 수 있고, 차에서 잘 수도 있다. 그러나 다가와는 차가 없다.

"그래서 제가 대신 렌터카를 빌려주었습니다. 물론 좋지 않은 일이겠지만, 굳이 조사해보지 않으면 알 리가 없고, 다가와가 돈도 정확히 지불했으니 문제가 없지 않습니까."

9월에 세 번에 걸쳐 렌터카를 빌려줬다. 다가와는 아리아케의 야생조류를 찍으러 간다고 했다고 한다. 그러나 그 차는 오가와 공원 부근을 어슬렁거리고 있었다.

이 보고와 거의 동시에, 다케가미의 제안으로 시작된 장난전화 피해 조사에서도 수확이 있었다. 음성변조기를 사용한 장난전화가 작년 한 해에 세 번, 보쿠도 경찰서 관할 내에서 발생한 것이다. 그 가운데 한 건이 다가와 가즈요시가 사는 공영주택의 젊은 주부가 피해자였다.

신고된 사건이 아니라 탐문조사를 통해 알게 된 것이었다. 피해자가 받은 전화는 두 번, 모두 일방적으로 외설적인 말을 한 것으로, 피해자의 사생활을 잘 아는 듯한 말은 아니었다. 오가와 공원 사건이 일어나고 범인이 텔레비전 방송국에 전화를 걸었을 때, 이 피해자 주부는 세상에는 참 비슷한 놈이 많다고 생각했을 뿐, 자신이 당한 장난전화와 연결시켜 생각해보지는 않았다고 했다.

다가와 가즈요시와 이 주부는 공영단지의 같은 동에 사는 주민이었다. 나머지 두 건의 장난전화는 그렇다 치고, 이 건에 관해서 특별수사본부는 큰 흥미를 가졌다. 다가와 가즈요시에 대한 철저한 수사가 시작되었다.

이렇게 달이 바뀌고 10월에 들어섰다.

다케가미는 다가와 가즈요시의 프로필을 정리했다. 부모가 일찍 이혼해 열 살 때부터 지금까지 어머니와 둘이서 살고 있다. 쉰 살이 된 어머니가 닌교초의 양품점에서 점원으로 일하는 것 외에는 수입이 없다. 다가와는 그 지역의 공업고등학교를 졸업한 후 여러 직장을 전전했고, 스물세 살 때 사건을 일으키고 그만둔 사무기기 리스 회사에도 반년 정도밖에 적을 두지 않았다.

보호관찰관의 말에 따르면 다가와의 대인공포증은 꾀병은 아닌 모양이었다. 사람들이 모두 자신을 경멸하고 뒤에서 손가락질한다고 자주 관찰관에게 하소연했다고 한다. 그는 나름대로 갱생의 길을 걷고 있으므로 이번 사건에 관여되었을 리 없다고 감찰관은 힘주어 말했다.

범인은 아직도 침묵을 지키고 있다. 다음은 언제, 어디서, 어떤 말을 할까. 어떤 움직임을 보일까. 과연 다가와인가, 다가와가 아닌가.

13

"어이, 할아범, 잘 지내?"

수화기를 들자 예의 그 목소리가 들려왔다.

아리마 요시오는 황급히 주변을 둘러보았다. 마침 손님이 와서 기다는 나가고 없었다. 요시오는 전화기 곁에 있는 카세트의 녹음 버튼을 누르고 수화기를 고쳐잡았다. 땀이 밴 손바닥을 허벅지에 닦았다.

"할아버지, 안 들려?"

"아니야, 들려. 듣고 있어."

요시오는 황급히 대답했다.

"당신이지?"

상대는 기계음으로 웃었다.

"당신이라니, 누구?"

"플라자 호텔에 편지를 둔 사람."

"그래. 그렇게 에둘러 말할 필요는 없잖아. 할아버지의 손녀를 유괴한 그 사람이야."

기다는 아직도 손님을 상대하고 있다. 요시오는 몸을 앞으로 기울여 책상 앞의 작은 창을 열었다. 아리마 두부가게의 좁은 주차장을 사이에 두고 바로 옆에 이층짜리 연립주택이 하나 있다. 그 일층 창이 열려 있고, 형사의 모습이 보였다. 요시오는 그에게 손짓을 했다.

멍하니 있던 형사의 얼굴에 긴장감이 떠올랐다. 그가 움직이는 것을 확인하고 요시오는 헛기침을 하면서 전화기를 향해 말했다.

"여보세요? 여보세요?"

상대는 침묵을 지키고 있다. 끊어버린 것일까.

"여보세요!"

"할아버지."

갑자기 터져나온 상대의 목소리에는 여전히 웃음기가 배어 있었다.

"나 몰래 나쁜 짓을 한 모양이로군."

"나쁜 짓이라니?"

"알고 있어. 경찰이 있지? 그런 사건이 있었으니 당연하지. 나도 그 정도는 계산에 넣고 있어. 이 전화를 역탐지하려는 생각은 버려. 이거, 휴대폰이니까."

손님을 보내고 기다가 다가왔다. 요시오는 메모지를 찢어 휴대폰이라고 써서 그에게 보여주었다. 기다는 가게를 나가 연립주택 쪽으로 달려갔다.

플라자 호텔 사건 이후로 요시오의 주변에는 늘 경찰이 대기하고 있었다. 형사들은 가게 전화에 녹음기를 설치하고, 마침 비어 있던 이웃 연립주택을 빌려 역탐지장치를 갖추고 거점으로 활용하고 있었다. 혼자 사는 집이니 요시오의 집에 머물러도 상관없었지만, 경찰측은 만에 하나 범인이 요시오에게 직접 접촉을 시도할 경우를 대비해 잠복근무하기에 좋은 이웃 연립주택을 고른 것이었다.

범인이 역탐지가 어려운 휴대폰을 사용할 가능성이 많다는 말을 들었기 때문에 요시오는 낙담하지 않았다. 그러나 휴대폰치고는 상대방의 음성이 똑똑히 들리는 것으로 보아 실내인 것 같았다.

소리없이 돌아가는 녹음테이프를 바라보면서 가능한 한 이야기를 길게 끌려면 무슨 말을 어떻게 해야 좋을지 생각해보았다. 이것도 경찰이 지시한 것이다.

"아리마 씨, 범인은 아무래도 아리마 씨가 마음에 드는 모양입니다."

플라자 호텔 건 이후로 보쿠도 경찰서에서 만난 간자키라는 경부가 그렇게 말했다.

"앞으로도 계속 연락을 취해올 가능성이 높습니다. 텔레비전에서 무릎을 꿇게 하겠다는 것도 아마 진심일 겁니다. 우리는 무슨 수를 쓰든 범인의 입에서 정보를 끌어내야 합니다. 만일 그쪽에서 접촉을 해올 때는 가능한 한 놈이 말을 많이 하게 만들어주십시오."

요시오는 물었다.

"경부는 왜 범인이 나를 마음에 들어한다고 생각합니까?"

간자키 경부는 새카만 눈을 빛내면서 이유는 모르겠다고 대답했다. 하지만 대화하는 분위기를 보아 그런 느낌이 든다고 했다.

요시오는 말했다.

"놈이 나를 마음에 들어하는 건 내가 약해 보여서겠지요."

"정말 그렇게 생각하십니까?"

경부는 강렬한 시선으로 요시오를 바라보며 말했다.

"물론 범인은 아리마 씨를 깔보고 있긴 합니다. 그러나 그것은 그만큼 우리에게 유리하다는 겁니다. 범인에게 원하는 대로 약한 모습을 보여주면 됩니다. 그리고 그걸 이용하는 겁니다. 그러기 위해서는 아리마 씨는 절대로 약해져서는 안 됩니다."

요시오는 등을 쭉 펴고 두 다리에 힘을 넣었다.

"당신, 나에게 한 말을 잊었나?"

"무슨 말?"

"텔레비전에 나가서 무릎을 꿇으면 마리코를 돌려주겠다고 하지 않았는가."

"아, 그랬었지."

"그래서 지금까지 기다리고 있었어. 언제 연락이 오나 하고."

"할아버지, 정말로 그럴 수 있겠……"

말을 다 잇지 못하고 범인은 심하게 기침을 하기 시작했다. 일단 수화기를 입에서 뗐는지, 목소리가 멀어졌다. 음성변조기를 통해 들려오는 기침 소리는 심한 잡음 같으면서도 묘하게 인간적인 냄새를 풍겼다. 이놈도 인간이구나, 요시오는 등허리가 서늘해질 정도로 실감했다.

상대의 기침이 그치기를 기다렸다가 다시 말을 걸었다.

"감기에 걸렸나보군."

목을 그릉그릉 울리면서 범인은 수화기로 돌아왔다.

"약간."

"기침이 나올 때는 담배를 피우지 않는 게 좋아."

상대의 목소리가 날카로워졌다.

"내가 담배를 피운다고? 어떻게 알아? 어떻게 알았어?"

예상외의 반응에 요시오는 깜짝 놀랐다.

"지난번에 이야기를 할 때 라이터 켜는 소리를 들었으니까."

그때 전화선 속으로 들어갈 수만 있다면 네놈을 마구 두들겨패주고 싶었다. 손녀의 목숨이 걸려 있는데 네놈은 여유 있게 담배를 피우고 있었지, 그래서 잘 기억하고 있어! 하고 외치고 싶었다.

"할아버지, 귀가 아주 밝구만."

"나도 담배를 피우니까 알아."

"나는 그렇다 치고, 할아버지는 나이도 있으니까 담배 끊는 게 좋을 걸."

그렇게 말하고 범인은 경련을 일으키듯이 웃어젖혔다.

"하기야 아무럼 어때. 어차피 한 발은 관 속에 들어간 거나 다름없는데."

요시오는 묵묵히 기계적인 웃음소리를 듣고 있었다. 기다가 돌아와서 긴장한 표정으로 요시오를 바라보고 있었다.

"그런데 당신, 오늘은 무슨 용건인가? 텔레비전 건은 잊고 있었던 것 같은데."

"할아버지 목소리를 듣고 싶어서 말이야."

"내 목소리를?"

"응, 마리코는 무사하냐는 목소리 말이야."

요시오는 눈을 깜빡거렸다. 간자키 경부를 만난 후, 서류 일을 주로 하는 중년 형사에게 가서 다시 범인과의 대화를 재현하는 작업을 했다. 다케가미라고 한 그 형사와 나누었던 대화가 떠올랐다.

"다음에 범인이 연락을 해오면, 괴로우시겠지만 저쪽에서 무슨 말을 할 때까지 절대로 손녀의 안부에 대해서는 묻지 말아주십시오. 할아버지가 입을 다물고 있으면 놈이 먼저 말을 할 겁니다. 놈은 제 입으로 말을 하고 싶어 안달이 날 테니까, 할아버지가 침묵을 지키면 자신도 모르게 중요한 정보를 발설할 수도 있습니다."

요시오는 신중하게 말했다.

"마리코에 대해서는 늘 걱정하고 있어."

"정말? 그런데 왜 손녀에 대해서 물어보지 않지?"

"물어봐야 당신이 가르쳐주지 않을 테니까."

"그래서 경찰에 부탁한 거야? 그 돌대가리 경찰들에게 부탁하다니, 정말 어리석군."

"그럴까?"

"그렇고말고. 그들은 아무것도 찾지 못해."

"당신은 머리가 좋단 말이로군."

"할아버지, 나를 화나게 만들 생각이야?"

"그렇지 않아."

"그럼 사과해."

"사과?"

"방금 한 말. 당신은 머리가 좋단 말이로군, 이랬잖아. 그건 완전히 나를 무시하는 말 아냐?"

"그럴 생각은 없었어."

기계적인 목소리는 부모와 말다툼을 벌이는 아이처럼 빠른 어조로 요시오의 말을 가로막았다.

"변명 따위는 필요 없어. 사과하라는 말도 못 들었어? 이 망할 할방구!"

요시오는 천천히 눈을 깜빡이며 생각했다. 그러고는 한마디 한마디 곱씹듯이 말했다.

"정말 미안하게 됐네. 사과하지."

"사과드립니다, 라고 해봐."

"사과드립니다."

"기어오르면 재미없어."

요시오는 수화기를 귀에 댄 채 기다의 얼굴을 바라보았다. 그는 불안한 표정으로 기둥을 꼭 붙잡고 있었다.

"할아버지, 나는 할아버지 속은 전부 들여다보고 있어. 할아버지가 취할 만한 행동도 모두 꿰뚫고 있어. 그러니까 까불지 말고 내가 하는 말이나 잘 들어. 알았어?"

"알았어, 잘 알았어. 한 가지 부탁하겠는데, 마리코가 살아 있다면 목소리라도 한번 들려줄 수 없을까?"

상대는 단호하게 거부했다.

"안 돼!"

"마리코는 거기 없나?"

"안 된다면 안 되는 줄 알아."

범인은 다시 기침을 했다. 몹시 고통스러워하는 것 같았다.

"할아버지, 쿨럭, 쿨럭, 쿨럭, 까불지 마, 쿨럭, 쿨럭, 쿨럭."

그때 머릿속에서 무언가 섬광처럼 번쩍였다. 요시오는 눈을 번쩍 떴다. 책상 주변을 둘러보니 바로 뒤에 콩을 고르는 그릇이 있었다. 요시오는 그 그릇을 머리에 올리고 수화기를 든 채 전화 코드를 잡아당기며 가게 앞으로 나갔다.

기다가 놀라서 눈을 동그랗게 떴다. 그러나 요시오가 눈과 턱으로 신호를 보내자 책상 위에 놓인 전화기를 집어들고 벽에 꽂힌 전화 코드를 당겨주었다. 코드가 늘어지고, 요시오는 가게의 냉장 케이스 바깥까지 나갈 수 있었다.

콩을 고르는 그릇은 플라스틱으로 만든 자그만 통이다. 그것을 머리카락이 듬성듬성한 머리 위에 올리고 길거리를 둘러보고 있자 두부가게 앞을 오가는 사람들이 요시오를 보고 웃었다. 자전거를 타고 지나가는 여자가 눈을 동그랗게 뜨고 뒤를 돌아보았다.

"할아버지, 내 말 들려?"

"그래, 들려."

"할아버지, 나를 화나게 만들어놓고 무사할 줄 알아?"

"화나게 할 생각은 없네. 다만 마리코가 무사하다는 걸 가르쳐달라는 것뿐이야."

화가 난 기계적인 목소리가 요시오의 귀를 때렸다.

"마리코를 어떻게 하든 그건 내 권리야! 할방구에게는 아무 권리가 없어. 알았어?"

마음을 가라앉히고 천천히, 요시오는 말했다.

"나는 마리코의 가족이야."

"가족이라고 해서 권리가 있는 건 아냐. 내 말대로 하는 수밖에 없어. 몇 번이나 말해야 알아들어! 노망들었어?"

길을 가는 사람들도 플라스틱통을 머리에 인 채 수화기를 들고 있는 요시오를 보고 그렇게 생각하고 있을 것이다.

"불쌍한 할방구로군. 나는 불쌍하고 비참하고 더러운 놈입니다, 라고 해봐."

"나는 불쌍하고 비참하고 더러운 놈입니다."

"살아갈 가치도 없는 놈입니다."

"살아갈 가치도 없는 놈입니다."

"정말 멍청한 할방구로군."

낄낄거리는 기계음이 들렸다.

"심심하면 가끔씩 상대해줄게, 할아범."

전화는 끊어졌다. 잠시 수화기를 바라보고 뚜, 뚜, 뚜, 하는 소리를 들으며 요시오는 기다를 돌아보았다.

"끊어졌어."

"왜 사과를 하고 그랬어요?"

기다는 전화기를 끌어안고 곁으로 다가와서 요시오의 머리 위에 올려진 통을 가리키며 물었다.

"그놈이 이러라고 시킨 겁니까?"

"그건 아냐."

안쪽에서 다른 벨이 울렸다. 요시오는 수화기를 기다에게 건네주고 황급히 안으로 들어갔다. 이웃에 있는 연립주택과 통하는 인터폰이었다.

"아리마 씨, 괜찮습니까?" 하고 형사가 물었다.

"난 괜찮습니다. 녹음은 했습니까?"

"주변을 수색하고 있으니까 우리가 신호를 보낼 때까지 움직이지 마세요. 놈이 가까운 곳에 있을 가능성이 있습니다."

인터폰을 끊은 다음 요시오는 기다에게 말했다.

"나도 그렇게 생각했어."

"뭘 말입니까?"

"놈은 가까운 곳에서 이 가게를 보며 전화를 걸고 있는 게 아닐까 하고…… 휴대폰이라면 그럴 수도 있지 않겠나?"

"예, 충분히 그럴 수 있지요."

기다는 고개를 끄덕이더니 눈을 크게 떴다.

"아, 그래서 통을 머리에 이고 가게 바깥으로 나간 겁니까?"

"응, 놈이 이런 모습을 보면 웃을 것 같아서."

"그렇지만 왜……"

"놈은 나에 대해서는 전부 들여다보고 있다고 했어. 그리고 심하게 기침도 했고."

고통스러운 기침이었다. 그건 절대로 연극이 아니다.

"감기에 걸려 누워 있다가 열도 내리고 기침이 멈췄다고 바깥으로 나가서 갑자기 찬바람을 쐬면 기침을 하게 돼. 그러니까 놈은 이 부근 어디서 선 채로 전화를 거는 게 아닌가 생각했지."

기다는 두려움과 분노가 한데 섞인 눈길로 도로 쪽을 바라보았다. 요시오는 기다 곁을 벗어나 눈물을 닦았다.

마리코는 이미 죽었어……

지금까지도 구십 퍼센트 정도는 포기하고 있었다. 그렇지만 나머지 십 퍼센트에 희망을 걸고 있었다. 형사들도 마리코가 살아서 범인에게 잡혀 있을 가능성이 있다고 했다.

그렇지만 그런 희망도 사라져버렸다. 마리코는 죽었다. 틀림없다. 그런 확신이 솟구쳤다.

오늘, 요시오는 놈의 화를 돋우었다. 놈이 요시오에게 복수하기 위한 가장 효과적인 방법을 모를 리 없다. 마리코의 목소리를 들려주고 마리코에게 할아버지, 살려줘, 라고 외치게 하면 된다. 그게 가장 효과가 있다.

그러나 놈은 그렇게 하지 않았다. 단호하게 거부했다. 언제가 되면 된다든가, 시키는 대로 하면 목소리를 들려줄 수 있다든가, 그런 말도 하지 않았다. 대신 요시오에게 모욕을 주었을 따름이다.

마리코는 죽었다. 마리코는 벌써 놈의 손이 닿지 않는 곳에 가버렸다. 그것만은 확실하다고 요시오는 생각했다.

범인은 아리마 요시오에게 전화를 걸어왔다. 그렇다면 현 시점에서 가장 범인일 가능성이 높은 존재인 다가와 가즈요시는 아리마 요시오가 범인과 대화를 나누고 있을 때 무엇을 하고 있었는가.

그는 집에서 걸어서 오 분 정도 거리에 있는 이발소에서 머리를 깎고 있었다. 다가와 전담 팀은 가게 출입구를 감시할 수 있는 위치에 차를 세워두고 망원경으로 그의 행동을 감시하고 있었다. 다가와가 집을 나섰을 때 그 뒤를 미행하던 형사 한 사람은 다가와가 이발소로 들어간 후, 잠시 틈을 두었다가 길을 묻는 척하고 이발소 안으로 들어갔다.

주인으로 보이는 중년 남자 혼자 가게를 지키고 있었다. 의자가 두 개밖에 없는 자그만 이발소였다. 주인과 이야기를 나누면서 다가와를 관찰했다. 이때 그는 의자에 앉아 잡지를 들추면서 순서를 기다리고 있었다. 형사는 주인에게 인사를 하고 바깥으로 나와 다시 감시에 들어갔다. 그가 정위치에 도착했을 때, 손님 하나가 나가고 다가와가 거울 앞에 앉았다.

다가와의 행동 감시와 주변 조사를 시작한 지 얼마 되지 않아 이 이발소가 그가 자주 가는 곳인지는 알 수 없었다. 커다란 유리창 너머로 보니 주인은 다가와에게 친근하게 말을 걸고 있지만 다가와는 표정을 바꾸지 않고 말도 거의 하지 않았다. 주인과 눈을 마주치기 싫어서인지 눈을 내리깔고 있었다. 그의 '대인공포증'의 일단을 증명하는 듯한 광경이었다.

실제로 다가와는 대부분의 시간을 집에 틀어박혀 지냈다. 가끔 바깥으로 나가는 경우에도 길을 건너 반대편에 있는 편의점에서 잡지를 사거나 북쪽으로 두 블록 떨어진 곳에 있는 비디오 가게에 가는 정도였다. 의식주는 어머니에게 전적으로 의존했다. 취직활동도 하지 않았다. 어머니 혼자 벌어서는 생활이 어려운 모양이었다. 감시를 시작한 지 얼마 되지 않아 가스 회사의 수금원이 찾아와 연체된 가스 요금을 독촉하고 갔다.

이발소 주인은 능숙한 손놀림으로 다가와의 머리카락을 잘랐다. 다가와는 눈을 감고 있었다. 차 안에서 감시중인 두 명의 형사는 평일 대낮에 머리를 깎는 그의 느긋한 처지에 대해 비꼼 섞인 농담을 주고받았다. 이발소 입구 쪽의 이차선 도로는 가까운 곳에 위치한 초등학교의 스쿨존으로, 오후 이른 시각에 노란 모자를 쓰고 집으로 돌아가는 일학년생 네댓 명이 손을 잡고 이발소 유리창 앞을 지나고 있었다. 그 가운데 하나, 빨간 가방에 하얀 원피스를 입은 여자애가 친구의 말을 듣고는 깔깔거리며 웃었다. 그때, 가게 안의 다가와가 갑자기 눈을 뜨고 그쪽으로 시선을 던졌다. 고양이가 쥐를 쫓는 듯한 본능적인 반응이었다. 다가와는 여자애를 뚫어져라 바라보더니, 그 아이가 시야에서 사라질 때까지 눈길을 떼지 않았다. 망원경으로 그 광경을 지켜보던 형사는 나중에 동료들에게 소름이 끼쳤다고 말했다.

제 발로 이발소에 갈 수 있을 정도라면 렌터카를 빌리러 가는 것도 그리 어렵지 않을 것이다. 딱히 친구에게 부탁할 이유도 없다. 역시 그 차는 은밀한 목적에 사용되었을지도 모른다. 차 안에서 형사가 그런 생각을 하고 있는데, 이발소 주인의 손길이 멈추었다. 다가와는 주인에게 뭐라고 말하고는 자리에서 일어섰다. 주인이 가게 구석을 가리켰다. 다가와는 그쪽으로 향했다.

"화장실인가?"

다가와의 모습이 시야에서 사라지기 전에, 차 안의 형사는 도보로 미행하는 형사에게 무선으로 그가 지금 뒷문으로 빠져나갈지도 모르니 주의하라는 지시를 내렸다. 그 통화가 끝난 다음 순간, 아리마 두부가게 옆의 연립주택에서 잠복근무를 하고 있는 '아리마 팀'에서 방금 범인에게서 전화가 걸려왔다는 연락이 들어왔다.

미묘한 타이밍이었다. 정확히 계산된 타이밍인 것도 같았다.

"전화야. 가게 안의 전화를 사용하고 있는 건 아닐까?"

"그런 위험한 짓은 하지 않을 거야. 저런 좁은 가게에서."

다가와 팀도 본부에 연락했다. 대기하라는 명령이 왔다. 통화는 휴대폰이라고 무선 연락이 들어왔다.

"다가와가 휴대폰을 가지고 있나?"

"본 적이 없는데."

"또 그 친구에게 빌렸을지도 모르지. 눈물나게 고마운 친구가 있으니까."

다가와는 돌아오지 않았다. 주인은 빗자루로 바닥을 쓸고 있었다. 범인과의 통화는 아직 계속되고 있다는 무선 연락이 들어왔다.

"가게 안에 들어가서 확인해볼까요?"

본부는 대기를 명했다. 차 안의 온도가 올라갔다. 통화는 아직도 계속되고 있다.

바닥을 쓴 다음 주인은 가게 안으로 사라졌다. 유리창 너머 가게 안에서 사람 그림자가 없어졌다. 거울에 비친 시계의 초침만 움직이고 있었다.

범인의 전화가 끊어졌다는 무선 연락이 들어왔다.

"주인은 어디로 간 거야?"

그때 다가와가 돌아와 자리에 앉았다. 한 호흡을 두고 주인이 나타났다. 곁에 있는 스프레이 통을 들고 다가와의 머리카락에 뿌렸다. 차 안의 형사들은 한숨을 내쉬었다.

이발이 끝나자 다가와는 온 길을 따라 돌아갔다. 다가와 팀도 돌아왔다.

이발소 주인에게 물었다.

"그 젊은 손님 말입니까? 화장실에 갔었어요."

두세 번 정도 온 손님이고, 말이 없어서 목소리를 제대로 들은 적도 없다고 했다.

"좀 칙칙한 사람이에요. 전화? 가게 전화는 쓰지 않았습니다. 화장실에서 휴대폰을? 글쎄요, 걸어도 바깥에서는 알 수 없지요."

"네? 기침? 그 손님이 기침을 했냐고요? 안 했던 것 같은데요. 감기걸린 것 같지는 않았어요. 형사님, 그 사람이 무슨 짓을 했습니까?"

이 일에 대해 절대로 말해서는 안 된다고 단단히 주의를 주고 형사들은 물러났다.

다가와 팀의 상황보고를 받은 다음 다케가미 에쓰로는 아리마 팀에게 가기 위해 시노자키를 데리고 보쿠도 경찰서를 나섰다. 넥타이를 매지 않은 점퍼 차림이었다. 시노자키도 양복을 벗고 청바지에 셔츠로 갈아입었다.

"이렇게 차려입으면 영락없는 두부가게 종업원으로 보일 겁니다" 하고 시노자키가 말했다. 그가 어깨에 메고 있는 커다란 가방에는 녹음장치가 들어 있다. 테이프를 더빙하여 그길로 과학수사연구소로 보내는 것이다.

두부가게는 기다가 지키고 있고, 아리마 요시오는 이웃에 있는 연립주택에 가 있었다. 맥이 빠진 듯, 목소리에도 힘이 없었다.

시노자키를 과학수사연구소로 보낸 다음, 다케가미는 아리마 두부가게 주변을 사진으로 찍었다. 상세한 지도를 만들기 위해서 상가지구 안내도 같은 것을 공공기관에 가서 빌려왔으면 좋겠다고 하자, 요시오는 벽에 붙은 지도를 떼주었다.

"기분은 좀 어떠십니까?"

다케가미가 물었다.

아리마 요시오는 천천히 눈을 깜빡이더니 두 손으로 얼굴을 문질렀다. 그러고는 "마리코는 돌아오지 않겠지요" 하고 툭 던지듯 말했다. 그리고 왜 그렇게 생각하는지 설명했다. 목소리가 쉬어 있었다.

다케가미는 요시오의 추측이 타당하다는 생각이 들었다. 그러나 차마 그런 말을 할 수는 없었다. 조용히 듣기만 하고 쓸데없는 위로의 말도 하지 않는 것으로 요시오의 말을 수긍했다.

형사라는 직업에 종사하다보면 이래도 안 되고 저래도 안 되는 인간, 남에게 상처를 입히고 가족을 울리는 것을 목적으로 세상에 태어난 듯한 인간을 지겨울 정도로 보게 된다. 반면에 지극히 평범한 말과 태도를 가지고 평범한 삶을 살아가는 사람인데도 저도 모르게 옷깃을 여미지 않을 수 없게 되기도 한다. 지금 다케가미가 그런 기분이었다.

아리마 요시오는 범인이 생각하는 것보다 훨씬 더 명석한 두뇌의 소유자이고, 대단한 담력을 가진 사람이었다. 범인이 손녀를 방패로 시비를 걸어오지 않는 것을 보고 그녀의 죽음을 확신하는 사람이다. 확인되지 않은 사실인 만큼 추측의 범위에 두면 되는 것도 과감히 사실로 받아들이는 자세를 가진 사람이다. 아무리 처참하고 고통스럽더라도, 허황된 희망이나 낙관을 가지지 않는 사람이다. 힘없고 연약한 노인이 할 수 있는 일이 아니다. 여기에 이렇게 두부가게 주인으로 자리를 잡을 때까지 아리마 요시오가 살아온 인생역정이, 다케가미는 문득 궁금해졌다.

아리마 요시오는 멍하니 창밖에 눈길을 던지고 중얼거렸다.

"이 일을 마치코에게 어떻게 전해야 할지……"

후루카와 마리코의 어머니는 아직 입원중이다. 생명에는 지장이 없지만 그리 좋은 상태는 아니라는 소식을 전해들었다. 부하의 실수가 관련된 일이기도 해서 다케가미로서는 다시 한번 정식으로 사과하지 않으면 안 될 입장이다.

"요즘은 좀 어떠십니까?"

요시오는 고개를 가로저었다.

"상처는 많이 나아지긴 했지만…… 말을 못 해요."

다케가미는 눈을 동그랗게 떴다. 요시오는 책상 위를 살피다가 서랍을 열어 담배 한 개비를 꺼내물었다.

"말을 못 해요."

다시 그렇게 말하고 라이터로 불을 붙였다.

"의식을 회복한 후로 단 한마디도……?"

"그래요. 말도 하지 않고, 내 말은 못 들은 척하고 있어요. 멍하니 누워서 잠만 잡니다."

현실도피의 한 형태일 것이다.

"의사는 뭐라고 합니까?"

"이런 증상은 치료가 어렵다더군요. 일단 상처를 치료한 다음 정신과 의사나 카운슬러를 만나는 것이 좋겠답니다. 지금도 정신과 선생이 보러 오고는 있습니다만."

갑자기 밤중에 우는 경우도 있다고 한다.

"큰 소리를 내고 소동을 부리는 건 아니지만, 말도 하지 않고 몇 시간이고 울기만 한다더군요. 나는 직접 본 적은 없지만, 울기 시작하면 아침까지 운다고 해요. 몸에 좋지 않을 텐데…… 그럴 때면 신경안정제

같은 것을 준다더군요."

도리이가 후루카와 마치코의 마음에 상처를 준 데 대해 다케가미는 다시 사죄했다.

"본인도 깊이 반성하고 있습니다."

요시오는 손을 흔들어 제지했다.

"이미 지난 일이지요. 그보다는……"

가게 앞에 손님이 와 있었다. 요시오는 그쪽을 바라보았다. 기다가 바쁜 듯 보였다. 아리마 두부가게는 장사가 꽤 잘되는 것 같았다.

요시오는 좀더 목소리를 낮추었다.

"그보다는, 경찰이 그 범인을 잡을 수 있을 것 같소이까?"

다케가미는 이어서 무슨 말이 나올 것 같아 대답하지 않고 요시오의 얼굴을 바라보았다. 노인은 담배를 끈 다음 얼굴을 찡그리며 천천히 말했다.

"나 같은 사람이 경찰에게 이래라저래라 말을 할 수야 없지요. 최선을 다해서 수사를 하고 있을 테니까 말이지요. 하지만, 아무래도 이 범인은 정상적인 인간의 손에는 잡히지 않을 것 같은 생각이 들어요."

"정신이상자라는 건가요?"

"정신이상……"

요시오는 고개를 기울였다.

"머리가 이상하다는 의미라면, 좀 다릅니다."

다케가미는 조용히 고개를 끄덕였다.

"머리가 이상한 인간이라면 나도 본 적이 있어요. 사실은 손님 중에도 그런 사람이 하나 있지요."

기다가 서 있는 가게를 손가락을 가리키며 요시오는 진지한 표정으로 말을 이었다.

"한 달에 두 번 정도 옵니다. 프로레슬러같이 덩치가 큰 젊은이예요. 돈도 안 들고 두부를 사러 와서는, 그때마다 곁에 있는 손님에게 '돈 내!' 하고 명령을 해요. 옆에 있는 손님은 눈을 희번덕거리며 불쾌해하지요. 그렇지만 상대가 힘도 세 보이고 귀찮은 일이 벌어질 것 같으니까 돈을 주고 말아요. 내가 가게에 있을 때는 그렇게 하지 못하게 하죠. 돈이 없으면 두부를 살 수 없다고 하면서 말입니다. 그러면 화를 내기도 하고 발을 동동 구르기도 하다가, 그래도 내가 물러서지 않으면 욕을 하면서 돌아가요. 우리집에 나타나기 시작한 게 일 년 정도나 될까요. 이 부근에서는 유명한 사람입니다."

"파출소에서도 알고 있습니까?"

"예, 알고 있어요. 걱정이 되는지 가끔씩 와주지요. 혹시 약물중독자가 아닐까 하더군요."

그리고 요시오는 웃었다. 주름 하나하나까지 웃고 있는 듯 표정이 부드러워졌다.

"그 덩치하고 다른 곳에서 만난 적이 있는데, 그쪽에서 말을 걸어오는 겁니다. '할아버지, 할아버지 두부는 정말 맛있어, 정말 맛있어, 슈퍼마켓 두부보다 맛있어, 또 사러 갈게' 하고 말이지요."

다케가미도 쓴웃음을 지었다.

"그 사람도 머리가 이상한 걸 겁니다. 젊은데 불쌍하게 됐죠. 그런 정신이상이라면 나도 잘 알고 있습니다. 그렇지만 마리코를 납치한 범인에게는 그런 것과는 다른 이상한 점이 있습니다. 형사님은 어떻게 생각합니까?"

"동감입니다" 하고 다케가미는 천천히 대답했다.

"그놈에게는 그놈만의 잣대가 있을 겁니다. 평범한 사람의 머리에서는 나오기 힘든 다른 잣대지요. 그러니까 형사님, 걱정인 겁니다. 아무리 노력해도 잣대가 다르면 경찰의 손이 범인에게 닿을 수 없을 게 아닙니까."

다케가미는 하고 싶은 말이 많았다. 요시오의 냉정한 두뇌에 감탄했다는 말도 하고 싶었다. 그러나 머릿속에서 많은 말들을 떠올리다가 결국 입 밖에 낸 것은 이런 말이었다.

"범인도 분명히 인간입니다. 인간인 한 잡을 수 있습니다."

그것은 자기 자신을 향해서 하는 말이기도 했다.

"감기에 걸렸더군요. 기침을 했으니까요. 놈도 인간입니다."

그렇다, 감기. 다케가미가 범인에게 무슨 일이 있는 것이 분명하다고 추측한 것이 옳았다. 그리고 다케가미는 다가와 가즈요시를 용의자 리스트에서 제외시켰다. 수사본부는 다른 의견을 가지고 있는 것 같았지만, 다케가미는 자신 있게 그렇게 했다. 휴대폰이 문제가 아니었다. 망설일 것도 없었다. 범인은 미지의 인물이다. 지금 이 순간에는.

"인간이라……"

아리마 요시오는 중얼거렸다.

그로부터 일주일 후였다. 아무 진전도 없는 일주일, 모든 것이 수면 아래 잠긴 일주일, 교착상태에 빠진 채 눈 깜짝할 사이에 지나가버린 일주일, 다가와 가즈요시는 여전히 특별수사본부의 감시하에 있었고, 다케가미는 새로운 지도를 그리고, 과학수사연구소는 테이프의 음향 분석에 들어가고, 아리마 요시오는 두부가게 일을 하면서 짬을 내어 딸 마치코의 병실을 찾고, 매스컴에서는 범인이 다시 아리마에게 전화를 걸었다는 사실을 떠들어대다가 잠잠해진 그 일주일 후였다.

후루카와 마리코의 시체가 발견되었다.

14

　도쿄 도 나카노 구 중앙. 야마노테 거리와 아오메 가도의 교차로에서 세 블록 정도 북쪽으로 들어간 곳에 '사카자키 이삿짐센터'라는 회사가 있다.

　'센터'라는 이름은 그럴듯하지만, 사원은 아르바이트 학생을 포함해 다섯 명, 마흔다섯의 사장 사카자키가 직접 운전을 하는 아주 작은 회사이다. 간판은 이사업이지만, 시간만 나면 무슨 일이든 맡아서 한다. 예를 들어 집 안의 커다란 가구를 옮기고 싶다, 조립식 가구가 잘 맞지 않는다, 기와지붕이 상해 방수 시트를 깔아야 하는데 혼자서는 힘들다, 대형 쓰레기를 바깥으로 내고 싶다, 아파트 바깥 계단을 내려갈 수 없다, 등등 사소한 일에도 전화 한 통이면 달려가서 친절하게 처리해주는 것으로 지역 주민들 사이에서 평판이 자자하다. 회사를 세운 지 아직 육 년밖에 안 되었지만, 입소문이 퍼져 작년부터는 도쿄의 동부지구에서도 꽤 의뢰가 들어오고 있다. 텔레비전 정보 프로그램에 독특한 회사로 소개되기도 했다.

　도쿄 서부지역 중에서도 나카노 구의 이 부근이나 신주쿠 구 북부, 네리마 구, 도요시마 구에는 한국전쟁 때부터 고도성장기에 걸쳐 지은 단독주택이나 공영주택, 연립주택 등이 꽤 많이 남아 있다. 거품경제가 일 년만 더 연장되었더라면 어떻게 되었을지 모르지만, 여기저기 갑자기 생겨나는 주차장이나 공터, 임대빌딩 등에 섞여 지금도 어엿하게 하나의 거리를 이루고 있다. 신주쿠 부도심지의 고층빌딩과 너무 세련되어 실소를 금치 못하게 하는 신 도청 건물의 창을 올려다보면서 살아가는 그 낡은 주택단지의 주민들은 평균연령이 높다. 부부 중 하나가 먼저 세상을 떠나 혼자 살아가는 경우도 드물지 않다. 옛날 분위기를 풍기는 그 거리에 약간의 불편을 감수하고 찾아드는 사람들도 있긴 하지만, 도시도 아니고 시골도 아닌 어정쩡한 분위기 때문에 젊은 세대는 많이 들어오지 않는다. 그래서 사람들의 출입은 지극히 한정되어 있고, 주민 수는 날이 갈수록 줄어들고 있다.

이런 거리의 성격 때문에 사카자키 이삿짐센터 같은 회사가 필요한 것이다. 젊은 단신부임자나 자식을 키우느라 바쁜 부부들이 사는 곳이라면 가구 정도는 자신의 힘으로 옮길 수 있다. 통신판매로 산 가구를 조립하지 못하고 포장만 뜯은 채로 손을 대지 못하는 일도 없다. 그러나 핵가족화가 진행된 지금 시대에 고령자가 많은 동네에서는 문제가 다르다. 사카자키 사장은 거기에 주목했다. 그 결과 회사는 하루가 다르게 발전하고 있고, 사장 자신도 지역사회에 공헌한다는 자부심을 가질 수 있었다.

10월 11일 금요일도 이른 아침부터 이사 건이 하나 있었다. 사카자키 사장은 새벽 다섯시에 일어났다. 사옥은 월 십팔만 엔으로 빌린 이십오 년이나 된 목조주택으로, 사장 일가는 그 집 이층에 살고 있다. 장사에 필수적인 이 톤 트럭은 도보로 오 분 정도 떨어진 이층 주차장에 세워두었다. '사카자키 이삿짐센터는 작은 짐도 옮깁니다. 사소한 일이라도 도와 드립니다'라는 간판이 없으면 아무도 이삿짐센터로 보지 않을 정도다. 출입구 곁에는 사장 부인이 놓아둔 화분이 있고, 또 그 곁에는 사장의 아이들이 타는 세발자전거까지 있기 때문이다.

잠자리에서 빠져나온 사카자키 사장은 계단을 내려와 현관문을 열고 우편함에서 신문을 꺼내기 위해 바깥으로 나왔다. 그때, 어린아이의 자전거 바퀴 사이에 종이가방이 놓여 있는 것을 발견했다. 가로세로 오십 센티미터 정도 되는 평범한 종이가방이었다. 손잡이 끈이 달려 있고, 입구 한 곳에만 테이프가 붙어 있었다.

저게 뭘까. 가까이 가서 보니, 쓰레기라기에는 종이가방과 거기에 붙은 테이프가 너무 깨끗했다. 이런 곳에 누가 물건을 두고 갔을까.

들어보니 생각보다 묵직했다. 사카자키 사장은 미간을 찌푸리면서 테이프를 떼고 안을 들여다보았다. 흙덩어리가 보였다. 축축하고, 마른 풀 같은 것이 섞여 있었다.

보기에도 기분이 찝찝한 물건이었다. 화분을 버릴 곳이 없어서 이런 데 넣어서 버린 건가 하고 생각했다. 하지만 이 동네에는 남의 집 현관 앞에 빈 캔을 버리거나 쓰레기 수거일도 아닌데 쓰레기봉투를 방치하는 비상식적인 사람은 거의 없다.

투덜거리면서 사장은 종이가방을 들고 집 옆으로 돌아들었다. 일단 이웃집 사이에 난 오십 센티미터 정도의 틈에다 남의 눈에 잘 띄지 않도록 쑤셔넣었다. 흙이나 모래는 타지 않는 쓰레기이므로 다음 수거일까지는 며칠 더 있어야 한다. 그때까지 보관해두어야 하는 것이다.

집으로 들어오니 부인이 일어나서 물을 끓이고 있었다. 사장은 입을 불퉁거리며 종이가방에 대해 이야기했다. 부인도 미간을 찌푸리면서, 나중에 내용물을 살펴보고 버리겠다고 했다.

"당신 말대로 화분흙을 어디에 버릴지 몰라서 집 앞에 살짝 두고 간 건지도 몰라."

"그렇다면 솔직히 말하고 가져오면 처리해줄 텐데 말이야."

"돈을 받을지도 모른다고 생각했을 거야."

아침을 들고 있는 동안 사원들이 출근했다. 오늘 이사는 야요이초의 단독주택에 사는 여든다섯 된 노파가 의뢰한 것이다. 노인 혼자 사는 게 위험하다고 생각한 하치오지에 사는 장남 부부가 모시고 간다는 것이었다. 그쪽에서는 어머니를 위해 다다미 세 평짜리 방 하나를 비워두었는데, 지금 사는 집의 짐을 전부 들고 갈 수는 없는 형편이었다. 이 일은 폐품 처리도 한꺼번에 맡게 될 것 같았다.

간단한 회의를 마치고 사원들과 함께 야요이초로 향한 것이 오전 일곱시. 여덟시에 작업을 시작했다. 이사를 의뢰한 노파는 오래된 가재도구를 버리기 싫다며, 이것저것 다 들고 갈 거라고 고집을 부려 사장을 곤란하게 만들었다. 장남 부부는 가지고 올 것과 버릴 것을 사전에 정리해 그 목록을 사장에게 건네주었다. 그러나 노파가 싫다고 하는 것이다. 요금을 지불하는 것은 장남 부부이므로 사카자키 이삿짐센터로서는 곤란하기 짝이 없는 일이었다. 독거노인의 이사에 이런 경우는 드물지 않다. 그래서 때로는 노파의 기분을 맞추느라 같은 입장에 서서 자식 욕을 하면서 작업을 하기도 한다.

네네, 정말 너무하네요. 아무도 도와주러 오지도 않고 말예요. 그렇지만 할머니, 화내지 마세요. 아들하고 같이 사는 게 얼마나 좋은데요…… 그런 말을 하고 있는데 휴대폰이 울렸다.

부인이었다.

"여보, 큰일났어."

목소리가 떨리고 있었다.

"오늘 아침 당신이 말한 종이가방, 안을 살펴봤더니……"

"아, 그거. 뭐야? 금괴라도 들었어?"

이마의 땀을 닦으면서 사장은 웃었다. 그러나 부인은 웃지 않았다.

"웃을 일이 아니라니까. 뼈 같은 게 들어 있어."

"뼈?"

"응, 흙 사이로 머리뼈 같은 게 보여. 손과 팔 뼈 같은 것도. 어떡하면 좋지? 경찰에 알릴까?"

"자, 잠깐."

사장은 너무 놀라 어떻게 해야 좋을지 금방 생각이 떠오르지 않았다.

바로 경찰에 신고했다가 창피를 당할 수도 있다. 열심히 일하고 있는 사원들 곁을 벗어나 소리죽여 말했다.

"어쨌든 내가 돌아갈 때까지 기다려."

"그렇지만 당신은 오늘 일이 있잖아. 하치오지에 가야 하잖아. 짐을 옮기고 할머니를 거기까지 모셔다줘야 된다며? 저녁때까지는 기다릴 수 없어. 기분 나빠 죽을 것 같아."

"안 보이는 곳에 넣어두면 되잖아. 괜찮을 거야. 뼈가 왜 거기 들어 있겠어?"

"해골 같단 말이야."

"모형일 거야, 모형. 그러니까 함부로 버릴 수도 없고 해서 우리집 앞에 놓아둔 걸 거야. 당신도 참 한심하기는. 그 나이에 뭐 그런 것 때문에 벌벌 떨고 그래."

불평하는 부인을 나무라고 전화를 끊은 다음 사장은 다시 일을 하러 갔다. 짐을 모두 실은 다음 노인을 트럭 조수석에 앉히고 출발. 고엔지의 육교를 지날 때쯤에 다시 휴대폰이 울렸다.

"여보."

"왜 또 전화야. 지금 운전중인데."

부인의 목소리는 떨리는 정도가 아니라 거의 경악에 가까웠다.

"방송국에서 사람이 왔어."

"응? '스페셜 도쿄' 사람들?"

예전에 사카자키 이삿짐센터를 취재한 정보 프로그램이다.

"아냐, 뉴스야. HBS에서 왔어."

지방 방송국이 아니다. 전국 네트워크. 전방의 신호가 파란색이었지만 사장은 길가에 차를 세웠다. 그런 데서 왜 찾아왔느냐고 묻기도 전에 부인의 울먹이는 소리가 들렸다.

"그 종이가방 안에 있던 거, 역시 뼈였어. HBS에서 전화가 왔어. 실종된 여자의 뼈가 틀림없대."

사카자키 사장의 눈앞이 캄캄해졌다.

사카자키 사장이 노인을 달래면서 이삿짐을 싸고 있을 때, HBS의 대표전화로 이런 전화가 걸려왔다.

"여보세요? 오가와 공원과 미타카 여고생 살인사건 때문에 보도국 사람과 이야기를 좀 하고 싶은데요."

음성변조기를 사용한 음성이었다. 지난번에 오가와 공원 사건의 범인이 다른 방송국에 전화를 건 이후로, 사건에 관련된 전화라면 무조건 보도국으로 돌리라는 방침이 내려와 있었다. 그 때문에 교환수는 별것도 아닌 장난전화라는 것을 알면서도 일일이 보도국으로 돌려주었다. 지금도 그런 장난전화라고 생각하면서 보도국으로 연결시켰다.

기자는 전화가 연결되기도 전에 녹음 버튼을 눌렀다. 이것은 어디까지나 만일을 위한 것이지만, 지금까지 사건에 편승해 장난전화를 건 사람들 때문에 시간 낭비를 많이 했기 때문에 별로 기대는 하지 않았다. 기자는 담배를 문 채 전화를 받았다.

음성변조기 목소리는 이런 말을 했다.

"이건 장난전화가 아냐."

그래, 그런 말은 아무나 다 하지, 하고 기자는 생각했다.

"좋은 정보를 주려고 전화했어. 당신, 보도국 기자 맞지? 운이 좋군. 혹시 태어날 때 금 숟가락을 물고 있었던 거 아냐?"

"무슨 용건입니까?"

"그런 태도로 나오면 전화를 끊을 거야. 후회할걸. 잘 들어. 자네가 지금 받는 이 전화에는 사장에게 표창장을 받을 정도로 대단한 게 들어 있으니까."

담배연기 탓도 있고 해서 기자는 눈을 깜빡거렸다. 하필이면 어젯밤 늦게 노도 반도 부근에서 외국 어선이 침몰해 승무원의 생사가 분명치 않다는 뉴스가 날아들어 보도국은 정신이 없는 참이었다.

"그렇게 가치 있는 정보라면 꼭 들어보고 싶네요" 하고 가능한 한 신중한 어조로 대응했다. 지나가는 기자가 눈짓으로 뭐냐고 묻자, 한 손을 흔들며 미간을 찌푸려 보였다. 장난전화라는 뜻이었다.

"난 각각의 매스컴을 공평하게 대하고 싶기 때문에 이번에는 당신들에게 전화를 한 거야" 하고 음성변조기 목소리는 말했다.

"잘 들어. 나카노사카우에 역 가까운 곳에 사카자키 이삿짐센터라는 회사가 있어. 아주 작은 회사니까 잘 찾아야 할 거야. 거기에 후루카와 마리코의 유해가 있어."

기자는 침을 꿀꺽 삼켰다.

"후루카와 마리코? 지금 뭐라고 하셨죠?"

"말했잖아. 잘 들어. 마리코의 유해를 종이가방에 넣어 사카자키 이삿짐센터에 맡겨두었어. 아리마 할아버지가 하도 불쌍해서 돌려주는 거야."

끼끼끼, 하는 웃음소리가 들렸다.

"가서 조사해봐. 특종이니까. 경찰도 아직 모를 거야. 사카자키 이삿짐센터 애들이 경찰에 전화를 걸었다면 또 몰라도. 아무튼 서두르는 게 좋을 거야."

전화가 끊어졌다. 기자는 잠시 멍하니 있다가 서둘러 나카노 구의 사카자키 이삿짐센터의 전화번호를 찾았다. 있었다. 전화도 있다. 전화를 걸자 중년 여자의 목소리가 들려왔다. 기자는 자신의 신분을 밝히고, 그런 정보가 있었는데 혹시 그쪽에 수상한 종이가방이 있느냐고 물었다. 상대는 당혹스러운 목소리로 말했다.

"수상한…… 뼈 같은 것이 들어 있어서 어떡할까 하고 있었어요."

사카자키 부인은 막 사장에게 연락을 한 참이었다. 불길한 생각과 불안 때문에 부인은 기자가 묻는 대로 대답했다.

"그냥 그대로 두세요. 바로 우리가 확인하러 가겠습니다. 경찰에는 알리지 말아주세요. 장난일 수도 있으니까요."

이때 기자가 한 말이 수사방해가 아닌가 하는 지적이 나중에 국회에서 문제가 되기도 했지만, 어쩔 줄 몰라하던 사카자키 부인은 기자의 단호한 목소리에 겨우 안정을 찾고 그 말에 순순히 따랐다. 그러자 삼십 분도 안 되어 텔레비전 방송국 차량이 도착한 것이다.

HBS 기자는 장갑을 끼고 종이가방 안을 확인했다. 흙이 묻은, 누가 보아도 틀림없는 사람 뼈였다. 두개골, 하악골, 손과 발 뼈, 늑골, 거의 백골화한 유해였다.

"모형이 아닌가요?"

창백한 표정으로 그렇게 중얼거리다가 사카자키 부인은 전화기 앞으로 달려갔다. 기자도 더이상 막을 수 없었다. 유치원에 다니는 사장의 셋째아들이 어머니의 심상치 않은 기색에 놀라 경찰에 전화를 거는 그녀의 허리를 두 손으로 잡고 서 있는 모습까지 카메라가 찍어댔다.

사카자키 이삿짐센터의 이변을 알고 이웃 사람들이 모여들었다. 기자는 현장에서 리포터로 변신했다. 바로 건너편 집에서는 텔레비전을 켜서 HBS가 드라마 재방송을 중지하고 임시 뉴스를 내보내는 것을 확인했다. 이게 바로 뉴스 현장이로구나, 하고 감탄했다.

혼란과 소동의 한가운데 종이가방 안에서 나타난 백골 시체는 정적 속에 홀로 남겨져 있었다. 바닥에 비닐 시트를 깔고 그 위에 백골이 놓였다. 축축한 흙으로 가득 채워진 눈구멍은, 낯선 집의 실내를 올려다보면서 가족과 친구의 모습을 찾고 있는 것 같았다. 치과의사의 진료 차트와 치형 조회 결과 그 백골이 '후루카와 마리코'라는 사실이 확인된 것은 그날 밤이 깊은 시각이었다.

이렇게 해서 마리코는 돌아왔다. 너무나도 쓸쓸한 귀환이었다.

HBS가 긴급 뉴스를 방송하기 시작한 그 시각, 쓰카다 신이치는 호텔 커피숍에서 이시이 요시에와 마주 앉아 있었다. 곁에는 마에하타 시게코가 두 사람의 얼굴을 번갈아 바라보며 앉아 있었다.

신이치가 마에하타의 집에 머물기로 한 후, 시게코는 이시이 부부의 집에 전화를 걸었다. 신이치에게 말을 하라고 권했지만 신이치는 수화기를 들려고 하지 않았다. 무슨 말을 하면 좋을지 몰랐기 때문이었다. 시게코는 요시에와 만날 약속을 하고 전화를 끊었다.

"이시이 씨 부부는 벌써 사정을 알고 있을 거야."

걱정한 대로, 신이치가 집을 나간 그날 히구치 메구미는 이시이 부부의 집 앞에서 기다리고 있다가 이시이 요시에를 만나, 신이치를 숨기지 마라, 그를 데리고 오라고 다그쳤다.

"아주머니도 많이 놀라셨을 거예요."

"네 걱정 많이 하시더라."

그렇게 해서 만날 약속은 했지만, 실제로 만나기까지는 며칠이 더 걸렸다. 신이치가 건강하게 지낸다는 것이 확인되자 이시이 요시에는 우선 거기에 대해 감사했다.

"바로 달려오고 싶었지만…… 사실은 무서워서요."

"무섭다니요?"

시게코가 고개를 갸우뚱했다.

요시에는 신이치의 얼굴을 바라보며 말했다.

"신짱, 그 여자애…… 히구치 메구미 말이야, 어떻게 신짱이 우리집에 있다는 걸 알았는지 아니?"

신이치는 말없이 고개를 저었다.

"흥신소에 부탁해서 조사했다더구나."

그렇게 말하고 요시에는 이상한 냄새가 난다는 듯이 코에 주름을 지었다.

"신짱 짐을 우리집으로 옮긴 트럭 운전사에게 물어봤대."

신이치는 그날을 떠올렸다. 사와 시의 그 집, 살인 현장에서 책상과 의자와 작은 책장, 그리고 옷가지를 조금 실었던 그 트럭.

"그때 남편은 반대했었어요. 그 집에서 짐을 가져올 필요는 없다고, 그런 사건이 일어난 집이니까, 전부 버려야 한다고 말이죠. 그렇지만 내가 반대했어요" 하고 요시에는 시게코에게 말했다.

"조금은 가져가는 게 좋겠다고…… 그렇지만 남편 말대로 했어야 했어요. 그랬으면 우리집을 알 수도 없었을 거예요. 미안해, 신짱."

요시에가 사과하자 신이치는 고개를 숙였다. 눈앞에 빨간 재떨이가 놓여 있었다. 그것을 바라보며 말했다.

"책상을 가져가고 싶다고 한 건 저예요."

요시에는 핸드백에서 손수건을 꺼내 눈꼬리를 훔쳤다.

"두 사람 다 책임이 없어요."

시게코는 조용히 말했다.

"신이치가 이렇게 고생하는 것 자체가 이상해요."

"그 여자애, 정상이 아니에요."

이시이 요시에는 내뱉듯이 말했다.

"음침하고 끈덕지고…… 그 아버지에 그 딸이야."

"흥신소에 부탁했다고 제 입으로 이야기하던가요?"

"예, 눈을 희번덕거리면서요. 그때는 신짱이 갑자기 사라져서 나도 제정신이 아니었지만, 그 여자애는 그 이후로 매일 집을 찾아오기도 하고 전화를 걸기도 했어요. 아무리 신짱이 없다고 해도 믿어주지를 않았어요. 내가 신짱을 숨기고 있다면서요. 그러다 얼마 후부터는 내 말이 사실이란 걸 안 모양이에요. 적어도 신짱이 우리집에는 없다는 것을 말이죠. 그러더니 이번에는 어디에 숨겼느냐고 다그쳐 묻는 거예요. 내가 모른다고 하니까, 그럼 자신이 직접 찾아내겠다더군요. 그래서 흥신소 이야기가 나온 거예요."

요시에는 호텔 출입구 쪽을 돌아보았다.

"그래서 그 이후로는 혹시 미행이나 당하고 있지는 않는지, 나도 남편도 거의 신경쇠약에 걸릴 지경이에요. 너무 무서워서 외출도 못 해요. 상대가 거의 제정신이 아니니까 말예요. 무슨 짓을 할지 몰라요. 그래서 며칠 전에는 도청기 탐색 전문업자를 불러 집 안을 샅샅이 뒤지기도 했어요. 만에 하나 무슨 일이라도 생기면 어쩌나 하고 남편도 신경이 곤두서 있습니다."

"미안해요, 아주머니. 정말 미안해요."

신이치가 사과했다.

"신짱이 사과할 필요는 없어. 신짱이 잘못한 건 아무것도 없잖니."

요시에는 그렇게 말하고 눈물을 글썽였다.

"전화로 말씀드렸듯이 신이치는 지금 우리와 같은 연립주택에서 지내고 있습니다" 하고 시게코가 말했다. 요시에를 안심시키기 위해 가능한 한 부드러운 어조로 말하려는 그녀의 배려가 신이치에게도 느껴졌다.

그 연립주택의 소유주는 물론 마에하타 철공소이다. 일층 남쪽에 위치한 세 평짜리와 두 평짜리 방 두 개, 그리고 부엌이 딸린 집이 하나 비어 있었다. 신이치를 위해 그 집을 빌릴 때, 시게코는 시어머니와 약간의 트러블을 일으켰다. 그런 사정도 신이치는 잘 알고 있었다.

시게코는 그 일에 대해 절대로 이시이 부부에게 말해서는 안 된다고 신이치에게 다짐을 두었다.

집세와 생활비에 대해서는 서로의 입장을 고려해 신이치가 일정한 금액을 지불하기로 했다. 신이치는 자신의 명의로 된 통장을 가지고 있지만, 원칙적으로는 성인이 될 때까지 인출할 수 없게 되어 있다. 그러나 일부는 자유롭게 사용할 수 있기 때문에 일단은 거기서 지출하기로 했다.

이시이 요시에는 신이치의 재산관리를 맡고 있는 요시다라는 변호사를 만나 사정을 이야기하고 대책을 의논했다. 그 결과를 전하는 것도 오늘 자리의 목적 중 하나였다.

"요시다 선생도 많이 놀랐어" 하고 요시에가 말했다.

"가만 내버려둬서는 안 된다고 했어. 역시 한 번은 담당 검사를 만나 의논해야 할 거라고. 요시다 선생 쪽에서도 히구치 히데유키의 변호사에게 말을 해둘 생각이래."

"법적 절차를 밟아서 히구치 메구미의 행동을 제약할 수 있을까요?"

요시에는 한숨을 내쉬었다.

"요시다 선생은 이런 예는 들어본 적이 없어서 금방 대답을 할 수 없다고 하더군요. 히구치 히데유키에게 불리한 증언을 하지 말라고 협박을 했다면 몰라도 메구미의 말은 그런 건 전혀 아니니까 말예요. 나는 그게 그거라는 생각이 들긴 하지만."

"동기가 어떻든 일종의 스토커예요. 접근금지령을 받아낼 수 없을까요? 신이치의 주위 반경 이백 미터 이내로 접근하면 안 된다든지."

"그건 시간이 많이 걸린다는군요."

"그렇지만 한번 해보는 게 어떨까요?"

신이치는 고개를 가로저었다.

"안 돼요. 그애는 주거불명이니까요."

"내가 처음 만났을 때도 신이치는 그런 말을 했었지?"

시게코가 이상하다는 투로 묻자 신이치는 어두운 눈길을 들었다.

"나도 그애한테 말한 적이 있어요. 경찰에 알리겠다고, 재판소에 고소해서 조치를 취하겠다고. 그랬더니 코웃음을 쳤어요."

"뭐라고 했는데?"

요시에의 목소리가 날카로워졌다.

"경찰은 자기를 잡을 수 없다고 했어요. 미성년자니까, 가출 건으로 보호를 받을 뿐, 법적으로 문제가 되는 행동은 하지 않았다는 거예요. 재판소에도 무슨 말을 하든 자기가 사는 곳을 모르니까 잡아갈 수도 없고, 어떤 결정이 내려진다고 해도 서류가 올 주소가 없으니 소용이 없다고…… 정말 그럴 거예요. 그애 나름대로 법률적인 것들을 다 알아본 것 같았어요."

"그애 어머니는 뭘 하는 거람. 어머니도 주거불명일까?"

시게코가 미간을 찌푸리며 말했다.

"요시다 선생은 우선 그 점부터 확인해보겠다고 했어요. 어머니가 메구미의 행동을 알고 있는지 어떤지."

"그런 짓을 하면 오히려 역효과라고 어머니가 야단을 치면 조금이라도 효과가 있을지도 모르죠."

"말을 들을까요?"

전의를 상실한 사람처럼 무덤덤한 어조로 신이치가 말했다.

"듣게 만들어야지."

요시에의 목소리에는 가시가 돋쳐 있었다.

"그렇다고 해서 그애를 어디 가둬둘 수도 없으니까."

"그게 메구미 혼자만의 생각에서 나온 행동일까요?"

문득 시게코가 그렇게 중얼거렸다.

"예?"

"여고생이 생각해낼 수 있는 게 아닌 것 같아요. 다른 누구도 아닌 신이치에게서 감형탄원서를 받으면 효과가 있을 거라는 아이디어 말이에요. 설마 변호사가 시켰을 리는 없으니까, 혹시 그 아버지가 그랬을지도 모르죠."

요시에는 눈을 동그랗게 떴다.

"히구치 히데유키가?"

"예, 메구미는 아버지를 면회할 수 있으니까요."

"정말 말도 안 되는 사람들이야."

요시에는 두 주먹을 불끈 쥐었다. 마치 그것이 사실이라고 확인하기라도 한 듯이.

"짐승들이야. 사람을 셋이나 죽여놓고서. 짐승이라고밖에 할 수가 없어."

시게코는 곁눈질로 신이치를 보았다. 그리고 눈을 내리깔면서 차가운 컵을 쥐었다.

"왜 바로 사형시키지 못하는 거지?"

요시에의 눈이 충혈되어갔다. 그녀의 혈관이 분노로 팽창되고 있는 모습이 역력했다.

"왜 재판 같은 걸 해야 하지? 그놈들이 한 짓이 뻔히 드러나 있는데. 지금 재판이 중지된 것도 그놈들이 정신감정을 의뢰했기 때문이라고 해요. 정신감정은 왜 하고 그러는지 몰라요. 왜 그런 요구를 들어줘야 하지요?"

"아주머니, 그런 말씀 하셔도 소용없어요."

그러나 요시에는 격한 어조로 신이치의 말을 가로막았다.

　"나도 알고 있어. 그렇지만 신짱, 억울하지 않니? 그놈들은 네 가족을 무참히 죽였어. 돈이 필요하다는 이유만으로 그럴 권리가 어디 있어? 그런 짓을 저질러놓고 어떻게 그놈들이 아직 살아 있을 수 있어? 왜 재판소가 그놈들의 권리를 지켜줘야 하는 거야?"

　"아주머니……"

　"피해자의 입장을 생각해주는 놈은 하나도 없어! 범인에게도 인권이 있다는 말을 입버릇처럼 하는데, 그럼 죽은 사람은 어떻게 돼? 재판소가 아무것도 하지 않는다면, 내가 가서 놈들을 죽여버릴 거야, 그래, 내가 죽여주겠어!"

　요시에는 숨을 헐떡이며 독설을 뿜어냈다. 커다랗게 열린 두 눈에서 눈물이 주르르 흘러내렸다.

　"나도 참기 힘들어요, 아주머니."

　신이치는 기어들어가는 목소리로 그렇게 말했다.

　요시에는 얼굴을 들었다. 그리고 무엇에 놀란 사람처럼 한 손으로 입을 가렸다.

　"미안해, 너무 화가 나서…… 그런 생각을 하면 안 되는데……"

　신이치는 고개를 끄덕였다. 그러나 요시에의 눈을 똑바로 보려 하지 않았다.

　"용서할 수 없어요. 죽이고 싶어요. 놈들을 죽인다고 해서 아버지도 어머니도 여동생도 돌아오진 않겠지만, 그래도 놈들을 죽이고 싶어요. 그놈들과 같은 하늘 아래 산다는 것 자체가 견딜 수 없어요. 놈들이 이 세상에서 숨쉬는 것도 허락할 수 없어요."

　"신이치, 이제 그만 해."

　시게코가 달랬다.

"그렇지만 소용없어요. 놈들을 죽이는 것만으로는 안 돼요. 그래서는 정리가 안 되니까. 왜 정리되지 않는지 아주머니도 잘 알고 있을 거예요."

요시에는 새파랗게 질린 얼굴로 말했다.

"신짱…… 아직도 그걸 마음에 두고 있니……"

"내게도 책임이 있으니까요."

신이치는 천천히, 오물을 토해내듯이 말했다.

"놈들을 죽여도 그건 남아요. 그걸 어떻게 하면 좋을지 몰라서 난 도망만 치고 있는 거예요."

시게코는 이대로 두어서는 안 되겠다는 생각이 들어 단호하게 말했다.

"이 이야기는 그만해요."

이시이 요시에는 차가운 컵을 쥐고 있었다. 컵 안의 물이 떨리고 있었다.

밖으로 나와 오차노미즈 역을 향해 멀어져가는 그녀의 모습을 바라보며 신이치가 말했다.

"조금 걸을까요?"

"나도 걷고 싶어."

아키하바라 쪽으로 발걸음을 옮겼다. 잠시 후 신이치가 물었다.

"마에하타 씨, 왜 물어보지 않죠?"

"뭘?"

"그 사건에 내 책임도 있다는 게 무슨 뜻인지."

"묻지 않을 거야."

시게코는 진지한 표정으로 말했다.

"네가 말할 때까지 묻지 않기로 마음먹었으니까."

신이치는 두 손을 호주머니에 쑤셔넣었다. 그러다 무릎이 시게코에게 닿았다.

두 사람은 말없이 걸었다. 서서히 피로감이 밀려왔다.

"아주머니가 너무 격해지셨어요. 평소에는 절대로 그렇게 흥분하는 사람이 아닌데. 죽이고 싶다니…… 저도 처음 듣는 말이에요."

"너무 흥분하신 걸 거야."

"그렇지 않았더라면, 정체도 모르는 마에하타 씨에게 제 신병을 맡길 리가 없을 거예요."

시게코는 웃었다.

"그럴 것도 같아."

"마에하타 씨 입장에서 보면, 나도 어디서 굴러온 앤지 모르잖아요."

"그러니까 우린 잘 맞는 거지. 저기 신짱, 텔레비전하고 라디오 사지 않을래?"

어느새 아키하바라 역 가까운 곳까지 와 있었다. 가전제품 상가는 한낮에도 사람들로 붐비고 있고, 건물 벽에는 화려한 광고들이 빼곡히 걸려 있었다.

"방에 아무것도 없으면 허전하잖니."

두 사람은 횡단보도를 건넜다. 한 가전제품 가게 앞에서 시게코는 발길을 멈추었다.

진열된 텔레비전 화면이 모두 똑같은 장면을 비추고 있었다. 사람들이 그 화면 앞에서 반원을 그리며 모여 있었다.

뉴스 화면이었다. 신이치는 보았다. 시게코도 보았다. 소리는 들리지 않았지만 보는 것만으로 무슨 내용인지 알 수 있었다.

"그 사건이야……"

신이치가 중얼거렸다.

"유해가 발견된 거예요."

시게코는 사람들을 헤치고 앞으로 나아갔다. 신이치는 그녀의 뒷모습을 보고 있었다. 요즘 시게코는 신이치가 오가와 공원에서 잘린 오른팔을 발견한 부분의 원고를 쓰고 있다. 미즈노 히사미와 만날 약속도 해두었다. 그러나 이 유해의 발견으로 취재 예정도 바뀔 것이다.

젊은 여자의 얼굴 사진이 나타났다. '후루카와 마리코'라는 자막이 나와 있다. 그래, 그 핸드백의 주인. 미인이야. 정말 예뻐. 웃고 있어.

문득 신이치는 그런 생각을 했다. 이 사건의 범인을 잡을 수 있을까. 그러나 이놈이 잡히더라도, 분명 놈을 옹호하는 사람들이 등장할 것이다. 범인 또한 사회의 희생자라는 논리로. 거기에 반론을 펴는 목소리는 너무 작아서 흔적도 없이 사라져버릴 것이다.

이 세상에는 그런 희생자들만 가득하다. 신이치는 생각했다. 그렇다면 진짜로 싸워야 할 '적'은 누구인가?

임시 뉴스가 시작되었을 즈음 아리마 요시오는 혼자서 가게를 지키고 있었지만 텔레비전은 보고 있지 않았다.

기다는 배달을 나가고 없었다. 갑자기 요정에서 주문이 들어와 냉장고에 들어 있는 재고까지 모두 들고 가야 했다.

"거긴 너무 제멋대로예요."

기다는 불평을 늘어놓았다.

요시오는 웃으면서 기다를 내보냈다. 지난주에 범인이 전화를 걸어온 후로는 아무 일도 없었다는 듯이 일상의 업무에 열중하고 있었다. 이웃집 연립주택에 진을 치고 있는 경찰들에 대해서도 신경을 쓰지 않았다. 그게 마음이 편했다.

오전에는 손님이 적다. 책상에서 장부 정리를 하기도 하고 신문을 보기도 하면서 가게를 지킨다. 오늘 사회면에는 사건에 대한 속보는 없었다. 그것을 확인한 다음 스포츠난을 읽고 있는데, 가게 앞에서 부르는 소리가 들렸다.

"할아버지."

단골인 이웃에 사는 젊은 주부였다. 오후에는 파트타임으로 일을 하고 있어 오전중에 자주 온다. 대체로 혼자 자전거를 타고 오는데, 오늘은 아이를 데리고 있었다. 대여섯 살쯤 된 여자아이로, 어머니의 자전거 바로 뒤에 보조 바퀴가 달린 알록달록한 자전거가 세워져 있었다.

"어서 와."

요시오가 나가자 주부는 냉장 케이스 안을 들여다보며 밝은 목소리로 말했다.

"튀긴 두부가 있네요."

"그래, 어제부터 나왔어."

"그럼 네 개 주세요. 그리고 두부 한 모도."

요시오가 손을 씻고 두부를 봉지 안에 넣고 있는데, 아이가 자전거에서 내려 가게 안으로 들어왔다.

"할아버지께 인사해야지" 하고 어머니가 말했다.

"안녕."

요시오가 먼저 웃으며 인사했다. 아이는 머뭇거렸다.

"우리집에 같이 온 건 처음인 것 같은데."

"둘째딸이에요. 유치원생."

"이름이 뭐니?"

요시오가 묻자 아이는 어머니 뒤에 몸을 숨겼다.

"너무 얌전해서 탈이에요."

"여자애는 그래야 귀엽지."

"요즘 여자는 그러면 못 살아요. 할아버지는 역시 구식이야."

물건을 다 사지도 않았는데 안쪽에서 전화벨이 울렸다. 젊은 주부는 싹싹하게 말했다.

"할아버지, 전화 받으세요."

"미안해."

요시오는 잰걸음으로 책상을 돌아 전화를 받았다. 사카기 다쓰오의 목소리였다.

"아리마 씨, 텔레비전 보고 계세요?"

마리코의 실종이 중대한 사건으로 확대된 이후로 사카기는 때로 전화를 걸어 요시오를 위로하기도 하고, 같이 마치코의 병실까지 가주기도 했다. 그러나 지금 그의 목소리는 평소와는 완전히 달랐다. 팽팽하게 긴장되어 바르르 떨리는 목소리였다.

"뭘 하고 있습니까?"

"켜보세요. HBS입니다."

"또 무슨 일이 있는가요?"

"형사들이 아무 말도 안 합니까?"

"네, 아무 말도."

"그럼 그쪽도 잘 모르는 모양입니다. 아리마 씨……"

사카기는 한 호흡을 두고 말을 이었다.

"마리코가 발견된 것 같습니다."

순간, 요시오의 숨이 멈추었다. 요시오는 아무 말 없이 수화기를 내려놓고 텔레비전을 켰다. 화면 가득 마리코의 얼굴 사진이 비치고 있었다.

경찰이 필요하다고 해서 앨범 속에서 찾아낸 사진이다. 1월에 찍은 것이다. 얼굴밖에 나오지 않았지만, 더 아래로 내려가면 그 손에는 귤이 들려 있을 것이다.

"할아버지?"

가게 앞에서 젊은 주부가 불렀다.

"왜 그러세요, 할아버지?"

그녀도 마리코가 요시오의 손녀라는 사실을 잘 알고 있었다. 그러나 그녀가 요시오에게 사건에 대해 말을 꺼낸 건 한 번뿐이었다. 플라자 호텔 건이 보도된 후, 두부를 사러 와서 잔돈을 받은 다음 이렇게 말했었다.

"할아버지, 힘내세요. 지면 안 돼요."

힘찬 목소리였다. 지면 안 된다는 말도 신선하게 들렸다. 그 말 한마디가 요시오에게 힘을 불어넣어주었다.

그러나 그런 그녀의 목소리도 지금은 떨리고 있다. 가게 앞에서도 텔레비전 화면이 보이기 때문이다.

요시오는 화면을 보았다. 중계하는 기자의 목소리가 들렸다. 그리고 화면이 다시 마리코의 얼굴 사진으로 돌아왔을 때, 요시오는 천천히 가게 앞으로 돌아왔다.

"할아버지……"

주부가 작은 소리로 불렀다.

금방이라도 울음을 터뜨릴 것 같은 표정이었다. 아이는 어머니의 뒤에 달라붙어 있었다.

"혹시 손녀분이 발견되었나요? 그래서 뉴스에 나오는 거예요?"

요시오는 고개를 끄덕였다. 그러면서 앞으로 비틀거리며 냉동 케이스를 손으로 짚었다.

"세상에!"

젊은 주부는 한 손으로 이마를 짚었다.

아이가 어머니를 올려다보았다. 그리고 나서 요시오의 얼굴을 보았다. 다시 어머니의 얼굴로 눈길을 돌리더니 작은 목소리로 말했다.

"엄마, 왜 울어?"

그 백골이 후루카와 마리코라는 사실이 정식으로 확인된 것은 새벽 두시가 지나서였다. 유골은 보쿠도 경찰서에 안치되었고, 요시오는 그쪽으로 갔다. 사카기가 함께 와주었다.

치형에 의한 신원 감정이 순조롭게 진행된 것은 사카기의 공이었다. 마리코가 실종된 뒤 조사과정에서 마리코가 다니던 치과병원을 기록해두었던 것이다.

그러나 그 사실을 사카기는 사죄하는 투로 설명했다. 마치 그가 그런 준비를 해두었기 때문에 이런 나쁜 결과가 나오고 말았다는 듯이.

"나도 포기하고 있었소이다. 이제라도 돌아와주어 고맙지요."

요시오는 자신이 정말 손녀를 포기하고 있었는지, 확신이 서지 않았다. 자신이 무슨 말을 하는지도 알 수 없고, 두 발은 공중에 붕 떠 있는 것 같았다. 무슨 생각을 해도 실감이 들지 않았다.

마리코가 백골로 변해버렸다는 사실이 도무지 믿어지지 않았다.

후루카와 시게루는 먼저 경찰서에 와 있었다. 나이 든 형사 하나가 그를 안내하고 있었다.

"장인어른."

후루카와가 불렀다.

그의 얼굴은 새파랗게 질려 있었다. 눈은 빨갛게 충혈되어 있고, 턱에는 수염이 듬성듬성 나 있었다. 원래 수염이 많은 편이지만, 흰 수염이 꽤 섞여 있었다.

네 명은 지하실에 있는 유해 안치실로 내려갔다. 회색 문 위에는 우윳빛 유리가 붙어 있었다. 복도 벽에 벤치가 하나 놓여 있고, 그 앞에 이르자 향냄새가 풍겨왔다.

옆에 선 형사가 문을 열면서 안으로 안내했다. 후루카와가 말했다.

"장인어른, 죄송하지만 제가 먼저 들어가겠습니다."

요시오는 말없이 후루카와를 올려다보았다.

"마리코와 둘만 있고 싶습니다. 제 딸이니까요."

요시오는 고개를 가볍게 끄덕이고는 뒤에 있는 벤치에 앉았다.

형사와 후루카와는 회색 문 안쪽으로 사라졌다. 사카기가 요시오 곁에 앉았다.

조용했다. 문과 같은 회색 리놀륨 복도 군데군데 얼룩이 져 있었다. 요시오는 그 수를 세어보았다.

발자국의 단편처럼 보이는 구두 바닥 모양의 얼룩도 있었다. 그 흔적은 출구 쪽으로 향하고 있었다. 이곳을 찾아올 때는 빈 몸이었지만, 돌아가는 길에는 온몸으로 떠받치고 가는 짐이 너무 무거워 그런 자국이 남게 되었을지도 모른다.

대체 어떤 사람이 이런 곳을 찾아올까? 여기에 무엇을 가지고 들어와서 무엇을 잃고 또 무엇을 얻어 돌아갈까? 체념일까. 절망일까. 비탄일까. 분노일까.

아니, 여기에서 얻을 것은 없을 것이다. 저 발자국을 남긴 인물은 어깨에 아무것도 얹혀 있지 않았을지도 모른다. 다만, 이곳을 나설 때는 살아 있다는 것 자체가 무거운 짐이 되어 저런 발자국을 남긴 것인지도 모른다.

얼룩을 일곱 개까지 세었을 때, 문 안쪽에서 후루카와의 울음소리가 들렸다.

요시오는 두 손으로 얼굴을 가렸다. 손바닥 속의 어둠에 얼굴을 묻고, 수많은 마리코의 얼굴을 떠올렸다. 산부인과 신생아실 유리창 너머로 보이던 아기의 얼굴. 뒤뚱뒤뚱 걸으면서 손뼉을 치고 웃던 얼굴. 유치원 제복을 입고, 모자가 너무 크다고 요시오가 웃자 화를 내며 울던 그 얼굴. 내가 어린애냐고, 왜 핑크색 옷을 입어야 하냐고 화를 내던 그 얼굴. 동급생에게 러브레터를 받고 혀를 쏙 내밀면서 편지를 보여주던 그 얼굴.

"마리코는 그애를 좋아하니?"

"내 취향이 아냐. 어떡할까, 할아버지?"

마치코와 싸우고 하룻밤 자고 가겠다고 찾아왔을 때의 얼굴. 너덜너덜한 청바지에 허벅지를 다 드러내고 다닌다고 나무라자, 그런 걸 신경쓰는 할아버지가 오히려 이상하다고 며칠 동안 말도 붙이지 않던 그 얼굴.

"아버지한테 애인이 생긴 모양이야."

그 말을 할 때의 그 얼굴.

"할아버지는 할머니 말고는 좋아하는 여자 없었어?"

그럴 여유가 없었다고 대답하자, 요시오를 쏘아보며

"그게 무슨 대답이야. 회피하지 마, 할아버지" 하고 입을 삐죽 내밀던 그 얼굴.

마지막으로 보았을 때는 어떤 얼굴이었던가. 요시오의 혈압을 걱정했던 것 같았다.

"보너스 타면 혈압계 선물할게. 매일 혈압도 재고 조심해야 돼."

그러나 첫 보너스가 나오기도 전에 마리코는 사라져버렸다.

"마리코!"

애타게 부르는 후루카와의 목소리가 들렸다.

요시오도 마음속으로 마리코를 불렀다. 마리코, 잘 왔어, 다행이야, 이제 아무 걱정 마, 이제 무서워하지 않아도 돼.

그러고 보니, 아주 옛날에 그런 말로 마리코를 달래주었던 기억이 났다. 마리코가 여섯 살 때였다. 후루카와 가족이 살고 있던 회사 사택 정원에 커다란 감나무가 한 그루 있었다. 친구와 함께 나무 꼭대기까지 올라가서 감을 따려다가 문득 아래를 내려다보니 겁이 나서 꼼짝도 못하게 된 것이었다. 때마침 찾아온 요시오가 나무 위로 올라가서 내려주었다. 그리고 울먹이는 마리코에게 말했다. 이제 괜찮다고. 다시는 이런 위험한 짓을 하면 안 된다고.

마리코, 하고 요시오는 마음속으로 불렀다. 마리코, 그때 다시는 위험한 짓을 하지 않겠다고 약속하지 않았니. 그런데 왜 이런 일이 일어나고 말았을까. 누가 너를 속여서 다시는 오르지 않기로 약속한 높은 감나무 위로 너를 데리고 간 거니. 그놈은 지금 어디 있는 거니. 어떻게 생긴 놈이니. 제발 가르쳐줘. 이 할아버지에게. 그러면 이 세상 끝까지라도 쫓아가서 잡고 말겠어.

마리코, 마리코. 나의 보물 마리코.

"아리마 씨."

사카기가 요시오의 어깨를 흔들었다. 그 손의 온기를 느끼면서, 후루카와 시게루의 절규를 들으면서, 닫혀버린 회색 문 앞에서 소리죽여 요시오는 흐느꼈다.

"여보세요."

끼끼끼, 하는 기계음이었다. 기다가 전화를 받았다. 요시오가 자리를 비우자 형사 하나가 기다 곁을 지키고 있었다. 그 형사가 전화기에 달린 녹음 버튼을 눌렀다.

"아리마 두부가게인가요?"

기계음이 그렇게 물었다.

"그런데요."

기다는 입술을 달달 떨면서 대답했다.

"할아버지가 아니로군. 그렇지, 할아버지는 경찰서에 갔을 테지."

"너, 범인이지. 무슨 용건이야. 뭘 더 바라는 거야, 엉!"

"오호, 제법인데."

끼끼끼, 하는 기계음은 유쾌한 듯 어미를 위로 잔뜩 끌어올렸다.

"당신은 친척인가?"

"그게 너하고 무슨 상관이야."

기다는 중학교에 다니는 아이가 둘 있다. 하나는 아들, 또하나는 딸. 마리코의 재난은 기다에게도 결코 남의 일이 아니었다.

"아주 거만한 놈이구만. 나한테 잘못 보이면 나중에 후회할걸. 그리고, 왜 나에게 감사하지 않는 거야?"

"감사? 뭘 감사하란 말이야!"

"마리코를 돌려줬잖아."

"개새끼!"

"내가 얼마나 고생을 했는데. 한번 묻은 걸 다시 파내려고 해봐. 온몸에 흙을 묻혀야 하잖아. 그렇지만 할아버지가 불쌍해서 일부러 내가 수고를 했지."

기다는 너무 화가 치밀어 눈이 뒤집어질 지경이었다.

"이 쓰레기 같은 놈!"

상대는 웃고 있다. 기다는 다시 외쳤다.

"너 같은 놈이 얼마나 비겁한지 난 알아. 일대일로는 아무것도 못하는 겁쟁이 놈! 이런 전화질이나 하고, 여자를 못살게 굴고, 그러면서도 어른 남자는 상대도 못 하는 놈!"

"정말 그렇게 생각해?"

기계음은 웃음을 거두었다.

"오호, 그래, 그렇다면 내게도 생각이 있지. 두고 봐. 그리고 말이야, 이번에 나잇살이나 있는 남자 하나가 죽으면 당신 탓인 줄 알아."

전화가 끊어졌다. 형사는 휴대폰이라고 중얼거렸다. 기다는 전화기를 번쩍 들더니 벽에다 집어던졌다. 전화기는 기다를 조롱하는 듯 투당탕 소리를 내면서 책상 위를 몇 번 굴러 바닥에 떨어졌다.

15

다케가미 에쓰로는 취해 있었다.

10월 21일, 후루카와 마리코의 백골이 발견된 지 열흘이 지난 오후였다. 다케가미의 집 거실 창에 귤색 햇살이 비스듬히 비쳐드는 저녁나절이었다.

취하긴 했지만 정신도 못 차릴 만큼 마신 것은 아니었다. 목욕을 하고 캔맥주 하나, 그것도 작은 것을 마셨을 뿐이었다. 그걸 마시고 이렇게 취한다는 건 지쳐 있다는 증거이다.

후루카와 마리코 관련 서류 정리는 긴급을 요하는 일이라 다케가미는 사흘을 거의 쉬지도 않고 자지도 않고 먹지도 못했다. 백골의 감정과 치형 조회와 관련해 각 관계부처에 제출할 서류를 작성하는 것이 다케가미의 일이었다. 백골이 발견된 현장 부근의 검사 결과를 사진과 함께 정리하는 일도 있었다. 그리고 어젯밤 합동수사본부 설치 후 첫 공식기자회견에서 발표될 문서에 문제점이 없는지 체크하고, 기자들의 질문을 예측해 가상 답안을 만드는 일도 있었다. 사흘이 지나자 다케가미도 더이상 견디지 못하고 화장실에 앉아 꾸벅꾸벅 조는 상태에 이르고 말았다.

오가와 공원 사건이 발생한 9월 12일로부터 벌써 사십 일이 지났다. 그사이 집에는 한 번도 들어가지 않았다. 보다 못한 간자키 경부가 두세 시간이라도 좋으니 집에 가서 목욕이나 하고 오라고 등을 떠밀었다. 그런 간자키 경부 또한 집에 한 번도 가지 않아 와이셔츠 칼라가 시키매져 있었다.

다케가미가 사는 곳은 오타 구의 오모리, 지하철 로쿠고도테 역에서 걸어서 오 분 거리에 있다. 전후 재건 때 지은 문화주택의 흔적이 그대로 남아 있는 집들이 작은 공장들 속에 섞여 있다. 인구밀도가 높은 지역이다. 다케가미의 집도 그런 문화주택을 십 년 전에 개축한 것이다. 개축 비용은 다케가미가 댔지만, 코딱지만한 토지는 아내가 유산으로 상속받은 것이었다. 그게 아니었다면 일개 지방공무원의 봉급으로 도쿄에 집을 가진다는 것은 불가능한 일이다.

몇 년 전까지만 해도 이웃집이 많았지만, 거품 폭풍이 휩쓸고 지나간 이후로 여기저기 공터가 생겨났다. 다케가미의 이웃에도 판금도장 회사를 하는 양철지붕 건물이 있었지만, 도산한 건지 부동산에 팔렸는지 지금은 주차장이 되어 있다. 그 덕분에 거실과 부엌에도 햇빛이 들어 환경이 쾌적해졌다.

갓 목욕을 끝내고 그 창가에 서서 바람을 맞으며, 다케가미는 이웃 주차장에 세워져 있는 자동차의 번호판을 보고 있었다. 짧은 휴식을 위해 집에 돌아온 만큼 사건에 대해서는 잊고 싶었지만, 잘 되지 않았다. 이럴 때는 머릿속에 쓸데없는 잡동사니를 넣어두는 것이 좋다. 다케가미는 자동차 번호를 읽고 그것을 암기하기도 하고, 숫자를 맞추어보기도 했다.

그래도 후루카와 마리코의 일을 잊을 수 없었다.

피해자가 그런 유해로 돌아온다는 것은 수사본부로서는 견디기 힘든 굴욕이며, 피해자 유족에게도 지울 수 없는 상처를 남긴다. 창상이 아닌 열상이다. 아문 후에도 지울 수 없는 상흔이 남는다. 오래 재직한 형사들은 감정을 컨트롤하는 기술을 가지고 있지만, 젊은 형사들은 격분을 이기지 못해 난동을 부린 듯, 이층 화장실 변기가 깨져 수리를 해야 했다.

"누가 찬 걸까요?"

시노자키가 반쯤 감탄하는 듯한 목소리로 말했다.

"일부러 깨뜨리려고 해도 힘들 텐데 말입니다."

그 시노자키는 지금 다케가미 집의 욕실에 들어가 있다. 그도 기질적으로 흥분하지 않는 사람이라 다케가미처럼 냉정을 유지하고 있지만, 피로만큼은 다케가미를 넘어서 있는 것 같았다. 불행인지 다행인지 데스크 요원 가운데 다케가미의 눈에 든 탓에 그 또한 한 번도 집에 돌아가지 못했다. 그런데 다케가미가 휴식을 취해도 좋다고 하자, 어차피 집에 돌아가봐야 혼자 사는 몸이니 그럴 필요도 없다며 책상 아래에 쭈그리고 잠을 자려는 것을 집까지 끌고 온 것이다.

다케가미의 아내는 근처 약국에서 파트타임으로 일하고 있다. 다케가미보다 조금 늦게 돌아와서 서둘러 쇼핑을 하고 지금 저녁 준비를 하고 있다. 대학생인 딸은 아직 돌아오지 않아 집 안은 고즈넉했다.

다케가미는 자동차 번호판을 집요하게 바라보고 있었다. 기억력이 좋아 두 번만 보면 자동차 번호 정도는 모두 외워버린다. 쓸데없는 일에 머리를 쓴다고 생각하면서도 그만둘 수 없었다. 그만두면 후루카와 마리코를 생각하고 말기 때문이다.

잠시 그러다가 다시 사건 쪽으로 사고가 흘러가버리자 포기하고 말았다. 일부러 아직 신원이 밝혀지지 않은 오른팔의 주인공을 생각해보았다.

오른팔 하나는 너무 단서가 적다. 혹시 우리집 딸이 아닐까, 아내가 아닐까 하고 물어오는 사람들이 꽤 있었지만, 아직 누구인지 밝혀지지 않았다. 매니큐어 색깔과 팔 안쪽에 자그만 반점이 있다는 것이 특징이라면 특징이지만, 거기에 맞아떨어지는 실종 여성의 이름은 아직 등장하지 않고 있다.

'범인은 대체 어쩔 작정일까?'

후루카와 마리코에 대해서는 그런 소동을 부리면서까지 유해를 돌려보내주었다. 유족인 아리마 요시오에게 접근하기도 했다. 그러나 오른팔의 주인공에 대해서는 침묵을 지키고 있다.

범인은, 범인만은 그 오른팔의 주인공이 누구인지 알 것이다. 그녀의 가족과 연락을 취할 방법도 알고 있을 것이다. 그럼에도 불구하고 왜 후루카와 마리코의 경우와 똑같은 행동을 보이지 않는 것일까.

"여보."

부엌에서 아내가 불렀다. 다케가미는 깜짝 놀라면서 얼굴을 들었다.

"왜?"

"욕실 안이 너무 조용한데, 저분, 괜찮을까요? 한번 불러보세요."

다케가미는 일어서서 욕실로 갔다. 유리문 너머로 불러보았지만 대답이 없었다. 문을 열어보니 시노자키는 욕조에 푹 잠긴 채 잠들어 있었다.

다케가미는 그의 머리를 쥐어박았다.

"어이, 일어나."

시노자키는 깜짝 놀라 눈을 떴다.

"아, 죄송합니다. 너무 편해서요."

"자면 죽어."

"예, 지금 나갑니다."

문을 닫자, "자면 죽는다니, 여기가 무슨 에베레스틉니까" 하는 소리가 들렸다. 시노자키에게 참고로 욕조에서 자다가 죽은 사람의 사진을 보여주어야겠다고, 다케가미는 장난스러운 생각을 했다.

시노자키의 머리에서 향긋한 냄새가 났다. 놈은 딸애의 샴푸를 쓴 것이다. 다케가미의 딸은 절대로 가족과 같은 타월이나 샴푸를 쓰지 않는다. 누군가가 손을 대면 불같이 화를 낸다. 시노자키가 딸에게 야단맞기 전에 빨리 밥을 먹고 본부로 돌아가는 것이 좋을 것 같았다.

현관에는 석간신문이 와 있었다. 다케가미는 세 개의 신문을 구독하고 있기 때문에 석간이라도 꽤 양이 많다. 거실에서 순서대로 읽고 있자니, 시노자키가 욕실에서 나와 아내에게 인사를 했다. 옷도 깨끗하게 갈아입었다.

신문에는 별다른 소식은 없었다. 오늘 오전의 공식발표를 충실히 재현한 기사였다. 사카자키 이삿짐센터 주변을 돌면서 수상한 차량을 수사하고 관계자들에게 정보를 모으고 있다는 내용이다.

"새로운 게 있습니까?"

시노자키가 물었다. 보리차를 담은 잔을 들고 있었다.

"없어."

후루카와 마리코의 유해가 발견된 이후, 수사본부 내에서 다가와 가즈요시의 실명을 숨긴 채 본부가 용의자를 추적하고 있다는 사실만은 공개해야 한다는 의견이 있었다. 수사본부도 나름대로 성과를 올리고 있다는 것을 어필하고 싶은 사람들이었다.

결과적으로 그들의 의견은 거부되었다. 당연한 일이라고 다케가미는 생각했다. 마리코의 백골이 현장에 버려진 시간대는 정확하지 않지만, 발견 전날 밤인 것만은 분명하다. 그사이 다가와 가즈요시는 오가와 공원 근처의 공영주택에서 한 걸음도 나가지 않았다. 그것은 전담반이 확인한 사실이다. 본부로서는 오히려 다가와에 대한 수사력을 줄일 것인지, 아니면 이대로 유지할 것인지를 재검토해야 할 단계에 와 있었다. 용의자를 추적하고 있다는 건 말도 안 된다.

이것은 단독범인가 복수범인가, 어느 쪽에 수사방침을 두느냐는 갈림길이기도 하다. 또한 단독범의 소행으로 보고 다가와를 용의선상에서 제외하기 위해서는 그가 왜 렌터카를 빌려서 오가와 공원 주변을 오갔는지를 설명할 수 있어야 한다.

"『주간 포스트』였던가요? 수사본부가 무능하다고 욕을 하더군요."

"지금은 무슨 욕을 들어도 어쩔 수 없는 일이지."

다케가미가 그런 말을 하는 순간, 전화벨이 울렸다. 수화기를 들자 아키쓰의 목소리가 들려왔다.

다케가미는 무슨 일이 일어났다는 것을 직감했다.

"『일간 저팬』 읽어보셨습니까?"

역에서만 파는 석간지이다.

"아니, 안 봤어. 뭐가 실렸는데?"

"다가와 건이 새어나갔습니다. 이름도 없고 사진도 실리지 않았지만, 기사 내용을 보면 다가와라는 것을 금방 알 수 있습니다."

"제목은?"

"연속 여성 유괴살인사건의 용의자. 대체 어디서 새나간 걸까요?"

"당연히 본부지."

자신들의 의견이 채택되지 않은 것에 불만을 가진 강경파들이 흘려보낸 것이다. 정보의 발신지가 이른바 메이저 언론이 아닌 석간지라는데에서 다케가미는 불길한 예감을 느꼈다.

"다가와 감시반이 야단났습니다. 텔레비전 방송국에서 밀고 들어오는 모양입니다. 자세한 정보를 포착했을 겁니다. 놈들이 다가와에게 무슨 질문을 할지 모릅니다."

다케가미는 전화를 끊고 시노자키를 돌아보았다.

"서로 돌아가야겠어."

쓰카다 신이치는 막 배달된 코카콜라 케이스를 창고로 옮기고 있었다. 유니폼 사이즈가 커서 일어서고 앉을 때마다 바지를 끌어올리는 것을 보고 점장이 웃었다.

마에하타의 연립주택에 집을 얻은 이후로 신이치는 걸어서 십 분 정도 거리에 있는 편의점에서 아르바이트를 하기 시작했다. 부모가 남긴 유산 덕분에 당분간은 생활에 어려움이 없지만, 할 일도 없이 빈둥거리기는 싫었다. 시간도 남아돌고 건강을 위해서도 일을 하는 게 좋을 것 같았다. 히구치 메구미의 동향을 몰라 함부로 학교에 돌아갈 수도 없으니 아르바이트를 하며 지내는 것이 가장 적절할 것 같았다.

원래는 술 도매점이었는데, 프랜차이즈 회사로 들어가 편의점으로 개조한 곳이다. 가게를 이어받은 점장은 겨우 삼십대였다. 마에하타 쇼지의 초등학교 동창생으로, 지금도 같이 술을 마시는 친구이다.

그 덕분에 일하기는 수월해서 신이치는 금방 일에 익숙해졌다. 점장의 아내가 밝고 야무진 성격이라 시게코 이상으로 잘 돌봐주었다. 유니폼 바지도 남자 것으로는 더 작은 게 없어서 허리를 고쳐주겠다고 했지만, 좀처럼 그럴 시간이 없는 것 같았다.

콜라 케이스를 다 나르고 대걸레로 바닥을 닦고 있는데, 자동 유리문 너머로 마에하타 시게코가 잰걸음으로 다가오는 것이 보였다. 한 손에 지갑을 들고 있다. 신호가 바뀌기를 기다리는 것도 참을 수 없는 듯, 차와 차 사이를 뚫고 횡단보도를 건너기 시작했다. 무슨 일일까, 하고 신이치는 등을 쭉 폈다. 자동문이 열리자 시게코는 재빨리 가게 안으로 들어섰다. 곧장 카운터 쪽으로 가더니 석간지를 하나 빼들었다.

"이거 주세요."

심각한 표정이었다. 점장이 물었다.

"시게코 씨, 무슨 일이에요?"

시게코는 카운터 앞에 선 채 지갑을 옆에 내려놓고 신문을 들추기 시작했다. 『일간 저팬』이었다.

"무슨 일 있어요, 시게코 씨?"

신이치가 물었다. 시게코는 입술을 잘근잘근 씹으며 날카로운 눈길로 기사를 읽고 있었다. 신이치도 그녀의 어깨너머로 기사를 엿보았다.

'연속 여성 유괴살인사건에 주요 용의자 등장'

눈을 동그랗게 떴다.

'용의자 등장', 시게코는 숨을 멈춘 채 지면에서 눈을 떼지 못했다.

"오가와 공원 사건의 용의자가 나왔대. 지금 텔레비전에서도 소동이 벌어지고 있어. 또 HBS야."

"텔레비전? 벌써?"

"이 기사가 나오기도 전에 방송국에서 그 사람을 만났대. 『일간 저팬』과 HBS는 같은 계열사니까. 그랬더니 그 사람이 인터뷰에 응했다고 해. 그러니까 소동이 벌어진 거지."

"독점이로군."

점장이 끼어들었다.

"아무래도 오가와 공원 부근에 사는 사람인 것 같아. 마침 광고가 나오길래 신문을 보려고 뛰쳐나온 거야. 신짱, 같이 갈래?"

시게코는 잰걸음으로 가게를 나섰다. 점장은 시계를 보았다.

"할 수 없군."

점장에게는 신이치가 시게코의 일을 도와주고 있다고 말해두었다.

"대신 내일 한 시간 더 해야 돼, 알았지?"

"죄송합니다."

바지를 끌어올리면서 신이치는 시게코의 뒤를 따라갔다.

얼굴에 모자이크가 깔리고, 음성이 바뀐 '용의자' 다가와 가즈요시는 말이 많은 인물이었다.

HBS의 취재팀과 접촉하기 전까지 자신에게 용의가 걸려 있는 줄 꿈에도 몰랐다고 말했다. 왜 자신을 지목하는지 그 이유를 모르겠다고 했다.

인터뷰 기자는 다가와의 전력과 그가 운전한 렌터카가 오가와 공원 사건 발생 전후로 공원 주변에서 목격되었다는 사실을 지적했다. 그러자 다가와는 자신의 전력에 대해 격한 어조로 말하기 시작했다.

"그건 내가 한 일이 아닙니다. 함정에 빠졌을 뿐이에요."

그의 말로는, 당시 같은 직장에서 근무하던 선배가 있었는데, 탈의실 카메라 사건도 그가 저지른 것이라고 했다.

"그렇지만 사장 빽으로 입사한 놈이었기 때문에, 그런 일이 발각되면 곤란하니까 내가 죄를 뒤집어쓴 겁니다."

그렇다면 왜 재판 때 사실을 말하지 않았느냐는 질문에 대해서는 이렇게 대답했다.

"그랬다가는 십 년이고 십오 년이고 판결이 나오지 않은 채로 공중에 붕 뜨게 됩니다. 억울하지만 내 인생을 망치고 싶지 않아서 하루라도 빨리 죄를 인정하고 가벼운 형으로 끝내고 싶었을 뿐입니다."

기자는 살인사건과는 성격이 다르니까 법정에서 싸우면 그렇게 오래 끌지 않았을 것이라고 말했다. 그러자 다가와는 목소리를 높였다.

"당신은 당사자가 아니니까 그런 말을 할 수 있는 거예요."

인터뷰가 중단되어도 이상하지 않을 만큼 흥분한 다가와의 모습을 카메라 앵글은 한순간도 놓치지 않았다. 기자는 방향을 바꾸어 9월 4일,

11일, 12일 세 차례에 걸쳐 친구를 통해 빌린 렌터카로 오가와 공원 주변에서 무엇을 했느냐고 물었다. 특히 11일은 오른팔이 발견된 전날이다.

그 질문에 다가와의 반응은 갑자기 얌전해졌다. 거북이가 위험을 느끼고 목을 움츠리는 것 같은 태도와 비슷한 노골적인 방어태세였다. 자신은 오가와 공원에는 가본 적이 없다. 누명을 덮어쓴 후로 줄곧 사람을 믿을 수 없고 외출하기도 겁이 나서 친구에게 부탁해 차를 빌렸고, 새를 찍으러 아리아케의 숲으로 가는 길에 거길 들렀는데, 그때 무엇을 했는지는 자세히 기억나지 않는다고 했다.

오후의 와이드쇼 시간까지 투입한 독점 인터뷰였지만 대화 시간은 그리 길지 않았고, 프로그램 후반은 앞의 내용을 반복하거나 사건 개요를 정리한 녹화 필름을 내보내는 것이었다. 거창하게 시작되었지만, 이것이 진짜 정보로서 신뢰할 만한 것인지, 또한 수사본부가 이 건에 대해 공식적인 코멘트를 내고 있는지에 대해서는 아무런 언급이 없었다.

마에하타 시게코는 테이프에 녹화를 하면서 다가와의, 아니 지금 단계에서는 단순히 시청자의 한 사람으로서 'T씨'의 발언을 듣고, 가끔씩 비치는 그의 흐릿한 신체 윤곽과 손발의 움직임을 뚫어져라 바라보고 있었다.

인터뷰를 하는 동안 T는 끊임없이 다리를 떨었다. 특히 대답하기 곤란한 질문이 나올 때마다 그는 더욱 심하게 다리를 떨었다. 그의 두 손은 그 떨림을 억누르려는 듯이 두 무릎 위에 올려져 있었지만, 다리를 떨기 시작하면 손과 팔, 그리고 두 어깨까지 따라 떨렸다. 그 모습을 시게코는 하나도 빠뜨리지 않고 지켜보았다.

T의 손은 남자치고는 가늘고 깨끗했다. 그 손의 오른손 중지에 반지가 끼워져 있었다. 폭이 일 센티미터가 넘는 은으로 만든 굵은 반지였다. 낡은 청바지에 헐렁한 운동화 차림의 그에게는 어울리지 않는 액세

서리였다.

T에게 어떤 특별한 의미가 있는 반지인지도 모른다. 그 반지를 자세히 보려고 시게코는 몇 번이나 몸을 앞으로 기울였다. 텔레비전 화면으로는 무리라고 판단해, 프로그램이 끝나자 서둘러 비디오로 바꾸어 화면을 일시정지시킨 다음 자세히 살펴보았다. 그러나 피사체가 너무 작아서 판별하기가 어려웠다. 다만 반지가 편평하지 않고 울퉁불퉁한 부조처럼 되어 있다는 것은 알 수 있었다.

"마음에 걸리는 게 있나요?"

시게코의 옆에서 말없이 텔레비전을 보고 있던 신이치가 물었다.

"응, 별것 아냐. 저 사람이 끼고 있는 반지가 좀 특이한 것 같아서."

"반지요?"

시게코는 다시 화면을 고정시키고 손가락으로 반지를 가리켰다. 신이치는 고개를 끄덕였다.

"아, 이거."

별 관심이 없는 목소리였다. 별것 아닌 데 신경을 쓴다는 어투였다.

"그건 그렇고, 어떻게 생각하세요?"

신이치가 물었다.

"알 수 없어. 그의 차가 오가와 공원 부근에서 발견되었다는 증언이 어디서 나왔는지도 밝히지 않고 있어. 경찰 쪽에서 나온 것이라고 해도 얼마나 믿을 수 있을지 의문이야."

"이 인터뷰에 대해서 경찰은 아무 말이 없나요?"

"적어도 지금 시점에서는 아무 말도 안 할 생각인 모양이야."

"텔레비전에서 먼저 이런 인터뷰를 하면 나중에 문제가 되지 않나요?"

"본인이 인터뷰에 동의했으니까 별 문제는 없을 거야."

신이치는 어깨를 으쓱했다.

"이놈은 왜 인터뷰에 응했을까요?"

시게코는 신이치를 보았다. 신이치는 클로즈업된 T의 얼굴을 뚫어져라 바라보고 있었다.

"이런 인터뷰를 하면 귀찮은 일이 생길 수 있다는 걸 모르는 걸까요? 전과에 대해서 기자가 저렇게 묻는데……"

시게코는 미소를 지었다.

"사실은 전과에 대해 해명할 기회라고 생각했을지도 몰라. 자신의 무죄를 주장할 절호의 찬스니까."

화면을 바라보면서 신이치는 우울한 표정으로 눈을 깜빡이고 있었다.

"그럴지도 모르지만, 사실은 아닐 겁니다. 텔레비전에 나올 기회를 이용해서 누명을 썼다고 거짓말을 하고 있는지도 몰라요."

"물론 어느 쪽도 가능성이 있겠지."

"어느 쪽인지도 모르면서 그에게 말할 기회를 줘도 될까요? 이놈 때문에 피해를 입은 여자나 이놈이 범인이라고 지목한 사람에게는 말할 기회도 주지 않고?"

"나중에 나올지도 모르지."

"그렇지만 이건 불공평해요. 먼저 나온 사람은 이 T예요."

시게코는 입을 다물고 신이치의 표정을 살폈다. 그는 지금 인터뷰에 대해 말하고 있긴 하지만, 머릿속으로는 다른 사건을 생각하고 있는 것 같았다.

"나, 가게로 갈래요."

신이치는 일어섰다.

편의점으로 가는 도중에 신이치는 공중전화로 전화를 걸었다. 아직 돌아오지 않았나 했는데 다행히 본인이 전화를 받았다.

"아, 신이치. 텔레비전 봤어?"

미즈노 히사미였다. 애견 킹을 데리고 오가와 공원에서 산책을 하다가 신이치와 함께 쓰레기통 속의 팔을 발견한 여학생이다.

그후로 가끔씩 만나서 이야기를 나누는 사이가 되었다. 쓰레기통 사건 얼마 후, 이른 아침에 로키를 데리고 공원을 걷다가 우연히 그녀를 만났다. 신이치는 모른 척하고 지나치려 했지만, 히사미가 따라왔다. 그리고 보쿠도 경찰서의 회의실에서 자신이 한 경솔한 행동과 말에 대해 정식으로 사과하고 싶었다고 말했다.

"나, 너무 무서워서 오히려 기분이 이상해져서는, 그래도 스릴이 있다느니 어쩌니 했잖아? 신이치의 심정은 생각도 안 하고. 정말 미안해."

당시의 히사미는 신이치의 과거에 대해 아무것도 모르고 있었기 때문에 사과할 필요도 없는 일이었다. 그러나 그녀는 사과를 했고, 그 이상은 과거의 사건에 대해서 한마디도 묻지 않았다.

다음날도 또 그 다음날도 같은 시각에 오가와 공원에서 히사미와 얼굴을 마주쳤다. 히구치 메구미의 등장으로 안정을 찾지 못하고 있다가도, 이른 아침에 밝은 표정의 히사미를 보면 이상하게도 마음이 밝아졌다. 그녀가 먼저 전화번호를 가르쳐줘서 신이치도 가르쳐주었다. 그런 일은 사와 시 사건 이후로 처음이었다.

그후 신이치가 이시이 부부의 집을 나오고 나서 히사미가 몇 번이나 전화를 걸어서 걱정했다는 이야기를 요시에에게 들었다. 그래서 집을 마련하게 되고 안정을 취한 이후로 때로 히사미에게 전화를 건 것이다.

"응, 봤어. 과연 그 사람이 범인일지는 잘 모르겠지만."

"나도 그래. 그렇지만 무섭더라. 그 사람 어딘지 모르게 정상이 아닌 것 같았어."

"킹하고 로키는 잘 있니?"

신이치가 집을 나간 이후로는 이시이 부부를 대신해 히사미가 로키를 보살펴주고 있었다. 히사미는 장래에 수의사가 되고 싶다고 했다.

"잘 있어. 털이 아주 멋져. 가끔씩 신이치를 찾는 것 같아. 코를 벌름거리면서 정원을 오가기도 하고, 계단 쪽을 바라보고 짖기도 해."

"그 녀석, 어리광 부리는 거야."

신문 지국에서 영화 티켓을 두 장 췄는데, 이번 일요일에 영화 보러 가지 않겠느냐고 히사미가 말했다. 꽤 화제가 되고 있는 영화였다.

"사람은 많겠지만, 공짜니까."

신이치가 바로 대답을 하지 않자 히사미가 물었다.

"무슨 일 있어?"

신이치가 되물었다.

"최근에 그애 만났니?"

둘 사이에서 '그애'란 히구치 메구미를 가리킨다. 로키를 돌보기 위해 이시이 부부의 집을 오가는 사이에 히사미는 히구치 메구미의 얼굴을 두 번이나 보았다. 당연히 그녀가 신이치를 쫓아다니는 이유에 대해서도 알고 있었다.

"요 근래는 본 적이 없어."

하지만 신이치는 히사미가 거짓말을 잘 못 한다는 걸 알고 있었다.

"만났구나. 언제?"

"……어제."

그리고 히사미는 혼잣말처럼 중얼거렸다.

"난 정말 바보야."

"거짓말 안 해도 돼. 어땠어? 혹시 그애가 화나게 했다면 내가 사과할게."

"그저 그랬어. 늘 그런데 뭘. 날 노려보면서 집 주변을 어슬렁거렸어. 나는 로키를 목욕시켰고……"

히사미의 어투가 바뀌는 것을 보고 신이치는 그애가 평소와는 다른 행동을 했음이 틀림없다고 직감했다.

"그애, 히사미에게 무슨 짓 했지?"

잠시 침묵을 지켰다가 히사미가 대답했다.

"……나한테 말을 걸었어."

지금까지 히구치 메구미는 히사미에게 직접 접촉해온 적이 없었다. 멀리서 그냥 지켜볼 뿐이었다. 의외의 태도였다. 지금까지 히구치 메구미가 어떤 태도를 보여왔는지 잘 알고 있던 터라, 신이치는 히구치 메구미가 금방 히사미에게 달라붙어, 너 신이치의 친구지, 신이치가 있는 곳을 말해, 하고 위협했을 거라고 생각했다. 그러나 무슨 이유인지 히구치 메구미는 그러지 않았다. 동년배의 여자애들 사이의 보이지 않는 벽 같은 것이 두 사람 사이에 가로놓여 있었는지도 모른다.

"뭐라고 했는데?"

"이시이 씨 부인은 집에 없냐고."

"아주머니 안 계셨어?"

"장 보러 나가셨었거든."

히사미가 이시이 요시에의 부재를 알리자, 메구미는 집 이층 창을 올려다본 다음 히사미 쪽으로 고개를 돌리고 물었다.

"너, 몇 살이야?"

히사미는 깜짝 놀라 거품이 가득한 로키의 몸 너머로 메구미의 표정을 살폈다. 메구미의 미간에는 여전히 날카로운 기운이 떠돌고 있었지만, 이성을 잃고 난폭하게 굴 것 같지는 않았다.

열여섯 살이라고 히사미는 대답했다.

"아, 그러니. 정말 좋겠다. 아무 고민도 없고 자기 일만 생각하면 그만이니까."

그러고는 발걸음을 돌려 가버렸다고 한다.

"나, 화가 나서 참기 힘들었어. 자기만 생각하는 사람이 대체 누군데 그러냐고 고함을 치고 싶었어."

"아무 말 안 한 건 잘했어. 달려들면 큰일이니까."

신이치는 웃으면서 그렇게 말했다. 그러나 공중전화부스의 유리창에 비치는 얼굴은 전혀 웃고 있지 않았다.

"담당 검사나 변호사에게 그애 문제를 의논해보지 않았니?"

"전화로만. 그만두게 만들어주겠다고 했어."

"그렇지만 말 안 듣잖아. 적어도 찾아오는 것만은 포기하지 않는걸."

어른의 말이라고 고분고분 들을 애가 아니었다. 신이치도 거기에 대해서는 조금도 기대하지 않았다. 이것은 쓰카다 신이치와 히구치 메구미 둘만의 승부라는 생각이 들었다.

승부. 그러나 무엇을 위한 승부인가? 조금 전에 '용의자' T가 경련을 일으킨 듯이 떨던 그 여윈 무릎이 떠올랐다. 사회를 향해 정당한 발언을 하기 위해 등장한 태도로서는 그리 바람직하지 않아 보였다. 그러나 그것만으로 옳고 그름을 판단하는 것은 위험한 일이다. T에게도 자신의 견해를 자유롭게 개진할 자유와 권리가 있다.

어느 쪽이 보다 빨리 효과적으로 자신의 견해를 알리고 사회의 신뢰를 얻을 것인가. 지금으로서는 선악의 판단 기준이란 그것뿐이다. 그렇기 때문에 T는 인터뷰에 응한 것이다. 메구미가 신이치를 히구치 히데유키와 만나게 하려는 것도, 그것이 히구치 히데유키의 주장을 세상에 어필하는 가장 유효한 수단이기 때문이다.

사람들은 모두 무의식적으로 알고 있다. 선전이야말로 선악을 결정하고, 옳고 그름을 정하고, 신과 악마를 나누는 것임을. 법이나 도덕규범은 그 바깥에서 하릴없이 어슬렁거리고 있을 따름이다.

히구치 메구미는 매스컴을 향해 발언을 할까. 다음으로 그것을 염두에 두고 있는 것은 아닐까? 그 격렬한 감정 아래 감추어져 있는 전략적인 두뇌는 그녀에게 그런 명령을 내리지 않을까?

16

용의자 T는 그후에도 연일 텔레비전과 주간지의 화제가 되었다. 후루카와 마리코의 유해가 발견된 이래로 눈에 띄는 진전이 없었던 그 사건에서 그의 존재는 좋은 자극제가 되어주었다.

그 자신의 매스컴에 대한 자세나 태도, 거리를 유지하는 방식은 변함이 없었다. 텔레비전에 나오긴 하지만 그의 목소리는 변조되고 얼굴은 모자이크 처리되었다. 이야기 내용도 똑같은 말의 반복일 뿐이었다. 과거의 전과에 대해 무고함을 주장하는 발언을 거듭하고, 예의 사건에 대해서는 아무 관계도 없다고 부정했다.

그러나 11월에 들어서면서 그런 상황에 변화가 일어나기 시작했다. 텔레비전 방송국 가운데서 최초로 T에게 접근했던 HBS가 다시 건수를 올린 것이다. 11월 1일 오후 일곱시 HBS 긴급보도 특별방송.

거기에 T가 처음으로 직접 출연한 것이다.

긴박하다기보다 묘하게 흥분된 분위기에 감싸인 채 골든타임의 특별방송은 예정대로 시작되었다.

스튜디오에는 사회자와 보조진행자 외에 미스터리 작가와 여성 평론가가 나와 있었다. 다가와는 그들이 앉아 있는 계단식 단상 왼쪽에 편광유리 칸막이가 쳐진 장소에 앉아 있었다.

"T씨" 하고 부르면 육성으로 대답하는 그의 모습은 텔레비전 화면상에서는 희미한 그림자로밖에 보이지 않았다. 그러나 때로 그의 무릎이나 발, 손의 움직임 등을 클로즈업해 그가 살아 있는 인간임을 시청자가 실감할 수 있게 했다.

색이 바랜 청바지에 감싸인 무릎은 여전히 떨리고 있었다. 그것을 두손으로 누르며 어깨에 잔뜩 힘을 주고 앉은 그 모습은 지난번보다 더노골적으로 격분하고 있었다. 지금이라도 누군가를 강하게 공격할 것처럼 머리를 앞으로 내밀고, 질문에 거침없이 대답했다. 몇 번의 인터뷰를 하면서 자신의 역할을 더욱 뚜렷이 의식하고 있는 것 같았다. 그것은 희생자의 역할이었다.

21일의 보도로 매스컴에 발목을 잡힌 꼴이 되어버린 합동수사본부는 다가와에 대한 공식기자회견도 열지 않고 보도를 무시하지도 않는 타협적인 태도를 취했다. 보도 자료를 통해 다가와의 이름이 수사 대상자 리스트에 들어 있었다는 것과 한때 감시태세를 취했다는 사실을 인정한 다음, 후루카와 마리코의 백골이 버려졌을 시간대의 다가와의 알리바이가 확인되었다는 사실을 공표했다. 다가와는 용의는 있지만 현재로서는 그의 신병을 구속할 이유가 없을 뿐 아니라, 수사본부가 설정한 용의자 선상에서 다가와가 점점 더 멀어져가고 있음을 짐작할 수 있게 하는 발표였다.

즉, 그럼으로써 수사본부는 이번에 유출된 정보가 그리 중요한 것이 아님을 완곡하게 표현한 셈이다. 소란을 떨고 싶으면 마음대로 하라는 것이다.

HBS는 대결할 자세를 취했다. 다가와도 마찬가지였다. 그가 대결의 자세를 명확히 한 이유도 그런 수사본부의 태도에 있었다. 인터뷰에서는 자신에게 용의가 걸려 있는 줄 모르고 있었다고 했는데, 이번에는 미행당하고 있다는 느낌을 받았다. 무서웠다. 한 친구는 형사가 찾아와서 자신의 전과에 대해 물었다며 전화로 알려주기도 했다는 말도 했다.

HBS측은 경찰측의 반응을 관찰하고 나서, 다가와가 진범일 확률에 모든 것을 걸기보다는 다가와를 전과자라는 이유로 부당하게 혐의를 받은 희생자로 규정하고, 동시에 엉터리 수사만 하면서 범인의 그림자도 잡지 못하는 합동수사본부의 태만과 미숙함을 추궁하는 것이 현재로서는 상책이라고 판단했다. 따라서 프로그램 구성도, 서두에서 사건의 개요를 짚은 다음 다가와와의 인터뷰를 통해 그의 주장을 듣고, 연속살인범 수사에 관한 수사기술상의 후진성을 지적하고, 구미 선진국과 비교하여 문제점을 드러내면서 다가와의 발언도 적극적으로 내보내는 식으로 구성되었다.

한편으로 스튜디오에 스무 대 이상의 전화기를 설치해 전화나 팩스로 시청자의 제보를 호소했다. 평론가가 발언을 하고 다가와가 그들의 질문에 대답하는 사이에도 전화벨은 계속 울려대고, 무수한 정보가 날아들었다. 방송국은 그 정보를 수집하면서 자신들이 정보 하나하나를 얼마나 소중하게 다루는지를 은근히 드러내 보였다.

아리마 요시오는 집에서 텔레비전을 보고 있었다.

10월 21일 오후의 와이드쇼에 처음으로 'T'가 등장했을 때, 요시오는 가게를 가만히 지키고 있었다. 저녁때 온 손님 하나가 사건의 범인이 잡힌 것 같다고 알려주는 것을 듣고서야 요시오는 놀라서 텔레비전을 켰다. 뉴스에서 약간의 정보를 얻고 손님의 보충 설명을 들은 다음, 누군가 가져다준 『일간 저팬』을 보고서야 비로소 사정을 알게 되었다.

처음에는 숨이 턱 막힐 정도로 강한 기대를 품었다. 범인이 잡혔다?

그 말만 들어도 온몸이 떨리면서 펄쩍 뛰어오를 것 같았다. 그러나 애써 냉정을 되찾고 보도된 정보를 하나하나 분석해보는 사이, 머리끝까지 솟구쳐올랐던 열기와 흥분이 차가운 낙담으로 바뀌어 발톱 아래까지 내려오는 듯한 허탈감에 사로잡혔다.

그래도 요시오는 HBS의 특별방송을 보았다. 보지 않을 수 없었다. 이 'T'라는 인물을 의심하는 것은 착오일지도 모르고, 아니 착오일 가능성이 더 많겠지만, 그래도 보지 않을 수 없었다. 그의 얼굴과 몸이 편광유리에 가려져 있는 것이 답답했다. 그것을 거두고 살아 있는 그대로의 모습을 보면, 그가 마리코를 죽인 범인인지 아닌지 한눈에 알아볼 수 있을 것 같았다. 합리적인 이유는 없었다. 말로서는 설명할 수 없는 근거로 그런 생각이 들었다. 그냥 알 수 있다.

왜냐하면, 죽은 마리코의 영혼이 가르쳐줄 것이므로. 이놈이다, 이 사내다. 하늘이 내려준 계시처럼 선명하게, 번갯불이 한 점에 떨어지듯이 명확하게, 요시오의 머릿속에서 범인을 가리키는 마리코의 손가락이 보일 것이기 때문이었다.

프로그램은 마침 다가와를 화제의 중심에 올리는 순간이었다. 미스터리 작가가 오가와 공원 부근에서 렌터카가 목격되었을 때의 그의 행동에 대해 질문했다. 목격증언이 잘못된 것인지, 본인은 공원 근처에 간 적이 없었는지.

"가지 않았던 것 같은데······"

변조된 음성으로 다가와는 말했다.

"두 달 전의 일이라 잘 기억하지 못합니다."

"차는 무슨 목적으로 빌린 겁니까?"

"사진을 찍기 위해서요."

"그런데 어디로 가서 무슨 사진을 찍으려 했는지 기억이 나지 않는다구요? 저녁 반찬이 뭔지 기억나지 않는다는 것과는 좀 다른 것 같은데."

다가와가 눈알을 이리저리 굴리기 시작하자 사회자가 끼어들었다.

"기억이란 원래 모호한 것이니까 말입니다."

이어서 틈을 두지 않고 다른 출연자가 말했다.

"그렇고말고요. 무슨 목적으로 차를 빌렸건, 그건 개인의 자유가 아닙니까? 수상한 점도 없는데 렌터카의 용도까지 추궁하는 건 사생활 침해예요. 범죄 수사도 중요하지만, 그렇다고 해서 개인의 자유를 침해해서는 안 됩니다. 무엇보다 개인의 자유를 우선해야 한다고 생각합니다."

"그러면 범죄 수사는 거의 불가능할 텐데요."

"그렇지 않습니다. 그것이 바로 우리나라 경찰 조직의 전근대적인 태도가 아닐까요? 조금만 이상하면 바로 붙잡아서 억지로 자백을 받아냈다가, 나중에 아무 죄도 없다는 사실이 밝혀진 경우가 과거에 얼마나 많았는지 모릅니다."

대체 뭘 하자는 프로그램인가 하고 요시오는 화면을 보면서 생각했다. 저들은 지금 무슨 논쟁을 벌이고 있는 건가? 대체 무엇을 위한 프로그램이고 논쟁인가?

논쟁이 중단되면서 광고가 시작되었다. 마리코와 비슷한 나이의 여성이 등장하는 인스턴트커피 광고였다. 그 다음은 화장품 광고였다. 역시 젊은 여성이 나왔다. 화면 속에서 립스틱을 바른 입술을 쏙 내민다. 그 다음은 여성 속옷 광고였다. 브래지어와 팬티만 걸친 젊은 여성이 배달되어온 물건을 받으려고 문을 여는 장면이었다. 살해당한 다음 토막으로 잘려 쓰레기통에 버려지고, 피살되어 공원의 미끄럼틀 위에 방치되고, 백골로 변해 남의 집 문 앞에 버려진 그런 살인사건을 다루는 프로그램을 지탱하고 있는 광고는 아름답고 생동감 넘치는 젊은 여성의 영상뿐이었다. 어쩌면 그런 영상들이 어떤 유의 위험한 상상력을 가진 인간의 마음에 강한 자극을 주는 게 아닐까.

마리코의 삶을, 그 죽음의 양상을, 한없이 가벼운 백골로 변한 그 모습을 눈으로 보고 손으로 만져보았던 요시오는, 광고 속에 난무하는 젊은 여성들의 화려한 모습이 그 상품의 선전이 아닌 어떤 다른 목적을 위해 존재하는 것이 아닌가 하는 생각이 들었다. 우리는 그냥 장난감이라고, 언제든 갈아치울 수 있고, 붙잡아도, 죽여도, 땅에 묻어도, 마음대로 해도 상관없는 장난감이라고 말하는 것만 같았다.

마리코를 죽인 것은 다른 누구도 아닌, 저런 메시지를 받아들인 인간이 아닐까. 마리코는 결코 저런 메시지를 보내지 않았다. 오른팔이 잘려나간 이름 모를 여성도 그러지 않았다. 그 불행한 여고생도 그러지 않았다. 그런 메시지를 보낸 다른 누군가 때문에 마리코가 불려나간 것이다. 언제부터 이런 일이 벌어지기 시작했을까. 누가 이런 짓을 시작했을까. 그리고 누가 이런 광란을 멈추게 할 것인가.

적어도 텔레비전은 아니다. 그런 생각을 하면서 요시오는 스위치를 끄려고 했다. 그러나 바로 그때, 스튜디오가 화면에 비쳤다. 분위기가 완전히 달라져 있었다.

회의실에 있던 형사가 큰 소리로 불러 다케가미는 복도로 뛰쳐나갔다. 시노자키가 따라왔다. 두 사람이 회의실로 들어서자, 화면은 특설 스튜디오의 전화기 앞에서 메인 스튜디오의 단상으로 옮겨져 있었다.

"범인에게서 전화가 왔다고?"

화면에 눈을 고정시킨 채 다케가미는 고함치듯이 말했다.

"어디야, 어느 전화야?"

"지금 화면 속의 전화에 연결되어 있답니다."

"녹화는?"

"하고 있습니다."

시노자키가 몸을 앞으로 기울여 볼륨을 높였다.

사회를 맡은 아나운서가 긴장된 표정으로 수화기를 귀에 갖다댔다.

"여보세요."

"여보세요."

스피커에서 아나운서의 목소리가 들렸다. 그러자 음성변조기를 통과한 끼끼, 하는 음성이 흘러나왔다.

"놈은 특설 스튜디오의 제보전화에 연락한 겁니다."

다케가미 옆에서 형사 하나가 말했다.

"광고중에 건 모양입니다."

화면 아래에는 지금도 전화번호 자막이 나오고 있었다.

"사키사카 씨, 안녕하세요."

범인은 아나운서의 이름을 부르며 인사를 했다.

"아주 재미있게 보고 있어요."

아나운서는 완전히 주눅이 든 표정이었다. 수화기를 든 손이 떨리고 있었다.

"그런데, 당신은 누구시죠?"

"나? 난 이름도 없는 인간이에요."

다케가미는 놈의 목소리라고 확신했다.

아나운서는 크게 숨을 들이쉬고, 결심한 듯이 말했다.

"조금 전에 특설 스튜디오에 전화를 걸었을 때, 당신은 당신이 이 사건의 범인이고, 할 이야기가 있어서 전화를 걸었다고 하셨죠?"

범인은 밝게 웃었다.

"그럼, 그럼. 그렇게 말했죠. 내 말을 믿어주지 않았지만 말예요."

"그 말이 정말입니까?"

"내가 거짓말을 해서 뭘 하겠어요."

스튜디오 안이 술렁거렸다.

"그럼 당신이 범인입니까?"

"그렇게 생각하면 돼요. 그렇지만 나는 이름이 없어요."

다시 웃었다.

"그 스튜디오에 출연하고도 모습을 감추고 있는 T씨에 비하면 완전히 무명이죠."

카메라가 T를 클로즈업했다. 편광유리 너머의 그림자는 단상 위의 출연자들과 마찬가지로 수화기를 든 아나운서 쪽으로 몸을 기울이고 있었다.

"무슨 말씀을 하시려고 전화하셨습니까?"

"나한테 그렇게 정중하게 말해도 되나요? 나는 지금 모든 여성의 적, 아니 일본 국민의 적이 아닌가?"

"그러나 우리는 당신이 정말로 범인인지 아닌지 모릅니다."

"경찰과 똑같은 말을 하는군요. 당신들이 멍청이 취급하는 경찰과 똑같아요."

화면 구석에서 조감독이 커다란 종이에 무언가를 써서 아나운서 쪽으로 들어 보이고 있다. 누군가가 화면을 가로질러 달려갔다. 카메라가 흔들렸다.

"T씨와 이야기하고 싶어서 전화한 거예요" 하고 기계음은 말을 이었다.

"좀 의논할 게 있어서 말이죠. 전화를 바꿔줄 수 없을까요?"

아나운서는 눈알을 바쁘게 굴렸다. 플로어 쪽을 바라보면서 스태프의 지시를 애타게 기다렸다. 당황하는 그를 보다 못한 평론가가 큰 소리로 외쳤다.

"지금 당신의 목소리는 스튜디오 전체에 들리고 있어요. 그리고 당신은 어차피 텔레비전을 보면서 전화하고 있지 않나요? 그렇다면 그냥 그대로 T씨에게 말을 하면 되지 않습니까."

편광유리 너머의 T가 긴장하면서 자리에서 고쳐앉는 모습이 보였다.

"안 됩니다. 끼어들지 마세요."

범인은 놀리듯이 말했다.

"나는 T씨를 저 유리창 바깥으로 끌어내고 싶은 거예요. 자기 힘으로는 아무것도 못 하는 주제에 다른 사람을 이용해서 유명해지려는 놈의 낯짝이 어떤지, 전국의 시청자 여러분께 보여주고 싶은 거예요."

"이놈이 지금 무슨 일을 꾸미고 있는 걸까요?"

시노자키가 중얼거렸다.

거래다, 다케가미는 순간 직감했다. 아리마 요시오 씨에게 했던 것과 같은 짓을 놈은 다시 하려고 하고 있다.

"교환조건을 제시하고 싶어요, 저기 T씨에게."

다케가미는 팔짱을 끼고 눈을 가늘게 뜬 채 텔레비전 화면을 노려보았다. 범인의 대사가 뇌의 깊은 곳으로 가라앉아 자리를 잡으려 하고 있었다.

'자기 힘으로는 아무것도 못 하는 주제에 다른 사람을 이용해서 유명해지려는 놈의 낯짝이 어떤지.'

대상을 야유하고 경멸하는 그 말은 이런 상황에서 나올 만한 말이 결코 아니다. 예를 들면 학창시절의 친구가 유명인이 되었다는 말을 듣고 사실은 내가 그 녀석보다 더 낫다고 거들먹거린다든지, 자기 동네에서 올림픽 금메달리스트가 나왔을 때 아무 관계도 없으면서 퍼레이드 카에 올라타서 같이 손을 흔드는 치들에게 할 만한 말이 아닌가. 자신이 이루어낸 어떤 '위업', 또는 적어도 '좋은 일'에 대해 권리도 자격도 없는 사람이 끼어들려 할 때 내뱉을 만한 말이 아닌가.

아무래도 이 범인은 자신이 저지른 일련의 사건을 '좋은 일' '대단한 업적' '평범한 사람이 흉내낼 수 없는 일'로 자만하고 있는 것 같다. 그렇다면 이 살인은 범인에게 적극적인 자기 주장의 수단이란 말인가. 등산가가 세계의 유명한 고봉을 정복하려 하거나 스포츠맨이 세계기록을 세우려 하는 것처럼? 그렇기 때문에 자신의 '공적'을 멋대로 도용하려는 인간이 나타난 것을 그냥 내버려둘 수 없는 것인가?

"T씨, 내 말 들려? 난 지금 당신한테 말하고 있는 거야."

범인의 말에 편광유리 너머의 다가와 가즈요시는 분명 당혹스러워하고 있었다. 카메라가 그의 어깨 아래를 비쳤다. 다리가 점점 더 심하게 떨려, 마치 화면이 흔들리는 것 같았다.

"당신은 무슨 말을 하고 싶은 겁니까?"

아나운서가 있는 힘을 다해 목소리를 억누르며 물었다.

"교환조건이란 게 무엇입니까?"

"아주 간단한 일이야."

기계음은 말했다.

"T씨가 텔레비전 화면에 나오는 거지. 그리고 본명을 밝히고."

미간을 찌푸리며 그 말을 듣고 있던 미스터리 작가가 끼어들었다.

"T씨가 그 조건을 받아들이면 당신도 화면에 나올 겁니까? 이름을 말할 건가요?"

기계음은 웃었다. 음성변조기를 통과한 그 웃음소리는 옛날 SF영화에 나오는 악당 우주인의 목소리처럼 아득하게 울려퍼졌다.

"당신이 쓰는 싸구려 소설 속의 주인공이라면 얼굴을 내밀겠지만, 난 그런 멍청이가 아냐."

스튜디오에서 웃음소리가 터져나왔다. 미스터리 작가는 진지한 표정을 유지하며 기계음의 말에 대해 동요하는 기색을 보이지 않았지만, 화면 끝에 서 있는 젊은 여자 스태프가 웃는 것을 보고는 눈꼬리를 치켜올렸다.

"T씨가 이 자리에서 모습을 드러내면, 그 대신에 당신은 뭘 보여줄 겁니까?"

아나운서는 마이크에 매달리듯이 하며 물었다. 다케가미는 낚싯줄에 걸려든 대어를 놓치지 않으려고 필사적으로 몸부림치는 낚시꾼의 모습을 연상했다. 주도권은 분명 기계음의 주인공에게 있다. 전화 한 통으로 전국으로 퍼져나가는 전파를 독점하는 기분을 만끽하고 있는 것 같았다.

"HBS는 역탐지를……"

"못 할 겁니다. 어차피 휴대폰일 테니까요."

고개를 저으며 시노자키가 그렇게 말하는 순간, 화면 아래에 새로운 자막이 나왔다.

'현재 전화와 팩스 수신을 일시 중지합니다. 양해 바랍니다.'

그러나 특설 스튜디오에서는 전화벨이 계속 울리고 있었다.

"내가 제공할 것은 아주 간단한 거야. 아주 간단한 거지만 중요한 거지."

"뭘 제공하겠습니까?"

"오가와 공원에 버려진 오른팔의 나머지 부분."

그 순간, 화면은 갑자기 광고로 바뀌었다.

"갑자기 왜 이래!"

마에하타 쇼지가 리모컨을 집어던졌다.

"가장 중요한 장면인데, 왜 광고를 내보내는 거야!"

시게코는 쇼지의 곁에 앉아 그와 마찬가지로 화면에 못이 박혀 있다가 숨을 크게 내쉬며 담배를 집어들었다.

"어쩌겠어. 어떤 광고를 어떤 프로그램의 어느 순간에 몇 분 몇 초 집어넣는다는 게 모두 컴퓨터로 기록되어 있으니까, 현장에서 마음대로 바꿀 수 없어."

"범인이 기분이 나빠서 전화를 끊어버리면 어떻게 책임지겠다는 거야."

HBS에는 범인을 체포할 책임이 없다. 지금 이 경우는 범인이 일방적으로 접촉해온데다 취재원 보호라는 관점에서 보아도 오늘 이 프로그램에서 일어난 일을 경찰에 보고할 아무런 의무도 없다. 그러나 쇼지의 말이 옳다고 시게코는 생각했다. 이 기계음의 주인공은 그로서는 아주 중대한 교환조건을 제시하는 발언을 중간에 차단당했다는 사실에 화를 낼지도 모른다. 그런 놈이다.

길고긴 광고가 끝나자, 이번에는 지금까지의 방송은, 하는 스폰서 소개가 시작되었다. 그것이 끝나자 지금부터의 방송은, 하고 다른 스폰서 소개가 나왔다. 정말로 융통성 없는 방송국이었다.

그것이 끝나자 화면이 돌아왔다. 아나운서의 표정이 새하얗게 질려 있었다.

"이 프로그램을 시청하고 계시는 여러분께 사과 말씀 드립니다."

비통한 아나운서의 말을 들으면서 다케가미는 머리를 긁적거렸다. 회의실 형사들도 혀를 차며 신음을 내뱉었다.

기계음은 전화를 끊어버린 것이다. 아나운서의 설명에 따르면, 광고가 시작되자마자 "당신들은 내 말을 진지하게 듣지 않는군" 하고 화를 내며 전화를 끊어버렸다는 것이다. 어린애 같은 신경질적인 반응이지만, 범인이라면 충분히 그럴 만하다.

"정말 대단한 놈들이야. 전화 하나 제대로 못 받다니."

다케가미가 말했다.

"다시 걸지 않을까요?"

"오늘은 아닐 거야."

"유해를 찾을 수 있었을지도 모르는데."

텔레비전에서는 통화가 끝날 시점의 모습을 반복해서 내보내고 있었다. 그사이에 카메라가 특설 스튜디오를 비추자, 전화들이 요란스럽게 울려대는 모습이 나타났다. 이번에는 분노한 시청자들의 전화일 것이었다.

편광유리로 감추어진 다가와의 그림자는 안정을 되찾은 듯이 보였다. 범인이 전화를 끊어 다행이라고 생각하는 사람은 다가와 하나뿐일 것이다.

애석했다. 범인의 교환조건에 대해 다가와가 어떻게 반응할지 보고 싶었다. 그것은 범인에 대한 정보를 얻을 수 있는 기회임과 동시에 다가와에 대한 정보를 얻을 수 있는 길이기도 했다. 그리고 다가와와 범인이 어떤 관계인지, 모르는 사이인지, 아니면 어떤 종류의 공범관계인지, 다른 관계가 있지만 이 사건에서는 아무런 관계도 없는 사이인지, 그런 것들을 판단할 수 있는 단서가 나왔을지도 모를 일이었다.

다케가미는 회의실을 나와 데스크로 돌아가려 했다. 그런데 복도를 반쯤 걸어갔을 때 시노자키가 달려왔다.

"전화가 다시 왔습니다!"

서둘러 돌아가니 아나운서가 옷자락에 달린 마이크를 통해 이야기를 하고 있는 중이었다.

기계음이 들려왔다.

"아까처럼 방해하지 않는다고 약속하면 이야기를 계속하겠어."

아나운서는 광고를 내보내지 않겠다고 약속했다. 현장에서 간단히 그걸 조정할 수 있는지 없는지 다케가미로서는 알 수 없었지만, 이번 통화가 도중에 끊긴다면 이 프로그램의 담당자들이 목이 달아날 테니 필사적으로 광고를 막을 것이다.

"아까도 말했다시피 교환조건의 내용은 이거야. T씨가 텔레비전 화면에 등장할 것. 그러면 나는 그 오른팔의 유해를 돌려주겠어."

"반드시, 약속은 지켜주시는 거죠?"

"지키고말고. 내가 한 말이니까."

"T씨, 이런 내용인데, 어떻습니까?" 하고 아나운서가 편광유리 쪽을 돌아보았다.

기다렸다는 듯이 출연자들이 끼어들었다.

"그건 좀 심하지 않습니까? T씨 혼자서 책임을 지게 됩니다."

"T씨의 권리도 생각해야지요."

기계음이 끼어들었다.

"권리보다 더 소중한 것이 있다는 걸 알아야지."

"그런 게 어디 있다는 거야?"

평론가는 거의 싸울 태세였다. 눈이 날카롭게 빛나고 있었다.

"당신, 자신을 아주 대단한 사람으로 생각하는 모양인데, 약한 여자만 골라서 사람을 죽이는 주제에 전화로 거들먹거리기만 하다니, 정말 개똥보다 못한 놈이야. 알아? 너보다 비겁한 놈은 이 세상에 없다는 걸 아냐고."

"그렇다면 약한 여자가 아니라 그럴듯한 남자 하나를 죽이면 된다는 말인가?"

기계음이 말했다.

"그렇게 하라고 내게 권하고 싶단 말인가?"

다케가미는 기억을 떠올렸다. 이전에 아리마 요시오와 전화를 할 때도 이런 말을 했던 것 같다. 아니, 아리마 요시오가 아니라 두부가게 종업원과의 통화에서였다. 그런 보고서를 읽은 기억이 있다.

그 평론가도 만만치는 않았다.

"당신 그런 말로 나를 협박하고 싶은 모양인데, 뜻대로는 안 될걸."

"협박이 아냐. 애당초 나는 당신 같은 자칭 평론가를 상대하고 싶은 마음은 없어."

"뭐라고!"

"당신은 대체 뭘 평론하지? 무슨 자격으로 아는 척하면서 세상일을 이렇다 저렇다 평하는 거지? 할 말 있으면 해봐."

두 사람의 대화를 들으면서 갑자기 다케가미는 한기를 느꼈다. 이놈, 사람이 바뀐 게 아닌가?

논리정연한 태도에는 변화가 없다. 사건 관계자나 매스컴에 대한 삐딱한 시선에도 변함이 없다. 똑같은 기계음이다. 말투도 변하지 않았다.

그러나 뭔가가 다르다. 미묘하지만 결정적으로 다르다는 느낌이 들었다. 광고 때문에 화를 내며 전화를 끊은 인물과, 지금 여기서 평론가와 언쟁을 벌이는 인물이 동일인이라고는 생각할 수 없었다.

"다른 사람이 아닐까? 다른 것 같지 않아?"

시노자키가 멍하니 대답했다.

"범인 말입니까? 다르지 않은 것 같은데요."

형사 하나도 말을 보탰다.

"과민반응입니다. 이렇게 따지기 좋아하는 놈이 또 어디 있겠습니까."

그럴까, 나의 착각일까.

이 사건에 대해, 단독범설과 그룹설은 아직까지 평행상태를 이루고 있다. 수사회의에서도 결정적인 합의를 도출하지 못하고 있다. 성적인 동기가 개재된 이런 유의 연속유괴사건이 복수범의 공동작업이었던 예는 국내에는 거의 없다. 그래서 단독범설이 더 힘을 얻고 있는 상황이지만, 결정적인 증거는 없다. 범인의 기동력을 고려하면 복수범일 가능성이 높다는 의견도 있다. 사건의 경과를 볼 때 중요한 시점에서 다가와의 알리바이가 입증되었음에도 불구하고 그에 대한 용의가 완전히 불식되지 못하는 것도 이런 이유 때문이다.

범인은 두 명일까?

"이런 말을 해봐야 아무 소용 없지. 그보다는 T가 문제야. 범인의 교환조건을 받아들일지 말지."

편광유리 건너편의 다가와는 더 심하게 다리를 떨고 있었다. 숨을 곳도 없는 스튜디오 안에서 편광유리만을 방패 삼아 다리를 떨고 있는 그 남자의 꼴이 너무 우스꽝스럽게 되어버렸다. 스튜디오 안의 누구도 다가와 편을 들어주지 않았다.

그러나 그는 움직이려 하지 않았다. 아나운서가 불러도 대답하지 않았다. 그의 옷에 부착된 마이크가 그의 거친 숨소리와 옷자락이 스치는 소리 같은 것을 전해주지 않을까 싶어 다케가미는 귀를 쫑긋 세웠다.

기계음이 말했다.

"영웅이 될 기회인데 말이야. 그런데 T씨, 내가 충고 하나 하지. 당신은 매스컴을 너무 깔보는 것 같아. 지금 당신은 전과가 있다는 이유 하나만으로 범인을 잡지 못해 안달하는 경찰에게 괴롭힘을 당하는 희생자 역을 하고 있지만 말이야, 그것도 한때뿐이야. 당신은 순수한 희생양이 아냐. 의심받을 만하니까 의심받는다는 걸 다들 알고 있어. 방송국도 용건이 끝나면 당신을 희생양의 단상에 올리기 위해 걸쳐놓았던 사다리를 치우고 당신을 바닥에 떨어뜨리고 말걸."

다케가미는 저도 모르게 감탄하고 말았다. 범인의 지적은 너무도 타당하다. 정상적인 두뇌를 가진 사람이라면 누구든 알 수 있는 사실이지만, 말로 표현하기는 힘든 일이다.

"내가 주는 이 기회를 살려서 체면이라도 좀 서게, 조금이라도 영웅이 되는 게 어떨까?"

다가와의 비뚤어진 그림자가 흔들렸다. 그가 일어서려는 것 같았다. 다케가미는 몸을 앞으로 기울였다.

"그렇지, 그렇게 하면 돼."

기계음은 기쁜 듯이 외쳤다.

"멍청이, 정말로 얼굴을 드러낼 생각이야."

시노자키가 말했다.

"그게 뭘 의미하는지 전혀 모르고 있어."

다가와는 의자에서 엉덩이를 들어올렸다. 아나운서가 급히 제지했다.

"T씨, 정말로 괜찮겠습니까?"

다가와는 다시 자리에 앉아버렸다. 그러나 다케가미는 그가 조금이라도 영웅이 되는 게 어떻겠느냐는 기계음의 말에 끌리고 있다는 것을 알 수 있었다.

범죄자뿐 아니라 사건을 일으키기 쉬운 종류의 인간을 사건 쪽으로 몰아가는 것은 격정도 아집도 금전욕도 아니다. 영웅이 되고 싶은 욕망이다. 그것은 다케가미가 오랜 세월 형사생활을 하면서 느낀 진실이었다. 술에 취해 싸우다 남을 죽이는 것도, 총기를 들고 무작정 인질을 쏴 죽이는 것도, 클랙슨을 울렸다고 뒤에 서 있는 차의 운전사를 죽이는 것도, 차 안에서 담배를 피우지 못하게 한다고 상대를 플랫폼으로 끌어내려 철로 안으로 밀어넣는 것도, 모두 영웅이 되고 싶은 욕망 때문이다. 나는 영웅이다, 다른 놈하고는 다르다, 나는 영웅이다, 그런 나에게 주의를 주다니, 이 건방진 놈!

벌레처럼 땅을 벌벌 기면서 살아가는 인간들아, 이 영웅 앞에 무릎을 꿇어라. 그것이 그들의 본심이다. 그들만큼 '영웅'이란 말에 취하기 쉽고, 다른 사람 위에 군림하고 다른 사람들에게 칭찬받고 싶은 욕망이 강한 인간은 없다. 지금 다가와가 연기하고 있는 '부당하게 박해받는 희생자'도 '순교자' 성격이 강한 영웅담과 별다를 바 없다.

그러므로 다가와는 일어설 것이다. 다케가미는 편광유리 너머 비뚤게 보이는 그림자를 뚫어져라 바라보고 있었다.

"당신 행동 하나에 저 불쌍한 오른팔의 주인공이 돌아올 수 있어. 그녀가 집으로 돌아갈 수 있느냐 없느냐는 오로지 당신의 행동에 달렸어."

착 가라앉은 말투였다. 터져버릴 듯이 긴장된 이 분위기 속에서도 기계음은 한 점 흐트러짐이 없었다. 다케가미는 아까보다 강한 의혹을 느꼈다. 사람이 바뀐 건 아닐까? 이놈은 처음 전화를 건 인물, 아리마 요시오나 방송국이나 사카자키 이삿짐센터에 전화를 건 인물과 다른 놈이 아닐까?

지금까지 놈은 여유 있는 태도를 보이면서도 늘 자신이 먼저 흥분해버렸다. 머리는 나쁘지 않지만, 자그만 일에 화를 벌컥 내고 어조가 흐트러져버린다. 아리마 요시오에게 나는 불쌍하고 비참하고 더러운 놈이라고 독백하도록 강요할 때는 거의 히스테리 상태였다.

그러나 이 기계음의 주인공은 다르다. 지금까지 전화를 건 놈보다는 모든 점에서 '어른'이다.

"지금 당신이 할 수 있는 가장 올바른 선택은 내 교환조건을 받아들이는 거라고 생각하는데. 내 말을 듣지 않으면 당신은 반드시 후회하게 될 거야."

기계음은 설득조로 말했다.

편광유리 너머에서 다가오는 머리를 들었다.

"정말로 내가 카메라 앞에 서면 그 오른팔의 여자의 유해를 돌려줄 겁니까?"

스튜디오 안은 정적에 감싸였다. 전화벨은 계속 시끄럽게 울려대고 있었다.

"아, 물론이지. 약속은 반드시 지켜."

그 순간 특설 스튜디오의 전화벨이 갑자기 멈췄다.

침묵 속에서 다가와 가즈요시는 자리에서 일어났다. 가슴에 부착된 마이크에 신경을 쓰면서, 편광유리 안에서 걸어나와 카메라 앞에, 시청자 앞에 그 모습을 드러냈다.

"이놈……"

마에하타 쇼지는 어이가 없다는 듯 입을 딱 벌렸다.

"이런 놈이었어?"

카메라 앞에 선 T는 또렷한 음성으로 "다가와 가즈요시입니다"라고 말했다. 프라이버시를 지키기 위한 음성변조기도 작동을 멈추었다.

약간 마른 몸매에 체격도 괜찮아 보였다. 셔츠에 청바지 차림으로, 스물다섯이라는 실제 나이보다 네댓 살은 더 어려 보였다.

"책임감 없는 얼굴이로군. 이 부근에도 많이 보이는 인종이야, 안 그래?"

쇼지가 말했다.

시게코는 다리를 꼬고 손가락 사이에 담배를 끼운 채 다가와의 얼굴을 뚫어져라 바라보고 있었다. 쇼지의 말에 대답도 않은 채, 저도 모르게 어금니를 꽉 깨물었다.

부엌 테이블에서는 방금 아르바이트를 마치고 돌아와 식사를 시작한 쓰카다 신이치가 밥그릇과 젓가락을 든 채 텔레비전 화면을 바라보고 있었다.

"정말로 거래에 응했어. 정말로 화면에 나오고 말았어" 하고 신이치가 중얼거렸다.

"경찰은 어떻게 할까? 경찰도 이걸 보고 있을까?"

시게코가 말이 없자 쇼지는 신이치에게 말을 걸었다.

"이 사람에게 범인이 전화를 걸었으니, 이 사람은 범인이 아니겠지요."

"처음부터 짜고 치는 걸 수도 있지."

쇼지의 목소리가 시끄러워 시게코는 볼륨을 높였다.

"여보세요, 아직 전화 끊지 않았죠?"

아나운서가 외쳤다.

"물론, 아직 끊지 않았어요."

"보시다시피 다가와 씨는 약속을 지켰습니다."

"꽤 젊은 사람이로군."

시게코는 담배연기 때문에 눈을 가늘게 떴다. 꽤 젊은 사람이라니? 그렇다면 범인은 젊은 남자가 아니란 말인가?

"다가와 씨, 고마워요."

기계음은 감사의 말을 했다.

"그렇지만 이름만으로는 자기소개가 좀 부족하지 않을까?"

"그게 무슨 말입니까?"

아나운서가 물었다. 다가와는 너무 긴장한 나머지 뻣뻣하게 굳어 있었다.

"다가와 씨는 전과가 있지? 언제 어디서 무엇을 했는지, 자세히 말해 줬으면 해. 지금까지 그게 모두 누명이라고 했었지? 그렇다면 이야기를 해도 나쁠 건 없을 것 같은데."

"그렇지만 그건 좀……"

"본인이 말하기 힘들다면 당신이 말해도 좋아."

기계음은 끼끼끼 웃었다.

"다시 말해 시청자 여러분이 알기 쉽게 설명만 해준다면 그걸로 족하다는 거지."

"그건 약속과 다른 것 같은데요? 아까 당신은 다가와 씨가 카메라 앞에 나오기만 하면 된다고 했지 않습니까?"

다케가미는 손으로 턱을 괴고 화면을 멀뚱히 바라보고 있었다.

처음에 전화를 걸었을 때 범인은 화를 냈다. 그리고 그가 왜 화를 내는지 그 이유를 노골적으로 드러내기도 했다.

그러나 지금 텔레비전 카메라 앞에 선 다가와를 농락하고 있는 저 기계음은 화가 난 것 같지 않다. 전과 사실에 대해 말해보라는 것도 장난으로 하는 말 같지는 않다. 무슨 목적이 있음이 분명하다.

다가와의 얼굴이 점점 새파랗게 질려가고 있다. 지난번에 텔레비전에 나왔을 때는 자신이 누명을 덮어썼다고 주장했음에도 지금은 거기에 대해서는 입도 벙긋하지 않고 있다. 그사이 혹시 변호사가 충고라도 한 것일까. 쓸데없는 말을 하다가 괜히 봉변을 당할 수 있다고.

그럴 법도 하다고 다케가미는 내심 고개를 끄덕였다. 그때 회의실 문이 열리고 누군가가 들어왔다.

"선배님."

뒤를 돌아보니 아키쓰 신고였다. 잔뜩 긴장한 표정이었다.

"잠깐만요. 전화가 왔습니다."

다케가미는 회의실을 나와 수사본부 쪽으로 걸어갔다.

"무슨 전화?"

"다가와에 대한 정보입니다. 오가와 공원 서쪽에 있는 아파트에 사는 주부입니다."

수사본부에는 이미 몇 사람이 모여 있었다. 가운데 앉은 이노우에 형사가 전화를 받고 있었다. 그 옆에는 간자키 경부가 서 있었다.

"기리노 요코라는 서른 살 된 주부입니다."

모니터 용 헤드폰을 건네면서 아키쓰가 말했다.

"자기 아이가 자동차를 탄 청년에게 유괴될 뻔한 적이 있는데, 그 사람이 바로 다가와라고 합니다."

아리마 요시오는 전화기 앞에서 망설이고 있었다.

전화기 곁에는 이 가게를 찾아왔던 형사들의 명함이 꽂힌 명함첩이 펼쳐져 있었다. 그 가운데 다케가미 에쓰로의 명함에는 그의 데스크에 연결되는 직통번호가 적혀 있었다. 무슨 일이 있으면 언제라도 이 번호로 연락하라면서 적어준 것이었다.

바로 옆 연립주택에는 아직도 형사들이 진을 치고 있다. 그쪽으로 달려갈 수도 있지만, 요시오의 눈에는 그 형사들이 너무 어려 보였을 뿐만 아니라, 이런 중대한 일을 믿고 알릴 만한 관록도 느낄 수 없었다. 다케가미라면 알아들을 것 같았다. 다케가미도 요시오의 눈으로 보자면 아들 연배에 지나지 않지만, 그래도 마음이 놓일 만큼 든든한 느낌이 있다. 아마도 그의 얼굴에서 풍기는 독특한 분위기 때문일 것이다.

사람이 바뀌었다는 것을 알리고 싶었다. 지금 다가와 가즈요시를 두고 아나운서와 대화를 나누고 있는 기계음은 과거에 몇 번 요시오와 대화를 나누고, 요시오를 농락하고, 요시오의 가슴을 찢어놓은 그놈이 아니다. 어디가 어떻게 다른지 구체적으로 설명할 수는 없지만, 어쨌든 자신의 느낌이 이건 다른 놈이라고 말하고 있다.

사람이 바뀌었다. 광고가 끼어들어 범인이 화를 내면서 전화를 끊은 다음, 다시 전화가 걸려왔다. 그때 바뀐 것이다.

과연 믿어줄까. 신경과민이라고 일축해버리지는 않을까. 만일 요시오의 직감이 맞다면, 범인은 최소한 두 명이다. 이것은 수사본부로서는 대단히 소중한 정보이고, 그렇다면 앞으로의 대처방법도 완전히 달라지게 될 것이다.

전화를 걸어야 하나. 말을 할까. 그만둬야 할까.

모니터를 통해 들려오는 여자의 목소리는 떨리고 있었다. 이노우에가 달래면서 이야기를 들어보려 했지만, 기리노 요코는 여전히 울먹이는 목소리로 똑같은 말만 되풀이했다.

"부인, 진정하세요. 부인이 하신 말씀을 정리해볼 테니 틀린 점이 있으면 지적해주세요."

이노우에는 천천히 말을 이어갔다.

"부인의 따님, 초등학교 사학년인 장녀 마이코가 올 6월 초에 친구와 함께 오가와 공원에 놀러 갔다가 돌아오는 길에 젊은 남자가 불러세웠다는 거죠?"

"예, 그래요, 그래요."

기리노 요코는 조급하게 말을 이었다.

"마이코는 자전거 연습을 하러 갔었어요. 아직 자전거를 못 타거든요. 보조바퀴가 달린 건 탈 수 있는데. 그래서 친구가 가르쳐주겠다고 해서 같이 갔는데, 싸워서 친구가 먼저 가버리는 바람에 혼자서 다섯시 지나서까지 공원에 혼자 있었어요. 다섯시 전에는 반드시 돌아오라고 일렀는데도."

"부인, 잘 알겠습니다. 마음을 좀 가라앉히세요. 그래서 마이코가 혼자서 집으로 돌아오는데 그가 불러세웠다는 거로군요."

자전거를 끌고 가는데, 무거우니까 도와주겠다면서 젊은 남자가 접근했다는 것이다.

"마이코는 모르는 사람하고는 절대로 말을 해서는 안 된다는 어머니 말이 생각나서 집으로 달려왔다는 거죠?"

"네, 그런데 그 남자가 뒤를 따라왔다는 거예요. 그래서 딸애는 뛰어서 집에 돌아왔어요."

"6월 며칠인지 생각나세요?"

"날짜는 잘……"

"어쨌든 6월 초였다는 말이로군요. 그리고 두번째는?"

"이삼 일 뒤였을 거예요. 마이코가 다시 자전거 연습을 하고 싶다고 해서, 그렇지만 걱정이 돼서 제가 따라갔어요. 둘째아이 히로코가 두 살이라서 데리고 갔는데, 저녁때, 그때도 다섯시 반 정도였는데, 돌아가려고 공원을 나서는데 히로코가 오줌이 마렵다고 해서 화장실에 데리고 갔습니다. 그래서 큰애에게 공원 출구 쪽에서 기다리라고 했는데, 화장실에서 나와보니 자전거만 있는 거예요."

기리노 요코는 큰 소리로 딸의 이름을 불렀다. 공원에는 사람들도 거의 없었다.

"가슴이 철렁해서 찾고 있는데, 공원 출구 쪽에서 마이코가 달려오는 거예요. 새파랗게 질린 얼굴로. 이상한 사람이 차에 태우려고 했다면서. 지난번에 그 사람이라고 했어요. 마이코의 얼굴을 보니 오른쪽 눈두덩에서 피가 흐르고 있었어요. 왜 그러냐고 물었더니, 뿌리치고 도망치려는데 그 남자가 얼굴을 때렸다는 거예요. 그 손에 반지를 끼고 있어서 찢어진 거예요. 마이코는 은색 반지였다고 했어요."

무서워서 경찰서에 신고하려고 했지만, 일단 집으로 돌아가서 사정을 이야기하자 남편과 시어머니가 그런 일을 다른 사람들에게 알리면 창피하다면서 나무랐다는 것이었다.

"할 수 없이 가만히 있었지만, 그뒤로 애가 바깥에 나갈 때마다 마음이 놓이지 않아서 무서웠어요."

그후로는 공원에 가지 않았기 때문에 이상한 남자를 다시 만나지 않았다. 그러나 7월 들어 두 번이나 말없는 전화가 걸려오고, 또 이웃으로부터 이상한 젊은 사람이 그 집 창문을 들여다보는 걸 봤다는 말을 듣기도 해서, 그 주부는 거의 노이로제 상태에 빠졌다.

"우리집은 아파트 일층이라, 그후로는 베란다에도 나가지 못했어요."

"지금까지 그런 상태로 살았다는 겁니까?" 하고 이노우에가 물었다.

"예, 마이코는 여름방학 들어서야 친구와 같이 바깥에 나가 놀게 되었는데, 혼자서는 절대로 나가지 않고, 나도 내보내지 않아요."

"잘 알겠습니다. 그럼 부인, 아까 텔레비전을 보고 마이코를 유괴하려 했던 남자가 바로 다가와 가즈요시라는 사실을 알았다는 겁니까?"

"마이코가 알아봤어요."

"얼굴을 보고?"

"처음에는 반지를 보고 알았대요. 그 사람, 은색 반지를 끼고 있잖아요? 그걸 보고 마이코가 저 사람이라면서 울었어요."

헤드폰을 손으로 누르면서 다케가미는 이노우에를 향해 고개를 끄덕여 보였다.

"그 다음에 그 사람이 얼굴을 드러냈잖아요? 얼굴을 보고 틀림없이 저 사람이라고 했어요."

"지금 마이코가 곁에 있습니까?"

"지금은 나 혼자 있어요. 공중전화예요. 집에서 전화를 걸면 시어머니가 또 야단을 칠 것 같아서요."

"잘 알겠습니다, 부인."

간자키 경부가 열심히 고개를 끄덕이며 재촉했다. 그것을 알아챈 이노우에가 재빨리 말했다.

"귀중한 정보를 주셔서 정말 감사합니다. 이제 아무 걱정 하지 마십시오. 우리가 댁으로 찾아가겠습니다. 부인이 말씀하신 내용을 조서로 꾸미고, 다가와의 사진과 자동차 사진을 확인해주셔야겠습니다. 괜찮으시죠?"

"그렇지만, 저…… 시어머니하고 남편이 화를 낼 텐데……"

"저희가 잘 설명해서 오해가 없도록 하겠습니다. 이건 절대로 부인의 책임이 아닙니다. 그리고 앞으로도 부인과 따님이 마음 놓고 생활할 수 있도록 조치를 취하겠습니다. 이제 전화를 끊으시면 바로 집으로 돌아가십시오. 그럼 잠시 후에 뵙도록 하겠습니다."

"저기, 경찰차를 타고 오시나요? 그러면 좀……"

"아, 조용히 가겠습니다. 마음 놓으세요."

이노우에가 수화기를 놓자 다케가미도 헤드폰을 벗었다.

"다가와의 사진과 비디오테이프, 6월에 놈이 빌린 렌터카 사진을 가져가겠습니다" 하고 이노우에가 간자키 경부에게 말했다.

사건과 관련되는 것을 두려워해서 경찰이 무슨 말을 하든 입을 다물어버리는 사람이 적지 않다. 특히 이번처럼 시어머니가 잔소리를 하면 며느리 입장에서는 입을 다물 수밖에 없는 것이다.

본부 책상 위에는 작은 액정 텔레비전이 놓여 있다. 전화를 받는 동안 소리를 낮춰두었다. 다시 볼륨을 높였다.

기계음은 이미 전화를 끊은 상태였다. 스튜디오에서는 출연자들의 이야기가 시작되고 있었다. 다가와는 아나운서 곁에 상기된 표정으로 앉아 있었다.

아키쓰는 화면 속의 다가와 가즈요시를 향해 욕을 퍼부었다.

"이런 변태 자식! 넌 이제 끝났어."

다케가미는 화면에서 눈을 돌려 뒤를 돌아보았다. 간자키 경부와 눈 길이 마주쳤다. 그 순간, 자신의 가슴속에서 꿈틀대고 있는 의혹을 경부도 똑같이 느끼고 있다는 것을 알아차렸다.

소름끼치는 추론이었다. 입 밖에 내기도 두려운 생각이었다.

기계음은 오가와 공원 부근에서 다가와가 무슨 짓을 했는지 알고 있었던 것이 아닐까?

그래서 다가와로 하여금 화면에 나오도록 유도한 것이 아닐까? 기리노 마이코 같은 피해자들이 다가와의 얼굴을 알아보고 신고하기를 바라는 마음에서 그를 자극한 것은 아닐까?

갑자기 활기가 넘쳐나는 수사본부의 소란을 무덤덤하게 바라보며 다케가미는 자신의 생각을 조심스럽게 이야기했다.

"아직은 몰라. 속단은 금물이야. 우연이란 것도 있으니까" 하고 간자키는 대답했다.

"선배님, 제일 최근 지도를 주세요!"

아키쓰가 큰 소리로 불렀다.

"다가와 가즈요시의 수색영장을 신청해."

간자키 경부는 입을 비틀어 웃으면서 말했다.

"본인에게는 임의동행을 요구하고. 영웅이시니까, 이제는 도망도 못 치게 되어버렸어."

HBS의 특별방송이 끝난 후에도 아리마 요시오는 전화기 옆에 앉아 생각에 잠겨 있었다. 명함첩을 펼쳐둔 채로.

프로그램이 끝나자마자 기다에게서 전화가 왔다.

"웃기는 연극 같더군. 잘 봤어."

"괜찮으세요?"

"아무렇지도 않아."

"나는 열이 받쳐서 밥도 못 먹었습니다."

기다는 꽤 취한 목소리였다.

"자네에게 걱정을 끼쳐 미안하군."

"사장님이 사과할 일이 아닙니다."

요시오는 문득 짚이는 데가 있어 기다에게 물어보았다.

"자네, 텔레비전 보면서 이상하다는 느낌 안 들었나?"

"이상하다니요?"

"광고 때문에 전화가 한 번 끊어졌었지? 그후로 목소리의 주인공이 달라졌다는 생각이 안 들어?"

기다는 무슨 말인지 잘 못 알아듣는 것 같았다.

"무슨 말입니까?"

"자네도 그놈과 한번 통화했었지? 그놈하고, 오늘 프로그램 후반부에 다가와라는 녀석과 이야기하던 놈이 다른 사람이라는 느낌이 안 들어?"

"글쎄요…… 전 아무것도 못 느꼈는데."

"아직 자신이 없어서 경찰에는 전화를 못 걸고 있어."

"다른 사람이라고 무슨 문제가 됩니까? 아, 그러니까 오늘 전화를 건 놈은 가짜라는 말이군요."

"아니, 그렇지는 않아."

기다는 술을 즐기지도 않고, 센 편도 아니다. 그런 그가 말이 꼬일 만큼 취해 있다. 맨정신으로는 방송을 볼 수 없었기 때문일 것이다. 나도 차라리 취했으면 좋겠군, 하고 요시오는 생각했다.

마리코가 실종된 이후로 요시오는 술을 끊었다. 처음에는 손녀가 무사히 돌아올 때까지만 끊을 생각이었다. 그러나 이제는 목표가 달라졌다.

건강을 위해서였다. 하루라도 더 오래 살기 위해서.

마리코가 백골이 되어 돌아왔을 때, 형사들은 반드시 범인을 잡겠다고 요시오에게 약속했다. 이 원수는 반드시 갚고야 말겠다고.

그러나 그때까지 얼마나 많은 시간이 걸릴까? 일 년? 이 년? 살인사건의 시효는 십오 년이라고 한다. 그 세월을 다 써야 할지도 모른다.

그날까지 절대로 죽을 수 없다. 그래서 술도 마시지 않고 담배도 피우지 않고, 꼬박꼬박 혈압 약을 먹고, 잠이 오지 않는 밤에도 누워서 몸을 쉬게 하고, 입맛이 없어도 약이라 생각하고 억지로 밥을 먹고 있다. 마리코와 같은 젊은 생명을 죽이고 요시오에게 오래 살 결심을 하게 만든 이 아이러니한 운명에 대해서도 머리 숙여 감사하기로 했다. 당신이 빼앗아버린 마리코의 수명을 나에게 주시오. 마리코를 되살려낼 수 없다면, 그 남은 생명을 이 할아버지에게 주시오. 이 아리마 요시오에게, 뒤쫓아오는 죽음보다 더 빨리 달릴 수 있는 발을 주시오.

"사장님, 괜찮으세요?"

기다는 거의 울먹이는 목소리로 말했다.

"왜 그런 프로그램을 보십니까? 내가 봐도 열이 받치는데…… 사장님 너무 불쌍합니다. 난 사장님 심정을 이해할 수가 없어요."

보다 못한 기다의 부인이 수화기를 빼앗아들었다.

"사장님? 죄송해요. 사토코예요. 이 사람이 너무 취해서."

"괜찮네."

요시오는 그녀를 달래고 전화를 끊었다. 그러고는 잠시 생각에 잠겼다.

다시 전화벨이 울렸다. 기다겠지, 하고 수화기를 들었다.

"어이, 개똥 할방구."

기계음이었다. 요시오는 저도 모르게 자리에서 벌떡 일어섰다.

"아직 살아 있어? 개똥 할방구. 손녀보다 오래 살다니, 부끄럽지도 않아?"

요시오의 심장이 여태 경험해보지 못한 스피드로 고동치기 시작했다. 이 목소리는 바로 그놈이다. 지금까지 자신을 괴롭혀왔던 그 목소리다. 감정적이고 성질 급한 어린애 같은 목소리.

그래, 맞아. 요시오는 그제야 확신할 수 있었다. 다가와를 카메라 앞으로 유도한 목소리와 요시오가 들어왔던 목소리의 차이는 바로 어른과 아이의 차이였다. 이놈은 상상할 수 없이 위험하면서도 늘 어린애 같은 점이 있었다.

"왜 전화했어?"

"시끄러!"

기계음은 벌컥 고함을 질렀다.

"나에게 질문하지 마! 사과해! 빨리 사과해!"

이건 어린애의 히스테리다. 점점 더 격렬해지는 심장의 고동 소리를 느끼면서 요시오는 과감하게 말했다.

"화풀이하고 싶어서 전화를 한 게로군. 그렇지?"

"무슨 이유로 전화를 하건 그건 내 맘이야!"

"그럴까? 당신, 동료하고 싸웠지?"

갑자기 침묵이 찾아왔다. 요시오는 숨을 들이쉬고 말했다.

"당신은 혼자가 아니야. 그렇지? 둘인지 셋인지는 모르겠지만, 어쨌든 혼자서 저지른 건 아닐 거야. 당신은 오히려 다른 놈에게 이용당하고 있을 거야."

흐트러진 숨소리가 들려왔다. 정곡을 찌른 것일까?

"당신, 아까 텔레비전에서 제멋대로 전화를 끊었다가 야단맞았지? 그래서 전화를 다른 놈에게 넘겨주었지? 그래서 이 할아버지에게 화풀이를 하려고 전화를 했지?"

손바닥에 땀이 흥건히 고였다.

"멍청이 할방구."

싸움에서 진 어린애가 도망치면서 상대를 향해 침을 뱉는 것 같은 말투였다. 기계음은 전화를 끊어버렸다.

거기서 뭔가 소중한 진실의 단편을 찾아내려는 듯이, 요시오는 수화기를 꼭 쥐고 있었다. 두 눈을 감고 스스로에게 말했다. 틀림없다. 나는 지금 범인에게 충격을 주었다. 처음으로 상대를 동요하게 만들었다.

서둘러서는 안 된다. 작지만, 이건 승리다. 비로소 상대도 살아 있는 인간임을 알았다. 아직 시간은 있다. 시간은 내 편이다. 반드시 잡고야 말겠다.

아리마 요시오의 주장으로 특별합동수사본부는 즉시 녹화해둔 비디오테이프의 음성을 자료로 성문 분석에 들어갔다.

지금까지도 보도기관이나 피해자의 유족들에게 걸려온 전화 가운데 녹음이 된 음성은 모두 성문 분석을 해왔다. 그 결과, 오가와 공원의 쓰레기통에 후루카와 마리코의 핸드백을 버렸다고 말한 전화도, 아리마를 플라자 호텔로 불러낸 전화도, 히다카 치아키의 어머니에게 걸려온 전화도 모두 동일인물임이 밝혀졌다.

그러나 지금 문제는 다음 두 가지이다.

· 방송중에 걸려온 전화의 목소리가 지금까지의 전화 목소리와 동일인물인가 아닌가.

· 광고가 나가기 이전과 이후의 전화 목소리가 동일인물인가 아닌가.

분석 자료는 텔레비전 프로그램을 녹화한 테이프뿐이다. HBS가 방송국에 걸려온 전화를 직접 녹음한 테이프의 제출 요청을 거부했기 때문이다.

분석은 신중하고 또 신중하게 이루어져야 한다. 만일 아리마 요시오의 직감이 맞아서 광고 전후로 전화 목소리의 주인공이 다르다는 사실이 밝혀질 경우에는 범인이 둘 이상이라는 가설에 무게가 실린다.

아리마 요시오의 요청을 받은 형사는, 신중하게 분석을 해야 하므로 사나흘은 시간이 걸린다고 설명했다. 그리고 그 동안 매스컴이 취재를 요청해도 절대로 이 건에 대해 말해서는 안 된다고 요시오에게 다짐을 두었다.

요시오는 기꺼이 그러겠다고 했다. 수사에 도움이 되는 일이고, 경찰 수사를 방해할 생각은 추호도 없으므로 무슨 일이 있어도 침묵을 지킬 작정이었다. 그러나 성문이라는 건 뭔지 알 수 없었다. 무엇을 어떻게 조사하는 건지, 그게 무슨 소용이 있는지 물어보자 형사는 한참을 우물쭈물하더니 감식반의 젊은 경찰을 데려와서는 무엇이든 물어보라고 했다.

"성문, 영어로는 사운드 스펙트로그램이라고 하는데, 사람마다 지문처럼 목소리의 무늬가 다르기 때문에 그것으로 개인을 식별하는 겁니다. 이건 미국의 벨 전화연구소의 과학자가 생각해낸 방법입니다. 이름이 뭐였더라? 어쨌든 그리 오래되진 않았습니다."

"스펙트……라는 건 뭡니까?"

"녹음된 사람의 음성을 특수한 기계장치를 써서 선으로 기록하는 겁니다. 그러면 몇 가지 선으로 이루어진 파도 같은 모양이 나옵니다. 그게 바로 사운드 스펙트로그램이지요. 요즘은 모두 컴퓨터로 처리하고 있습니다."

하지만 그것으로 개인을 식별하는 데는 몇 가지 어려운 점이 있다고 한다.

"하나는, 녹음상태가 나쁘면 오차가 생길 가능성이 높다는 겁니다. 그래서 이번에도 HBS에서 직접 녹음한 테이프가 있으면 좋겠다는 겁니다."

"몇 마디 대화라도 가능합니까?"

"문제없습니다. 구십 초 정도면 충분합니다."

또하나는, 동일인물이라도 나이가 들면서 성문이 변화할 가능성이 있기 때문에 비교분석의 경우 한쪽이 오래된 것이면 판별이 어려울 수도 있다는 것이다.

"그런 문제점 때문에 재판에서는 성문을 강력한 물적 증거로 인정하지 않습니다. 그러나 정황증거나 수사 자료로 사용할 수는 있습니다."

요시오는 전화 목소리보다는 그 목소리를 둘러싸고 있는 어떤 분위기로 광고 전후의 인물이 다르다고 생각했다. 그러나 기계는 그런 판별을 할 수 없다. 걱정스러웠다. 그것만이 아니었다.

"놈들은 음성변조기라는 걸 사용하지 않았습니까? 그러면 어렵지 않은지……"

"아, 그건 염려하지 마십시오. 음성변조기로는 성문을 바꿀 수 없습니다."

그러고는 입꼬리를 잔뜩 들어올리며 이렇게 말했다.

"아주 머리를 잘 굴리는 놈이지만, 이런 사실은 모르는 것 같습니다. 성문만이 아닙니다. 휴대폰에 대해서도 잘 모르고 있는 것 같습니다."

처음 듣는 말이었다. 요시오는 깜짝 놀랐다.

"휴대폰이라니요?"

"범인은 휴대폰이라면 유선전화와 달리 역탐지가 불가능할 것이라고 생각한 모양입니다. 그러나 발신 지역을 좁힐 수는 있습니다. 어느 중계기지의 안테나를 통해 걸어온 전화인지 조사하면 가능합니다."

그런 말은 뉴스에서도 들어보지 못했다. 요시오는 감식반원의 얼굴을 쳐다보았다. 젊고 자신만만한 얼굴이었다.

"그렇다면 지금까지 어느 지역에서 전화를 걸었는지 안다는 말입니까? 왜 내게는 한마디도 해주지 않았습니까?"

젊은 감식형사의 태도가 갑자기 조심스러워졌다.

"글쎄요, 그건 감식을 하는 제 입장으로는 알 수 없는 일입니다. 아마 수사상의 이유로 외부에 알리지 않았겠죠. 그리고 아직 아리마 씨에게 말할 만한 일도 아닙니다."

따지고 들려는 아리마를 은근히 제지하며 감식반원은 말했다.

"괴로우시겠지만, 성문 분석 결과가 나올 때까지 조금만 기다리십시오. 아리마 씨의 직감이 맞는지는 결과가 나오면 알 수 있는 일입니다. 어쩌면 금방 범인을 잡을 수 있을지도 모릅니다."

어쩔 수 없는 일이다. 기다릴 수밖에. 지금까지도 기다리지 않았던가. 앞으로도 많이 기다려야 할 것이다. 적어도 성문 분석의 결과는 사흘이면 나온다. 그 정도는 아무것도 아니다. 지금까지도 하루하루를 어둠 속에서 보내지 않았던가.

그러나 이번의 사나흘은 그 성격이 달랐다.

17

1996년 11월 5일 화요일.

지난 주말부터 시작된 가을 연휴가 끝난 다음날, 군마 현 아카이 시동북쪽 산을 뚫고 지나가는 통칭 '아카이 산 그린로드'는 단풍 구경을 나온 관광객들로 붐비고 있었다.

그린로드가 개통된 것은 칠 년 전 4월이다. 산 쪽으로 치우쳐 있고 역과도 멀어서 다른 지역에 비해 개발이 늦었던 그 지역을 활성화시키기 위해 아카이 시에서 뚫은 도로였다. 현재의 그린로드는 메이지 시대에 임업용으로 뚫은 루트를 활용한 것이다. 그래서 길이 구불구불하고 험하기로 유명하다.

당시에는 이 도로의 부설뿐 아니라 아카이 산 남사면의 개발계획도 함께 진행되었다. 이백 호의 분양주택을 개발하고, 개축 예정이던 시내의 유명 사립종합병원을 유치하고, 더불어 병원 부속 실버주택을 건설하는 프로젝트가 진행되고 있었다. 그러나 그 계획은 좌절되고 말았다. 자금난 때문이었다. 거품경제의 붕괴는 북부 관동지방의 자그만 시의 재정에도 큰 타격을 입혔던 것이다.

원래 이 계획을 세운 사람은 시의회의원으로, 그는 반대파를 물리치고 자연보호림인 아카이 산 산림개발허가를 통과시켰다. 그는 그곳에 신설될 예정이었던 사립종합병원 원장의 사위이기도 했다. 그런 만큼 그 개발계획이 발표될 당초부터 비판의 목소리가 높았다. 그런데도 그들이 강력하게 계획을 추진할 수 있었던 것은 도쿄에서 온 개발업자가 긍정적인 자세를 보였을 뿐만 아니라, 대형 시중은행을 배경에 둔 주택자금 전문융자회사가 무조건적인 지원을 약속했기 때문이었다.

그러나 그 융자회사는 부동산 거래 총량규제가 시행되고 성장을 계속하던 일본 경제가 미증유의 불경기를 맞이하자 융자를 거부해버렸고, 개발회사도 꽁지를 빼고 말았다. 강력한 엔진과 연료를 잃은 시의회의원과 병원장은 그래도 일이 년 정도 계획을 추진하기 위해 사방으로 뛰어다녔지만, 분양주택 완성과 때를 같이하여 진출을 약속했던 대

형 슈퍼마켓이 철수를 결정하자 물러서지 않을 수 없었다. 그것이 1993
년 가을이었다. 기초공사가 끝난 상태로 방치된 아파트 건설예정지에
는 잡초만 무성하고, 철골이 비죽한 종합병원과 부속 실버타운은 해골
같은 모습으로 산의 남사면을 장식하는 흉물이 되고 말았다. 결국 남은
것이라고는 산을 꿰뚫는 그린로드뿐이었다.

그러나 시민들 가운데는 오히려 잘됐다고 생각하는 사람이 더 많았
다. 아카이 산을 오르내리는 그린로드가 봄의 신록과 가을의 단풍 때
멋진 드라이브 코스가 되어주기 때문이다. 더구나 아카이 산 너머에는
오야마 유원지가 있다. 그곳을 찾는 사람들도 복잡한 간선도로를 피해
그린로드라는 경치 좋은 산길을 이용하게 되었다. 아파트나 병원이 서
지 않아도 그린로드 자체는 성황을 누리고 있었던 것이다.

대형 슈퍼마켓은 손을 뗐지만 그린로드를 따라 조그만 휴게소와 찻
집, 레스토랑이 군데군데 들어섰다. 그러자 시 당국도 산정에 드라이브
인과 전망대를 세웠다. 당초의 목적에서는 벗어났지만, 그린로드는 관
광도로로서 화려하게 세상에 모습을 드러내게 되었다.

그와는 반대로 실패로 끝난 개발계획의 잔해인 철골과 기초공사 흔
적은 흉물로 남게 되었다. 불량채권 때문에 공중에 뜨고 만 잔해여서
함부로 철거할 수도 처분할 수도 없는 형편이었다. 게다가 그런 폐허
같은 '유령빌딩'에 얽힌 괴담이 입소문을 타고 퍼져나가자, 멀리 도쿄
에서까지 젊은이들이 밀려들었다. 그러다보니 젊은이들끼리 싸움이 벌
어져 상해사건이 일어나기도 하고, 추락사고로 다치는 사람이 나오는
등 불상사가 끊이지 않았고, 시 당국은 그 일대를 출입금지지구로 정하
고 주위에 로프를 쳤다. 그러나 호기심 넘치는 젊은이들이 그런 로프
정도의 장애물 때문에 물러설 리 없었다.

그린로드에는 산기슭 입구와 정상의 전망대 가까운 곳에 각각 주유

소가 있다. 산기슭에 위치한 '그린로드 내셔널스테이션'이 더 규모가 크다. 이 주유소에 다섯 대 있는 급유기 가운데 왼쪽 두번째에 서서 급유를 끝내고 손님에게 인사를 하고 있는 점원도 그런 젊은이들 중의 하나였다. 나가세 가쓰야. 아카이 시에서 태어나고 자란 열아홉 살의 청년이었다.

이틀 전 비번일 때, 그도 '유령빌딩'에 가보았다. 여자친구 사토미와 그녀의 친구 교코, 그리고 그녀의 남자친구 넷이서 더블데이트를 한 것이다. 얼마 전에 뽑은 차를 타고 어디로 가면 좋겠느냐고 묻자 사토미는 유령빌딩에 가고 싶다고 했다. 가쓰야는 조금 실망했다. 한때 그도 유령빌딩의 황량한 모습에 매력을 느끼고 몇 번이나 친구들과 찾아가서 놀았었지만, 곧 흥미를 잃고 말았다.

사토미는 강경했다. 교코라는 애가 영감이 강하기 때문에 이전부터 유령빌딩에 가면 무엇을 느낄지 시험해보고 싶었다는 것이다. 가쓰야는 영감이니 초능력이니 하는 데는 관심이 없었기 때문에 별로 내키지 않았다. 그러나 여자애 둘이 유령 이야기만 해대고, 그녀의 애인도 그 말에 동조하니 어쩔 수 없었다. 할 수 없이 가쓰야는 아카이 산으로 차를 몰아야 했다.

애당초 그런 출발이었기에 결과도 참담했다. 그린로드를 달려서 유령빌딩의 황량한 모습이 드러나자마자 교코가 요란을 떨기 시작했다. 가슴이 답답해서 숨을 쉴 수 없다는 것이었다. 헤아릴 수도 없는 희멀건 연기 같은 물체가 아카이 산 사면을 오르내리는 모습이 보인다는 것이었다. 토할 것 같다고 해서 가쓰야는 차를 세워 교코에게 바람을 쐬게 했다. 밤의 그린로드는 교통량이 적지만, 유령빌딩을 보러 오는 젊은이들이 너나할 것 없이 빠른 속도로 달리기 때문에 길에 내려설 때는 조심하지 않으면 안 된다. 갓길에 쭈그리고 앉은 교코를 울먹이는 목소리로 위로하면서 등을 두드려주는 사토미를 바라보며, 가쓰야는 내심 넌더리를 내고 있었다. 교코의 남자친구는 도로에 서서 천천히 담배만 피울 뿐, 교코를 돌볼 생각도 하지 않았다. 가쓰야는 이상한 커플도 다 있다고 생각했다. 이놈은 애인과 호텔에 들어가서 그녀가 유령이 있다고 호들갑을 떨어도 멍하니 있을 것이다. 도저히 상종하기 힘든 인종이라고 내심 욕을 퍼부어댔다.

울고불고 야단을 친 후에도 여자 둘은 반드시 유령빌딩에 가야 한다고 주장했다. 차를 몰면서 치밀어오르는 울화통을 잠재우기 위해 가쓰야는 이를 꽉 깨물어야 했다. 그러나 여자친구를 조수석에 앉힌 열아홉 젊은이의 자제심이란 물티슈로 한 번만 문지르면 흔적도 없이 사라질 정도로 미약한 법이다. 가쓰야의 표정은 점점 딱딱하게 굳어갔고, 운전도 거칠어졌다. 결국 그 때문에 사토미와 말다툼을 벌였고, 한번 나빠진 분위기는 점점 나쁜 방향으로만 기울어져갔다. 가쓰야는 다시는 유령빌딩 쪽으로 가지 않겠다고 결심했다.

아무것도 없었다. 새카만 어둠만이 그들을 반기고 있었다. 그 이후로 이틀 동안 가쓰야의 기분은 엉망이었다.

오늘은 평일인데도 이상하게 바빴다. 아직 연휴 기분이 남아 있는데다, 무엇보다 단풍철이어서일 것이다. 평소라면 오후 한시부터 사십오분간 보장되었을 휴식시간도 반납해야 했다. 네시 가까이나 되어서야 쉴 수 있었다. 가쓰야는 배가 고파 비틀거리면서 사무실 안쪽 휴게실로 들어섰다.

휴게실에서는 동료 여자애가 구석에 놓인 텔레비전을 보면서 샌드위치를 먹고 있었다. 와이드쇼 프로그램인 것 같았다. 요즘 들어 한창 시끄러운 도쿄의 연속 여성 유괴살인사건을 다루고 있었다. 가쓰야는 미리 사둔 컵라면에 뜨거운 물을 부으면서 여자애를 놀렸다.

"기미짱도 조심하지 않으면 납치당해서 백골이 될 수도 있어."

기미짱은 심각한 표정으로 화면을 바라보고 있었다.

"나 정말 무서워."

"모르는 남자 차만 타지 않으면 돼."

"억지로 끌고 갈 수도 있잖아."

샌드위치를 손에 든 채 기미짱은 텔레비전 쪽으로 손을 내저었다.

"힘으로 누르면 꼼짝도 못 할 거야."

정말 무서워하는 표정이었다.

"그래서 어딘가로 끌려가서 감금당하면 어떡해."

"휴대폰이나 호출기를 숨기고 있다가 도움을 청하면 돼."

"그래, 맞아. 그러면 되겠어."

기미짱은 진지한 표정으로 고개를 끄덕였다. 그리고 그녀가 샌드위치 마지막 조각을 입안으로 밀어넣는 바로 그 순간, 바깥에서 급브레이크를 밟는 듯한 날카로운 비명 소리가 공기를 갈랐다.

"앗!" 하고 기미짱은 눈을 크게 떴다.

저도 모르게 어깨를 움츠리는 가쓰야의 귀에 충돌음이 들려왔다. 길게 꼬리를 빼는 소리였다. 가쓰야의 머릿속에서는 차체가 종이처럼 찌그러지는 장면이 그려지고 있었다.

사무실을 뛰쳐나가보니, 건너편 오른쪽 멀리 산의 사면을 따라 난 급커브 지점에서 연기가 피어오르고 있었다.

점심때가 지나 그린로드의 차량 흐름도 매끄러워져 있었다. 내려가는 도로에도 별로 차량이 보이지 않는다. 사고가 난 것을 알고 차들은 모두 속도를 줄이고 창밖으로 얼굴을 빼 그 방향을 살피고 있었다. 개중에는 주유소 안으로 들어오는 차도 있었다. 점장이 빨리 경찰에 알리라고 성화를 부렸다.

뒤에서 달려온 기미짱이 하늘로 솟구치는 연기를 보면서 두 손으로 얼굴을 가렸다.

"어쩌면 좋아……"

가쓰야는 동료의 얼굴을 보았다.

"불이 붙은 걸까?"

"글쎄, 연기가 나는데……"

시커먼 연기는 아니었다. 아까보다는 연기가 줄어들었다.

"나, 잠깐 가서 보고 올게."

기미짱도 따라왔다. 두 사람은 갓길을 따라 아래로 달려내려갔다. 이윽고 사고 현장이 눈에 들어왔다.

그린로드는 원래 커브가 많은 도로이지만, 그 가운데에서도 이 부근은 특히 굴곡이 심하다. 아카이 산 정상에서 구불구불 아래로 내려온 길이 산허리를 따라 한 번 크게 오른쪽으로 굽어졌다가 급하게 왼쪽으로 꺾어지는 지점이었다. 가쓰야는 이 도로에 익숙한데다 운전에도 자신이 있어 한 번도 무섭다는 생각은 하지 않았다. 그러나 과거에도 몇 번이나 이 지점에서 사고가 난 것을 알고 있다. 바로 한 달 전에도 똑같은 차선에서 접촉사고가 있었다. 그때 견인차가 앞이 찌그러진 차를 주유소까지 끌고 와서 다친 사람을 직접 돌봐주었다.

이번 사고는 그냥 다치는 정도로 넘어가지 않을 것 같은 예감이 들었다. 반대편 차선까지 길게 그어진 타이어 자국이 보였다. 그리고 그 자국은 가드레일이 부서진 곳에서 사라져버렸다. 그곳에서 중년 남녀가 아래쪽을 내려다보고 있었다.

"괜찮습니까?"

가쓰야가 말을 걸자 남자가 뒤를 돌아보며 손가락으로 아래쪽을 가리켰다. 아마도 내리막길을 내려오던 차가 브레이크를 밟다가 속도를 못 이겨 반대편 차선 가드레일을 들이박고 아래쪽으로 굴러떨어진 것 같았다.

부서진 가드레일에서 아래쪽 오 미터 지점에 검은색 승용차 한 대가 세워져 있었다.

"뒤에서 달리고 있었는데, 갑자기 저 모양이 됐어."

드문드문 지나가는 차들도 그 지점에 이르러 스피드를 줄이고 있었다. 내리막 차선 쪽 갓길에 있던 가쓰야는 반대편으로 건너갔다.

"저기 위쪽 주유소에서 일합니다. 경찰에 신고했으니까 금방 올 겁니다."

"우린 관계없어."

중년 남자 곁에 선 여자가 퉁명스럽게 말했다.

"우리 차를 휙 추월하더니 커브길에서 반대쪽 차선으로 튀어나가버렸다구."

"떨어지겠어, 조심해."

가쓰야는 가드레일 사이로 절벽 아래를 내려다보고 있는 기미짱의 소매를 잡아끌었다.

"괜찮아."

조심스럽게 몸을 아래로 기울여보니 십 미터 정도 되는 절벽 중간에 하얀 승용차의 꼬리가 보였다. 앞쪽부터 떨어져서 절벽의 턱을 박고는 그대로 물구나무를 선 꼴이 된 것이다.

이제 차에서는 연기도 나지 않는다. 어쩐지 사고 때문에 불이 난 건 아닌 것 같아 보였다. 그렇다면 연기는 어디서 난 것일까.

사고차량 쪽에서는 사람 그림자를 찾아볼 수 없었다. 아직 차 속에 갇혀 있는 것일까. 차 내부가 보이지 않았다. 그러나 번호는 읽을 수 있었다. 네리마 번호판. 도쿄 차였다.

"불이 났었죠?"

"보였어?" 하고 중년 남자가 미간을 찌푸렸다.

"사고 전부터 뭔가 타고 있었어. 차창에서 연기가 나더군."

"정말요?"

"정말이야. 갑자기 추월당해서 눈을 동그랗게 뜨고 봤지."

곁에 선 여자도 고개를 끄덕였다.

"차 안에서 불이 나는 바람에 운전 미스를 저질렀을 거야."

"어찌 됐건, 정말 어이가 없지."

충돌의 충격 때문인지 트렁크가 십 센티미터 정도 열려 있었다. 위에서 보면 차가 입을 반쯤 벌리고 있는 것 같았다.

"끌어올리려면 크레인이 있어야겠어."

가쓰야의 팔을 잡고 고개를 내밀어 아래를 살펴보던 기미짱이 말했다.

"사람이 죽었을까?"

가쓰야는 웃었다.

"겁쟁이가 그런 건 꽤 밝히네."

"아냐, 그런 뜻이 아니라니까."

가쓰야와 기미짱이 그런 대화를 나누고 있는데 경찰차 사이렌이 들려왔다. 가쓰야는 갓길 쪽으로 나와 적색등을 향해 손을 흔들었다.

중년 남자가 말했다.

"남자 두 사람이 타고 있는 것 같던데."

"젊은 사람입니까?"

"젊은 것 같았어. 화려한 셔츠를 입고 있었으니까."

가쓰야와 기미짱은 관계자도 목격자도 아니어서 금방 주유소로 돌아왔다. 크레인도 사고 현장에 도착했다. 검은색 승용차의 중년 남녀는 경찰에게 사고 상황을 설명한 다음 피곤한 표정으로 주유소로 돌아왔다.

"우리는 아무 관계도 없는데 무슨 난리람."

여자는 불평하듯이 말했다.

앞유리를 닦으면서 가쓰야가 말했다.

"운이 없으신 거죠."

"웃을 일이 아냐. 나 원 참."

다시 경찰차 사이렌이 들려왔다. 가쓰야는 고개를 들었다.

"응?"

분명 경찰차였다. 주유소 앞을 휙 하고 지나갔다.

"다른 사고인가?"

그러나 사이렌은 곧 사라졌다. 사고 현장 쪽이 분명했다.

"왜 경찰차가 몇 대나 오지?"

"그러게. 구급차라면 몰라도."

"크레인이 왔어도 절벽이라 작업하기가 쉽지 않을 거야."

그러는 사이에 또다른 차가 사이렌을 울리면서 주유소 앞을 지나갔다. 이번에는 경찰차가 아니었다. 검은색 승용차였다. 그러나 적색등을 깜빡이고 있었다.

"저것도 경찰차인 것 같은데."

교통사고에 왜 범죄 드라마에나 나오는 형사 차가 오는 걸까?

또 한 대. 이번에는 경찰차. 대체 무슨 일일까?

가쓰야는 현장 쪽으로 달려갔다. 뒤에서 점장이 소리를 질렀다.

"어이, 구경하러 가지 마!"

그러나 가쓰야는 대답하지 않았다. 이상하게 불안했다. 분명 무슨 일이 벌어진 것이다.

이런 느낌은 처음이다. 나가세 가쓰야의 생활 속에 이런 느낌이 끼어든 적은 한 번도 없었다. 잡지도 텔레비전도 '불길한 예감' 특집 같은 건 다루지 않는다. 그러니 가쓰야는 그런 것을 알 리가 없었다.

　그런데 왜 지금, 아무 관계도 없는 자신이 안절부절못하는 것일까. 아까 사고 현장에서 느낀, 차가운 손이 등을 쓰다듬는 듯한 그 느낌은 가쓰야의 지식이나 경험이 아니라 본능이 알려주는 경고인 듯했다.

　내리막 차선의 갓길을 따라 달려가보니 마침 크레인이 사고차량을 들어올려 도로에 막 내려놓으려는 참이었다.

　가쓰야는 발길을 멈추었다. 더이상 앞으로 나아갈 수 없었다. 경찰들이 지키고 있다.

　"어이, 거기 누구야?"

　경찰이 험악한 표정으로 가쓰야 앞을 가로막았다.

　"사고 처리중이니까 접근하면 안 돼. 저리 가."

　가쓰야는 위를 올려다보았다. 이제 지붕을 위로 하고 있는 자동차는 선적을 기다리는 신차처럼 엄숙하게 공중에 떠 있었다. 차 앞부분은 종잇조각처럼 구겨져 있고 앞유리는 박살이 나 있었다. 문도 찌그러져 있었다. 트렁크는 아까보다 더 활짝 열려 있고, 크레인의 움직임에 따라 덮개가 위아래로 흔들리고 있었다.

　"어이, 가까이 오지 마."

　경찰이 떠미는 바람에 가쓰야는 뒤로 물러났다.

　바로 그때였다. 덜컹, 하는 소리가 들렸다. 위를 올려다보니 사고차가 크게 기울어져 있었다. 어딘가 고리가 벗겨진 것이다. 경찰이 소리를 지르며 흩어졌다.

　"위험해!" 하고 누군가가 외쳤다.

　가쓰야도 뒤로 물러났다. 또 한번 덜컹, 하는 소리가 나더니 운전석 문이 열렸다. 찌그러진 문이 입을 쩍 벌렸다.

　"위험해, 문이 떨어져!" 하고 가쓰야는 외쳤다.

그러나 문은 떨어지지 않았다. 그 대신 다른 것이 떨어졌다. 운전석 문틈에서 검은 덩어리가 미끄러져나오더니 도로 위에 소리를 내며 떨어진 것이다.

그 물체는 가쓰야 쪽을 바라보고 있었다.

사람이었다.

문이 열리면서 짐을 하나 버린 사고차량은 균형을 잃고 더 기울어졌다. 크레인 운전사는 진땀을 흘리며 조금씩 고도를 낮추어 어떻게든 사고차량을 도로에 내려놓으려 했다. 그러나 차는 점점 더 기울어져 매달린 상태에서 반쯤 뒤집어진 상태가 되어버렸다.

이번에는 트렁크 덮개가 움직였다. 거기에서 또 짐이 떨어졌다.

그 이후로 오랫동안 나가세 가쓰야의 악몽 속에 주역으로 등장하게 되는 짐이었다.

이번에 떨어진 것도 사람이었다. 양복을 입고 있었다. 몸을 동그랗게 말고 트렁크 뚜껑 사이로 미끄러지듯 떨어져내렸다. 마치 그 속에서 탈출하려는 듯이.

양복을 입은 그 시체는 나가세 가쓰야의 옆얼굴을 향해 땅에 웅크리고 있었다. 너무 갑작스러운 일이라 경찰들도 멍하니 서 있기만 했다. 가쓰야는 눈앞의 경찰관 어깨 너머로 그 시체의 눈을 보았다.

부릅뜨고 있는 그 눈이 가쓰야의 눈과 마주쳤다.

18

군마 현 아카이 시의 그린로드에서 일어난 교통사고 소식이 보쿠도 경찰서 내의 연속 여성 유괴살인사건 합동수사본부로 들어온 것은 사고 발생 두 시간 후였다.

사고차량이 도쿄 번호이고 젊은 남자 둘이 타고 있었을 뿐 아니라 트렁크에 신원불명의 남자 변사체가 실려 있었기 때문에, 아카이 경찰서는 그 사태를 심각하게 받아들였다. 합동수사본부도 그 사고와 트렁크 안의 변사체에 대해 더 자세한 정보가 들어오기를 초조하게 기다리고 있었다.

사고로 사망한 두 사람의 신원은 금방 밝혀졌다. 두 사람 모두 운전면허증을 가지고 있었기 때문이다.

조수석에 앉아 있다가 사고 당시 충격으로 밖으로 튕겨나가 절벽에서 발견된 사람은 다카이 가즈아키, 29세. 주소는 도쿄 도 네리마 구, 주소지에는 부모와 여동생이 살고 있었다. 가즈아키는 장남으로, 아버지와 함께 메밀국수집을 운영하고 있었다.

사고 당시 운전석에 있었고 차량을 끌어올릴 때 도로에 떨어진 사람은 구리하시 히로미, 29세. 그의 주소도 네리마 구로, 역시 부모가 살고 있었다. 그러나 부모의 말에 따르면 구리하시는 신주쿠 구에서 혼자 살고 있었다고 한다. 구리하시는 외동아들이었다.

사고 이전에 다카이와 구리하시가 타고 있던 차에서 연기가 났다는 증언이 있었다. 조사 결과 구리하시의 시체 일부와 그가 앉아 있던 시트에 불탄 흔적이 있었다. 흔적은 구리하시의 다리까지 퍼져 있었다. 구리하시가 운전중에 담배를 피우다가 불똥이 튀어 면 셔츠와 재킷에 옮겨붙은 것 같았다. 두 사람 모두 안전벨트는 하지 않은 상태였다. 옷에 불이 붙어서 당황하다 사고가 난 것인지도 몰랐다. 그러나 단언할 수는 없는 일이었다.

사고 소식은 두 사람의 가족에게 경악과 혼란과 비탄을 안겨주었다. 그러나 그 사고는 트렁크 안의 변사체 때문에 일반적인 사고로 인정받

을 수 없었다. 야단법석을 떨기 시작하는 매스컴 때문에 두 젊은이의
유족에 대한 대응도 신중하지 않을 수 없었다.

트렁크 안의 변사체에는 신원을 밝힐 만한 어떤 단서도 없었다. 양복
을 입고 있었지만 소지품은 하나도 없었다. 그 변사체를 유기하기 위해
트렁크에 넣어 운반중이었던 것으로 보였다.

유해에는 이렇다 할 외상의 흔적도 없었다. 그러나 6일 아침 일찍 이
루어진 검시 결과, 사인은 질식사로 판명되었다. 교살은 아니지만 두
손과 두 발, 입과 코 주위에 접착테이프를 붙인 흔적이 있어, 아마도 그
테이프가 호흡을 막아 사망한 것으로 보였다.

그 단계에서 트렁크 안의 변사체는 명백한 '타살체'였다. 보쿠도 경찰
서의 합동수사본부와 아카이 경찰서에는 긴장감과 기대감이 팽배했다.

"변장하고 가는 건가?"

다케가미의 말에 아키쓰 신고는 읽고 있던 보고서에서 눈길을 떼더
니 미간을 찌푸렸다.

"그렇게 해서 효과가 있으면 좋겠지만, 아마 소용이 없을 겁니다. 텔
레비전에서도 저렇게 야단이니 말입니다."

6일 점심때가 지나서였다. 아키쓰는 군마 현경의 형사와 함께 다카이
가즈아키와 구리하시 히로미의 집을 수색할 예정이었다.

공식적으로는 합동수사본부는 이 교통사고와 연속 여성 유괴살인사
건의 관련성을 인정하지 않고 있었다. 그러나 벌써 매스컴은 그것을 전
제로 수사본부의 움직임을 주시하고 있다. 지금 단계에서 아키쓰는 어
디까지나 지방에서 올라온 형사를 안내하는 역할이지만, 기자들은 아
키쓰가 움직이는 것만 가지고도 온갖 추측 기사를 써댈 것이 뻔했다.

"네리마 경찰서에서도 수사에 협력한다고 했으니, 저는 그냥 가보기

만 하는 겁니다."

"자네는 이번 사건을 어떻게 생각하나?"

"아카이 시에서 죽은 두 사람이 우리가 추적하는 두 사람과 동일인물이 맞을까 하는 말씀이죠?"

아키쓰는 손으로 눈을 비볐다. 만성적인 수면부족으로 틈만 있으면 눈꺼풀이 아래로 내려가려 했다.

"선배님은 어떻게 생각하세요?"

다케가미는 대답하지 않고 보고서를 내려다보았다. 과학수사연구소에서 보내온 보고서로, 11월 1일에 HBS 방송국에 전화를 걸어온 범인의 목소리를 분석한 결과였다.

오늘 아침 다케가미의 손에 들어온 것이다. 아카이 시 사고 소식이 없었더라면 오후 긴급수사회의의 주제가 되었을 테고, 그 결과에 따라 오늘 저녁이나 내일 정오에는 담당 형사과장이 기자회견을 열었을 것이다.

아리마 요시오의 직감은 정확했다.

과학수사연구소는 광고 이전과 이후의 전화 목소리가 각기 다른 사람이라는 결론을 내렸다. 광고 후의 인물에 대해서는 분석 대상이 2차 녹음된 비디오테이프라는 난점이 있었지만, 분석에는 큰 지장이 없었다고 한다. 두 개의 사운드 스펙트로그램에 명백한 차이가 있기 때문에 절대로 동일인물일 수 없다는 것이다.

일련의 연속 여성 유괴살인범은 복수범인 것이다.

HBS의 특별방송에서 광고 전에 전화를 건 인물의 성문은 지금까지 녹음된 범인의 목소리의 성문과 완벽하게 일치했다. 즉, 광고 후에 등장한 인물은 지금까지 그들의 범죄에 대한 홍보역을 담당해온 범인이 화를 내고 싸우는 바람에 갑자기 대타로 등장한 것이다. 한편, 그에게

설 자리를 빼앗겨버린 범인은 아리마 요시오에게 화풀이 전화를 했다.

아마도 그들은 음성변조기를 사용해도 성문을 속일 수 없다는 사실을 모르고 있었을 것이다. 또는 알면서도 거기까지는 조사해보지 않으리라 생각했을 것이다.

음향분석보고서에는 이 건의 결과 외에도 다른 흥미로운 사실과 거기에서 파생되는 추측도 적혀 있었다. 인간의 귀에는 들리지 않는 미묘한 잡음도 컴퓨터로 처리하면 파악할 수 있다.

전화기에 대고 말하는 목소리는, 전화하는 장소에 있는 벽 등의 장애물에 반사되어 원래 목소리보다 백분의 일 초에서 천분의 일 초 늦게 송화기에 도달하기 때문에 원래의 목소리와는 약간 다른 파형을 그린다. 그 파형의 차이는 어떤 재질의 장애물에 부딪혔느냐에 따라 다르다. 그러므로 해당 통화 녹음에서 잡아낸 그 파형을 다양한 자재로 만든 실내에서 얻은 샘플 파형과 대조해보면, 어떤 장소(즉 어떤 장애물이 있는 장소)에서 걸었는지, 그때 전화를 건 인물이 어떤 상황에 있었는지(움직이고 있었는지 정지하고 있었는지) 상당 부분 추론해낼 수 있는 것이다.

분석에 의하면, 지금까지 '범인들'이 건 전화는 다음과 같은 특징을 가지고 있다.

·모두 실내(조용한 장소에서 정지한 상태. 엔진을 끈 자동차 안도 포함)에서 걸었다.

·오가와 공원에 버려진 오른팔이 후루카와 마리코의 것이 아님을 알린 전화는 차 안에서 건 것이다. 가까운 곳에 맹인용 신호등이 있다.

·아리마 요시오를 플라자 호텔로 불러낸 전화 목소리의 배후에는 특징적인 잡음이 들어 있다. 일정한 톤으로 잡음이 계속되는 것으로 보아 기계 작동음으로 추정되는데, 파형 샘플과 비교해보면 냉장고나 에

어컨, 컴퓨터 팬의 작동음은 아니다. 또한 이 특징적인 잡음은 11월 1일 HBS에 걸려온 전화를 포함한 다른 모든 통화에서는 나타나지 않는다.

· 11월 1일 HBS에 걸려온 전화는 광고 이전이나 이후 모두 같은 건물의 같은 실내에서 건 것이다. 방송이 끝난 후 광고 이전의 인물이 아리마 요시오에게 건 전화도 같은 장소, 같은 실내이다. 이 전화를 걸었을 때 해당 인물은 거의 움직이지 않았다. 또한 그 실내는 목조로 되어 있으며, 벽이나 바닥의 구조 부분에도 콘크리트는 사용되지 않은 것으로 추정된다.

· HBS에 걸려온 전화와, 그후에 광고 이전의 인물이 아리마 요시오에게 건 전화의 배후에도 명료한 저음의 기계 작동음이 있다. 샘플 파형과의 비교대조에 의하면, 난방용 보일러의 가동음으로 추정된다.

난방용 보일러. 목조건물.

별장인가?

아카이 시에서 산을 넘어 북쪽 히가와 호수 부근은 별장지대이다. 너무 잘 맞아떨어지지 않는가.

다케가미 곁에서 아키쓰도 선 채로 과학수사연구소의 보고서 복사본을 읽고 있었다.

다케가미는 보고서를 철하고, 주먹을 쥐고 이마에 갖다댔다. 아키쓰가 보고서에서 눈길을 뗐다.

"그 두 사람이 우리가 찾는 사람이라면……"

"그렇다면요?"

"뭐라고 할까, 옛날 말이 하나도 틀리지 않는다는 생각이 들어."

"옛날 말?"

"나쁜 짓을 하면 천벌을 받는다는 거지."

아키쓰는 다케가미의 농담 섞인 말에도 웃지 않고 진지한 표정으로

답했다.

"트렁크 안의 시체가 포인트군요."

"……"

"HBS 방송 때 나온 이야기하고 맞아떨어지니까요."

약한 여성만을 노린다는 말에 화가 난 범인이, 그렇다면 그럴듯한 남자 하나를 죽이겠다고 맞받아친 것을 두고 하는 말이었다.

"만일 그들이 우리가 생각하는 범인이라면, 그것이 마지막 범행이 되는 셈이로군."

그 시체를 유기하러 가는 도중에 사고를 당하고 말았다……

"저기 말인데 선배님, 아까 졸다가 기분 나쁜 꿈을 꿨습니다."

"나는 꿈을 꿔본 지 오래됐어."

"너무 또렷해서 더 기분이 나쁩니다. 소름이 돋을 정도로요."

아키쓰는 그렇게 말하고 천장을 올려다보았다.

"꿈속에서는 이번 사건도 범인들이 조작한 것에 불과했습니다. 죽은 두 사람도 우리가 찾는 범인이 아닙니다. 범인이, 다카이와 구리하시라는 두 젊은이를 범인으로 조작하기 위해서 트렁크에 시체를 숨기고 사고를 가장해 두 사람을 죽인 겁니다. 진짜 범인은 어딘가에서 배를 잡고 웃고 있습니다. 그리고 합동수사본부가 해산된 다음 집으로 돌아가는 길에, 제가 역 앞에서 호외를 보게 됩니다. 또다른 여자의 시체가 나오고, 방송국에 전화가 오고 말입니다."

한 호흡을 두었다가 아키쓰는 한숨을 내쉬었다.

"그런 꿈이었습니다."

다케가미는 천천히 입을 뗐다.

"인위적으로 교통사고를 일으킨다는 건 무척 힘든 일이야."

"그건 그렇지만……"

"아직 사고 분석은 끝나지 않았지만, 사고차량에는 기능적인 이상은 없었다고 해."

"그렇지만 차 안에서 화재가 일어났습니다."

"구리하시가 담뱃불을 떨어뜨린 것으로 보여. 그리고 그린로드의 그 커브길은 유명한 사고다발지역이니까."

아키쓰는 침묵을 지켰다.

"개꿈이야. 너무 과민반응하는 것 같아."

아키쓰는 빙긋 웃었다.

"이제 갈 시간이 된 것 같은데."

다케가미의 그 말에 등이라도 떠밀린 듯 아키쓰는 시계를 보면서 자리에서 일어섰다. 다케가미는 그를 보내고 난 다음 보고서를 정리하고, 아키쓰가 오기 전까지 하고 있던 파일 정리에 열중했다.

다케가미는 아키쓰의 기분을 잘 알 수 있었다. 실제로 아키쓰가 꾼 '꿈'의 내용과 거의 똑같은 생각을 다케가미도 했기 때문이다.

만일 아카이 시의 그 두 사람이 범인이라면, 범인은 잡히기 전에 스스로 죽어버린 셈이다. 콧노래를 부르면서 시체를 운반하는 중에 범인 하나가 무릎에 담뱃불을 떨어뜨려 불이 나자 그만 당황하여 가드레일을 들이받고 추락하여 죽어버린 것이다.

너무 잘 짜여진 이야기다.

이전에 오가와 공원의 쓰레기통 건으로 간자키 경부와 이야기를 나눈 적이 있었다. 믿기 힘든 우연이다. 수사를 하다보면 그런 우연과 자주 마주친다. 그러므로 설령 범인이 유해 일부를 쓰레기통에 버리는 순간을 찍은 사진이 존재한다 하더라도, 그 사진이 날조되지 않은 이상 별로 이상하게 생각하지 않는다. 범인은 그런 수사진의 심리를 역이용한 것은 아닐까?

이번에도 그런 게 아닐까? 우리는 범인의 덫에 걸려들고 있는 건 아닐까?

그러나 한편으로 다케가미의 직감과 경험은 그에게 사진에 한 장면을 찍히게 하는 것과 고의로 교통사고를 일으키는 것은 차원이 다르다고 주장하고 있었다. 아무 상관도 없는 두 사람을 범인으로 날조하기 위해 트렁크에 시체를 숨긴다는 것은 생각만큼 쉬운 일이 아니다.

가택수사를 하면 뭔가가 나올 것이다. 현실이란 그런 것이다. 의심이 가는 단서들이 너무 많다. 다카이와 구리하시 두 사람은 아마도, 아마도 '범인'일 것이다.

그러나……

천벌이라면, 만일 그것이 사실이라면, 다케가미는 이십 년 가까운 형사생활 중에 처음으로 살인범에게 천벌이 내린 것을 본 것이다.

이것이 처음이다. 여태 그런 일은 없었다.

오후는 길었다. 데스크라는 역할에 만족하고 거기에서 사명을 완수하는 것을 자신의 임무로 생각하고 있던 다케가미는, 이번만은 가능하다면 아키쓰의 입장이 되어 마음껏 수사를 해보고 싶었다. 다카이와 구리하시, 두 사람의 사생활의 일단을 두 눈으로 확인하고 싶었다. 현장에 나가보고 싶었다.

기분전환을 위해 다케가미는 가능한 한 시계를 보지 않고 회의실에 틀어박혀 사소하지만 중요한 서류 정리 작업에 몰두하고 있었다. 그래서 시노자키가 회의실 문을 노크한 것이 정확히 몇시인지 다케가미는 기억하지 못한다.

문을 열고 회의실로 들어선 시노자키는 길을 잃은 어린아이 같은 표정을 지으며 회의실 책상 건너편에 서 있었다. 눈을 심하게 깜빡이면서.

"왜 그래?"

다케가미가 물었다.

불안과 기대가 가슴에 응어리져 심장이 터질 듯이 고동치기 시작했다.

"왜 그러냐니까?"

다시 묻자 시노자키는 그제야 몸을 움직였다. 책상을 돌아 다케가미 곁으로 오더니 떨리는 목소리로 말했다.

"고, 공기청정기라고 합니다."

그게 무엇을 의미하는지, 금방 알아채지 못했다. 다케가미가 깨닫기도 전에 시노자키는 울상을 지으며 말했다.

"아키쓰 씨가 구리하시 히로미의 원룸 아파트에서 공기청정기를 발견했다고 합니다. 그 소리였을 겁니다. 범인의 전화에서 들리던 이상한 기계 작동음 말입니다."

다케가미는 입을 벌리면서 의자에서 몸을 일으켰다.

"지금부터 바빠질 거야."

회의실 문을 열면서 시노자키에게 말했다.

시노자키는 "그렇겠지요" 하고 대답했다.

그날 그 시간, 다케가미는 누구와 무슨 말을 주고받았는지 제대로 기억하지 못했다. 막다른 골목에 부딪혔던 사건이 한꺼번에 풀리기 시작하더니, 정보가 홍수처럼 흘러들었다.

그러나 단 한 가지 잊으려 해도 잊을 수 없는 일이 있다. 기쁨과 혼란의 와중에 본부로 들어서는 다케가미의 얼굴을 보자마자 총지휘관인 간자키 경부가 황급히 다가와 다케가미에게 손을 내밀며 악수를 청한 것이었다. 그것도 형사생활에서 처음 있는 일이었다.

말없이 다케가미의 손을 잡으며 간자키 경부는 말했다.

"뼈가 나왔네."

다케가미는 조용히 고개만 끄덕였다.

"오른팔만 없어. 종이가방에 들어 있었다고 하는군. 구리하시 히로미의 방에서."

1996년 11월 6일 오후 여섯시 이십분.

모든 방송국은 방영중인 프로그램을 중단하고 임시 뉴스를 내보내기 시작했다. 연속 여성 유괴살인사건의 용의자가 판명되었다는 뉴스였다.

이때 아리마 요시오는 가게에 있었다. 손님을 맞고 있었다. 손녀 마리코와 비슷한 또래의 여자 손님이었다.

마에하타 시게코는 집에 있었다. 책상 앞에 앉아 있었다. 쓰카다 신이치가 오가와 공원에서 쓰레기통으로 접근해가는 장면을 쓰고 있는 중이었다.

그리고 쓰카다 신이치는 아르바이트 가게에 놀러 온 미즈노 히사미를 역까지 바래다주는 참이었다. 히사미가 농담을 해서 신이치는 웃었다. 잠깐이나마 쓰카다 신이치가 웃음을 보이기 시작한 것은 극히 최근의 일이었다.

뉴스가 흘러나오기 시작했다.

'범인'은 두 명이었다. 그들은 죽었다. 죽어서 체포되었다. 신이 없는 이 나라에, 이 순간만큼은 신의 철추가 떨어지는 소리를 사람들은 듣고 있었다.

제2부

"한 가지 의문인 것은, 우리가 본 것이
그것의 본래의 모습인가 하는 점입니다."
존 W. 캠벨 주니어, 「그림자가 간다」

1

구리하시 히로미가 처음으로 사람을 죽인 것은 그의 열번째 생일날이었다. 그때도 '피스'가 그의 곁에 있었다. 피스가 그에게 사람을 죽이는 방법을 가르쳐준 것이다.

피스는 전학생이었다. 초등학교 사학년 봄에 시마네 현 마쓰에 시에서 도쿄 도 네리마 구로 이사를 왔다. 그리고 신학기부터 구리하시 히로미와 같은 반에서 책상을 나란히 하고 앉았다. 그들은 곧 친구가 되었고, 이윽고 최초의 '살인'을 저지르게 된다.

구리하시 히로미는 1967년 5월 10일, 피스는 같은 해 4월 30일에 태어났다. 구리하시 히로미가 부모와 함께 지내는 네리마 구의 집에서 한 발짝도 벗어나지 않았던 데 반해, 피스는 어릴 적부터 일본 각지를 떠돌아다녔다. 아버지의 전근 때문이라고 피스는 말했다.

전근이 잦은 직업을 가진 아버지를 두었다는 것만으로도 구리하시 히로미에게 피스는 충분히 존경할 만한 존재였다. 그 또래 아이들에게 아버지의 직업은 자신의 가치를 결정짓는 중요한 의미를 가지는 법이다.

구리하시 히로미의 아버지는 자그만 약국을 경영하고 있었다. 어머니도 아버지 일을 거들었다. 약국은 아버지의 아버지가 물려준 가업이었다. 노인이 지팡이를 짚고 찜질약을 사러 오기도 하고, 도로공사 인부들이 드링크제를 사러 오기도 하고, 밤 열한시가 넘어서도 동네 사람들이 셔터문을 두들겨 갑자기 열을 난 아이를 위해 얼음베개를 사가기도 하는 그런 동네 약국이었다.

구리하시 히로미가 중학교에 들어갈 때까지만 해도 지은 지 삼십 년이 넘은 목조 이층 주택의 일층을 약국으로 썼다. 구리하시 히로미는 할아버지 할머니의 얼굴은 모르지만, 집 안에는 그들이 생전에 사용하던 물건들이 잔뜩 남아 있었다. 그런 것들이 벽장과 선반을 가득 채우고 있었다. 그래서 구리하시 히로미의 방은 아무리 정리정돈을 해도 지저분해 보였다.

선반이나 벽장 속에서 오래된 물건들을 끄집어내 버리려고 할 때마다 아버지 어머니에게 야단을 맞곤 했다. 그래도 히로미는 포기하지 않았다. 특히 피스가 부모와 살고 있는 깨끗한 아파트에 놀러 갔다 온 후로는 누렇게 색이 바랜 박스와 잡동사니에 점령당한 자신의 집이 너무 초라해 보여, 차라리 불을 질러 전부 태워버릴까 하는 생각까지 할 정도로 자신의 집을 싫어하게 되었다.

왜 우리집은 피스 집처럼 깨끗하지 못할까? 왜 우리집에는 소파가 없을까? 왜 꽃이 꽂힌 꽃병이 없을까? 왜 벽에는 그림 한 장 없는 걸까? 왜 방구석에는 저렇게 누런 종이상자가 많은 걸까? 왜 하루 종일 이불을 깔아두는 걸까? 왜 좌변기가 있는 화장실로 바꾸지 않는 걸까?

왜 아버지는 대기업 회사원이 못 되었을까?

피스의 아버지는 너무 바빠서 토요일 오후나 일요일에 구리하시 히로미가 놀러 가도 집에 있는 적이 없었다. '골프'를 치러 갔다고 할 때가 많았다. 피스의 어머니는 늘 스타킹에 스커트, 그리고 깨끗한 블라우스와 스웨터를 입고 생글생글 웃고 있었다. 놀러 갈 때마다 주는 과자는 집에서 손수 만든 것이거나 시내의 유명한 과자점에서 사온 것이었다. 과자뿐 아니라 피스의 집에는 모든 것이 다 갖추어져 있었다. 비싼 양주, 과일, 화사한 테이블보 등.

구리하시 히로미는 초등학교 사학년부터 삼 년 동안 피스와 같은 반이었다. 그 동안 피스는 어차피 아버지는 다른 곳으로 또 전근을 갈 테니까, 중학교는 다른 지역으로 가게 될 거라고 했다. 구리하시 히로미는 그것이 너무 괴로웠지만, 한편으로는 어떤 기대감도 있었다. 피스가 다른 지방으로 이사를 가면 거기까지 놀러 가서 자고 올 수 있다는 생각이었다. 피스의 어머니는 늘 구리하시 히로미에게 그런 말을 했다. 히로미하고 피스는 친구니까, 우리가 다른 데로 이사 가더라도 꼭 놀러 오라고. 그 말은 히로미의 가슴속에 자기가 특별 대우를 받고 있는 듯한 느낌을 심어주었다.

그런 느낌은 히로미의 상상력을 한층 더 부풀어오르게 했다. 다른 도시로 이사 간 피스의 집에 놀러 가 있을 동안 도쿄에 대지진이 일어나 부모가 죽어버리는 것이다. 그 더러운 집에 깔려서 말이다. 그리고 혼자 남은 구리하시 히로미를 피스의 가족이 따뜻하게 맞아주는 것이다. 오늘부터 히로미와 피스는 형제야, 라면서.

그렇게 되면 얼마나 행복할까, 하고 구리하시 히로미는 생각했다. 그러나 피스는 구리하시 히로미와 같은 중학교에 들어갔다. 그 지역의 공립중학교였다. 바로 옆 반이었다.

아버지가 올봄에는 전근을 가지 않게 되었다고 피스는 말했다. 그리고 앞으로는 도쿄에 자리를 잡을 것 같다고 했다. 그것이 바로 '출세'를 의미하는 것이라고 피스는 자랑스럽게 말했다.

그 시점에서 대지진에 대한 망상은 비현실적인 것으로 변했다. 뭔가 다른 형태로 피스의 가족이 될 수 없을까 하고 히로미는 상상의 나래를 펼쳤다. 어쨌든 우선 혼자가 되어야 했다. 부모가 사라져주기만 하면 피스의 가족이 두 손을 벌리고 히로미를 맞아줄 것이라고 생각했다.

그렇게 해서 오랫동안 잊고 있었던 '살인'의 기억을 떠올렸다. 피스와 둘이서 달성했던 최초의 '살인'. 열 살 때의 그 행동.

그것은 구리하시 히로미에게는 너무도 짜릿한 '살인'이었다. 그때 그는, 자신이 죽이고 싶은 인간을 죽였다. 그러므로 이번에도 될 거라고 생각했다. 피스가 힘을 빌려주기만 하면.

어느 날, 더는 참을 수 없어 피스에게 고백했다. 부모가 없어지면 좋겠는데 어떻게 하면 좋을까, 하고.

그러자 피스는 놀라는 표정을 지으며 말했다.

"부모가 없어지면 곤란하잖아."

"안 그래."

"친척집에서 살면 얼마나 비참하겠어. 자칫하면 고아원에 갈 수도 있어."

"고아원?"

"그래, 보호자가 없는 아이는 그런 곳에 가. 함부로 그런 이야기 하면 안 돼."

구리하시 히로미는 낙담했다. 부모가 없어지면 우리집으로 오라고 할 줄 알았기 때문이었다.

"그럼 죽일 수 없겠네."

그러자 피스는 진지한 표정으로 히로미의 얼굴을 바라보더니 방긋 웃었다.

"살인이라면, 우리 어릴 때 했던 그거?"

히로미는 고개를 끄덕였다.

"그래서는 아무도 안 죽어. 그건 그냥 주술이야."

피스는 어머니를 꼭 닮은 웃음을 지었다. 그의 별명이 피스인 것도 어머니를 닮은 그 둥그런 웃는 얼굴 때문이다. 피스 마크를 그대로 옮겨놓은 듯한 귀여운 얼굴.

"주술이라니……"

"그래, 그런 걸 주술이라고 하는 거야. 그렇지만 히로미에게는 효과가 있었지. 그러면 되잖아?"

그날 밤 구리하시 히로미는 오랜만에 악몽을 꾸었다. 어릴 적부터 자주 꾸던 꿈, 하지만 그때 '살인'을 실행한 이후로는 한 번도 꾸지 않은 꿈이었다. 그런데 그 꿈이 다시 찾아온 것이다. 피스 탓이다. 피스가 그 '살인'을 단순한 '주술'에 지나지 않는다고 했기 때문이다. 죽였다고 생각했는데, 사실은 그 사람이 살아 있다는 사실을 알고는 다시 악몽을 꾸기 시작한 것이다.

그것은 어린 여자애가 나오는 악몽이었다. 그 여자애가 히로미의 머리맡으로 다가와 히로미의 입을 억지로 벌리고는 그 안으로 들어가려 한다. 히로미의 몸을 빼앗으려 하는 것이다.

여자애의 손은 작고 차갑고 부드럽다. 그러나 히로미의 턱을 잡아 당길 때는 어른보다 더 힘이 세다. 꿈이야, 꿈이야, 하고 외쳐도 히로미의 턱에 걸린 손가락의 감촉과 그 숨결이 볼을 스치는 느낌이 너무도 생생했다. 히로미의 몸속에 들어가려고 애를 쓰면서 여자애는 끊임없이 중얼거린다.

'돌려줘. 내 몸을 돌려달란 말이야. 이건 네 게 아냐. 내 거야.'

비명을 지르며 히로미는 자리에서 벌떡 일어났다. 이불에 오줌을 싸버렸다. 두려움과 수치심 때문에 히로미는 두 손으로 얼굴을 감싸고 울었다.

악몽 속의 여자애가 누구인지, 구리하시 히로미는 알고 있었다. 꿈속에서 여자애는 히로미와 똑같은 얼굴을 하고 있었다.

히로미의 부모도 그 여자애에 대해 잘 알고 있었다. 그 여자애를 생각하며 어머니는 때로 눈물을 흘리기도 했다.

여자애는 히로미의 누나였다. 생후 한 달 만에 세상을 떠난 장녀였다. 그애가 죽고 이 년 후에 태어난 장남에게, 부모는 죽은 누나의 이름에서 한자만 바꾸어 '히로미'라는 이름을 붙여주었다.

구리하시 히로미는 외동아들이었다. 구리하시 부부의 소중한 아들, 구리하시 약국의 후계자. 그러나 그의 배후에는 늘 죽은 누나 '히로미'가 있었다. 그는 그렇게 자랐다.

그 '히로미'를 죽이는 방법을 피스가 가르쳐주었다. 그리고 성공했다. 그러나 그 피스가 배신한 이후로 '히로미'는 다시 나타났다. 둘은 또 함께 인생의 길을 걸어가게 되었다.

히로미는 그 사실을 피스에게 말할까 생각했다. 히로미가 돌아왔다고. 그러나 말할 수 없었다. 부모가 없어지면 고아원에 갈지도 모른다는 말을 태연스럽게 하던 피스의 표정이 너무 낯설었기 때문이다. 히로미가 돌아왔다고 한들 피스는 웃고 말 것이다.

피스에게 무시당할 수는 없다. 피스에게 너는 아직 어려, 너는 너무 겁이 많아, 그런 소리를 듣고 싶지 않았다.

그로부터 얼마 후 구리하시 부부는 집을 신축하기로 했다. 히로미는 모르고 있었지만, 꽤 오래전부터 정한 일이었다.

구리하시 히로미는 그 말을 듣고 크게 기뻐했다. 피스의 가족이 되지 않아도 피스의 가족과 똑같은 생활이 가능할지도 모른다고 생각했다.

그해에 신축이 완료되었다. 가게도 새롭게 바뀌었다. 그러나 잠시 살던 셋방에서 돌아온 히로미는 집 내부에는 거의 변화가 없다는 사실을 알았다. 조부모가 남긴 짐은 대부분이 그대로 벽장 속에 자리를 잡고, 새로 만든 선반을 채웠다. 집 안까지 침입해들어온 상품 상자와 재고들도 그대로였다. 구리하시 약국은 새 옷을 입었지만, 찾아오는 손님은 옛날 그대로였다. 거칠고 비속한 말을 쏟아내는 공사장 인부, 틀니를 달그락거리는 노인들뿐이었다.

구리하시 히로미가 중학교 이학년 여름방학 때 하나의 사건이 일어났다. 외출한 부모를 대신해 약국을 지키고 있던 히로미가 약을 사러 온 노파를 때린 것이다. 열네 살 어린아이지만 남자애다. 그 소년이 있는 힘을 다해 주먹을 날렸다. 노파는 앞니 두개가 부러지는 상처를 입고 콘크리트 바닥에 넘어지면서 허리뼈까지 부러졌다.

부모에게도 경찰에게도 구리하시 히로미는 입을 다물고 노파를 때린 이유를 밝히지 않았다. 노파는 여든일곱. 평소에도 의식이 가물가물해 노파에게 자세한 사정을 듣기는 힘든 일이었다. 그리고 그것이 결과적으로 히로미에게 유리하게 작용했다.

중재를 선 지역 상가 대표 겸 구의회의원인 슈퍼마켓 주인이 구리하시 약국 편을 들어준 것이다. 그 노파는 구리하시 약국 가까이 있는 슈퍼마켓에서 종종 돈을 내지 않고 마음대로 물건을 가지고 간 전력이 있었다. 다른 가게에서도 혼자 물건을 사러 가서 여러 가지 문제를 일으키기도 했다. 노파가 말을 제대로 못 하는 것이 유리하게 작용해, 그 의원은 구리하시 약국 건을 '사건'이 아닌 '사고'로 처리하는 데 성공했다. 노파는 맞은 것이 아니라 넘어져서 상처를 입은 것이다.

그러나 사실은 그렇지 않다는 것을 누구보다 히로미 자신이 잘 알고 있었다. 더러운 옷을 입고 냄새를 풍기면서 노파가 그날 세번째로 관장

약을 사러 왔을 때, 히로미는 그 노파를 때렸다. 죽여버릴 생각으로 때렸다.

그런 속내를 히로미는 피스에게만 말했다. 아니, 정확히 말하자면 피스가 꿰뚫어보았던 것이다.

"그거 사실은 사고 아니지? 네가 때린 거지?" 하고 피스가 물었다.

히로미는 입을 다물었다. 그 얼굴을 잠시 바라보더니 피스는 웃었다. 그 둥그런 얼굴로 꽃처럼 활짝 웃으며 이렇게 말했다.

"괜찮아, 마음에 둘 필요 없어. 더러운 노파는 나도 싫어하는걸 뭐. 아주 잘했어."

구리하시 히로미는 피스에게 위로가 아니라 칭찬을 들은 듯한 느낌이었다.

피스는 역시 뭘 아는 놈이야. 나를 알아주는 좋은 친구야.

이렇게 해서 그들은 친구로 남았다. 피스는 구리하시 히로미보다 성적이 좋아서 고등학교도 대학도 모두 다른 곳으로 갔지만, 그들의 우정은 변함이 없었다. 마치 운명의 접착제가 그들을 하나로 묶어두기라도 한 듯, 둘은 떨어지는 법이 없었다.

아니, 떨어지고 싶지 않았다. 그리고 그것이 새로운 '살인'을 불러왔다.

주술이 아닌, 한번 죽으면 다시 살아날 수 없는 진짜 살인을.

2

1994년 3월 1일.

네리마 구 가스가초 7가의 메밀국수집 '장수암' 앞에는 그 지역의 상인조합과 단골손님이 보낸 화환이 빼곡히 늘어섰다. 신장개업을 축하

하는 화환이었다.

이날은 주인인 다카이 노부카쓰의 생일이기도 했다. 쉰여덟. 곧잘 생일도 모르고 지나치던 그였지만, 이날만큼은 바라고 바라던 신장개업과 자신의 생일이 겹쳤다는 데에서 커다란 의미를 느꼈다. 그의 얼굴에서는 아침부터 미소가 떠날 줄을 몰랐다.

'장수암'은 다카이 노부카쓰가 서른 살 되던 해에 이 자리에 있던 목조건물의 일부를 세내어 시작한 것이다. 그가 일하던 식당의 주인이 노부카쓰에게 호의적이어서 점포를 개축하는 업자를 소개해주기도 하고 신용조합에서 융자를 알선해주기도 했다.

노부카쓰는 원래 '승수암'이라는 메밀국수집에서 일하고 있었다. 주인 부부는 그의 성실한 태도를 높이 사 그를 후계자로 지목하고 사위로 삼으려 했지만, 딸이 그를 싫어해 가출 소동까지 일으키는 바람에 포기하지 않을 수 없었다. 겉으로 거의 감정을 드러내지 않는 노부카쓰도 그때만큼은 가슴에 큰 상처를 입었다. 남몰래 주인 딸을 사모하고 있었기 때문이었다.

노부카쓰는 승수암을 떠났다. 그때 그의 나이 스물여덟. 실력은 독립하기에 부족함이 없었지만 자금이 문제였다. 그래서 노부카쓰는 승수암 주인의 소개로 아카사카에 있는 메밀국수집으로 옮겼다.

그리고 이 가게의 단골손님 중 하나가, 네리마 구에 널찍한 가게가 하나 있는데 거기서 독립하는 게 어떻겠느냐고 한 것이었다. '장수암'은 그렇게 시작되었다.

양철지붕의 목조주택에서 '장수암'을 개업한 지 얼마 되지 않아 노부카쓰에게 혼담이 들어왔다. 중매를 선 것은 아카사카의 메밀국수집 주인으로, 상대는 노부카쓰도 잘 알고 있는 사람이었다. 한때 같이 일한 적이 있는 아야코라는 아가씨였다. 두 사람은 결혼했고, 그후로 메밀국

수 맛도 더 좋아졌을 뿐 아니라 장수암의 분위기도 한층 밝아졌다.

부부는 성실하게 일했다. 얼마 후 장남 가즈아키가 태어나고, 삼 년 후에는 장녀 유미코가 태어났다. 식구가 늘어나 생활은 어려워졌지만, 노부카쓰와 아야코는 어려서부터 가난한 집안에서 자라 그런 생활을 당연하게 생각했기 때문에 조금도 힘들어하지 않았다. 장수암은 점점 번창했다. 매상은 하루가 다르게 늘어갔고, 생활에도 여유가 생겼다.

이렇게 해서 장수암이 개점 십 주년을 맞이했을 때, 집주인이 땅과 집을 사지 않겠느냐고 제의해왔다. 자신의 여생도 얼마 남지 않았고, 집이 아들에게 상속되면 계속 장사를 할 수 있을지 없을지 확실하지 않을 테니 가능하면 장사가 잘되는 지금 큰맘 먹고 결정하는 게 좋지 않겠느냐고 했다.

노부카쓰 부부는 머리를 맞대고 의논한 끝에 주인의 권유를 따르기로 했다. 저축한 돈을 모두 내놓고 거금의 빚까지 지게 되었지만, 대신에 어엿한 집주인이 되었다. 노부카쓰는 성주가 된 기분이었다. 집주인도 함께 기뻐하며 미래를 생각해서 철골 빌딩을 세우라고 권했다. 그로부터 얼마 후, 집주인은 건강을 해쳐 입원하더니 보름 만에 세상을 떠나고 말았다. 마치 기다렸다는 듯이.

노부카쓰 부부는 건물을 새로 지어 장수암을 어엿한 가게로 성장시키는 것을 인생의 목표로 삼았다. 그것은 자신들을 도와준 집주인의 유지를 받드는 일이기도 했다.

장수암의 경영은 이렇다 할 어려움이 없었다. 한때 위기에 처한 적은 있었다. 거품경제 시절에 땅값이 오르자 집주인의 땅을 상속받은 자식들이 장수암 바로 옆의 토지를 건설회사에 팔아버렸기 때문이었다. 그 자리에 아파트를 지을 계획이었던 건설회사에게는 장수암의 낡은 건물이 눈엣가시였다. 회사는 노부카쓰에게 땅을 팔라고 압력을 가했다. 그러나 노부카쓰는 그 땅에서 한 발짝도 움직이고 싶지 않았다. 다행히 큰 회사였기 때문에 폭력단을 개입시켜 압박을 가하지는 않았고, 그럴 만큼 넓은 땅도 아니었다. 그러나 그 시기에 노부카쓰는 매일같이 개발 회사의 직원들을 상대하면서 심한 마음고생을 해야 했다.

그러나 거품경제가 가라앉자 개발회사는 아파트 건설을 포기하고 말 았다. 노부카쓰는 불경기의 도래에 오히려 가슴을 쓸어내렸다.

그런 어려움을 극복하고 마침내 신장개업을 하게 된 것이다. 다카이 노부카쓰는 가슴이 터질 것만 같았다. 집주인의 유언대로 철골 삼층 빌 딩을 세워 일층은 가게, 이삼층은 주거 공간으로 삼았다. 이름도 '장수 암 빌딩'. 딸 유미코는 좀더 멋진 이름으로 하자고 했지만, 노부카쓰는 단호했다. 장수암의 빌딩이니까 당연히 '장수암 빌딩'으로 해야 한다고.

다카이 집안 최고의 날이었다. 아야코는 몇 번이나 오늘이 인생 최고 의 날이라고 외쳤다. 아버지를 닮아 과묵한 아들 가즈아키도 옆에서 활 짝 웃었다. 중학교를 졸업하자마자 아버지를 도와 식당 일을 해온 가즈 아키는 언젠가 이 가게를 이어받을 것이었다.

밝은 미래가 그들 앞에 펼쳐져 있었다. 누구 하나 그 사실을 의심하 지 않았다.

"오빠, 전화야."

유미코가 카운터의 핑크색 수화기를 들고 주방 쪽을 향해 소리쳤다.

"구리하시 오빠야."

가즈아키는 앞치마에 젖은 손을 닦고 카운터로 가서 수화기를 들었 다. 하얀 모자를 쓴 이마는 땀으로 번득이고 있었다. 신장개업을 축하 하러 온 손님들이 북적거리고 있었다. 어머니와 딸은 음식을 나르느라 정신이 없었다.

"오빠, 또 전화 오면 안 바꿔줄 거야."

가즈아키도 고개를 끄덕였다.

"오빠는 남의 말을 너무 잘 들어."

가즈아키는 수화기를 귀에 댔다.

유미코는 오빠의 초등학교 동창인 구리하시 히로미를 싫어했다. 더이상 오빠에게 접근하지 않았으면 싶을 정도였다.

오빠의 친구인 만큼 유미코는 구리하시를 어릴 적부터 잘 알고 있었다. 구리하시 히로미는 장수암 앞길을 따라 북쪽으로 나아간 상가 한구석에 위치한 구리하시 약국의 외동아들이다. 부모들끼리도 잘 알고 지낸다.

어릴 때 유미코는 오빠를 따라 구리하시와 자주 어울려 놀았다. 몸이 둔한 오빠보다는 구리하시가 몸도 날렵하고 운동도 잘해서 매력적으로 보였다. 구구단도 제대로 못 외워 끙끙댔던 가즈아키와는 대조적으로 히로미는 모든 점에서 우수했다.

유미코는 일기를 쓰는 습관이 있었다. 초등학교 사학년 때 시작해 지금까지 하루도 빠짐없이 일기를 쓰고 있다. 일기장도 모두 보관하고 있다. 이번에 집을 새로 지어 짐을 정리할 때 벽장 한구석에서 나온 초등학교 때 일기를 읽고 혼자 웃기도 했다. 오학년 일학기 때 이런 일기가 있었다.

'오빠도 구리하시 오빠처럼 운동을 잘하면 얼마나 좋을까. 나는 구리하시 오빠가 좋다. 우리 오빠는 너무 멍청하다. 구리하시 오빠가 우리 오빠면 좋겠다.'

당시의 유미코에게 구리하시는 동경의 대상이었다.

누렇게 바랜 일기장을 넘기면서 유미코는 어린 시절의 추억을 떠올렸다. 오빠에게 상처를 준 일도 있었다. 생각만 해도 괴롭고 부끄러워

한때는 일기장을 불태워버리려고도 했다. 그러나 과거의 잘못을 감추는 것은 비겁한 일이라는 생각이 들어 그대로 보관하기로 했다.

그날 밤, 유미코는 가즈아키에게 오빠 욕을 잔뜩 쓴 일기장이 나왔다고 고백했다. 그러자 가즈아키는 웃으면서, 어릴 적엔 자기가 정말로 둔했다고 말했다.

가즈아키의 성적은 중학교 때도 바닥을 기었다. 결코 게으름뱅이는 아니었다. 솔직한 성격에 선생님 말씀도 잘 들었다. 시키는 대로 예습 복습도 철저히 했다. 하지만 성적은 오르지 않았다.

운동능력도 학업성적과 비슷했다. 특히 중학교에 들어가서는 그 정도가 더 심했다.

그 때문에 한때 큰 소동이 일어난 적도 있었다. 가즈아키는 일학년 때 테니스부에 들어갔는데, 이학기가 시작되면서 담당 교사가 그만두라고 해서 울면서 포기해야 했다. 너무 둔해서 다른 학생들의 활동에 방해가 된다는 담당 교사의 설명에, 평소에 얌전하기로 소문난 아야코가 학교로 찾아가 교장에게 강력하게 항의했다. 그러나 가즈아키는 동급생들의 따가운 시선을 견디다 못해 테니스부를 그만두고 말았다.

그 당시의 일에 대해서도 유미코는 일기에 썼다. 오빠는 둔해서 보기 싫다는 말을 비뚤비뚤한 글씨로 크게 적어놓은 것이었다. 그 일기를 다시 읽으면서 유미코는 가슴이 아프고 눈시울이 뜨거워졌다.

구리하시 히로미도 테니스부였는데, 친구이면서 오빠 편을 들어주지 않고 위로도 해주지 않는다고 불평하는 일기도 있었다. 당시 일부 부원들은 담당 교사의 처사가 심하다고 비판하면서 집단 탈퇴의 움직임을 보이기도 했지만, 구리하시는 시종일관 모른 척했다.

테니스부를 떠난 가즈아키는 수영부의 문을 두드렸다. 수영 교사가 학생 하나하나를 자식처럼 따뜻하게 지도해주는 것을 보고 담임선생이 권했기 때문이었다. 선택은 틀리지 않았다. 그곳에서 가즈아키는 테니스부에서처럼 주눅이 들지 않고 점차 물에 익숙해져갔다.

커다란 전기도 찾아왔다.

수영부의 가키자키 선생은 당시 삼십대 중반에 키는 작지만 근육질의 강골이었다. 그 선생이 중학교 이학년 여름방학 때 장수암을 찾아온 것이었다. 노부카쓰 부부는 깜짝 놀라면서 선생을 정중하게 맞이했다. 그리고 가키자키 선생의 말을 듣고는 더 놀라고 말았다. 가즈아키의 학업성적과 운동능력이 떨어지는 것은 그의 능력이 부족해서가 아니라 시각장애 때문일지도 모른다는 것이었다.

그날의 일도 유미코는 일기에 썼다.

'오빠는 눈이 나쁘다고 한다.'

그리고 이 가키자키 선생의 방문은, 가즈아키의 오랜 불행이 끝나고 구리하시 히로미가 유미코가 동경해 마지않던 백마 탄 기사의 자리에서 내려오게 되는 것으로 이어진다.

유미코가 테이블을 정리하고 카운터로 돌아왔을 때도 가즈아키는 여전히 수화기를 들고 있었다. 유미코는 미간을 찌푸리며 오빠를 살폈다. 무슨 이야기를 듣고는 한참 반박을 하고, 상대가 다시 무슨 이야기를 하면 다시 말을 받았다. 당혹스러운 표정이었다.

핑크색 전화기는 장수암이 주문을 받는 전화이다. 개인적인 용건으로 오래 이야기해서는 안 된다. 가즈아키는 누구보다 그런 사실을 잘 알고 있다. 아마도 구리하시 히로미가 전화를 끊지 못하게 하고 있는 게 분명했다.

화가 난 유미코는 오빠 곁으로 가서 수화기 저편의 구리하시가 들을 수 있도록 일부러 큰 소리로 외쳤다.

"오빠, 지금 바빠. 빨리 전화 끊어."

가즈아키는 유미코의 눈치를 살피면서 전화기 저쪽을 향해 말했다.

"나 일하는 중이라서 안 돼."

기가 죽은 음성이었다. 그 목소리에 유미코는 더 화가 치밀었다.

겨우 전화를 끊은 가즈아키는 이마의 땀을 닦으며 말했다.

"구리하시는 늘 제멋대로야."

"그런 사람을 왜 상대해줘? 자기 입장만 생각하고 남이야 어떻게 되든 아무 상관도 안 하잖아."

"너무 그러지 마."

가즈아키는 천천히 주방으로 들어갔다. 유미코가 한마디 더 하려는데 전화벨이 울렸다. 이번에는 배달 주문이었다. 유미코는 밝은 목소리로 주문을 받았다.

그후 약 한 시간, 유미코는 정신없이 일했다. 신장개업인데다가 배달 주문이 많았다. 배달 아르바이트 남자애는 배가 고파 눈이 돌 지경이라고 한탄하면서 이리저리 바쁘게 달렸다. 아르바이트생 혼자서는 힘들어 유미코도 배달을 돕기 위해 준비를 하는데, 가게 문이 열렸다. 유미코는 반사적으로 어서 오세요, 하고 큰 소리로 외쳤다. 구리하시였다.

"어머, 구리하시로구나."

아야코가 그릇을 든 채로 말했다.

"안녕하세요, 아주머니."

구리하시는 고개만 까닥해 인사를 하고 웃었다. 얇은 재킷을 걸치고 오른팔에는 커다란 다이버용 시계를 차고 있다. 남성 패션잡지에서 흔히 볼 수 있는 차림새였다.

"야, 가게가 정말 깨끗해졌네요."

"고마워, 다들 걱정해준 덕분이야."

아야코는 늘 사람을 따뜻하게 대한다. 그녀에게 구리하시 히로미는 어디까지나 아들의 어릴 적 친구이다. 한때 평판이 나빴던 적도 있지만, 다 지나간 과거이다.

주방에 있는 가즈아키도 구리하시가 온 것을 알고 그쪽을 바라보고 있다. 유미코는 재빨리 오빠의 표정을 확인했다. 엷은 웃음을 짓고 있었지만, 친구의 방문을 환영하는 표정은 아니었다.

아야코가 웃으며 말했다.

"오늘은 너무 바빠서 나도 가즈아키도 눈코 뜰 새가 없어."

유미코는 주방 기둥 뒤에 숨어서 구리하시의 표정을 살폈다. 여전히 빙긋빙긋 웃고 있었다.

"정말 바쁜 것 같네요. 개업 축하 선물 가지고 왔어요."

구리하시는 엄지손가락으로 바깥을 가리켰다.

"차에 실어놓았는데, 가지고 와도 돼요?"

"아, 고맙긴 하지만……"

구리하시는 바깥으로 나가더니 커다란 화분을 하나 들고 들어왔다. '축 신장개업'이라는 리본이 달려 있었다.

"어머나, 이렇게 멋진 화분을!"

아야코는 깜짝 놀라 눈을 동그랗게 떴다.

구리하시는 호접란을 아야코에게 내밀었다. 유미코는 어머니가 화분을 고맙게 받아드는 모습을 차마 볼 수 없어 가게로 나왔다.

"아, 유미코, 오랜만이네."

구리하시는 눈을 가늘게 뜨고 기쁜 듯이 말했다.

"정말 멋진 가게야."

유미코는 말없이 고개를 숙이고 커다란 호접란 화분을 빼앗아들며 말했다.

"이런 비싼 선물은 받을 수 없어."

유미코는 화분을 구리하시 쪽으로 내밀었다. 구리하시는 웃으면서 손을 저었다.

"사양할 거 없어, 유미코. 아주머니, 받아주실 거죠?"

아야코는 당혹스러워했다.

"정말 고맙긴 하지만…… 너무 비싼 거 아닌가?"

"괜찮아요. 신장개업 축하 선물인걸요. 제 성의니까 받으세요."

활달한 말투로 그렇게 말하고 구리하시는 주방 쪽을 흘끗 바라보았다.

"가즈아키, 잠깐 할 얘기가 있는데, 오 분만 시간 좀 내줘. 아주머니, 괜찮죠?"

아야코가 머뭇거리는 틈을 타서 구리하시는 주방 안으로 거침없이 들어갔다. 유미코는 혀를 끌끌 찼다.

"엄마도 정신 좀 차려. 저 사람, 오빠를 종처럼 제멋대로 부리고 있잖아. 오빠에게 접근하지 못하게 해야 해."

"그렇지만 어릴 적 친군데 어쩌겠니. 남자들 일에 여자가 끼어들면 안 돼."

유미코는 내뱉듯이 외쳤다.

"엄마는 너무 물러."

손님들이 호기심 어린 눈길을 던지고 있었다. 유미코와 아야코는 가게 안으로 돌아갔다. 커다란 호접란은 일단 핑크색 전화기 옆에 내려놓았다.

구리하시는 가즈아키를 주방 구석으로 데리고 가서 뭔가 이야기를 하고 있었다. 가즈아키의 얼굴에 그늘이 져 있었다. 유미코는 서둘러 두 사람 사이에 끼어들려고 했지만, 아버지가 고함을 쳤다.

"유미코, 가도다 빌딩에서 주문한 거 다 됐다. 네가 가야지."

유미코는 할 수 없이 물러나야 했다. 구리하시는 가즈아키에게 뭔가를 열심히 설명하고 있다. 무슨 이야기를 하는 걸까?

"유미코! 빨리 가."

마침내 다카이 노부카쓰의 목소리가 거칠어졌다. 노부카쓰의 화난 목소리에 구리하시와 가즈아키도 놀란 모양이었다. 구리하시는 이야기를 멈추고 재빨리 노부카쓰 쪽을 살폈다. 그 눈길이 유미코의 시선과 마주쳤다. 호접란을 내밀 때의 상냥한 눈길이 아니었다.

할 수 없이 유미코는 배달 준비를 서둘렀다. 출구 쪽으로 나가는데, 구리하시의 밝은 목소리가 들려왔다.

"그럼 부탁해."

그러고는 주방 전체를 향해 더 큰 소리로 인사를 했다.

"바쁘신데 죄송합니다."

다카이 노부카쓰는 조리하던 손길을 멈추지 않은 채 구리하시 쪽을 향해 가볍게 머리를 숙였다.

"축하 선물 고마워."

"별말씀을요."

구리하시는 그렇게 말하고 바깥으로 나갔다. 유미코도 서둘러 뒷문으로 나가 철가방을 든 채 구리하시 뒤를 따라갔다.

그는 가게 앞 도로에 차를 세워두고 있었다. 막 운전석 문을 열고 들어가려는 참이었다. 새로 뽑은 듯한 빨간 스포츠카. 프라모델처럼 번쩍거리는 차였다.

조수석에 여자가 앉아 있었다. 긴 머리의 젊은 여자는 차와 똑같은 빨간색 옷을 입고 있었다.

유미코의 얼굴을 보고 구리하시는 동작을 멈추더니 뒤를 돌아보았다. 조수석의 여자도 고개를 돌려 유미코를 바라보았다.

구리하시는 웃으며 말했다.

"어이, 유미코, 배달 나가는구나."

유미코는 두 손으로 철가방을 끌어안고 구리하시에게서 이 미터 정도 떨어진 곳에 멈춰 섰다. 화려한 스포츠카를 타는 잘생긴 젊은 남자와 세련되어 보이는 젊은 여자. 그 앞에 철가방을 들고 바보처럼 멍하니 선 젊은 여자.

"오빠한테 무슨 말을 한 거예요? 분명히 말해두겠는데, 오빠에게 접근하지 말아요. 오빠는 마음이 약해서 말은 못 하고 있지만, 사실은 구리하시 오빠를 싫어한다구요."

"가즈아키가 날 싫어한다고?"

구리하시는 어이없다는 표정을 지었다.

"우리는 어릴 적부터 친구야."

그 말이 유미코의 감정을 건드렸다.

"어릴 적부터 안다고 해서 다 친구는 아니잖아요. 구리하시 오빠, 제발 오빠를 괴롭히지 말아주세요."

"그런 적 없어."

"나, 다 알고 있어요. 지난번에도 오빠를 불러내서 마작 빚을 대신 갚게 했잖아요! 십이만 엔이나. 술 마시러 가도 술값은 항상 오빠가 내죠? 전부 알고 있단 말이에요."

구리하시는 조수석의 여자를 향해 웃어 보였다. 빨간 옷의 여자는 유미코를 바라보더니 흥, 하고 코웃음을 쳤다.

"유미코는 남자들 세계를 몰라."

헤실헤실 웃으면서 구리하시는 그렇게 말했다.

"가즈아키도 성깔 있는 여동생 때문에 고생이 많겠어."

"오빠가 구리하시 오빠 때문에 힘들어한단 말이에요."

"가즈아키가 힘들어한다고? 우리는 옛날부터 친구였어. 너도 우리랑 같이 놀았잖아. 그런데 나한테 이러면 안 되지."

구리하시는 손가락으로 유미코를 가리키며 조수석의 여자에게 말했다.

"얘 말야, 옛날에 내게 연애편지 보낸 적도 있다?"

유미코는 얼굴이 뜨거워지는 것을 느꼈다. 저도 모르게 철가방을 든 손에 힘을 주었다.

"그건 옛날 일이야!"

"얼굴 빨개졌네. 어휴, 귀여워."

구리하시와 여자가 웃었다. 웃으면서 여자는 넌더리가 난다는 표정으로 유미코를 바라보았다. 그 표정이 유미코의 부아를 돋우었다.

"그건 연애편지가 아니었어."

"어이, 그렇게 흥분하지 마, 유미코."

"이상한 건 당신이야!"

구리하시는 어깨를 으쓱했다.

"어이구, 무서워. 이제 막말까지 하네."

유미코는 턱을 잡아당기며 두 발에 힘을 넣었다.

"옛날부터 당신이 오빠를 이용하고 있다는 걸 난 알고 있어요. 부모님보다도 더 잘 알아요. 중학교 이학년 여름방학 때. 기억하죠?"

유미코가 강하게 나오자 구리하시는 조금 놀란 듯했다. 문에 기대고 있던 몸을 일으켰다.

"유미코, 왜 이래? 무섭게시리."

유미코는 틈을 주지 않고 말을 이어갔다.

"그 이후로 나는 단 한번도 당신을 믿지 않았고, 당신을 좋아하지 않았어요. 어릴 적 친구? 웃기는 소리 하지 마세요. 지금도 난 알아요. 당신이 오빠를 이용하고 있다는 걸. 오빠는 바보같이 마음만 좋아서 당신 하는 대로 질질 끌려다니고 있을 뿐이란 말이에요."

조수석의 여자가 코맹맹이 소리로 말했다.

"얘 뭐니? 완전 히스테리야."

그러나 유미코는 물러서지 않았다.

"저런 화분 하나 들고 와서 눈속임하려고 하지 마세요. 아버지 어머니는 속을지 모르지만, 난 절대로 속지 않아요. 어릴 때부터 당신의 정체를 잘 알고 있으니까, 절대로 속지 않는단 말이에요. 다시는 오빠에게 접근하지 마세요. 알겠어요?"

유미코의 말이 끝나기도 전에 구리하시는 운전석에 올라 시동을 걸었다. 마지막 말은 듣지도 않고 그대로 달려가버렸다.

기억의 심연에서 솟구쳐오르는 쓰디쓴 추억을 곱씹으며 유미코는 바르르 떨고 있었다. 가즈아키가 중학교 이학년 때 여름, 가키자키 선생이 찾아왔었던 일을.

3

갑작스러운 가키자키 선생의 방문에 노부카쓰는 당황했다. 오후 장사를 준비하는 시간이라 가게 문은 닫혀 있었다. 노부카쓰와 아야코가 늦은 점심을 먹고 있을 때였다.

좁은 방에 자리를 잡고 앉자마자, 가키자키 선생은 갑작스럽게 찾아와서 미안하다면서 가즈아키에 대해 할 말이 있다고 했다. 가즈아키는 그때 유미코와 함께 구청에서 운영하는 수영장에 가고 없었다.

학업성적, 운동능력, 친구와의 교제문제 등 가즈아키에 대한 걱정거리는 끊일 날이 없었다. 수영부로 옮긴 지도 일 년 가까이 되었는데, 테니스부에 있을 때와는 달리 클럽 활동에 재미를 붙였는지 틈만 나면 수영부 가키자키 선생님이 좋은 분이시라고 말하곤 했다. 그런 선생이 또 자식을 포기할 수밖에 없다는 말을 하려고 온 것일까. 아야코는 가슴을 졸였다.

"가즈아키가 수영부를 그만둬야 하나요? 무슨 잘못이라도……"

가키자키 선생은 눈을 동그랗게 떴다. 그러고는 햇빛에 그을린 얼굴에 푸근한 미소를 머금으며 고개를 가로저었다.

"죄송합니다. 너무 갑자기 찾아오는 바람에 놀라신 모양이군요. 그런 용건으로 찾아온 게 아닙니다. 가즈아키에겐 아무 문제 없습니다. 성실하고 솔직하고 아주 착한 학생입니다."

그 말을 듣고 아야코는 놀란 가슴을 쓸어내리며 눈물을 글썽였다. 지금까지 어떤 선생도 가즈아키를 그렇게 평가해주지 않았다. 신경을 많이 써야 한다, 능력이 떨어진다, 다른 학생들에게 방해가 된다, 그런 말만 들어왔다.

"학교에서 다른 학생들에게 방해가 되는 것 같던데……"

눈물을 삼키며 아야코가 그렇게 말하자 가키자키 선생은 바로 그 문제 때문에 찾아왔다고 했다.

"부모님은 지금까지 가즈아키를 지켜보시면서, 혹시 아이가 눈이 나쁠지도 모른다는 생각은 해보지 않으셨나요?"

아야코와 노부카쓰는 서로의 얼굴을 쳐다보았다.

"근시는 없는 것 같은데요. 시력 검사 때도 아무 이상이 없었고, 난시도 아니라고 했구요."

아야코의 말에 선생은 고개를 끄덕였다.

"그건 저도 잘 알고 있습니다. 시력은 분명히 문제가 없습니다. 하지만 가즈아키를 잘 관찰해보면 칠판 글씨나 프린트된 문장을 잘 읽지 못하는 것 같습니다. 시력에는 이상이 없는데도 말이죠. 그리고 수학 계산도 싫어하지요?"

아야코는 슬픈 표정으로 고개를 끄덕였다.

"초등학교 때도 구구단을 잘 못 외웠어요."

"게을러서 그런 건 아닙니다. 가즈아키는 열심히 하고 있습니다."

"그건 그렇습니다."

노부카쓰가 처음으로 입을 열었다.

"그애는 무슨 일이든 열심히 합니다."

"바로 그겁니다."

가키자키는 몸을 앞으로 내밀며 말했다.

"그게 이상하다는 겁니다. 수영부에서 활동하는 걸 보면 가즈아키는 결코 머리가 나쁜 애가 아닙니다. 다른 사람 말을 이해하고 자신의 의견을 내는 것만 봐도 알 수 있습니다. 수영장 청소나 도구 손질을 할 때도 효과적인 분담방법을 생각해서 제안하기도 합니다. 머리가 나쁜 게 아니라 오히려 평균 이상의 판단력과 상상력을 가지고 있습니다."

아야코는 다시 한번 남편의 얼굴을 멀뚱히 쳐다보았다. 노부카쓰는 선생의 얼굴을 보고 있었다. 그 과묵한 표정에 놀라움이 떠오르고 있었다.

"제 친구 중에 의사가 있습니다. 대학 때 서클 활동을 같이 한 친구인데, 잠시 연구를 위해 미국으로 건너갔다가 지난달에 돌아와서 오랜만에 만났습니다. 지금은 의과대학 연구실에서 근무하고 있고, 전공은 시각장애입니다."

"시각장애……"

"예, 간단히 말해, 눈의 이상에 대해 연구를 하고 있지요. 오랜만에 만난 그 친구가 흥미로운 이야기를 들려주었습니다. 일본에서는 매우 드물지만, 미국에서는 시각장애로 인정되어 전문치료기관까지 생겼다는 어떤 병에 대해 연구하기 위해 미국에 갔다 왔다는 겁니다."

알 듯 모를 듯한 표정으로 다카이 부부를 향해 미소를 보내며 가키자키 선생은 말을 이어갔다.

"어려운 전문용어는 생략하기로 하고, 간단히 말하면, 시력이 좋고 나쁜 것과는 상관없이 사물이 잘 안 보이는 병이랍니다. 더 정확히 말하자면, 보고 싶어도 보이지 않는 거지요. 미국에서는 이십 년 전부터 그런 증상에 대한 연구가 진행되었다고 합니다. 현재 환자의 대부분은 어린이인데, 그건 어른에게 이런 병이 없어서가 아니라 본인도 모른 채 병을 안고 그냥 살아가기 때문입니다. 눈의 이런 기능장애를 인식하게 된 건 아주 최근의 일이니까요."

"그런 눈병을 뭐라고 하나요?"

아야코가 참지 못하고 물었다.

"병이 아닙니다. 시력에는 이상이 없기 때문이지요. '기능 이상'이라고 해야 할 겁니다."

"기능 이상?"

"예. 우리는 두 개의 눈으로 사물을 보지 않습니까? 그런데 드물게는 그 둘 중 하나만으로 사물을 보는 사람이 있다고 합니다. 즉, 한쪽 눈은 전혀 기능하지 않는다는 겁니다."

노부카쓰는 더이상 궁금증을 견디지 못하고 입을 열었다.

"다래끼가 났을 때 안대를 하면 한쪽으로만 보지 않습니까? 그것과 비슷합니까?"

"아, 그렇게 단순한 게 아닙니다. 한쪽 눈의 시신경과 그것을 다스리는 뇌의 일부분이 전혀 작동을 하지 않기 때문에, 안대로 한쪽 눈을 가리는 것보다 더 나쁜 거지요."

가키자키 선생은 손을 들어 손가락을 꼽으며 수를 헤아렸다.

"정말 심각한 것은 이런 증상을 가진 사람은 글자의 형태를 정확히 파악하지 못한다는 것입니다. 예를 들면, 그런 사람에게는 ABCD 같은 글자도 우리의 눈에 보이는 것처럼 보이지 않습니다. 우리가 보는 것하고는 다른 형태로 보인다는 거지요. 그러므로 외울 수도 없고 쓸 수도 없습니다. 쓴다 해도 똑바로 쓸 수 없습니다."

아야코는 한 손으로 입을 가리면서, 세상에 그런 말도 안 되는 소리가 어디 있느냐고 항의하고 싶은 것을 억지로 참아야 했다.

"그렇기 때문에 이런 질환을 가진 사람은 어른 아이 할 것 없이 글씨가 엉망이라는 겁니다. 가즈아키는 글자를 잘 못 쓴다고 자주 야단을 맞지요?"

아야코가 멍하니 고개를 끄덕였다.

"네, 노트에 뭘 썼는지 도무지 알아볼 수가 없을 정도예요."

"아버지 어머니는 어릴 때 글씨가 어땠습니까?"

아야코가 남편의 얼굴을 바라보자 노부카쓰는 겸연쩍은 표정으로 말했다.

"나도 글씨를 잘 못 쓰는 편입니다."

"그렇지만 가즈아키 정도는 아니잖아요?"

"그러니까 저도 정말 이상하다고 생각했습니다. 가즈아키만 왜 저렇게 글씨를 못 쓸까 하고."

가카자키 선생은 고개를 끄덕였다.

"그리고 가즈아키는 수학을 잘 못하지 않습니까? 그것도 이런 질환을 가진 사람의 특징적인 면입니다. 그들에게는 숫자의 형태나 나열이 우리와는 다르게 보입니다. 본인은 배운 대로 하지만 그 결과를 보면 완전히 다릅니다. 그렇지만 주위 사람들은 그들의 시각이 정상인과는 다르다는 사실을 모릅니다. 본인도 모르니까요. 그들에게는 자신의 눈에 보이는 것이 현실이니까요. 자신이 보고 있는 글자가 옆자리의 친구가 보는 글자와 전혀 다른 모양이라는 사실을 모르고 있는 겁니다. 그래서 이런 질환을 가진 아이는 거의 대부분 지능이 낮다는 판정을 받고 맙니다."

아야코는 눈을 깜빡이면서 가키자키 선생의 얼굴을 바라보았다. 이윽고 그녀도 가키자키 선생의 말을 이해하게 되었다.

"그러니까 선생님은 가즈아키가 그런 증상이 아니냐는 건가요?"

"그럴 가능성이 있다는 겁니다. 친구에게 의논해보았더니 그런 것 같다고 했습니다. 그래서 그 대학 연구실에 가서 검사를 한번 받아보는 게 어떨까 해서 찾아왔습니다."

검사라는 말에 다카이 부부는 겁먹은 표정을 지었다.

"아, 별것 아닙니다. 가즈아키에게 여러 가지를 보여주고, 어떻게 보이는지 보이는 대로 그려보라고 하는 검사입니다. 다시 한번 말하지만, 이건 절대로 병이 아닙니다. 일종의 뇌기능장애이기 때문에 약을 먹거나 수술을 해서 나을 일이 아닙니다. 두 눈이 정상적으로 기능할 수 있도록 '훈련'을 시키는 길밖에 없습니다."

아야코의 얼굴이 밝아졌다. 눈에는 눈물이 글썽이고 있었다.

"이런 기능장애가 왜 일어나는지에 대해서는 아직 밝혀지지 않았습니다. 다만 유전이 아니라는 것만은 확실하고, 아기 때 잘못 키운 탓도 아니라고 합니다. 그렇기 때문에 가령 가즈아키가 이런 기능장애를 가진 것으로 판명된다 하더라도 절대로 부끄러워할 필요는 없습니다. 부모에게는 아무런 책임이 없으니까요."

아야코에게는 그 말이 구원의 신호와도 같았다. 노부카쓰는 입을 다문 채 고개만 끄덕이고 있었다.

"선생님, 가즈아키한테는 이 이야기를……"

"아직 확실하게 알리지는 않았습니다. 다만, 가즈아키에게 공부를 잘

못 하는 건 네 책임이 아니라 다른 원인 때문일 거라는 말은 했습니다. 그래서 부모님을 만나러 갈지도 모른다고도 해두었습니다."

그리고 자신의 말을 받아들인다면 부모가 직접 가즈아키에게 자세한 이야기를 해주기 바란다고 했다.

"가즈아키가 좀더 자세하게 알고 싶어하면 제가 설명해줄 거라는 말도 해주십시오. 그리고 부모님과 함께 의논해서 검사를 받으러 갈지를 결정하면 어떨까요? 친구는 언제든지 좋다고 하니까, 주저하지 말고 연락주십시오."

대학병원이니 연구실이니, 권위 있는 이름을 가진 곳이면 무조건 겁을 먹는 다카이 노부카쓰는 목을 움츠리며 이렇게 말했다.

"그런 곳에 가면 왠지 불편해서…… 이 부근 안과에 가면 안 될까요?"

가키자키는 웃었다.

"이 부근의 안과의사는 별 도움이 안 될 겁니다."

아야코가 끼어들었다.

"병만 고칠 수 있다면, 아무리 멀고 무서운 곳이라도 가야지요."

그러고 나서 가키자키 선생은 잠시 잡담을 나누면서 가즈아키가 돌아오기를 기다렸다. 그러나 한여름 오후에 수영장으로 놀러 간 아이가 빨리 돌아올 리가 없었다. 어차피 내일 수영부 연습 때 만나게 될 테니 이만 가겠다며 가키자키는 돌아갔다.

저녁 다섯시에 시작되는 영업 준비를 하면서 아야코는 이런저런 생각을 해보았다. 희망의 빛이 보이기 시작했다. 가슴이 뜨거워졌다. 늘 자식에 대해 자부심을 가지고 있었다. 그렇게 성실하고 솔직한 아이도 없을 것이라고 생각했다. 그런 성격 때문에 지금까지 학교에서 따돌림을 당하면서도 견딜 수 있었던 것이다. 가즈아키는 다른 사람이 모르는 핸디캡을 가지고 있다. 그애에게는 아무런 잘못이 없는데도.

벅찬 가슴을 억누르며 주방으로 들어가는데 멀리서 구급차 사이렌이 들려왔다.

"뭘까?"

노부카쓰가 일손을 멈추고 고개를 들었다.

"점점 가까워지는데."

아야코는 가게 앞으로 나가보았다. 구급차는 장수암을 지나 상가 쪽으로 가고 있었다. 불길한 예감이 들었다.

구급차가 지나간 후 가게로 돌아오니 저쪽 골목에서 새카맣게 그을린 가즈아키와 유미코가 이야기를 나누며 돌아오는 것이 보였다. 자식에 대한 뜨거운 사랑이 가슴을 가득 채웠다. 아야코는 두 아이를 향해 외쳤다.

"어서 오렴!"

두 아이가 아야코를 보았다. 유미코가 달려왔다. 가즈아키가 "다녀왔어요" 하고 말했다. 그때 경찰차 소리가 들려왔다.

경찰차는 빨간색 등을 반짝이며 구급차가 달려간 방향으로 사라졌다. 가즈아키와 유미코는 멈춰 서서 눈을 동그랗게 떴다. 아야코는 두 아이 곁으로 다가가서 경찰차가 사라진 방향을 바라보았다.

"상가 쪽이야."

가즈아키는 불안하고 걱정스러운 표정으로 그렇게 말했다. 그 표정은 아까 구급차의 사이렌을 듣고 일손을 멈춘 노부카쓰의 표정과 흡사했다. 누가 다쳤을까? 누가 쓰러졌을까? 불이 난 걸까?

그것은 '어른'의 반응이었다. 저 먼 하늘에서 독수리의 그림자를 최초로 발견한 기러기떼의 리더처럼 목을 쭉 뽑고, 귀를 기울이며, 어린아이와 노인을 지키려는 '어른'의 표정이었다.

아야코는 아들이 나이보다 성숙한 태도를 보인다는 것을 비로소 깨달았다. 보통 가즈아키 나이의 아이라면 경찰차나 구급차를 보면 호기심부터 느끼기 마련이다. 그래서 무슨 일인가 하고 구급차를 따라간다. 그런 아이들은 결코 길가에서 발걸음을 멈추고 걱정스러운 눈길로 경찰차의 빨간 등을 바라보지 않는다.

아야코가 그런 생각을 하고 있는데, 유미코가 가즈아키의 소매를 잡아끌면서 말했다.

"오빠, 우리 가보자."

그러나 가즈아키는 고개를 저었다.

"위험한 데는 안 가는 게 좋아."

아야코는 지금까지 가즈아키에게는 보통 아이와는 다른 점이 너무 많다고 생각했다. 그리고 그것이 가즈아키가 다른 아이보다 열등한 증거라고 받아들였다.

그러나 오늘은 달랐다. 가키자키 선생의 말이, 아야코의 내면에 형성되어 있던 가즈아키에 대한 이미지를 완전히 깨뜨려버렸다. 그리고 지금까지와는 달리 둔하고 패기 없는 아이라는 해석 대신 '성숙'이란 단어가 자리를 잡기 시작했다.

부모로서 자식에 대해 너무 몰랐다는 생각이 들었다. 미안했다. 자식의 말을 듣기보다는 선생이 무슨 말을 할 것인가에 더 신경을 썼던 것이다.

"집에 들어가자."

아야코는 유미코의 손을 잡았다.

"배고프지?"

장수암 사람들에게 상가 쪽에서 일어난 일에 대한 소식이 전해진 것은 가게 문을 닫은 후였다. 상가에서 가장 큰 슈퍼마켓의 주인이자 구의회의원이기도 한 다카하시 사장이 그 사건 때문에 노부카쓰를 찾아온 것이다.

노부카쓰와 아야코는 다카하시 사장의 말을 듣고 놀라지 않을 수 없었다. 오늘은 놀라운 일만 일어난다고 아야코는 생각했다. 그리고 솔직히 불쾌했다. 가게 문을 닫은 다음에 가즈아키를 불러 낮에 가키자키 선생에게 들은 이야기를 전할 생각이었기 때문이었다. 오늘밤만큼은 누구에게도 방해받고 싶지 않았다.

"전화로는 좀 이야기하기 곤란한 일이라서 말이야. 가게가 끝난 다음이면 괜찮을 것 같아서 이렇게 찾아왔네."

"아, 그러세요. 무슨 일이십니까?"

노부카쓰는 미심쩍은 표정으로 물었다.

"사실은 오늘 상가 쪽에서 좋지 않은 일이 있었네. 경찰차가 온 걸 봤나?"

"봤습니다만……"

"그 일 때문에 머리가 아파. 그래서 잠깐 의논할까 해서 왔지. 좀 앉아도 되겠나?"

손님 하나 없는 조용한 식당 안에서 다카이 부부와 다카하시 사장은 테이블에 마주 앉았다.

다카하시 사장은 노부카쓰보다 다섯 살 연상이지만, 머리가 한 올도 없이 다 벗어졌다. 그 머리는 늘 땀으로 번들거렸다. 호방한 듯해 보이면서도 한 걸음만 잘못 내디디면 천박한 뒷골목으로 추락해버릴 것 같은 분위기를 풍기는 인물이지만, 장사 잘되는 슈퍼마켓의 사장에다 구의회의원으로 연속 당선되었으니 나름대로 인망이 있음이 분명했다.

장수암은 상가 바깥에 위치해 있기 때문에 직접적으로는 상가의 활동에 관여하지 않지만, 상가 주인들의 모임에는 가입해 있다. 다카하시는 그 모임의 전 회장으로 지금도 여전히 힘을 과시하고 있었다. 그래서 서로 알고 지내기는 했지만, 상가에서 발생한 문제에 대해 의논할 상대가 될 정도로 깊은 관계는 아니었다.

안 좋은 예감이 들었다.

불안한 표정의 다카이 부부에게, 다카하시는 자신도 이런 말을 하고 싶지는 않다는 듯 얼굴을 찡그리며 말을 꺼냈다.

"구리하시 씨라고 알지? 상가 맨 북쪽 끝에 있는 약국."

"네, 알고 있습니다."

"구리하시 씨 아들하고 자네 아들하고 동급생이라며?"

노부카쓰와 아야코는 고개를 끄덕였다.

"예, 초등학교 때부터 같이 다녔습니다."

"그쪽에서도 그러더군. 그래서 자네한테 말하는 건데, 오늘 오후에 경찰차가 온 건 그 구리하시 씨 아들이 일을 저질러서야."

아야코는 저도 모르게 몸을 앞으로 기울이며 물었다.

"히로미가 말입니까?"

다카하시는 쓸쓸한 표정을 지으며 말했다.

"손님을 때린 모양이야."

노부카쓰는 천천히 팔짱을 끼면서 한숨을 토해냈다.

"히로미가 약국을 지키고 있었습니까?"

"그런 모양이야. 부모는 외출중이었고."

"그럼 혼자서?"

"그래, 그때 그 할머니가 온 거야."

"할머니?"

"자네 가게에서는 피해가 없었으니까 모를 게야. 들은 적 없나? 골치 아픈 할머니 말일세."

장수암 사람들에게는 금시초문이었다.

"아흔 살이 다 된 할머니인데, 돌봐줄 가족도 없이 역 서쪽에서 혼자 산다네. 물건을 사러 우리 상가 쪽으로 오곤 하는데, 손버릇이 나빠."

"손버릇……"

"하기야 본인도 제정신으로 그러는 거겠냐마는, 우리 가게에서도 물건을 그냥 들고 가기도 하고, 햄이나 빵 봉지를 그냥 뜯어버리기도 하고 말이야. 우유나 주스도 팩째 그냥 마셔버리곤 해. 몇 번이나 주의를 줬지만 노망기가 있는지 들은 척도 않아. 그래서 가게 사람이 화를 내면 비명을 지르기도 하고 울어버려. 모르는 사람이 보면 젊은것들이 노인을 괴롭힌다고 할 거야."

그러고 보니 채소가게 여주인이 그런 이야기를 한 번 한 것 같기도 했다. 몇 번이나 피해를 입었다고 했었다.

아야코가 그런 말을 들은 기억이 난다고 하자, 다카하시가 크게 고개를 끄덕였다.

"그래, 그래, 채소가게도 그랬지. 지난 4월이었는데, 할머니가 오렌지 껍질을 벗기고 그냥 먹기 시작하더래. 그래서 물건을 사고 난 다음에 먹으라고 했더니 들은 척도 않고 가버렸다는 거야. 몇 번이나 그런 일을 당하다 하루는 할머니를 나무랐더니, 가게 앞에 진열된 무 더미 앞에서 오줌을 싸는 바람에 큰 소동이 벌어졌지. 우리 슈퍼 직원 말로는, 그 할머니는 절대로 노망든 게 아니라고 해. 일부러 노망든 척하면서 공짜로 먹을 걸 가져간다는 거야."

"오늘 히로미가 때린 것도 그 할머니란 말씀인가요?"

아야코의 질문에 다카하시는 그제야 자신이 찾아온 목적이 생각난 듯, 손으로 무릎을 쳤다.

"그래, 네시쿄에 말이야, 약국 옆에 양품점이 하나 있잖은가?"

"무라다 씨 가게 말씀이군요."

"그렇지! '부티크 무라다'."

다카하시는 침을 튀기면서 말했다.

"그 무라다 씨가 구리하시 약국에서 누군가 비명을 지르는 걸 듣고 급히 달려갔대. 그랬더니 그 할머니가 바닥에 쓰러져서 울고 있었다는 거야. 머리에서 피를 흘리면서. 진열대가 넘어져서 약이 사방에 흩어져 있고, 구리하시의 아들이 하얗게 질린 얼굴로 서 있었다는 거야."

부티크 무라다의 여주인은 구리하시 히로미에게 어떻게 된 일이냐고 물었다. 그러나 히로미는 아무런 대답도 하지 않은 채, 주먹을 불끈 쥐고 쓰러진 노파에게 달려들려 했다. 노파는 이도 없는 입을 벌리고 비명을 지르면서 바닥을 벌벌 기어 도망치고 있었다.

"자네들도 알다시피 무라다 아주머니는 한 덩치 하잖나? 그 몸으로 그애의 앞을 가로막았지. 그래도 애가 너무 발버둥을 쳐서 큰 소리로 사람을 불렀어. 이웃 사람들이 모여들어서 애를 붙들고, 노파를 일으켜 세웠어. 그런데도 그애는 악에 받쳤는지, 노파가 가게를 벗어나자 이번에는 자기를 붙들고 있는 어른들에게 주먹을 날렸어. 약국 건너편 제본소 사장이 한 방 맞은 모양이야. 그래서 경찰차와 구급차가 오고 난리가 난 거지."

아야코는 구리하시 히로미의 얼굴을 떠올렸다. 가즈아키의 친구로 어릴 적에는 유미코와도 자주 어울려 놀았다. 활달하고 공부도 잘하는 좋은 애다. 그애가 그런 난폭한 행동을 하다니 정말 의외였다.

"히로미는 지금 어떻게 되었나요?"

"집에 있지. 경찰도 중학생을 잡아갈 수야 없으니까. 그렇지만 사람이 다쳤으니 경찰도 가만있을 수 없고 해서 조사를 하고 있는 중이야."

히로미의 부모는 한창 소동이 벌어지고 있을 때 집으로 돌아왔다.

"그 어머니는 히로미를 경찰에 데리고 가면 죽어버리겠다고 발버둥을 치고 있어. 그래서 나를 찾아온 거야. 일을 원만하게 처리해달라고. 하기야 어린애가 저지른 일이니 좀 야단을 치고 치료비만 대면 그만이겠지. 경찰도 더이상 문제가 복잡해지는 걸 원하지 않을 테고. 그런데 이번에는 상가에서 그 할머니 문제를 처리해달라고 요청해온 거야."

그런데 그 사건이 장수암과 무슨 관계가 있다는 말일까. 아야코와 노부카쓰의 표정에 그런 의문이 떠올랐다. 다카하시는 고개를 끄덕이며 손바닥으로 대머리를 쓰다듬었다.

"경찰차가 돌아간 다음 구리하시 약국에 갔다네. 그애 이름이 뭐라고 했지?"

"히로미입니다."

"그래, 히로미. 그애에게 대체 무슨 일이 있었길래 할머니를 때렸느냐고 물어봤지. 물론 나무라거나 하지는 않고, 네 기분을 잘 안다고 달래면서 말이야."

히로미는 처음에는 입을 굳게 다물었다고 한다. 돌처럼 굳은 표정으로 바닥만 내려다보고 있었다는 것이다.

"애가 너무 고집이 세서 나도 화가 나더군. 폭력은 안 된다고 설교도 했지. 그랬더니 그 히로미라는 애가, 자기가 때린 게 아니라는 거야."

"때리려는 걸 사람들이 와서 말렸다면서요?"

"그렇긴 하지만, 처음에 때린 건 자기가 아니라는 거야."

아야코는 천천히 눈을 깜빡이며 다카하시의 얼굴을 바라보았다.

"다른 누구랑 같이 있었다는 말인가요?"

아야코의 물음에 다카하시는 잠깐 뜸을 들였다가 고개를 끄덕였다.

"그렇다고 하는군."

아야코는 소름이 끼쳤다. 그 다음 말은 듣지 않아도 알 수 있었기 때문이었다.

미안한 표정으로 대머리를 쓰다듬으며 다카하시는 말했다.

"그게 말이야, 자네 아들이라는 거야. 다카이가 놀러 와서 같이 가게를 보고 있었는데 그애가 할머니를 때렸다는 거지. 그러고 도망쳤다고. 자기도 깜짝 놀랐고, 소동이 벌어진 후로는 뭐가 뭔지 몰라서 그냥 발버둥을 친 거라고, 정말 미안하다고 머리를 숙였어."

아야코는 할 말을 잃고 말았다. 침묵을 지키고 있던 노부카쓰가 입을 열었다.

"우리 애는 오늘 오후에 수영장에 있었어요."

"맞아."

누군가가 끼어들었다. 아야코는 뒤를 돌아보았다. 주방 기둥 뒤에서 유미코와 가즈아키가 얼굴을 내밀고 있었다.

"수영장에 있었어."

유미코는 눈을 부라리며 다시 한번 말했다.

숨어서 이야기를 엿들은 모양이었다. 다카하시가 찾아온 것이 낮에 보았던 경찰차와 관계가 있을 것이라는 어린애다운 호기심 때문이었을 것이다.

유미코는 놀란 듯 눈을 동그랗게 뜨고 있었지만 가즈아키는 분명 떨고 있었고, 아야코와 눈이 마주치자 고개를 저었다.

'난 오늘 구리하시 약국에 가지 않았어. 나쁜 짓을 하지도 않았어.'

그런 의미일 것이다.

아야코는 아들의 성격을 잘 알고 있었다. 그런 만큼 한순간이라도 겁을 집어먹은 가즈아키가 불쌍했다. 그리고 한편으로는 짜증이 일었다. 나쁜 짓도 하지 않았는데 왜 그렇게 겁을 먹는 거야?

"이쪽으로 와."

아야코는 두 아이를 불렀다. 다카하시는 민망해했지만, 아야코는 당사자인 가즈아키가 없는 자리에서 그런 이야기를 듣고 싶지 않았다.

"여기 앉아. 아까 하던 이야기 들었지?"

아야코가 묻자 가즈아키는 머뭇머뭇 고개를 끄덕였다. 유미코는 당당하게 응, 하고 대답했다. 그러고는 걱정스러운 표정으로 어른들의 얼굴을 쳐다보았다.

"구리하시 오빠가 할머니를 때렸다는 거, 정말이야?"

아야코는 저도 모르게 쓴웃음을 지었다. 유미코에게 구리하시 히로미는 오빠의 친구를 넘어선 존재라는 것을 알고 있었기 때문이다. 지금은 그렇지 않지만, 초등학교 때만 해도 유미코는 하루 종일 가즈아키와 히로미를 따라다녔다. 가즈아키와 히로미의 관계보다는 히로미와 유미코의 관계가 더 가까웠다.

유미코의 가슴 한구석에는 아직도 그런 어릴 적 감정의 흔적이 남아 있을 것이다. 유미코는 이상하다는 듯이 얼굴을 일그러뜨리면서 중얼거렸다.

"구리하시 오빠가 왜 손님을 때렸을까? 또, 왜 우리 오빠가 때렸다고 했을까?"

다카하시가 말을 가로막았다.

"아직 구리하시가 때린 게 확실하지는 않아."

유미코는 재빨리 말을 받았다.

"그래요? 그렇지만 우리 오빠가 한 것도 아니잖아요. 오빠하고 나는 오늘 구리하시 오빠를 만나지도 않았어요. 오전에는 숙제를 했고, 두시에 가게 문을 닫은 다음에는 수영장에 간걸요."

"학교 수영장?"

"아니에요, 구립 수영장에 갔었어요."

"아, 그랬구나. 그럼 버스를 타고 갔겠구나."

유미코의 말에 고개를 끄덕이면서도 다카하시는 은근히 가즈아키의 표정을 살피고 있었다. 구리하시 히로미가 다카하시에게 얼마나 설득력 있게 말을 했는지는 몰라도, 다카하시는 벌써 가즈아키에게 상당한 혐의를 두고 그것을 확인하러 온 것임이 분명했다.

"그렇다면 구리하시가 뭔가 착각을 한 모양인데, 넌 어떻게 생각하니?"

가즈아키는 부루퉁한 표정으로 고개만 숙이고 있었다. 다카하시가 얼굴을 들여다보려 하자 눈길을 피하며 고개를 더 숙였다. 더이상 보고만 있을 수 없어 아야코가 입을 열었다.

"죄송합니다. 가즈아키는 낯을 좀 가려요."

"중학교 이학년인데 아직도?"

다카하시는 가즈아키에 대해 썩 좋은 인상을 갖고 있지 않은 것 같았다. 아야코는 안달이 났다. 이렇게 외향적이고 활동적인 사람은 머뭇거리는 아이를 별로 좋아하지 않는 법이다. 남자애일 경우는 더욱 그렇다.

"수영장에선 누구 아는 사람 만났니?"

유미코가 대답했다.

"만났어요. 미노리, 다나카 미노리."

"유미코가 오빠랑 같이 있을 때 만났니?"

"응, 그때 오빠는 어른 코스에 있었고, 나는 어린이 코스에 있었어요."

다카하시는 가즈아키를 곁눈질로 살폈다. 가즈아키는 바닥을 내려다보고 있었다.

"아, 가즈아키는 어른 코스에 있었구나."

"그렇죠, 오빠는 수영을 잘하니까. 나, 오늘 오빠에게 평영을 배운걸요. 오빠, 그렇지?"

여동생의 물음에 가즈아키는 그제야 천천히 고개를 끄덕였다.

"그러니까 구리하시 오빠가 이상해요. 오늘 구리하시 오빠랑은 만나지도 않았는데."

"유미코, 이제 그만 해라. 그건 알고 있어. 구리하시가 거짓말을 하고 있는 거야" 하고 노부카쓰가 말을 가로막았다.

내뱉는 듯한 말투였다. 다카하시는 노부카쓰의 얼굴을 바라보면서 일그러진 웃음을 흘렸다.

"다카이 씨, 화내지 말게."

"화를 내는 게 아닙니다."

"일을 처리해달라고 부탁을 받은 입장이라 사정을 밝혀야 하니까 말이야. 관계자들의 말을 정확히 들어야 하지 않겠는가."

아야코도 가만있지 않았다.

"그 할머니는 뭐라고 해요? 그 사람에게 물어보면 알 수 있잖아요. 누가 때렸는지, 맞은 당사자가 제일 잘 알 테니까요."

사장은 크게 손을 저었다.

"그게 문제라니까. 할머니가 치매라서 말야."

"그래도 물어보면 대답할지도 모르잖아요?"

"물어봤지만 알아들을 수 없는 말만 늘어놔서……"

"경찰에 맡기는 게 낫겠어요."

아야코는 화가 나서 노골적으로 그렇게 말했다. 그러자 다카하시는 눈을 뒤집으며 정색을 했다.

"어떻게 그런 말을 함부로 하시오. 경찰이 문제 삼고 나오면 우리 상가 전체의 이미지가 손상을 입어요."

아야코는 코웃음을 쳤다.

"여기 상가에 이미지 같은 게 있나요? 백화점이라면 몰라도."

경찰차가 나타나는 순간 벌써 알 사람은 다 알아버렸다. 이제 와서 숨겨봐야 소용없는 일이다. 상가 전체의 입장에서 볼 때도 굳이 숨겨야 할 이유는 없다. 숨겨야 하는 건 구리하시 약국과 히로미일 것이다.

"어차피 어린아이가 저지른 일이니 원만히 수습하는 데는 별 어려움이 없을 겁니다. 내가 처리하지요."

당사자들은 부탁하지도 않았는데 다카하시는 제 일이라도 되는 듯이 그렇게 말하고는 무릎을 탁 치더니 자리에서 일어섰다.

아야코는 느글느글한 다카하시의 행동에 화가 치밀어 인사도 하지 않았다.

아야코뿐 아니라 아이 둘도 다카하시에게 인사하지 않았다. 노부카쓰는 팔짱을 끼고 눈만 부라리고 있었다. 유미코는 입을 비죽 내밀고 있었고, 가즈아키는 여전히 바닥만 내려다보고 있었다. 갑자기 노부카쓰가 팔짱을 풀더니 가즈아키를 불렀다.

고개를 숙이고 있던 가즈아키는 깜짝 놀라 고개를 들어 아버지의 얼굴을 바라보았다.

노부카쓰는 아들의 눈을 빤히 들여다보며 굵직한 음성으로 천천히 말했다.

"너, 구리하시하고 싸우기라도 했니?"

가즈아키는 입을 반쯤 벌리고 고개를 힘껏 저었다.

"똑바로 대답해봐."

가즈아키는 겁먹은 눈길로 아야코를 바라보았다. 이때만큼은 어머니는 아들을 도와주지 않았다. 아버지에게 있는 그대로 말하라고 눈으로 말했다.

가즈아키는 더듬거리며 말했다.

"아, 안 싸웠어."

"그럼, 구리하시와 친구 사이냐?"

가즈아키는 고개를 저었다. 그러더니 황급히 말을 바꾸었다.

"응, 친구야."

"말을 확실히 해!"

가즈아키는 한참이나 침묵을 지키다가 당혹스러운 표정으로 말했다.

"친구인 것 같아."

"그렇다면 구리하시는 왜 죄도 없는 너를 걸고넘어지는 거지?"

유미코가 끼어들었다.

"이상해. 말도 안 돼."

"넌 입 다물고 있어."

유미코는 입을 다물었다.

"가즈아키, 넌 오늘 유미코에게 평영을 가르쳐줬고, 수영장 밖으로 나가지 않았지?"

"응" 하고 가즈아키는 고개를 끄덕였다.

"약국에 간 적 있어?"

"없어."

"히로미를 만났어?"

"안 만났어."

"그럼 약국에서 할머니를 때릴 수도 없겠지?"

가즈아키는 힘차게 고개를 끄덕이더니, 고개를 들고 비로소 당당하게 말했다.

"나는 할머니를 때리지 않아."

노부카쓰는 깊이 고개를 끄덕였다. 그러고는 후, 하고 숨을 내쉬고 말했다.

"아버지도 네가 그런 짓을 할 리가 없다고 생각한다. 그렇다면 구리하시는 거짓말을 했어. 그런데 왜 친구인 구리하시가 너에게 누명을 뒤집어씌우느냐는 거야."

가즈아키가 머뭇거리고 있는데 유미코가 끼어들었다.

"구리하시 오빠는 거짓말할 사람이 아냐."

"유미코!"

아야코가 딸을 나무랐다. 그러나 유미코는 볼을 불룩하게 하고 다시 항변했다.

"구리하시 오빠는 거짓말쟁이가 아니야."

노부카쓰는 미소를 지으며 유미코에게 물었다.

"그렇지만 아까 이야기는 구리하시가 거짓말을 한 거라고 생각할 수밖에 없어. 유미코는 어떻게 생각해? 아니면, 구리하시가 아니라 가즈아키가 거짓말을 한 거니?"

유미코는 발을 동동 구르며 말했다.

"그게 아니라, 오빠는 나랑 수영장에 있었어. 그리고 돌아오는 길에 경찰차가 지나가는 걸 봤어."

"그럼 오빠는 거짓말을 하지 않은 거지. 그렇다면 구리하시가 거짓말을 한 거잖아."

"그렇지 않아."

"뭐가 아니야?"

"구리하시 오빠는 거짓말을 할 사람이 아니야. 그러니까 이상하다구."

"뭐가 이상한데?"

"이야기가 이상하다는 거야. 구리하시 오빠가 그런 말을 할 리도 없고, 할머니를 때릴 리도 없어. 그러니까 이야기가 이상하다는 거야."

구리하시를 위해 열심히 변명을 하는 유미코 곁에서 아야코는 가즈아키의 얼굴을 조용히 들여다보고 있었다. 여동생이 구리하시는 거짓말을 할 사람이 아니라고 말하는 순간, 가즈아키는 눈을 동그랗게 뜨고 유미코의 옆얼굴을 바라보았다. 그리고 그때, 갑자기 그의 내면에서 뭔가가 쪼그라드는 것 같은 느낌을 받았다. 가즈아키의 내면에 깃든 그 혼은 날개를 접고 앉아 있는 어린 새와도 같았다. 유미코가 구리하시 편을 드는 순간, 그 어린 새는 더 작아져서 둥지 속으로 기어들려 하고 있었다. 아야코는 아들의 그런 내면을 피부로 느낄 수 있었다.

"나는 구리하시 오빠가 좋은 사람이라고 생각해."

유미코는 아버지를 향해 강변했다.

"할머니를 때렸다고? 정말 그런 일이 있었을까? 정말 이상해. 난 그게 너무 이상해."

그 순간, 아야코는 깨달았다. 유미코가 구리하시 히로미를 믿고 좋아하기 때문에 가즈아키도 아무 말을 못 하는 것이다.

아까 노부카쓰가 구리하시를 친구라고 생각하느냐고 물었을 때, 처음에는 부정하다가 금방 친구라고 생각한다고 말하지 않았던가. 그것도 유미코 때문일 것이다. 그렇다면 가즈아키와 구리하시 히로미 사이에는 한마디로 설명하기 힘든 뭔가가 있을지도 모른다. 그들은 어른들이 생각하는 그런 친구 사이가 아닐지도 모른다. 뭔가가 뒤틀린 관계일지도 모른다. 그렇지 않다면 왜 구리하시가 가즈아키에게 누명을 뒤집어씌웠겠는가.

열심히 구리하시 편을 드는 유미코 곁에서 입을 다물고 있는 가즈아키를 바라보는 아야코의 가슴은 슬픔으로 터질 것만 같았다. 오늘밤 가족이 모여서 할 이야기는 이런 게 아니었는데.

"유미코, 이제 그만."

아야코는 말을 가로막았다.

"너는 그만 자."

"그렇지만 엄마."

"그냥 자래두."

유미코는 아버지에게 도움을 청하는 눈길을 보냈지만, 노부카쓰는 팔짱을 낀 채 말없이 바닥만 내려다보고 있었다. 유미코는 불만스러운 표정으로 자리에서 일어섰다.

유미코가 물러난 다음, 아야코는 오늘 가키자키 선생이 찾아온 이야기를 하기 시작했다. 그리고 가즈아키에게 시각장애가 있을지도 모른다는 이야기도 했다. 가즈아키는 점점 눈을 반짝이며 고개를 들더니, 모르는 것을 묻기도 하면서 열심히 어머니의 말을 들었다.

자세한 건 내일 다시 이야기하자고 하고, 가즈아키를 재운 다음 아야코는 혼자서 욕실에 들어갔다. 왠지 모를 슬픔이 밀려와 눈물이 흘렀다. 자신이 우는 모습을 보기 싫어 거울을 피해 얼굴에 물을 끼얹었다.

유미코의 기억으로는, 오빠는 한 시간이나 아래층에서 올라오지 않았다. 자기 혼자만 따돌림당한 듯한 기분이 들어 대체 무슨 이야기를 하는지 계단 중간까지 내려가 귀를 기울여보았지만, 어머니가 무슨 말을 하는지는 잘 들리지 않았다.

'난 이제 어린애가 아냐. 둔하고 머리 나쁜 오빠보다는 내가 더 어른이란 걸 엄마도 잘 알면서.'

유미코에게 오빠 가즈아키는 아직 유미코의 어휘력과 이해력으로는 파악하기 힘든 복잡한 감정을 불러일으키는 존재였다.

가즈아키는 누가 보아도 머리 나쁘고 둔하고 구제불능이었다. 지금까지 몇 번이고 오빠가 없었으면 좋겠다는 생각을 했을 정도였다. 누군가 오빠를 좋아하느냐고 묻는다면 거침없이 싫다고 대답할 것이고, 없었으면 좋겠다고 대답할 것이다.

그러나 과연 그것이 진심일까.

어린 유미코는 그것을 알 수 없었다. 동네 야구에서도 삼진만 먹고, 뒤뚱거리면서 달리다가 베이스에 걸려넘어져 사람들의 웃음을 사도 머리를 긁적이며 저도 따라 웃는 오빠. 그러나 그런 오빠가 정말로 싫다면, 왜 책상에 앉아 숙제를 하는 오빠의 뒷모습을 보면 안타까운 기분이 드는 걸까. 카운터에서 거스름돈을 잘못 계산해서 손님에게 야단을 맞는 것을 보면 그 손님을 때려주고 싶은 것은 왜일까.

왜 오빠를 완전히 무시해버릴 수 없는 것일까?

그렇다. 문제는 바로 그거다. 없어지면 좋겠다고 생각하면서도, 왜 오늘처럼 하지도 않은 일을 했다는 누명을 쓰는 것을 보면 화가 치미는 것일까? 왜 오빠야 어떻게 되든 알 바 아니라고 내버려두지 못하는 것일까?

유미코는 잠을 이루지 못하고 잠옷 차림으로 책상에 앉아 일기를 쓰기 시작했다. 혼란스러운 기분을 있는 그대로 적고 있는데, 계단 쪽에서 발소리가 들려왔다. 재빨리 의자에서 일어나 문을 열었다.

"오빠, 무슨 이야기 했어? 구리하시 오빠에 대해서 무슨 말을 한 거야?"

가즈아키는 멍하니 얼굴을 들고 코끼리처럼 큰 덩치에 작은 눈을 반짝이며 유미코를 바라보았다.

"유미코, 나, 눈이 나쁘대" 하고 묘한 어투로 말했다.

"뭐야 그게? 그걸 물은 게 아냐. 구리하시 오빠에 대해서 물은 거야."

눈이 나쁘대, 라는 말을 몇 번이나 반복하면서 가즈아키는 자기 방으로 들어가버렸다.

멍청이, 하고 혼잣말을 내뱉고 유미코는 계단 아래쪽을 내려다보았다. 다시 내려가서 아버지 어머니에게 자신의 의견을 말해볼까 망설이는 사이에 아래층 불이 꺼졌다. 유미코는 단념하고 방으로 돌아갔다.

그로부터 일주일 동안, 구리하시 약국 사건과 구리하시 히로미에 대한 소문을 들을 수 없어 유미코는 초조했다. 약국 문은 닫혀 있고, 히로미는 집에 없는지, 있는데 안 나오는 건지 모습이 보이지 않았다.

다카하시는 사건에 대해 더이상 말을 하지 않았고, 장수암은 평소처럼 장사에 여념이 없었고, 유미코는 평소의 여름방학 생활로 돌아갔다. 사건에 대해 알고 싶었고, 구리하시 히로미가 걱정이 되기도 했고, 구리하시가 왜 오빠에게 누명을 뒤집어씌웠는지 그 이유도 알고 싶었다. 그런데도 아무도 말해주지 않았다. 어머니가 "수영장 안 가니?" 하고 묻거나 아버지가 "아이스크림 먹지 않을래?" 하고 물을 때마다, 지금 그럴 때냐고 고함이라도 지르고 싶었다.

한편 가즈아키는 하루하루가 바빴다. 수영부 연습일도 아닌데 매일 학교에 갔다가는 상기된 표정으로 돌아왔다. 가키자키 선생에게서 전화가 올 때도 있었다. 그럴 때마다 아야코가 먼저 전화를 받고, 다음은 가즈아키, 다시 아야코 순으로 수화기가 돌아갔다.

"그래요? 검사는 어떻게⋯⋯"

"아, 연구실이 여름휴가라⋯⋯"

"예, 정말 감사합니다. 가즈아키도 너무 좋아해요."

그런 이해할 수 없는 말만 주고받고 있었다.

유미코는 자기만 따돌림당하는 그런 사태가 불만스러웠다. 아버지도 어머니도 가즈아키도 설명해주지 않았다.

"오빠, 눈이 나쁘다는 게 무슨 말이야?"

물어보면 가즈아키는 땀을 흘리며 설명해주려고 노력하지만, 도무지 무슨 말인지 알 수 없었다. 한쪽 눈이 안 보인다는 게 뭔데? 그건 말도 안 돼, 오빠는 한쪽 눈을 감아도 걸을 수 있잖아.

답답해서 어머니에게 물어보아도 명쾌하게 설명해주지 않았다.

"엄마도 잘 모르는 어려운 이야기야."

다만 그렇게 말하는 어머니의 표정에는 즐거움과 기대가 가득한 것 같았다.

"나도 잘 몰라. 나중에 잘 알게 되면 이야기해줄게. 아주 좋은 일이란 것만 알아둬. 오빠에게 아주 좋은 일."

그래서 아버지에게 물어보면, 아버지는 또 어머니에게 물어보라고 한다. 마치 커다란 바위를 앞에 두고 이야기하는 것 같은 기분이었다.

유미코의 가슴에는 불만이 쌓여갔다. 지금까지는 이런 일이 없었다. 셋이서 팀을 짜도 늘 그 멤버는 어머니, 아버지, 그리고 유미코였다. 셋이서 가즈아키가 공부를 잘 못하는 문제, 느리고 둔한 문제, 친구에게 따돌림당하는 문제를 걱정하기도 하고 대책을 세우기도 했다.

아버지와 어머니와 가즈아키, 세 명이 팀을 짠다는 것은 있을 수 없는 일이었다. 대체 그 셋이서 무엇을 의논할 수 있단 말인가. 오빠에게 좋은 일이라니, 그런 게 대체 있을 수 있단 말인가.

집 안에서 유미코는 하루 종일 투덜거리기도 하고 제멋대로 굴다가 아버지와 어머니에게 야단을 맞고는 부루퉁해 있기도 했다.

어느 날, 그렇다, 약국 사건 이후 처음으로 구리하시 히로미를 본 것은 8월 15일 명절날이었다. 장수암도 13, 14, 15일 삼 일을 쉬었고, 13, 14일은 일박 이일로 오아라이 해안으로 휴가를 갔다. 15일은 집에서 쉬었다. 아버지는 낮잠을 자고 어머니는 시장을 보러 가고, 가즈아키는 친구 집에 숙제를 하러 갔다.

유미코는 속이 뒤틀려서 친구와 놀 생각도 없었고, 그렇다고 집에서 아버지 얼굴을 보고 있기도 싫었다. 가족여행을 갔던 오아라이 해안에서도 사소한 일로 오빠와 말다툼을 벌였고, 그 때문에 돌아오는 전철 안에서 아버지에게 야단을 맞았다.

유미코와 친한 친구들은 모두 아직 여행에서 돌아오지 않았다. 그렇다고 이렇게 기분이 가라앉아 있을 때 별로 친하지 않은 친구와 놀기도 싫었다.

그래서 유미코는 자전거를 타고 도서관으로 갔다. 거기라면 냉방이 잘 되어 시원하기도 하고 명절이어서 사람도 거의 없을 거라 생각해서였다.

아니나 다를까, 도서관 자전거 주차장에 세워져 있는 자전거는 평소의 십분의 일도 안 되었다. 유미코는 노트와 필통을 들고 가벼운 발걸음으로 도서관 안으로 들어갔다. 평소라면 잡지와 신문 코너를 가득 메우고 있을 어른들의 모습도 거의 없고, 푹신한 소파도 텅 비어 있었다. 유미코는 그 소파에 앉았다.

한참 동안 영화잡지를 보기도 하고, 무섭지만 재미있는 미스터리 소설도 읽었다. 샌들을 벗고 소파 위에 발을 올리고 있었지만, 사서는 아무 말도 하지 않았다. 그렇게 유미코가 두번째 영화잡지를 들쳐보고 있는데, 탕, 하는 소리가 들렸다.

깜짝 놀라 눈을 들었다. 사서들이 카운터 너머로 고개를 내밀어 살펴보고 있었다. 그들은 열람실 문 쪽을 바라보고 있었다.

거기에 구리하시 히로미가 있었다.

구리하시는 열람실 문 앞에 비슷한 키의 다른 소년과 함께 서 있었다. 상황으로 보아 아까 소리는 구리하시 히로미 아니면 같이 온 소년이 열람실 문을 세게 닫을 때 난 소리였다.

카운터 안에 앉아 있던 남자 사서가 두 사람을 나무랐다.

"얘들아, 문은 조용하게 닫아야지."

유미코는 구리하시 히로미와 다른 소년이 당연히 사과할 줄 알았다. 그러나 두 소년은 사서의 말을 무시해버리고 서가 안쪽으로 걸어갔다.

카운터 안의 남자 사서가 미간을 찌푸렸다. 곁에 있던 여자 사서가 뭐라고 말을 하자, 남자 사서는 열람실 문 쪽으로 날카로운 시선을 한 번 던지고는 다시 자신의 일로 돌아갔다.

로비의 소파에서 유미코는 눈을 동그랗게 뜨고 있었다. 그런 불량한 태도의 구리하시를 여태 본 적이 없었기 때문이었다.

물론 유미코는 중학교에 들어간 이후의 구리하시 히로미에 대해서는 잘 몰랐다. 그러나 같이 소꿉놀이를 하던 시절의 그에 대해서는 뭐든 다 알고 있었다. 상냥하고 머리 좋고 운동도 잘하는데다, 커다란 쌍꺼풀은 유미코에게도 동경의 대상이었다. 어머니도 구리하시는 어른이 되면 멋진 남자가 되겠다고 했다.

유미코는 샌들을 끌며 서가 쪽으로 걸어갔다. 사람도 거의 없어 금방 구리하시 히로미와 또다른 한 소년의 모습을 찾을 수 있었다.

두 소년은 유미코를 등진 채 서가 맨 구석에 서 있었다. 유미코는 서가에 적힌 분류 번호를 살펴보았다. 그들이 서 있는 곳은 '법률' 코너였다.

구리하시와 또다른 한 소년은 사전 같아 보이는 두꺼운 책을 들고 있었다. 아주 어려운 책인 것 같은데, 두 소년은 웃고 있었다. 유미코는 그 자리에 멈춰 섰다. 가까이 가도 되는 건지 망설여졌다.

그때 구리하시 곁에 서 있는 소년이 인기척을 느꼈는지 고개를 들었다. 그 눈이 유미코를 보았다. 그가 구리하시에게 작은 목소리로 뭐라고 말하자, 구리하시도 고개를 들어 유미코를 바라보았다.

유미코는 긴장했다. 갑자기 얼굴이 빨개지는 것 같았다. 이렇게 만나는 것도 정말 오랜만이다. 인사를 해야 할까?

서가 앞에서 두 소년은 간단히 말을 주고받았다. 이윽고 구리하시 히로미가 유미코 쪽으로 발걸음을 옮겼다.

"유미코, 가즈아키도 같이 왔니?"

구리하시의 목소리는 유미코의 기억 속에 남아 있던 목소리보다도 더 어른스럽게 들렸다.

유미코는 고개를 저었다.

"그것 참 이상하네. 가즈아키는 혼자서는 아무 데도 못 가서 늘 여동생을 데리고 다녔는데 말이야."

그것은 같이 온 소년을 향해 하는 말이었다. 노골적으로 악의를 드러내는 어투였다. 유미코는 고개를 숙여 인사를 하고 도서관을 나가려고 했다. 갑자기 도망치고 싶어졌다. 이런 분위기, 이런 구리하시 히로미는 싫었다.

"잠깐만 기다려, 유미코. 가즈아키는 뭘 하고 있어?"

유미코는 겁먹은 눈길로 뒤를 돌아보았다. 구리하시 히로미는 법률 서가를 벗어나 유미코 쪽으로 걸어왔다.

"나를 배신한 그 가즈아키 녀석 말야, 지금 뭘 하고 있냐구, 응?"

구리하시 곁에 선 소년이 후후, 하고 웃었다. 그러면서 손에 들고 있던 커다란 사전 같은 책을 탁, 하고 덮었다.

유미코는 주위를 둘러보았다. 그러나 개방식 서가에는 아무도 없었다. 이 '법률' 서가 옆의 '화학'과 뒤편 '인문사회' 서가에도 사람이 없었다.

구리하시 히로미는 거침없이 유미코에게 다가왔다. 바닥에 깔린 카펫 여기저기에 찢어진 자국이 눈에 들어왔다. 카펫의 쿠션이 발소리를 죽였다. 그 순간, 유미코는 어떤 착각에 사로잡혔다.

구리하시는 죽어버린 것이다. 그렇다. 지금 여기 있는 구리하시는 유령이다. 그러니까 발소리도 나지 않는 것이다. 이렇게 무서운 얼굴을 하고 나를 겁주는 것은 구리하시의 유령이다. 그렇지 않으면 내가 왜 구리하시에게 이렇게 겁을 먹는단 말인가.

구리하시 히로미의 유령은 유미코를 내려다보며 우뚝 멈춰 서더니, 유미코의 여름 원피스 멱살을 틀어잡았다.

"가즈아키는 뭘 하고 있어? 그 멍청한 돼지는 어디 있냐고, 응? 대답해봐."

구리하시 히로미는 유미코보다 삼 센티미터 정도 키가 컸다. 유미코는 숨이 막혀 말을 할 수가 없었다. 조금이라도 목의 압박을 풀고 숨을 쉬기 위해 까치발을 하면서 몸을 위로 뻗었다. 버둥거리는 바람에 샌들이 벗겨졌다. 목이 더 심하게 조여왔다.

"오, 오빠는……"

유미코는 입에서 겨우 그 한마디가 새어나왔다.

구리하시 히로미는 유미코의 몸을 흔들었다. 유미코의 뒷머리가 서가 철제 선반에 부딪혔다.

"오빠는 무슨 오빠야! 저능아 주제에 감히 내 명령을 거역하다니, 건방진 놈. 절대로 용서하지 않을 거야. 가즈아키한테 내 말 반드시 전해, 알았어?"

그렇게 말하면서 유미코의 머리를 다시 한번 서가에 박았다. 유미코는 눈을 감고 말았다. 감은 눈 안쪽에서 불꽃이 일었다.

눈을 뜨자 눈물이 흘러나왔다. 바르르 떨리는 입술 위로 눈물이 전해져왔다.

그때 통로 쪽에서 날카로운 목소리가 들렸다.

"너희들, 거기서 뭐 해!"

어른 여자의 목소리였다. 그와 동시에 구리하시 히로미는 유미코의 먹살을 놓았다. 그 눈길은 이미 유미코를 보고 있지 않았다. 눈물이 그 렁거리는 유미코의 눈에 구리하시 히로미의 옆얼굴이 보였다. 그리고 그는 바람처럼 자리를 떠나버렸다. 책이 카펫 위에 떨어지는 소리가 들 렸다.

"잠깐만, 거기 서지 못해!"

여자는 그렇게 고함을 쳤을 뿐, 도망치는 구리하시 히로미를 따라가 지는 않았다.

"괜찮니?"

눈을 들어보니 아까 카운터에 앉아 있던 그 여자 사서였다. 유미코는 괜찮다고 말하려고 했지만 목이 메어 말이 나오지 않았다.

구리하시 히로미와 그의 친구로 보이는 소년의 모습은 사라지고 없 었다.

"아까 남자애들이 협박을 했니? 돈을 뺏었어?"

유미코는 고개를 가로저으며 아니라고 대답했다.

"그애들 중학생이지? 모르는 애니?"

유미코는 고개를 끄덕였다. 사서는 유미코의 울먹이는 얼굴을 찬찬 히 살펴보면서 심각한 표정으로 물었다.

"다친 데는 없니?"

"예."

실제로는 머리가 아팠지만 유미코는 거짓말을 했다.

"너, 초등학생이지? 도서관에는 혼자 왔어? 얼른 집에 가는 게 좋겠 다."

"예, 갈 거예요."

유미코는 고개를 숙인 채 고개를 끄덕였다.

벗겨진 샌들은 법률 서가 아래쪽에 있었다. 그 바로 옆에 두꺼운 책한 권이 떨어져 있었다.

사서도 그것을 보았다. 사서가 샌들을 주워 유미코에게 건넸다.

"고맙습니다."

그러고는 사전처럼 보이는 두꺼운 책을 집어들어 제목과 장서 번호를 보더니 법률 서가의 위에서 다섯번째 선반 맨 끝에 꽂고는 카운터로 돌아갔다.

유미코는 가슴이 두근거리고 무릎이 떨렸다. 숨을 깊이 들이마셔보았지만 공포에서 벗어날 수 없었다.

눈물 자국을 지우려고 두 손으로 얼굴을 쓰다듬었다. 운 것을 집에서 들키면 곤란하다. 왜 울었느냐고 물으면 어떻게 대답해야 할지 몰랐다. 지난번에 그렇게 구리하시 편을 들었다가 오늘 욕을 하면 다들 이상하게 생각할 것이다. 또는 사실을 그대로 전한다 해도 믿어주지 않을지도 모른다.

도서관 화장실에서 세수라도 하려고 발걸음을 옮겼다. 머리가 지끈거렸다. 그 때문에 또 눈물이 나오려 했다.

두세 걸음 그 자리에서 벗어난 다음 서가 쪽을 돌아보았다. 아까 사서가 꽂아둔 그 법률책의 제목이 보였다.

『육법전서』라는 책이었다.

다행히 낮에 도서관에서 울었다는 걸 숨기는 데 성공했다. 어머니 아버지는 저녁때도 기분이 좋은지, 어제는 정말 재미있었다느니, 내년에는 이삼 일 정도 휴가를 가자느니 하는 말을 하고 있었다. 특히 어머니는 가키자키 선생이 다녀간 이후로 내내 표정이 밝았다. 그래서 그런지 유미코의 이상한 태도를 눈치채지 못했다.

집에 돌아와서 머리를 살펴보니 뒤통수에 혹이 나 있었다. 머리 전체가 무겁고 관자놀이가 쑤셨다.

그래도 유미코는 아무 말도 하지 않았다. 넘어졌다거나 자전거를 타다가 전신주에 부딪혔다고 할 수도 있지만 들킬 위험이 있다. 변명을 하다가 갑자기 슬퍼져서 울어버리면 들통이 나고 말 것이다.

구리하시 히로미가 때렸다고 말하는 것 자체가 두려웠다. 구리하시가 그런 사람이라니 말이 안 된다. 자신만 입을 다물고 있으면 아무도 모르고 지나갈 일이다.

밤 여덟시가 넘어서 방에 우두커니 앉아 있는데 어머니가 목욕하지 않겠느냐고 물었다.

"지금 오빠가 나왔으니까 빨리 들어가."

"나는 내일 할래."

"그렇게 땀을 흘리고 안 씻으면 어떡하니. 물이라도 끼얹고 나와."

천천히 몸을 일으키며 유미코는 머리 뒤를 만져보았다. 혹이 난 부분이 지끈거렸다.

물에 젖으면 상처가 덧날지도 모른다.

망설이고 있는데 아래쪽에서 어머니가 재촉하는 목소리가 들려왔다. 일요일이라 한가한 편이지만 그래도 어머니는 별 이유도 없이 우물쭈물하는 것을 그냥 보고 넘기는 법이 없다. 할 수 없이 유미코는 방을 나섰다.

계단을 올라오는 발소리가 들렸다. 가즈아키였다. 목욕 타월로 머리를 감싸고 반소매 잠옷을 열어젖히고 부채질을 하고 있었다. 어제 하루종일 햇빛에 탄 탓인지 그늘에 잠기면 하얀 이밖에 보이지 않을 정도로 까만 얼굴이었다.

유미코는 아무 말 없이 오빠 옆을 지나치려 했다. 그러나 가즈아키는 계단 위에 멈춰 서서 머리를 갸우뚱하면서 유미코를 내려다보았다.

"왜 그래, 나 목욕할 거야" 하고 유미코가 말했다.

가즈아키는 움직이지 않았다. 머뭇머뭇하다가 이윽고 입을 뗐다.

"유미코, 오늘 울었지?"

유미코는 깜짝 놀라 얼굴을 들었다.

"도서관에서 돌아오는 길에 울었지?"

"무슨 소리야. 오빠, 바보야?"

그러나 가즈아키는 물러서지 않았다.

"나 봤어. 도서관 앞 신호등에서 뒤통수를 만지면서 얼굴을 찡그리는 걸 봤어."

"오빠도 거기 있었어?"

"응, 하타노네 집이 도서관 쪽이니까."

하타노는 가즈아키가 오늘 놀러 갔던 친구의 이름이다.

"누구랑 싸웠어? 엄마한테 말하고 약이라도 발라."

유미코는 심하게 고동치는 가슴 때문에 아무 말도 못 했다. 시간이 지나도 머리의 통증이 가라앉지 않아 걱정이 되기도 했다.

오빠는 관계없어, 신경쓰지 마, 그런 말을 할까 생각도 했다. 무시하고 지나쳐버리는 방법도 있었다. 그러나 입에서는 다른 말이 나오고 말았다.

"오빠! 구리하시 오빠를 배신했어? 구리하시 오빠에게 무슨 짓을 한 거야? 구리하시 오빠가 화를 냈어."

유미코는 울먹이며 말했다.

"그래서 구리하시 오빠한테 맞은 거야."

결국 그날 밤 유미코는 목욕을 하지 못했다. 가즈아키가 유미코를 데리고 내려가 부모에게 말한 것이다.

그가 이렇게 여동생을 데리고 부모에게 의논하는 것은 여태까지 볼 수 없던 일이었다. 유미코는 낮에 구리하시와 우연히 맞닥뜨린 것만큼이나 깜짝 놀랐다. 오랜 세월 자신을 고통스럽게 했던 콤플렉스의 원흉이 시각장애라는 것을 알고 가즈아키가 원래의 자신감을 되찾았다는 사실을 유미코는 아직 이해할 수 없었던 것이다. 지금 자신의 눈앞에 있는 오빠는 오빠와 똑같은 얼굴을 한 사이보그가 아닐까 하는 생각까지 들었다. 구리하시 히로미의 유령과 다카이 가즈아키의 사이보그.

유미코는 낮의 사건을 떠올리며 울상을 지었다. 가즈아키는 유미코의 마음을 대변하려는 듯 열심히 낮의 사건에 대해 부모에게 설명했다. 놀란 눈으로 이야기를 듣고 있던 부모는, 아까 유미코가 가즈아키에게 던진 것과 똑같은 질문을 했다.

"네가 구리하시를 배신했다는 건 무슨 뜻이니?"

가즈아키는 입을 다물고 작은 눈을 깜빡거렸다. 코 아래에 땀방울이 맺혔다. 마음은 이전과 달라졌다 해도 표현력이 없고 어휘력이 떨어지는 것만은 어쩔 수 없었다.

지금 그의 상황은 마치 눈을 가린 사람의 손을 이끌어 복잡한 형상의 물체를 만지게 하고 그것이 무엇인지 설명하게 만드는 것이나 마찬가지였다. 정확한 순서를 밟아 올바른 방향으로 이끌어주지 않으면 정확한 대답이 돌아오지 않는다. 그래서 긴장하지 않을 수 없었다. 왜냐하면 누구보다 가즈아키 자신이 더욱 절실하게 그 복잡한 형태를 한 물건이 무엇인지에 대한 답을 필요로 하기 때문이다. 그 혼자서는 그 수수께끼를 풀 수 없기 때문이다.

가즈아키는 입을 열었다. 적절한 말을 찾는 듯, 입안에서 혀를 어물거렸다.

"나, 머리가 나쁘잖아."

"머리가 나쁜 게 아냐."

아야코가 말을 가로막았다.

"나도 알아. 알지만, 오랫동안 머리 나쁜 사람 취급을 받았잖아."

아야코도 할 수 없이 고개를 끄덕였다.

"그래서 친구가 거의 없어서, 구리하시는 나에게 아주 소중한 친구야."

"응, 응" 하고 노부카쓰는 고개를 끄덕였다.

"서로 많은 이야기를 했어. 왜 내가 선생님이 하는 말을 하나도 알아들을 수 없을까 하고 물어보기도 했어."

아야코는 천천히 눈을 깜빡이며 물었다.

"그래서 구리하시가 뭐라고 했는데?"

"태어날 때부터 그런 거니까 어쩔 수 없다고."

아야코의 눈에서 불길이 타올랐다.

"그렇지만 자기가 나를 돌봐주겠다고 했어. 그래서 나는 늘 구리하시에게 붙어다녔어."

그건 가즈아키의 말 그대로였다.

"구리하시가 없으면 나 혼자서는 아무것도 못 할 것 같은 기분이 들어. 그래서 구리하시에게 미움을 받으면 안 되겠다고 생각했어."

가즈아키는 어깨를 쭈그리고 목을 움츠렸다.

"그래서 구리하시가 하는 말이면 뭐든 들어줘야 한다고 생각했어."

아야코는 문득 깨달았다. 지금까지 가즈아키는 가족들이 의식할 수 없을 정도로 자주 그런 자세와 표정을 보였다. 이것이 바로 이 아이의 스타일이었다. 이 아이의 생활이었다. 또래 친구들이 하는 말이라면 뭐든 들어주어야 한다고 믿는 생활방식.

노부카쓰가 무겁게 입을 열었다.

"구체적으로 어떤 일인지 말해봐. 구리하시의 어떤 말을 들어주었는지."

이야기의 방향을 정해주자 가즈아키는 안심하는 표정이었다. 아버지가 화를 내고 있는지 얼굴을 살핀 다음, 입을 열었다.

"구리하시가 뭔가를 잊어버렸을 때, 특히 초등학교 때는 준비물 가져오는 걸 잊어버릴 때가 많았어."

자신이 말할 순서라도 된다는 듯이 유미코가 갑자기 끼어들었다.

"공작시간에 쓰는 우유팩이나 깡통 같은 거?"

"응. 구리하시가 그런 걸 안 가져오면 내 걸 달라고 했어. 그래서 처음부터 두 개씩 가지고 갈 때도 많았어."

"그럼 아무 불평도 없이 줬다는 거야?"

"응."

"그렇게 하지 않으면 때리거나 괴롭히고 했던 거야?"

"그럴 때도 있었어."

가즈아키는 고개를 끄덕이며 인정했다.

"그렇지만 그냥 넘어갈 때가 더 많았어. 그렇지만 난 구리하시가 입을 다물면 더 겁이 났어."

이번에는 아야코가 끼어들었다.

"이애가 아까부터 말했잖아. 구리하시 말고는 친구가 없었다고."

노부카쓰는 천천히 팔짱을 끼고 고개를 숙였다.

아버지의 그런 모습을 보고 가즈아키는 더욱더 몸을 웅크렸다. 아버지는 나를 부끄럽게 생각하고 있다, 나를 바보라고 생각하고 있다.

"가즈아키, 잘 알았어."

아야코는 힘주어 말했다.

"너하고 구리하시는 그런 친구였구나."

노부카쓰가 내뱉듯이 말했다.

"그런 건 친구가 아냐. 노예라고 하는 거야."

"여보!"

아야코가 노부카쓰의 말을 가로막았다.

"지금 이애를 나무랄 때가 아니에요."

그리고 아야코는 가즈아키의 무릎에 손을 올리고 말했다.

"잘 알았어. 지금까지 너는 구리하시가 하는 말이라면 뭐든 다 들어줬다는 거지? 그럼, 지금까지 구리하시가 한 짓을 네가 한 것처럼 뒤집어쓴 적도 있고, 구리하시를 대신해서 선생님에게 야단을 맞은 적도 있었니?"

가즈아키는 고개를 끄덕였다. 눈을 심하게 깜빡거리면서 아버지의 표정을 살폈다.

"응, 여태까지 그랬어."

아야코는 다시 물었다.

"여태까지 그렇게 했지만, 이번에 약국에서 사건이 일어났을 땐, 구리하시는 자기가 한 게 아니라 가즈아키가 한 짓이라고 거짓말을 했는데, 넌 그 거짓말을 받아들이지 않았어. 맞지?"

가즈아키는 고개를 끄덕였다.

"그렇게 기죽지 않아도 돼. 네가 나쁜 짓을 한 것도 아니잖니. 아주 잘한 거야. 이번에는 구리하시 말대로 하지 않았잖니. 아주 훌륭해."

"그러니까 구리하시 오빠가 그렇게 화를 내는 거야."

유미코가 말했다. 그리고 작은 소리로 중얼거렸다.

"나를 때릴 정도로."

"그래, 그러니까 오빠를 배신자라고 한 거야."

아야코가 말했다. 그 목소리에는 분노가 배어 있었다.

"이번에는 구리하시의 말을 듣지 않았지? 그런 용기를 낸 거야. 왜 그럴 수 있었을까? 엄마에게 그 말을 해봐. 가키자키 선생님이 힘이 되어준 거니? 아니면, 네 성적이 나쁜 게 머리가 나빠서가 아니라 눈이 나빠서라는 걸 알게 되었기 때문에?"

가즈아키는 얼굴을 들고 세차게 고개를 저었다.

"아냐, 그게 아냐. 엄마가 내 눈이 나쁠지도 모른다고 한 건 약국 사건 다음이야."

아, 그런가, 하고 아야코는 생각해보았다. 따지고 보니 그랬다.

"가즈아키가 나보다 더 기억력이 좋네" 하고 아야코는 웃었다. 정말로 자랑스러웠다. 그러나 가즈아키는 아야코의 눈길을 피하고 다시 말을 이었다.

"나하고 구리하시는 오랜 친구 사이지만, 늘 같이 다닌 건 아냐. 구리하시에게는 다른 친구가 하나 있어."

"응, 그렇겠지."

"특히 초등학교 사학년 때는, 만날 나 말고 그애랑 붙어다녔어."

"그래, 무슨 말인지 알겠어."

"응, 새 친구가 생긴 거야. 전학 온 애였어."

"어떤 앤데?"

가즈아키는 피스, 하고 말했다.

"응?"

가즈아키는 "피스" 하고 손가락으로 입술 끝을 위로 끌어당기며 웃는 표정을 지었다.

"피스, 얼굴이 피스 마크하고 비슷하게 생겨서 그런 별명이 붙은 거야."

"이름은 뭔데?"

가즈아키는 '피스'의 이름을 댔다. 아야코는 들어본 적이 없는 이름
이었다.

장사를 하다보니 자식에게 신경을 쓸 시간이 비교적 적은 편이다. 그
런 만큼 학교활동에는 적극적으로 참가했고, 학부형 모임의 임원도 맡
았다. 그래서 많은 아이들의 이름을 알고 있었지만, 그 이름은 들어본
적이 없었다.

"그애하고 같은 반이었던 적이 있니?"

"응, 초등학교 때. 그렇지만 피스는 나를 상대도 안 했고, 우리집에
놀러 온 적도 없어. 중학교에서는 계속 반이 달랐어. 내년에는 어떨지
몰라도."

"그러니…… 그래서 이름을 들어보지 못한 모양이네."

"피스는 성적이 좋지만, 자주 학교를 쉬어."

아야코가 물었다.

"피스라는 애, 구리하시보다 공부를 잘해?"

가즈아키는 고개를 끄덕였다.

"공부는 전교 일등. 구리하시는 십등 안에는 들지만 일등은 못해."

"그럼 구리하시도 그애한테 꼼짝 못 하겠구나."

"존경하는 것 같았어."

줄곧 침묵을 지키고 있던 노부카쓰가 가시 돋친 어투로 말했다.

"마음에 들지 않아. 저보다 못한 너는 바보 취급하고, 저보다 잘난 놈
한테는 꼼짝도 못 하는 놈이로군."

가즈아키는 야단을 맞기라도 한 듯 몸을 움찔하면서도 아버지의 말
에 이의를 제기했다.

"구리하시는 피스에게 아첨을 떨고 그러지는 않아. 다만, 피스를 대
단하게 생각하는 것 같아. 동경하는 건지도 몰라. 피스 집은 아주 부자

니까."

"부자가 그리 대단하다고 생각하니?"

그러고는 노부카쓰는 자리에서 일어나 방을 나가려 했다.

"어디 가는 거예요?"

"화장실."

거칠게 문을 닫고 노부카쓰는 나가버렸다.

"미안해, 이야기를 가로막아서."

가즈아키는 말없이 고개를 저었다. 갑자기 이야기의 방향을 잃은 듯, 당혹해하는 눈치였다.

"구리하시는 피스를 동경한단 말이지."

"응, 내게는 그렇게 보였어."

"응, 그래서?"

"그 피스라는 사람, 오늘 도서관에서 구리하시 오빠와 같이 있었어" 하고 갑자기 유미코가 끼어들었다.

"정말?"

"응. 내가 맞는 걸 보고 있었어. 분명히 그 사람이야."

가즈아키는 고개를 끄덕였다.

"둘이서 도서관에 있었다면 피스가 맞을 거야. 나도 도서관에서 자주 봤으니까."

그래서 도서관에 자주 가지 않는다고 가즈아키는 기어들어가는 목소리로 덧붙였다.

"그러고 보니, 그 사람 얼굴이 피스 마크처럼 생겼었어."

"얼굴이 동그래?"

"그렇게 동그랗지는 않았어. 그냥 보통이었어."

"그런데 왜 피스라고 하는 거지?"

"엄마도 얼굴을 보면 알아" 하고 가즈아키가 말했다.

"좋은 애니?"

가즈아키는 입을 다물었다. 유미코는 뒤통수를 만지고 있었다.

"유미코가 구리하시에게 맞는 걸 그냥 보고 있었다고 하니, 좋은 애일 리가 없지."

아야코가 한숨을 내쉬자, 가즈아키도 따라서 숨을 길게 내쉬었다.

"그래서? 피스가 나타나자 구리하시는 이전보다 너를 괴롭히지 않게되었지만, 보호해주지도 않았다, 그런 말이야?"

"응."

가즈아키는 작은 목소리로 대답했다. 그러나 그 말에는 여백이 있었다. 말할 수 없는 뭔가를 이해해주기를 바라는 그런 느낌의 긍정이었다.

"그러니까 너도 더는 구리하시의 말을 들어주지 않기로 한 거지. 그래서 이번에 구리하시의 거짓말에 대해 말을 맞춰주지 않은 거로구나, 그렇지?"

잠시 뜸을 들이다가 가즈아키는 일단 고개를 끄덕였다. 분명 할 말이 있는 것 같으면서도 입을 다문 채 앞쪽을 멍하니 바라보고 있었다.

할 수 없이 아야코가 입을 열었다.

"그만큼 가즈아키 네가 어른이 되었다는 말이겠지?"

가즈아키는 그렇다고 작은 목소리로 대답했다.

그로부터 며칠 후 다카하시가 다시 장수암을 찾아왔다. 약국 사건은 공식적으로 '사고'로 정리되었다는 사실을 전하기 위해서였다.

"노파의 가족을 찾았네, 아들 부부를."

손수건으로 목의 땀을 닦으면서 다카하시는 말했다.

"그쪽에서도 노망든 노모를 돌보지 않은 책임이 있으니 큰소리칠 여지가 없지. 그래서 내가 선수를 쳤어. 그쪽에서 세게 나오면 우리도 생각이 있다고 말이야. 그랬더니 고개를 숙이면서 간단히 합의를 해주더구만."

"그럼 구리하시는?"

"얌전하게 집에 있지."

그리고 문득 생각났다는 듯이 가볍게 덧붙였다.

"그리고 이 집 아들이 노파를 때렸다고 거짓말한 걸 반성한다고 했어. 곧 사과하러 오겠다더군. 구리하시 부부도 그렇게 말했고."

그러나 구리하시 부부도 히로미도 장수암을 찾아오지 않았다. 여름 방학이 끝나고 이학기가 시작되었을 때, 아야코는 가즈아키에게 물어보았다. 구리하시를 만났니? 구리하시는 뭐라고 했니?

그러자 가즈아키는 이제 와서 그런 말을 해서 뭘 하느냐는 어투로 말했다.

"아무 말도 안 했어. 그냥 얼굴만 마주쳤어."

"......"

"구리하시는 절대로 내게 사과 같은 건 안 해. 그런 놈이 아닌걸."

"넌 억울하지 않니?"

"별로. 익숙한 일이니까. 그보다는 검사가 걱정이야."

두번째 토요일 오후에, 마침내 가키자키 선생이 소개해준 대학의 연구실을 찾아가게 된 것이었다.

"이 엄마는 다른 건 아무래도 좋아. 구리하시하고 어울리지만 않으면 돼."

거기에 대해 가즈아키는 아무 말도 하지 않았다.

아야코는 아직도 가즈아키와 구리하시 사이에 많은 비밀이 숨겨져 있다는 것을 직감적으로 알 수 있었다. 어머니의 직감이었다. 아야코의 물음에 대해 가즈아키가 고개를 끄덕여 긍정했던 그 여백에, 아야코가 모를 비밀스러운 문자로 기록된 이야기가 숨겨져 있다는 것을.

가즈아키는 이제 어린애가 아니다. 억지로 자백하게 할 수도 없다. 스스로 말을 할 때까지 그냥 기다릴 수밖에 없다……

그때, 중학교 이학년 이학기에 접어든 자식을 다그쳐 진실을 실토하게 하지 못한 것을, 십오 년이나 지나서 후회하게 될 줄은 아야코는 꿈에도 생각하지 못했다.

4

1994년 3월 1일.

구리하시 히로미에게 그날은 지극히 평범한 하루였다. 적어도 이날 오후 여덟시경, 정확히 말하자면 여덟시 십육분 사십오초의 순간까지는 참으로 지겨운 하루였다.

이날이 장수암의 신장개업이라는 사실도 낮에 어머니에게 전해듣고서야 겨우 기억이 났다.

"축하 선물이라도 해야지."

어머니는 그 말을 마치 죽은 고양이를 마당에 묻어야지, 라는 말처럼 했다. 그러고는 고양이 시체를 묻는 건 보기 싫다는 듯이 말했다.

"히로미, 화분이라도 하나 사가지고 가."

잠이 덜 깬 얼굴로 히로미는 멍하니 어머니의 얼굴을 바라보았다. 어머니 구리하시 스미코는 쉰셋이지만, 겉모습은 칠십을 넘긴 노파 같았다. 오래전부터 요통과 관절염으로 고생하는 바람에 몸 전체가 묘하게 뒤틀려 있었다. 그녀는 자신의 병을 류머티즘이라고 했다. 약국을 찾아오는 손님들이 그런 그녀의 모습을 보고 동정의 시선을 던지거나 위로의 말을 할 때마다 하소연을 했다.

"몸이 찢어질 것처럼 아파. 너무 견디기 힘들어."

그리고 상대가 말을 받아주면, 아침에 자리에서 일어날 때 이 몹쓸 등골이 얼마나 끔찍한 소리를 내는지, 위장약 재고를 가지러 이층으로 올라갈 때면 한 계단 한 계단 발을 내디딜 때마다 이 불쌍한 관절이 얼마나 아픈지 세세하게 설명하기 시작한다. 그러다보면 이야기를 듣는 사람이 미간을 찌푸리고 입을 비죽거리기 시작한다. 그것은 스미코에 대한 동정이 아니었다. 빨리 그 자리를 벗어나고 싶어 안달하는 표정이었다. 스미코는 그것도 모르고 자신의 독백에 사로잡힌 조심성 없는 상대에게 한 걸음 한 걸음 접근하면서, 류머티즘만큼 인간에게서 존엄성을 박탈하는 고통스러운 질병이 또 어디 있느냐고 하소연한다.

그럼에도 불구하고 스미코는 지금까지 단 한번도 류머티즘을 치료하기 위해 병원을 찾은 적이 없었다. 구리하시 히로미는 그것을 너무도 잘 알고 있었다. 히로미는 자주 이런 상상을 했다. 어느 날 약국 앞에 세상에서 류머티즘을 가장 잘 고치는 명의가 나타난다. 의사는 어머니를 보자마자 말한다. 당신은 일본에서 가장 심한 류머티즘 환자요. 그러니 우리 병원으로 오시오. 그러면 어머니가 아무리 발버둥을 쳐도 히로미는 억지로라도 어머니를 병원까지 끌고 갈 것이다. 그리고 진찰실 앞에서 의사가 어머니를 치료할 동안 미소를 머금으며 어머니의 비명 소리를 들어줄 것이다. 선생님, 난 류머티즘이 아니에요! 류머티즘 치료가 이렇게 고통스러운 거라면, 내 병은 류머티즘이 아니라구요! 어머니가 그렇게 비명을 지르고 있을 동안, 진찰실 문을 두 손으로 막고 절대로 도망치지 못하게 할 것이다.

구리하시 히로미가 보기에도 어머니는 분명 환자였다. 그러나 몸의 병은 아니다. 머리가 맛이 간 병이다.

"나 오늘 약속 있어."

구리하시 히로미가 말했다. 어머니와 아들은 부엌의 작은 테이블에 마주 앉아 있었다. 어머니는 사과를 깎고 있었다. 가게는 아버지가 지키고 있는 모양이었다.

"그러니까 장수암에는 못 가."

스미코는 사과 껍질을 벗기면서 눈을 치켜뜨고 아들의 얼굴을 바라보았다.

"또 그 여자 만나는 거니?"

"여자라니, 어느 여자?"

"머리 긴 여자. 가게 앞에서 어슬렁거리는 그애 말이야."

"내 애인은 그런 짓 안 해. 자꾸 그 여자라고 하지 말고 이름으로 불러."

"여자를 그렇게 자주 바꾸는데 어떻게 이름을 알겠어."

다 깎은 사과를 접시 위에 놓고 과일칼로 잘랐다. 구리하시 히로미가 가장 싫어하는 금속음이 들렸다.

구리하시 히로미는 말없이 스미코의 머리 꼭대기를 내려다보았다. 왜 사과 껍질을 벗기는 걸까? 왜 이년은 음식을 먹는 걸까? 왜 아직도 살아 있을까?

그러고 보니 호주머니에 돈이 없다. 어제 아케미에게 팔찌를 사주는 바람에 빈털터리가 되고 말았다. 나를 위해 지갑을 몽땅 털어주지 않을래? 그애는 그렇게 말했다. 나를 위해 지갑을 터는 남자를 만나는 게 꿈이었어.

"어쨌든 가즈아키라도 만나러 가야겠어."

구리하시 히로미는 어머니의 머리 꼭대기를 향해 말했다. 어머니의 머리 꼭대기에는 머리카락이 하나도 없었다. 피부가 훤히 들여다보였다.

"꽃 사가면 되는 거지?"

"화분을 사가."

"돈은 어디 있어?"

스미코는 사과를 썰면서 아들의 얼굴을 올려다보더니, 과일칼을 테이블 위에 내려놓고 선반 서랍을 열었다. 지갑이 거기에 들어 있다는 건 히로미도 알고 있었다. 어릴 때부터 지갑은 늘 거기에 있었다. 그가 그 지갑에서 돈을 꺼내간다는 것을 안 뒤에도 스미코는 지갑 두는 장소를 바꾸지 않았다. 마치 아들의 그런 행동을 용인한다는 듯이.

그러나 나중에 고등학교 일학년 때, 갑자기 잠에서 깨어나듯이 구리하시 히로미는 깨달았다. 어머니가 지갑의 위치를 바꾸지 않는 것은 그를 사랑하기 때문이 아니라 두려워하기 때문이라는 것을.

그날 밤, 구리하시 히로미는 처음으로 스미코를 때렸다. 이제 더이상 두려워할 것이 없어졌기 때문에 당당하게 어머니를 때렸다. 어머니는 울었지만 화는 내지 않았다. 아버지 노리오는 못 본 척했다. 저녁때 벌써 목욕을 끝냈는데도 일부러 욕실에서 나오지 않았다.

지갑을 놓아두는 장소는 변하지 않는다. 그 위치를 바꿀 수 있는 권한을 가진 유일한 사람은 히로미였다. 그러므로 어머니가 거기서 돈을 꺼내 내미는 것을 보는 게 즐거웠다.

"한 장? 화분을 사려면 두 장은 있어야지."

"그렇게 비싼 걸로 안 사도 돼."

구리하시 히로미는 만 엔짜리 지폐를 돌돌 말아 연필처럼 귓바퀴 위에 끼웠다. 잠옷 차림이라 그렇게 할 수밖에 없었다.

"나가는 길에 장수암에 들를게. 커다란 걸로 사지 뭐."

그리고 가즈아키에게 오만 엔을 뜯어내야지, 하고 생각했다. 만 엔짜리 화분을 들고 가니까 당연하지. 그쪽은 장사가 잘되니까.

스미코는 말없이 두 개째 사과를 깎고 있었다. 사과를 접시에 올리고 과일칼로 잘랐다. 한 조각을 입안에 넣고는, 접시를 들고 가게 쪽으로 내려갔다.

사과를 깎아서 아버지와 나눠 먹는다. 그러나 가져다주기 전에 꿀이 든 맛있는 부분은 제가 먹어버린다. 그런 부부다. 그런 부모다. 그리고 둘 다 맛이 갔다.

구리하시 히로미는 세수를 하러 욕실로 들어갔다. 콧노래를 부르면서.

맛이 가버렸다.

아버지도 어머니도 둘 다 맛이 갔다. 구리하시 히로미는 열일곱 살 때 그런 사실을 깨달았다. 그해 봄, 그가 태어나기 훨씬 전에, 부모가 결혼하기도 전에 세상을 떠난 외할머니의 제사가 있었다.

스미코는 치바의 도가네 마을에서 태어났다. 농사를 지으면서 조그만 잡화상을 했지만 찢어지게 가난했다. 둘째딸로 태어난 스미코는 중학교를 졸업하고 도쿄에 나가 취직을 했다. 스무 살 때 선을 보고 결혼한 이후로는 친정에는 거의 가지 않았다. 가문을 이어받은 장남은 농사를 포기하고 잡화상을 슈퍼마켓으로 바꾸어 겨우 생활을 꾸려나갔다. 제사는 도가네 역 가까이에 있는 싸구려 장례식장에서 했다.

구리하시 히로미는 친가 쪽이든 외가 쪽이든 할아버지와 할머니의 존재를 모르고 자랐다. 아버지에게 약국을 물려준 할아버지에 대한 이야기는 가끔 들은 적이 있었고, 사진도 보았다. 그러나 외할아버지와 외할머니에 대해서는 거의 들어본 적이 없었다.

그래서 삼십주기인지 삼십삼주기인지 하는 그 제사에 갔을 때, 꼭 남의 집에 온 것처럼 모든 것이 어색했다. 스미코는 어머니의 제사를 그럴듯하게 모실 수 있게 된 것이 기쁜 모양이었고, 히로미를 데리고 온 것도 그래서였다. 그러나 얼굴도 모르는 친척들에게 둘러싸인 히로미는 가시방석에 앉은 기분이었다. 당시의 히로미는 이미 스미코를 때릴 수 있는 권한을 가지고 집안에 군림하고 있었으므로, 스미코의 얼굴에 일격을 날렸더라면 일요일에 도가네까지 가지 않아도 되었을 것이다.

그러나 그는 그렇게 하지 않았다. 얼굴도 모르는 외갓집 친척들을 만나는 건 싫었지만, 그 제사에는 약간 흥미가 있었기 때문이었다.

요 두 달 사이 스미코는 몇 번이나 친정에 전화를 했고, 또 친정에서도 스미코에게 전화를 걸어 오래 이야기를 나누었다. 전화를 걸 때마다 노리오는 시외전화니까 그쪽에서 걸라고 해라, 그쪽 제산데 왜 내가 비싼 전화요금을 물어야 하느냐고 잔소리를 늘어놓았다. 그래서 스미코는 늘 노리오 몰래 전화를 걸었다.

그렇게 오고가는 이야기의 조각을 히로미는 엿들었다. 그리고 그 쓰레기 더미 속에서 반짝반짝 빛나는 보석 하나를 발견했다.

동반자살.

'동반자살'이란 말이 들렸다. 스미코의 어머니, 히로미가 얼굴도 보지 못한 외할머니는 아무래도 남편 아닌 다른 남자와 동반자살을 한 모양이었다. 스미코는 마치 죄를 지은 사람처럼 낮은 목소리로 '동반자살'이라는 말을 했다.

상대는 어떤 남자였을까. 호기심이 무럭무럭 피어올랐다. 히로미는 부드러운 목소리로, 그러나 성의껏 대답하지 않으면 때리겠다는 무언의 압력을 가하며 스미코에게 물었다. 외할머니는 자살한 거야?

스미코의 대답은 요령부득이었다. 자신도 잘 모르는 것 같았다. 그것도 무리는 아니었다. 스미코가 열두 살 때의 일이었기 때문이다.

"가게의 단골손님이었던 남자의 집에서 목 졸려 죽었어."

남편과 자식들이 알고 있는 한, 스미코의 어머니는 그날 그 시간에 그 남자의 집에 있어야 할 필요도 없었고, 그녀가 그 집을 찾아가야 할 이유도 없었다.

"남자도 대들보에 목을 매고 죽어 있었어. 유서도 없었고, 도둑이 든 흔적도 없었어. 외할머니의 얼굴도 깨끗했대."

두 사람이 죽은 후 마을 사람들 사이에서 두 사람이 연인관계였을 것이라는 말이 나돌았다. 그래서 그 불가사의한 죽음은 동반자살로 결론지어졌다고 한다.

"상대 남자는 지주의 친척이었어. 원래는 오사카 사람인데, 전쟁에서 돌아와보니 가족들이 공습 때문에 다 죽고, 집도 타버리고, 갈 곳이 없어서 지주가 사는 도가네에 왔대. 그후로 줄곧 거기서 살았지. 할머니보다 나이가 적었다고 해."

스미코는 그 정도밖에 몰랐다. 구리하시 히로미는 알고 싶었다. 남자에게 목 졸려 죽은 할머니는 어떤 표정을 짓고 있었을까? 할머니는 어떤 여자였을까?

제사가 끝나자 스미코는 이제야 어머니를 좋은 곳에 모셨다면서 흡족해했다.

자살이라는 이유로 당시에는 장례식다운 장례식도 치르지 못했다고 한다. 남자가 지주의 친척이고 연하여서 할머니 쪽에서 유혹한 것이 분명하다는 무언의 압력 때문이었다고 한다. 스미코의 친정 사람들은 그 일 때문에 죄를 지은 사람처럼 고개를 숙이고 삼 년 넘게 죽은 듯이 지냈다. 마을 사람들은 자식 셋을 홀아비 신세로 키워야 하는 히로미의 외할아버지를 동정해 잡화점만은 계속할 수 있게 해주었다. 히로미는 동정을 받으며 살 바에는 죽는 게 낫다고 생각했지만, 그렇게 외할아버지가 어머니를 키우지 않았더라면 자신도 존재할 수 없었을 것이라는 생각도 들었다.

히로미는 가슴이 두근거렸다. 외할머니는 대체 어떤 여자였을까? 남자를 미치게 해서 같이 죽을 결심을 하게 만든 여자라니, 대체 어떻게 생겼을까?

그 여자의 피가 나에게도 흐르고 있는 건가.

어떻게든 그것을 확인하고 싶었다. 외할머니의 얼굴을 보고 싶었다. 외할머니는 어떤 특별한 것을 가지고 있었을까?

제사가 끝나자 일동은 외삼촌 집으로 자리를 옮겨 식사를 했다. 어른들은 술을 마셨다. 놀랍게도 어머니는 취할 정도로 술을 마시고, 평소 집에서는 보이지 않던 술 취한 모습을 드러냈다. 혹시 아버지는 어머니가 취하면 이상한 행동을 보인다는 것을 알고 이 제사에 참석하지 않은 것은 아닐까 하고 히로미는 생각했다. 나중에 안 일이지만, 히로미의 추측은 거의 맞았다.

기다린 보람이 있었다. 시간이 지나자 술기운이 오른 사람들이 옛날 이야기를 하기 시작했다. 그리고 앨범 속에 든 기념사진들이 나왔다. 사진에 대해 설명을 하기도 하고, 탄성을 지르기도 했다. 그런 가운데 스미코는 문득 이런 말을 했다.

"너무 애석해. 어머니 사진은 한 장도 없으니……"

"돌아가신 후에 아버지가 모두 불태워버렸으니까요" 하고 외숙모가 말을 받았다.

히로미는 맥이 빠졌다. 외할머니 사진이 없단 말인가. 그렇다면 여태까지 재미도 없는 친척들의 말을 들으면서 앉아서 기다린 보람이 없지 않은가.

그때 큰외삼촌이 득의에 찬 미소를 흘렸다. 큰외삼촌은 남자치고는 묘하게 입이 크고 얼굴 전체가 너무 밋밋해서 두꺼비처럼 보였다. 그 두꺼비 얼굴에 그런 미소가 떠올랐던 것이었다.

"그런데 내가 사진을 하나 찾아냈지."

그 한마디에 여기저기서 탄성이 터져나왔다.

"어디?"

"어떤 사진?"

"누가 가지고 있었는데요?"

그런 질문이 한꺼번에 터져나왔다. 그러자 큰외삼촌은 천천히 자리에서 일어나 안방에서 낡은 사진 한 장을 가지고 나왔다.

"스미코의 입학식 사진이야. 어머니는 기모노를 입고 스미코는 가방을 메고 있지."

"그런 사진이 남아 있었어?"

"다자키 씨한테서 빌려왔지. 스미코, 기억나? 너 다자키 씨네 후미짱과 친했잖아. 후미짱도 사진에 있어. 후미짱 집에서 찍은 사진이니까."

스미코는 고개를 끄덕였다.

"그 집은 옛날부터 부자여서 사진기가 있었지. 그래, 그때 찍은 거야. 우리는 사진 한 장 찍으려면 치바에 있는 사진관까지 가야 했지만, 그 집은 마음대로 찍을 수 있었으니까."

누렇게 색이 바랜 스냅사진이었다. 손에서 손으로 건너가는 그 사진을, 히로미는 뚫어져라 바라보았다. 사진 뒤편에는 테이프 자국이 남아 있었다. 끝부분이 잘려나갔고, 그것을 풀로 붙인 흔적도 남아 있었다.

"이거 봐, 히로미. 네 할머니야."

마침내 그 한 장의 사진이 히로미에게 전해졌다. 히로미는 그 사진을 받아들었다.

숨이 멈추었다.

눈을 깜빡였다.

참았던 숨을 내쉬었다.

스미코가 웃었다.

히로미는 눈만 깜빡이고 있었다.

그러나 아무리 눈을 깜빡여도 그 사진 속의 모습은 바뀌지 않았다. 복구한 흔적이 역력한 그 사진을 보면서 속으로 중얼거렸다. 이런 사진을 왜 복구했을까?

히로미는 어금니를 꽉 깨물었다.

'돼지 같은 여자잖아.'

기모노에 검은 겉옷을 걸친, 머리가 큰 여자였다. 껑충한 원피스 차림에 심각한 표정으로 가방을 멘 여자아이의 손을 잡고 있었다. 여자아이는 어머니일 것이다. 닮았다. 어릴 적부터 개똥 같은 얼굴이다.

또 한 사람, 하얀 깃을 단 원피스를 입고 가방을 멘 여자애가 있었다. 사진의 소유주라는 '다자키 씨네 후미짱'일 것이다. 부잣집 딸이라고 했는데, 사진으로 보기에는 어머니와 별 차이가 없었다.

그리고 무엇보다 기모노 차림의 여자가 문제였다.

사진을 바라보면서 히로미는 물었다.

"이 사람이 외할머니야?"

스미코는 밝은 목소리로 대답했다.

"그럼."

믿을 수 없어, 이런 돼지 같은 여자가……

커다란 얼굴, 이상할 정도로 새하얀 볼, 두툼한 입술, 지우개 똥같이 가늘고 작은 눈. 그리고 얼굴 한복판에 떡 버티고 앉은 못생긴 코.

"얘가 남자와 동반자살한 거야?"

히로미의 물음에 스미코는 웃으면서 나무랐다.

"그런 말 하면 못써. 할머니에게 '얘'가 뭐니."

평소라면 그런 스미코의 말을 듣고 가만있을 히로미가 아니다. 친척 앞이건 상관없이 그대로 주먹이 날아갔을 것이다. 어머니도 아버지도 머리가 나빠서 무슨 일이 있을 때마다 자신이 집에서 가장 힘이 세다는 것을 가르쳐주지 않으면 금방 잊어버린다.

그러나 지금은 그럴 기분이 아니었다.

이런 돼지 같은 여자, 이런 개떡 같은 인간이 나의 외할머니라고? 게다가 남자하고 동반자살하는 바람에 오랜 세월 친척들에게 그 존재감을 자랑했다고?

제발 사람 좀 웃기지 마.

"얘가 남자하고 동반자살했다니, 도저히 믿어지지 않아."

스냅사진을 스미코의 무릎 위로 던지면서 히로미는 말했다.

"차라리 남자를 먹어치웠다는 편이 믿기 편하겠어."

친척들은 모두 입을 다물었다. 구리하시 히로미의 눈에는 그 얼굴들도 모두 짐승처럼 보였다.

제사를 지내고 돌아와서 일주일이 지나도록, 구리하시 히로미는 부모와 한마디도 하지 않았다. 외할머니의 사진과 그녀의 동반자살, 그리고 거기에 대한 친척들의 평가는 그에게는 너무도 터무니없는 것이었다.

차라리 모르는 편이 좋았을 것이다. 그러나 알아버린 이상 어떤 식이든 거기에 대해 해석을 해야 했다. 그러기 위해서는 자신의 내면으로 깊이 가라앉을 필요가 있었다.

학교에도 가지 않았다. 그럴 상황이 아니었다. 학교에 가는 척하고 게임센터 주변을 오가며 시간을 죽이는 날들이 계속되었다. 선도교사를 보고 도망치기도 했다.

지금 이 문제에 대해 의논할 수 있는 사람은 피스 하나뿐이었다. 그러나 그 피스가 없었다. 전화를 걸어도 받지 않았다.

타이밍이 안 좋다. 하필이면 이런 때 피스가 없다니. 내가 이렇게 피스를 필요로 하고 있는데.

심심한 참에 장수암에 가서 가즈아키나 놀려먹을까 하고도 생각했다. 실제로 두 번 정도 들렀지만 가즈아키는 없었다. 가즈아키는 어릴 적부터 친구지만 진학을 포기하고 가업을 돕고 있기 때문에 옛날처럼 쉽게 데리고 놀 수 없다. 그리고 그 집 사람들도 자신을 별로 달갑게 생각하지 않는다. 가즈아키의 부모도 겉으로는 반겨주는 것 같지만, 속으로는 자신을 멀리하는 것 같았다. 가즈아키의 여동생 유미코는 더 심해서, 어릴 적에는 자신을 졸졸 따라다녔지만 지금은 눈길이 너무 싸늘하다.

왜 이렇게 되어버렸을까? 구리하시 히로미는 때로 생각해본다. 어렸을 때는 부모도, 친구도, 친구의 부모도 모두 내게 친절하게 대해주었다. 그런데 언제부터 나를 멀리하게 되었을까?

구리하시 히로미는 거짓말을 곧잘 했지만, 대부분의 거짓말쟁이와는 달리 자신이 거짓말을 잘한다는 자각이 없었다. 또 자신이 한 거짓말을 자주 잊어버리기도 했다. 따라서 장수암 사람들이 자신을 멀리하는 것이 중학교 이학년 때 폭력사건을 일으키고 그것을 다카이 가즈아키에게 뒤집어씌운 것 때문이라는 사실을 자각하지 못했다. 그는 오히려 장수암 사람들이 어느 날 갑자기 아무 이유도 없이 차가워졌다고 느꼈다.

그것이 불만이었다.

구리하시 히로미가 정말 머리가 좋다면, 평소 집에서 부모에게 거들먹거리듯이 그가 가장 대단하다면, 가즈아키의 가족들이 모두 자신에게 냉담한데 왜 가즈아키만 변함이 없는지를 생각해보았어야 했다. 어릴 적부터 구박받고 멍청이라고 욕만 먹었던 가즈아키가, 그의 가족들이 그렇게 싫어하는 줄 알면서도 지금껏 자신에게 잘해주는 이유가 무엇인지 생각해보았어야 했다.

그러나 구리하시 히로미는 거기에 대해서는 생각해보지도 않았다. 느끼지도 못했다. 가즈아키는 아무리 거짓말을 해도 모른다. 가즈아키는 언제든 이용해먹을 수 있는 놈이다. 찾아갔는데도 없는 건 그 놈이 건방져졌기 때문이다. 한번 손을 봐줘야겠다. 가즈아키가 없다는 사실을 전하는 다카이 아야코에게 애교 있는 웃음을 남기며 히로미는 그렇게 생각했다.

그렇게 이야기 상대도 없는 일주일이 끝날 무렵 이상한 일이 일어났다. 스미코가 욕실에 들어가 있는데, 아버지가 속삭이는 목소리로 말을 걸어온 것이다.

그때 그들은 거실에 있었다. 히로미는 음악 프로그램을 건성으로 보면서 발톱을 깎고 있었다.

밤에는 발톱을 깎지 말라고 스미코는 늘 잔소리가 심하다.

"낮에 그런 거 할 시간이 어딨어."

그러자 스미코는 네가 공부하고 있으면 발톱을 깎아주겠다고 했다.

히로미는 기꺼이 그러겠다고 했다. 책상에 앉은 채 발을 내밀기만 하면 그만이었다. 아주 기분이 좋았다. 그러나 세번짼가 네번째, 진지한 표정으로 발톱을 깎고 있는 어머니의 얼굴을 보는 순간 갑자기 속이 메슥거려 발톱으로 그 눈을 찔러버리고 싶은 충동이 일었다. 그래서 방향을 가늠해서 발가락으로 눈을 찔러버렸다. 스미코는 비명을 지르며 도망쳤고, 그로부터 열흘간 안과 신세를 져야 했다.

그 이후로 다시는 발톱을 깎아주지 않았다. 할 수 없이 제 손으로 발톱을 깎게 되었는데, 그후로는 아무리 늦은 시간이라도 잔소리를 하지 않았다.

"너, 제사 지내고 온 후로 왜 틀어박혀 지내?"

아버지가 물었다.

구리하시 히로미는 고개를 들었다. 거무스름한 그늘이 진 아버지의 얼굴이 보였다. 그때 처음으로 아버지의 건강이 안 좋다는 사실을 깨달았다.

"아버지, 어디 아파?"

"괜찮아. 간장약은 잘 먹고 있어."

그러나 히로미는 걱정이 되어 물어본 것이 아니었다. 부모가 아프건 말건 그에게는 아무 상관이 없었다. 다만 식물인간처럼 자리에 드러누우면 불편하니까 물어보았을 따름이었다.

아버지는 욕실 쪽을 흘끔거렸다. 어머니가 들어서는 안 될 말이 있는 게 분명했다.

"그냥 감기 기운이 있어서 좀 쉬고 있어" 하고 히로미는 거짓말을 했다. 남자와 동반자살한 외할머니가 돼지 같은 얼굴이었고, 그런 여자의 피가 내 몸에 흐른다는 걸 참을 수 없다는 말은 하지 않았다.

"외할머니 젊었을 때 이야기 들었지?"

아버지가 작은 목소리로 물었다.

"동반자살한 거?"

"그래."

"들었어. 그래서 사진도 없다고 하던데."

"그럼, 당연한 일이지."

아버지는 그렇게 말하고는 텔레비전 화면으로 눈길을 돌렸다. 미니스커트를 입은 여가수가 노래를 하고 있었다.

"너한테는 말하고 싶지 않은 일이었어."

"난 괜찮아. 옛날이야기니까."

히로미는 거짓말을 했다. 이렇게 해야 아버지가 입을 열 것이기 때문이다. 아버지는 대체 무슨 말을 하고 싶은 것일까?

"난 지금도 화가 난다."

"뭐가?"

"어머니와 선을 보고 결혼할 때, 뚜쟁이도 저쪽 집안의 누구도 그런 말을 해주지 않았어. 그걸 알았다면 누가 그런 집안의 여자를 아내로 맞겠니."

구리하시 히로미는 입을 다물었다.

"이건 나의 수치야. 일생일대의 실수였어. 너도 여자를 만날 때 조심해야 해."

그렇게 말하고 아버지는 자리에서 벌떡 일어나 부엌으로 갔다. 냉장고 문을 여는 소리가 들렸다. 맥주를 마실 모양이었다. 히로미는 그 자리에 가만히 앉아서 기다렸다.

그러나 아버지는 돌아오지 않았다. 히로미는 기다리다 못해 부엌으로 갔다.

아버지는 아직도 거기에 있었다. 두 손으로 개수대 모서리를 짚고 고개를 숙이고 있었다.

"아버지?"

어깨를 잡고 얼굴을 들여다보았다. 아버지는 눈물 콧물을 흘리면서 말했다.

"나를 속였어. 지금까지 나를 속여놓고, 뻔뻔하게 제사를 지낸다니. 나를 바보 취급했어."

아버지는 울었다. 히로미는 뻣뻣하게 선 채 그 울음소리를 들었다.

욕실에서 물소리가 들렸다. 스미코는 물을 끼얹으면서 텔레비전에서 들려오는 여가수의 노래를 코로 흥얼거리고 있었다.

"친정에서 어머니가 술을 마셨지?"

코를 훌쩍이며 아버지가 물었다.

"평소 때는 숨기고 있지만 친정에만 갔다 하면 말술이지. 난 알고 있어. 난 속은 거야."

끝도 없이 그런 탄식을 뱉어내면서 아버지는 점점 더 안으로 쪼그라들었다. 그러나 지금 그가 자신의 불행을 한탄하는 상대는, 그와 그를 속인 여자와의 사이에서 태어난 하나뿐인 자식이다.

차가운 부엌 바닥에 서서 아버지는 콧물을 훌쩍이며 울고 있고, 어머니는 기분 좋게 젊은 사랑의 노래를 부르고 있다. 돼지 같은 외할머니는 동반자살로 죽었고, 그 죽음이 결코 아름다운 것이 아니라는 사실을 모두가 알고 있다.

정말 개 같은 집안이다.

그날 밤, 구리하시 히로미는 악몽을 꾸었다. 작은 소녀가 나오는 그 꿈이었다. 안개 낀 낯선 장소에서 여자애가 그를 쫓아온다. 아무리 도망쳐도 따라온다. 내 몸을 돌려달라고 외치면서.

안개 속에서 히로미는 죽을힘을 다해 도망친다. 여자애의 외침이 등 뒤로 다가온다. 숨이 차도록 달려 여자애를 따돌렸다고 생각하고 발걸음을 멈춘다. 그러면 여자애의 목소리가 바로 곁에서 들려온다. 깜짝 놀라 히로미는 다시 도망친다.

잡혀서는 안 된다. 잡히면 몸을 빼앗기고 만다. 여자애의 가늘지만 억센 손가락이 히로미의 턱을 잡고 입을 벌릴 것이다. 머리부터 집어넣어 숨이 막히게 할 것이다.

아무리 달려도 안개는 걷히지 않는다. 그런데도 여자애는 금방 히로미를 따라온다. 이 짙은 안개도 나를 가려주지 못한단 말인가. 여자애는 어떻게 내가 있는 곳을 아는 걸까?

"내 몸을 돌려줘!"

바로 옆에서 외쳤다. 히로미는 기겁을 하고 도망쳤다. 그때, 뭔가가 발길에 걸려 두 손을 앞으로 뻗으며 넘어졌다. 아프지는 않았다. 손에 뭔가가 닿았다. 그는 손에 닿은 그 무엇에 기듯이 다가갔다. 뭘까? 이 안개 속에서, 이게 뭘까?

용기를 내어 팔을 뻗었다. 그리고 잡아당겼다. 그의 눈앞에 그것이 모습을 드러냈다.

그것은 여자의 시체였다. 사진에서 보았던 외할머니의 시체였다. 드러누운 채로 얼굴이 오른쪽으로 돌아가 있었다. 목에는 굵은 밧줄이 걸려 있고, 흰자위가 드러나 있고, 반쯤 벌어진 입에서는 부풀어오른 혀가 비어져나와 있었다.

히로미는 비명을 지르며 벌떡 일어났다. 도망치려는 순간 시체의 팔이 그의 오른쪽 발목을 잡았다. 히로미는 기겁을 하며 외할머니의 시체를 떨쳐버리려 했다. 그러나 시체의 힘은 믿을 수 없을 정도로 셌다. 그 손가락은 집게처럼 그의 발목에서 떨어질 줄을 몰랐다.

히로미는 있는 힘을 다해 외할머니의 손을 뿌리치려 했다. 손가락 힘이 너무 세서 발목에서 감각이 사라져갔다. 금방이라도 잘려나갈 것 같았다.

히로미는 살려달라고 외쳤다. 목이 찢어질 정도로 고함을 쳤다. 그러자 작은 발소리가 들리더니 짙은 안개의 바다가 둘로 갈라졌다. 그 한가운데에 그 여자애가 웃으며 서 있었다.

히로미는 울부짖었다.

여자애는 내 몸을 돌려달라고 했다. 기분 나쁜 웃음이 얼굴 전체로 퍼져나가더니, 그와 동시에 여자애의 얼굴이 변하기 시작했다. 볼이 부풀어오르고, 눈이 튀어나오고, 기분 나쁜 웃음을 띤 입에서 검푸른 혀가 날름거리며 앞으로 기어나왔다.

여자애는 외할머니로 변했다.

히로미는 숨을 멈추었다. 아까까지 외할머니의 손에 잡혀 있던 발목을 바라보았다. 그건 어머니였다. 어머니가 쭈그리고 앉아 두 손으로 그의 오른쪽 발목을 잡고 있었다. 왼쪽 발목은 아버지가 잡았다. 아버지는 코를 훌쩍이면서 그를 바라보고 있었다.

"왜 도망치려는 거야?"

어머니가 물었다.

"스미코를 나한테 떠맡기고 너만 도망치면 되는 거야? 너만 도망치게 할 수는 없어. 그건 불공평해."

아버지가 말했다.

히로미는 비명만 질러댔다. 살려주세요, 누구 없어요? 제발 나 좀 살려주세요.

"내 몸을 돌려줘!"

목이 졸려 죽은 외할머니의 시체는 두 눈을 짐승처럼 빛내면서 구리하시 히로미의 몸속으로 뛰어들었다. 그 손가락이 그의 입을 억지로 벌리고, 뻣뻣한 머리카락이 목을 가득 메우며 안으로 밀고 들어와 그의 울부짖음과 숨결을 막아버렸다.

거기서 그는 눈을 떴다. 잠자리에서 위로 벌떡 뛰어올랐다. 그러자 눈앞에 어머니의 얼굴이 있었다. 히로미는 다시 비명을 질렀다.

"왜 그러니? 나쁜 꿈을 꿨어? 정신 차려!"

이불 끝자락을 잡고 히로미 쪽으로 몸을 기울인 채 어머니는 그렇게 말했다. 어머니의 얼굴은 혐오로 일그러져 있었다.

바르르 몸을 떨면서 구리하시 히로미는 눈을 깜빡였다. 온몸에서 식은땀이 흘렸다. 손이 떨렸다. 숨이 가빴다. 있는 힘을 다해 달린 때문일 것이다.

'그래, 나는 꿈에서 도망쳐나온 거야.'

그건 꿈이었다.

"하도 고함을 치길래 와봤어."

머리카락을 손가락으로 빗어올리며 스미코가 말했다.

"남의 방에 함부로 들어오지 마."

히로미는 쉬어터진 목소리로 말했다.

"어떻게 네가 남이니. 난 네 엄마야."

히로미는 어머니의 얼굴을 멀뚱히 바라보았다. 지금이라도 어머니의 얼굴선이 무너지고, 입술이 터지고, 혀가 나오면서 외할머니의 얼굴로 바뀌지 않을까 하는 생각을 하면서.

그러나 아무 일도 일어나지 않았다. 어머니도 나름대로 불쾌한 표정이었다.

"사내를 낳은 게 잘못이야."

그렇게 투덜거리면서 어머니는 일어섰다.

"여태 길러줬더니 남이라고 괄시나 하고. 너는 뭐 혼자서 자란 줄 아니?"

어머니는 투덜대면서 방을 나갔다. 탕, 하고 문을 닫기 직전에 최후의 일격을 가했다.

"역시 여자애를 낳았어야 했어. 히로미가 살아 있었더라면 얼마나 좋았을까."

히로미는 두 손으로 얼굴을 문질렀다. 손바닥에 땀이 흥건했다. 천천히 일어나 비틀거리며 일층 욕실로 내려갔다. 거울을 보았다.

거기에 그 여자애가 있었다. 히로미보다 먼저 태어난 히로미. 아기 때 죽은 누나.

구리하시 히로미는 숨을 멈추고 거울 앞에서 물러났다. 거울에는 그의 얼굴이 비치고 있었다. 새파랗게 질린 채 눈이 퉁퉁 부어올랐지만, 분명히 그의 얼굴이었다.

손가락으로 눈을 비비고, 다시 거울을 보았다. 자신의 얼굴이 비쳤다.

그러나 다시 불안이 피어올랐다. 마음속 깊이 잠겨 있던 진흙이 감정의 파도를 타고 위로 올라와 깨끗했던 마음의 물을 흐려놓았다. 그리고 그 흐린 물 속에서 여자애가 올라왔다. 탁한 물방울을 뚝뚝 흘리면서.

'난 네 속에 있어.'

그렇다. 그 꿈의 마지막 부분에서 그 여자애는 마침내 내 안으로 들어오고 만 것이다. 지금까지는 아슬아슬하게 물리쳐왔지만, 결국 내 안으로 들어오고 말았다.

'나는 네 속에 있어. 내 몸을 돌려줘.'

'언젠가는 반드시 네 몸을 빼앗고 말 거야. 원래 내 몸이었으니까.'

구리하시 히로미는 두 손을 들어 자신의 목을 졸랐다. 천천히 힘을 넣어 자신의 목을 졸라보았다.

호흡이 가빠지고 코가 폭발할 것만 같았다. 눈꼬리에 눈물이 맺혔다.

힘을 빼고 두 손을 아래로 늘어뜨렸다. 눈물방울이 차가운 욕실 바닥 위로 뚝뚝 떨어져 발 쪽으로 튀었다.

이 집에 있다가는 머리가 돌아버릴 거야. 이 집은 하나부터 열까지가 이상해. 엄마도 이상해. 아버지도 이상해. 아기 때 죽은 누나도 이상해.

나는 이 집에 사로잡힌 수인이다. 도망치지 않으면 나도 미치고 만다.

오로지 그 생각으로 가득 찬 히로미는, 이제는 그 '이상'한 것이 그 자신의 안에 있는지 밖에 있는지마저 알 수 없었다.

얼굴을 씻고 머리를 정성껏 손질한 다음, 히로미는 외출 준비를 했다. 커다란 화분을 들고 가야 하니까 차를 가져가야 한다.

열일곱 살 때의 그 악몽 이후로, 한때는 거울을 보기가 두려워 머리도 감지 않고 이도 닦지 않고 거지처럼 다닌 적이 있었다. 그 어처구니없는 두려움을 조소하는 자신과, 그 두려움을 그대로 받아들이는 자신이 팽팽한 긴장상태를 유지하는 가운데 십대 후반을 보냈다.

자신을 괴롭히는 그 악몽에 대해 어른들에게 고백한 적은 없었다. 선생도 친척도, 히로미는 믿지 않았다.

피스에게만 고백했다. 악몽을 꾼 며칠 후, 친척집에서 돌아온 피스와 연락이 닿아 만나서 모두 고백했다. 그리고 조언을 구했다. 맛이 가버린 부모에게서 내 몸을 지키려면 어떻게 해야 하느냐고.

피스는 멍하니 히로미의 발 쪽을 내려다보고 있었다. 그러더니 이렇게 말했다.

"빨리 어른이 되는 거야."

"어른?"

"자기 인생을 만드는 거지. 아버지 뒤를 이어서는 안 돼. 자신의 인생을 스스로 개척해야 해."

"그건 나도 알아. 그러니까 집을 나올 거야."

"대학에 들어간 다음에 나와. 지금은 안 돼. 고등학교를 그만두고 집을 나가면 결국 인생을 망치고 말아. 지금은 직업도 없잖아."

"……그럼 어떡해야 돼?"

"열심히 공부해서 좋은 대학에 가는 거야. 기숙사 생활을 하면 되니까. 그런 다음 일류기업에 취직하는 거지. 그렇게만 되면 혼자서 멋지게 살아갈 수 있지 않겠어?"

"일류기업."

히로미는 힘주어 중얼거려보았다.

"피스 아버지처럼 말이지."

구리하시 히로미는 진심으로 그렇게 말했다. 비록 만난 적은 없지만, 피스의 아버지를 존경하고 동경하고 있었기 때문에. 아버지의 사회적 지위와 경제력으로 피스가 누리는 생활을 동경하고 있었기 때문에.

그러나 피스는 웃지도 않고 기뻐하지도 않았다. 겸연쩍어서일 것이다. 어두운 시선을 더 아래로 깔며 목소리를 낮추었다.

"내 말을 잊어서는 안 돼. 히로미의 인생은 히로미의 것이니까, 포기해선 안 돼. 부모는 그냥 돈줄이라고 생각해. 짜낼 수 있을 만큼 짜낸 다음에 버리면 그만이야."

어차피 아버지도 제멋대로 산다구, 하고 피스는 내뱉듯이 말했다.

피스의 그 충고를 가슴 깊이 새긴 구리하시 히로미는 고등학교를 마치고 소위 말하는 일류대학에 들어갔다. 계획한 대로였다. 이제는 대학생활을 즐기다가 일류기업에 취직하면 그만이었다.

그럼에도 불구하고, 히로미는 지금 여기에 있다.

스물여섯 살이나 되었지만 직업도 없이 아버지가 경영하는 구리하시 약국에 빌붙어서, 열일곱 살 때 공포와 혐오감 때문에 보기도 싫었던 그 거울 앞에 서서 머리를 빗고 있다.

어디가 잘못된 것일까. 어디서 발을 잘못 디딘 것일까.

'피스' 하고 히로미는 속으로 그 이름을 불러보았다.

거울 속에서 대답이 돌아올 리가 없다. 구리하시 히로미는 욕실을 나왔다.

주차장에서 차를 빼내려는데 휴대폰이 울렸다. 히로미는 서둘러 전화를 받았다.

"히로미? 지금 바빠?"

기시다 아케미의 목소리였다. 사귄 지 아직 한 달이 채 안 됐지만 이상하게 적극적이다. 약국까지 찾아왔다가 히로미가 없으면 근처 커피숍에 앉아 기다리기도 한다. 전화는 하루에도 몇 번씩 온다. 미인에다 돈도 많은 것 같아 싫지는 않다.

"쇼핑 때문에 짐이 너무 많아서 꼼짝을 못 하겠어. 좀 와주지 않을래? 신주쿠 이세탄 백화점인데."

기시다 아케미가 어떤 여자인지, 히로미는 자세히 모른다. 나이는 스무 살, 도쿄의 어느 여대에 다니고 있다고 하면서도 학교 이름은 말하지 않는다.

"이름도 없는 학교야" 하고 아케미는 말했다.

집은 사이타마 현 가와고에 시라고 했다. 기시다 아케미는 가족과 그리 사이가 좋지 않은 듯, 만날 때부터 그런 사실을 숨기지 않았다.

두 사람이 처음 얼굴을 마주한 것은 한 달쯤 전이었다. 구리하시 히로미의 대학 친구이자 젊은 일러스트레이터인 진노가 긴자에서 개인전을 열었다. 초대장을 받고 가보니, 접수창구에 예쁜 여자애가 앉아 있었다. 그애가 바로 기시다 아케미였다.

진노는 대학 때부터 일러스트레이터를 목표로 하고 있었지만, 여태 누구에게서도 그림을 배워본 적이 없었다. 전공은 구리하시 히로미와 같은 경제학이었다. 전공이 그렇다 해도 개성이 뚜렷하고 재능이 있으면 문제가 없지만, 애석하게도 진노는 어느 쪽도 아니었다. 눈을 씻고보아도 팔릴 만한 그림은 아니었다. 그런 진노가 스물여섯이라는 젊은나이에 개인전을 연다니, 내심 진노를 무시해오던 구리하시 히로미로서는 마음이 편치 않았다. 축하라기보다는 정찰하는 기분으로 찾아간 것이었고, 그래서 창구에 앉은 여자의 웃는 얼굴을 보는 것도 불쾌했다. 진노의 성공은 결코 히로미에게 축하할 만한 일이 아니었다.

갤러리의 하얀 벽을 가득 채운 진노의 작품은 대학 시절과 별다를 바 없는 서투른 것이었다. 적어도 구리하시 히로미에게는 그렇게 보였다. 이런 놈이 개인전을 열다니, 하고 고개를 갸우뚱하지 않을 수 없었다. 그러나 초대장을 보낸 당사자는 희색이 만면해 마치 잘나가는 일러스트레이터라도 되는 듯이 당당하게 손님을 맞이하고 있었다. 누군가 보낸 축하 화환도 있었다. 점점 더 마음에 들지 않았다.

그날은 첫날이라 저녁시간에 간단한 파티가 열렸다. 진노를 축하해줄 마음은 털끝만큼도 없었지만, 그의 성공이 진짠지 허풍인지 확인하기 위해서 구리하시 히로미는 파티에도 참가했다. 진노는 연신 웃음을 흘리면서 파티 중에 몇 사람에게 스피치를 요청했는데, 구리하시 히로미에게도 대학 시절의 추억담이라도 좋으니 한마디 해달라고 했다. 히로미는 요청을 흔쾌히 수락했는데, 스피치를 할 순간에 진노가 손님들을 향해 "내 친구 구리하시 히로미는 이시키 증권의 영업사원으로 일하고 있습니다"라고 소개해 깜짝 놀라고 말았다.

이시키 증권은 업계 최고의 회사로, 히로미가 한때 다녔던 곳이었다. 대학을 나와 처음 취직한 회사였다. 그러나 삼 개월의 인턴 기간이 끝날 무렵 그만두고 말았다.

진노는 그 사실을 모르는 것이다. 졸업한 이래로 연하장도 주고받지 않는 사이였으니 그럴 만도 했다.

구리하시 히로미는 진노의 말에 장단을 맞추어 증권회사는 거품경제가 무너진 다음부터 평판이 좋지 않아져 일하기가 어렵다며 대충 꾸며낸 이야기를 늘어놓고, 아무리 좋은 회사라고 해도 어차피 샐러리맨은 샐러리맨에 지나지 않지만, 진노는 창조적인 일을 하고 있어 부럽다고 말했다. 진노는 어린애처럼 기쁜 표정으로 듣고 있었다.

스피치를 끝내고 웨이터가 가져다주는 와인글라스를 받아들고 구석으로 물러나자, 안내 데스크에 앉아 있던 아가씨가 미소 띤 얼굴로 다가왔다. 혀가 약간 짧은 새된 목소리로 자기소개를 했다.

"기시다 아케미라고 해요. 이시키 증권에 다니신다니 정말 대단하네요."

히로미는 여자의 작고 단정한 얼굴을 바라보았다. 화장도 깔끔했고, 긴 머리칼은 거울처럼 빛을 반사하고 있었다. 여대생이라고 해서 전공을 물으니 영문학이라고 했다.

"그치만 어려운 건 하나도 몰라요. 공부를 안 하니까."

그러면서 여자는 와인글라스를 든 손으로 입을 가리고 웃었다.

"머리는 나쁜데 시험 쳐서 붙어버린 걸 어떡해. 구리하시 씨처럼 머리 좋은 엘리트가 보면 정말 웃길 거야."

구리하시 히로미는 스스로 머리가 나쁘다고 말하는 여자일수록 사실은 자기가 좋은 여자라고 생각한다는 것을 모를 정도로 바보는 아니었다. 그리고 아케미가 이렇게 접근해오는 것은 히로미가 유명 증권회사의 유망한 사원이라고 착각하기 때문이란 것도 잘 알고 있었다. 그래서 히로미는 그녀가 마땅히 동경할 엘리트의 미소를 머금고 진노의 친구냐고 물어보았다.

기시다 아케미는 긴 머리칼을 효과적으로 흔들면서 아니라고 했다.

"잠깐 아르바이트하는 거예요. 이 회사 사장이랑 아버지랑 아는 사이라서."

그리고 더 활짝 웃으면서 히로미 쪽으로 한 걸음 다가서더니, 속삭이는 듯한 목소리로 말했다.

"이 갤러리의 오너가 여잔데, 진노 씨를 밀어주고 있어요."

구리하시 히로미는 새삼 그녀의 얼굴을 보았다. 그리고 스피치를 하는 손님들 앞에서 활짝 웃고 있는 진노의 얼굴을 엿보았다. 그녀의 눈은 이 정도는 말하지 않아도 알잖아, 라고 말하고 있었다.

히로미는 미소를 지었다.

"좋은 후원자를 만난 거로군."

"맞아요."

기시다 아케미는 하얀 앞니를 드러내며 웃었다. 언뜻 보기에도 다섯 개는 인공적으로 해넣은 것임을 알 수 있었다. 어릴 때부터 이가 좋지 않았든지, 모델이 되려고 비뚤어진 이를 뽑았든지 둘 중 하나일 것이다.

"후원자가 없으면 이렇게 그럴듯한 개인전을 열 수 없죠."

"나는 진노의 친구로서 그의 재능을 믿고 싶은데."

"정말?"

기시다 아케미는 구리하시 히로미의 얼굴을 빤히 들여다보았다. 익살스러운 그 표정과 몸짓 속에 일종의 악의 같은 것이 배어 있음을 느낄 수 있었다. 그런 그녀가 마음에 들었다.

"거짓말이야. 오늘 내가 여기 온 건, 진노 같은 놈이 어떻게 개인전을 열 수 있는지 확인해보기 위해서였어."

"내가 보기에도 그런 것 같았어요. 구리하시 씨 얼굴에 그렇게 씌어 있는걸. 그래서 특별히 가르쳐준 거예요."

"날카롭군."

"아녜요. 나는 머리 나쁘대도."

그렇게 말하면서 기시다 아케미는 몸을 뒤틀었다. 머리칼이 그의 어깨에 닿았다. 짙은 향수 냄새가 풍겼다.

그 주에 구리하시 히로미는 다시 진노의 개인전이 열리는 갤러리로 갔다. 이번에는 기시다 아케미를 만나기 위해서. 그녀도 기다렸다는 듯한 표정이었다.

그날 같이 식사를 하고, 구리하시 히로미가 즐겨 가는 라이브 하우스에 갔다. 단골은 아니지만 여자만 만나면 가는 곳이다. 그 술집은 블루스만 연주한다. 혼이 깃든 블루스를 들으려면 도쿄에서는 여기밖에 없어, 라고 말하면 여자들은 거의가 감탄한다. 그러나 그 가게도, 그 가게에서 연주하는 음악도 별 재미없다는 표정이 여자들의 얼굴에 바로 드러난다. 사실 히로미도 블루스는 별로 좋아하지 않기 때문에 여자를 감탄시킬 때만 두세 번 들을 뿐이다. 록이나 재즈, 또는 클래식일 경우는 여자 쪽이 훨씬 더 잘 알고 있을 위험이 있지만, 블루스의 경우는 그렇지 않다. 그리고 늘 바라는 대로 됐다.

다음 데이트 때는 당연한 듯이 멀리까지 가서 같이 잤다. 기시다 아케미는 적극적으로 그와의 관계를 즐기려는 눈치였다. 히로미가 이시키 증권의 사원이라고 생각했기 때문에 가능한 일이었다. 히로미는 그녀가 그런 착각을 계속하도록 꾸몄다. 두번째 데이트는 일부러 평일을 골랐다. 자신의 일은 토요일 일요일도 없고 쉴 때가 바로 휴일이나 마찬가지라고 하자 아케미는 고개를 끄덕였다. 그러므로 전화도 일부러 대낮에, 그녀가 그의 '근무시간'이라고 생각하고 있는 시간대를 가려 휴대폰으로 걸었다. 방금 회의를 끝내고 다음 회의가 시작되기까지 휴식시간에 옥상에서 전화를 건다고 했다.

물론 돈은 아끼지 않고 썼다. 구리하시 히로미는 무직이었지만, 구리하시 약국의 금고에는 매일 돈이 들어오고, 그는 집안에서 절대적인 권력을 휘두르고 있으므로 원하는 만큼 쓸 수 있었다. 기시다 아케미가 막연히 생각하고 있는 이시키 증권 직원의 씀씀이에 맞추는 것 정도는 그리 어렵지 않았다.

기시다 아케미가 처음은 아니었다. 구리하시 히로미에게는 그런 취미가 있었다. 다가오는 여자 앞에서 그 여자가 몽상하는 타입의 이상적인 엘리트를 연기하고, 꿈을 이루었다고 만족해하는 여자를 관찰하면서 은근히 즐기는 취미.

돈이 목적은 아니다. 물론 여자도 그에게 돈을 '투자'하기는 하지만, 그도 돈을 가지고 여자를 만난다. 여자에게서 돈을 갈취하는 일은 생각해보지 않았다. 섹스가 목적이냐 하면 그렇지도 않다. 건강하고 상식적인 보통의 남자가 건강하고 상식적인 보통의 여자와 만났을 때 이 여자와 언제 잘 수 있을지를 상상하는 것은 지극히 당연한 일이며, 히로미에게는 그 당연한 열정 이상의 것은 없었다. 그에게는 오로지 조소해주고 싶은 욕구가 있었을 따름이었다. 그를 매력적인 '엘리트'라 착각하고 접근해오는 여자들의 허망한 만족감을 조소해주고 싶은 욕구.

대체로 그는 여자를 잘 속였다. 그가 스스로 자신의 정체를 밝히기 전에 여자 쪽에서 먼저 알아차리는 경우는 거의 없었다. 일단 그의 손에 걸려들면, 여자는 자신도 모르는 사이에 그의 공범자가 되어 스스로를 속이기 시작한다. 그렇게 꿈을 꾸기 시작하는 것이다. 구리하시 히로미는 그것을 웃으면서 바라보고 때로는 그 여자의 꿈을 보강해주기도 하면서 그 꿈이 무르익기를 기다린다. 부숴버릴 가치가 있을 만큼 무르익을 때까지.

그런 후에 자신의 정체를 드러내면 여자는 믿지 않으려 한다. 너무도 깊은 꿈속에 잠겨 있었기 때문에 현실을 보지 못한다. 그는 꿈꾸는 여자를 마구 흔들어 잠에서 깨게 한 다음, 뺨을 때려 정신을 차리게 하고, 그의 진정한 모습을 보여준다. 일할 의욕도 없는 백수에다, 보잘것없는 약국을 경영하며 겨우 먹고사는 부모와 같이 살고 있는 남자의 얼굴을.

그런 다음, 여자의 내부에서 소중한 뭔가가 무너져내리는 소리에 귀를 기울인다. 그 소리가 너무 감미로워 구리하시 히로미의 귀에는 그를 경멸하는 여자의 외침이 들려오지 않는다. 설령 그런 목소리가 들렸다 하더라도, 그건 조금도 그에게 상처를 주지 못한다.

왜냐하면 구리하시 히로미는 알고 있기 때문이다. 마음만 먹으면 언제든 그가 원하는 대로 진정한 '엘리트'의 생활을 할 수 있다는 것을. 시나리오 라이터, 컴퓨터 시스템 엔지니어, 수입 인테리어 회사의 젊은 사장, 변호사, 때와 장소에 따라 다양한 직업을 가지고 있었다. 구리하시 히로미는 뭐든 될 수 있었다. 그가 특별하다고 생각하는, 상류사회의 구성원으로 인정받는 모든 존재가 될 수 있었다.

그리고 그런 존재가 되는 그날에, 구리하시 히로미는 그런 그에게 가장 잘 어울리는 여자를 찾아 그녀와 함께 살아갈 것이다. 지금은 때가 아니다. 그러므로 제 주제도 모르고 큰 꿈을 품고 접근해오는 모든 쓰레기 같은 여자를 대상으로, 그녀들이 평생 소중하게 품어온 미래에 대한 환상을 깨뜨리면서 시간을 죽이고 있는 것이다. 그러나 그것은 너무도 흥미롭고 짜릿한 시간 죽이기였다. 구리하시 히로미는 그것이 언젠가는 자신에게 큰 자산이 되어줄 것이라고 확신했다.

구리하시 히로미는 이런 목적을 위해서 여자를 속일 때는 쓸데없이 거드름을 피워서는 안 된다는 것을 알 정도의 머리는 있었다. 그래서 그는 어떤 가상의 존재가 되어 여자를 속일 때도, 자신이 작은 약국을 경영하는 집에서 태어났다는 사실을 숨기지 않았다. 아버지도 어머니도 교양이라고는 없는 인간이란 사실을 숨기지 않았다. 그런 바닥에서 끝없이 위로 상승하는 인간임을 여자에게 어필했다. 자산가의 아들, 기업가의 2세라고 거짓말을 하는 것보다 훨씬 더 효과적이고 확실한 방법이었다.

이 나라는 자유롭다. 기회는 누구에게나 있다. 내가 바로 그 모델이다. 그리고 나는 너의 인생을 꽃피워줄 희망이며, 백마를 탄 왕자이다.

구리하시 히로미는 휴대폰 수화기에 대고 상냥하게 말했다.

"오늘 쉬는 거 어떻게 알았어?"

기시다 아케미는 어리광을 부리듯이 웃었다.

"오늘은 집에서 느긋하게 쉰다고 했었잖아. 그래도 날 위해서 와줄 거지?"

그녀는 약간 틈을 두었다가 상냥하게 말했다.

"만나고 싶은 걸 어떡해."

이즈음 그는 그녀에게 푹 빠진 듯이 행동하고 있다. 그리고 그녀는 그런 그에게 어리광을 부리는 귀여운 연인을 연기하고 있다. 그가 그것을 원하기 때문에. 그는 그녀와 둘이 있으면 일의 피로가 말끔히 풀린다고 했다.

"그러지 뭐."

전화를 끊은 다음, 그는 잠시 웃었다. 가까운 미래, 기시다 아케미의 꿈이 무너져내리는 순간에는 과연 어떤 소리가 들릴까?

신주쿠 역 동쪽 출구에서 기시다 아케미를 만난 구리하시 히로미는 아오야마 쪽으로 차를 달렸다. 아케미가 잡지에서 발견한 멋있는 레스토랑이 아오야마 2가에 있었다. 늦은 점심을 거기서 들 생각이었다.

기시다 아케미는 백화점과 부티크 이름이 든 광고지를 다섯 장이나 들고 있었다. 차를 탈 때 웃으면서 말했다.

"낭비가 심하다고 욕하지 마. 내 것만 있는 게 아냐. 히로미에게 줄 선물도 있다구."

가와고에에 있는 그녀의 집은 유복했다. 아버지가 큰 부동산 회사를 경영하고 있고, 그 지역의 금융업계에서도 힘을 쓰는 사람인 모양이었다. 아케미는 지금까지 금전적으로 부족함을 느낀 적이 없었다. 지금도 충분한 돈으로 마음껏 젊음을 누리고 있다.

"아케미 같은 부잣집 따님이 나같이 별볼일 없는 샐러리맨을 만나도 괜찮은 거야?"

"왜 또 그런 말을 해?"

둘 사이에서 자주 오가는 말이었다. 물론 기시다 아케미는 구리하시 히로미가 별볼일 없는 샐러리맨이라고 생각해본 적이 없다. 아무리 부자라고는 하지만 어차피 시골의 부동산업자에 지나지 않는 자신의 아버지와 비교해보면, 구리하시 히로미는 일류대학을 나와 일류 증권회사에 다니는 엘리트 중의 엘리트다.

그리고 구리하시 히로미는 이런 장난 같은 대화에서 이중의 즐거움을 느낀다. 하나는 자신을 향한 그녀의 소박한 존경심. 또하나는 그만큼 완벽하게 그녀를 속이고 있다는 사실.

"내가 선물 샀으니까, 오늘은 히로미가 맛있는 거 사줘야 돼."

신호를 기다리면서, 기시다 아케미는 차창 밖으로 오가는 사람들을 바라보며 자랑스럽게 턱을 치켜들고 속으로 중얼거렸다. 우린 정말 잘 어울리는 커플이야. 그림 같은 커플, 과거에도 현재에도, 그리고 미래에도 너희들과는 차원이 다른 한 쌍이야. 너무 멋진 커플이라 정말 미안해.

그때서야 비로소 구리하시 히로미는 장수암에 축하 화분을 가져가야 한다는 사실을 떠올렸다. 아케미의 전화를 받느라 잊어버리고 말았던 것이다. 방금 돈 이야기가 나오면서, 지금 있는 돈으로 화분을 사야 한다는 것, 그 화분을 주는 대신에 가즈아키에게 오만 엔을 갈취하지 않으면 안 된다는 것을 깨달았다.

그 정도로 구리하시 히로미의 주머니 사정은 좋지 않았다.

이즈음 구리하시 약국의 매상은 점점 바닥을 기고 있었다. 처방전을 취급하지 않기 때문에 더욱 그랬다. 그리고 근처에 대형 체인 약국이 문을 여는 바람에 이제는 개점휴업과도 같은 상태였다. 드링크제나 소화제도 팔리지 않았다. 아무리 애를 써도 구리하시 약국의 규모로는 대형 약국을 상대로 경쟁할 수 없었다.

지금보다는 그나마 부모와 약간의 대화를 나누던 시절에 히로미는 부모에게 왜 처방전을 취급하지 않느냐고 물은 적이 있다. 아버지는 약제사니까 마음만 먹으면 할 수 있지 않느냐고.

그러자 아버지 어머니는 각각 상대가 없을 때 이런 말을 했다. 처방전을 다루다가 만에 하나 사고라도 나면 큰일이라고.

"아버지를 어떻게 믿을 수 있겠니" 하고 어머니는 말했다.

"어머니에게 맡겼다가는 언제 무슨 사고가 날지 몰라" 하고 아버지는 말했다.

구리하시 약국은 서서히 썩어들어가고 있었다. 그래도 히로미는 거기서 빨아낼 수 있을 만큼의 영양분을 빨아냈다. 그러나 그것도 한계가 보이기 시작했다.

사채나 카드대출도 쓰고는 있지만, 무이자에 독촉도 하지 않는 멍청이 가즈아키의 지갑이 있으니 그런 위험한 곳에는 깊이 빠져들 필요가 없다. 게다가 가즈아키는 돈을 쓸 줄도 모른다. 언제든 말만 하면 순순히 돈을 건네준다.

'순서를 잘못 밟았어.'

기분 좋게 조수석에 앉아 있는 기시다 아케미를 곁눈으로 살피며 구리하시 히로미는 생각했다. 아케미를 만나러 가기 전에 장수암에 들렀어야 했다. 그랬으면 아무 문제가 없었는데, 왜 이런 때 화분을 잊어버렸을까?

아케미의 전화 때문이다. 이년이 재촉했기 때문이다. 그러자 갑자기 화가 치밀어올라, 히로미는 저도 모르게 힘껏 액셀을 밟았다. 앞에서 달리는 차와 거리가 줄어들고, 기시다 아케미가 놀라면서 손잡이를 잡았다.

"조심해, 위험해!"

구리하시 히로미는 화가 풀리지 않아 대답도 하지 않았다. 그는 앞차의 번호판을 노려보며 핸들을 쥔 손에 온 힘을 넣었다. 만일 지금 두 손 안에 핸들이 아닌 기시다 아케미의 가느다란 목이 들어 있다 해도 손에서 힘을 빼지 않았을 것이다.

그러나 분노의 발작은 일어날 때와 마찬가지로 갑자기 사라져버렸다. 최근 이런 일이 자주 있다. 스스로도 왜 화를 내는지 모르는 채 순간적으로 미친 듯이 화를 내다가 갑자기 잠잠해진다.

최근에 나타나는 증상은 그것만이 아니었다. 아케미의 전화를 받기만 하면, 다른 모든 일을 잊어버리고 서둘러 그녀를 만나러 나가는 것이다.

그것은 자신이 기시다 아케미가 그에게 투영한 환상에 물들어가고 있음을 말해주는 것이었다. 자신이 이시키 증권의 유능한 사원이고 사회의 유익한 구성원이며 엘리트라고 생각하는 것이다. 일종의 자가중독이었다. 그리고 많은 약물중독 환자가 그렇듯이, 구리하시 히로미 또한 자신이 그런 상황에 빠져 있다는 사실을 느끼지 못하고 있었다.

"부탁할 게 있는데" 하고 구리하시 히로미는 말을 꺼냈다.

"뭔데?"

"지금 갑자기 생각난 게 있어. 오늘 어릴 적 친구네 집이 신장개업을 해."

"약국?"

"아니, 메밀국수집."

"어머, 귀여워라."

메밀국수집이 귀엽다니, 구리하시 히로미는 씩 웃었다.

"그 친구는 고등학교도 안 가고 아버지 뒤를 잇기 위해서 기술을 배우고 있어."

"대단한 사람이네."

아케미의 가치관으로 볼 때 메밀국수집은 하찮은 것에 불과하다. 그런데도 아케미는 감탄하는 척했다. 마치 동화 속의 공주님이 성실한 빵집 총각을 칭찬하듯이.

"축하 선물을 가지고 가야 하는데, 괜찮겠어? 우리집 근처로 다시 돌아가야 하는데…… 배고프지 않아?"

"괜찮아. 맛있는 것만 사주면 돼."

"고마워."

젊은 여자는 배고프냐고 물으면 절대로 응, 하고 대답하지 않는다.

"뭐가 좋을까? 아무래도 꽃이 좋겠지?"

차를 네리마 쪽으로 돌리면서 구리하시 히로미가 물었다.

"그래, 화려한 꽃이 좋을 거야."

"호접란 같은 건?"

"응, 그게 좋겠어."

"그렇지만 너무 비싼 걸 사가면 그 친구가 부담스러워할지도 몰라."

"그런가……"

"만 엔 정도면 어떨까 싶은데."

아케미는 웃으면서 어깨를 으쓱했다.

"도심지 말고 히로미 집 근처라면 호접란이라도 그 정도면 살 수 있지 않을까? 아오야마에서는 안 되겠지만."

"알고 있어."

"그런데 가게 이름이 뭐야?"

"장수암."

"장수암!"

아케미는 배를 잡고 웃었다.

"고전적이고 귀엽네. 오천 엔짜리도 괜찮겠어."

다시 화가 치밀어올랐지만 이번에도 핸들을 잡은 손에 힘을 넣으면서 참았다. 왜 화가 치밀어오르는지 알 수 없었다. '장수암'을 경멸하는 것은 구리하시 히로미 자신의 출신 자체를 경멸하는 것이기 때문에 화가 치미는 것이라고는 의식하지 못했다.

아무리 환상에 중독되어 있어도 자신을 경멸하는 것 정도는 알 수 있다. 그러나 분노를 터뜨려야 할 그 상대의 얼굴은 구리하시 히로미의 흐려진 마음속 거울에는 비치지 않았다.

평소처럼 별 어려움 없이 가즈아키에게 돈을 갈취하는 데 성공했다. 요즘은 구리하시 히로미가 언제 와도 대처할 수 있도록 일하는 중에도 지갑을 늘 가지고 있는 것이다. 돈을 안 가지고 있으면 카운터에서 돈을 빼내오라고 할지도 모르니 미리 준비해두는 것 같았다.

아케미가 꽃집 앞에서 물건을 고르는 사이에 가즈아키에게 전화를 걸어둔 것이 유효했는지도 모른다. 오늘 수입은 팔만 엔. 가즈아키는 월급을 받은 지 얼마 되지 않았다고 했다.

"그 여자하고 같이 왔어?" 하고 가즈아키는 쓸데없는 질문을 했다.

"신경 꺼. 너하고는 상관없는 일이니까."

"아직도 거짓말이 통해?"

구리하시 히로미는 다카이 가즈아키의 얼굴을 노려보았다. 둥글고 큰 얼굴이다. 어릴 적부터 퉁퉁하게 살이 찐 놈이다. 본인은 근육질이라고 자랑하지만, 돼지처럼 뚱뚱한 것만은 분명한 사실이다.

"너한테 그런 간섭 받기 싫어."

다카이 가즈아키는 작은 눈을 깜빡이며 말했다.

"걱정돼서 그래."

"네가 걱정할 일이 아냐."

"여자를 속이는 건 나쁜 일이야. 빨리 취직해서 일을 하는 게 좋아, 히로미."

그 친절한 말보다, 말을 하면서 오른팔을 잡고 있는 가즈아키의 두툼하고 미지근한 손의 촉감보다, 충고하는 듯한 건방진 말투보다, '히로미'라는 그 한마디가 신경에 거슬렸다. 이런 돼지 같은 놈이 감히 친근하게 내 이름을 부르다니!

분화구를 향해 거침없이 솟구쳐오르는 마그마처럼 분노가 머리 꼭대기까지 치밀어올라 구리하시 히로미는 가즈아키를 때리려고 했다. 그때 인기척이 났다.

가즈아키가 그쪽으로 얼굴을 돌렸다. 유미코가 서 있었다. 구리하시 히로미는 깜짝 놀라 주먹을 풀었다.

그 순간 분노는 증발해버렸다. 그는 웃었다. 유미코에게 말을 걸려고 입을 벌리려는데, 주방 안쪽에서 빨리 배달을 가라고 다그치는 목소리가 들려왔다. 덕분에 히로미는 위기에서 벗어날 수 있었다. 히로미는 웃음을 남기고 장수암을 나섰다.

그러나 차에 타려고 하는 찰나에 유미코가 뒤를 따라왔다. 날카로운 시선을 느끼고 뒤를 돌아보니 유미코가 철가방을 들고 서 있었다.

구리하시 히로미가 웃음을 지어 보여도 유미코는 웃지 않았다. 순간 그녀의 눈이 바쁘게 좌우를 살피는 것을 히로미는 보았다. 뭘 보나 했더니 그의 차와 조수석에 앉아 있는 여자를 번갈아 쳐다보는 것이었다. 그때서야 히로미는 깨달았다. 아케미의 미니스커트가 차 색깔과 똑같은 붉은색이라는 것을. 피처럼 붉은 색.

다카이 유미코는 거의 시비를 걸듯이 말했다. 오빠에게 접근하지 말라고, 자기는 모든 것을 알고 있다고 했다. 아케미는 유미코가 히스테리라고 신경질을 냈다.

구리하시 히로미는 도망치듯이 차를 달렸다. 백미러에는 철가방을 든 채 서 있는 유미코의 모습이 비쳤다.

아케미가 말했다.

"아까 그애, 정말 이상해."

"아케미 말대로 히스테리야. 유미코의 첫사랑이 바로 나야. 그렇지만 난 상대도 해주지 않았지."

기시다 아케미는 진지한 표정으로 앞을 바라보며 말했다.

"저 장수암이란 식당, 다시는 가고 싶지 않아."

"억지로 데려가서 미안해."

"히로미의 옛날 친구도 싫어."

"알았어."

기시다 아케미는 잠시 침묵을 지키다가 다시 입을 열었다.

"히로미, 친구를 소개시켜줄려면 대학이나 회사 사람으로 해줘."

구리하시 히로미는 핸들을 잡은 손에 힘을 넣었다.

장수암에 들른 후로 기시다 아케미는 불쾌한 표정을 지우지 않았다. 그래서 아오야마에서의 고급스러운 식사도 어색해지고 말았다. 구리하시 히로미는 그냥 돌아가버릴까 생각했다.

식사 도중에 왜 그렇게 화가 났느냐고 물어보았다. 그러자 아케미는 그렇게 더럽고 가난뱅이 냄새 나는 메밀국수집은 싫다고 투덜거렸다. 장수암은 막 새로 지은 건물에 낸 가게이니 더러울 리가 없지만, 아케미의 가치관으로 볼 때는 아무리 새롭게 단장한들 그건 가난뱅이 냄새 나는 더러운 식당에 지나지 않았다.

구리하시 히로미는 기시다 아케미라는 프리즘을 통해 자신의 내면에서 꿈틀대는 두 개의 인격을 보았다. 아케미가 가난뱅이 냄새 나는 식당이라고 경멸하는 장수암이 자신이 자라난 환경을 상징하는 것이기에 강하게 반발하는 자신과, 한편으로는 그녀에게 공감하고 그녀의 혐오감을 이해하는 자신. 그것은 마치 아케미가 부모의 재력에 자부심을 가지면서도 도쿄 사람에 비하면 촌뜨기에 지나지 않는다는 자신의 수치심을 극복하기 위해 구리하시 히로미에게 집착하면서 인격의 분열을 겪는 것과 너무도 흡사했다.

우리는 닮았어.

그러나 아케미가 사용하는 돈은 그녀 자신이 번 것은 아니지만 엄연히 부모에게 합법적으로 받아내는 용돈임에 반해, 구리하시 히로미의 허영을 지탱해주는 군자금은 그녀가 그토록 경멸해 마지않는 장수암의 다카이 가즈아키에게서 뜯어낸 것이다.

드레싱을 덮어쓴 레터스와 오이를 포크로 찌르면서 구리하시 히로미는 잠깐 눈을 감았다. 나는 지금 여기서 뭘 하는 거지? 나에게 이 여자는 어떤 존재야?

피스.

피스라면 이런 때 어떻게 할까?

피스라면 절대로 이런 지경에 빠지지 않을 것이다. 피스라면 보다 현명한 여자와 사귀지 않을까?

피스라면 자신을 두 개의 인격으로 분열시키지는 않을 것이다.

"히로미."

커피잔을 빙글빙글 돌리면서 아케미가 말했다.

"히로미는 유령을 믿어?"

구리하시 히로미는 눈을 깜빡거렸다. 어느새 자신의 눈앞에는 커피잔이 놓여 있었다. 뭘 먹었는지 기억도 나지 않았다. 그런데 이 여자는 갑자기 무슨 헛소리를 하는 거야?

"유령이나 심령사진 같은 거 믿어?"

아케미가 몸을 기울이며 다시 물었다. 향수 냄새가 풍겼다.

"갑자기 무슨 말이야?"

아케미는 대화하는 중에 갑자기 이런 식으로 화제를 바꾸는 버릇이 있다.

"지난주에 친구 하나가, 아, 히로미도 만난 적이 있잖아, 다카세 가즈요라고. 알지? 지난번에 식사 같이 했잖아."

아케미의 친구 얼굴이나 이름 따위는 기억도 나지 않는다. 히로미는 대충 고개를 끄덕였다.

"그애가 리조트 호텔에서 유령을 봤대. 이상한 소리가 들리기도 하고, 자다가 가위에 눌리고 해서 벌벌 떨었다고 자랑했어."

"그게 무슨 자랑거리라도 돼?"

"그만큼 영감이 강하다는 거야."

그녀의 사고 속에서 영감이 강하다는 건 그만큼 고급이란 뜻인 것 같았다.

"그냥 만들어낸 이야기일 거야."

아케미는 테이블에 팔꿈치를 받치고 빨간 손톱을 흔들었다.

"그렇지만 그런 말을 듣다보면 뭔가 있는 것 같은 느낌이 들어."

"뭔가 있다니, 그게 뭔데?"

"그러니까……"

아케미는 눈을 치켜뜨고 히로미를 바라보았다.

"그러니까 히로미는 유령 같은 걸 어떻게 생각하느냐는 거야. 한번 보고 싶지 않아?"

히로미는 커피잔을 들고 냉랭한 어투로 말했다.

"그런 거 없어."

"왜?"

"만일 유령이 있다면 도쿄는 완전히 유령의 도시게. 그런 생각 안 들어? 이 가게 앞 도로만 해도 교통사고로 죽은 사람의 유령이 나와야 당연하지. 석 달 전에도 사망사고가 있었으니까. 인도에 꽃과 향이 놓여 있는 걸 봤어."

아케미는 칫, 하고 혀를 찼다.

"내 말은 그런 게 아냐. 교통사고 같은 평범한 거 말고, 예를 들면 살인사건이라든지, 일가족 동반자살이나 남자문제로 살해당한 여자, 그런 사람의 유령 말이야."

구리하시 히로미는 멀뚱히 아케미의 얼굴을 바라보았다.

"오늘밤 어디서 자자는 말이야?"

아케미는 핏, 하고 웃었다.

"그럼 안 잘 거야? 여기서 데이트 끝?"

"그런 게 아니라, 유령이 나오는 걸로 유명한 호텔에 가고 싶다는 말이지. 그렇지?"

아케미는 테이블에 팔꿈치를 받치고 우후후, 하고 웃었다.

"딩동댕! 역시 히로미는 센스가 있어."

"정말 어이가 없군."

"왜? 재미있잖아. 나, 여러 군데 조사해봤어."

아케미는 핸드백을 뒤지기 시작했다.

"도쿄의 심령 장소에 관한 정보가 많아."

잡지 페이지를 뜯어서 온 모양이다. 구리하시 히로미는 차갑게 말했다.

"그런 심령 장소라면 네가 싫어하는 가난뱅이 거리에다 더러운 장소가 많을 텐데? 망한 공장 부지라든지, 어떤 연인이 동반자살한 싸구려 여관, 그런 곳 아냐?"

"난 그런 데는 안 가."

아케미는 자신에 찬 표정으로 잡지에서 뜯어낸 종이 한 장을 내밀었다.

"이걸 봐. 유령빌딩으로 유명한 곳이야. 종합병원과 고급 아파트를 지을 자리였는데, 거품경제가 꺼지면서 계획이 무산되고 뼈대만 앙상하게 남았대."

구리하시 히로미는 그 종이를 받아들었다. 한 페이지 가득 을씨년스럽게 철골 구조만 드러난 빌딩이 찍혀 있었다.

장소는 군마 현 아카이 시 북동쪽, 아카이 산 중턱이다. 사진만 커다랗게 박혀 있고 설명은 간단했다. 그곳이 '유령빌딩'으로 전해지면서 젊은이들의 데이트 장소로 각광을 받고 있고, 을씨년스러운 분위기에 어울리게 언젠가부터 각종 유령이 출몰한다는 소문이 퍼지고 있다는 내용이었다.

두 장째에는 어둠을 배경으로 유령빌딩 바로 앞에 서 있는 젊은 연인의 사진이 실려 있었다.

"여기가 요즘 수도권에서 제일 유명한 심령 장소래."

아케미는 평소에는 잘 쓰지 않는 '수도권'이란 말에 힘을 넣으면서 설명했다.

"텔레비전에서도 한 번 소개됐어. 여자 영능력자가 가봤는데, 그 자리에 서 있기도 힘들 정도로 강렬한 기운을 느끼고 그대로 쓰러지고 말았대. 그런 다음 자동기술을 했는데, 남자 이름이 나오고, 그 남자가 죄송합니다, 죄송합니다, 하고 말했대. 나중에 조사해보니 이 개발이 실패로 돌아갔을 때 회사 관리직에 있던 남자 하나가 자기 책임이라는 유서를 남기고 유령빌딩에서 목을 매 죽었다는 거야."

구리하시 히로미는 말없이 찢어진 잡지 페이지를 바라보고 있었다. 사진에 찍혀 있는, 볼을 맞대고 끌어안고 있는 한 쌍의 얼굴을.

세상에 이런 멍청이도 있단 말인가. 지성이라고는 눈을 씻고도 찾아볼 수 없어. 어떻게 이런 인간이 살아 있을 수 있을까? 왜 다들 이런 인간을 살려두는 거지?

난 도저히 참을 수 없어.

기시다 아케미의 말은 점점 더 열기를 띠어갔다.

"또 있어. 유령빌딩에서 남자에게 차인 여자가 울면서 도로 쪽으로 달려나오다가 차에 치여 죽었어. 그 여자는 남자와 헤어지는 건 꿈에도 생각해보지 않았어. 그런데 그 이후로 그 여자의 유령이 나온다는 거야. 여자는 자신이 죽은 것도 모르고, 언젠가는 그 남자가 자신을 데리러 올 거라고 믿고 유령빌딩을 찾아오는 남자의 얼굴을 하나하나 살펴보고 있대. 한 쌍의 연인이 올 때도 남자 얼굴만 본다는 거야. 이렇게 어깨를 잡아서 뒤를 돌아보게 만든다고……"

구리하시 히로미는 눈을 치켜들었다. 아케미는 여자 유령의 동작을 흉내내며 입을 꾹 다물고 있었다.

"이런 데 가서 뭘 하자고?"

기시다 아케미는 그를 뚫어져라 바라보았다. 그러면서 천천히 눈을 깜빡였다.

"이런 말도 안 되는 이야기를 믿어? 모두 지어낸 말인 줄도 몰라? 개발하다가 도중에 그만둔 이런 건물은 온 일본에 깔렸어. 그런 불량채권 문제로 일본 경제가 숨을 헐떡이고 있는 것도 몰라? 그런데 유령을 보러 그런 곳에 가자니, 대체 제정신으로 하는 얘기야?"

아케미의 표정이 새파래졌다.

"난 너한테 실망했어" 하고 구리하시 히로미는 말을 이어갔다. 화난 척하면서. 처음에는 정말로 화가 났었다. 그러나 화난 표정을 대하는 아케미의 표정에 분노는 금방 사그라졌고, 대신에 흥미가 일었다. 유쾌하기도 했다. 기시다 아케미를 완전히 굴복시켜 철저히 컨트롤하기 위해서는 이런 기회를 절대로 놓쳐서는 안 된다고 판단했다.

구리하시 히로미는, 너에게 실망했어, 라는 말을 반복했다. 옆 테이블에 앉은 사람들이 이쪽을 흘끗거리며 보기 시작했다.

"네가 이만큼 지성도 없고 내면이 황폐한 여자인 줄은 몰랐어. 자살한 유령이 나오는 게 재미있다고? 그건 모두 지어낸 말일 뿐이야. 설령 그게 사실이라 하더라도, 나 같으면 도저히 재미있다는 생각을 못 할 것 같아. 개발계획에 실패하고 자살한 남자는 사회인으로서 너무 나약한 건 사실이지만, 그래도 사람이 죽은 건 웃을 일이 아니야. 아무 관계도 없는 남 일이지만 정말 안됐다고 생각해. 그런데 넌 뭐라고?"

기시다 아케미는 입술을 바르르 떨기 시작했다. 눈꼬리에 눈물이 맺혔다. 옆 테이블 손님이 재미있다는 표정으로 그녀의 얼굴을 살피고 있었다.

"유령을 보는 게 영감이 강해서라고? 그래서 뭐 어쨌다는 거야? 그게 자랑거리라도 돼? 가위에 눌리는 게 그리 대단한 일이야? 그게 인간으로서 감성이 풍부하고 마음이 착한 증거라도 된다는 말이야? 웃기는 소리 하지 말라고 해!"

기시다 아케미의 눈에서 눈물이 방울져 떨어졌다.

"가즈요라는 친구가 그런 저급한 걸 자랑한다면 네가 말을 해줬어야지. 그게 무슨 가치가 있는 일이냐고. 그런데도 넌 친구에게 지기 싫다는 생각 하나만으로 더 재미있는 화제가 없을까 하고 찾고만 있었던 거야. 난 그런 거 싫어. 인간으로서 저질이라고 생각해."

화난 표정을 지으며 구리하시 히로미는 말을 뚝 멈추었다. 그리고 코로 숨을 흥, 하고 내쉬었다. 그러고는 커피잔을 집어들고 커피를 한 모금 머금었다. 철저하게 계산된 행동이었다.

아케미는 훌쩍거리고 있었다. 마스카라가 번진 검은 눈물. 옆 테이블 손님들은 호기심을 감추지 못하고 고개를 돌려 아예 노골적으로 그녀의 얼굴을 바라보았다.

"나, 나……"

아케미는 울먹이는 목소리로 중얼거렸다.

"나, 아빠한테도 야단맞은 적 없는데."

"아, 그건 미안하게 됐어" 하고 히로미는 냉랭하게 말했다.

"그렇지만 나는 아케미의 사고방식에는 절대로 동조할 수 없어. 화낸 건 미안해."

"괜찮아. 미안해. 내가 잘못했어."

아케미는 흐느끼며 고개를 숙였다.

"정말 미안해. 히로미의 말이 옳아. 미안해. 내가 싫어졌어? 더이상 보기도 싫어?"

손으로 얼굴을 가리면서 아케미는 울었다. 구리하시 히로미는 커피잔을 내려놓고 고개를 숙이며 터져나오는 웃음을 억지로 참아야 했다. 그리고 상냥하게 말해주었다.

"이런 일로 다투다니, 나도 참 한심한 놈이야."

"이건 싸움이 아냐. 내가 히로미에게 야단맞은 거야. 다툰 게 아냐."

기시다 아케미는 순종적인 태도를 취했다. 활짝 열린 눈에는 상대의 용서를 구하는 간절한 바람이 서려 있었다. 구리하시 히로미는 만족했다.

"괜찮아. 이제 됐어. 울지 마."

그렇게 말하고 다시 잡지 페이지를 내려다보았다.

"정 그렇다면 한번 가보지 뭐."

예상외의 방향으로 공략한다. 이것도 기시다 아케미라는 여자를 컨트롤하는 데 필요한 테크닉 중의 하나이다.

아케미는 얼굴을 들어올렸다. 놀라서 입을 반쯤 벌리고.

"왜 또…… 싫어, 나. 히로미, 아직 화났어? 나 이제 그런 데 가고 싶지 않아. 데리고 가달라는 말도 하기 싫어."

구리하시 히로미는 웃었다.

"그게 아냐. 거품경제의 상처를 한번 보자는 거지. 그리고 아케미도 알아뒀음 좋겠어. 한 걸음만 잘못 내디뎌도 그런 폐허가 생긴다는 것을. 그만큼 이 사회가 힘든 곳이고, 내가 그런 사회 속에서 살아가려고 발버둥치고 있다는 걸 말이야."

처음에는 화를 내고 나중에는 적당히 상대의 욕망을 채워준다. 어리광 부리는 아케미 같은 여자에게는 이게 가장 효과적인 방법이다.

생각대로 그녀는 활짝 웃었다.

"고마워, 히로미."

군마 현 아카이 시. 그런 곳은 여태 가본 적도 없다. 지명도 모른다. 지도로 장소와 길을 찾아보았다. 산을 하나 넘은 곳에 오야마 유원지가 있어서 감을 잡을 수 있었다.

아오야마의 레스토랑에서 너무 오래 있는 바람에 지금 출발하면 오늘 안에 돌아오기는 힘들다. 숙박할 호텔도 잡지에서 찾아보고 전화로 예약했다. 다른 건 따지지 않고 교통이 편리한 곳을 선택하다보니 기시다 아케미를 만족시킬 만한 고급 호텔은 아닐 테지만, 이번만큼은 불평을 할 수 없을 것이다. 구리하시 히로미로서는 생각지도 않은 기회에 그녀에게 설교를 늘어놓고 그녀의 약점을 공격해 자금 면에서도 많은 도움을 받게 되었다.

휴대폰으로 이런저런 조사를 하는데 아케미가 걱정스러운 말투로 물었다.

"내일 회사는 어떻게 하고?"

히로미는 그제야 자신이 하루하루가 바쁜 샐러리맨이라는 사실을 떠올렸다. 오늘은 평일인데도 대낮부터 아케미와 데이트를 하고 있다. 오늘은 지난 주말 근무를 대신해서 쉰다고 해두었다.

정해진 일자리도 없이 빈둥거리며 살아가는 자신의 입장이 발각될 순간이었다. 등허리가 서늘해졌다.

"어떡하겠어. 내일은 고객을 만나고 점심때 지나서 회사로 간다고 전화해두지 뭐."

아케미를 향하여 빙긋 웃어 보이면서 그렇게 말했다.

"그래도 돼?"

"그 정도는 속일 수 있을 거야."

"난 괜찮아. 오늘밤에 무리하면서 군마까지 갈 필요는 없어."

갑자기 분노가 치솟아 머리가 뜨거워지기 시작했다.

이제 와서 무슨 헛소리야. 네년이 처음부터 그런 말을 한 게 잘못이지. 내가 장단을 맞춰주는데 고맙다고는 못 할망정!

구리하시 히로미는 도로 옆에 차를 세워두고 지도를 펼치고 있었다. 페이지를 넘기는 손에 힘이 들어가 지도가 구겨졌다. 분노를 손가락에 집중시키고, 히로미는 조용한 목소리로 말했다.

"그럼, 그만둘까?"

기시다 아케미는 조수석에 앉아 창 쪽으로 몸을 웅크리고 있었다. 눈을 내리뜬 채. 그 시선의 끝에는 지도를 든 채 떨리고 있는 구리하시의 손가락이 있었다.

구리하시 히로미는 다시 한번 말했다. 이번에는 아까보다 더 강한 어조로.

"그만둘까?"

기시다 아케미는 꼼짝도 할 수 없었다. 얼굴을 들고 그의 눈을 바라보며 웃음을 지었을 뿐, 대답을 할 수 없었다.

세번째, 이번에야말로 명백히 화난 말투로 구리하시 히로미는 말했다.

"아케미, 그냥 집까지 바래다줄까?"

지도의 페이지가 구리하시 히로미의 손가락 힘에 눌러 찌그러졌다. 그 손가락에는 종이가 아니라 볼펜이나 연필처럼 딱딱한 것도 찌그러뜨릴 정도로 강한 힘이 배어 있었다.

기시다 아케미는 처음으로 구리하시 히로미에 대해 두려움을 느꼈다. 아니, '남자'라는 존재에 대해 두려움을 느낀 것은 이번이 처음이었다.

그녀에게 '남자'란 늘 다루기 쉽고 상냥하고 재미있고 말 잘 듣는 존재였다. 그리고 '여자'에게 없어서는 안 될 존재이며, 그러므로 '남자'가 없는 '여자'는 의미가 없는 존재였다. 다루기 쉬운 '남자'를 곁에 두는 것이 바로 '여자'의 삶의 목적이라고 생각했다.

그러므로 '남자'란 두려운 존재가 아니었다. 그럼에도 불구하고, 구리하시 히로미는 지금의 그녀에게 두려운 존재였다.

만일 기시다 아케미가 지금까지 몇 번 '남자'의 두려움을 체험해보았더라면, 지금 그녀 곁에 앉아 있는 구리하시 히로미라는 남자가 뿜어내는 기운이 다른 남자들의 그것과는 질이 다른 것임을 알아차렸을 것이다. '남자'의 험악한 기운은 남자의 일부분이며, 그러므로 그녀가 사랑해 마지않는 남자들의 상냥함이나 믿음직스러움과 표리일체인 것이다.

그러나 구리하시 히로미가 기시다 아케미에게 뿜어내는 무서운 기운은 그것과는 근본적으로 달랐다. '남자'이기에 두려운 것이 아니고, '남자'의 기분을 건드렸기 때문에 두려움을 느끼는 것도 아니었다.

경험 있는 여자라면, 아마도 그냥 집에 바래다달라고 했을 것이다. 그리고 집으로 돌아가서 욕조에 들어가 구리하시 히로미라는 남자에 대해 다시 한번 냉정하게 생각해보고 결단을 내렸을 것이다. 그 남자는 위험하다. 그냥 화를 잘 내는 남자하고는 다르다. 분명 매력적인 남자이기는 하지만, 뭔가가 이상하다. 나의 본능이, '여자'로서가 아니라 인간으로서 나의 본능이 그렇게 속삭인다, 고.

그러나 여태 '남자'의 무서움을 몰랐던 기시다 아케미는 구리하시 히로미에게 느낀 두려움과 남자 일반의 무서움을 구별할 수 없었다. 그녀의 생존본능이 보내는 경고음을 듣기도 전에 두려움에 휩쓸려 굴복하고 말았다. 남자의 기분을 누그러뜨려야 한다는 것 외에는 아무 생각이 없었다.

"아니, 돌아가고 싶지 않아. 호텔도 예약해두었는걸. 나, 히로미랑 같이 있고 싶어. 빨리 가."

그녀의 말끝에는 약간의 떨림이 있었다. 구리하시 히로미는 지도에서 눈을 떼고 그녀를 바라보았다. 룸미러에 비치는 그녀의 얼굴을.

그 눈길을 의식하고 기시다 아케미는 고개를 들었다. 두 사람의 시선이 마주쳤다.

먼저 웃은 것은 구리하시 히로미였다. 그 웃음에 이끌려 기시다 아케미도 따라 웃었다.

바로 그때, 우연히 앞을 가로질러가는 여자가 있었다. 눈에 띄는 차에 눈에 띄는 한 쌍의 연인. 시선은 자연히 두 사람의 얼굴에 닿았다. 그리고 기시다 아케미의 웃는 얼굴을 본 그녀는 생각했다.

'저 여자, 꼭 우는 얼굴 같잖아?'

그런 사람이 있다. 웃고 있지만 울고 있는 듯한 표정. 그리고 그녀의 기억 속에서 한 쌍의 연인은 금방 지워져버렸다.

타인의 눈에 그렇게 보인다는 것도 모른 채, 기시다 아케미는 웃고 있었다. 구리하시 히로미가 눈길을 돌리고 차의 시동을 걸 때까지 그렇게 웃고 있었다. 이제 그만 웃어도 돼, 하고 그가 말할 때까지. 충실한 개처럼.

길은 텅 비어 있었다. 출발한 지 두 시간 정도. 두 사람이 탄 차는 아카이 산으로 향하는 그린로드의 입구에 들어서고 있었다.

운전을 하는 동안 구리하시 히로미는 말이 많았다. 기시다 아케미에게 많은 질문을 던졌다. 아오야마의 레스토랑에서 나누었던 대화를 다시 꺼내 아케미의 친구 가즈요가 체험했다는 심령현상에 대해 집요하게 물었다. 그리고 그녀가 대답할 때마다 삐딱한 말을 해서 그녀의 속을 뒤집어놓았다.

가즈요의 말을 그대로 믿어도 될까?

아무도 없는 복도에서 여자애가 흐느끼는 울음소리를 들었다고? 정말 아무도 없었을까? 어떻게 아무도 없다는 것을 확인했지?

거기서 자살한 여자가 있다는 걸 어떻게 알았어? 과연 신빙성 있는 자료일까?

심령현상을 믿는 것과 영혼의 존재를 믿는 건 똑같은 일일까? 그럴까?

아까부터 유령, 유령 하는데, 유령과 영혼은 같은 거야?

기시다 아케미는 그만 지쳐서 제발 좀 입을 다물어달라고 말하고 싶었다. 늘 대화를 주도하고 반드시 이겨야만 직성이 풀리는 그녀의 성격에 이렇게 일방적으로 당하는 건 참을 수 없는 일이었다.

그러나 필사적으로 그의 말에 맞장구를 쳤다. 또 아까처럼 화난 표정을 지을지도 모르기 때문이다. 히로미는 그런 화제를 정말 싫어하는 모양이다. 그가 화를 내는 건 정당하다. 그렇지만 다시 그런 표정을 짓는다면 너무 무서워서 난 견딜 수 없을 거야.

심령현상에 대한 이야기가 바닥이 나자, 구리하시 히로미는 거품경제의 후유증에 대해 떠들어대기 시작했다. 아케미로서는 거의 이해할수 없는 내용이었다.

고등학교 때, 아버지의 부탁으로 잡지나 신문 기사를 스크랩한 적이 있었다. 사무원이 하면 실수가 많다고 아버지는 딸에게 그 일을 시켰다. 그리고 그 보수로 믿을 수 없을 만큼 많은 돈을 주었다. 기시다 아케미에게 노동이란 그런 것이었다.

스크랩하는 기사는 오로지 경제지나 부동산 신문의 기사들이었다. 그녀는 내용은 고사하고 제목도 이해할 수 없었다. 그리고 지금 구리하시가 쏟아내는 말 속에는 그때 언뜻 보았던 말들이 마구 섞여 있었다. 최근의 뉴스에서 아나운서가 심각한 표정으로 떠들어대는 그런 말들.

기시다 아케미가 조금이라도 현실감각을 가진 여자였다면, 여기서 그의 연설을 듣는 것만으로 구리하시 히로미라는 남자의 정체를 파악할 수 있었을 것이다. 뭐야 이 사람, 제법 폼 잡고 있지만 사실은 신문이나 잡지 같은 데 나오는 말을 늘어놓는 것뿐이잖아, 하고.

그러나 그녀에게는 불가능한 일이었다. 그녀가 가지고 있는 저울로는 구리하시 히로미의 텅 빈 알맹이를, 허풍을 떠는 그의 가벼운 속을 정확히 꿰뚫어볼 수 없었다.

그린로드 입구에서 주유소에 들렀다. 구리하시 히로미가 점원과 말을 주고받는 사이에 아케미는 화장실에 갔다. 화장실은 깨끗했지만, 기름이 묻어서인지 거울은 뿌옇게 흐려 있었다. 그래서 그 속에 비치는 자신의 얼굴이 안개가 낀 듯 희미하게 보였다.

혼자서 화장실에 들어선 순간, 기시다 아케미는 무거운 피로를 느꼈다. 흐릿한 얼굴을 바라보면서 집에 가고 싶다는 생각이 간절해졌다. 도쿄의 적막한 원룸 아파트가 아니라 가와고에의 집으로 가고 싶었다. 갑자기 고향 생각이 나면서 엄마 아빠의 얼굴이 떠올랐다.

그것 또한 본능이 전해주는 경고였다. 엄마 아빠를 생각한다는 것은 그녀가 힘없는 어린애의 상태에 놓여 있다는 증거이다. 그녀가 약자이고, 지금 위험에 직면해 있다는 것을 본능이 그런 식으로 알려주고 있는 것이다. 구리하시 히로미는 위험하다, 지금의 그 남자와 더이상 같이 있어서는 안 된다는 경고.

돌아갈까, 하고 그녀는 생각했다. 주유소라면 전화로 택시를 부를 수 있을 것이다. 히로미와 마음껏 싸울 수도 있다. 점원이 있으니 만일 히로미가 화를 내면서 때리려 하면 그들이 말려줄 것이고, 도망칠 수도 있다.

넌덜머리가 났다. 이렇게 협박당하고 학대당하면서도 참아야 한단 말인가. 사람을 잘못 골랐다. 이런 남자일 줄은 몰랐다.

무섭긴 하지만, 이곳이라면 놈에게 할 말을 하고 도망칠 수 있다. 이제 너하고는 만나지 않을 거야.

나한테 더 잘해주고, 나를 공주처럼 소중히 여기고, 숭배하는 남자가 얼마나 많은데!

흐릿한 거울을 향해 아케미는 생긋 웃어 보였다. 자신감을 찾아야 해, 아케미.

화장실을 나와 차로 돌아가니 구리하시 히로미는 차에 기대서서 점원과 이야기를 나누고 있었다. 젊은 여직원이었다. 풀오버에 미니스커트에 부츠. 아주 귀여워 보였다. 다리는 나보다 예쁘잖아. 하지만 얼굴은, 글쎄.

구리하시 히로미는 느긋한 표정으로 두 손을 재킷 호주머니에 찔러넣고 빙긋이 웃으면서 여직원과 이야기를 나누고 있었다. 여직원은 손짓을 섞어가며 웃음 띤 얼굴로 열심히 말하고 있었다.

"너무 기뻐서 그날 밤은 잠도 못 잤어요" 하고 여직원은 말했다.

"정말 그랬겠어. 나라도 흥분했을 테니까."

두 사람은 말이 잘 통하는 것 같았다. 아케미가 바로 옆에 왔는데도 구리하시 히로미는 그녀에게서 눈길을 떼지 않았다. 여직원도 아케미를 무시했다.

"무슨 이야기야?" 하고 아케미가 물었다.

왔어? 하는 표정으로 구리하시 히로미는 눈길을 흘리며 아케미를 보았다.

"그레이 마틴 이야기야."

그게 누구냐고 물어서는 안 될 것 같은 어투의 대답이었다. 아케미가 약간 당혹스러운 표정을 짓자 여직원이 설명했다.

"현대 팝아트의 일인자예요. 뉴욕에 사는 화가예요."

"아, 그래요?" 하고 아케미는 억지로 웃어 보였다.

"올 1월에 개관한 아카이 시의 미술관에서 그의 작품을 샀대."

"그랬더니 그 사람이 일본에 왔을 때 일부러 미술관에 온 거예요."

여직원은 손뼉을 치며 펄쩍 뛰어오르는 몸짓을 해 보였다.

"너무 감격적이었어요. 환영 리셉션에서 그 사람과 악수까지 했거든요."

구리하시 히로미는 사랑스러운 애완동물을 보는 듯한 눈길로 여직원의 얼굴을 바라보고 있었다.

"왜 그런 이야기가 나온 거야?"

"저 포스터" 하고 구리하시 히로미는 급유기 옆의 기둥에 붙은 포스터를 턱짓으로 가리켰다. '현대 팝아트 전—그레이 마틴의 세계'라는 타이틀이 붙어 있었다. 포스터 중앙에 인쇄된 그림은 아케미의 눈에는 그저 여러 가지 색깔을 되는대로 칠한 것처럼 보였을 뿐이지만, 아마도 그것이 그레이 마틴이라는 화가의 그림인 것 같았다.

"저걸 보고 관심을 보이는 남자는 이 부근에는 거의 없거든요."

"그래? 난 그레이 마틴의 팬이야. 다음에 한번 보러 올까?"

여기 와서 전화해도 돼? 라고 묻는 듯한 미소였다. 여직원도 따라 웃었다.

기시다 아케미는 서서히 부아가 치밀었다. 그러나 그것은 구리하시 히로미에 대한 것이 아니라 다른 여자의 소유물인 남자에게 천연덕스럽게 접근하는 시골 여자에 대한 분노였다.

"빨리 가자. 추워."

구리하시 히로미의 팔을 잡고 여직원에게서 떼어냈다. 갑자기 나타난 여자에 대한 적대심 때문에 구리하시 히로미에 대한 불만도 잊어버리고 말았다.

마지막 퇴로는 끊어지고 말았다. 이 순간에 기시다 아케미의 운명은 결정되고 말았다. 그 다음에는 미리 세트된 시한폭탄이 터지기를 기다리는 것뿐이었다.

5

여자의 비명 소리가 들린다.

아시하라 기미에는 자리에서 벌떡 일어났다. 낡은 침대가 끼익— 하고 피곤한 소리를 냈다. 그러나 그 외에는 자신의 심장 소리만 들릴 뿐이었다.

그리고 자명종 시계의 초침이 움직이는 소리. 아침에 연습이 있기 때문에 자명종을 아침 여섯시에 맞춰놓았다. 지각하면 삼학년 선배의 눈총을 받는다. 형광색으로 빛나는 시곗바늘은 자정을 막 넘기고 있었다.

'꿈이었어.'

기미에는 한숨을 폭 내쉬었다. 두 손으로 자신의 볼을 감쌌다. 차갑다. 이불 밑의 무릎이 떨리고 있었다. 3월 1일, 아니 오 분이 지났으니 이미 3월 2일이다. 산이 많은 이 지역의 봄은 늦다. 겨울 내내 불어오던 돌풍은 조금 잠잠해졌지만 기온은 아직도 낮다.

그러나 차가운 손발은 기온 때문이 아니다. 방금 꾼 그 꿈 때문이다.

침대 위에 앉아 불도 켜지 않은 채 기미에는 집 안에서 나는 소리에 귀를 기울였다.

조용하다. 아버지도 어머니도 벌써 잠든 것 같다. 기미에는 왠지 따돌림당한 듯한 기분이 들었다.

'내 친구가 가출해서 행방불명이 되었는데도 엄마 아빠는 저렇게 무사태평이야.'

어린애다운 불만으로 입을 비죽 내밀었다.

가우라 마이의 어머니에게서 전화가 온 것은 어젯밤 여덟시가 넘어서였다. 마이가 아직 돌아오지 않아서 걱정이 되는데, 혹시 거기 가지 않았느냐고 묻는 전화였다.

오지 않았다고 기미에의 어머니가 말하자, 마이의 어머니는 마이가 갈 만한 데를 혹시 모르는지 기미에에게 한번 물어봐달라고 했다.

그때 기미에는 거실에서 텔레비전을 보고 있었다. 마이의 어머니에게서 전화가 오다니, 기미에로서는 놀라운 일이었다. 기미에는 어머니에게, 마이랑은 사이가 나쁜 건 아니지만 그렇다고 친한 것도 아니에요, 어딜 자주 가는지는 잘 모른다고 해요, 라고 말했다. 기미에의 어머니는 그렇게 전하고 전화를 끊었다.

"중학생이 여덟시가 지나도록 집에 안 가고 거리를 나다니게 키운 것 자체가 문제야."

그러나 가우라 마이는 실제로 그런 집에서 자라났다. 그렇기 때문에 기미에에게 그 전화는 몹시 놀라운 일이었던 것이다.

가우라 마이는 열네 살 중학교 삼학년으로, 소위 말하는 '노는 애'였다. 몸집도 작고 겉으로 보기에는 초등학생 같지만 가까이에서 보면 갈색으로 물들인 머리에 귀걸이를 하고, 나올 데는 다 나왔고, 얼굴은 어른처럼 세련되었고, 허스키하지만 혀 짧은 소리를 내고, 왠지 모를 성적 매력을 풍기는 여자애였다.

그래서인지 학교 안팎에서 인기가 있었다. 인기가 있으니 밤길을 같이 걸을 남자친구도, 데이트 자금도 부족함이 없었다. 아카이 산을 넘어서 오야마 시까지 놀러 가기도 하고, 한 달에 몇 번은 도쿄로 원정을 나간다고 한다. 물론 전철이 아니라 남자친구인 대학생이나 고등학생의 자동차 또는 오토바이를 타고. 그런 생활을 하기 때문에 학교에 지각하는 건 당연한 일이고, 아무 말 없이 결석하는 날도 많다. 가우라 마이는 그런 애였다.

"집에서 야단맞지 않니?"

기미에가 물어본 적이 있다. 그러자 마이는 거침없이 대답했다.

"야단은, 지들도 제멋대로 사는 주제에."

부모가 무관심하다고 해서 학교 선생마저 그러지는 않을 것 같지만, 마이의 생활이 학교에서 별로 문제시되지 않는다는 사실을 기미에는 보아왔다. 그리고 그 이유는 바로 마이의 성적 매력 때문이라고 생각했다. 남자 선생들도 그걸 느끼고 있음이 분명했고, 개중에는 흥미를 느끼는 선생도 있을 테니 다른 학생이라면 절대로 허용하지 않을 지각이나 결석에도 관대한 것이 아닐까.

물론 그것은 기미에의 착각이었다. 가우라 마이의 생활은 학교에서도 골칫거리였다. 일학년 때부터 몇 번이나 주의를 주었고 가정방문도 했지만, 협조해야 마땅할 부모가 거의 집에 없고 본인도 선생의 말에 그냥 고개만 끄덕일 뿐 들은 척도 하지 않기 때문에 방치할 수밖에 없는 형편이었다. 가우라의 부모도 적당히 졸업만 하면 된다는 생각이었고, 학교측도 의무교육이라 졸업시킬 수밖에 없다고 생각해 마이의 행동에는 아무런 실질적인 제약이 없었다.

밤 여덟시 정도에 집으로 돌아올 마이가 아니었다. 그런 딸의 행동을 누구보다 잘 아는 그 어머니가 여기저기 전화를 걸어 딸을 찾고 있다. 이상하다.

"기미에, 넌 어떻게 그런 애와 친해졌어?"

문득 생각난 듯이 어머니가 물었다.

"안 친하다니깐. 일학년 때 같은 반이었고 이학기 때는 짝이었잖아. 그냥 얘기 좀 하고 가끔씩 노트 빌려주고 하는 그런 사이야."

마이는 자신의 생활에 대해 자랑스럽게 이야기한다. 지난주에는 도쿄의 하라주쿠에 가서 호텔에서 잤어. 아, 맞다, 그때 열쇠고리 사왔는데, 너 가져.

마이는 기분파였다. 적어도 그것은 그녀의 미덕이었다. 맞아, 그때

받은 열쇠고리를 엄마에게 들키지 않게 숨겨두어야지.

어머니의 추궁은 집요했다.

"그런데 마이 어머니가 어떻게 우리집 전화번호를 알아?"

"그거야 명부만 보면 알 수 있잖아."

기미에는 마이에게 전화번호를 가르쳐준 적이 없었다. 그애가 물어본 적도 없었다. 원래 마이는 여자애들과는 그리 친하지 않았다.

혹시 마이의 어머니는 명부를 보면서 닥치는 대로 전화를 걸고 있는지도 모른다. 그렇다면 마이에게 무관심한 부모가 그런 식으로 전화라도 걸지 않으면 안 될 어떤 계기가 있었다고 보아야 한다.

마이에게 무슨 일이 일어난 것일까?

기미에에게 가우라 마이는 친구랄 수는 없지만 관심을 끄는 동급생이었다. 마이의 생활에는 기미에의 호기심을 자극하는 뭔가가 있었다. 그 때문에 기미에는 마이를 부러워하기도 했다.

그렇다고 무작정 동경하는 건 아니었다. 마이의 생활에는 반드시 위험이 따른다는 것을 알기 때문이다. 그런 생활을 계속하다가는 언제 무슨 일을 당할지 모른다.

그로부터 두 시간 후에 다시 전화가 걸려왔다. 자려고 자리에 눕는데 계단 아래에서 전화벨이 울렸다. 오미야 시내에서 건축설계사무소를 운영하는 기미에의 아버지가 전화를 받았다.

전화는 또 마이의 어머니였다. 아직 마이가 돌아오지 않았는데, 정말 갈 만한 곳을 모르느냐는 것이었다. 꽤 초조해하는 눈치였다. 아버지는 어머니에게 수화기를 넘겨주었다.

어머니는 침착하게 마이의 어머니에게 여러 가지 이야기를 끌어냈다. 마이는 일곱시쯤에 어머니와 말다툼을 하고 집을 나간 것 같았다. 즉, 그때까지는 집에 있었다.

"아버님은 그때 집에 계셨나요?" 하고 기미에의 어머니가 물었다.

"나는 마이와 말다툼이 벌어지기 직전에 집에 돌아왔어요. 오자마자 바로 그렇게 된 거예요."

마이의 아버지에 대해서는 아무 말도 하지 않았다. 기미에의 어머니는 다시 물었다.

"마이 아버님은요? 마이가 가출한 걸 알고 계세요?"

딱히 별 뜻이 있어서 물은 것은 아니었다. 그저 마이의 아버지가 그런 사실을 알고 있는지 확인하고 싶었을 뿐이었다. 그리고 만일 아버지가 그 자리에 있다면 당황하는 어머니를 대신해서 이야기를 나누고 싶었다. 마이의 어머니가 너무 흥분한 상태라 대화를 하기가 힘들었기 때문이다.

그러나 그 말을 무슨 뜻으로 받아들였는지, 마이의 어머니는 갑자기 신경질적인 반응을 보였다.

"당신, 왜 자꾸 우리 남편에 대해 물어요? 우리 남편에게 왜 관심을 가지는 거죠?"

아시하라 기미에의 어머니는 너무 놀란 나머지 수화기를 쥔 채로 할 말을 잃어버렸다. 곁에 있는 기미에의 아버지가 이상하다는 표정으로 지켜보고 있었다. 그러는 사이에도 수화기에서는 마이 어머니의 신경질적인 목소리가 흘러나오고 있었다.

"우리 남편에게 꼬리치면 절대로 가만두지 않을 거야! 내 말 듣고 있어? 당신이 무슨 생각하는지 난 다 알아!"

기미에는 거실 문 뒤에서 어머니와 아버지가 서로를 멀뚱히 바라보고 서 있는 모습을 보았다. 기미에에게는 전화 목소리가 들리지 않았지만, 상대가 화를 내고 있다는 것 정도는 알 수 있었다.

기미에의 아버지가 수화기를 받아들었다. 그리고 고객을 대하듯이 정중하게 말했다.

"안타깝지만 저희는 별로 도움이 안 될 것 같습니다. 죄송합니다."

그리고 전화를 끊었다.

기미에의 어머니가 불쾌한 표정으로 중얼거렸다.

"참 이상한 사람도 다 있네. 가출한 자기 딸 걱정해주는 사람더러 자기 남편한테 꼬리치지 말라니."

"제정신이 아닌가봐" 하고 아버지가 달랬다.

문득 기미에는 어떤 기억을 떠올렸다. 일학년, 둘이 짝이었을 때였다. 마이에 대한 소문을 듣고 기미에는 이렇게 말했다.

"내가 그랬다가는 아빠한테 두들겨맞을 거야."

그러자 마이는 빙긋이 웃으면서 이렇게 말했다.

"우리 아빠는 날 때리지 않아. 내 노예니까. 아빠가 나를 너무 귀여워하니까, 그것 때문에 할망구가 안달이 났어."

마이가 말하는 '할망구'란 그녀의 어머니이다. 어머니는 '할망구'이고, 아버지는 '노예'이다. 그렇게 말했었다. 어른처럼 입꼬리를 올리면서 그렇게 말했었다.

"우리 아빠는 진짜 아빠가 아니라서 편리해."

편리해?

기미에는 부모에게 다가가서 말했다.

"마이네 아버지는 진짜 아버지가 아니라고 했어."

어머니와의 말다툼. 마이의 가출. 마이에게 대체 무슨 일이 있었던 걸까?

그로부터 몇 시간 후, 아시하라 기미에는 그렇게 자기 방 침대 위에 앉아 있다. 꿈속에서 들었던 여자의 비명 소리는 아마도 가우라 마이였을 것이다. 그렇지만 집은 너무도 고요하다.

지금쯤은 마이도 정신을 차리고 집에 돌아와 있을지도 모른다. 돌아오지 않았다고 해도 별로 걱정할 필요는 없을 것이다. 마이의 어머니가 당황하면서 마이의 행방을 찾는 것도 말다툼을 했기 때문일 것이다. 그것뿐이다. 불안해할 필요가 없다. 현실적으로 생각하자. 별로 친하지도 않은 애가 아닌가. 남의 집안일이 아닌가.

그런데 왜 이렇게 무서운 걸까? 왜 꿈속에서 그런 비명이 들렸을까?

아시하라 기미에는 동물적인 직감으로 떨고 있었다. 어린 생명체만이 가질 수 있는 투시력이었다. 무서운 짐승이 어둠 속에 숨어 공격을 준비하고 있다. 겉보기야 어떻든, 분위기야 어떻든, 가정환경이야 어떻든, 가우라 마이도 기미에와 별다를 바 없는 어린 생명체라는 점은 다르지 않다. 그 어린 생명체를 덮칠 재앙을, 기미에는 예감하고 있었던 것이다.

그리고 그 예감은 틀리지 않았다. 왜냐하면, 집을 나간 마이는 이때 아카이 산에 있었기 때문이다. 유령빌딩 앞에서 다가오는 헤드라이트 불빛을 응시하고 있었다. 이제 됐다. 저 차를 타고 나가면 된다. 다행히 친절한 사람이라면 돈도 좀 얻을 수 있을지 모른다. 잠깐 상대해주면 충분히 가능한 일이라고 생각했다.

유령빌딩으로 접근해오는 그 차에는 구리하시 히로미와 기시다 아케미가 타고 있었다.

6

'역시 돌아갔어야 했어.'

어둠 저편에 유령빌딩의 잔해가 보였을 때, 기시다 아케미는 그렇게 생각했다. 오지 말았어야 했다. 오늘은 처음부터 단추를 잘못 끼우고 말았다.

달도 없는 어두운 밤이다. 아카이 산을 관통하는 그린로드는 경치도 좋고 새로 포장한 길이었지만, 개발이 중단된 아카이 산 속에서 그것은 마치 병약한 몸속을 흐르는 혈관처럼 부자연스러워 보인다. 어딘지 모르게 비현실적인 느낌을 불러일으키는 모습이었다. 그런 풍경이 아케미를 불안하게 했다.

유령빌딩이 보이기 시작하자 구리하시 히로미도 갑자기 입을 다물어 버렸다. 주유소를 떠난 직후에는 일부러 아케미에게 현대미술에 대해, 그레이 마틴의 그림에 대해 떠들어댔지만, 지금은 자동차를 운전하는 기계가 되기라도 한 듯 침묵을 지키고 있다.

"히로미……"

기시다 아케미는 기어들어가는 목소리로 불렀다.

"역시 소문대로 기분 나쁜 곳이네. 나, 내리기 싫어. 그냥 지나가자."

히로미가 제발 자신의 뜻에 따라주기를, 이런 음침한 곳을 그냥 지나쳐 호텔로 가자고 해주기를 바라면서 가능한 한 상냥한 목소리로 말했지만, 구리하시 히로미는 그녀 쪽으로 눈길도 던지지 않았다.

유령빌딩이 눈앞에 나타났다. 빌딩이 이쪽으로 접근해오는 것 같은 느낌이었다. 뼈만 앙상한 철골 구조물은 사오층 높이에서 멈춰 있었다. 여윈 인간의 골격처럼 숲속의 어둠을 배경으로 우뚝 서서 아케미 쪽으로 몸을 기울이고 있는 것 같았다.

달도 없고 별도 없는 밤에, 어떻게 이런 짓다 만 빌딩의 잔해가 이렇게 뚜렷이 드러날 수 있단 말인가.

이 빌딩 전체가 유령이기 때문이라고 아케미는 생각했다. 이 세상 것이 아니기 때문이다. 역시 유령빌딩이라는 이름은 헛된 말이 아니었다.

"히로미, 우리 돌아가자. 나 돌아가고 싶어."

기시다 아케미가 그렇게 외칠 때, 차는 그린로드에서 벗어나 유령빌딩 앞으로 이어지는 좁은 오르막길을 오르고 있었다.

구리하시 히로미는 말로 표현하기 힘든 전율에 사로잡혀 있었다.

결코 좋은 기분은 아니었다. 주유소를 떠난 이후로 몸이 으슬으슬 추워지면서 양쪽 관자놀이에 통증이 일기 시작했다. 가끔씩 그를 괴롭히는 편두통이었다. 그냥 내버려두면 점점 심해져서 마치 쇠줄로 머리를 조이는 듯한 격통으로 발전해간다. 그러다 구역질이 난다. 그런 패턴은 잘 알고 있었다. 그래서 잘 듣는 진통제를 늘 가지고 다닌다.

그러나 유령빌딩이 눈앞에 나타나자 두통은 소리도 없이 사라져버렸다. 그런 사소한 일 따위에는 신경을 쓸 수 없을 정도로 가슴이 두근거리기 시작했다.

'나는 이곳을 알고 있어. 이미 알고 있었던 거야. 이전에도 몇 번이나 본 곳이야. 이 장소, 이 풍경.'

차를 몰며 유령빌딩에 접근하는 동안 줄곧 그런 생각을 했다. 조수석에서 아케미가 뭐라고 말하긴 했지만, 그녀에게 신경쓸 여유가 없었다. 나는 이곳을 알고 있다. 어떻게? 어디서 봤지? 자문을 거듭하면서 빌딩 쪽으로 다가가고 있었다.

차를 멈추고 유령빌딩 앞에 내려서면서 구리하시 히로미는 몸을 떨었다.

막연한 생각이 확신으로 바뀌었다. 그렇다. 나는 이곳을 알고 있다. 휑뎅그렁한 콘크리트 바닥에 무참히 드러난 철골 구조물. 멀리서 보기에는 어두운 하늘을 배경으로 마치 인간의 뼈처럼 허옇게 보였던 철골이, 가까이서 보니 주위에 가득한 밤보다 더 어둡고 검게 보였다. 그러나 희건 검건, 나는 이 광경을 본 적이 있다.

유령빌딩 아래는 구경꾼들이 남긴 쓰레기가 마구 흩어져 있었다. 이른 봄의 차가운 밤바람이 쓰레기들을 일정한 방향으로 휘몰아가고 있었다.

먼지 냄새가 나는 밤바람이 구리하시 히로미의 얼굴을 스쳤다. 눈물이 뺨을 타고 흘러내렸다.

'내가 울고 있어.'

구리하시 히로미는 놀랐다. 왜 우는 거지?

문득 생각이 났다. 해답을 찾아냈다. 어떻게 이 장소를 기억하고 있는지를.

'여긴 내가 꿈에서 본 장소와 비슷해.'

그 꿈. 내 몸을 돌려달라고 외치면서 작은 여자애가 쫓아오는 꿈. 아무리 도망쳐도 집요하게 따라오는 여자애. 꿈속의 구리하시 히로미는 도망가다 지쳐 넘어진다. 여자애는 작지만 무섭게 힘이 센 손으로 히로미의 입을 벌리고 머리부터 입안으로 들어오려 한다.

그 꿈속에서 구리하시 히로미는 계속 울었다. 달리면서, 도망치면서 울었다. 여자애가 손으로 어깨를 잡을 때도 놀라 울었다.

눈물. 지금 유령빌딩을 바라보며 흘리는 이런 눈물을 꿈속에서도 흘렸었다.

"추워. 우리 돌아가자."

춥다. 귀가 떨어져나갈 것 같다.

그러나 구리하시 히로미는 꼼짝도 할 수 없었다. 눈을 감은 채 크게 숨을 쉬었다. 철의 폐허. 내가 꿈에서 본 장소다. 이렇게 비슷한 곳이 실제로 있었다니……

꿈속에서 자신의 뒤를 따라오는 어린 여자애가 어릴 때 죽은 누나

'히로미'라는 것은 이미 알고 있다. 누나는 죽었고, 뒤에 태어난 자신은 살아 있다. 누나의 이름을 물려받아서.

그러나 누나는 그렇게 생각하지 않고 있다. 그가 누나의 이름을 훔치고, 그녀의 인생을 훔치고, 그녀의 생명을 훔쳤다고 생각하고 있다. 아니, 이것은 히로미의 생각이다. 죽은 누나 생각에만 빠져 지금 눈앞에서 성장해가고 있는 동생의 마음을 조금도 배려해주지 않았던 아버지 어머니가 그런 생각을 갖도록 만들었다.

'만일 살아 있었더라면, 네 누나는 너보다 훨씬 착한 아이가 되었을 거야.'

'네 누나는 왜 일찍 죽어버렸을까. 너는 이렇게 잘만 살고 있는데.'

'사람들은 죽은 사람 나이를 세서 뭘 하느냐고 하지만, 그렇지 않아. 얼마나 착한 애였는데.'

어머니는 그가 용돈 투정을 부리면 귀찮다는 듯이 야단만 쳤다. 그런 돈이 어디 있어, 하고. 그러면서도 예쁜 여자 옷만 보면 사와서 그걸 바라보며 한숨을 내쉬었다.

구리하시 히로미는 눈을 떴다. 유령빌딩의 철골 위에 찢어진 비닐 조각이 깃발처럼 나부끼고 있었다. 마치 조그만 유령처럼.

나는 누나의 대체물로 살아왔다. 그것도 불완전한 대체물이라는 생각을 주입받으면서. 그래서 나는 누나가 무섭다. 그녀가 화를 내고 있는 게 아닌가 생각하면 너무 무섭다. 그래서 쫓기는 꿈을 꾸는 것이다.

그 꿈의 무대는 이런 폐허였다. 아마도 나는 아주 어렸을 때 이런 황량한 건축 현장을 본 적이 있을 것이다. 존재를 부정당하며 살아갈 수밖에 없는 슬픈 장소를 보았을 것이다.

그리고 어린 마음에 나와 꼭 닮았다고 생각했을 것이다.

그렇기 때문에 내가 누나에게 쫓기는 꿈의 장소는 이런 폐허인 것이다. 이제야 알았다. 꿈의 원점을 이제야 알았다.

그렇지만 여긴 현실 속의 장소가 아닌가. 여기에는 집요하게 나를 쫓아오는 어린 여자애 따위는 없다. 있을 리가 없다. 꿈이 아니므로. 나는 의식을 가진 채 악몽의 장소를 찾아오고 말았다. 이제는 비로소 악몽에서 벗어날 수 있을 것이다. 오늘이 바로 그 밤이다.

구리하시 히로미는 미소를 지으며 시선을 돌렸다. 그때, 유령빌딩 철골 한구석에서 뭔가가 움직이는 기척이 느껴졌다.

사람 그림자였다.

여자애였다.

구리하시 히로미가 유령빌딩 앞에 멈춰 서자 아케미도 차에서 내렸다. 너무 추워 두 팔로 몸을 감싸고 바람을 막아줄 만한 것이 없는지 주위를 살펴보았다. 그러나 발밑은 어둡고 울퉁불퉁하고, 게다가 쓰레기 투성이였다. 그녀는 혀를 차며 차로 돌아갔다.

차 안에서 기다릴까. 하지만 그랬다가는, 너 때문에 일부러 여기까지 온 거 아니냐고 히로미가 화를 낼지도 모른다.

대시보드 안에서 손전등을 꺼내 스위치를 눌렀다. 작고 둥근 빛이 지면을 비추었다. 희미한 불빛이지만 없는 것보다는 나았다.

손전등을 들고 아케미는 빌딩 앞으로 걸어갔다. 구리하시 히로미는 아까부터 같은 자리에 우두커니 서 있었다. 이쪽으로 등을 돌리고 있어 그가 뭘 보고 있는지, 뭘 하고 있는지 알 수 없었다. 이름을 불러보았지만 대답도 없었다.

울고 싶어졌다. 입술을 떨면서 손전등으로 발아래를 비추면서 구리하시 히로미의 뒤를 지나 유령빌딩의 왼쪽으로 나아갔다. 이 부근에서 구경하는 척하면서 히로미의 성질이 가라앉기를 기다릴 수밖에 없다.

밤바람에 날린 더러운 종잇조각이 스타킹을 신은 그녀의 발목에 찰싹 달라붙었다. 아케미는 그 종잇조각을 뜯어냈다. 하얀 바탕에 빨간 글씨로 인쇄된 싸구려 술집 광고지였다. 여기에 구경하러 오는 작자들의 수준을 짐작게 하는 내용이라 더욱 서글퍼졌다.

구리하시 히로미는 쭈그리고 앉은 채 꼼짝도 하지 않았다. 기시다 아케미는 어둠과 차가운 바람에 떨며 생명줄을 잡는 듯한 심정으로 손전등을 꼭 쥐고 있었다. 조금이라도 바람을 막아줄 수 있는 장소를 찾아 세워진 각목 사이를 누비고 나아가자 구석 쪽 바닥에 구멍이 하나 보였다.

언뜻 보기에 이 미터 정도는 됨직한 구멍이었다. 살며시 다가가서 손전등으로 아래쪽을 비쳐보니 병과 깡통과 비닐봉지 따위가 잔뜩 쌓여 있었다. 쓰레기 구덩이인 것 같았다.

발을 잘못 디뎌 이런 데 빠지기라도 하면 큰일이다. 몸을 틀어 그 자리를 떠나려는데 누군가가 등을 탁, 쳤다.

너무 놀라서 비명도 나오지 않았다. 아케미는 숨을 멈춘 채 그 자리에서 뻣뻣하게 굳어버렸다.

"뭘 그렇게 놀라?"

여자애의 목소리였다. 바로 옆에 있었다. 작고 검은 그림자에서 인간의 체취가 풍겼다.

아케미는 겨우 손전등을 들어올려 그림자를 비추어보았다. 그림자는 손을 들고 빛을 막았다.

"그만둬요. 나, 유령 아냐."

자세히 보니 유령은 아닌 것 같았다. 중학생 정도로 보이는 어린 여자애였다. 짧은 바지에 스웨터, 무릎 아래까지 오는 긴 양말, 굽이 높은 부츠.

"너, 여기서 뭐 하는 거니!"

아케미는 상대의 손목을 잡았다. 팔을 끌어당겨 가까이서 보니 깜짝 놀랄 정도로 예쁜 여자애였다. 인형처럼 잘 정돈된 얼굴. 헤어밴드를 한 긴 머리칼. 그 머리칼이 바람에 날리자 싸구려 향수 냄새가 풍겼다.

"아무것도 안 해. 언니는 이런 쓰레기 구덩이에서 뭘 하는데?"

어미를 길게 빼는 독특한 말투에 아케미는 화가 치밀었다. 여자에게는 이런 어리광 부리는 말투는 통하지 않아.

"어린애가 정말 건방지네. 내가 뭘 하든 네가 무슨 상관이야."

여자애는 웃긴다는 표정을 지었다.

"유령빌딩 구경하러 온 거지? 저기 차, 언니 거야?"

"내 애인 거다, 왜!"

"그래? 아, 살았다. 나 좀 태워줄래? 적당한 데서 내려주면 돼."

그제야 아케미는 조금 정신을 차렸다. 어른스럽게 말하려고 노력하지만, 어디를 보나 중학생 이상은 안 되는 것 같았다. 밤중에 이런 음침한 곳을 어슬렁거리다니. 게다가 차를 태워달라고?

여자애는 눈치가 빨랐다. 상대가 자신의 존재를 의심한다는 것을 안 것이다.

"나, 가출했는데 돈이 없어. 여기가 남자친구하고 자주 오는 곳이라서 지나가는 차를 얻어타고 와서 남자친구한테 전화했는데, 잠들었는지 전화를 안 받아. 그래서 다른 데로 가려구. 언니를 만나서 정말 다행이야."

아직 차를 태워주겠다고 허락하지도 않았다. 아케미는 소녀의 느긋한 태도에 어이가 없었다.

"정상적인 어른이라면 그런 말을 듣고 차를 태워줄 것 같니? 이름하고 주소를 말해봐. 그럼 집까지 태워다줄게. 안 그러면 경찰서로 갈 수밖에."

그러자 소녀는 도발적인 태도로 머리를 꼿꼿이 치켜들더니 아케미에게서 떨어졌다.

"그럼 됐어. 저 빌딩 아래쪽에 있는 사람이 언니 애인이지? 저 사람에게 부탁할 거야. 언니 같은 히스테리 여자보다는 남자가 더 나아."

화가 치밀어 말을 되받으려 했지만 소녀는 벌써 빌딩 쪽으로 달려가고 있었다. 이 장소에 대해 잘 알고 있는 듯, 어둠 속에서도 거침없이 달렸다.

아케미는 할 수 없이 울화통을 억누르며 손전등 불빛에 의지해 구리하시 히로미 쪽으로 걸어가기 시작했다. 그리고 각목 사이를 뚫고 시야가 훤히 뚫린 곳까지 나서는 순간, 어둠 저편에서 남자의 비명 소리가 들려왔다.

기시다 아케미는 발걸음을 멈추었다. 어둠 저편에서 들려온 비명은 구리하시 히로미의 목소리가 아닌가? 직감적으로 그럴 것이라는 생각을 했지만, 이성적으로는 판단이 서지 않았다. 히로미가 비명을?

망설이는 사이에 그 시건방진 여자애를 놓치고 말았다. 한 걸음 내디디는데 어딘가에 발목을 부딪히고 말았다. 그 바람에 손전등이 떨어져 불이 꺼지고 말았다. 아프기도 하고 화가 나기도 해서 신경질을 내며 다시 손전등을 주워들었지만, 어디가 부서졌는지 불이 들어오지 않았다. 그때 구리하시 히로미의 목소리가 들려왔다.

"아케미, 아케미야?"

아주 가까이에서 들려왔다. 놀랍게도 그 목소리는 떨리고 있었다.

"나 여기 있어. 보여? 큰 나무 사이에 있어. 어두우니까 조심해."

잠시 후 유령빌딩 쪽에서 발소리와 함께 구리하시 히로미의 그림자가 다가왔다. 발을 끄는 듯한 걸음걸이였다.

어두웠다. 그러나 쓰레기 구덩이 안의 어둠과는 달리 어느 정도 방향을 감지할 수 있을 정도는 되었다. 기시다 아케미는 그제야 알 수 있었다. 유령빌딩 일대에는 불빛이라고는 없지만, 그린로드 쪽에서 비치는 조명등 불빛이 조금이나마 어둠을 뿌옇게 밝혀주고 있었다.

그러므로 이곳은 그린로드에서 그리 멀리 떨어진 곳이 아니다. 그런 자각이 그녀에게 힘을 주었다. 두려워하지 말고 빨리 이곳을 떠나면 되는 거라는 생각이 들었다. 그게 가장 좋았다.

"히로미, 빨리 차로 가자. 나, 부딪혀서 발목이 아파."

그렇게 말하면서 아케미는 손전등을 버리고 구리하시 히로미의 그림자 쪽으로 다가가 손을 잡았다.

그 손은 얼음처럼 차가웠다. 밤처럼. 어둠처럼.

그린로드에서 비쳐오는 희미한 불빛의 도움으로 구리하시 히로미의 뺨 위를 타고 흐르는 눈물을 발견하기까지는 몇 초의 시간이 필요했다. 그리고 그의 눈을 본 후에도 그것을 이해하는 데 몇 초가 더 필요했다.

히로미가 울고 있어?

"왜…… 그래?"

그의 손을 잡은 채 기시다 아케미는 몸을 기울이며 그의 턱 아래에서 얼굴을 올려다보았다.

구리하시 히로미는 흐느껴 울고 있었다.

"왜 그래? 히로미, 정신 좀 차려."

아케미는 놀란 눈을 동그랗게 뜨고 말을 걸었다.

그녀가 바라보는 사이에도 구리하시 히로미의 두 눈에서는 눈물이 넘쳐흘러 볼을 타고 떨어져내리고 있었다. 처음에는 아케미가 힘을 주어 손을 잡았지만, 이제는 히로미의 손이 마치 어머니에게 매달리는 어린아이처럼 그녀의 손을 꼭 붙잡고 있었다.

구리하시 히로미는 몸을 기대왔다. 그녀를 안으려 한다기보다 그녀의 품에 안기려는 듯한 움직임이었다.

"또 나를 쫓아왔어."

그는 종잡을 수도 없는 말을 했다.

"나, 무서워."

아케미는 입을 벌리고 말을 찾다가 결국에는 하얀 입김만 허공으로 뿜어냈다. 지금 두 눈으로 보고 있는 이 장면이, 귀로 듣는 이 말이 현실인지 의심스러웠다.

'완전히 어린애잖아.'

아케미는 어린애를 상대해보지 못했다. 그녀가 상상할 수 있는 어린애의 이미지는 그녀 자신이나 친구들의 어릴 적 모습뿐이다. 그리고 지금 여기에 있는 구리하시 히로미는, 무서운 영화나 만화를 보고 밤중에 악몽을 꾸다가 울면서 엄마 아빠를 찾는 어릴 때의 자신의 모습과 똑같았다.

다만 한 가지, 구리하시 히로미는 멀쩡한 어른이고 남자이며, 게다가 바로 조금 전까지만 해도 그녀에게 권력을 휘두르던 사람이라는 것만 제외하고.

"무서워…… 잡혀버릴 거야."

구리하시 히로미는 아케미에게 안기려 했다. 아케미는 저도 모르게 한 걸음 물러나면서 그의 손을 뿌리쳤다.

"왜 이러는 거야? 히로미, 지금 나 놀리는 거지? 울긴 왜 울어!"

아케미가 뿌리치자 구리하시 히로미는 움찔하면서 몸을 바르르 떨었다. 거절당한 그의 손은 허공을 헤매고, 그 젖은 눈은 아케미의 얼굴을 멍하니 바라보고 있었다. 그 눈에는 상처입고 어쩔 줄 몰라하는 어린 영혼이 깃들어 있었다. 아케미는 소름이 돋았다.

"히로미, 왜 그래? 이상해! 연기하지 마! 더이상 협박하지 마!"

절규하듯이 외치는 그녀의 목소리에도 이제는 울음기가 섞여들기 시작했다. 그녀는 무릎이 떨려오는 것을 느꼈다.

"살려줘, 무서워……"

구리하시 히로미는 애타게 중얼거렸다. 아직도 그녀에게 안기려 하고 있었다. 아케미는 어둠 속에서 뒷걸음질치며 필사적으로 구리하시 히로미의 손을 뿌리쳤다.

"살려줘, 엄마. 엄마, 나 잘못한 거 없잖아. 제발 나 좀 살려줘."

기시다 아케미는 비명을 질렀다.

"싫어!"

"엄마…… 나 무서워."

"싫어! 저리 가! 놓지 못해, 히로미! 정신 똑바로 차려!"

팔꿈치를 잡히자 그녀도 광기에 사로잡힌 것처럼 울부짖었다. 그리고 있는 힘을 다해 구리하시 히로미의 손을 뿌리쳤다.

아케미는 도망쳤다. 혼란에 빠진 그녀의 눈에는 아무것도 보이지 않았다. 다만 구리하시 히로미에게서 한 걸음이라도 더 멀리 도망치기 위해서 달리기 시작했다.

달렸다. 그러다 그 발이 허공을 밟았다.

깊고 어둡고, 바닥도 보이지 않는 쓰레기 구덩이가 있는 곳이었다. 그것을 인식하기도 전에, 기시다 아케미의 몸은 허공으로 던져졌다. 순간적으로 인력에 저항하기라도 하듯 발을 뻗고는, 쓰레기 구덩이의 깊은 어둠 속으로 떨어져내렸다.

구리하시 히로미는 꿈속을 헤매고 있었다. 그의 마음은 과거로 돌아가 있었다. 그 여자애에게 고통받으며 자랐던 어린 시절로. 여자애는 그에게 원한을 품고 있었다. 그의 몸을 빼앗아 현세로 돌아오려는 집

넘을 불태우고 있었다. 그는 혼자서 그 여자애와 악전고투하면서 살아왔다. 부모는 그 여자애를 그리워하면서 단 한번도 그의 편이 되어주지 않았다.

나는 죽은 사람과 싸우면서 살아야 했다. 단 한번도 어린애다운 행복을 누린 적이 없었다. 그런 생각을 하면서 구리하시 히로미는 어둠 속의 유령빌딩을 바라보고 있었다.

그때, 여자애가 나타난 것이다.

갑작스러운 일이었다. 어둠 속에서 갑자기 목소리가 들려온 것이다.

"저기, 잠깐만요."

달콤한 목소리였다. 구리하시 히로미는 놀랐다. 아케미의 목소리가 아니다. 누군가가 있다.

고개를 돌려 그쪽을 바라보았다. 그 순간, 그의 내면은 다시 꿈의 상태로 바뀌고 말았다.

구리하시 히로미는 여자애를 바라보았다. 소녀도 구리하시 히로미를 보았다. 그린로드의 멀고 희미한 조명에 싸인 두 사람의 모습은 어둠과 빛의 절충이 낳은 모호한 환영과도 같았다.

소녀의 이름은 가우라 마이. 중학교 이학년. 겉모습도 말투도 사고방식도, 자신을 가정과 학교보다 더 소중하게 생각하는 비뚤어진 생활에 맞게 어른스러운 분위기를 연출하고 있었다.

마이가 본 것은 한 젊은 남자였다. 이름은 아직 모른다. 키도 크고 얼굴도 그런대로 잘생겼다. 다른 상황에서 만났더라면 좋았을 것을. 그렇지만 히치하이크를 하는 상황에, 이런 시간 이런 곳에서, 이렇게 멋진 남자를 만나다니 정말 재수가 좋았다. 평소에도 이런 남자를 만나기는 힘들 것이다.

구리하시 히로미가 본 것은 한 소녀였다. 하얗고 단정한 얼굴, 붉은 입술, 동그란 눈, 그리고 무슨 말을 하려는 듯 그를 바라보며 미소짓는 그 입술 사이로 붉은 혀가 엿보였다.

낯선 소녀가 아니었다. 그 여자애였다. 악몽의 무대인 폐허에, 그 여자애가 기다리고 있었던 것이다.

가우라 마이는 구리하시 히로미 쪽으로 폴짝 뛰며 다가갔다.

"아, 살았다! 정말 무서웠어요!"

두 손을 앞으로 내밀며 소녀는 구리하시 히로미에게 안기려 했다. 젊은 남자라면 당연히 당황할 것이다. 그러면서도 기뻐할 것이다.

"죄송해요, 차 좀 태워줄래요? 태워줄 거죠? 나, 너무 무서워서 죽을 것 같았어요!"

거의 교태에 가까운 목소리로 말하면서 마이는 구리하시 히로미에게 매달렸다. 그의 몸에 달라붙어 재킷의 천 감촉을 볼로 느꼈다.

그러나 다음 순간, 강력한 힘이 그녀를 밀쳐냈다.

마이는 엉덩방아를 찧었다. 그런 상황은 상상도 해보지 않았기에 아무 준비도 되어 있지 않았다. 꼬리뼈가 돌에 부딪혀 소리도 지를 수 없을 만큼 아팠다. 겨우 숨을 몰아쉬면서 남자의 검은 그림자를 바라보았다.

구리하시 히로미는 벌벌 떨기 시작했다.

여자애의 손이 닿았다. 그를 만졌다. 그 팔이 몸을 감으며 그를 옭죄려 했다. 달콤한 머리카락 냄새가 났다. 그의 입속으로 밀고 들어오는 그 머리카락 냄새.

어둠과 폐허와 여자애의 하얀 얼굴.

'내 몸을 돌려줘.'

"왜 이래, 너무 심하잖아!"

겨우 목소리를 되찾은 마이가 그렇게 외치는 소리를 뒤로하고 구리하시 히로미는 도망치기 시작했다.

쓰레기 냄새.

기시다 아케미는 하늘을 보고 쓰러져 있었다. 하늘에는 별 하나 없다. 아니, 사실은 있는지도 모르지만 공포에 질린 그녀의 눈에는 아무것도 보이지 않는다.

쓰레기 구덩이 속에 무엇이 있는지, 이렇게 누워 있어서는 알 수가 없다. 아무것도 보이지 않는다. 다만 그의 등을 찌르는 뾰족한 무언가를 느낄 수 있었다. 공중에서 반 바퀴를 돌아 이곳으로 떨어졌을 때, 이 물체 때문에 뼈가 부러졌다. 이건 뭘까? 쇠파이프? 아니면 각목 조각? 누가 이런 걸 여기에 버렸지?

이상하게도 등은 하나도 아프지 않았다. 등뼈가 부러졌기 때문인지도 모른다. 뚝, 하는 소리를 들었었다. 지금 느낄 수 있는 것이라고는 손발의 차가운 촉감, 목덜미에 달라붙은 기분 나쁜 쓰레기.

'살려줘!'

입을 벌려 외치려 했지만 소리가 나지 않는다. 부스럭거리는 소리가 들린다. 누가 다가오는 것 같다.

히로미다. 그녀의 시야에 그녀를 내려다보는 히로미의 모습이 들어왔다.

기시다 아케미는 소리를 지르려 했다. 눈물이 흘렀다. 무서웠다. 괴로웠다. 살려줘, 살려줘, 살려줘. 있는 힘을 다해 외치려 했다. 입은 반쯤 열리고 혀가 내밀어지고 입가에서 침이 흘러내렸지만, 아케미는 느끼지 못하고 있었다.

이대로 죽는 거야? 살려줘.

구리하시 히로미는 쭈그리고 앉아 그녀의 볼을 만졌다. 그러고는 손을 뗐다. 그녀의 볼이 침으로 더러워진 것을 알고 손을 뗀 것이다. 손에 묻은 침에 피가 섞여 있었다.

"이봐요, 당신들 대체 뭐 하는 거예요?"

아케미는 움직여보려고 있는 힘을 다했다. 아까 그 소녀였다. 칙칙한 롤리타 콤플렉스를 가진 남자가 꿈에서 볼 듯한 그런 여자애. 이쪽으로 다가오고 있다.

"여기서 뭘 하는…… 앗!"

여자애의 검은 그림자가 보였다. 여자도 아케미를 내려다보고 있었다.

"어떡해! 살아 있는 거야? 여기서 떨어졌어? 왜 안 구해주고 있어!"

그래, 구해줘. 제발 날 살려줘. 기시다 아케미는 눈물을 흘리며 기도했다. 제발 부탁이야, 빨리 이 밤이 끝나게 해줘.

그러나 그녀가 들은 것은 구리하시 히로미가 그녀를 안심시키는 목소리가 아니었다. 그녀가 느낀 것은 그녀를 안아일으키는 구리하시 히로미의 따스한 온기가 아니었다.

구리하시 히로미는 이렇게 말했다.

"네가 잘못한 거야."

누구에게 하는 말인지, 아케미는 알 수 없었다.

"너에게 절대로 질 수 없어."

마치 꿈을 꾸는 듯한 말투였다.

"널 죽여버릴 거야. 다시는 쫓아오지 못하게 할 거야."

기시다 아케미는 필사적으로 버둥거렸다. 쓰레기 밟는 소리가 들려오고, 소녀의 비명이 들렸다.

"그만두지 못해! 왜 이래!"

이윽고 비명이 신음소리로 바뀌고, 소녀의 발버둥치는 소리도 약해지더니 스산한 밤바람 소리와 거친 숨소리만 들려왔다.

이윽고 주위는 정적에 감싸이고, 거친 숨결이 아케미 쪽으로 다가왔다.

구리하시 히로미의 얼굴이 보였다. 숨결이 아케미의 볼에 닿았다.

히로미, 살려줘. 아케미는 있는 힘을 다해 외치려 했다. 날 구해줘. 제발 정신 차려. 히로미, 왜 그래? 대체 어떻게 된 거야?

가우라 마이에게 그 유령빌딩은 안방과도 같은 곳이었다. 불빛도 필요 없었다. 남자친구들과 이곳을 찾아올 때면 일부러 불빛을 끄고 어둠을 즐길 정도였다.

그러나 지금은 다르다.

빛은 안전하고 어둠은 위험하다는 두 가지 판단기준밖에 없던 고대의 포유동물처럼, 마이는 밝은 곳을 갈망했다. 그녀는 결코 총명한 소녀는 아니었지만, 생명력은 누구보다 강했다. 그 생명력으로 삶을 즐기고 있었다. 그녀의 본능은 지금 자신의 생명이 위험한 상황에 처했음을 강력하게 경고하고 있었다.

'어떡하면 좋지.'

이대로 걸어가서 이곳을 떠나버릴까. 저 남자, 멋있어 보이지만 맛이 갔어. 나를 밀치고 도망칠 때의 그 눈빛. 이상해. 맛이 간 거 같아.

상관하지 않는 게 좋겠어. 무슨 험한 꼴을 당할지 몰라.

그런데 저 두 사람, 대체 여기 뭘 하러 왔을까? 네리마 번호판이었는데, 그렇다면 도쿄에서 일부러 여기까지 온 걸까, 이 시간에?

물론 마이도 이 유령빌딩이 관광명소처럼 되어버렸다는 사실을 잘 알고 있었다. 그러나 사람들이 오는 시기는 대체로 주말 밤이고, 평일은 공동묘지처럼 스산하고 사람도 없다. 그래서 마이는 이곳으로 도망쳐온 것이다.

역시 집을 나와서 바로 여기로 오는 게 아니었어. 유스케를 데리고 왔어야 했어, 하고 마이는 후회했다. 남자친구인 유스케는 같은 중학교 졸업생으로, 지금은 사립고등학교 일학년이다. 조금 겁이 많긴 하지만 마이에게는 잘해준다.

유스케의 어머니인 귀신 같은 할망구는 늘 유스케를 감시한다. 마이와 사귀지 말라고 닦달을 하고, 마이가 찾아가면 문도 열어주지 않는다. 그래서 오늘밤도 유스케를 불러낼 수 없었던 것이다.

마이는 유령빌딩의 분위기가 좋았다. 아무도 오지 않는 어두운 이 장소가 좋았다. 그래서 혼자서 자주 이곳에 왔다. 오늘도 여기 와서 휴대폰으로 유스케를 불러내서 돈을 빌리고, 앞으로 어떡하면 좋을지 의논할 생각이었다. 늘 그런 식으로 만나왔으니 오늘도 괜찮을 거라고 생각했다.

그러나 오늘밤 유스케는 전화를 받지 않았고, 결국 저 이상한 커플을 만나고 말았다.

'차라리 아까 그 운전사에게 오야마까지 태워달라고 했어야 하는 건데.'

집을 나서자마자 히치하이크를 한 소형트럭 운전사의 얼굴을 떠올려보았다. 마이가 유령빌딩에 데려다달라고 하자 지나가는 길이니까 태워주겠다고 하면서 이상하다는 표정을 지었다. 뭐 하러 그런 델 가냐고 물었다.

데이트하러. 마이가 그렇게 대답하자 웃으면서 어린애 주제에 색기가 있다고 히죽거렸다. 운전사는 기어를 바꾸면서 슬쩍 팔꿈치를 뻗어 마이의 가슴을 건드리기도 했다. 마이가 가만히 앉아 있자 곁눈질을 하면서 다시 팔꿈치로 가슴을 건드렸다. 서른 살쯤 되어 보였다. 아저씨 주제에 내 가슴을 건드리다니, 분수를 모르는 놈이었다.

유령빌딩 앞에서 마이가 내리자, 그도 엔진을 끄고 따라 내렸다. 그리고 바지 벨트를 약간 풀더니 느글느글한 미소를 머금은 채 마이의 뒤를 따라왔다.

멍청이. 마이는 재빨리 어둠 속을 달렸다. 그리고 유령빌딩의 그늘에 숨어서, 마이를 찾느라 정신이 없는 운전사의 모습을 웃으며 지켜보고 있었다. 욕정에 불타서 여자를 찾는 남자의 얼굴이라니 정말 웃긴다. 그 얼굴을 보면서 마이는 웃었다. 그런 웃음으로 두려움을 지워버렸다.

마이는 생각했다. 정말 오늘밤은 재수가 없어. 징그러운 운전사에 이상한 커플.

남자가 저렇게 맛이 가버렸는데, 그 여자는 괜찮을까? 둘 다 맛이 간 사람이라면 난 상관없지만, 저 남자는 여자를 어떻게 하려고 온 게 아닐까? 그냥 유령빌딩을 보러 온 것치고는 너무 이상하다.

만일 그렇다면…… 내버려둬도 될까? 숨어서라도 저 여자가 괜찮은지 지켜봐야 하는 게 아닐까?

마이는 무서웠다. 아까 남자에게 무서워서 죽을 뻔했다고 한 건 연기가 아니었다.

그런데, 저 여자……

내버려둬도 될까?

사람을 불러야 할까?

차라도 지나가면 좋을 텐데.

망설이면서 일어서는데, 남자가 모습을 감춘 어둠 저편에서 뭔가가 무너지는 듯한 소리와 함께 여자의 짧은 비명이 들려왔다.

마이의 몸은 반은 그린로드 쪽으로 도망치려 하고, 다른 반은 비명이 들린 쪽으로 달려가보려 했다. 어느 쪽이 더 무서울까? 무슨 일이 일어난 것을 확인하는 것과 못 본 척하고 도망치는 것. 도망치다가 도중에 잡히고 말지도 모른다.

저건 쓰레기 구덩이 쪽이다. 비명이 들려온 쪽으로 귀를 세웠다. 그러자 희미하게 흐느끼는 소리가 들려왔다.

여자가 아니라, 남자가 우는 소리였다. 힘없는 어린애 같은 울음소리.

그 소리가 마이의 결단을 이끌어냈다. 위험한 것은 저런 울음소리를 내지 않는다. 마이는 바람처럼 달렸다.

눈앞에 그 남자의 머리가 보였다. 쓰레기 구덩이 곁에 앉아 있었다. 울고 있는 사람은 틀림없는 그였다. 어린애처럼 어깨를 들썩이고 있었다.

안도의 물결이 마이의 마음을 씻어주었다. 울고 있는 남자. 여자와 싸운 걸까?

그런 안도감이 분노를 불러일으켰다. 남자의 등 뒤로 접근하면서 마이는 큰 소리로 말했다.

"이봐요, 당신들 대체 뭐 하는 거예요?"

가까이 다가가보니 남자는 쓰레기 구덩이 안쪽으로 몸을 내밀고 있었다. 마이는 구덩이 안을 엿보았다.

아까 그 여자가 있었다.

여섯 살 때, 진짜 아빠가 살아 있을 때, 마이는 도치키 시내의 아파트 단지에 살고 있었다. 오층짜리 아파트의 사층 서향이었다. 생일날 선물 받은 금발 인형을 베란다에서 떨어뜨린 적이 있었다. 황급히 달려내려가보니 인형은 하늘을 올려다보는 채로 풀밭 위에 누워 있었다. 목이 부러져서 아무리 돌려보아도 원래대로 돌아오지 않았다. 오른팔도 뒤틀려 있었다.

쓰레기 구덩이 바닥의 여자는 그때의 인형과 똑같은 모습이었다.

"어떡해! 살아 있는 거야? 여기서 떨어졌어? 왜 안 구해주고 있어!"

남자는 여자 쪽으로 손을 내밀고 있었지만, 그것은 여자를 끌어당기거나 안아일으키려는 동작이 결코 아니었다.

그의 두 눈은 빨갛게 충혈되어 있고, 볼은 눈물에 젖어 있고, 어깨를 심하게 들썩이며 흐느끼고 있었다.

이 자식, 뭐야! 마음속으로 그를 경멸하면서 마이는 쓰레기 구덩이 바닥으로 내려서려 했다.

그때 남자가 말했다.

"네가 잘못한 거야."

등 뒤에서 남자가 그렇게 중얼거렸다. 그와 동시에 남자의 손이 마이의 뒷덜미를 잡아올렸다. 남자의 힘에 딸려올라간 마이의 발이 허공을 짚었다.

어둠이 찾아왔다. 점점 짙어져가는 어둠이. 그것이 목이 졸려 의식이 멀어져가는 것임을, 마이는 알지 못했다.

죽는 거야? 숨이 막히는 것을 느끼면서 마이는 미친 듯이 자문했다. 나 지금 죽는 거야? 이런 데서? 이름도 모르는 사람에게? 지나가다 만난 사람에게? 이건 말도 안 돼, 이건 말도 안 돼, 어떻게 이런 일이 있을 수가 있어!

지금까지 죽지 않으려고 애써왔다. 죽은 진짜 아빠와는 하나도 닮지 않은 그놈, 엄마의 남자의 손에 죽지 않으려고 애썼다. 내게 몰래 무슨 짓을 했는지, 오랫동안 무슨 짓을 해왔는지, 입 밖에 내기만 하면 죽여버리겠다고 그놈이 말했다. 더 험한 꼴을 당하기 싫으면 시키는 대로 하라고 했다. 계속 참아왔다. 죽고 싶지 않았다. 나를 죽이는 사람이 있다면, 그건 엄마의 남자라고 생각했다. 그놈에게 죽지 않을 수만 있다면, 그놈 곁에서 도망칠 수만 있다면 분명히 행복해질 수 있다고 생각했는데, 그래서 이렇게 도망쳤는데, 어째서 이런 낯선 인간에게 죽어야 해?

이건 말도 안 돼.

지금 그녀는 쓰레기 구덩이 곁에 쓰러져 있었다. 남자가 눈물을 흘리면서 두 손으로 목을 조르고 있었다.

"널 죽여버릴 거야. 다시는 쫓아오지 못하게 할 거야."

죽음의 순간, 가우라 마이는 남자의 눈을 들여다보았다. 마지막 순간에 그녀의 의식에 떠오른 것은, 이 남자의 두 눈이 쓰레기 구덩이의 어둠보다 더 깊다는 것, 그리고 그가 흘리는 눈물이 자신의 눈 속으로 떨어지고 있다는 것이었다.

너무도 혐오스러웠다. 강간당하는 것보다 더 더러운 기분이었다. 가우라 마이는 제발 눈을 감을 수 있기를 바랐다.

그렇게 바라면서 죽어갔다.

왜? 왜? 왜?

말이 되어 나오지 않는 소리로, 쓰레기 구덩이의 바닥에서 밤의 천장을 올려다보며 기시다 아케미는 거듭 거듭 외쳤다. 왜 이런 짓을 하는 거야? 왜 이렇게 되어버린 거야? 히로미? 히로미! 히로미, 대답해!

그러나 들려오는 것이라고는 구리하시 히로미의 단조로운 흐느낌뿐이었다.

얼마나 오랜 시간이 흘렀는지 몰랐다. 오 분일지도 모른다. 한 시간일지도 모른다.

방금까지 그 소녀의 비명을 들은 것 같기도 했다. 비명이 그친 지 몇 시간이나 지난 것 같기도 했다. 그 비명은 무엇이었을까? 히로미가 그 애에게 무슨 짓을 한 것일까?

이제는 아무런 통증도 없다. 손발을 움직일 수 없을 뿐이다. 추운지 어떤지도 모른다. 등에서 피가 흐르는 것 같았지만, 이제는 그런 느낌도 없다.

'별이 보여.'

어두운 밤하늘에 작은 바늘구멍 같은 별빛. 아까까지만 해도 하늘이 흐려서 안 보였는데.

별의 수가 점점 늘어난다. 밤하늘에 하얀 부분이 늘어난다. 그것은 의식이 흩어져 죽어가는 뇌가 화이트아웃을 일으키는 현상이었다. 그러나 아케미는 그것을 별이라고 생각했다.

밤하늘에 가득한 별들이 아케미의 시야를 가득 메웠을 즈음, 구리하시 히로미의 손이 그녀의 볼에 닿았다.

그는 손을 댄 채 가만히 있었다. 볼을 만지던 손이 아케미의 턱에 이르렀다. 그의 손가락이 그녀의 입을 벌렸다. 비어져나온 그녀의 혀를 입안으로 밀어넣고 다시 입을 닫았다.

"혀를 깨물면 아플 테니까 말야" 하고 그는 말했다. 아주 침착한 목소리였다. 몇 시간 전에 주유소에서 현대 팝아트의 일인자인 그레이 마틴의 이야기를 할 때와 마찬가지로.

구리하시 히로미의 손이 자신의 목을 조르고 있다는 것을 기시다 아케미는 알지 못했다. 느낄 수 없었다. 이미 반은 죽은 상태였다. 그의 손은 마지막 정리를 하는 데 지나지 않았다.

아케미가 숨을 거두자 구리하시 히로미는 그녀의 목에서 손을 뗐다. 더이상 울지는 않았지만, 볼에는 눈물 자국이 남았고, 눈가는 빨갛게 부어올라 있었다.

죽이고 말았어.

두 시체를 바라보며 멍하니 팔을 늘어뜨린 채, 구리하시 히로미는 쭈그리고 앉아 있었다. 그의 등 뒤에는 유령빌딩이, 그의 머리 위에는 밤하늘이, 그의 앞에는 죽음의 냄새가 있었다.

왜 죽였지?

이제 어떡하지?

스스로에게 물어도 답은 없었다.

구리하시 히로미는 어릴 때부터 익숙해 있는 행동을 했다. 어려운 문제에 부딪혀 해답을 찾을 수 없을 때면, 늘 도움을 청했다.

피스.

(2권에 계속)

옮긴이 **양억관**

울산 출생. 현재 전문번역가로 활동하고 있다. 옮긴 책으로 『언더그라운드』 『색채가 없는 다자키 쓰쿠루와 그가 순례를 떠난 해』 『세상의 끝, 혹은 시작』 『제로의 초점』 『고역열차』 『중력 삐에로』 『단테의 신곡』 『당신이 모르는 곳에서 세상은 움직인다』 『러시 라이프』 『달빛의 강』 『조제와 호랑이와 물고기들』 『LAST』 『자정 5분 전』 『69』 『나는 공부를 못해』 『SPEED』 『인간 동물원』 『교코』 『코인로커 베이비스』 『남자의 후반생』 『바보의 벽』 『성화 이야기』 『흑냉수』 『들돼지를 프로듀스』 『용의자 X의 헌신』 『나는 모조인간』 『내 인생, 니가 알아?』 『사고루 기담』 등이 있다.

문학동네 블랙펜 클럽

모방범 1

1판 1쇄 2006년 7월 27일
1판 27쇄 2011년 12월 27일
2판 1쇄 2012년 3월 9일
2판 29쇄 2024년 6월 3일

지은이 미야베 미유키
옮긴이 양억관

펴낸곳 (주)문학동네 | 펴낸이 김소영
출판등록 1993년 10월 22일 제2003-000045호
주소 10881 경기도 파주시 회동길 210
전자우편 editor@munhak.com | 대표전화 031) 955-8888 | 팩스 031) 955-8855
문의전화 031) 955-1927(마케팅) 031) 955-1917(편집)
문학동네카페 http://cafe.naver.com/mhdn
인스타그램 @munhakdongne | 트위터 @munhakdongne
북클럽문학동네 http://bookclubmunhak.com

ISBN 978-89-546-1771-0 04830
       978-89-546-1770-3 (세트)

잘못된 책은 구입하신 서점에서 교환해드립니다.
기타 교환 문의 031) 955-2661, 3580

www.munhak.com